The Kill Room

THE KILL ROOM

Copyright ⓒ 2013 by Gunner Publications LLC
All rights reserved.

Korean translation copyright ⓒ 2014 by RH Korea Co.Ltd.
Korean translation rights arranged with ICM Partners through EYA(Eric Yang Agency).

이 책의 한국어판 저작권은 EYA(Eric Yang Agency)를 통해 ICM Partners와
독점 계약한 '㈜알에이치코리아'에 있습니다.
저작권법에 의하여 한국 내에서 보호를 받는 저작물이므로 무단전재와 복제를 금합니다.

링컨 라임 시리즈 Vol.10

JEFFERY DEAVER

The Kill Room
킬룸

제프리 디버 지음
유소영 옮김

RHK
알에이치코리아

나는 당신의 의견에 동의하지 않지만
당신이 그 의견을 말할 권리는 목숨을 걸고 옹호하겠다.

　　　　　　에벌린 비어트리스 홀, 《볼테르의 친구들》, 1906년

미 디 어 리 뷰

"제프리 디버의 전매특허인 반전과 숨 막히는 서스펜스, 역설적 유머가 가득한 작품. 독자는 감탄과 만족으로 가득한 한숨으로밖에 반응할 수 없을 것이다."

이브닝 스탠더드

"디버가 이야기를 만들어 내는 능력은 의심할 여지가 없다. 링컨 라임과 살인마가 대결하는 무대는 현실적이면서 뛰어난 디테일로 독자를 쉽게 매료시킨다."

아이리시 뉴스

"스릴러 팬이라면 놓쳐서는 안 될 제프리 디버 최고의 책."

퍼블리셔스 위클리

"제프리 디버. 직구와 커브, 체인지업을 자유롭게 구사하는 이 천재 작가에게 누가 감히 저항할 수 있을 것인가."

커커스 리뷰

"각각의 플롯이 결말에 대한 기대를 증폭시킨다. 스릴러 애호가들을 사로잡을 최고의 책."

라이브러리 저널

"제프리 디버는 독자를 사로잡는 데 있어 최고의 작가가 분명하다. 독자의 레이더를 피해 설치한 수많은 반전과 속임수에 당신은 현기증을 느낄 것이다."

어소시에이티드 프레스

"디버는 이미 이 시점에서 충분히 월계관을 받을 자격을 갖춘 작가임에도, 그의 서른 번째 소설은 여전히 도전적이고 야망을 품고 있다. 반전을 감춘 미궁 속으로 독자를 이끌어 애매모호함의 안개로 뒤덮인 곳으로 밀려 데려가 버린다."

아이리시 타임스

목차

1부_포이즌우드

1 섬광 … 13

2부_열(Queue)

2 파트너 … 21
3 표적 살인 … 27
4 수상한 남자 … 37
5 여검사 … 42
6 카이 슌 … 52
7 침묵의 대결 … 56
8 암살 명령서 … 61
9 슈리브 메츠거 … 67
10 임무 번호 … 76
11 행정 담당관 … 86
12 살인자 … 92
13 사이버범죄과 … 99
14 로열바하마 경찰 … 106
15 침입 … 114
16 관절염 … 119
17 택시 운전사 … 123
18 취조 현장 … 131
19 파나마 … 133
20 미행 … 142
21 로카르의 법칙 … 149
22 사건의 핵심 … 155
23 송골매 … 163

3부_카멜레온

24 화이트 보드 … 169

25 NIOS … 174
26 카리브 해 … 181
27 이메일 … 190
28 도청 … 196
29 보안 카메라 … 199
30 폭발 … 201
31 뜻밖의 방문 … 204
32 감시 … 216
33 사제 폭탄 … 221
34 저격수 … 228
35 어둠 속의 존재 … 232
36 통역사 … 235
37 수사 보고서 … 238
38 추적 … 245
39 끔찍한 소식 … 252
40 실수 … 255
41 위기일발 … 258
42 현장 수색 … 267
43 구사일생 … 274
44 가스크로마토그래피 … 284
45 돌파구 … 291

4부_푸줏간 소년

46 거래 … 303
47 의도적 살인 … 306
48 사우스코브인 … 313
49 여형사 … 316
50 총알 … 319
51 파란색 제트기 … 325
52 목소리 … 330
53 용의자 516 … 334
54 또 다른 현장 … 337

55 특별 요리	341

5부_100만 달러짜리 총알

56 레시피	351
57 탄도학	358
58 퍼즐	365
59 대안	370
60 워커 디펜스 시스템즈	373
61 추론	380
62 특수 명령	385
63 멕시코	393
64 내부 고발자	397
65 갈등	405
66 뉴욕 구치소	408
67 수사 중단	416
68 라시드	419
69 킬 룸	422
70 헬파이어	430
71 작별	434
72 그림자	437
73 방향 전환	440
74 정의의 기계	443
75 체포	448
76 과실치사	454
77 추가 임무	460

6부_스모크

78 접견	465
79 유리 파편	474
80 죄수	477
81 검시 보고서	482
82 교도관	489
83 사이렌	492
84 보디가드	494
85 거짓말탐지기	499
86 정권 교체 전문가	503
87 함정	509
88 연막탄	513
89 미끼	520
90 배후	523
91 협박	529
92 적법 절차	533

7부_메시지

93 타운하우스	543
94 테러리스트	547
95 여객선	553
96 스피드보트	556
97 진실	561
98 마법사	565

8부_움직이고 있을 때는…

99 수술	571

역자의 말	577

5월 9일 화요일

1부
포이즌우드

포이즌우드는 강력하고 쓰임새가 많으며 완벽하리만큼 아름답다.
이름처럼 유독하다.
나도 저 나무와 같아. 모레노는 생각했다.

1

섬광

번득이는 불빛이 마음에 걸렸다.

흰색 혹은 연노란색 불빛이 멀리서 언뜻 스쳤다.

물에서? 평화로운 청록색 만 건너 길쭉한 땅에서?

하지만 여기라면 위험할 리가 없다. 여기는 아름답고 고립된 휴양지다. 언론과 적들의 시선도 미치지 않는다.

로베르토 모레노는 눈을 가늘게 뜨고 창밖을 내다보았다. 이제 겨우 삼십대 후반이지만 시력이 좋지 않았다. 그는 콧등에 걸친 안경을 밀어올리고 경치를 살폈다. 스위트룸 창밖의 정원, 폭이 좁고 흰 모래사장, 파도치는 청록색 바다. 아름답고 고립된… 안전한 공간. 배 한 척도 시야에 들어오지 않았다. 라이플을 가진 적이 그가 여기 있다는 것을 알아내고 바다 건너 1.6킬로미터 떨어진 공장 지대로 숨어 들어와 있다 할지라도, 오염된 공기 때문에 시야가 흐리고 원거리라서 총을 쏘지는 못할 것이다.

불빛도, 번득이는 반사광도 보이지 않았다.

나는 안전해. 안전하다고.

그래도 모레노는 경계심을 떨칠 수 없었다. 마틴 루서 킹처럼, 간디처럼 그는 언제나 위험을 감수했다. 그것이 모레노의 삶의 방식이었다. 죽음이 두렵지는 않았다. 하지만 임무를 다하기 전에 죽는 것은 두려웠다. 아직 젊고 할 일도 많았다. 한 시간 전 계획을 마무리한 일만 해도—사람들의 주의를 끌 만한 상당히 큰 건이다—내년에 수행할 십여 가지 사업 중 그저 하나일 뿐이었다.

그리고 그 너머, 찬란한 미래가 있다.

수수한 갈색 슈트, 흰 셔츠, 카리브풍 청색 타이 차림의 다부진 남자는 룸서비스가 방금 배달해준 포트에서 커피 두 잔을 따라 소파로 돌아갔다. 그리고 녹음기를 설치하고 있는 기자에게 한 잔을 건넸다.

"세뇨르 드라루아, 우유? 설탕은?"

"아뇨, 됐습니다."

그들은 스페인어로 대화를 나누고 있었다. 모레노는 스페인어에 능통했다. 영어를 싫어해서 꼭 필요할 때만 사용했다. 모국어를 쓸 때도 뉴저지 악센트를 완전히 떨칠 수는 없었다. 자신의 목소리를 들으니 미국에서 살던 어린 시절의 기억이 되살아났다. 하루 종일 근면하게 일하던 아버지, 늘 술에 취해 있던 어머니. 황량한 풍경, 인근 고등학교의 불량스러운 일진들. 그러다 구원이 찾아왔다. 가족이 사우스힐스보다 훨씬 친절한 곳, 훨씬 부드럽고 우아한 언어를 사용하는 곳으로 이주한 것이다.

기자가 말했다.

"에두아르도라고 불러주십시오."

"저도 로베르토라고 부르세요."

원래 이름은 로버트다. 하지만 그 이름은 월스트리트의 변호사와 워싱턴의 정치가, 타국의 전쟁터에 그 지역 사람들의 시체를 싸구려 씨앗처럼 흩뿌리는 장성 분위기를 풍긴다.

그러니 로베르토라고 하자.

"당신은 아르헨티나에 사시죠?"

모레노는 기자에게 물었다. 마르고 머리가 벗겨진 기자는 파란색 셔츠와 낡은 검정색 슈트, 넥타이를 매지 않은 차림이었다.

"부에노스아이레스?"

"맞습니다."

"그 도시 이름에 대해 아십니까?"

드라루아 기자는 모른다고 대답했다. 그는 그곳 출신이 아니었다.

"물론 '좋은 공기'라는 뜻이지요."

모레노가 말했다. 그는 일주일에 대여섯 권씩 독서를 하고, 라틴아메리카의 문학과 역사도 즐겨 읽었다.

"하지만 여기서 가리키는 건 아르헨티나가 아니라 이탈리아 사르디니아의 공기입니다. 칼리아리의 어느 산꼭대기에 자리 잡은 정착촌 이름을 따서 지었지요. 마을 아래에서… 오래된 도시의 악취가 풍겼기 때문에, 그 공기를 벗어났다고 해서 '좋은 공기'가 된 겁니다. 부에노스아이레스를 발견한 스페인 탐험가들은 그 마을 이름을 따서 이 이름을 붙였죠. 물론 그게 최초의 정착촌이었습니다. 유럽인의 착취를 달가워하지 않던 원주민이 이후 그 마을의 정착민을 몰아냈죠."

드라루아가 말했다.

"말씀하시는 일화조차 반(反)식민사상을 드러내는군요."

모레노는 웃었다. 하지만 이내 웃음기를 거두고 또다시 얼른 창밖을 내다보았다.

빌어먹을 번득임. 하지만 역시 정원의 나무와 식물, 1.6킬로미터 떨어진 어슴푸레한 육지의 윤곽밖에 보이지 않았다. 숙소는 나소가 위치한 바하마의 섬 뉴프로비던스 남서쪽 해안에 외따로 떨어져 있었다. 주변에는 울타리를 쳤고 경비도 있었다. 이 스위트룸 전용인 아래쪽 정원은 남북으로 높은 울타리, 서쪽으로 바다를 면하고 있었다.

아무도 없다. 있을 리가 없다.

새였겠지. 나뭇잎을 떨치고 날아오르는 소리.

시몬이 방금 경내를 확인했다. 모레노는 피부가 가무잡잡하고 좋은 정장을 입은 큰 덩치의 조용한 브라질인을 흘끗 바라보았다. 보디가드의 옷차림은 화려하지는 않지만 모레노보다는 나았다. 삼십대의 시몬은 직업에 어울리게 충분히 위협적인 인상이었지만 깡패는 아니었다. 군 장교로 재직했으며 제대한 뒤 보안 전문가로 일하고 있었다.

그리고 아주 유능했다. 시몬이 머리를 획 돌렸다. 주인의 시선을 의식한 그는 곧장 창가로 가서 밖을 내다보았다.

"그냥 불빛이 반짝였어."

모레노가 설명했다. 보디가드는 블라인드를 내리자고 했다.

"괜찮아."

모레노는 '좋은 공기'의 도시에서 자비로 비행기 일반석을 타고 온 에두아르도 드라루아에게 멋진 경치를 구경할 자격이 있다고 생각했다. 대기업과 정치가를 위한 광고 기사나 써대는 기자들과 달리 진실 규명으로 널리 알려진, 열심히 일하는 기자라면 이런 호사를 경험할 기회가 드물 것이다. 사우스코브인의 멋진 식당에서 아주 좋은 점심도 대접해야겠다.

시몬은 한 번 더 밖을 내다보고 의자로 돌아가 잡지를 집어 들었다.

드라루아가 녹음기를 눌렀다.

"이제 시작할까요?"

"그러죠."

모레노는 기자에게 주의를 집중했다.

"모레노 씨, 당신이 이끄는 '지역자율운동'이 최근 아르헨티나에도 최초로 사무실을 열었습니다. 어떻게 이런 발상을 하게 되셨습니까? 단체는 어떤 활동을 하고 있나요?"

수십 번 되풀이한 강의였다. 기자나 청중에 따라 내용은 다소 달랐지만 핵심은 간단했다. 소규모 임대, 소규모 농업, 소규모 산업 등을 통해 토착민이 자급자족함으로써 미국 정부와 대기업의 영향력을 거부하자는 것이었다. 그는 기자에게 말했다.

"우리는 미국 대기업의 개발을 거부합니다. 궁극적으로 그들의 가치관에 우리를 중독시키는 데 목적이 있는 정부 지원과 사회 운동도 거부합니다. 그들은 우리를 인간으로 바라보지 않습니다. 그들에게 우리는 값싼 노동력이자 미국의 상품 시장일 뿐입니다. 이 악랄한 순환 고리가 보이십니까? 우리 민족은 미국이 소유한 공장에서 착취당하고 있으며, 바로 그 기업의 상품을 구매하도록 유혹받고 있습니다."

기자가 말했다.

"저는 아르헨티나와 기타 남미 국가의 기업 투자에 대한 기사를 많이 썼고, 당신의 단체 역시 이런 투자를 한다는 것을 알고 있습니다. 당신이 자본주의를 비난하면서도 역시 포용하고 있다고 보는 사람도 있을 텐데요."

모레노는 어중간하게 자란 머리카락을 쓸어내렸다. 일찌감치 흰머리가 섞인 검은 머리였다.

"아뇨. 나는 자본주의의 오용을 비난하는 겁니다. 특히 미국의 자본주의 오용을. 나는 사업을 무기로 이용합니다. 변화를 이끌어내기 위해 이데올로기에만 의존하는 건 바보짓이지요. 이념이 방향타라면, 돈은 프로펠러입니다."

기자가 미소를 지었다.

"그 표현을 제목으로 뽑아야겠습니다. 음, 당신을 혁명가라고 일컫는 사람들도 있더군요."

"하, 나는 목소리가 클 뿐입니다!"

모레노의 미소가 잦아들었다.

"하지만 두고 보세요. 세계는 중동에 집중하느라 훨씬 강력한 힘의 탄생을 놓쳤습니다. 바로 라틴아메리카죠. 제가 대표하는 것은 그것입니다. 새로운 질서. 우리는 더 이상 무시당할 수 없습니다."

로베르토 모레노는 일어나서 창가로 다가갔다.

정원에는 3미터 높이의 포이즌우드 한 그루가 우뚝 서 있었다. 이 스위트룸에 자주 묵는 그는 이 나무를 좋아했다. 동지애까지 느껴졌다. 포이즌우드는 강력하고 쓰임새가 많으며 완벽하리만큼 아름답다. 이름처럼 유독하다. 줄기와 잎을 태울 때 나는 연기나 꽃가루가 허파에 들어가면 고통스럽게 세포를 마비시킨다. 하지만 이 나무는 아름다운 바하마 호랑나비에게 양분을 주고 흰 왕관비둘기는 그 열매를 먹고 자란다.

나도 저 나무와 같아. 모레노는 생각했다. 기사에 쓰기 괜찮은 이미지군. 이것도 언급해야겠어―.

또다시 섬광.

눈 깜빡할 사이였다. 드문드문 돋은 나뭇잎 사이로 뭔가가 미세하게 움직이더니, 아래위로 긴 창문이 폭발했다. 수백만 개의 결정으로 부서진 유리가 눈처럼 날렸다. 모레노의 가슴에 총상이 꽃처럼 피었다.

모레노는 등 뒤로 1.5미터 떨어진 소파에 널브러졌다.

아니… 무슨 일이지? 이건 뭘까? 정신이 희미해. 정신이.

숨을 쉴 수가 없어.

그는 경치를 가로막는 창유리가 사라져 한결 선명하게 보이는 나무를 응시했다. 바다에서 불어오는 달콤한 바람에 나뭇가지가 흔들리고 있었다. 나뭇잎이 다가왔다가 멀어졌다. 그 대신 숨을 쉬고 있는 것 같았다. 그가 숨을 쉴 수 없으니. 가슴에 붙은 불 때문에, 통증 때문에.

주위는 비명 소리로 가득했다. 도와달라는 외침.

피, 온통 피.

해가 지고, 하늘은 점점 어두워졌다. 아니, 아침인가? 아내와 십대 아들, 딸의 모습이 떠올랐다. 생각은 점점 흩어지고 한 가지만 의식에 남았다. 나무.

독과 힘, 독과 힘.

몸 안의 불이 차차 사그라지고 있었다. 눈물 나는 안도감.

어둠은 점점 캄캄해졌다.

포이즌우드 나무.

포이즌우드….

포이즌우드….

5월 15일 월요일

2부
열(Queue)

끓어오르는 밀가루 버터 루에 뜨거운 액체를 너무 빨리 붓기만 해도
섬세한 소스를 망칠 수 있다. 한 번 망치면 돌이킬 수 없다.
몇 도, 몇 초 차이다.

2

파트너

"오는 중이야, 아니야?"

링컨 라임은 짜증을 숨기려 하지 않고 물었다.

"병원에 무슨 일이 생겼답니다."

복도인지, 주방인지 몰라도 여하튼 지금 있는 장소에서 톰의 목소리가 들렸다.

"늦을 거래요. 여유가 생기면 전화한답니다."

하, 구체적이군.

"무슨 일. 병원에서 무슨 일이라….."

"그렇게 말씀하셨어요."

"의사잖아. 매사에 정확해야지. 시간 엄수도 당연하고."

"의사잖습니까. 응급 상황이 생길 수 있는 겁니다."

"'응급 상황'이라는 말은 안 했어. '무슨 일'이 생겼다고 했지. 수술 예정일은 5월 26일이야. 늦추고 싶지 않다고. 그것도 너무 오래 기다리는 거야. 왜 더 빨리 못하는지 모르겠어."

라임은 빨간색 스톰 애로 휠체어를 컴퓨터 모니터 앞으로 몰고 갔다. 그리고 검은색 진과 검은색 민소매 셔츠 차림의 아멜리아 색스가 앉아 있는 등나무 의자 옆에 휠체어를 세웠다. 목에 걸린 얇은 목걸이에는 다이아몬드와 진주를 한 알씩 박은 금 펜던트가 매달려 있었다. 이른 시각이었다. 한 묶음으로 틀어 올려 쇠 핀으로 단단하게 고정한 빨강 머리에 동쪽 창문으로 쏟아지는 봄 햇빛이 매혹적으로 반사되었다. 라임은 뉴욕시경을 도와 얼마 전 마무리한 현장감식 보고서가 떠 있는 스크린으로 주의를 돌렸다.

"거의 다 됐어요."

두 사람은 맨해튼 센트럴파크 웨스트에 자리 잡은 라임의 타운하우스 거실에 앉아 있었다. 보스 트위드(Boss Tweed: 19세기의 악명 높은 미국 정치인 윌리엄 트위드를 말함-옮긴이) 시대에 손님과 구혼자를 맞이하는 차분하고 고요한 응접실로 사용했을 방은 지금 과학수사 연구실로 둔갑해 있었다. 방 안은 증거물 분석 장비와 기기, 컴퓨터로 가득 찼고 사방이 온통 전선이라 라임의 휠체어가 지나가면 늘 덜컹거리며 어깨 위쪽으로만 감각을 전달하곤 했다.

"의사가 늦는대."

라임은 색스에게 투덜거렸다. 톰과 대화할 때 색스도 겨우 3미터 떨어져 있었으니 굳이 필요 없는 말이었다. 하지만 라임은 아직 짜증이 나 있었고, 그나마 성질을 좀 더 부리고 나니 기분이 나아졌다. 그는 오른팔을 조심스럽게 터치패드 쪽으로 가져가 보고서를 마지막 문단까지 내렸다.

"좋아."

"보낼까요?"

라임이 고개를 끄덕이자 색스는 키 하나를 눌렀다. 65페이지짜리 암호 문서가 전선을 통해 7.5킬로미터 떨어진 퀸스 뉴욕시경 과학수사연구소로 날아갔다. 윌리엄스 재판의 핵심 자료가 될 내용이었다.

"다 됐어요."

다 됐지…. 열두 살, 열세 살짜리를 뉴욕 동부와 할렘 거리로 내보내 청부 살인을 하도록 한 마약왕 재판에서 증언하는 일만 빼면. 라임과 색스는 아이의 신발 바닥이 남긴 미량 증거물과 압력 증거물을 발견해 분석하고 맨해튼에 있는 어느 가게의 바닥을 거쳐 렉서스 세단의 카펫, 이어 브루클린의 한 식당, 마침내 타이 윌리엄스 본인의 집을 추적해낼 수 있었다.

갱단 두목은 증인을 살해한 현장에 없었고, 총을 건드리지도 않았고, 살인을 지시한 기록도 없었다. 어린 청부 살해범은 겁을 먹고 증언을 거부했다. 하지만 이런 난관도 기소에 장애가 되지 않았다. 라임과 색스가 범죄 현장에서 윌리엄스의 집까지 죽 이어지는 한 가닥 증거물의 연계성을 추적해낸 것이다.

이제 그는 평생 감옥에 있게 될 것이다.

색스는 휠체어에 묶여 움직이지 않는 라임의 왼팔을 잡았다. 투명한 피부 아래 희미하게 보이는 힘줄을 보니 힘주어 움켜쥐고 있다는 것을 알 수 있었다. 색스는 큰 키를 일으켜 몸을 죽 뻗었다. 새벽부터 함께 보고서를 마무리한 터였다. 색스는 5시에, 그는 약간 더 늦게 일어났다.

색스는 얼굴을 찡그리며 커피 잔이 놓여 있는 탁자로 걸어갔다. 엉덩이와 무릎의 관절염이 최근 악화한 것이다. 라임을 전신마비 환자로 만든 척추 신경 손상도 비참한 병이라고 할 수 있다. 하지만 라임의 병은 한순간도 고통을 주지 않는다.

누구의 신체든 어느 정도는 주인을 배신하게 마련이라고 라임은 생각했다. 지금 그럭저럭 건강하고 만족하게 사는 사람한테도 먼 수평선에 도사린 구름은 있다. 운동선수, 아름다운 사람, 젊은이. 피할 수 없는 내리막을 벌써부터 두려운 마음으로 기다리고 있을 그들에게 측은한 마음이 들었다.

그러나 역설적으로 링컨 라임은 그 반대였다. 그는 새로운 척수 수술 방법과 타협 없는 운동, 위험을 무릅쓴 실험 요법을 통해 '아홉 번째 지옥(단테의 《신곡》에 나오는 마지막 지옥-옮긴이)'의 부상에서 차츰 회복하고 있었다.

거기까지 생각이 미치자 의사가 다가올 수술을 위한 상태 평가 약속에 늦어서 짜증스럽다는 느낌이 다시 일었다.

그때 초인종이 딩동, 하고 울렸다. 톰의 목소리가 들렸다.

"제가 나가보죠."

타운하우스는 당연히 장애인 거주용으로 개조했기 때문에 라임은 대문 밖에 누가 왔는지 컴퓨터로 확인하고 대화를 나눈 다음 직접 안에 들이거나 방문을 거절할 수도 있었다. (그는 사람들이 그저 인사차 들르는 것을 싫어해서 돌려보내는 경우가 많았다. 톰이 선수를 치지 않으면 무례하게 굴기도 했다.)

"누구지? 먼저 확인해."

배링턴 박사일 리는 없다. 늦어지는 '무슨 일'을 처리한 뒤 전화를 하겠다고 했으니 말이다. 라임은 지금 다른 손님을 맞을 기분이 아니었다.

하지만 톰이 먼저 누군지 확인했든 안 했든 상관없었다. 론 셀리토가 거실로 들어왔기 때문이다.

"링컨, 집에 있군."

당연하지.

땅딸막한 형사는 커피와 페이스트리가 놓인 트레이를 향해 최단거리로 직행했다.

"갓 만든 걸 드릴까요?"

톰이 물었다. 날씬한 간호사는 빳빳한 흰색 셔츠, 꽃무늬가 있는 파란색 타이, 검은색 바지를 차려 입고 있었다. 오늘의 커프 링크스는 흑단, 아니면 마노같았다.

"아니, 됐어, 톰. 안녕, 아멜리아."

"안녕하세요, 론. 레이첼은 어떻게 지내요?"

"잘 있어. 필라테스를 시작했지. 뭔지는 몰라도, 무슨 운동인가봐."

셀리토는 늘 그렇듯 구겨진 갈색 슈트에 늘 그렇듯 구겨진 연파란색 셔츠 차림이었다. 진홍색 줄무늬 타이는 그답지 않게 잘 깎은 널빤지처럼 반듯했다. 새로 받은 선물일 거라고 라임은 추측했다. 여자 친구 레이첼? 5월이니 명절 선물일 리는 없고. 생일 선물이겠군. 라임은 셀리토의 생일을 몰랐다. 아니, 사람들의 생일을 대체로 몰랐다.

셀리토는 커피를 마시고 대니시 빵을 두 입 베어 물었다. 그는 늘 다이어트 중이었다.

라임과 셀리토는 오랫동안 파트너로 같이 일해왔다. 라임이 사고를 당한 뒤 달래거나 회유하는 대신 닥치고 다시 사건 해결을 시작하라고 윽박질러 업무에 복귀하도록 한 것도 론 셀리토였다. 하지만 두 사람의 이런 관계에도 불구하고 셀리토가 아무런 이유 없이 잡담이나 하려고 들르는 경우는 없었다. 그는 특수팀 소속으로 빅 빌딩—경찰본부—에서 일하며, 보통 라임이 자문을 맡는 사건의 수사를 책임지곤 했다. 그가 지금 이 집에 왔다는 것은 불길한 징조였다.

라임은 그를 훑어보았다.

"그래, 뭐 좋은 거라도 가져왔나, 론? 매력적인 사건? 흥미진진한?"

셀리토는 커피를 마시며 빵을 뜯었다.

"내가 아는 건 자네한테 여유가 있는지 고위층에서 물어봤다는 것뿐이야. 자네가 윌리엄스 사건을 마무리하는 중이라고 말했어. 그랬더니 사람들을 보낼 테니 즉각 여기로 와서 만나보라더군. 오고 있을 거야."

"사람들?"

라임은 냉소적으로 물었다.

"'무슨 일' 때문에 못 온다던 내 의사처럼 구체적인 표현이군. 전염성이라도 있나. 감기도 아니고."

"이봐, 링컨. 내가 아는 건 그것뿐이라고."

라임은 색스에게 삐딱한 눈길을 보냈다.

"그 건으로 나한테 직접 전화한 사람은 아무도 없었어. 자네가 받았나, 색스?"

"아뇨."

셀리토가 말했다.

"아, 그건 다른 내용 때문이야."

"다른 내용이라니?"

"무슨 사건인지는 몰라도, 기밀이야. 앞으로도 죽."

그렇다면 적어도 흥미진진한 쪽으로 한 발은 내딛은 셈이군. 라임은 생각했다.

3

표적 살인

　라임은 서로 더 이상 다를 수 없는 손님 2명이 거실 안으로 들어오는 모습을 올려다보았다.
　한 사람은 오십대 남자였다. 몸가짐이 군인 같고, 검정색에 가까운 군청색 슈트는 어깨선을 보니 기성품이었다. 턱이 발달했고 깨끗이 면도했다. 피부는 그을었고 머리는 해병대 스타일로 아주 짧았다. 간부이겠군. 라임은 생각했다.
　다른 한 사람은 삼십대 초반의 여성이었다. 통통한 체구였지만 아직 비만은 아니었다, 아직. 윤기 없는 금발은 끄트머리를 뒤집어 올린 시대착오적 스타일이고, 스프레이를 뿌려 뻣뻣했다. 살색 메이크업을 지나치게 해서 허연 안색이 가면 같은 인상을 주었다. 별다른 여드름이나 얽은 자국이 없는 걸 보니 멋을 낸답시고 바른 것 같았다. 섀도나 라이너 자국이 없는 권총 총구 같은 검은색 눈은 크림색 얼굴과 대비되어 더욱 냉혹한 인상을 풍겼다. 얇은 입술 역시 색깔이 없고 메말라 있었다. 라임은 그다지 자주 미소 짓는 입은 아니라고 추측했다.
　여자는 주변 사물을 차례로 둘러보며—장비, 창문, 라임—낱낱이 이해하거나 불필요한 정보라는 결론을 낼 때까지 하나하나 무시무시한 시선을 쏟아 부었다. 진한 회색 슈트도 비싼 것은 아니고, 플라스틱 버튼 세 개 모두 꼭 잠겨 있었다. 검은색 원형 단추가 약간 고르지 않은 것으로 보건대 완벽하게 몸에 맞는 슈트에 하필 단추가 어울리지 않아 직접 교체한 게 아닐까 하는 생각이 들었다. 검은색 단화는 여기저기 닳았고, 최근 액상 구두약을 칠해 닳은 부분을 가린 것 같았다.

알겠군. 라임은 생각했다. 소속을 알 것 같았다. 그러고 보니 한결 묘했다.

셀리토가 남자를 소개했다.

"링컨, 이쪽은 빌 마이어스."

손님이 고개를 끄덕였다.

"경감, 만나서 영광입니다."

그는 라임이 몇 년 전 장애 사유로 퇴직할 때의 뉴욕시경 시절 최종 직급을 사용했다. 그렇다면 마이어스의 신원은 확실했다. 라임이 옳았다. 경찰 간부. 꽤나 고위직.

라임은 전기 휠체어를 앞으로 움직이며 손을 내밀었다. 간부는 갑작스러운 손의 움직임을 깨닫고 잠시 망설이다 손을 잡았다. 라임은 한 가지 더 깨달았다. 색스의 몸이 약간 굳은 것이다. 색스는 라임이 이렇게 사교용으로 팔과 손가락을 불필요하게 사용하는 걸 좋아하지 않았다. 하지만 링컨 라임은 어쩔 수 없었다. 지난 10년은 그에게 내린 운명을 바로잡기 위해 노력한 세월이었다. 몇 안 되는 승리가 자랑스러웠고, 그걸 열심히 써먹고 싶었다. 게다가 갖고 놀지 않는다면 장난감이 무슨 소용이란 말인가?

마이어스가 다른 수수께끼의 손님을 소개했다. 이름은 낸스 로렐이었다.

"링컨입니다."

다시 악수. 이번에는 마이어스보다 강한 손길 같았다. 하지만 물론 라임은 가늠할 수 없었다. 감각이 움직임을 동반하지 않기 때문이었다.

로렐의 날카로운 눈빛이 라임의 숱 많은 갈색 머리와 큼직한 코, 날카로운 검은색 눈을 훑어보았다. 그러곤 간단히 말했다.

"안녕하세요."

"음, 당신은 검사로군요."

로렐은 라임의 추론에 별다른 물리적 반응을 보이지 않았다. 잠시 망설이다 대답했다.

"네, 맞습니다."

치찰음을 강조하는 명료한 목소리였다.

셀리토는 이어 마이어스와 로렐을 색스에게 소개했다. 간부는 소문을 들어 알고 있는 듯 색스를 훑어보았다. 라임은 색스가 악수를 하기 위해 앞으로 나서는 순간 눈살을 살짝 찌푸리는 걸 눈치챘다. 색스는 악수를 나눈 후 걸음걸이를 바로잡고 의자 쪽으로 돌아왔다. 색스가 애드빌 두 알을 살며시 입에 털어 넣고 그대로 삼키는 모습은 라임 혼자만 본 것 같았다. 아무리 통증이 심해도 색스는 그 이상 독한 약은 복용하지 않았다.

마이어스의 직급 역시 경감이었다. 라임이 들어보지 못한 부서를 지휘하고 있었다. 새로 생긴 것 같았다. 특수업무부. 자신감 있는 태도나 비밀스러운 눈빛을 보니 마이어스와 그가 이끄는 부서는 뉴욕시경 내에서 상당한 힘이 있는 것 같았다. 어쩌면 언젠가 뉴욕시티의 공직을 노리는 인물인지도 모른다.

라임 자신은 뉴욕시경 같은 조직 내 역학 관계에 관심이 없고, 그 너머 올버니나 워싱턴 같은 곳에는 더더욱 관심이 없었다. 지금 당장 흥미로운 것은 이 남자의 존재일 뿐이었다. 수수께끼 같은 조직 계통에 있는 고위 경찰이 목표물을 노리는 사냥개 같은 검사를 대동하고 나타났다는 것은 한 사건이 끝난 후 라임의 최대 강적인 무시무시한 따분함을 물리칠 수 있는 업무가 등장했다는 뜻이다.

기대감으로 심장이 두근거리는 것을 느꼈지만, 그건 감각이 없는 가슴 부위가 아니라 관자놀이였다.

빌 마이어스가 낸스 로렐을 보며 말했다.

"이분이 상황을 해부해줄 겁니다."

라임은 삐딱한 시선을 셀리토에게 보냈지만 눈이 마주치지는 않았다. '상황 해부.' 라임은 관료와 언론인들의 대화에 자주 나오는 부자연스러운 조어를 좋아하지 않았다. '판을 엎는다'도 최근 등장한 비슷한 용어였다. '카부키'도 마찬가지였다. 중년 여성이 머리카락에 넣은 새빨간 부분 염색이라든지, 뺨에 새긴 문신 같은 느낌이 들었다.

다시 침묵.

이윽고 로렐이 입을 열었다.

"경감님."

"링컨. 난 퇴직했습니다."

잠시 침묵.

"좋아요, 링컨. 제가 맡은 사건이 있는데, 독특한 문제가 있어서 당신이 수사를 지휘하는 게 적절하겠다는 제안을 받았습니다. 당신과 색스 형사. 자주 함께 일하신다고 들었습니다만."

"맞습니다."

과연 로렐 검사가 긴장을 풀 때가 있을지 궁금했다. 없을 것 같았다. 검사가 말을 이었다.

"설명을 드리죠. 지난 화요일, 5월 9일, 한 미국 시민이 바하마의 고급 호텔에서 살해당했습니다. 현지 경찰이 수사를 진행하고 있지만 총을 쏜 사람은 미국인이고, 국내에 돌아와 있다고 믿을 만한 이유가 있습니다. 아마 뉴욕 지역 안에 있을 겁니다."

검사는 문장마다 사이를 두었다. 적확한 단어를 찾느라 그런 것일까? 아니면 적절치 않은 단어가 튀어나오는 것을 경계하는 것일까?

"범인을 살인죄로 기소하지는 않을 예정입니다. 타국에서 발생한 범행에 대해 국내 법정에서 유죄를 입증하기는 어렵습니다. 가능은 하지만 너무 오래 걸립니다."

다시 더 깊은 망설임.

"그리고 신속하게 처리하는 것이 중요합니다."

왜? 라임은 궁금했다.

흥미롭군….

로렐은 말을 이었다.

"저는 뉴욕에서 기소 가능한 다른 독립된 증거를 찾는 중입니다."

"공모죄."

라임은 즉각 추론했다.

"좋아요, 좋습니다. 마음에 들어요. 살인을 여기서 공모했다는 가정 아래."

"그겁니다. 뉴욕에 거주하는 사람이 시내에서 범행을 지시했습니다. 그래서 저한테 사법권이 있죠."

모든 경찰 혹은 전직 경찰이 그렇듯 라임 역시 법률가 못지않게 법을 환히 꿰고 있었다. 그는 관련된 뉴욕 형법 조항을 떠올렸다. 특정인에게 범행 요건을 구성하는 행위를 실행시킬 의도가 있었고 한 사람 이상이 그 행위를 실행하는 데 참여하거나 원인을 제공하는 데 동의했을 때, 공모의 죄가 성립한다. 그는 덧붙였다.

"살인을 미국 밖에서 저질렀다 해도 공모자가 실행시킨 행위는 뉴욕에서 일어난 범죄이기 때문에 사건을 여기서 다룰 수 있는 거죠."

"맞습니다."

검사가 대답했다. 라임이 제대로 추론해서 흡족했을까. 겉으로는 알 수 없었다.

색스가 말했다.

"살인을 지시한 사람이 있다고 하셨는데, 조직범죄 청부 살인인가요?"

최악의 조직범죄 보스 대부분은 자신이 저지른 갈취와 살인, 납치로 체포 또는 기소되지 않는다. 현장과의 연계성을 입증할 단서를 찾을 수 없기 때문이다. 그들은 대체로 그런 사건을 공모한 죄로 감옥에 간다.

하지만 로렐은 말했다.

"아뇨. 이건 다른 사건입니다."

라임의 머리가 빠르게 돌아갔다.

"하지만 공모자의 신원을 파악해서 체포하면, 바하마 쪽도 범인을 인도하려 할 겁니다. 최소한 총을 쏜 사람은."

로렐은 말없이 라임을 바라보았다. 자꾸 사이를 두는 것이 슬슬 불안해지기 시작했다.

검사가 마침내 말했다.

"저는 송환에 반대할 겁니다. 90퍼센트 이상 저한테 승산이 있어요."

삼십대 여성치고 로렐은 젊어 보였다. 어딘가 학생 같은 순수함이 있었다. 아니 '순수함'은 적절한 단어가 아니라고 라임은 생각했다. 외골수다. 고집불통이라는 단어도 적합하겠다.

셀리토는 로렐과 마이어스에게 물었다.

"용의자는 있습니까?"

"네. 아직 총을 쏜 사람의 신원은 알아내지 못했지만, 살인을 지시한 두 사람은 압니다."

라임은 미소를 지었다. 안에서 호기심 그리고 먹잇감의 냄새 분자 하나를 감지한 늑대의 본능이 꿈틀거렸다. 겉으로 그런 의욕을 드러내지는 않았지만, 낸스 로렐 역시 같은 느낌이라는 것을 알 수 있었다. 이 이야기가 어떻게 흘러갈지 알 것 같았다. 단순한 흥미로움을 훨씬 뛰어넘는 결말이었다.

로렐이 말했다.

"이건 미국 정부 관료가 지시한 표적 살인, 암살입니다. NIOS. 이곳 맨해튼에 본부를 둔 국가정보활동국 국장."

어느 정도 라임이 추정한 대로였다. 하지만 그는 CIA나 국방부 쪽을 예상했었다.

셀리토가 중얼거렸다.

"맙소사! 연방 공무원을 체포하겠다고?"

그러곤 마이어스를 바라보았지만 아무런 반응도 없었다. 셀리토는 다시 로렐을 쳐다보았다.

"할 수 있소?"

로렐은 호흡 두 번 정도의 사이를 두고 말했다.

"무슨 뜻이죠, 형사님?"

당혹스러운 말투. 셀리토는 아마 문자 그대로의 의미로만 말했을 것이다.

"아니, 면책 특권 같은 게 있지 않소?"

"NIOS 변호사들이 면책 특권을 들고 나오려 하겠지만, 이건 저한테 익숙한 분야예요. 정부 관료의 면책 특권에 대한 논문을 쓴 적이 있습니다. 주 법정에서는 90퍼센트 성공 가능성이 있다고 생각해요. 항소심에서는 80퍼센트. 대법원에 가면 절대적으로 승산이 있습니다."

"면책 특권 관련법이 어떻게 되죠?"

색스가 묻고, 로렐이 설명했다.

"최고법 조항과 관련된 사안입니다. 간단히 말해, 규정이 상충할 때 연방법이 주법에 우선한다는 헌법 조항이죠. 연방 공무원이 주어진 권한 내에서 행동할 때, 뉴욕은 연방 공무원을 주법으로 기소할 수 없습니다. 하지만 이번 상황에서, 저는 NIOS 국장이 권한 밖의 월권 행동을 했다고 믿어요."

로렐이 마이어스에게 눈길을 주자 그가 말했다.

"우리가 그 문제를 숙고해봤는데, 이자가 암살의 근본 당위를 형성한 정보를 개인적 의제를 위해 조작했다고 믿을 만한 구체적인 근거가 있습니다."

숙고…. 당위….

"그 개인적 의제라는 게 뭡니까?"

라임이 물었다.

"정확히는 알 수 없지만, 국가를 보호한다는 사명에 집착해 위협이 되는 사람들을 모두 제거하려는 것 같습니다. 설령 위협이 아닐지라도, 자신이 보기에 비애국적이라고 생각하는 사람들 모두를 말입니다. 그자가 나소에서 살해 명령을 내린 남자는 테러리스트가 아니었습니다. 그냥….”

"자기주장이 강했지요."

로렐이 말했다. 색스가 물었다.

"한 가지 질문할게요. 검찰총장이 이 수사를 허가했나요?"

상관과 수사 허가에 대한 질문이 나오자 로렐은 발끈하는 감정을 다스리기 위해 한층 망설이는 것 같았다. 물론 겉으로는 알 수 없었다. 로렐은 평정하게 대답했다.

"살해에 대한 정보가 우리 검찰, NIOS가 위치한 관할 사법 기관으로 들어왔습니다. 검사장님과 제가 논의했습니다. 저한테 면책 특권에 대한 경험이 있고, 이런 종류의 범죄에 큰 관심이 있기 때문에 제가 사건을 담당하겠다고 했습니다. 개인적으로 모든 표적 살인은 적법 절차를 거스르기 때문에 헌법에 반한다고 생각합니다. 검사장님은 이번 사건이 지뢰밭이라는 걸 알고 있느냐고 물었고, 저는 알고 있다고 대답했습니다. 이후 검사장님이 올버니의 검찰총장에게 보고했고, 검찰총장이 수사를 해도 좋다고 했습니다. 그러니, 네, 총장님의 재가를 받은 셈이죠."

로렐은 흔들리지 않는 눈빛으로 색스를 바라보았고, 색스 역시 똑같은 눈빛으로 그 시선을 받았다.

라임은 맨해튼의 검사장과 주 검찰총장 모두 현재 정권을 쥔 워싱턴 행정부의 반대당 소속이라는 생각이 들었다. 이런 생각이 드는 게 타당할까? 사실 관계가 뒷받침을 한다면 냉소적인 시각도 단순한 냉소는 아니지. 라임은 생각했다.

"벌집을 건드리는 꼴이군."

셀리토가 말했다. 로렐를 제외한 모든 사람이 미소를 지었다.

마이어스가 라임에게 말했다.

"그래서 낸스가 우리에게 왔을 때 당신을 추천한 겁니다, 경감. 당신과 셀리토 형사, 색스 형사는 일반 형사들보다 약간 독립적으로 움직이지 않습니까. 대부분의 수사팀과 달리 경찰 체계에 묶여 있지 않지요."

 링컨 라임은 현재 뉴욕시경, FBI, 기타 법과학 분석 비용을 지불할 수 있는 모든 조직의 의뢰를 받아 도전이라는 나침반의 정북(正北) 근처를 가리키는 사건에 한해 자문으로 일하고 있었다.

 라임은 물었다.

 "공모자, NIOS 국장은 누굽니까?"

 "이름은 슈리브 메츠거."

 "총을 쏜 사람에 대한 추측은 전혀 없나요?"

 색스가 물었다.

 "없습니다. 군인일 수도 있는데, 그러면 문제가 되겠죠. 민간인이면 다행이고요."

 "다행?"

 색스가 물었다.

 라임은 군형법 체계가 일을 복잡하게 만들기 때문이라는 뜻으로 해석했다. 하지만 로렐은 부가 설명을 했다.

 "군인은 용병이나 민간인보다 배심원의 동정을 잘 받죠."

 셀리토가 말했다.

 "아까 살인범 외에 공모자가 둘이라고 했는데, 메츠거 말고 누구요?"

 로렐은 은근히 사소한 문제라는 말투로 대꾸했다.

 "아, 대통령이죠."

 "어디 대통령?"

 셀리토가 물었다.

 이것 역시 망설일 필요가 있는 대답이었는지 몰라도 로렐은 어쨌든 다시 잠시 사이를 두었다.

 "당연히 미국 대통령이죠. 모든 표적 살인은 대통령의 재가가 필요하다고 확신해요. 하지만 저는 그쪽을 추적하려는 게 아닙니다."

 "맙소사! 그런 일은 없어야지."

론 셀리토는 재채기를 억누르는 듯한 웃음소리를 냈다.
"그건 정치적인 지뢰밭 정도가 아니야. 핵탄두라고."
로렐은 아이슬란드어라도 번역해서 듣는 듯 미간을 찌푸렸다.
"이건 정치 문제가 아닙니다, 형사님. 대통령이 표적 살인을 지시하면서 직권 밖의 행위를 했다 해도, 그 경우 형사법상 절차는 탄핵입니다. 하지만 당연히 이건 제 관할권 밖의 문제입니다."

4

수상한 남자

생선 굽는 냄새가 잠시 그의 주의를 끌었다. 라임과 바나나를 넣었군. 향료도 들어갔는데. 하지만 무슨 향료인지는 알 수 없었다.

공기 냄새를 다시 맡았다. 뭘까?

짧게 친 갈색 머리에 다부진 체격의 남자는 부서진 보도에서 한가로이 산책을 계속했다. 이어 콘크리트 블록이 아예 벗겨진 흙길이 나왔다. 남자는 열기를 발산하기 위해 검정색 슈트 재킷 자락을 활짝 열어젖히며 타이를 매지 않아 다행이라고 생각했다. 그는 잡초가 가득 자란 공터 옆에서 멈춰 섰다. 늦은 오후, 나지막한 가게와 페인트를 더 칠해야 할 것 같은 파스텔 색조의 집들이 가득 찬 거리는 텅 비어 있었다. 사람은 없고, 팟케이크 종 똥개 두 마리가 그늘에서 게으르게 늘어져 있었다.

그때 여자가 나타났다.

여자는 가브리엘 가르시아 마르케스의 소설을 손에 든 채 딥 펀 다이브 숍(Deep Fun Dive Shop)을 나서서 웨스트베이 방향으로 걷기 시작했다.

그을린 피부에 금발. 젊은 여자는 헝클어진 머리카락에 관자놀이부터 젖가슴까지 구슬로 땋은 머리 한 가닥을 늘어뜨리고 있었다. 모래시계 같은, 날씬한 모래시계 같은 몸매였다. 노란색과 빨간색이 섞인 비키니 차림에 허리에는 아슬아슬하게 속이 비치는 오렌지색 천을 두르고 있었다. 나긋나긋하고 에너지로 가득한 몸매였다. 웃으면 장난기가 넘칠 것 같았다.

그때 역시 그런 미소가 떠올랐다.

"아니, 이게 누구야."

여자가 남자 옆에서 멈추며 말했다.

나소 중심가에서 약간 떨어진 조용한 지역이었다. 나른한 상업 지역. 페이지를 접어놓은 책처럼 귀를 아래로 축 늘어뜨린 채 개들이 나른하게 바라보고 있었다.

"안녕."

제이컵 스완은 마우이 짐스 선글라스를 벗고 얼굴을 닦았다. 선글라스를 다시 썼다. 자외선 차단제를 가져올걸. 이번 바하마 여행은 예정에 없었다.

"흠, 내 전화가 고장 난 모양이네."

아넷은 삐딱하게 말했다.

"그런가보지."

스완은 얼굴을 찡그리며 말을 이었다.

"알아. 내가 전화한다고 했었지. 잘못했어."

물론 잘못이라고 해봤자 경범죄 수준이었다. 아넷은 돈을 주고 시간을 산 여자였으니, 다른 상황이었다면 이 쌀쌀한 말투는 전혀 다른 의미였을 것이다.

하지만 지난주 그날 밤은 단순한 '접대' 이상이었다. 아넷은 두 시간 비용만 받았는데도 하룻밤을 함께했다. 물론 영화 〈프리티 우먼〉 수준의 저녁은 아니었지만, 두 사람 다 그 시간을 즐겼다.

창문을 통해 들어왔다가 나가는 부드럽고 습기 찬 산들바람, 규칙적으로 정적을 깨뜨리는 파도 소리 속에서 거래한 시간은 빠르게 흘러갔다. 그는 아넷에게 가지 말라고 했고, 그녀도 동의했다. 모텔 방에는 주방이 딸려 있었다. 제이컵 스완은 늦은 저녁을 요리했다. 나소에 도착한 뒤 그는 염소고기, 양파, 코코넛 우유, 기름, 쌀, 핫 소스, 토속 향료, 기타 요리 재료를 사두었다. 능숙한 솜씨로 뼈에서 고기를 발라내고 한 입 크기로 자른 뒤 버터밀크에 재워두기도 했다. 뭉근한 불에 여섯 시간 동안 끓인 스튜는 밤 11시에 완성됐다. 두 사람은 저녁을 먹고 좋은 론 적포도주를 마신 다음 다시 침대로 돌아갔다.

"장사는 어때?"

스완은 무슨 장사를 말하는지 알려주기 위해 가게 쪽으로 턱짓을 하며 물었다. 딥 편의 파트타임 장사는 스노클 대여보다 훨씬 많은 돈을 지불하는 고객들을 낚는 미끼이기도 했다. (둘 다 가게 이름의 이중적 의미를 잘 알고 있었다.)

아녯은 멋진 어깨를 으쓱했다.

"나쁘지 않아. 경기는 안 좋은데, 돈 많은 사람들은 그래도 산호와 물고기 구경을 좋아하거든."

잡초가 무성한 공터에는 타이어와 콘크리트 조각, 부속은 오래전 다 털린 채 외장만 남은 우그러지고 녹슨 기계류 따위가 흩어져 있었다. 날은 시시각각 뜨거워졌다. 강렬한 햇빛 아래 온통 먼지와 빈 깡통, 손질이 필요한 잡초투성이였다. 또다시 냄새. 생선 굽는 냄새, 라임, 바나나, 쓰레기를 태우는 연기.

또 그 향료다. 뭘까?

"내가 어디서 일하는지 가르쳐주지 않은 것 같은데."

여자가 턱짓으로 가게를 가리켰다.

"아니야. 이야기했어."

스완은 머리를 긁었다. 둥근 머리통에 땀이 맺혀 있었다. 재킷 자락을 다시 들어 올렸다. 공기 느낌이 좋았다.

"덥지 않아?"

"아침에 회의가 있었어. 점잖은 복장을 해야 하는 자리여서. 이제야 일이 끝났어. 당신 일정이 궁금해서…."

"오늘 밤?"

아넷은 기대하는 눈치로 물었다.

"아, 회의가 한 건 더 있어."

제이컵 스완의 얼굴에는 표정이 없었다. 그저 아넷의 눈만 들여다보고 있었다. 유감스럽다는 눈치도, 소년처럼 밀고 당기는 눈치도 없었다.

"지금 가능하면 좋겠다 싶었는데."

아마 배고픈 눈빛일 것이다. 사실 지금의 스완이 그랬다.

아넷이 물었다.

"그 와인이 뭐였지?"

"내가 저녁 때 대접한 거? 샤토뇌프뒤파프. 원산지는 기억 안 나."

"아주 맛깔스러웠는데."

제이컵 스완이 자주―아니, 절대―사용하지 않는 단어였지만, 그래도 맛깔스러웠다. 여자도 그랬다. 얼른 당겨달라는 듯 밑으로 늘어져 있는 비키니 팬티 끈. 파란 발톱을 드러낸 쪼리 샌들. 검지발가락은 양쪽 다 금반지를 끼고 있었다. 귀걸이와 잘 어울렸다. 다양하게 겹쳐 낀 금팔찌도 마찬가지였다.

아넷 역시 그를 훑어보고 있었다. 아마 벌거벗은 근육질 몸, 날렵한 허리, 힘센 가슴과 팔을 떠올리고 있으리라. 근육이 울퉁불퉁한 팔. 스완은 그 근육을 만들려고 열심히 운동했다.

"계획은 있지만….'

다음 문장은 다시 떠오른 미소 속에 묻혔다.

스완의 차를 향해 걸으며, 아넷은 그의 팔을 잡았다. 그는 여자를 조수석에 앉혔다. 차 안에 들어간 뒤 아넷은 아파트로 가는 길을 알려주었다. 시동을 건 그는 기어를 넣지 않고 멈췄다.

"아, 잊었네. 전화는 안 했지만 선물을 가져왔어."

"정말? 뭔데?"

아넷은 반가워서 목소리를 높였다. 그는 뒷좌석에 놓인 서류 가방대용 배낭에서 상자를 꺼냈다.

"보석 좋아하지?"

"안 그런 여자도 있어?"

여자는 상자를 열었다.

"몸값 대신 주는 건 아니야. 알지? 그냥 보너스야."

"아, 됐어."

아넷은 대수롭지 않다는 듯 미소를 지었다. 그리고 작고 기다란 상자를 여는 데 집중했다. 스완은 거리를 둘러보았다. 아직 텅 비어 있었다. 그는 각도를 계산하고 왼손을—손바닥을 편 상태에서 엄지와 검지를 똑바로 세우고 넓게 벌린 채—뒤로 젖힌 다음 여자의 목을 세게 내리쳤다.

아넷은 헉하는 소리와 함께 눈을 커다랗게 떴다. 그리고 뻣뻣하게 목을 움켜잡았다.

"어, 어, 어…."

까다로운 일격이었다. 기도를 완전히 뭉개지 않도록 힘을 빼되—말은 할 수 있게 해야 했다—비명을 지를 수 없도록 세게 쳐야 했다.

아넷의 눈이 그를 응시했다. 그의 이름을, 아니 지난주에 알려준 가명을 부르고 싶은지도 몰랐다. 스완은 미국 여권 세 개, 캐나다 여권 두 개에 다섯 개 이름의 신용카드를 갖고 있었다. 잘 모르는 사람에게 마지막으로 '제이컵 스완'이라는 이름을 썼던 게 언제인지 솔직히 기억도 나지 않았다. 여자를 침착하게 바라보다가 배낭에서 덕트 테이프를 꺼내기 위해 돌아앉았다.

그는 살색 라텍스 장갑을 끼고 테이프 한 조각을 찢었다. 그리고 문득 멈췄다. 바로 그거였다. 인근 어딘가에서 누군가가 생선 요리에 집어넣은 향료.

고수.

어떻게 그걸 깜빡했을까?

5

여검사

"피해자는 로버트 모레노입니다. 38세."
로렐이 말했다. 색스가 대답했다.
"모레노…. 들어본 이름 같은데요."
"신문에 났어, 형사. 1면에."
빌 마이어스가 대답했다. 셀리토가 물었다.
"잠깐. 그 반미주의 미국인? 어느 헤드라인에서 본 것 같은데."
"맞습니다."
마이어스 경감은 사적인 감정을 드러내며 덧붙였다.
"재수 없는 놈."
경찰 전문 용어도 필요 없었다.
라임은 로렐이 마이어스의 말을 탐탁찮게 생각한다는 것을 눈치챘다. 요점에서 빗나간 이야기로 시간을 보내는 게 답답한 것 같기도 했다. 신속하게 처리하고 싶다던 로렐의 말이 떠올랐다. 이제 그 이유를 알 수 있었다. NIOS에서 수사에 대해 눈치채면 중단시킬 방법을 찾을 것이다. 법률적으로. 어쩌면 다른 방식으로.
음…. 라임 역시 답답했다. 그는 흥미진진한 내용을 원했다.
로렐은 흰색 셔츠 차림으로 라디오 마이크 앞에 앉은 잘생긴 남자의 사진을 꺼냈다. 얼굴이 둥글고 머리가 조금 벗겨진 남자였다. 로렐이 설명했다.

"카라카스의 자기 라디오 스튜디오에서 찍은 사진입니다. 미국 여권을 가지고 있지만, 베네수엘라에서 살고 있었죠. 바하마에는 사업상 갔고요. 5월 9일, 저격수가 호텔 방에 있는 그를 쐈습니다. 두 사람이 함께 당했습니다. 보디가드, 인터뷰 중이던 기자. 보디가드는 베네수엘라에 사는 브라질인, 기자는 아르헨티나에 사는 푸에르토리코인입니다."

라임이 지적했다.

"언론에서는 큰 소란을 피우지 않았습니다. 정부를 의심할 여지가 있다면 더 크게 보도했을 텐데요. 누가 용의자로 지목됐습니까?"

로렐이 대답했다.

"마약 카르텔. 모레노는 라틴아메리카의 빈곤 토착민을 돕는 '지역자율운동'이라는 단체를 만든 사람입니다. 마약 밀매에 비판적이었지요. 그 점이 보고타와 몇몇 중앙아메리카 국가를 건드렸습니다. 하지만 특정 카르텔이 그를 죽이려 했다는 가설을 뒷받침할 만한 증거는 찾지 못했어요. 저는 메츠거와 NIOS가 자기들이 의심받는 것을 피하기 위해 카르텔에 대한 이야기를 흘렸다고 생각합니다. 그리고 말씀드리지 않은 게 있어요. NIOS 저격수가 그를 죽였다는 것은 사실입니다. 증거가 있어요."

"증거?"

셀리토가 물었다. 자세한 사실을 설명하게 되어서 기쁘다는 게 로렐의 표정이 아닌 몸짓 언어에서 드러났다.

"내부 고발자가 있습니다. NIOS 내부인 혹은 관련자. 모레노를 살해하라는 명령을 고발했죠."

"위키리크스처럼?"

셀리토가 묻더니 고개를 저었다.

"아니, 그럴 리가 없어."

라임이 말했다.

"그럴 리는 없어. 그랬다면 뉴스에 다 떴겠지. 검찰에 직접 흘린 거야. 조용히."

마이어스가 말했다.

"맞습니다. 미세 신경망을 통해 알렸습니다."

라임은 마이어스의 괴상한 언어를 무시하고 로렐에게 말했다.

"모레노에 대해 알려주시죠."

로렐은 기록을 보지 않고 기억나는 대로 설명했다. 뉴저지 출생. 12세 때 아버지 직장 문제로 가족이 미국을 떠나 중앙아메리카에 정착. 아버지는 미국 정유 회사 소속 지질학자. 모레노는 현지 미국 학교에 등록했지만, 어머니가 자살한 뒤 일반 학교로 전학했다. 학업 성적은 좋았다.

"자살?"

색스가 물었다.

"이사하고 적응하는 데 문제가 있었던 것 같습니다. …남편도 직업상 중미 지역 시추 탐사 현장에 늘 출장을 다녔어요. 집에는 오래 있지 않았답니다."

로렐은 피해자에 대한 설명을 계속했다. 모레노는 어린 나이부터 미국 정부와 대기업의 이익을 위해 남미와 중미 토착민이 착취당하는 것을 싫어했다. 멕시코시티에서 대학을 졸업한 뒤, 라디오 진행자 겸 사회운동가로 미국과 이른바 21세기 제국주의를 통렬하게 비판하는 글을 쓰고 방송을 했다.

"그는 카라카스에 정착해 노동자들이 미국과 유럽 기업에서 직장을 얻고 지원을 얻는 대신 자급자족할 수 있는 대안으로 '지역자율운동'을 만들었습니다. 남미와 중미, 카리브 해 지역에 대여섯 개의 사무실이 있습니다."

라임은 어리둥절했다.

"그다지 테러리스트처럼 보이지는 않는데요."

로렐이 말했다.

"맞습니다. 하지만 모레노는 일부 테러 단체에 대해 우호적인 발언을 했습니다. 알카에다, 알샤바브, 중국 신장 지역의 동투르키스탄 이슬람 운동. 그리고 라틴아메리카의 몇몇 극단주의 조직과도 연대했습니다. 콜롬비아 민족해방군, 콜롬비아 무장혁명군, 콜롬비아 통합민병대. 페루의 센데로 루미노소에도 강하게 공감했습니다."

"샤이닝 패스(마오쩌둥 사상을 추종하는 좌익 테러 단체. '빛나는 길'이라는 뜻-옮긴이)?"

색스가 물었다.

"맞습니다."

적의 적은 친구라는 거군. 라임은 생각했다. 폭탄으로 아이들을 날려버려도 말이지. 그는 물었다.

"그런데? 그렇다고 표적 살인을? 그런 이유로?"

로렐이 설명했다.

"최근 모레노의 블로그와 방송은 점점 더 과격한 반미 성향을 드러내고 있었습니다. 자신을 '진실의 메신저'라고 불렀어요. 그의 주장 일부는 정말 공격적이었습니다. 미국을 정말 싫어했죠. 그가 사람들에게 미국 여행자 또는 군인을 죽이거나 미국 대사관 또는 해외 영업소에 폭탄을 던지라고 선동한다는 소문도 있었습니다. 하지만 저는 그가 실제로 그런 명령을 내리거나 특정한 공격을 수행하라고 암시한 발언을 단 하나도 찾지 못했습니다. 단순히 선동하는 것은 음모를 꾸미는 것과 다르죠."

만난 지 불과 몇 분밖에 되지 않았지만 라임은 낸스 로렐이 이 단어를 아주, 아주 조심스럽게 골랐다는 것을 알 수 있었다.

"하지만 NIOS는 모레노가 실제로 마이애미의 정유 회사 본부에 대한 폭탄 테러를 계획했다는 정보가 있다고 주장했습니다. 스페인어 전화 통화를 도청했는데, 성문이 모레노의 것으로 확인되었습니다."

로렐은 낡은 서류 가방을 뒤져 기록을 확인했다.

"모레노의 발언입니다. '나는 플로리다의 미국 석유 시추 및 정유 회사를 노릴 것이다. 수요일에.' 신원 미상의 상대방. '10일? 5월 10일?' 모레노. '그렇다, 정오. 직원들이 점심을 먹으러 나갈 때.' 상대방. '그건 어떻게 거기까지 운반할 텐가?' 모레노. '트럭.' 알아들을 수 없는 대화가 잠시 이어지고 다시 모레노. '이건 시작에 불과하다. 나는 이와 비슷한 메시지를 훨씬 더 많이 계획하고 있다.'"

로렐은 녹취록을 가방에 다시 넣었다.

"해당 정유 회사는 플로리다 주 및 인근에 두 개의 시설을 갖고 있습니다. 마이애미의 남동부 본부와 연안의 시추 설비. 모레노가 트럭을 언급했으니 시추 설비는 아니겠죠. 그래서 NIOS는 브리켈 애버뉴에 있는 본부가 목표라고 확신했습니다. 동시에 정보 분석가들이 모레노와 연루된 회사가 지난달 디젤 연료와 비료, 니트로메탄을 바하마로 운송했다는 것을 확인했습니다."

사제 폭발물의 가장 흔한 세 가지 재료다. 오클라호마시티 연방 건물을 무너뜨린 폭탄이 바로 동일한 성분이었다. 그쪽 역시 트럭으로 운반했다.

로렐은 말을 이었다.

"메츠거는 모레노가 폭탄을 미국으로 들여오기 전에 살해당한다면 수하들도 계획을 진행하지 못할 거라고 생각했던 게 분명합니다. 그는 마이애미 계획 전날 살해되었습니다. 5월 9일."

그렇다면 암살에 찬성하든 않든 메츠거의 해법은 수많은 생명을 살린 셈이다.

라임이 그렇게 말하려는 순간, 로렐이 선수를 쳤다.

"한데 모레노가 말한 것은 폭탄 테러가 아니었습니다. 평화 시위였죠. 5월 10일 정오에 여섯 대의 트럭이 정유 회사 본사 앞에 나타났습니다. 실린 것은 폭탄이 아니었어요. 시위를 하러 온 사람들이었죠. 폭탄 제조 성분? 그건 모레노의 지역자율운동 바하마 지부로 배달되었습니다. 디젤 연료는 운송 회사용이었어요. 비료는 농업 공동체용.

니트로메탄은 토양훈증제(토양의 오염을 방지하는 약제-옮긴이)였고요. 모두 합법적인 겁니다. 모레노를 암살하라는 명령서에 적시한 것은 그것뿐이었지만 그 밖에도 씨앗, 쌀, 트럭 부품, 생수, 기타 무해한 물건들이 같은 송장에 있었습니다. NIOS는 다른 물건들은 편리하게도 잊어버린 겁니다."

"단순히 정보 활동 실패가 아니라?"

라임은 물었다.

이번에는 그 어느 때보다 침묵이 길었다. 로렐이 마침내 말했다.

"아뇨. 저는 정보 조작이라고 생각합니다. 메츠거는 모레노가 마음에 안 들었고, 그의 발언도 마음에 안 들었습니다. 모레노를 비열한 반역자라고 부른 기록도 있습니다. 저는 그가 확보한 모든 정보를 지휘 계통과 공유하지 않았을 거라고 생각합니다. 그래서 워싱턴 고위층도 폭탄 테러라 생각하고 임무를 승인했던 겁니다."

셀리토가 말했다.

"그렇다면 NIOS가 결백한 사람을 죽인 거군."

"맞습니다. 하지만 그건 잘된 겁니다."

로렐의 목소리에 생기가 약간 감돌았다.

색스는 미간을 찌푸리고 불쑥 물었다.

"뭐라고요?"

아주 잠깐의 주저. 저격수가 군인이 아니라 민간인이라서 '다행'이라고 했던 아까 발언처럼 이번에도 역시 로렐은 색스의 어이없다는 반응을 이해하지 못하는 것 같았다. 라임이 설명했다.

"역시 배심원 얘기야, 색스. 골수 테러리스트보다 헌법상 명시된 언론의 자유를 행사한 사회운동가를 살해한 피고에게 유죄 평결을 내릴 가능성이 높지."

로렐이 덧붙였다.

"저한테는 그 두 경우 모두 하등의 윤리적 차이가 없습니다. 대상이 누구든 적법 절차를 따르지 않고 사람을 처형해서는 안 됩니다. 누구든. 하지만 링컨의 말이 맞습니다. 저는 배심원도 염두에 두어야 합니다."

마이어스가 라임에게 말했다.

"그래서 경감, 수사를 본격적으로 진행하려면 당신처럼 발을 땅에 단단히 딛고 있는 사람이 필요합니다."

라임의 유일한 이동 수단이 무엇인지 생각해볼 때, 영 서툰 경찰 은어 선택이었다.

즉각 수락할 마음이 들었다. 사건은 여러 측면에서 흥미롭고 도전적이었다. 하지만 색스는 버릇대로 손가락으로 두피를 긁으며 바닥을 내려다보고 있었다. 무엇이 마음에 걸리는지 궁금했다.

색스가 검사에게 말했다.

"당신은 알아울라키 건으로 CIA를 수사하지는 않았잖아요."

안와르 알아울라키는 미국 시민권자로서 급진 무슬림 성직자이자 지하드 지지자였고, 예멘 소재 알카에다 협력 조직의 핵심 인사였다. 모레노처럼 해외 거주자인 그는 인터넷의 빈라덴이라 불리며 블로그를 통해 미국인에 대한 공격을 열성적으로 독려했다. 2009년의 포트 후드 총기 난사범과 속옷 비행기 폭탄 테러범, 2010년의 타임스 스퀘어 폭탄 테러범은 모두 그에게서 영감을 받은 사람들이었다.

알아울라키와 그의 블로그 편집자였던 미국 시민권자는 CIA가 지휘한 무인비행기 공격으로 피살당했다.

로렐은 어리둥절한 것 같았다.

"내가 그 사건을 어떻게 맡습니까? 나는 뉴욕 지방검사예요. 알아울라키 암살 건은 주에서 관여할 여지가 전혀 없었습니다. 하지만 이길 수 있겠다고 생각하는 사건만 맡느냐고 물으신다면, 색스 형사, 대답은 '그렇다'입니다. 신원이 알려진 위험한 테러리스트 암살로 메츠거를 기소하는 건 아마 승산이 없을 겁니다. 미국 시민이 아닌 자를 암살했다는 혐의도 마찬가지고요. 하지만 모레노 건은 배심원을 설득할 수 있어요. 메츠거와 저격수에 대해 유죄 판결을 얻어내면, 좀 더 모호한 다른 사건들도 다룰 수 있을 겁니다."

그러곤 사이를 두었다가 말을 이었다.

"어쩌면 정부도 헌법을 준수하는 방향으로 정책을 재검토해… 청부 살인에서 손을 뗄 수도 있겠죠."

색스는 라임 쪽을 흘끗 본 뒤 로렐과 마이어스를 향해 말했다.

"모르겠어요. 뭔가 옳지 않다는 기분이 들어요."

"옳지 않다고요?"

로렐은 이 표현을 이해할 수 없다는 기색이 역력했다. 색스는 손가락 두 개를 세게 비비며 말을 이었다.

"글쎄요, 우리가 할 일이라는 생각이 안 드네요."

"당신과 링컨?"

로렐은 재차 물었다.

"둘 다요. 이건 형사 사건이 아니라 정치적인 문제예요. 당신은 NIOS가 사람들을 암살하는 걸 막고 싶은 거겠죠. 그건 좋아요. 하지만 그건 경찰이 아니라 의회가 결정할 문제 아닌가요?"

로렐은 라임 쪽으로 흘끗 시선을 주었다. 색스의 말도 분명 일리는 있었다. 라임이 미처 생각 못한 점이었다. 법에 관한 한 그는 무엇이 옳고 그르냐에 대해 넓은 차원의 질문을 제기해본 적이 없었다. 올버니든, 워싱턴이든, 시의회든 형법상 위법 행위를 규정해주면 그만이었다. 그의 업무는 단순했다. 범인을 추적해서 유죄를 입증할 근거를 찾으면 된다.

체스와 같았다. 저 신비한 보드게임을 창안한 사람이 퀸에게 모든 권력을 부여하고 나이트는 오른쪽으로 꺾어 전진하게 하는 법을 선포했다는 것이 중요한가? 그렇지 않다. 그러나 일단 규칙이 정해지면 플레이어는 그에 따라 게임을 한다.

라임은 로렐을 무시하고 색스를 응시했다.

그때 검사의 자세가 미묘하게, 하지만 분명하게 바뀌었다. 처음에는 방어적인 태도라고 생각했지만, 그렇지 않았다. 변호 태세였다. 법정 변호사석에서 일어나 아직 용의자의 유죄를 확신하지 못하는 배심원단 앞으로 걸어 나가는 자세였다.

"아멜리아, 나는 정의란 세부 사항에 있다고 믿어요. 작은 것들에. 나는 여성에 대한 성범죄가 사회를 좀 더 불안하게 만든다는 이유로 강간 사건을 기소하지 않습니다. 강간 사건을 기소하는 이유는 한 인간이 뉴욕 형법 130.35항에 금지되어 있는 행동을 했기 때문이에요. 그게 제가 하는 일입니다. 우리 모두가 하는 일이에요."

로렐은 잠시 사이를 둔 뒤 말을 이었다.

"아멜리아, 부탁해요. 당신 경력은 알고 있습니다. 당신이 참여해줬으면 좋겠어요."

야심일까, 이데올로기일까? 라임은 뻣뻣한 머리, 뭉툭한 손가락, 매니큐어를 칠하지 않은 손톱, 실용적인 펌프스를 신은 작은 발, 얼굴 메이크업처럼 꼼꼼하게 구두약을 바른 신발을 신은 낸스 로렐이라는 인물을 바라보며 생각에 잠겼다. 솔직히 어느 쪽이 동기인지는 알 수 없었지만, 한 가지는 분명했다. 검은 눈동자에는 열정이란 게 조금도 깃들어 있지 않았다. 그 점이 섬뜩했다. 링컨 라임은 웬만해서는 섬뜩함을 느끼지 못하는 사람이었다.

침묵 속에서 색스의 시선이 라임의 눈과 마주쳤다. 색스는 그가 사건을 얼마나 맡고 싶어 하는지 감지한 것 같았다. 그것이 색스를 움직였다. 색스는 고개를 끄덕였다.

"참여하죠."

"나도."

라임은 마이어스나 로렐이 아닌 색스를 바라보며 말했다. 그러곤 표정으로 이렇게 말했다. 고마워.

셀리토가 통명스럽게 말했다.

"아무도 나한테 물어보지는 않았지만, 나 역시 연방 공무원 한 놈을 잡아들이고 내 경력을 망치는 데 기꺼이 동참하겠어."

라임이 말했다.

"기밀 엄수가 중요하겠군요."

로렐이 대답했다.

"수사는 조용히 진행해야 합니다. 그렇지 않으면 증거가 사라질 거예요. 하지만 지금은 걱정할 필요 없을 겁니다. 검찰도 기밀이 새어나가지 않도록 할 수 있는 모든 조처를 취했습니다. NIOS는 수사에 대해 전혀 눈치를 못 채고 있을 거예요."

6

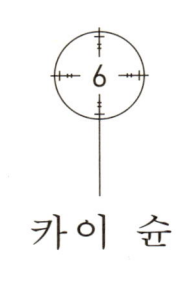

카이 슈

거대한 클리프턴 헤리티지 공원 근처, 뉴프로비던스 섬 남서쪽 해안의 작은 모래섬을 향해 빌린 차를 몰고 있을 때 제이컵 스완의 휴대전화 메시지가 울렸다. 로버트 모레노의 죽음과 관련해 뉴욕에서 진행 중인 경찰 수사 최신 정보였다. 공모죄. 몇 시간 뒤 좀 더 자세한 사항과 수사진의 이름을 알려주겠다는 내용이었다.

빠르군. 그의 예상보다 훨씬 빨랐다.

불운한 창녀 아넷 보델이 갇혀 있는 트렁크에서 쿵하는 소리가 났다. 그러나 작은 소리였고, 근처에는 들을 사람도 없었다. 샌즈나 칼릭을 마시며 농담과 뜬소문 그리고 여자들과 상사의 험담을 주고받는, 바하마에서 흔히 볼 수 있는 넝마주이나 건달패 하나 없었다.

자동차도 없고, 호박색 바다에는 보트 하나 없었다.

카리브 해는 모순덩어리다. 스완은 경치를 바라보며 생각에 잠겼다. 관광객들에게는 화려한 놀이터, 현지인들에게는 근근이 생계를 꾸리는 삶의 터전. 달러와 유로로 서비스와 유흥을 살 수 있는 곳에 모든 초점이 맞춰져 있고, 나머지 공간은 그저 피로해 보였다. 해초와 쓰레기가 흩어진, 해변 근처의 뜨거운 모래땅처럼.

차에서 내린 그는 땀이 밴 손을 식히려고 장갑 안에 숨을 불어넣었다. 빌어먹을, 덥네. 지난주에도 바로 이곳에 온 적이 있었다. 몹시 까다로웠지만 정확했던 라이플 사격으로 배신자 로버트 모레노의 심장을 박살낸 뒤, 여기로 차를 몰고 와서 옷가지와 몇몇 증거물을 파묻었다. 원래는 이 자리에 영영 묻어놓을 생각이었다. 그러나 뉴욕의 검사들이 모레노의 죽음을 수사한다는 묘하고 성가신 정보를 들은 뒤, 그는 증거물을 회수해 좀 더 효율적인 방식으로 처분하기로 결정했다.

하지만 일단 사소한 일 하나부터 처리하고…. 또 다른 업무.

스완은 트렁크로 다가가 문을 열고 땀과 눈물과 고통에 젖어 있는 아넷을 내려다보았다. 여자는 숨을 쉬려 안간힘을 쓰고 있었다.

그는 뒷자리로 다가가 서류 가방을 열고 보물 중 하나인 주방용 나이프 카이 슌 프리미어(Kai Shun Premier) 슬라이싱 모델을 꺼냈다. 길이는 23센티미터 정도. 일본의 세키라는 마을에서 제조사 특유의 '츠시미' 수제 망치질로 대장장이가 직접 제련한 칼이었다. 날은 VG-10 강철 코어에 다마스커스강 32레이어, 손잡이는 호두나무였다. 가격은 250달러. 이 제조사의 제품을 조리 용도에 따라 모양별, 크기별로 구비하고 있었지만 이 칼이 단연 마음에 들었다. 그는 이 칼을 어린아이처럼 좋아했다. 생선을 뜰 때나, 카르파치오용으로 고기를 투명하게 저밀 때, 혹은 인간에게 동기부여를 할 때 애용했다.

스완은 이 칼과 다른 한 개의 칼을 오랫동안 사용해온 메서마이스터 칼 가방에 늘 넣고 다녔다. 낡은 요리책 두 권도 함께. 한 권은 제임스 비어드의 책, 한 권은 퀴진 맹쇠르의 대가인 프랑스 셰프 미셸 게라르의 책이었다. 세관원들도 요리책과 함께 짐 가방에 넣어 통과시키는 전문 요리용 칼은 아무리 위험한 물건일지라도 그리 심각하게 생각하지 않았다. 게다가 외국에서 업무를 수행할 때는 칼이 유용했다. 제이컵 스완은 바에서 시간을 보내거나 혼자 영화를 보는 것보다 종종 직접 요리를 하곤 했다.

지난주 염소고기를 뼈에서 발라내고 깍둑 썰어 스튜를 만들었던 것처럼.

내 작은 푸줏간 소년…. 사랑스러운 푸줏간 소년.

다시 소리가 들렸다. 쿵. 아넷이 발로 차기 시작했다.

스완은 트렁크로 돌아가 여자의 머리카락을 잡고 차에서 끌어냈다.

"엄, 엄, 엄…."

'안 돼, 안 돼, 안 돼'라는 뜻일 것이다.

갈대풀 사이, 찌그러진 칼릭 캔과 레드 스트라이프 병, 사용한 콘돔, 썩어가는 담배꽁초가 여기저기 흩어진 모래사장에 움푹 들어간 흔적이 보였다. 그는 여자를 모래 위에 굴려 눕히고 가슴 위에 걸터앉았다.

주위를 둘러보았다. 아무도 없었다. 목을 내리쳤으니 비명 소리는 작겠지만, 그래도 아주 조용하지는 않을 것이다.

"자, 지금부터 몇 가지 질문을 할 텐데, 넌 말을 해야 해. 난 대답이 필요해. 아주 빨리. 말을 할 수 있나?"

"음."

"네, 라고 대답해."

"으… 으… 네."

"좋아."

주머니에서 클리넥스를 꺼낸 그는 다른 손으로 여자의 코를 잡고 입을 벌리는 순간, 휴지로 혀를 잡은 다음 입술 밖으로 3센티미터가량 당겼다. 아넷은 머리를 격렬하게 흔들었지만 그래 봐야 코를 잡히는 것보다 더 고통스럽다는 것을 깨달았다.

아넷은 애써 진정했다.

제이컵 스완은 카이 슌을 앞으로 내밀고 칼날과 손잡이를 감상했다. 조리 도구는 그 어떤 물건보다 디자인이 세련된 경우가 많다. 햇빛이 날 위쪽의 움푹 들어간 면에 물결처럼 반사되었다. 그는 아넷의 혀끝을 칼날로 조심스럽게 찌르고 분홍색 살갗이 움푹 들어가도록 줄을 그었다. 피는 나지 않았다.

다시 소리. '제발'일 것이다.

작은 푸줏간 소년….

몇 주 전 이 칼로 오리 가슴살을 그릴에 넣기 위해 세 군데 얕게 칼집을 냈던 기억이 났다. 그는 몸을 앞으로 숙였다.

"잘 들어."

스완은 속삭였다. 입을 여자의 귀로 가져갔다. 뺨에 아넷의 뜨거운 뺨이 느껴졌다.

지난주처럼.

아니, 약간 비슷하게.

7

침묵의 대결

빌 마이어스 경감은 비위 거슬리는 장광설을 마친 뒤 라임과 일동에게 사건을 넘기고 떠났다.

모레노 공모 사건 수사는 어느 면에서 기념비적인 건이었지만, 궁극적으로는 그저 뉴욕에서 현재 수사 대상인 수천 건의 흉악 범죄나 마이어스와 수수께끼의 특수업무부가 해결해야 하는 기타 사건들 중 하나일 뿐이었다.

라임은 한편으론 거리를 두고 싶었다. 마이어스는 검사를 지원했지만—경감이 당연히 할 일이다. 경찰과 검찰은 샴쌍둥이와 같다—이제는 미지의 장소로 향해야 할 때였다. 라임은 마이어스에게서 아까 언뜻 맡은 정치적 야심을 떠올렸다. 그 낌새가 맞는다면, 간부는 한 발 물러서서 수사 추이를 지켜볼 것이다. 그러다 범인이 잡히면 연단으로 돌아와 찬사를 받겠지. 반면 사건이 잘못 풀려 언론의 폭격을 받으면 조용히 잠적할 것이다.

아주 개연성 높은 시나리오다.

라임은 상관없었다. 사실 마이어스가 사라져줘서 기뻤다. 그는 다른 요리사와 같이 부엌에 들어가지 못하는 성격이었다.

론 셀리토는 물론 남았다. 그는 형식상 수사 책임자로서 삐걱거리는 등나무 의자에 앉아 아까 대니시 빵 반 개를 먹었으면서도 아침 식사 쟁반에 놓인 머핀을 먹을까 말까 고민하고 있었다. 그러다 최신 유행 다이어트법으로 페이스트리를 먹어도 될 만큼 몸무게가 줄었는지 확인하려는 듯 배를 두 번 꼬집었다. 아닌 것 같았다.

"NIOS 책임자에 대해서 아는 게 뭐가 있소? 메츠거라고 했나?"

셀리토가 로렐에게 물었다. 이번에도 로렐은 기록을 보지 않고 읊었다.

"마흔세 살. 이혼. 전처는 개업한 월스트리트 변호사. 하버드, ROTC 출신. 졸업 후 입대해서 이라크 참전. 소위로 임관해 대위로 제대. 전도유망했지만 사연이 있었어요. 그건 나중에 말씀드리죠. 제대하고 예일 법대에서 공공정책과 법학 석사 학위. 국무부에서 일하다가 5년 전 NIOS 작전참모로 들어갔어요. 작년에 NIOS 국장이 은퇴했을 때, 간부 중 가장 나이 어린 축이었는데도 메츠거가 뒤를 이었죠. 소문으로는 수장 자리에 올라가기 위해 수단과 방법을 가리지 않았다고 해요."

"아이는?"

색스가 물었다.

로렐이 대답했다.

"네?"

"메츠거한테 아이가 있느냐고요."

"아, 누군가가 아이를 놓고 협박해서 부적절한 임무를 강행했을 수도 있다는 건가요?"

"아뇨. 그냥 아이가 있는지 없는지 궁금해서요."

로렐은 눈을 깜빡였다. 이번에는 수첩을 확인했다.

"딸 하나, 아들 하나. 중학생. 1년간 양육권 행사 금지. 현재는 방문권을 갖고 있지만, 대체로 아이들은 어머니와 같이 지냅니다. 메츠거는 매파라는 말로도 부족해요. 2001년 9월 12일, 자기라면 아프가니스탄에 핵폭탄을 떨어뜨렸을 거라고 발언한 기록이 있습니다. 미국의 적에 대한 선제 공격권에 아주 목소리를 높이죠. 그의 주적은 해외로 나가 자기 눈에 반미 운동으로 보이는 활동을 벌이는 미국 시민입니다. 폭동에 참여한다든지, 테러 단체를 옹호한다든지. 하지만 그건 그의 정치 성향일 뿐 저한테는 중요하지 않아요."

잠시 침묵.

"좀 더 중요한 그의 특성은 심리적으로 불안정하다는 것입니다."

"어떻게?"

셀리토가 물었다. 라임은 점점 참을성을 잃어가고 있었다. 얼른 사건의 법과학적 요소에 대해 논의하고 싶었다.

그러나 색스와 셀리토가 마이어스식의 표현으로 말하자면 '글로벌한' 시각으로 접근하고 있었기 때문에 그도 로렐이 설명을 하도록 내버려두고 열심히 듣는 척하지 않을 수 없었다.

"감정적 문제가 있어요. 주로 분노 조절 문제. 제 생각에는 주로 그 점이 그를 몰아가고 있는 것 같아요. 군에서 명예 퇴진을 했지만, 사실 경력을 망친 사건들이 여럿 있었습니다. 분노, 발작적으로 화내기. 완전히 자기 통제를 잃었죠. 병원에 입원한 적도 있습니다. 기록을 찾아냈는데, 아직도 정신과 의사와 상담하고 약물을 복용하더군요. 폭력 문제로 경찰에 구금된 적도 몇 번 있었습니다. 기소된 적은 없고요. 솔직히, 저는 그가 편집증적 인격 장애라고 생각합니다. 병적인 상태는 아니라도 분명 망상과 집착 문제가 있어요. 분노 자체에 중독된 상태죠. 아니, 정확히 말하면 분노에 대한 대응에 중독된 상태랄까. 이 문제에 대해 조사해보니, 솟구치는 분노를 행동으로 옮길 때 느끼는 해방감에는 중독성이 있답니다. 마약처럼. 저격수한테 혐오스러운 누군가를 사살하라고 지시하는 것이 그에게는 쾌감을 준다고 생각합니다."

열심히 공부했군. 마치 학생에게 강의하는 심리학자 같았다. 색스가 물었다.

"한데 어떻게 그 직책까지 올라갔죠?"

라임 역시 같은 의문이 들었다.

"사람을 죽이는 데 아주, 아주 능숙하기 때문입니다. 복무 기록만 봐도 알 수 있어요. 배심원에게 인격 장애를 납득시키는 것은 어렵겠지만, 어떻게든 할 겁니다. 그를 증인석에 세울 수만 있다면, 얼마든지 할 수 있어요. 배심원들에게 직접 그의 발작적인 분노를 보여주고 싶어요."

로렐은 라임과 색스를 차례로 바라보았다.

"수사 과정에서 메츠거의 불안정한 성격, 분노와 폭력성을 시사하는 증거가 있다면 뭐든 찾아주셨으면 합니다."

잠시 침묵이 흐르고, 색스가 대답했다.

"그건 좀 그렇지 않나요?"

침묵의 대결.

"무슨 뜻인지 모르겠네요."

"그 사람에게 분노 조절 장애가 있다는 사실을 시사하는 법과학적 증거라는 게 어떤 건지 모르겠군요."

"내 말의 뜻은 법과학적 증거가 아닙니다. 전반적인 수사 과정에서 말이에요."

검사는 색스를 올려다보았다. 색스가 20~25센티미터가량 더 컸다.

"경력을 보니 심리 프로파일과 증인 심문 실적이 좋으시던데요. 당신이 뭔가 찾아낼 수 있을 거라고 믿어요."

색스는 눈을 가늘게 뜨며 고개를 약간 갸우뚱했다. 라임 역시 검사가 색스의 프로파일을 확인했다는 데 놀랐다. 아마 라임의 프로파일도 확인했을 것이다.

열심히 공부했군….

"그럼."

로렐이 갑작스럽게 입을 열었다. 상황이 정리됐다는 듯—이제 불안정한 성격 쪽으로 수사를 하겠지. 됐어.

라임의 간호사가 방금 끓인 커피포트를 들고 나타났다. 라임은 그를 소개했다. 라임은 톰을 보는 순간 낸스 로렐의 딱딱한 표정이 약간 흔들리는 것을 눈치챘다. 그의 얼굴에 집중하는 기색이 확연했다. 잘생기고 매력적이기는 하지만 톰 레스턴은 여자의 연애 상대가 아니다. 로렐은 반지를 끼고 있지 않았다. 하지만 잠시 후 라임은 로렐의 반응이 톰에 대한 이끌림 때문이 아니라 자기가 아는, 혹은 잘 알았던 사람을 닮았기 때문이라고 결론 내렸다.

 마침내 톰에게서 시선을 돌린 로렐은 마치 업무 중 윤리 법규 위반이라는 듯 커피를 거절했다. 그러곤 완벽하게 정리한 소송 가방을 뒤졌다. 폴더 탭은 색깔별로 정리했고, 휴면 상태로 오렌지 빛을 반짝이는 컴퓨터 두 대가 보였다. 로렐이 서류 하나를 꺼냈다.

 "자, 암살 명령서를 보실까요?"

 로렐이 올려다보며 말했다.

 싫다고 할 사람이 누가 있겠는가?

8

암살 명령서

"물론 암살 명령이라는 단어를 쓰지는 않습니다. 약자예요. STO (special task order), 특수 임무 명령서."

낸스 로렐이 설명했다. 셀리토가 대꾸했다.

"어감이 더 안 좋군. 극악무도하게 들리는데. 으스스해."

라임도 같은 생각이었다.

로렐은 색스에게 종이 세 장을 건넸다.

"다 같이 볼 수 있도록 테이프로 붙여주시겠어요?"

색스는 망설이다가 검사의 부탁대로 했다.

로렐이 첫 번째 장을 두드리며 말했다.

"이것이 지난 목요일, 그러니까 11일에 우리 사무실로 온 이메일입니다."

로버트 모레노 뉴스를 확인하시오. 이것은 그 배후 명령서. 레벨 2는 현 NIOS 국장. 그가 추진한 안건. 모레노는 미국 시민이었음. CD는 '부수적인 인명 피해'를 뜻함. 돈 브런스는 그를 살해한 요원의 암호명.

양심을 지닌 사람으로부터.

"이메일 추적부터 해야겠군."

라임이 말했다.

"로드니."

라임이 바라보자 색스는 고개를 끄덕였다.

색스는 뉴욕시경 사이버수사과와 자주 협력한다고 로렐에게 설명했다.

"요청서를 보내죠. 이메일 파일을 갖고 있나요?"

로렐은 서류 가방 안에서 플래시 드라이브가 들어 있는 케이스를 뒤졌다. 라임은 증거물 보존 카드가 붙어 있는 것을 보고 감탄했다. 로렐이 색스에게 드라이브를 건네며 말했다.

"거기다 이름…."

말이 끝나기도 전에 색스는 카드에 이름을 적었다. 그런 다음 드라이브를 컴퓨터 옆면에 끼우고 타이핑을 시작했다.

"보안이 최우선이라고 분명히 말해주세요."

색스는 올려다보지도 않고 대꾸했다.

"첫 문단이 그겁니다."

잠시 후 색스는 사이버수사과에 요청서를 보냈다.

셀리토가 말했다.

"암호명이 익숙한데. 브런스, 브런스…."

색스가 대답했다.

"저격수가 컨트리 웨스턴 음악이라도 좋아하나보죠. 돈 브런스라는 작곡가이자 가수가 있어요. 포크, 컨트리 웨스턴. 꽤 괜찮아요."

로렐은 컨트리 웨스턴 같은 활기찬 노래는커녕 음악이라고는 듣지 않는 사람처럼 고개를 갸우뚱했다.

라임이 말했다.

"정보서비스팀에 확인해봐. '브런스.' 비공식 신원이라해도 실세계에도 흔적이 있을 거야."

비공식적 신분으로 일하는 요원도 신용카드와 여권을 갖고 있기 때문에 활동을 추적할 수 있고 진짜 신원에 대한 단서를 남긴다. 뉴욕 시경의 새 부서인 정보서비스팀은 대규모 데이터마이닝 조직으로서 미국 최고 중 하나였다.

색스가 요청서를 보내는 동안, 로렐은 다시 보드 쪽으로 돌아서서 두 번째 종이를 두드렸다.

"이게 명령서입니다."

비 - 극비 - 극비 - 극비 - 극비 - 극비 - 극
특수 임무 명령서
열(Queue)

8/27	9/27
• 임무: 로버트 A. 모레노(NIOS ID: ram278e4w5)	• 임무: 알바라니 라시드(NIOS ID: abr942pd5t)
• 출생: 75/4, 뉴저지	• 출생: 73/2, 미시건
• 기한: 5/8~5/9	• 기한: 5/19
• 승인:	• 승인:
레벨 2: 가	레벨 2: 가
레벨 1: 가	레벨 1: 가
• 참고 문서: 'A'를 볼 것.	• 참고 문서: 없음
• 최종 확인 필요 여부: 필요	• 최종 확인 필요 여부: 불필요
• PIN 필요 여부: 필요	• PIN 필요 여부: 필요
• CD: 승인. 그러나 최소화할 것	• CD: 승인. 그러나 최소화할 것
• 세부 내역:	• 세부 내역: 미정
담당 요원: 돈 브런스, 킬 룸. 사우스코브인 바하마, 스위트룸 1200호	• 상황: 진행 중
• 상황: 완료	

보드에 붙은 다른 문서는 'A'라는 제목이었다. 여기에는 로렐이 아까 설명했듯 비료와 디젤 연료, 화학 약품을 바하마로 운송한다는 정보가 적혀 있었다. 발송지는 코린토, 니카라과, 카라카스였다.

로렐은 가까운 컴퓨터에 아직 꽂혀 있는 플래시 드라이브 쪽으로 고갯짓을 했다.

"내부 고발자가 .wav 파일도 보냈는데, 지휘관으로 보이는 사람이 저격수와 대화한 통화 혹은 무선통신 사운드 파일이었어요. 암살 직전에 이루어진 대화입니다."

로렐이 색스를 바라보았다. 색스는 잠시 멈칫하다가 컴퓨터 앞에 다시 앉았다. 키보드를 두드렸다. 잠시 후 작은 스피커에서 짤막한 대화가 흘러나왔다.

"방 안에 둘, 아니, 세 사람이 있는 것 같다."

"모레노를 알아볼 수 있나?"

"…반사광이 좀 있다. 아니, 이제 좀 더 잘 보인다. 그렇다. 목표물을 인식했다. 보인다."

그렇게 대화가 끝났다. 라임은 성문 분석을 지시하려 했지만, 색스는 이미 하고 있었다.

"실제로 방아쇠를 당겼는지 증명할 수는 없지만, 현장에 있었다는 걸 입증할 수는 있군. 자, 그럼 이 음성의 주인이 누군지만 알아내면 되겠군."

로렐이 지적했다.

"특수 전문가. 암살자의 공식 명칭입니다."

"NIOS ID는 뭐요?"

셀리토가 물었다.

"진짜 R. A. 모레노를 확인하기 위한 거겠지. 거기서 실수가 나오면 민망하잖아."

라임은 텍스트를 읽었다.

"내부 고발자가 저격수 이름을 보내지 않은 게 흥미롭군."

"모를 수도 있지."

셀리토가 대답했다.

색스가 말했다.

"다른 건 다 아는 것 같잖아요. 양심에도 한계가 있었나보죠. 조직 수장의 이름은 넘겼는데, 저격 임무를 맡은 사람에 대해서는 동정심을 보이는군요."

로렐이 말했다.

"동의해요. 내부 고발자도 알았을 거예요. 나는 이 사람도 알고 싶어요. 기소하자는 게 아니라 정보를 얻기 위해서. 이 사람이야말로 저격수를 찾는 최고의 단서예요. 저격수를 확보하지 못하면 공모죄도, 기소도 불가능해요."

색스가 말했다.

"찾아낸다 해도 자발적으로 알려주지는 않을 거예요. 그럴 생각이 있다면 여기 적었겠죠."

로렐은 대수롭지 않게 대답했다.

"내부 고발자의 신원을 찾아내주세요. …그럼 말할 겁니다. 말할 거예요."

색스가 물었다.

"다른 암살 건으로 메츠거를 기소할 생각은 없나요? 보디가드와 그 드라루아 기자?"

"아뇨. 암살 명령서에 적시한 건 모레노이고 나머지는 부수적인 인명 피해이니까, 괜히 상황을 복잡하게 만들고 싶진 않아요."

색스의 못마땅한 표정은 이렇게 말하는 것 같았다. 목표물과 마찬가지로 그 둘도 죽었잖아. 소중한 배심원단 머리를 혼란시키고 싶지 않은 거겠지. 안 그래?

라임이 말했다.

"살해 자체에 대한 정보로 넘어가지."

"거의 없습니다. 바하마 경찰은 초동 수사 보고서를 보낸 뒤 묵묵부답입니다. 전화해도 연락이 없어요. 우리가 아는 건 모레노가 스위트룸에서 저격당했다는 사실 뿐이에요."

로렐은 STO를 가리켰다.

"스위트룸 1200호. 킬 룸이라는 암호명을 썼죠. 저격수는 호텔에서 2000미터가량 떨어진 지점에서 총을 쐈어요."

"대단한 저격수네."

색스는 눈썹을 치켜 올렸다. 색스 역시 사격이라면 일가견이 있어 뉴욕시경 내에서 열리는 경기나 일반 대회에 자주 참여하고 기록도 있었다. 하지만 라이플보다 권총을 선호했다.

"그걸 100만 달러짜리 총알이라고 하죠. 저격수의 최고 기록은 2500미터 정도예요. 누군지 몰라도 기술이 대단하네요."

로렐이 말했다.

"음, 좋은 소식이군요. 용의자 범위를 좁혀주니까."

맞아. 라임은 생각했다.

"다른 건 뭐가 있죠?"

"없어요."

그게 다야? 이메일 몇 통, 유출된 정부 문건 하나, 공모자의 이름.

무엇보다 라임에게 가장 필요한 게 없었다. 증거.

증거는 수백 킬로미터 밖, 다른 관할권 안에 있었다. 아니, 타국의 관할권.

범죄 현장 전문가에게 범죄 현장이 없는 것이다.

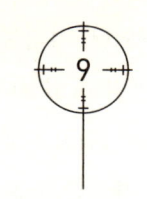

슈리브 메츠거

 슈리브 메츠거는 로어맨해튼의 자기 책상에 꿈쩍도 하지 않은 채 앉아 있었다. 근처 고층 건물에서 반사된 아침 햇살이 팔과 가슴에 내리쬐었다.
 허드슨 강을 응시하는 그는 어제 감시 부서에서 날아온 암호화 문서를 읽으며 느꼈던 경악을 곱씹고 있었다. CIA나 NSA만큼 능숙한 부서는 아니지만, 그리 눈에 띄지도 않았다. FISA(해외정보감시법) 영장 같은 불편한 사태가 생기지 않을 거라는 뜻이었다. 즉, 정보의 질이 상급이라는 얘기다.
 어제, 일요일 이른 저녁. 메츠거는 딸의 중요한 축구 시합을 구경하고 있었다. 강력한 적수인 울버린과의 대항전이었다. 무슨 일이 있어도 운동장의 관중석 자리를 비우고 싶지 않았다.
 아이 문제에는 신중을 기하는 편이었다. 대가를 많이 치렀다.
 그러나 가벼운 안경을 꺼내 렌즈를 닦아 쓴 다음 당혹스럽고 단호하고 충격적인 소식을 읽는 순간, 증기라기보다 젤에 가까운 스모크가 빠르게 몰려오더니 그를 꼼짝달싹 못하게 감쌌다. 숨이 막혔다. 몸이 덜덜 떨리고, 턱이 굳었다. 두 주먹을 불끈 쥐었다. 심장이 오그라드는 듯했다.

메츠거는 주문처럼 중얼거렸다. 처리할 수 있어. 이건 업무의 일부야. 발각될 위험이 있다는 건 알고 있었다. 그는 자기 자신에게 다짐했다. 스모크는 너를 규정하지 않아. 그건 네 일부가 아니야. 원하면 언제든지 흩어버릴 수 있어. 하지만 우선 내가 '원해야' 한다. 물러가게 해야 한다.

그는 주먹을 편 손가락으로 정장 바지(축구 구경을 온 다른 아버지들은 청바지 차림이었지만, 그는 사무실에서 곧장 운동장으로 오느라 갈아입을 틈이 없었다) 속의 깡마른 다리를 두드리며 마음을 조금 진정했다. 메츠거는 키가 180센티미터, 몸무게는 68킬로그램이었다. 소년 시절에는 뚱뚱했지만 체중을 줄인 뒤 한 번도 늘지 않았다. 숱이 적어지는 갈색 머리는 정부 관료치고는 약간 긴 편이었지만, 그는 이대로가 좋았다. 변화를 주고 싶지 않았다.

어제, 전화기를 집어넣는데 열두 살 난 미드필더가 자신이 앉은 관중석 쪽을 돌아보고 미소를 지었다. 메츠거도 마주 미소를 지어주었다. 억지 미소. 케이티는 눈치챘을 것이다. 관중석에서 스카치를 팔았으면 했지만, 여기는 뉴욕 브롱스빌의 고등학교였다. 우드로 윌슨 학부모 모임에서 제공하는 달디단 쿠키가 목마름을 좀 달래줄 뿐 메뉴 중 가장 강력한 음료는 카페인이었다.

어쨌든 술은 스모크를 퇴치하는 방법이 아니다.

피셔 박사, 난 당신을 믿어.

간밤에 사무실로 돌아간 그는 이 소식을 이해하려고 애썼다. 정의감 넘치는 맨해튼의 어느 평검사가 모레노 건으로 그를 뒤쫓고 있다. 본인도 변호사인 메츠거가 가능한 경우의 수를 모두 따져보니 가장 크고 위험한 무기는 공모죄였다.

더욱 놀라운 것은 검찰청이 모레노 사건에 대한 정보를 얻은 게 STO, 곧 특수 임무 명령서 유출 때문이라는 사실이었다.

빌어먹을 내부 고발자!

반역자. 나에 대한, NIOS에 대한, 무엇보다 국가에 대한 반역자.

아, 그러자 스모크가 되돌아왔다. 남자인지 여자인지 몰라도 그 검사를 삽으로 직접 패 죽이는 환상이 떠올랐다. 분노로 인해 구체적으로 떠오르는 환상은 그 자신도 예측할 수 없었다. 유난히 피비린내 나고 잔혹한 사운드트랙이 깔린 이 환상은 생생히 오래 계속되어 동물적인 만족감을 주었다.

마음을 진정시킨 뒤 업무에 돌입한 메츠거는 문제가 불거지지 않도록 최대한 조치하는 전화를 몇 통 걸고 신비로운 기밀 암호로 텍스트를 보냈다.

지금은 월요일 아침, 그는 강물에서 시선을 떼고 기지개를 켰다. 총 네 시간 수면을 취하고(아주 좋지 않다. 피로는 스모크의 힘을 더한다) NIOS 체육관에서 샤워를 한 뒤라 그럭저럭 업무를 볼 수 있는 상태였다. 금고와 파일함, 컴퓨터, 사진 몇 개, 책과 지도 외에는 휑한 가로세로 6미터의 사무실에서 메츠거는 라테를 마셨다. 그는 개인 비서에게도 똑같은 커피를 사다주었다. 루스는 커피에 두유를 넣었다. 나도 한 번 그렇게 마셔볼까. 루스 말로는 긴장을 풀어준다고 했다.

그는 노스캐롤라이나 분(Boone)에서 보낸 휴가 동안 아이들과 함께 찍은 사진 액자를 바라보았다. 관광객용 농장에서 승마를 했던 기억이 떠올랐다. 그 뒤 직원이 세 사람의 기념사진을 찍어주었다. 카우보이 복장의 직원이 사용한 카메라가 눈에 띄었다. 니콘. 그의 저격수가 이라크에서 사용한 스코프를 제작한 바로 그 회사 제품이었다. 부하 중 한 명이 1860야드 떨어진 지점에서 라푸아 .338 구경으로 사제 폭탄을 터뜨리려는 이라크인의 어깨를 관통했던 생각이 났다. 영화와는 다르다. 그런 총으로는 신체 어디를 맞추든 사람을 죽일 수 있다. 어깨, 다리, 어디든. 반란군은 몸이 조각나서 모래 위에 쓰러졌고, 슈리브 메츠거는 따뜻한 평화와 즐거움에 젖어 숨을 내쉬었다.

미소를 지어요, 메츠거 씨. 귀여운 아이들이 있잖습니까. 사진으로 만족하고 싶어요?

반역자에 대한 암살을 계획하고 실행할 때는 마음속에 스모크가 나타나지 않았다. 전혀. 피셔 박사에게도 그렇게 말했다. 정신과 의사는 불편한 기색을 보였고, 그 이야기는 더 이상 깊이 들어가지 않았다.

메츠거는 컴퓨터와 마법의 전화를 차례로 바라보았다.

연한 색 눈동자—별로 마음에 들지 않는 헤이즐색 눈동자, 누런 기가 도는 진절머리 나는 녹색—로 창밖의 허드슨 강을 다시 내다보았다. 9월의 맑은 어느 날, 어느 정신 나간 백치들이 강과 사무실 사이에 있던 건물을 없애면서 볼 수 있게 된 경치였다. 그들은 의도하지 않았겠지만, 메츠거가 살아남은 그들의 동족을 겨냥하는 새로운 직업에 투신하게 된 계기.

이런 생각을 하자 9.11을 떠올리면 언제나 그렇듯 스모크가 뭉글뭉글 모였다. 이전에는 그날의 기억을 떠올리면 모든 의욕이 죽 빠졌다. 하지만 이제는 그저 가슴을 칼로 찔리듯 고통스러웠다.

잊어버리자….

전화가 울렸다. 그는 발신자를 확인했다. 빌어먹을, 망했다.

"메츠거입니다."

"슈리브!"

발신자는 대뜸 유쾌하게 말했다.

"어떻게 지내나? 마지막으로 통화한 지 정말 오래됐는데."

메츠거는 오즈의 마법사를 싫어했다. 마법사라는 캐릭터 자체가 싫었다(영화는 좋아했다). 오즈의 마법사는 은밀하고, 타인을 조종하고, 제멋대로이고, 가식으로 왕좌를 차지했다. …하지만 땅 위의 모든 권력을 쥐고 있다.

지금 그가 통화하는 인간과 마찬가지였다.

마법사가 힐난조로 말했다.

"자네는 나한테 연락하지 않았어, 슈리브."

그는 400킬로미터 남쪽의 워싱턴 D.C.에 있는 인물에게 대꾸했다.

"사실을 수집 중입니다. 우리가 모르는 게 아직 많아요."

의미 없는 말이었다. 그러나 그는 마법사가 어디까지 알고 있는지 몰랐다. 그러니 모호하게 나가는 게 상책이다.

"모레노에 대한 정보가 엉터리였던 것 같은데. 안 그래, 슈리브?"

"그런 것 같습니다."

마법사가 말했다.

"있을 수 있는 일이지. 있을 수 있어. 정신없는 업무 아닌가. 그래, 자네 정보원은 잘 단속했겠지? 이중 삼중 확인하고?"

자네 정보원….

냉혹한 단어 선택.

"물론입니다."

마법사는 모레노를 제거하는 게 사람들을 살리는 데 필요불가결하다고, 놈이 마이애미의 미국 정유 회사에 폭탄 테러를 저지를 계획이라고 자신을 설득했던 게 메츠거였다는 사실을 굳이 환기시키지 않았다. 한데 최악의 상황은 여성 시위대가 경찰에게 토마토를 던진 일이었다. 게다가 그 토마토조차 빗나갔다.

그러나 마법사와의 대화는 주로 행간을 중심으로 돌아갔다. 그 때문에 마법사의 단어―또는 언급하지 않은 단어―가 더욱 민감하게 다가왔다.

메츠거는 몇 년 동안 그와 함께 일했다. 직접 만난 일은 별로 없지만, 어쩌다 대면할 때면 늘 파란색 모직 슈트와 인상적인 문양의 양말, 옷깃에 미국 국기 핀을 꽂은 차림의 땅딸막한 남자는 항상 미소 짓는 얼굴이었다. 그에게는 메츠거 같은 문제, 스모크 문제 따위는 없었다. 언제나 평온하기 그지없는 목소리였다.

"빨리 대응해야 합니다."

메츠거는 방어적인 입장으로 몰린 것에 분한 마음이 들어 말했다.

"그러나 모레노는 위협입니다. 그는 테러리스트에게 자금 지원을 하고, 무기 밀매를 옹호했습니다. 그의 사업체는 돈 세탁 등 여러 일에 연루되어 있고요."

메츠거는 속으로 정정했다. 위협이었지. 그는 총에 맞아 죽었다. 이제는 현재형이 아니다.

워싱턴의 마법사는 특유의 달콤한 목소리로 말을 이었다.

"때로는 무조건 빨리 움직여야 할 때가 있어, 슈리브. 맞아, 정신없는 일이지."

메츠거는 손톱깎기를 꺼내 손톱을 천천히 깎기 시작했다. 그러고 있으니 스모크가 나타나는 것을 조금은 막을 수 있었다. 손톱 깎기는 괴상한 습관이지만, 프라이와 쿠키를 입에 퍼 넣는 것보다는 낫다. 아내나 아이들에게 소리치는 것보다는.

마법사는 수화기를 막고 나직하게 대화를 하는 것 같았다.

방에 또 누가 있는 거지? 메츠거는 생각했다. 법무장관?

펜실베이니아 애버뉴에서 나온 사람?

마법사의 목소리가 다시 돌아왔다.

"수사가 진행 중이라고 들었는데?"

젠장, 알고 있었군. 어떻게 새어나갔을까? 내 일에서 정보 누설은 테러리스트 못지않게 위협적이다.

스모크, 뭉게뭉게.

"그런 것 같습니다."

잠시 이어진 침묵은 분명 이렇게 묻고 있었다. 그 이야기는 언제 하려고 했지, 슈리브?

그러나 마법사의 질문은 짧았다.

"경찰?"

"뉴욕시경, 네. 연방은 아닙니다. 하지만 면책 특권으로 보호될 겁니다."

메츠거의 법률 지식은 세월에 따라 먼지가 쌓였지만, 이번 일을 시작하기 전에 니글(Neagle) 판례와 연관 사건을 아주 꼼꼼하게 살펴본 적이 있었다. 자다가도 판결을 읊을 수 있었다. 연방 공무원은 업무상 권한 범위 안에서 활동했을 경우 주법에 의해 기소되지 않는다.

"아, 맞아. 면책 특권. 우리도 물론 찾아봤지."

마법사가 말했다. 벌써? 하지만 별로 놀랍지 않았다. 무거운 침묵.

"모든 활동이 권한 범위 안에서 이루어졌으니 괜찮겠지, 슈리브?"

"네."

제발, 하느님. 지금만은 스모크가 나타나지 않게 해주세요.

"잘됐어. 자, 담당 요원은 브런스였지?"

아무리 암호화한 통신일지라도 이름이나 암호명을 전화상에서 거론해서는 안 된다.

"네."

"경찰이 그를 만났나?"

"아뇨. 신원은 철저하게 보호되어 있습니다. 그를 찾을 방법은 없습니다."

"물론 말할 필요도 없겠지만, 조심성 있는 사람이겠지."

"지침을 따르고 있습니다. 모두 다 그렇습니다."

침묵.

"음, 그 문제는 이 정도면 됐어. 자네가 알아서 하도록 해."

"알겠습니다."

"좋아. 무슨 정보위원회 예산 심의가 불거져서 말이야. 갑자기. 이유를 모르겠어. 계획에도 없었는데. 자네도 그런 위원회를 알지 않나? 돈이 어디로 흐르는지 감사하는. 무슨 이유인지 몰라도. 정말 간담이 서늘해. 그들이 NIOS를 주목하고 있다네."

스모크는 나타나지 않았지만, 메츠거는 어안이 벙벙했다. 아무 말도 할 수 없었다.

마법사는 말을 이었다.

"말도 안 되는 짓 아닌가? 우리가 그쪽 조직을 설립하고 운영비를 마련하기 위해 열심히 싸운 건 자네도 알 거야. 그걸 염려하는 사람들이 있어."

유머라고는 전혀 없는 웃음소리.

"자유주의적인 친구들은 자네 업무의 명분 자체를 좋아하지 않아.

반대편에 앉아 있는 몇몇 친구들은 그쪽이 랭글리나 펜타곤의 일을 빼앗아가는 걸 좋아하지 않고. 힘든 상황이지. 어쨌든. 아마 아무 일도 없을 걸세. 아, 돈. 왜 늘 결론은 돈 문제일까? 그래, 케이티하고 세스는 어떤가?"

"잘 지냅니다. 염려해주셔서 감사합니다."

"그렇다니 다행이군. 이만 끊겠네, 슈리브."

전화는 끊겼다.

아, 맙소사.

상황이 나빴다.

모직 슈트와 대담한 양말 차림에 면도날처럼 날카로운 검은 눈매를 지닌 쾌활한 마법사가 한 말은 결국 이런 내용이었다. '자네는 가짜 정보를 토대로 미국 시민을 암살했고, 사건이 주 법정으로 갈 경우 그 불똥이 오즈까지 튈 것이다.' 워싱턴의 많은 사람들이 뉴욕과 모레노 문제의 결론을 비상한 관심을 갖고 지켜볼 것이다. 그들은 언제든지 NIOS 자체를 암살할 저격수를 보낼 준비가 되어 있다. 물론 비유적인 표현이다. 요컨대 예산을 빼앗는 방식으로 말이다. NIOS는 여섯 달 내로 사라질 것이다.

내부 고발자만 아니었다면, 모든 일이 잠든 뱀처럼 조용했을 텐데.

반역자.

스모크에 둘러싸여 앞이 안 보이는 상태로, 메츠거는 인터콤을 눌러 비서에게 커피를 다시 가져다달라고 부탁했다.

자네 정보원은 잘 단속했겠지. 이중 삼중 확인하고….

음, 그 점은….

메츠거는 스스로에게 말했다. 상황을 차근차근 짚어보자. 전화를 걸었고, 텍스트를 보냈다. 은폐 작업은 잘 진행되고 있다.

"음, 괜찮으세요, 슈리브?"

루스가 종이컵을 감싼 그의 손가락을 바라보고 있었다. 메츠거는 그제야 손가락이 컵을 우그러뜨려 옷소매와 미국에서 겨우 10여 명만 읽을 권한을 가진 파일 위로 커피가 흘러내렸다는 것을 깨달았다.

그는 손아귀의 힘을 늦추고 애써 미소를 지었다.

"아, 괜찮아. 밤새 일을 해서."

육십대 초반인 개인 비서는 길고 매력적인 얼굴에 주근깨가 희미하게 남아 있어 젊어 보였다. 수십 년 전에는 한때 히피였다고 했다. 샌프란시스코에서 보낸 사랑의 여름. 헤이트(1960년대 샌프란시스코에 있던 히피와 마약 문화의 중심지-옮긴이)에서의 생활. 지금은 희끗희끗한 머리카락을 보통 뒤로 당겨 묶어 쪽을 졌고, 손목에는 여러 가지 연대의식을 상징하는 고무 밴드와 팔찌를 끼고 있었다. 유방암, 희망, 화해. 누가 알겠는가? 아무리 모호해도 그런 메시지는 NIOS 같은 임무를 수행하는 연방 조직에는 부적절해 보였다.

"스펜서는 아직 안 왔나?"

"30분 안에 도착한답니다."

"오는 대로 나한테 오라고 해."

"알겠습니다. 더 필요하신 게 있나요?"

"없어."

루스가 아련한 파출리 오일 향을 남기고 문을 닫은 뒤, 메츠거는 텍스트 몇 개를 더 보내고 받았다.

하나는 희망적인 내용이었다.

덕분에 스모크가 약간 흩어졌다.

10

임무번호

 라임은 낸스 로렐이 가스크로마토그래피의 철제 외장에 붙은 흐릿한 거울을 통해 자기 얼굴을 살펴보고 있는 것을 눈치챘다. 마음에 드는지 안 드는지 겉으로 봐서는 알 수 없었다. 몸치장에 유난을 떠는 여자 같지는 않았다.
 로렐은 돌아서서 셀리토와 라임에게 물었다.
 "어떻게 진행하는 게 좋을까요?"
 라임의 머릿속에서 사건은 이미 깨끗하게 정리되어 있었다. 그는 대답했다.
 "내가 현장 수사를 최대한 진행해보죠. 색스와 론은 NIOS와 메츠거, 기타 공모자-저격수에 대해 알아낼 수 있는 대로 알아봐. 색스, 차트를 시작해. 아는 내용은 별로 없지만, 등장인물부터 적어."
 색스는 마커를 집어 들고 빈 화이트보드로 다가가 빈약한 정보를 적기 시작했다. 셀리토가 말했다.
 "나는 내부 고발자를 추적해보고 싶어. 까다로울 거야. 본인도 자기가 위험하다는 걸 알고 있을 테니까. 이건 어느 회사가 아침 시리얼에 싸구려 밀을 사용했다는 정보를 언론에 흘린 정도가 아니야. 정부가 살인죄를 저질렀다고 고발한 것 아닌가. 아멜리아, 자네는?"

"로드니한테 이메일과 STO에 대한 정보를 보냈어요. 로드니하고 사이버범죄과와 협력할게요. 익명의 발신인을 추적하는 데는 그가 최적임자죠."

색스는 잠시 생각에 잠겼다가 말을 이었다.

"프레드한테도 연락할게요."

라임은 잠깐 생각해보고 대답했다.

"좋아."

"그 사람이 누구죠?"

로렐이 물었다.

"프레드 델레이. FBI."

"안 됩니다. FBI는 안 돼요."

로렐이 대뜸 내뱉었다. 셀리토가 물었다.

"왜 안 된다는 거요?"

"NIOS에 정보가 들어갈 수 있어요. 그런 모험은 할 수 없습니다."

색스가 반박했다.

"프레드는 언더커버 전문이에요. 우리가 비밀을 지켜달라고 하면 그렇게 할 겁니다. 도움이 필요한데, 프레드는 NCIC나 주 범죄 데이터베이스보다 많은 정보를 얻어낼 수 있어요."

로렐은 고민했다. 둥글고 흰 얼굴에—어떤 각도에서 보면 시골 출신 아가씨처럼 예뻤다—미묘한 변화가 떠올랐다. 걱정? 불쾌감? 저항? 표정이 마치 히브리어나 아랍어로 씌어 있는 문서 같았다. 작은 발음 구별 부호(diacritical mark)가 근본적으로 다른 의미를 해독하는 유일한 단서라는 점에서.

색스는 검사를 흘끗 쳐다보고 완강하게 말했다.

"이번 사건이 얼마나 민감한지 충분히 설명하죠. 그도 협조할 겁니다."

색스는 로렐이 뭐라 말하기 전에 옆에 놓인 전화 스피커를 눌렀다 검사의 몸이 뻣뻣하게 굳는 것을 본 라임은 그녀가 앞으로 나서서 통화 종료 버튼을 누르려는 게 아닌가 생각했다.

공허한 신호음이 공기를 채웠다.

"델레이입니다."

한껏 낮춘 목소리를 들으니 트렌튼이나 할렘에서 한창 언더커버로 활동 중이라 다른 사람들의 시선을 끌고 싶지 않은 것 같았다.

"프레드, 아멜리아예요."

"아, 아, 아. 어떻게 지내? 오랜만이야. 이쪽은 사적으로 조용히 통화 중인데, 그쪽은 매디슨 스퀘어 가든에 대고 방송이라도 틀고 있는 모양이니, 이거 나만 우스운 꼴 아니야? 난 스피커폰이 정말 싫어."

"안전해요, 프레드. 나랑 론, 링컨…."

"아, 링컨. 자네 하이데거 내기에서 졌잖아. 매일 우편함을 들여다보고 있는데, 어제까지 왜 수표라고는 꼴도 안 보이지? '프레드 앞에서는 철학을 논하지 말라.' 델레이 선생한테 돈 빨리 내."

라임은 퉁명스럽게 대꾸했다.

"알아, 알아. 낼게."

"50달러 빚졌어."

"따지자면 일부는 론이 내야 해. 그 친구가 부추겼어."

"뭐래? 누가 하랬나?"

한 단어처럼 빠르게 지껄이는 말투.

낸스 로렐은 당혹스러운 기색으로 대화를 듣고 있었다. 로렐에게 재능이 없는 걸로 따지자면 농담 따먹기야말로 상위권에 위치할 것 같았다. 색스가 자기 의견을 무시하고 FBI 요원에게 전화를 해서 화가 난 것 같기도 했다.

색스가 말을 이었다.

"검사님도 있어요. 낸스 로렐."

"이야, 진정 특별한 날이군. 안녕하시오, 로렐 검사. 부두 노동자 유죄 판결 멋집디다. 검사님이 한 거 맞죠?"

잠시 침묵.

"네, 델레이 요원."

"그 건을 이길 줄은 꿈에도, 꿈에도, 꿈에도 몰랐는데. 자네도 알고 있나, 링컨? 남부 지원의 조이 바릴라 재판? 연방법 위반으로 걸었는데, 배심원이 손바닥에 매 몇 차례 때리는 평결을 내린 거야. 한데 로렐 검사님이 주 법정에서 최소 20년 형을 받아내셨지. 듣기로 연방검사가 로렐 검사님 사진을 사무실에 걸어놨다지. 다트보드 위에."

로렐은 뻣뻣하게 대답했다.

"그 부분은 몰랐는데. 어쨌든 결과는 기뻤어요."

"자, 용건을 말씀하시죠."

색스가 말했다.

"프레드, 상황이 생겼어요. 민감해요."

"자네 말투를 들으니 아주 난처하도록 흥미진진한데, 계속 말해봐."

라임은 색스의 얼굴에 미소가 스치는 것을 보았다. 프레드 델레이는 FBI 최고 요원 중 한 명으로 유명한 정보원 관리자, 가정적인 남자, 아버지 그리고… 아마추어 철학자였다. 그러나 현장 언더커버 요원으로 오래 일하면서 패션 못지않게 괴상한 말투가 몸에 배었다.

"용의자는 당신 보스예요. 연방 정부."

잠시 침묵.

"흠."

색스는 로렐을 흘끗 보았다. 검사는 잠시 망설이다가 모레노 살인 사건에 대해 지금까지 알아낸 사실을 다시 설명했다.

프레드 델레이는 침착하고 신뢰감 있는 태도로 듣고 있었지만, 라임은 그에게서 보기 드문 근심을 감지했다.

"NIOS? 거기는 사실 우리 쪽은 아니야. 조직이 따로 있어. 호의적인 뜻으로 하는 말은 아니고."

자세하게 설명하지는 않았지만, 라임은 안 들어도 짐작할 수 있을 것 같았다.

"몇 가지 확인해보지. 잠깐만 기다려."

키보드 두드리는 소리가 스피커를 통해 탁자 위에 땅콩 껍질 떨어지는 소리처럼 들려왔다.

로렐이 불렀다.

"델레이 요원."

"프레드라고 부르시죠. 그리고 안달할 필요 없어요. 난 암호처럼 기밀을 유지하는 사람입니다."

검사는 눈을 깜빡였다.

"고맙습니다."

"좋아, 여기 자료를 보면, 우리 자료…."

한참 침묵이 흘렀다.

"로버트 모레노, 혹은 로베르토. 아, 여기 APDR, 미국 석유 시추 및 정유 회사에 관한 자료가 있군. …FBI 마이애미 지국이 테러로 의심되는 사건 때문에 부산을 떨었는데, 알고 보니 엉터리 정보였어. 여기 있는 모레노 관련 자료가 필요해?"

"네, 프레드. 말씀하세요."

색스는 컴퓨터 앞에 앉아 새 파일을 만들었다.

"좋아. 모레노가 미국을 떠난 건 20년도 넘었다. 1년에 한 번꼴로 귀국한다. 아니, 귀국했다. 어디 보자. …감시 대상 명단에 들어 있지만 위험인물로 분류된 적은 없고. 대체로 말뿐이어서 우선순위에 넣지 않았군. 알카에다, 샤이닝 패스. 그런 사람들이랑 사이좋게 놀았지만, 실제 공격을 외친 적은 없고."

요원은 혼잣말처럼 중얼거리다가 말했다.

"여기 총격 배후에 무슨 카르텔이 있을 거라는 공식 보고가 있군. 한데 물증은 없다. …아, 이것도 있어."

침묵.

"프레드, 거기 있나?"

라임은 조급하게 묻고 한숨을 쉬었다.

그때 델레이가 말했다.

"이게 도움이 될지도 모르겠는데. 주에서 보낸 보고서야. 모레노가 여기 왔었어. 뉴욕에. 4월 30일 도착했군. 5월 2일에 떠났고."
론 셀리토가 물었다.
"그가 여기서 뭘 했는지, 어디로 갔는지, 구체적인 내용은 없나?"
"아니. 그건 자네들이 할 일이지, 친구. 나도 이쪽에서 계속 찾아보지. 카리브 해와 남미 쪽 정보원들에게도 연락 좀 해보고. 아, 사진도 있어. 보낼까?"
로렐이 얼른 끼어들었다.
"아뇨. 그쪽 사무실에서 하는 직접 통신은 최소화해야 해요. 저나 셀리토 형사, 색스 형사, 링컨 라임한테 직접 전화하는 게 좋겠어요. 신중한 것이…."
"진정한 용기다."
델레이는 아리송한 문구를 읊었다.
"그 점에 대해서는 아무 반론 없습니다. 하지만 그 문제에 대해 얘기하자면, 저쪽 친구들은 아직 모르고 있는 거 맞아요? NIOS 사람들?"
"네, 몰라요."
검사가 대답하자 델레이는 신음하듯 내뱉었다.
"으흠."
라임이 말했다.
"못 믿겠다는 걸로 들리는데."
델레이는 킬킬 웃고 말했다.
"모두, 행운을 빌어."
색스는 전화를 껐다. 로렐이 물었다.
"이제 저는 어디서 일하죠?"
"무슨 뜻인가요?"
색스가 물었다. 검사는 주위를 둘러보고 있었다.
"책상이 필요해요. 탁자든지. 책상이 아니라도 돼요. 큼직한 걸로."

"왜 당신이 여기 있어야 하죠?"

"사무실에서 일할 수는 없어요. 어떻게 하겠어요?"

당연하다는 말투.

"새어나갈 수 있잖아요. NIOS도 언젠가는 우리가 수사 중이라는 걸 알아내겠지만, 최대한 늦추고 싶어요. 아, 이게 좋아 보이는군. 저기, 저거. 괜찮아요?"

로렐은 구석의 작업대를 가리켰다. 라임은 톰을 불러 탁자 위의 책과 낡은 법과학 장비 상자를 치우도록 했다.

"컴퓨터는 있는데, 전용선과 와이파이 라우터가 필요해요. 암호화된 개인 계정을 설치해야겠어요. 네트워크는 공유하지 않는 게 좋겠죠?"

검사는 라임 쪽을 바라보았다.

"가능하다면."

색스는 수사팀의 이 새로운 멤버를 좋아하지 않는 기색이 역력했다. 링컨 라임은 천성적으로 혼자 일하는 것을 좋아하는 사람이지만, 최소한 수사를 진행하는 동안은 다른 사람들의 존재를 즐기지는 못해도 인내했다. 특별히 반대할 이유는 없었다.

낸스 로렐은 서류 가방과 묵직한 소송 가방을 탁자 위에 올려놓고, 파일을 푼 다음 각각 따로 쌓아 정리하기 시작했다. 마치 입학 첫날 기숙사에 처음 들어와서 귀중한 소지품을 책상과 침대 맡 테이블에 가장 편안하게 늘어놓는 신입생 같았다.

그때 로렐이 다른 사람들을 돌아보았다.

"아, 한 가지 더. 수사를 할 때 그를 성자처럼 보이게 할 수 있는 자료는 뭐든지 찾아주세요."

"뭐라고요?"

색스가 물었다.

"로버트 모레노. 성자처럼. 그는 도발적인 발언을 많이 했어요. 미국에 대해 대단히 비판적이었죠. 그러니 그가 잘한 일을 찾아야 한다는 겁니다. 예를 들어 '지역자율운동'. 학교를 짓고, 제3세계 아이들을 먹여 살리고, 그런 활동 말이에요. 좋은 아버지이자 남편이었다, 그런 거."

"그런 일도 해야 한다는 거예요?"

색스가 물었다. 믿기지 않는다는 듯한 말투. 약간의 날카로움도 섞여 있었다.

"맞습니다."

"왜죠?"

"그게 더 나으니까요."

당연한 일이라는 말투.

"오."

색스는 잠시 사이를 두었다가 말을 이었다.

"그건 대답이 되지 않네요."

색스는 라임을 보고 있지 않았다. 그도 그러지 않기를 바랐다. 부글거리는 갈등은 색스와 검사 사이로 족했다.

"배심원단 말입니다."

검사는 아까 자신의 논리를 이해했던 라임 쪽을 흘긋 보았다.

"그가 올바른 사람, 선하고 윤리적인 사람이었다는 것을 보여줄 필요가 있어요. 피고 측은 모레노를 위험인물로 그리겠지요. 강간 피해자를 야한 옷을 입고 범인에게 추파를 던진 사람으로 몰아가는 변호사들처럼요."

색스가 말했다.

"그 둘 사이에는 큰 차이가 있어요."

"그래요? 나는 모르겠는데요?"

"사실에 접근하는 것이 수사의 핵심 아닌가요?"

검사는 잠깐 이 말을 생각하는 듯했다.

"법정에서 이기지 못한다면, 사실이 무슨 소용이죠?"

로렐은 이것으로 모든 문제를 해결했다고 생각하는 것 같았다. 로렐은 모든 사람을 향해 말했다.

"그리고 빨리, 아주 빨리 진행해야 합니다."

셀리토가 말했다.

"맞아. NIOS는 언제든지 수사에 대해 알아낼 수 있소. 증거물이 사라질 거요."

로렐이 말했다.

"그건 맞는 말이지만, 내 말은 그게 아니었어요. 보드를 보세요. 암살 명령."

일제히 그쪽을 보았다. 라임도 마찬가지였다. 하지만 무슨 말인지 곧장 알 수는 없었다. 그러다 문득 이해했다.

"열(queue)."

"맞아요."

검사가 말했다.

비 – 극비 – 극비 – 극비 – 극비 – 극비 – 극 특수 임무 명령서 열(Queue)	
8/27	9/27
• 임무: 로버트 A. 모레노(NIOS ID: ram278e4w5)	• 임무: 알바라니 라시드(NIOS ID: abr942pd5t)
• 출생: 75/4, 뉴저지	• 출생: 73/2, 미시건
• 기한: 5/8~5/9	• 기한: 5/19
• 승인: 레벨 2: 가 레벨 1: 가	• 승인: 레벨 2: 가 레벨 1: 가
• 참고 문서: 'A'를 볼 것.	• 참고 문서: 없음
• 최종 확인 필요 여부: 필요	• 최종 확인 필요 여부: 불필요
• PIN 필요 여부: 필요	• PIN 필요 여부: 필요
• CD: 승인. 그러나 최소화할 것	• CD: 승인. 그러나 최소화할 것
• 세부 내역:	• 세부 내역: 미정
• 담당 요원: 돈 브런스, 킬 룸.	• 상황: 진행 중
• 사우스코브인, 바하마, 스위트룸 1200호	
• 상황: 완료	

로렐은 말을 이었다.

"라시드라는 인물에 대해서는 누구인지, 어디 있는지 아직 아무것도 알아내지 못했어요. 그의 '킬 룸'은 핵폭탄 부품을 팔고 있는 예멘의 어느 오두막일지도 모르죠. 메츠거의 열성을 감안하면, 그가 관타나모에 반대하고 대통령을 모욕하는 블로그를 작성하고 있는 코네티컷 주 리지필드의 어느 거실일 수도 있고요. 하지만 NIOS가 금요일 이전에 그를 죽일 거라는 건 분명해요. 그렇다면 그때 발생할 수 있는 부수적인 인명 피해는? 그의 아내와 아이들? 지나가던 행인? 난 그 전에 메츠거를 잡아들이고 싶어요."

라임이 말했다.

"그렇다고 암살을 중단시킬 수 있는 건 아닙니다."

"그렇지만 누군가가 이 작전을 아주 주의 깊게 추적하고 있다는 메시지를 NIOS와 워싱턴에 줄 수는 있어요. 공격을 연기하고 독립적인 인사로 하여금 STO가 합법적인지 아닌지 재검토하게 할 수도 있겠죠. 메츠거가 수장으로 있는 이상 그런 일은 벌어지지 않을 겁니다."

최종 변론을 하는 변호사처럼 로렐은 앞으로 걸어 나가 극적으로 암살 명령서를 두드렸다.

"아, 그리고 맨 위의 이 숫자가 뭔지 아세요? 8/27, 9/27? 날짜가 아닙니다. 열(queue) 작전의 임무 번호예요. 피해자죠. 모레노는 NIOS가 살해한 여덟 번째 인물이에요. 라시드는 아홉 번째가 될 겁니다."

"총 27명이군."

셀리토가 말했다. 로렐은 사무적으로 대답했다.

"일주일 전에는 그랬죠. 오늘자로 몇 명이 늘었는지 어떻게 알겠어요?"

행정 담당관

동요하지 않는, 참을성 있는 유령 같은 인간의 형태가 슈리브 메츠거의 문간에 나타났다.

"스펜서."

본부 내에서 그의 오른팔인 행정 담당관은 메인 주의 시원한 파란 하늘과 고요한 호수를 즐기던 중 메츠거가 자신을 소환한다는 암호화 텍스트를 받았다. 스펜서 보스턴은 즉각 휴가를 중단했다. 열을 받았는지 몰라도—분명 그랬겠지만—겉으로는 그런 기색을 드러내지 않았다.

그건 부적절한 태도다.

꼴사납다.

스펜서 보스턴은 지난 세대의 빛바랜 우아함을 지닌 인물이었다. 할아버지 같은 얼굴. 굳게 다문 입술에는 주름이 자글자글했다. 흰머리는 숱이 많고 곱슬곱슬했다. 그는 메츠거보다 열 살 더 많았다. 극도로 침착하고 이성적인 분위기를 발산하는 인물이었다. 마법사와 마찬가지로 보스턴 역시 스모크 때문에 고통을 받지 않았다. 그는 사무실에 들어와 누가 엿듣지 않도록 본능적으로 문을 닫고 보스 앞에 앉았다. 아무 말도 하지 않았지만, 눈길은 보스가 손에 쥐고 있는 휴대폰으로 향했다. 거의 사용하지 않고 이 건물 밖으로 들고 나가지도 않는 휴대폰은 진한 빨간색이었지만, 그건 극비 통신 수단이라는 사실과 아무 관계도 없었다. 회사에서 당장 배송할 수 있는 상품이 하필 그 색깔이었을 뿐이다. 메츠거는 이것을 '마법의 전화기'라고 생각했다.

NIOS 국장은 전화를 쥔 자신의 손바닥 근육이 딱딱하게 굳어 있다는 것을 깨달았다.

메츠거는 전화를 밀어놓고 NIOS 수장 자리에 오른 이래 몇 년 동안 함께 일해온 남자에게 보일 듯 말 듯 고갯짓을 했다. 전직 국장은 정가의 소용돌이 속으로 사라졌다. 성공했다는 소식은 없었다.

"와줘서 고맙네."

부하의 휴가를 망친 것에 대해 변명이라도 하려는 듯 딱딱하고 빠른 말투였다. 스모크는 여러 면에서 그에게 영향을 끼쳤다. 하지만 그중 하나는 머릿속이 뒤죽박죽된 나머지 화가 나 있지 않을 때조차 보통 사람처럼 행동하는 법을 잊어버린다는 점이다. 어떤 고통이 인생을 지배할 때는 언제든지 경계 태세를 갖추어야 한다.

아빠, 아빠. ···괜찮아?

웃고 있지 않니?

응. 그런데 그냥 이상해 보여.

행정 담당관은 자세를 고쳐 앉았다. 의자가 삐걱거렸다. 스펜서 보스턴은 체구가 작지 않았다. 길쭉한 플라스틱 컵에 담긴 아이스티를 마시며 복슬복슬한 눈썹을 치켜 올렸다.

메츠거가 말했다.

"내부 고발자가 있어."

"네? 그럴 리가 없어요."

"확인했어."

메츠거는 상황을 설명했다. 보스턴이 속삭이듯 말했다.

"그럴 수가. 어떻게 할 겁니까?"

메츠거는 이 골치 아픈 질문에는 대답하지 않고 덧붙였다.

"당신이 찾아내. 무슨 수를 쓰든지."

조심하자. 메츠거는 자신에게 일깨웠다. 이건 스모크가 하는 말이야.

"아는 사람은?"

보스턴이 물었다. 메츠거는 전화기를 향해 공손하게 턱짓을 했다.

"그 사람."

더 이상 설명할 필요가 없었다.

마법사.

보스턴은 마음이 복잡한지 얼굴을 찡그렸다. 원래 다른 연방 정보 기관에서 일했던 그는 파나마 같은 중미―스스로 선택한 지역이었다―거점 국가 곳곳에서 성공적으로 자산을 관리해왔다. 특기? 정권 교체라는 예술이었다. 보스턴의 장기는 정치가 아니라 정권 교체였지만, 그런 그도 워싱턴의 도움이 없다면 최악의 순간 자신이나 자신의 자산이 말라붙을 수도 있다는 것을 잘 알고 있었다. 몇 번이나 혁명가, 반란 분자, 카르텔 보스에게 인질로 잡힌 적이 있었다. 심문도 당했고, 스스로 말은 하지 않지만 아마 고문도 당했을 것이다.

그는 살아남았다. 워싱턴에 도사리고 있는 것은 다른 종류의 위협이다. 하지만 자기 보호 기술은 동일하다.

보스턴의 손이 희끗거리기는 하지만 탐스러운 머리카락을 쓸어 넘겼다.

메츠거가 말했다.

"그는…."

역시 마법사 얘기였다.

"수사에 대해 알고 있지만, 정보 유출에 대해서는 아무 말도 하지 않았어. 모르고 있는 것 같아. 거기까지 말이 새어나가기 전에 배신자를 찾아야 해."

보스턴은 투명한 차를 마시며 얼굴에 더 깊이 주름을 잡았다. 하, 이 양반은 나이 지긋한 정계 실력자 역할에 도널드 서덜랜드보다 잘 어울리겠군. 메츠거는 그보다 꽤 젊었지만, 머리숱은 벌써 휑하고 몸은 여위고 수척했다. 족제비 같은 인상이야.

"어떻게 생각하나, 스펜서? STO가 어떻게 유출되었을까?"

보스턴은 창밖을 내다보았다. 앉은 의자에서는 늦은 오전의 햇빛만 눈부시게 반사될 뿐 허드슨 강이 보이지는 않았다.

"플로리다의 누군가라는 직감이 듭니다. 그다음 가능성은 워싱턴."

"텍사스나 캘리포니아는?"

"그럴 것 같진 않아요. 그쪽도 STO 사본을 가지고 있지만, 전문가 한 사람이 활동을 개시하지 않으면 열어보지도 않으니까. …그리고 이런 말은 하기 싫지만, 이곳 사무실도 완전히 배제할 수는 없어요."

머리를 살짝 트는 몸짓은 NIOS 본부라는 뜻이었다.

당연하지. 생각하기조차 고통스럽지만 같은 사무실 동료가 배신했을 수도 있다.

보스턴은 말을 이었다.

"정보보안팀에 서버와 복사기, 스캐너를 확인해보라고 하겠습니다. 다운로드 권한을 가진 상급자들은 거짓말탐지기로 확인하죠. 페이스북 오토봇 검색도 샅샅이 실시하겠습니다. 페이스북뿐만 아니라 블로그와 기타 소셜 미디어 사이트 전부. STO 접근 권한을 가진 사람 중 정부나 이곳 임무에 대해 비판적인 글을 올린 적이 있는 인물도 알아보죠."

임무. 나쁜 놈 죽이기.

그럴듯했다. 메츠거는 만족했다.

"좋아. 할 일이 많군."

그의 시선이 바깥 경치로 향했다. 유리창 청소부가 100~120미터 위 발판에 서 있는 모습이 보였다. 9.11 당시 건물에서 뛰어내리던 사람이 떠올랐다.

스모크가 허파를 가득 채웠다.

숨을 쉬자….

스모크를 몰아내자. 그러나 할 수가 없었다. 그 끔찍한 날, 건물에서 뛰어내리던 사람들도 숨을 쉴 수 없었으므로. 허파는 항공유가 연소하는 연기로 가득 차고, 불꽃은 몇 초 안에 그들을 집어삼킬 기세. 가로세로 3제곱미터 넓이의 사무실에 불길이 넘실거리고, 갈 곳이라고는 창문 밖 콘크리트뿐이었을 사람들.

손이 다시 부들거리기 시작했다.

메츠거는 보스턴이 자신을 찬찬히 응시하고 있다는 것을 깨달았다. 그는 자신과 세스, 케이티가 콧김을 내뿜는 말과 함께 찍은 사진을 자연스럽게 정리했다. 당시의 소중한 추억을 기록한 정밀한 광학 기기는 한 남자의 심장을 꿰뚫은 총알의 궤적을 효율적으로 안내한 스코프와 다를 게 없었다.

"임무 완수 증거를 갖고 있습니까? 경찰이?"

"아니, 그렇지는 않을 거야. 상황 완료. 그뿐이야."

암살 명령은 그런 것이다—임무 대상을 제거하라는 지시. 암살을 실제로 완수했다는 보고서 같은 것은 없다. 질문을 받았을 때 표준 절차는 오로지 부인, 부인, 부인.

보스턴이 입을 열었다.

"그럼 현재는…."

"전화 몇 통 했어. 돈 브런스도 물론 상황을 알고 있고. 다른 몇몇 사람들도. 상황에… 대처하는 중이야."

모호한 동사와 목적어. 마법사가 쓸 만한 표현.

인상적인 흰머리와 더욱 인상적인 첩보 경력을 지닌 스펜서 보스턴은 차를 마셨다. 빨대가 플라스틱 뚜껑 안으로 더 깊이 파고들어 비올라 줄을 긋는 활처럼 희미하게 진동했다.

"걱정하지 마십시오, 슈리브. 제가 찾아낼 겁니다."

"고마워, 스펜서. 언제든지. 밤이든 낮이든, 찾으면 전화 주게."

그는 일어서서 몸에 잘 맞지 않는 슈트 단추를 잠갔다.

보스턴이 나간 뒤, 마법의 빨간 휴대폰이 부르르 떨리고 지하층의 감시 및 데이터마이닝 팀에서 보낸 텍스트가 떴다.

담당 검사는 낸스 로렐로 확인. 뉴욕시경 수사팀의 신원도 곧 보내겠음.

이 내용을 읽자 스모크가 상당 부분 걷혔다.
마침내 시작할 지점을 찾았다.

12

살인자

제이컵 스완은 라가디아 공항의 마린 에어 터미널 주차장에 세워 놓은 자기 차로 다가갔다.

닛산 세단 트렁크 안에 서류 가방을 조심스럽게 넣었다—안에는 칼이 들어 있었다. 가지고 다녀서는 안 된다. 그는 운전석에 털썩 주저앉아 깊이 숨을 들이마시며 몸을 죽 뻗었다.

피곤했다. 거의 24시간 전에 브루클린의 아파트를 떠나 바하마로 향했고, 그사이 세 시간 정도밖에 자지 못했다. 주로 이동하는 시간을 틈타서.

아넷 건은 예상보다 신속하게 끝났다. 그러나 시체를 처리한 뒤, 폐타이어를 찾아 지난주 자신이 그곳에 갔던 흔적을 태우느라 시간이 좀 걸렸다. 그런 다음 아넷의 아파트에 들러 집 안을 정리하고, 모레노를 저격한 현장 사우스코브인에도 다녀왔다. 모험이긴 했지만 그것도 성공적으로 끝났다.

그런 다음 지난주와 같은 경로로 섬을 떠났다. 밀라스사운드 근처 항구에서. 그곳엔 매일 옹기종기 모여 배를 수리하거나 카멜 또는 마리화나를 피우거나 샌즈, 칼릭 혹은 트리플 B 몰트위스키를 마시는 사람들 중 안면 있는 자들이 좀 있었다. 효율적으로, 몰래, 이런저런 일거리를 처리해주기도 했다. 그들이 서둘러 작은 보트로 프리포트 인근의 수많은 작은 섬 중 한 곳으로 그를 데려다주었다. 거기서 그는 마이애미 남쪽의 들판까지 헬리콥터를 타고 왔다.

카리브 해에는 특징이 한 가지 있다. 세관도 있지만, 관례도 따로 있다. 요컨대 제이컵 스완 같은 사람이 돈을 내면―그를 고용한 사람은 물론 돈이 많았다―눈에 띄지 않게 어디든지 갈 수 있다.

칼날로 피를 보고 난 뒤 그는 아넷이 자신에 대해, 일주일 전 사우스코브인 스위트룸 1200호와 모레노의 보디가드 그리고 모레노 본인에 관해 자연스럽게 건넸던 질문에 대해 아무에게도 말하지 않았다고 확신했다. 이 모든 사실을 종합하니 매우 긍정적인 결론이 나왔다.

카이 슌은 몇 번밖에 사용하지 않았다. 슥 긋고, 슥 긋고…. 사실 워낙 겁을 먹었기 때문에 굳이 필요도 없었을 것이다. 그러나 제이컵 스완은 꼼꼼한 사람이었다. 끓어오르는 밀가루 버터 루(roux)에 뜨거운 액체를 너무 빨리 붓기만 해도 섬세한 소스를 망칠 수 있다. 한 번 망치면 돌이킬 수 없다. 몇 도, 몇 초 차이다. 게다가 기술을 연마할 기회도 놓칠 수 없다.

그는 공항 주차장 출구 안내소 앞에 멈춰서 현금으로 지불한 뒤, 그랜드 센트럴 도로를 타고 1.6킬로미터 정도 달리다가 차를 세우고 번호판을 바꿔 달았다. 그리고 브루클린의 집으로 향했다.

아넷….

사우스코브에서 일을 계획할 때 우연히 마주친 불쌍한 창녀에게는 불운이었다. 한창 염탐을 하고 있을 때, 모레노의 보디가드 시몬 플로레스가 창녀와 이야기를 나누며 추파를 보내는 것이 눈에 띄었다. 방금 같이 방에 있다가 나온 것 같았다. 신체 언어와 농담을 보아하니 무슨 짓을 하고 나왔는지 알 수 있었다.

아, 일하는 소녀. 완벽하군.

한두 시간 정도 기다린 그는 자연스럽게 인근을 돌다가 바에서 혼자 물 탄 술을 마시며 낚싯대에 매달린 미끼처럼 다른 손님을 기다리고 있는 아넷을 만났다.

　추적 불가능한 현금 1000달러로 무장한 스완은 선뜻 여자를 향해 헤엄쳤다.

　좋은 섹스를 끝내고 더 좋은 스튜를 먹은 뒤, 그는 임무와 관련해 많은 정보를 얻었다. 하지만 수사를 하리라고는 전혀 예상하지 못했기 때문에 평소처럼 완벽하게 뒤처리를 하지 않았다. 그래서 섬으로 다시 돌아갔던 것이다.

　성공적이었다. 그리고 만족스러웠다.

　이제 그는 헨리 스트리트에 있는 브루클린 하이츠의 타운하우스로 돌아와 골목 차고 안에 차를 세웠다. 가방을 현관에 던져놓은 뒤, 옷을 벗고 샤워를 했다.

　거실과 침실 두 개로 이뤄진 내부는 검소했다. 주로 비싸지 않은 골동품, 이케아 가구 몇 개뿐이었다. 뉴욕의 여느 독신 남성 숙소와 그리 다르지 않은 풍경이었지만, 다른 점이 두 가지 있었다. 벽장 안에 있는, 라이플과 권총을 넣어둔 커다란 녹색 총기 금고. 그리고 부엌. 전문 주방장도 부러워할 만한 공간이었다.

　물기를 닦고 면직 가운을 걸친 다음 슬리퍼를 신은 그는 이 공간으로 들어섰다. 바이킹, 밀레, 키친에이드, 서브제로, 별도의 냉동고, 와인 쿨러, 복사열 조리기—그가 직접 만든 기구였다. 스테인리스스틸과 참나무. 한쪽 벽 전체에는 냄비와 조리 도구가 유리문 달린 찬장 안에 놓여 있었다. (천장에 매다는 선반은 보기엔 그럴듯하지만, 조리하기 전에 냄비를 굳이 왜 씻어야 하나?)

　스완은 프렌치 프레스 커피를 만들었다. 그리고 독한 커피를 블랙으로 홀짝거리며 아침으로 뭘 먹을까 고민했다.

　그는 해시(고기와 감자를 잘게 다져 섞은 요리—옮긴이)로 결정했다. 스완은 주방에서 도전하는 것을 좋아했고, 헤스턴 블루멘설이나 고든 램지 같은 대가가 개발했을 법한 레시피를 만들었다. 그러나 음식이 굳이 화려해야 할 필요는 없다는 것도 알고 있었다. 군에 있을 때 임무를 마치고 돌아오면 바그다드 외곽에 있는 막사에서 군용 급식과 아랍 시장에서 사온 재료를 가지고 동료 병사들에게 음식을 만들어주곤 했다. 요리에 대한 스완의 까다롭고 경건한 태도에는 아무도 시비를 걸지 않았다. 첫째, 음식이 늘 훌륭했다. 둘째, 스완이 오전 내내 잃어버린 무기를 어디에 숨겨놓았는지 알아내려고 반란 분자의 손등 가죽을 벗겼을 거라는 사실을 동료들도 알고 있었기 때문이다.

스완 같은 사람을 함부로 놀렸다가는 험한 꼴을 당할 수 있다.

그는 냉장고에서 450그램 무게의 립아이 스테이크를 꺼내 두껍고 흰 기름종이를 벗겼다. 직접 완벽한 크기로 잘라 저민 고기였다. 한 달에 한 번 스완은 소고기 반 마리를 통으로 사서 자신과 같은 아마추어 정육사를 위한 냉동 창고에 보관하곤 했다. 그리고 하루 날을 잡아 황홀한 기분으로 뼈에서 고기를 부위별로 발랐다—등심, 짧은 갈비, 우둔살, 갈비살, 옆구리살, 가슴살.

통으로 고기를 사는 사람들 중에는 뇌, 내장, 위장, 기타 부속을 좋아하는 경우도 있다. 하지만 그는 그런 부위에는 관심이 없어 그냥 버렸다. 짐승의 이런 부위에 대해 윤리적으로나 감정적으로 거부감이 드는 것은 아니었다. 스완에게 살은 살일 뿐이었다. 단지 맛의 문제였다. 바삭바삭하게 튀긴 췌장을 좋아하지 않는 사람이 어디 있겠는가. 그러나 대부분의 내장은 맛이 쓰고 쓰임새에 비해 손이 많이 갔다. 예를 들어 콩팥은 며칠 동안 부엌에 냄새가 남고, 뇌는 기름기가 지나치게 많은 데다 무미하다. (콜레스테롤도 잔뜩 들어 있다.) 아니, 몸 전체에 에이프런을 두르고 톱과 칼을 휘두르며 무게가 90킬로그램에 달하는 도마 앞에서 보내는 스완의 시간은 모두 뼈에 최소한의 살점만 남기고 전통적인 부위를 완벽한 모양으로 발라내는 데 할애되었다. 그것은 예술이자 스포츠였다.

마음에 편안함을 주었다.

내 작은 푸줏간 소년…

그는 도마—칼날을 보호하기 위해 언제나 나무 도마를 썼다—위에 립아이를 올려놓은 다음 손가락으로 고기를 쓰다듬고 탄탄한 살의 감촉을 느끼며 결과 지방의 마블링을 감상했다.

하지만 고기를 자르기 전에 카이 슈을 댄스 블랙하드 아칸소 숫돌에 다시 갈았다. 칼 못지않게 비싼 숫돌은 지구상에서 가장 좋은 물건이었다. 아넷 위에 걸터앉아 혀를 끝내고 손가락으로 옮겼을 때, 칼날이 불행히도 뼈와 부딪혔다. 이제 다시 완벽하게 갈아야 했다.

마침내 칼 준비를 마친 그는 스테이크로 돌아가서 고기를 천천히 12센티미터짜리 정육면체로 잘랐다.

더 크게 자를 수도 있고, 더 빨리 끝낼 수도 있었다.

하지만 즐거운 일을 서두를 필요가 있을까?

일을 마친 뒤, 그는 고기를 세이지와 밀가루(전통적인 레시피를 나름대로 개량한 비법이었다) 반죽에 넣고 쇠냄비에서 볶은 다음 겉만 익고 속은 아직 분홍색일 때 옆에 따로 덜어두었다. 그리고 붉은 감자 두 개와 비달리아 양파를 썰었다. 이어 채소를 냄비에 넣고 기름에 볶은 후 다시 고기로 돌아갔다. 빌 스톡과 다진 이탈리아 파슬리를 섞고, 팬을 그릴 안에 넣어 겉면을 바삭하게 구웠다.

1~2분 뒤 음식을 완성했다. 그는 부엌의 큰 창가에 있는 비싼 티크 식탁에 해시를 놓고 소금과 후추를 뿌린 다음 로즈메리 스콘과 함께 먹었다. 스콘은 며칠 전에 직접 구웠다. 숙성될수록 손으로 간 밀가루와 허브가 잘 어우러져서 맛있다.

스완은 늘 그렇듯 천천히 먹었다. 흡입하듯 허겁지겁 먹는 사람들에 대해서는 경멸 비슷한 동정심밖에 느껴지지 않았다.

식사를 막 마쳤을 때 이메일이 왔다. 슈리브 메츠거의 거대한 국가 안보 정보 체제가 어느 때보다 효율적으로 가동되고 있는 모양이었다.

텍스트를 받았다. 오늘 성공했다니 기쁘다.
최소화하거나 제거해야 할 위협
1. STO 작전에 대해 알고 있는 목격자와 협력자-모레노의 4월

30일~5월 2일 뉴욕 체류 시기를 조사할 것.

2. 담당 검사의 신원은 낸스 로렐. 뉴욕시경 수사진의 신원은 추후 고지.

3. STO를 유출한 인물. 현재 신원을 수색 중. 당신에게도 신원을 알아낼 방법이 있을 수 있다고 생각함. 재량에 따라 행동할 것.

스완은 기술서비스팀 쪽 사람에게 전화해서 몇 가지 데이터마이닝을 요청했다. 그런 다음 두꺼운 노란색 고무장갑을 꼈다. 소금으로 냄비를 문질러 닦고 표면에 뜨거운 기름을 발랐다. 무쇠에는 절대 물과 비누를 써서는 안 된다. 그런 다음 접시와 주방 도구를 아주, 아주 뜨거운 물에 씻었다. 그는 이 과정을 즐겼다. 그렇게 서서 건물 앞 작은 정원의 은행나무를 바라보고 있으면 좋은 생각이 나곤 했다. 이 나무의 열매는 신기했다. 아시아 요리에 사용하고, 일본에서는 차완무시(달걀찜과 비슷한 일본 음식-옮긴이)라는 맛있는 커스터드의 핵심 재료이기도 하다. 많이 먹으면 독성이 있다. 하지만 식사는 원래 위험하다. 음식을 먹으려고 식탁에 앉았을 때, 누구나 가끔 살모넬라나 대장균 걱정이 퍼뜩 들지 않는가. 제이컵 스완은 일본에서 장기에 독성이 있기로 악명 높은 복어 요리를 먹어본 적이 있었다. 잘못하면 독성을 섭취할 수 있어서가 아니라(솜씨 좋은 요리사가 다루면 그런 일은 사실상 일어나지 않는다) 맛이 너무 밋밋해서 마음에 들지 않았던 요리다.

닦고, 또 닦고, 쇠와 유리와 자기에서 음식의 마지막 흔적 한 점까지 제거했다.

그리고 열심히 생각했다.

암살 명령서가 새어나갔으니, 목격자를 제거하면 NIOS와 그 협력자들에게 당연히 의심의 시선이 돌아갈 것이다. 이건 불운이었다. 그렇지만 않았어도 스완은 사고를 꾸며내거나 가상의 인물을 만들어내 앞으로 발생할 살인에 대한 책임을 뒤집어씌웠을 것이다—메츠거가 모레노 살인 사건의 범인으로 지목한 마약 카르텔이나, 수사에 참여한 경찰과 검찰이 감옥에 집어넣은 전과자의 복수극.

그러나 이 상황에서는 통하지 않는다. 제이컵 스완은 자신이 가장 잘하는 것을 해야 했다. 슈리브 메츠거가 암살 명령의 존재 자체를 부인해야 한다면, 스완은 은폐 작전의 증거물이나 목격자가 나타나서 혹시라도 NIOS나 관련 인물을 살인 사건과 연루시킬 수 없도록 철저히 대처해야 한다.

그것은 할 수 있었다. 제이컵 스완은 아주 세심한 사람이었다.

게다가 그런 위협은 제거하는 것 외에 선택의 여지가 없다. 어느 누구라도 조직을 위험에 처하게 할 수는 없다. 우리 임무는 너무나 중요하다.

스완은 수술을 성공적으로 마치고 절개 부위를 꿰매는 외과 의사처럼 꼼꼼하게 접시와 은식기, 커피 잔을 두꺼운 수건으로 닦았다.

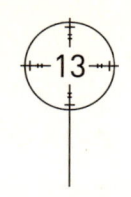

사이버범죄과

로버트 모레노 살인 사건

범죄 현장 1
- 바하마 뉴프로비던스 섬. 사우스코브 인 스위트룸 1200호('킬 룸')
- 5월 9일
- 피해자 1: 로버트 모레노
  - 사인: 총상. 자세한 것은 추후에
  - 부가 정보: 모레노, 38세. 미국 시민권자. 해외 이주. 베네수엘라 거주. 극렬 반미 분자. 별명 '진실의 메신저'
  - 4월 30일~5월 2일 뉴욕에서 사흘간 체류. 목적은?
- 피해자 2: 에두아르도 드라루아
  - 사인: 총상. 자세한 것은 추후에
  - 부가 정보: 기자. 모레노를 인터뷰 중이었음. 푸에르토리코 출생. 아르헨티나 거주
- 피해자 3: 시몬 플로레스
  - 사인: 총상. 자세한 것은 추후에
  - 부가 정보: 모레노의 보디가드. 브라질 국적. 베네수엘라 거주
- 용의자 1: 슈리브 메츠거
  - 국가정보활동국 국장
  - 정신적으로 불안정? 분노 조절 문제
  - 특수 임무 명령서를 승인받기 위해 불법적으로 증거를 조작?
  - 이혼. 예일 대학. 법학 학위
- 용의자 2: 저격수
  - 암호명: 돈 브런스
  - 정보서비스팀에서 브런스를 데이터마이닝하는 중
  - 성문 확보
  - 현장감식 보고서, 검시 보고서, 기타 정보는 추후에
  - 살인의 배후에 마약 카르텔이 있다는 루머. 가능성은 적어 보임

범죄 현장 2
- 돈 브런스 저격 지점. 바하마 뉴프로비던스 섬의 킬 룸에서 2000미터 떨어진 곳
- 5월 9일
- 현장감식 보고서는 추후에

부가 수사
- 내부 고발자의 신원을 찾을 것
  - 특수 임무 명령서를 유출한 신원 미상의 인물
  - 익명의 이메일로 전송

― 뉴욕시경 사이버범죄과가 추적 중:　　결과를 기다리는 중

아멜리아 색스는 엉덩이에 두 손을 짚고 화이트보드를 훑어보았다. 라임은 별 관심 없이 색스가 흘려 쓴 글씨를 흘끗 쳐다보았다. 그는 확실한 사실이 나타나기 시작할 때까지는 색스가 쓴 내용에 그다지 관심을 두지 않을 것이다.

방 안에는 색스, 로렐, 라임 세 사람뿐이었다. 론 셀리토는 빌 마이어스의 특수업무부 소속 경찰 중에서 탐문 및 감시 팀을 꾸리러 다운타운으로 떠났다. 비밀이 최우선이었기 때문에, 로렐이 일반 순찰팀 경찰을 거부했던 것이다.

색스는 가만히 앉아서 기다리는 데 익숙하지 않았지만, 지난 두 시간 동안 자신이 한 일은 대부분 그것뿐이었다. 여기 갇혀 있으니 고약한 습관이 되살아났다. 손톱을 다른 손톱 안에 박고, 피가 날 때까지 두피를 긁는 습관. 천성적으로 침착하지 못한 성격이라 걷고 싶고, 밖에 나가고 싶고, 차를 몰고 싶었다. 아버지가 만들어낸 이 표현이 색스의 인생 좌우명이었다.

움직이고 있을 때는 잡히지 않아⋯.

허먼 색스에게 이 문장은 여러 의미가 있었다. 물론 그의 직업, 부녀의 직업을 뜻하는 것이었다. 그 역시 뉴욕의 살인 사건 발생률이 사상 최고를 찍던 시절에 타임스 스퀘어를 순찰하던 순경이었다. 움직임도, 생각도, 눈치도 빨라야 살아남는다.

인생 역시 마찬가지였다. 움직임⋯ 연인이든, 보스든, 경쟁자든, 상대의 표적이 되는 순간은 짧을수록 좋다. 아버지는 세상을 떠날 때까지 이 말을 자주 입에 올렸다. (쇠약해지는 육신처럼 세상에는 따라잡을 수 없는 것도 있다.)

그러나 모든 수사에는 배경 지식과 서류가 필요하며, 사실을 파악하기 힘들고 현장에도 접근할 수 없는 이번 사건은 특히 그랬다. 그래서 지금 색스는 서류를 뒤적이고 전화로―몰래―탐문하는 감옥 같

은 사무 업무를 하고 있었다. 보드에서 돌아선 색스는 다시 자리에 앉아 멍하니 손가락 끝에 손톱을 박았다. 찌르르 아팠다. 신경 쓰지 않았다. 읽고 있던 정보 용지에 희미하게 붉은색이 묻었지만, 그것도 무시했다.

긴장감의 일부는 '감독관' 때문이었다. 색스는 낸스 로렐을 그렇게 간주했다. 색스는 다른 사람이, 상관조차도 자신을 감시하는 데 익숙하지 않았다—제3계급 형사인 아멜리아 색스에게는 윗사람이 많았다. 로렐은 이제 이 방에 완전히 자리를 잡았고—거창한 랩톱 두 대가 한꺼번에 돌아가고 있었다—더 두꺼운 파일까지 배달시켰다.

간이침대까지 들여올 생각일까?

반면 웃음기 없는 얼굴로 잔뜩 집중하고 있는 로렐은 전혀 초조한 기색이 없었다. 서류 위에 몸을 웅크리고 짜증스러울 정도로 요란하게 키보드를 두드리거나 극도로 작고 정확한 글씨로 뭔가를 메모했다. 페이지 하나하나를 검토하고, 주석을 달고, 분류했다. 컴퓨터 화면 안의 문단도 꼼꼼하게 읽은 다음 무시하거나 레이저 프린터로 뽑아 '메츠거 사건' 폴더 안에 다른 출력물과 같이 정리했다.

색스는 일어서서 화이트보드로 갔다가 다시 끔찍한 의자로 돌아와 4월 30일부터 5월 2일까지 모레노의 뉴욕 체류에 대해 알아내려고 애썼다. 호텔과 택시 서비스도 탐문했다. 앉아 있는 시간 동안 3분의 2가량은 사람들과 통화를 했고, 나머지 시간에는 메시지를 남겼다.

색스는 방 건너편에 있는 라임을 바라보았다. 그는 바하마 경찰의 협조를 얻어내려고 통화하는 중이었다. 표정을 보니 색스와 마찬가지로 별 소득은 없는 것 같았다.

그때 색스의 전화가 울렸다. 30명 정도의 형사와 지원 인력으로 구성한 엘리트 수사팀인 뉴욕시경 사이버범죄과의 로드니 자넥에게서 온 전화였다. 라임은 전통적인 법과학자였지만, 그와 색스는 최근 사이버범죄과와 점점 더 긴밀하게 협력하고 있었다. 컴퓨터와 휴대폰—이런 기계들이 영원히 보존해주는 멋진 증거—은 요즘 성공적인 수사에 필수적이었다. 자넥은 사십대 정도였지만, 나이를 정확히 가늠하기 어려웠다. 텁수룩한 머리카락부터 주름진 청바지와 티셔츠, 본인이 '상자'라고 부르는 컴퓨터에 대한 열정적인 사랑 때문에 늘 젊어 보였다.

요란한, 보통은 시시한 록 음악 중독증도 마찬가지였다. 지금도 전화 너머 배경에는 록이 쿵쿵거리고 있었다.

"안녕, 로드니. 소리를 조금만 줄여줄래요?"

"미안해요."

자넥은 암살 명령서를 유출한 내부 고발자를 찾는 데 필수적이었다. STO 파일이 첨부된 익명의 이메일을 맨해튼 지방검찰청에서 역으로 거슬러 올라가 발신처를 추적하는 중이었다.

"시간이 좀 걸릴 거예요."

베이스와 드럼의 록 4분의 4박자.

"이메일은 온갖 프록시를 경유해서. 아니, 지구를 반 바퀴 돌았어요. 지금까지는 검찰청에서 타이완의 리메일러(remailer), 거기서 다시 루마니아까지 추적했어요. 한데 루마니아는 협조적으로 나오지 않네요. 하지만 그가 사용한 상자에 대한 정보를 알아냈어요. 머리를 썼는데, 실수를 했네요."

"컴퓨터 브랜드를 알아냈다고요?"

"아마도. 에이전트 유저 스트링은… 어, 그게 뭔지 아세요?"

색스는 모른다고 대답했다.

"온라인에 접속했을 때 컴퓨터가 라우터와 서버, 다른 컴퓨터에 보내는 정보예요. 누구나 볼 수 있고, 운영 체제와 브라우저를 확인할 수 있어요. 한데 내부 고발자의 상자는 애플 OS 9 22, 맥 인터넷 익스플로러 5를 썼어요. 오래된 프로그램이죠. 범위가 상당히 좁아져요. 추측으로는 아이북 랩톱을 썼을 것 같아요. 업로드할 때 따로 모뎀이나 서버를 쓰지 않고 와이파이에 접속하는 안테나 달린 최초의 휴대용 맥이었죠."

아이북? 색스는 들어본 적도 없었다.

"몇 년이나 된 거죠, 로드니?"

"10년 이상. 아마 중고로 샀을 거고, 추적이 불가능하도록 현금 결제를 했을 거예요. 머리를 쓴 거죠. 한데 우리가 브랜드를 찾아낼 거라는 생각은 못했던 것 같아요."

"그건 어떻게 생겼어요?"

"운이 좋다면 클램셸(clamshell) 모델이겠죠. 흰색에 녹색이나 오렌지 같은 다른 밝은색의 조합으로 나왔어요. 이름처럼 생겼죠."

"조개껍질."

"맞아요. 둥글죠. 일반 사각 모델도 있어요. 검정색. 하지만 그건 커요. 두께가 요즘 랩톱의 두 배 정도. 눈에 띌 거예요."

"좋아요, 로드니. 고마워요."

"전 라우터를 계속 알아볼게요. 루마니아도 물러설 거예요. 협상을 해야겠어요."

음악 소리가 한층 커지더니 전화가 꺼졌다.

색스가 뒤를 돌아보니 낸스 로렐이 무표정한 얼굴로 묻는 듯 이쪽을 바라보고 있었다. 어떻게 저런 표정을 지을 수 있을까? 색스는 검사와 라임에게 사이버범죄과 형사의 답변을 알려주었다. 라임은 별 관심 없는 듯 다시 전화에 집중했다. 아무 말도 하지 않는 것을 보니 대기 중인 것 같았다.

로렐은 흡족한 듯 고개를 끄덕였다.

"그 정보를 서류로 만들어서 저한테 주세요."

"네?"

잠시 침묵.

"방금 말한 추적 내용과 컴퓨터 종류 말이에요."

"보드에 쓸 생각이었어요."

색스는 화이트보드를 턱으로 가리켰다.

"모든 내용을 실시간에 최대한 자세히 문서화하고 싶네요."

검사는 탁자에 쌓아놓은 파일 무더기 쪽으로 고개를 까딱했다.

"괜찮으시다면."

검사는 명령처럼 마지막 말을 뱉었다.

색스는 괜찮지 않았지만 싸우고 싶지는 않았다. 키보드로 짤막한 메모를 썼다.

로렐이 덧붙였다.

"고마워요. 이메일로 보내주면, 내가 직접 출력할게요. 보안 서버로요."

"그러죠."

색스는 문서를 보냈다. 검사의 꼼꼼한 관리도 링컨 라임에게까지는 뻗치지 않는 것 같았다.

그때 전화가 울렸다. 발신자를 확인한 색스는 놀라서 한쪽 눈썹을 치켜 올렸다.

마침내 단서였다. 발신인은 아까 로버트 모레노라는 사람이 5월 1일 서비스를 이용한 적이 있는지 탐문했던 택시 회사 '엘리트 리무진'의 비서였다. 있었다. 비서는 그가 미리 목적지를 등록하지 않고 차와 운전사를 대여했다고 말했다. 즉, 차를 타고 나서 운전사에게 목적지를 알렸다는 얘기였다. 회사에는 목적지 정보가 없었지만, 색스에게 운전사의 이름과 전화번호를 알려주었다.

색스는 운전사에게 전화해서 신원을 밝힌 다음 사건과 관련해 이야기를 할 수 있겠느냐고 물었다.

운전사는 알아듣기 힘든 심한 외국 억양으로 그러자고 대답하고 자기 주소를 알려주었다. 색스는 전화를 끊고 일어나 재킷을 입었다. 그리고 라임에게 말했다.

"5월 1일 뉴욕에 체류했을 때 모레노를 태운 운전사를 찾았어요. 지금 만나러가요."

로렐이 얼른 말했다.

"가기 전에 델레이 요원이 전한 소식도 정리해줄 수 있나요?"

"다녀와서 곧바로 하죠."

로렐의 표정이 굳었다. 하지만 이 전투는 검사도 굳이 싸울 마음이 없는 것 같았다.

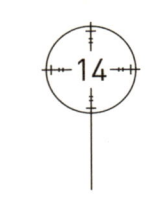

로열바하마 경찰

보통 수사였다면 링컨 라임은 이 시점에서 뉴욕 최고의 법과학 연구원인 뉴욕시경 멜 쿠퍼 형사의 도움을 청했을 것이다.

그러나 날씬하고 침착한 쿠퍼는 증거물이 없는 상황에서 소용이 없었다. 할 수 있는 일은 대기하고 있으라고 지시하는 것뿐이었다. 즉, 심장 수술 예약만 아니라면 모든 일을 집어치우고 연구실로 뛰어올 준비를 하라는 뜻이었다.

그러나 지금으로서는 그런 일이 일어날 가능성도 희박했다. 라임은 오전 내내 했던 작업으로 다시 돌아갔다―모레노 저격 현장 증거물을 확보하는 일.

라임은 나소의 로열바하마 경찰 관료와 네 번째 통화 대기 중이었다. 마침내 목소리가 흘러나왔다.

"네, 여보세요? 무엇을 도와드릴까요?"

듣기 좋은 알토 여자 목소리였다.

진작 물어보지. 하지만 링컨 라임은 짜증을 꾹 억누르고 처음부터 모두 다시 설명했다.

"이쪽은 뉴욕시경의 라임 경감입니다."

'협력'이니 '자문' 같은 표현은 굳이 쓰지 않았다. 너무 복잡하고 쓸데없는 의심을 불러일으킬 수 있다. 허풍이라는 것을 누가 알아채면 론 셀리토에게 비공식적으로 대리를 명받았다고 말할 참이었다. (사실 누가 알아채줬으면 했다. 허풍을 눈치채는 사람이야말로 일을 할 줄 아는 부류다.)

"뉴욕, 네."

"그쪽 법과학 부서와 통화하고 싶습니다."

"현장수사팀?"

"네, 맞습니다."

에어컨은 없고 천장에 선풍기만 천천히 도는 먼지투성이 사무실에 게으르게 앉아 있는, 그다지 영리하지 않은 공무원의 모습이 떠올랐다.

어쩌면 공정하지 못한 상상일지도 모른다.

"죄송합니다만, 무슨 부서라고요?"

아니, 공정하겠다.

"법과학. 책임자. 로버트 모레노 살인 사건 때문입니다."

"기다리세요."

"아니, 여보세요. …잠깐만요!"

딸깍.

빌어먹을.

5분 뒤 처음 전화를 받았던 여자 경찰과 다시 연결되었지만, 여경은 그를 기억하지 못하는 것 같았다. 아니, 기억 못하는 척하는 것인지도 모른다. 요구 사항을 되풀이한 라임은 이번에는 번쩍 좋은 생각이 떠올라 덧붙였다.

"급한 일이라, 죄송합니다. 기자들이 계속 전화를 걸어서요. 제가 직접 정보를 전하지 못하면, 기자들에게 그쪽 연락처를 알려줘야 합니다."

이 말이 정확히 어떤 협박이 될지는 알 수 없었다. 즉흥적으로 흘러나온 말이었다.

상대는 미심쩍다는 듯 물었다.

"기자요?"

"CNN, ABC, CBS, 폭스, 전부 다."

"알겠습니다."

계략은 효과를 발휘했다. 다음 대기 시간은 고작 3초였다.

"포이티어입니다."

영국 억양에 카리브 해 어조가 섞인 중후하고 듣기 좋은 목소리였다. 직접 바하마에 가본 적은 없지만, 그쪽 지역 출신 몇몇을 뉴욕 교도소에 집어넣은 적이 있기 때문에 말투를 알고 있었다. 자메이카 갱들의 폭력성은 마피아를 단연 능가했다.

"안녕하십니까? 뉴욕시경의 링컨 라임이라고 합니다."

'무슨 일이 있어도 기다리라고 하지 마시오'라는 말을 덧붙이고 싶었지만 참았다.

"아, 네."

조심스러운 목소리.

"누구라고 하셨죠? 포이티어라고 하셨습니까?"

"네, 마이클 포이티어 경사입니다."

"현장수사팀에 있다고요?"

"아니, 나는 모레노 살인 사건의 수사 책임자입니다만. …잠깐, 링컨 라임이라고 하셨습니까? 라임 경감. 음."

"절 아십니까?"

"우리 도서관에 당신이 쓴 법과학 책이 있습니다. 저도 읽었습니다."

그렇다면 조금이라도 협조를 얻을 수 있을지 모른다. 한데 경사는 그 책이 마음에 들었다든지, 도움이 되었다든지 하는 말은 하지 않았다. 최신판 저자 소개란에는 라임이 은퇴했다고 적혀 있었지만, 포이티어는 다행히 모르는 것 같았다.

라임은 본격적으로 목소리를 높였다. 메츠거나 NIOS를 언급하지 않고, 뉴욕시경은 모레노 사건 배후에 미국인이 연루되어 있다고 생각한다고 설명했다.

"그 사건 관련 증거물에 대해 궁금한 것이 있습니다. 지금 시간 있습니까? 이야기할 수 있을까요?"

낸스 로렐 못지않은 침묵.

"유감이지만 안 되겠습니다. 모레노 사건 수사는 당분간 유예 중이고…."

"잠깐만. 유예라고요?"

일주일 전에 발생한 미결 살인 사건 수사를 유예하다니? 수사가 가장 치열해야 할 때다.

"맞습니다, 경감님."

"왜? 용의자를 확보했습니까?"

"아뇨. 무엇보다, 미국인이 연루되었다는 당신의 말이 무슨 얘긴지 모르겠습니다. 살인은 베네수엘라의 마약 카르텔 단원이 저질렀을 가능성이 가장 높습니다. 우리는 수사를 진행하기 전에 당국의 지시를 기다리는 중입니다. 게다가 저도 개인적으로 좀 더 긴급한 사건에 집중해야 합니다. 파트타임 학생, 미국 여학생이 실종되었거든요. 아, 우리나라에서는 이런 범죄가 종종 일어납니다."

포이티어는 방어적으로 덧붙였다.

"하지만 아주 드물게, 드물게 있습니다. 아실 겁니다. 예쁜 여학생이 실종되면 언론이 몰려들죠. 독수리 떼처럼."

언론. 어쩌면 그 덕분에 겨우 전화 연결이 되었는지도 모른다. 허풍이 약한 데를 건드린 것이다.

경사는 계속 말했다.

"뉴저지 주 뉴어크보다는 강간율이 낮습니다. 아주. 하지만 바하마에서 학생이 실종되었다고 하니 다들 카메라를 들이대는군요. 솔직히 말해, 미국 뉴스 프로그램은 정말 불공평합니다. 영국 언론도 마찬가지입니다만. 어쨌든 지금 실종된 건 영국 학생이 아니라 미국 학생이니 CNN 같은 데서 몰려오겠죠. 독수리 떼들."

이젠 아주 주절거리고 있었다. 화제를 돌리려는 것이라고 라임은 직감했다.

"경사…."

포이티어는 되풀이 말했다.

"정말 불공평해요. 미국에서 학생 하나가 여기로 왔습니다. 휴가를 즐기러 왔던지, 한 학기 공부하러 왔겠죠. 그게 전부 우리 탓이라는 겁니다. 우리에 대해서 아주 안 좋은 소리들을 해요."

라임은 인내심을 완전히 잃었지만, 침착해지려고 안간힘을 썼다.

"아니, 경사, 모레노 사건 말입니다. 우리는 그 사건과 카르텔은 아무 관련이 없다고 확신합니다."

방금까지의 주절거림과 극히 대비되는 침묵. 그러다 경사가 입을 열었다.

"음, 저는 어쨌든 학생을 수색하는 데 전력을 모아야 합니다."

"난 학생한테는 관심 없어요."

라임은 퉁명스럽게 말했다. 안 좋게 들릴 말이었지만, 지금 이 순간에는 정말 관심이 없었다.

"로버트 모레노. 부탁합니다. 미국인이 연루되어 있는데, 지금 나는 그 사건을 수사 중입니다. 긴급합니다."

임무: 알바라니 라시드(NIOS ID: abr942pd5t)

출생: 73/2, 미시건

라임은 STO 열에 적힌 다음 이름 라시드가 누구인지 짐작조차 가지 않았다. 그가 코네티컷 어디에 사는 선량한 학부모일 거라는 생각도 들지 않았다. 하지만 그가 잘못된, 혹은 조작된 정보로 인해 죽어서는 안 된다는 점에서 낸스 로렐의 생각에 동의했다.

기한: 5/19

라임은 말을 이었다.

"현장감식 보고서 사본, 살해 현장과 저격수가 총을 쏜 지점의 사진, 검시 보고서, 법과학 분석 보고서가 필요합니다. 서류 일체. 사건 전후로 그 섬에 있었던 돈 브런스라는 사람에 대한 데이터마이닝 정보. 이름은 가명입니다. 저격수의 가명."

"음, 최종 보고서는 아직 나오지 않았습니다. 메모는 있는데, 아직 완성된 게 아닙니다."

"완성되지 않았다고요? 사건이 발생한 건 5월 9일입니다."

"그럴 겁니다."

그럴 거라고? 불쑥 염려스러웠다.

"현장은 당연히 수색했겠지요?"

"그럼요, 그럼요. 당연하죠."

음, 그거 하나는 다행이군.

포이티어가 말했다.

"모레노가 총에 맞은 다음 날 곧장 수색했습니다."

"다음 날?"

"네."

포이티어는 잘못된 조치라는 것을 알고 있는 듯 약간 망설였다.

"같은 날 다른 사건, 상황이 하나 더 발생했습니다. 유명한 변호사가 시내 사무실에서 살해당하고 돈을 빼앗겼습니다. 그 사건이 우선이었죠. 모레노는 외국인이지만, 변호사는 우리 국민입니다."

수사관에게 현장의 가치를 확연히 떨어뜨리는 두 가지 조건이 있다. 첫째는 부주의한 경찰을 포함해서 현장을 마구 밟고 돌아다니는 사람들로 인한 오염. 둘째는 범행과 수색 사이에 경과한 시간. 용의자의 신원을 밝히고 유죄를 입증할 수 있는 핵심 증거는 문자 그대로 몇 시간 만에 증발한다. 하루가 지나 현장을 수색했다면 결정적인 증거가 절반으로 줄어들 수 있다.

"그러면 현장은 아직 봉쇄되어 있습니까?"

"네."

다행이군. 라임은 상황에 어울릴 듯한 심각한 목소리로 말했다.

"경사, 우리가 사건에 관심을 갖는 이유는 모레노를 살해한 사람이 다시 살인을 저지를 거라고 생각하기 때문입니다."

"정말입니까?"

정말 걱정되는 목소리였다.

"여기서요?"

"그건 모릅니다."

그때 누군가가 경사에게 말을 걸었다. 손으로 수화기를 덮었는지, 두런거리는 소리밖에 들리지 않았다. 포이티어의 목소리가 돌아왔다.

"전화번호를 주시죠, 경감님. 뭔가 도움이 될 만한 것을 찾으면 연락드리겠습니다."

라임은 이를 악물었다. 전화번호를 불러주고 물었다.

"현장 수색을 다시 해주실 수 있습니까?"

"마음은 잘 알겠지만, 경감님, 여기보다는 뉴욕에 수사 자원이 훨씬 많을 겁니다. 그리고 솔직히 이번 사건은 저한테 좀 버거웠어요. 이건 제가 맡은 첫 살인 사건입니다. 외국 사회운동가에다 저격수, 호화 휴양지, 게다가…."

"첫 살인 사건이라고요?"

"음, 네."

"경사, 마음은 잘 알겠지만, 상관하고 통화할 수 있을까요?"

포이티어는 전혀 모욕당한 기색이 없었다.

"잠깐만 기다리십시오."

다시 수화기를 덮은 것 같았다. 나직한 목소리밖에 들리지 않았다. '모레노'와 '뉴욕'이라는 단어가 들린 것 같았다.

포이티어는 잠시 후 돌아왔다.

"죄송합니다, 경감님. 상관님은 안 계십니다. 하지만 그쪽 전화번호가 있으니, 뭔가 더 알아내면 연락드리지요."

이것이 유일한 기회일지도 모른다.

"한 가지만 더. 총알은 무사히 회수했습니까?"

"네. 하나. 그리고…."

말이 툭 끊겼다.

"확실히 모르겠습니다. 실례합니다. 이만 끊어야겠습니다."

"총알? 그게 사건의 핵심입니다. 그것만이라도 말씀을…."

"제가 잘못 알고 있었던 것 같습니다. 이제 끊어야겠어요."

"경사, 이전에는 어느 부서에 있었나요?"

다시 머뭇거림.

"사업장 감독 및 면허과였습니다. 그 전에는 교통과였고요. 이제 끊겠습니다."

통화는 그렇게 끊겼다.

15

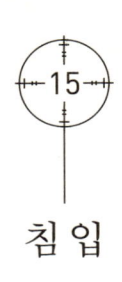

침입

　제이컵 스완은 로버트 모레노가 탔던 리무진 운전사의 집 앞에 회색 닛산 알티마를 세웠다.
　기술팀에서 연락이 왔다. 5월 1일, 뉴욕에 있을 때 모레노가 엘리트 리무진이라는 회사의 택시를 이용했다는 사실을 알아낸 것이다. 그 역시 모레노가 늘 이용하는 운전사가 있다는 것을 알아냈다. 이름은 블라드 니콜로프였다. 자주 이용한 운전사이니 아마 수사관이 원하는 정보를 가지고 있을 것이다. 수사팀에 정보가 넘어가지 않도록 철저히 마무리할 필요가 있었다.
　그는 선불 요금 전화로 잠시 통화를 하고 끊었다. "죄송합니다. 잘못 걸었어요." 운전사가 지금 집에 있다는 것을 알아냈다. 러시아 혹은 조지아 억양이 짙은 목소리가 약간 잠에 취해 있는 것을 보니 밤 늦게까지 일한 것 같았다. 잘됐다. 한동안 외출하지 않을 것이다. 하지만 스완은 빨리 움직여야 한다는 것을 알고 있었다. NIOS 기술팀만큼 정확하게 데이터마이닝을 해낼 기술이 없더라도 경찰은 전통적인 탐문 방식으로 운전사의 신원을 알아낼 수 있다.
　스완은 차에서 내려 기지개를 켜며 주위를 둘러보았다.
　퀸스에는 운전사들이 많이 살고 있었다. 맨해튼의 주차 환경이 워낙 열악하고 부동산 가격이 높아서였다. 게다가 리무진 일을 하다 보면 라가디아와 JFK 공항을 자주 오가는데, 두 공항 다 퀸스에 있다.

블라드 니콜로프의 집은 수수하지만 잘 가꾸어져 있었다. 베이지색 1층 벽돌집 앞에는 따뜻한 봄기운과 최근 내린 비 덕분에 풍성한 꽃을 활짝 피운 식물이 보였다. 풀은 잘 깎여 있었다. 현관문으로 이어지는 슬레이트 길도 하루 이틀 전에 비질을 한 것 같았다. 세심하게 모양을 낸 회양목 덤불 두 그루가 정원을 차지하고 있었다.

기술팀에서 데이터마이닝한 전기 요금 등의 공과금 패턴, 식료품과 기타 구매 프로파일을 볼 때 마흔두 살의 니콜로프는 혼자 살고 있는 것 같았다. 가족 중심적인 러시아나 조지아 이민자로는 흔치 않은 일이었다. 아마 고국에 가족이 있을 것이다.

어쨌든 고독한 생활 덕분에 스완의 일은 쉬워졌다.

그는 집을 지나치다 얇은 커튼을 친 창문 안을 슬쩍 들여다보았다. 가끔 방문하는 여자 친구가 있을지도 모른다. 러시아 남자가 레이스 커튼을 살 것 같지는 않았다. 다른 사람이 함께 있으면 일이 복잡해진다. 한 사람 더 죽이는 게 마음에 걸려서가 아니라, 피해자를 그리워하는 사람 수가 늘어나면 경찰이 그만큼 빨리 들이닥치기 때문이다. 신문에도 더 크게 실린다. 운전사의 죽음은 최대한 오랫동안 조용히 넘어가야 했다.

스완은 그 블록 끝까지 걷다가 돌아서서 머리에 검은 야구 모자를 쓰고 재킷을 벗은 다음 뒤집어서 다시 입었다. 목격자들은 보통 윗옷과 머리에 쓴 것을 기억한다. 누가 보더라도 집 앞에 한 사람이 두 번 지나간 게 아니라, 다른 두 사람이 지나간 것으로 생각할 것이다.

일말의 의심도 차단해야 한다.

두 번째로 집 앞을 지나칠 때는 다른 방향, 집 앞과 근처에 있는 자동차를 살폈다. 뉴욕시경 경찰차도 보이지 않았고, 민간 순찰 차량이 있는 낌새도 보이지 않았다.

현관까지 걸어간 그는 배낭에 손을 넣어 납 알을 가득 채운 15센티미터 길이의 뚜껑 달린 파이프를 꺼냈다. 그는 오른손으로 파이프를 감고 주먹을 쥐었다. 휘둘렀을 때 손가락 안쪽을 단단히 받쳐서 피해자의 뼈나 신체의 딱딱한 부분에 부딪힐 경우 손바닥뼈가 부러지지 않게 하기 위한 것이었다. 예전에 한 남자의 목을 겨누고 휘둘렀다가 뺨을 맞히는 바람에 새끼손가락이 부러진 경험을 통해 배운 방법이었다. 상황은 수습했지만, 오른손의 통증은 어마어마했다. 늘 쓰는 손이 아닌 반대쪽 손으로 칼을 써서 피부를 벗기는 게 아주 힘들다는 것도 깨달았다.

스완은 가방에서 빈 봉투 하나를 꺼냈다.

주위를 둘러보았다. 거리에는 아무도 없었다. 그는 주먹으로 초인종을 누르고 활기찬 미소를 지었다.

대답이 없었다. 잠들었을까?

그는 주머니에서 종이 냅킨을 꺼내 손잡이를 돌려보았다. 잠겨 있었다. 뉴욕은 항상 이렇다. 지난달 정보 브로커 한 사람을 죽인 클리블랜드나 덴버 교외와는 다르다. 하이랜즈랜치의 출입문과 창문은 하나도 잠겨 있지 않았다. BMW조차 잠그지 않았다.

집 뒤로 돌아가서 뚫고 들어갈 만한 창문을 찾아보려는데, 문득 쿵 소리가 들리더니 짤깍 하는 소리가 났다.

그는 니콜로프에게 방문객이 아직 기다리고 있다는 것을 알리기 위해 다시 초인종을 눌렀다. 평범한 손님이라면 누구나 하듯이.

일말의 의심….

두꺼운 문 너머에서 남자 목소리가 어렴풋이 들렸다. 짜증스러운 목소리는 아니었다. 피곤할 뿐이었다.

문이 열렸다. 스완은 놀랍기도 하고 반갑기도 했다. 로버트 모레노가 좋아했던 운전사는 키가 겨우 168센티미터였고, 몸무게는 70킬로그램을 넘지 않을 것 같았다. 스완보다 10킬로그램은 가벼워 보였다.

"네?"

남자는 진한 슬라브 억양으로 물으며 스완이 왼손에 들고 있는 흰

봉투를 바라보았다. 오른손은 보이지 않았다.

"니콜로프 씨?"

"맞습니다."

그는 갈색 파자마와 실내 슬리퍼 차림이었다.

"TLC 환불금 수표를 배달하러 왔습니다. 서명하셔야 합니다."

"뭐요?"

"택시 리무진 조합. 환불금요."

"네, 네. TLC. 무슨 환불금입니까?"

"요금을 과다 청구했습니다."

"거기서 나왔어요?"

"아뇨. 저는 대리인입니다. 수표만 배달합니다."

"아, 고약한 놈들. 환불금은 모르겠지만, 하여간 고약한 놈들. 얼마나 많이 받는지. 잠깐, 이것도 혹시 등쳐먹는 것 아닙니까? 서명 하나 하고 무슨 권리를 빼앗는 것 아니에요? 변호사가 있어야 할지도 모르겠는데."

스완은 봉투를 들어 보였다.

"읽어보십시오. 다들 수표를 받았지만, 우선 중재인하고 이야기를 해도 된다고 적혀 있습니다. 난 상관없습니다. 수표만 배달하러 왔어요. 받든지, 말든지 알아서 하세요."

니콜로프는 덧문을 열었다.

"주세요."

스완은 자신에게 유머 감각이 없는 것을 다행으로 여겼지만, 하필 이 순간 나온 니콜로프의 표현은 인상적이었다.

문이 열리자 스완은 재빨리 앞으로 다가서며 파이프를 든 오른손 주먹으로 상대의 명치를 때렸다. 보기 싫은 갈색 파자마 표면 말고 5센티미터 정도 안쪽. 복부 깊숙이. 충격을 극대화하기 위해서는 표면이 아닌 안쪽을 겨냥해야 한다.

니콜로프는 숨을 훅 내쉬며 헛구역질을 하더니 곧 무너졌다.

스완은 번개같이 그 옆을 지나쳐 옷깃을 잡고 구토를 시작하기 전에 얼른 집 안으로 끌고 들어갔다. 발로 한 번 더 세게 찬 다음, 레이스 커튼을 들추고 밖을 내다보았다.

조용한 거리. 쾌적한 거리. 개를 산책시키는 사람도, 행인도 없었다. 단 한 대의 차량도 없었다.

그는 라텍스 장갑을 끼고 자물쇠를 잠근 뒤 파이프를 집어넣었다.
"누구 있습니까? 아무도 없어요?"
스완은 소리쳤다.
아무도 없었다. 둘뿐이었다.

그는 다시 운전사의 옷깃을 움켜쥔 다음 최근 왁스칠을 한 바닥 위로 질질 끌고 창문에서 보이지 않는 안쪽 거실로 들어갔다.

스완은 고통에 얼굴을 찡그리며 헐떡이는 남자를 내려다보았다.

소고기의 안심(tenderloin). 등심과 쇼트로인 옆에 붙은 허리 양쪽의 큰 근육은 이름대로다. 제대로 준비하면 포크 하나로도 자를 수 있을 만큼 부드럽다. 그러나 웰링턴 혹은 투르네도라고 부르는 길쭉한 사다리꼴 모양의 고깃덩이는 상태가 거칠기 때문에 처음 다듬을 때 준비할 시간이 필요하다. 대부분 칼질이다. 질긴 근육도 물론 제거해야 하지만, 가장 까다로운 것은 안심의 상당 부분을 둘러싸고 있는 얇은 근막 실버스킨을 제거하는 작업이다.

막을 완전히 제거하되 살점은 최대한 건드리지 않는 것이 비결이다. 이 작업을 할 때는 칼날을 정확한 각도로 유지한 채 톱질하듯 움직여야 한다. 제대로 하려면 많은 연습이 필요하다.

제이컵 스완은 왁스칠한 나무 칼집에서 카이 슌을 뽑아 들고 바닥에 쭈그려 앉으며 이 기술을 생각했다.

16

관절염

　로버트 모레노의 리무진 운전사 집으로 가는 길에 아멜리아 색스는 감독관의 손아귀에서 벗어난 즐거움을 만끽했다.
　아니, 이건 올바르지 않아. 색스는 생각했다.
　프레드 델레이가 말한 일화나 사건에 대한 준비성을 볼 때, 낸스 로렐은 좋은 검사 같았다.
　하지만 그렇다고 내가 그 여자를 좋아해야 할 이유는 없잖아.
　모레노가 어느 교회를 다녔는지 알아봐요, 아멜리아. 좋은 일에 얼마나 기부를 했는지, 길을 건널 때 할머니들을 얼마나 도왔는지.
　괜찮으시다면.
　안 괜찮은걸.
　어쨌든 색스는 움직이고 있었다. 빠르게. 색스는 포드 페어레인을 이어 나온 적갈색 1970년식 토리노 코브라를 몰고 있었다. 405마력, 447풋파운드 토크를 뽐내는 차였다. 색스는 당연히 4속 트랜스미션을 선택했다. 허스트 시프터는 딱딱하고 변덕스럽지만, 색스에게는 그것이 기어를 움직이는 유일한 방식이었다. 색스에겐 자동차에서 이것이 엔진보다 더 육감적인 부속이었다. 현대 뉴욕 도심 한가운데에서 시대착오적으로 보이는 외관 말고 이 차에 단 한 가지 튀는 부분이 있다면, 그것은 쉐보레 카마로 SS 경적 버튼이었다. 몇 년 전 범인과 대치할 때 망가진, 색스가 가장 좋아했던 첫 머슬카의 유품이었다.

색스는 59번가 다리, 퀸스보로 위로 코브라를 올렸다. 아버지는 폴 사이먼이 이 다리에 대한 노래를 썼다고 말한 적이 있었다. 아이튠에서 한 번 찾아볼 생각이었다. 아버지가 돌아가신 뒤에도 매년 그런 생각을 했다.

하지만 한 번도 찾아 듣지 않았다.

다리에 대한 팝송이라. 재미있군. 색스는 들어봐야겠다고 다시 한 번 다짐했다.

동쪽으로 가는 교통 흐름은 좋았다. 속도가 평소보다 약간 더 빨랐다. 색스는 클러치를 꾹 밟고 코브라의 기어를 3단으로 올렸다.

통증. 색스는 얼굴을 찡그렸다.

빌어먹을. 또 무릎이군. 무릎 아니면 엉덩이였다.

빌어먹을.

성인이 된 뒤로 관절염이 늘 색스를 괴롭혔다. 관절 전체를 서서히 망가뜨리는 면역성 류머티즘은 아니었다. 좀 더 흔한 퇴행성 관절염으로 유전적 소인이든지 스물두 살 때 모터사이클 경주, 좀 더 정확하게 말하면 결승선을 400미터 남겨놓고 베넬리가 더트 트랙 옆으로 미끄러지는 바람에 보기 좋게 바닥에 나뒹군 때문일 것이다. 이유가 무엇이든 아, 정말 고통스러웠다. 아스피린과 이부프로펜이 조금 효과가 있었다. 콘드로이틴과 글루코사민은 듣지 않았다. 어쨌든 색스에게는. 상어 연골 따위도 소용없었다. 히알루로난 주사도 맞아봤지만, 며칠 동안 염증과 통증 때문에 아무것도 할 수 없었다. 물론 닭 볏 추출제도 일시적이었다. 색스는 물 없이 약을 삼키는 법을 배웠고, '세 번만 리필할 것'이라고 적힌 통에는 절대 손을 대지 않는 법도 배웠다.

그러나 색스가 배운 가장 중요한 것은 미소 짓고 아프지 않은 척,

건강한 스무 살 시절 관절인 척하는 법이었다.

움직이고 있을 때는 잡히지 않아….

그러나 망가진 관절과 통증은 예전처럼 빨리 움직이지 못한다는 것을 의미했다. 녹이 슬어 느슨해졌지만 슈(shoe)가 분리되지는 않는 응급 브레이크 케이블. 색스가 즐겨 사용하는 비유였다.

늘 질질 끌고 다니는….

최악은 몸 상태 때문에 일을 못하게 될지도 모른다는 악몽이었다. 색스는 다시 궁금했다. 오늘 아침 아파서 비틀거릴 뻔했을 때 빌 마이어스가 이쪽을 보고 있지 않았던가? 그녀는 간부 앞에 있을 때마다 필사적으로 몸 상태를 숨겼다. 오늘 아침은 잘 넘어갔을까? 그런 것 같았다.

색스는 다리를 건넌 뒤 곧장 2단 기어로 낮추고 힘이 넘치는 엔진을 보호하기 위해 회전수를 맞췄다. 통증이 그리 대단하지 않다는 것을 스스로에게 증명하기 위해서였다. 통증을 지나치게 생각하고 있다. 난 언제든지 변속할 수 있다.

단지 클러치를 밟기 위해 왼쪽 무릎을 드는 순간, 찌르는 듯한 통증이 지나갔을 뿐.

한쪽 눈에 반사적으로 눈물이 고였다. 색스는 거칠게 눈물을 닦았다. 색스는 좀 더 얌전하게 목적지를 향해 달렸다.

10분 뒤, 차는 퀸스의 쾌적한 동네로 접어들었다. 작디작은 정원, 잘 가꾼 관목, 동그란 원형 뿌리 덮개에서 자란 나무.

색스는 번지수를 확인했다. 블록을 절반쯤 올라가자 로버트 모레노의 운전사 집이 나왔다. 아주 잘 가꾼 1층 집이었다. 드라이브웨이 끝 차고에 링컨 타운카가 절반쯤 삐져나와 있었다. 축제 대열에 선 신참의 총처럼 반질거리는 검정색이었다.

색스는 차를 세우고 뉴욕시경 카드를 대시보드 위에 던졌다. 집을 흘끗 보는 순간, 거실의 얇은 커튼 자락이 약간 열렸다가 다시 닫혔다.

운전사가 집에 있군. 잘됐어. 때로 경찰이 들이닥치면 주민들은 갑자기 도시 반대편에서 급히 처리해야 할 용무를 기억해내곤 한다. 지하실에 숨어서 초인종에 응답조차 하지 않는 경우도 있다.

색스는 차에서 내리며 왼쪽 다리를 조심스레 디뎠다.

쓸 만했지만 아직 아팠다. 아직 약을 먹을 시간이 안 되었기 때문에 이부프로펜 한 알을 입에 넣고 싶은 충동을 억눌렀다. 간을 망친다.

문득 엄살을 부리는 자신이 답답했다. 뭐야, 라임은 자기 몸의 5퍼센트밖에 사용하지 못하는 데도 불평하는 법이 없는데. 닥치고 일이나 하자. 색스는 운전사의 집 현관에 서서 초인종을 눌렀다. 집 안에서 웨스트민스터 차임벨 소리가 들렸다. 작은 집에 어울리지 않는 정교한 떨림음.

운전사는 무슨 정보를 갖고 있을까? 모레노가 미행당하고 있다는 이야기? 살해 협박을 받았다는 이야기? 누군가가 호텔 방에 침입했다는 이야기? 미행하던 사람의 인상착의를 말해줄 수 있을까?

그때 발소리가 들렸다.

색스는 문의 창문에 드리운 얇은 커튼 너머에서 누군가가 밖을 내다보고 있는 것을 감지했다.

형식적으로, 색스는 배지를 들어 올렸다.

자물쇠가 달칵 소리를 냈다.

문이 열렸다.

택시 운전사

"안녕하십니까, 경관님. 아니, 형사님. 형사님 맞으시죠? 전화하셨을 때, 그렇게 말씀하셨는데요."
"네, 형사입니다."
"저는 타쉬입니다. 그냥 타쉬라고 부르세요."
남자는 아까 색스와 통화할 때처럼 조심스러웠지만 상대가 여자, 썩 매력 있는 여자이기 때문인지 경계를 풀고 있었다. 중동 억양은 좀 전과 마찬가지로 심했지만, 직접 대면하니 한층 알아듣기 쉬웠다.
그는 활짝 웃으며 대부분 이슬람 미술로 장식한 집 안으로 색스를 안내했다. 몸집은 작고, 피부색은 검었다. 숱이 많은 검은 머리. 셈족의 이목구비였다. 이란인 같군. 색스는 추측했다. 그는 흰색 셔츠와 카키색 바지를 입고 있었다. 이름은 타쉬 파라다. 엘리트 리무진에서 10년째 운전사로 일한다고 했다. 자랑스러운 말투로.
비슷한 나이의 여자—사십대 중반 같았다—가 유쾌하게 인사하고는 차나 뭘 드시겠느냐고 물었다.
"아니, 감사합니다."
"제 아내, 페이입니다."
그들은 악수를 나누었다.

색스는 파라다에게 말했다.

"당신 회사에서 들었는데, 로버트 모레노가 보통 다른 운전사를 이용했다죠?"

"네, 블라드 니콜로프."

색스는 철자를 물었고, 그는 알려주었다. 색스는 수첩에 적었다.

"그런데 5월 1일에는 니콜로프가 아파서 대신 저한테 연락이 왔습니다. 한데 무슨 일인지 알려주시겠습니까?"

"모레노 씨가 살해당했어요."

"세상에!"

파라다의 안색이 어두워졌다. 놀란 기색이 역력했다.

"어떻게 된 겁니까?"

"우리도 그걸 알아내려는 중입니다."

"정말 안 좋은 소식이군요. 신사였는데. 강도였습니까?"

색스는 말을 아꼈다.

"모레노 씨를 어디까지 데려다줬는지 알고 싶어요."

"죽었대."

그는 아내를 돌아보았다.

"죽었대. 들었지? 정말 끔찍하군."

"파라다 씨?"

색스는 인내심을 가지고 끈질기게 물었다.

"어디로 운전했는지 알려주시겠어요?"

"우리가 간 곳. 간 곳…."

마음이 복잡한 것 같았다. 지나치게 복잡해 보였다. 열심히 복잡해 보이려는 것 같기도 했다.

색스는 대답을 듣고 놀라지 않았다.

"슬프지만, 기억이 잘 나지 않는데요."

아, 알겠다.

"이렇게 하죠. 제가 운전사로 고용할 테니까, 그날 갔던 길대로 갑시다. 그를 태웠던 지점부터. 그럼 기억이 날지도 모르잖아요."

그는 시선을 외면했다.

"아, 네. 그렇겠군요. 하지만 엘리트에서 일거리 연락이 올지도 모릅니다. 저는…."

"요금을 두 배로 드리죠."

살인 사건 수사의 증인이 될 수도 있는 사람에게 돈을 지불한다는 게 윤리적으로 타당한가 하는 생각이 떠올랐다. 하지만 어차피 처음부터 도덕적 모호함으로 가득 찬 사건이다.

파라다가 말했다.

"그러면 해보죠. 돌아가셨다니 아주 슬픕니다. 전화 한두 통만 하고 오죠."

그는 휴대폰을 꺼내며 서재 같은 곳으로 사라졌다.

파라다의 아내가 다시 물었다.

"드시고 싶은 건 없나요?"

"괜찮습니다. 정말이에요."

"정말 예쁘세요."

여자는 감탄과 부러움을 섞어 말했다.

페이 역시 매력적이었지만 키가 작고 통통했다. 늘 자기가 갖지 않은 것을 부러워하는 법이지. 색스가 페이에게서 처음 느낀 것은 악수를 하기 위해 다가올 때 발을 절뚝거리지 않았다는 점이다.

파라다는 입고 있던 바지와 셔츠 위에 검은색 재킷을 겹쳐 입고 돌아왔다.

"이제 자유 시간입니다. 같이 차를 타고 가보죠. 갔던 곳이 모두 기억났으면 좋겠습니다."

색스가 가만히 쳐다보자 그는 얼른 덧붙였다.

"하지만 일단 출발하면 아마 기억이 되살아날 겁니다. 기억이란 게 그렇지 않습니까? 살아 있는 동물 같아요."

그는 아내에게 키스하고 저녁 식사 전에 돌아오겠다고 말했다―색스 쪽을 돌아보는 것을 보니 그녀가 확답해주기를 바라는 것 같았다.

"두 시간 정도 걸릴 거예요."

그와 색스는 밖으로 나섰다. 두 사람은 검은색 링컨 타운카에 올랐다.

"뒷자리에 앉지 않으시고요?"

그는 색스가 앞쪽 조수석을 택하는 것을 보고 어리둥절해했다.

"아뇨."

아멜리아 색스는 리무진 타입이 아니었다. 아버지의 장례식 날 단 한 번 타봤을 뿐이다. 그때 경험으로 긴 검정색 세단에 안 좋은 추억이 남은 것은 아니었다. 단지 다른 사람이 모는 차에 타는 것을 좋아하지 않고, 뒷자리에 앉으면 불편함이 기하급수적으로 증가했기 때문이다.

그들은 출발했다. 운전사는 단호하지만 점잖게, 색스라면 보도에 대고 경적을 눌렀을 바보 몇 명을 만났을 때조차 조용히 능숙하게 도로를 헤쳐 나갔다. 처음 도착한 곳은 센트럴 파크 사우스의 헬름슬리였다.

"음, 여기서 오전 10시 30분에 그분을 태웠습니다."

색스는 차에서 내려 호텔 안 체크인 데스크로 향했다. 하지만 소득은 없었다. 직원은 싹싹했지만 수사에 도움을 줄 정보는 없었다. 모레노는 룸서비스 요금 몇 가지를 지불했지만—음식 같은 것—전화 수신이나 발신 기록은 없었다. 그를 찾아온 사람이 있었는지 아무도 기억하지 못했다.

다시 리무진에 올랐다.

"다음에는 어디로 갔죠?"

"은행. 상호는 생각나지 않는데, 어딘지는 기억합니다."

"가죠."

파라다는 아메리칸 인디펜던트 은행 및 신탁 55번가 지점으로 향했다. 색스는 안으로 들어갔다. 폐점 시간이 다 되어 직원 일부는 퇴근한 뒤였다. 안내원은 매니저를 불렀다. 영장이 없기 때문에 별다른 정보를 얻어낼 수는 없었다. 그러나 부장급 여자 매니저는 5월 1일 로버트 모레노가 방문한 목적은 계좌를 폐쇄하고 카리브 해의 한 은행으로 자산을 옮기기 위해서였다고 알려주었다. 어느 은행인지는 말할 수 없다고 했다.

"얼마나? 액수는 알려줄 수 있나요?"

간단한 대답.

"10만 단위 중반입니다."

카르텔을 위해 어마어마한 돈을 세탁하는 정도의 규모는 아니다. 그래도 수상쩍었다.

"여기 남긴 돈은 있나요?"

"아뇨. 다른 은행 계좌도 전부 폐쇄한다고 했습니다."

색스는 파라다에게 돌아가 조수석에 털썩 앉았다.

"그다음에는?"

"미인."

운전사가 대답했다.

순간 색스는 운전사가 자기 이야기를 하는 줄 알았다. 하지만 운전사는 이스트사이드로 가서 여자 하나를 태웠다고 했다. 그리고 여자는 그날 내내 모레노와 같이 있었다고 했다. 모레노는 주소를 알려준 다음—렉싱턴 애버뉴와 52번가 교차 지점—건물 앞에 세워달라고 말했다.

두 사람은 그곳으로 향했다.

그곳은 높은 사각형 사무용 건물이었다.

"여자는 누구였나요?"

"머리색은 어두웠습니다. 키는 170센티미터가량. 삼십대로 보였지만 젊고 매력적이었어요. 풍만했습니다. 치마가 짧았고."

"아니, 나는 이름과 소속된 회사 쪽에 관심이 있어요."

"이름만 들었습니다. 리디아. 회사는… 음."

파라다는 수줍은 미소를 지었다.

"뭔데요?"

"이렇게 말씀드리죠. 여자를 태우기 전에는 서로 모르는 사이였을 겁니다."

"무슨 뜻인지 모르겠습니다만."

"형사님, 이 일을 하다 보면 배우는 게 있어요. 인간 본성에 대해서. 고객들이 우리한테 알리고 싶지 않은 것들, 알고 싶지 않은 것들. 우리는 눈에 띄지 말아야 하되 관찰을 하게 됩니다. '어디로 가시겠습니까?' 말고는 운전만 하지 질문은 하지 않아요. 하지만 보게 되죠."

리무진 드라이버계의 비밀을 털어놓는 말투가 피곤해서 색스는 답답하다는 듯 한쪽 눈썹을 치켜 올렸다.

그는 누가 듣고 있기라도 한 듯 낮게 털어놓았다.

"제가 보기에는 분명… 아시죠?"

"에스코트? 접대부?"

"관능적이었으니까요."

"그렇다고 다 그런 건 아니죠."

"돈도 있었습니다."

"돈?"

"안 보는 법을 배우는 게 우리 일의 큰 부분이죠."

끝까지. 색스는 한숨을 쉬었다.

"무슨 돈?"

"모레노 씨가 여자에게 봉투를 주는 걸 봤습니다. 봉투를 다루는 모습을 보고 돈이라는 걸 알 수 있었죠. 모레노 씨는 이렇게 말했습니다. '합의한 대로.'"

"여자는?"

"'고맙습니다.'"

고결한 피해자가 대낮에 창녀를 차에 태웠다면, 고지식한 낸스 로렐 검사가 어떻게 생각할지 궁금했다.

"그 여자와 저 건물 사이에 무슨 관계가 있는 것 같았나요? 특정한 사무실에서 일한다든지."

"차를 세웠을 때 여자는 로비에 있었습니다."

에스코트 서비스가 이런 건물에서 이중 영업을 할 것 같지는 않았다. 혹시 리디아란 여자가 임시직이나 파트타임 직원으로 일했을지도 모른다. 색스는 론 셀리토에게 전화해서 여자에 대해 설명했다.

"관능적이었어요."

파라다가 끼어들었다.

색스는 그를 무시하고 셀리토에게 건물 주소를 알려주었다. 셀리토가 말했다.

"탐문팀을 꾸렸어. 마이어스 부서에서. 그 건물부터 시작하게 하지. 리디아에 대해 알고 있는 사람이 있는지."

색스는 전화를 끊고 파라다에게 물었다.

"여기서는 어디로 갔나요?"

"다운타운. 월스트리트."

"가죠."

운전사는 타운카를 몰고 다시 도로로 진입했다. 크고 푹신한 링컨은 속도를 내며 복잡한 도로를 누볐다. 비록 조수석에 인질로 잡혀 있긴 했지만, 그래도 운전사가 굼벵이가 아닌 게 다행이었다. 소심한 운전보다는 접촉 사고가 나았다. 게다가 색스의 지론으로는 빨리 가는 게 더 안전했다.

움직이고 있을 때는….

색스는 다운타운으로 향하는 동안 물었다.

"무슨 이야기를 하는지 들은 것 있나요? 모레노 씨와 리디아가?"

"아, 네. 하지만 예상했던 내용은 아니었습니다. 여자의 업무에 대한 말…."

관능적이었다….

"모레노 씨는 정치 이야기를 많이 했습니다. 설교조로요. 리디아는 공손하게 질문을 했는데, 결혼식이나 장례식에서 모르는 사람한테 묻는 그런 질문이었습니다. 대답이 궁금하지 않은 그런 질문. 잡담."

색스는 집요하게 말했다.

"구체적으로 말씀해보세요."

"음, 모레노 씨가 미국에 대해 화를 낸 기억이 납니다. 그건 솔직히 불쾌하고 신경이 쓰였어요. 어쩌면 제가 중동계고 그쪽 억양을 쓰니까 제 앞에서는 그런 말을 해도 된다고 생각했을지도 모르겠습니다. 우리 사이에 공통점이라도 있다는 듯이. 아니, 전 무역 센터가 무너졌을 때 울었던 사람이에요. 그날 친구 같던 고객들도 잃었고요. 난 이 나라를 형제처럼 사랑합니다. 가끔은 형제한테 화를 낼 수도 있는 법이죠. 형제 있으세요?"

그는 버스 한 대와 택시 두 대를 추월했다.

"아니, 전 외동딸이에요."

색스는 인내심을 유지하려고 애썼다.

"음, 가끔 형제한테 화가 날 수도 있지만, 그러다 화해하면 또 잘 지냅니다. 그런 게 사랑을 돈독하게 해주죠. 영원히 핏줄로 이어진 사이 아닙니까. 한데 모레노 씨는 미국이 자신에게 한 짓을 용서할 수 없다고 했어요."

"미국이 자신에게 한 짓?"

"네, 그 이야길 아십니까?"

색스는 그를 향해 돌아앉았다.

"아뇨. 이야기해주세요."

18

취조 현장

최선의 노력에도 실수는 있을 수 있다.

감정적으로 영향을 받아서는 안 된다.

그릇과 거품기를 차게 식히지 않고 크림을 섞으면 버터가 되고 만다.

기술팀은 리무진 회사 고객의 단골 운전사 이름을 알아냈지만, 하필 물어보고 싶은 그날 그는 몸이 아팠다. 살점을 몇 번 조심스럽게 떼어냈는데도 눈앞에 누워 있는 운전사는 대체 운전자의 이름을 말하지 못했다. 즉 모른다는 뜻이다.

실버스킨….

제이컵 스완은 미리 알고 준비했어야 한다고 생각했다. 마음이 조금 겸허해졌다. 가정을 해서는 안 된다. 좋은 음식을 만들기 위한 첫 번째 규칙은 준비다. 다지기, 계량하기, 육수 졸이기 등 미리 모든 작업을 마쳐야 한다.

모든 것을.

그런 뒤에야 한데 모아 요리를 끝낼 수 있다.

그는 블라드 니콜로프의 집을 신속하게 정리하며, 그래도 완전한 시간 낭비는 아니었다고 생각했다. 어쨌든 기술을 연마했으니. 게다가 니콜로프는 경찰 수사에 도움이 될 만한 정보를 알고 있었을 수도 있다. (물론 알고 보니 그렇지 않았다.) 낸스 로렐 검사와 내부 고발자처럼 처리해야 할 인물들이 아직 남아 있는 상황이니, 블라드 니콜로프의 시체는 가능한 한 오래 비밀로 남겨두어야 한다. 그는 피가 흘러나오는 시체를 수건 10여 장으로 감싸고 쓰레기봉투에 넣은 다음 테이프로 감았다. 이어 시체를 계단 밑으로 쿵, 쿵, 쿵 굴리며 지하실로 끌고 간 뒤 창고로 밀어 넣었다. 일주일 정도는 악취가 새지 않을 것이다.

그런 다음 니콜로프의 휴대폰으로 엘리트 리무진에 전화를 걸어 그럴듯한 슬라브 억양을 섞은 서툰 영어로 블라드 니콜로프의 사촌이라고 말했다. 가족이 상을 당해서 고국으로 돌아가야 한다. (모스크바인지, 키예프인지, 트빌리시인지는 언급하지 않았다. 모르니까.) 블라드는 몇 주 정도 일을 쉴 것이다. 안내원은 곤란하다고 했지만—사연을 믿지 못해서가 아니라 스케줄 문제였다—그는 전화를 끊었다.

스완은 취조 현장을 둘러보고 증거가 거의 남지 않았다는 것을 확인했다. 피를 받을 때는 쓰레기봉투와 수건을 썼다. 표백제로 나머지를 닦아낸 뒤, 수건과 전화기를 쓰레기봉투에 넣었다. 이 봉투는 집으로 가는 길에 덤프스터에 집어넣으면 된다.

떠나려는 순간, 암호화된 이메일이 날아왔다. NIOS가 아주 흥미로운 정보를 알아낸 것 같았다. 내부 고발자의 신원은 아직 밝혀지지 않았지만, 메츠거가 사람들을 시켜 알아보는 중이었다. 그러나 기술팀은 낸스 로렐 검사 말고도 수사에 관여하는 사람들의 이름을 알아냈다. 수사 책임자는 두 사람이었다. 아멜리아 색스라는 이름의 뉴욕시경 형사와 링컨 라임이라는 묘한 이름의 컨설턴트.

정보를 더 얻어내고 데이터마이닝을 해야 할 때군. 스완은 전화기를 꺼내며 생각했다. 최고의 요리책 《요리의 즐거움》의 강점은 화려한 레시피가 아니라 끈기 있는 사실의 집적과 구성, 지식에 있으니까.

19

파나마

"파나마에 대해 아십니까?"

파라다가 타운카 조수석에 앉아 있는 색스에게 물었다. 그는 월스트리트를 향해 속도를 내자 활기차고 기분이 좋은 것 같았다.

색스가 말했다.

"운하. 누가 침략했다죠. 오래전에."

운전사는 웃으며 FDR의 꾸물거리는 차선을 피하려고 액셀을 세게 밟았다.

"'누가 침략했다죠'라니요. 네, 네. 저는 역사책을 많이 읽습니다. 재미있어요. 1980년대에 파나마는 정권 교체를 겪었습니다. 혁명이었죠. 우리나라처럼."

"네, 이란. 1979년에. 그렇죠?"

그는 미간을 찌푸리며 색스를 돌아보았다. 색스는 말을 고쳤다.

"페르시아 말이에요."

"아뇨. 1776년을 말하는 겁니다. 난 미국인이에요."

아, 우리나라.

"미안해요."

눈썹에 주름이 잡혔지만 용서한다는 기색이었다.

"파나마. 노리에가는 미국의 우방이었습니다. 나쁜 공산주의자들과 싸웠죠. CIA와 DEA의 마약 소탕전을 도왔고…. 그런데 동시에 CIA와 DEA의 마약 소탕전에 대항하는 카르텔 두목들도 지원했습니다. 이런 장난이 발각되자 1989년 미국은 작심을 하죠. 침략을 한 겁니다. 문제는 그게 더러운 전쟁이었다는 겁니다. 조지 오웰을 읽어보셨나요?"

"아뇨."

아주 오래전에 읽었다고 대답할 수도 있었지만, 잘 모르는 지식으로 허풍을 떨거나 아는 척하고 싶지 않았다.

"《동물 농장》에서 오웰은 이렇게 썼습니다. '모든 동물은 평등하지만, 어떤 동물은 다른 동물보다 더 평등하다.' 모든 전쟁은 나쁘지만 어떤 전쟁은 다른 전쟁보다 더 나쁩니다. 파나마의 우두머리는 부패했고, 그의 부하들도 부패했어요. 그들은 위험한 사람들이었고, 국민을 억압했습니다. 하지만 침략전은 아주 힘들었어요. 격렬했죠. 로베르토 모레노는 그 나라 수도에서 부모님과 함께 살고 있었습니다."

색스는 프레드 델레이와 나눈 대화를 떠올렸다. 로버트 모레노가 로베르토로 통한다고 했다. 법적으로 바꾼 건지, 그냥 라틴계 발음대로 쓴 건지 궁금했다.

"그때 그는 십대 어린 시절이었습니다. 차에 탔던 그날 모레노 씨는 관능적인 친구 리디아에게 어린 시절은 그리 행복하지 않았다고 했습니다. 아버지는 여행을 다니고, 어머니는 우울증 문제가 있었다고요. 자식 곁에 오래 있어주지 않았답니다."

색스는 아버지의 정유 회사 직장, 긴 업무 시간, 어머니의 자살을 떠올렸다.

"소년은 파나마시티의 한 가족과 친해진 모양이에요. 로베르토와 두 형제는 가까워졌습니다. 엔리코와 호세. 아마 그런 이름이었을 겁니다. 이야기를 들어보니 비슷한 또래 같았습니다."

파라다의 목소리가 잦아들었다.

이야기가 어디로 흘러갈지 알 것 같았다.

"그 형제들이 침략전에서 죽었나요?"

"둘 중 하나. 로베르토의 가장 친한 친구. 누가 총을 쐈는지 모르지만, 어쨌든 미국인이었다고 하더군요. 정부가 법을 바꾸었다고 했습니다. 선전처럼 국민이나 자유에는 관심이 없었답니다. 노리에가를 지원하면서 마약도 눈감았어요. 그러다 노리에가가 불안정해지자 운하가 막혀 정유선이 드나들지 못하게 될까봐 걱정했죠. 그래서 침략한 겁니다."

이제는 소곤거리는 듯한 목소리였다.

"모레노 씨는 친구의 시체를 찾았습니다. 요즘도 악몽을 꾼다고 리디아에게 말하더군요."

낸스 로렐의 소원과 반대로 모레노가 성인은 아니라는 증거일 수도 있었지만, 색스는 슬픈 이야기에 뭉클했다. 로렐은 어떨까? 안 그렇겠지.

운전사가 덧붙였다.

"그 이야기를 리디아에게 하는데, 목소리가 갈라지더군요. 그러다 갑자기 웃더니 손으로 주위를 가리켰습니다. 이제 미국에 작별을 고한다. 기쁘다고 하더군요. 마지막 미국 여행이라고. 돌아오지 못하리라는 걸 안다고."

"돌아오지 못해요?"

"그렇게 말했습니다. 못 돌아온다고요. 속이 시원하다고."

파라다가 어둡게 덧붙였다.

"난 속으로 생각했죠. 네가 못 오면 내가 속이 시원하겠다고. 난 이 나라를 사랑하니까요."

잠시 침묵.

"그가 죽어서 기쁘다는 건 아닙니다. 하지만 우리나라에 대해 안 좋은 말을 많이 했어요. 제가 세상에서 가장 좋은 나라라고 언제나 생각해온 이 나라에 대해서."

월스트리트가 가까워지자 색스는 9.11 공격 지점을 턱으로 가리 켰다.

"그가 혹시 그라운드 제로를 보고 싶어 하지는 않던가요?"

"아뇨. 그럴지도 모르겠다는 생각은 했습니다. 그런 말을 듣고 나니, 그가 고소해할지도 모른다는 생각이 들었어요. 그랬다면 차에서 내리라고 했을 겁니다. 하지만 그런 말은 안 했습니다. 조용해졌어요."

"여기서 어디로 갔나요?"

"그냥 여기서 내려줬습니다."

그는 플턴 스트리트, 브로드웨이 근처에서 차를 세웠다.

"묘하다고 생각했죠. 그냥 이 도로 모퉁이에 세워달라니. 두 사람은 내렸고, 모레노 씨는 몇 시간 걸린다고 했습니다. 여기서 계속 기다리지 않을 거면 전화하겠다고. 제가 명함을 줬습니다."

"그게 왜 이상했어요?"

"뉴욕 이 일대는 건설 현장만 없으면 리무진 운전사는 어디든지 갈 수 있습니다. 한데 자기가 어디로 가는지 알리고 싶지 않은 눈치였어요. 아마 호텔, 밀레니엄이나 그런 델 가는 모양이라고 생각했습니다. 걸어간 방향은 저쪽이었어요."

관능적인 친구와 밀회를 즐기기 위해? 왜 그냥 업타운의 호텔에 머물지 않았을까?

"모레노한테서 전화가 왔나요?"

모레노의 전화번호를 얻고 싶었다. 아직 운전사의 기록에 남아 있을지도 모른다. 하지만 운전사는 이렇게 대답했다.

"아뇨. 저는 여기서 기다렸습니다. 돌아오더군요."

색스는 링컨에서 내려 운전사가 가리킨 방향으로 걷기 시작했다. 걸어갈 수 있는 반경 안의 호텔 세 군데를 탐문했지만, 5월 1일 모레노의 이름으로 투숙한 손님은 없었다. 호텔에 들었다면 리디아 이름으로 투숙했을 수도 있지만, 그 여자에 대한 정보가 없는 한 더 이상 알아볼 방법은 없었다. 모레노의 사진도 보여주었지만 알아보는 사람은 없었다.

다른 사람하고 섹스를 하라고 돈을 주었을까? 이곳 호텔이나 사무실에서 다른 사람을 만났을까? 뇌물이나 협박용으로? 색스는 마지막 호텔에서 붐비는 거리로 나오며 수백 개의 건물을 둘러보았다. 사무실, 가게, 아파트. 뉴욕시경 탐문팀이 로버트 모레노와 동반자에 대해 한 달을 탐문해도 간에 기별조차 가지 않을 것이다.

리디아가 다른 이유로 현금을 받은 게 아닐까 하는 생각도 들었다. 혹시 모레노와 같이 일하는 테러 조직의 일원이 아니었을까? 혹시 뉴욕의 금융 중심지에 폭력적인 메시지를 전달하려는 다른 단체와 접선한 것은 아닐까?

색스에게는 이성적인 추론 같았지만, 분명 낸스 로렐은 듣지 않으려 할 것이다.

열린 마음을 유지할 수가 없어….

색스는 돌아서서 리무진으로 다가갔다. 다시 조수석에 앉은 뒤 몸을 죽 뻗고, 관절염의 통증 때문에 얼굴을 찌푸리며 손톱으로 다른 손톱 밑을 찔렀다. 그만해. 색스는 자신에게 말했다. 더 깊이 손톱을 박고, 검은 청바지에 핏자국을 닦았다.

"그다음에는?"

파라다가 말했다.

"호텔로 다시 데려다줬습니다. 여자도 같이 내렸지만 다른 방향으로 갔어요. 모레노는 호텔로 들어갔고, 여자는 동쪽으로 걸어갔습니다."

"포옹을 하던가요?"

"아뇨. 뺨만 살짝 댔습니다. 그뿐이었습니다. 모레노 씨는 나한테 팁을 넉넉히 줬습니다."

"좋아요. 퀸스로 돌아가죠."

그는 기어를 넣고 러시아워의 분주한 도로를 뚫고 동쪽으로 달렸다. 오후 7시경이었다. 시내로 들어올 때보다 훨씬 느린 속도로 달리는 동안, 색스는 파라다에게 물었다.

"미행당하거나 누가 보고 있다는 느낌은 안 들었나요? 모레노에게 불안한 기색이 보이지는 않던가요? 수상하다거나, 편집증적으로 행동한다거나."

"음. 아, 조심한다는 느낌은 받았습니다. 자꾸 주위를 둘러보더군요. 하지만 달리 신경 쓰이는 건 없었습니다. '저 빨간색 차가 날 따라오고 있어.' 이런 말을 한 건 아니에요. 그냥 주위 상황을 늘 파악하려는 사람 같았습니다. 그런 사람을 많이 봅니다. 사업하는 사람들은 그래요. 요즘은 그래야 하나보죠."

답답했다. 모레노가 뉴욕에 체류한 기간에 대해 뭔가 확실하게 알아낸 사실은 전혀 없었다. 해답보다 더 많은 질문이 머릿속을 떠돌았다. 하지만 다음 목표로 라시드란 사람을 지목한 암살 명령서를 생각하니 다급한 기분을 떨칠 수가 없었다.

하지만 NIOS가 금요일 이전에 그를 죽일 거라는 건 분명해요. 그렇다면 그때 발생할 수 있는 부수적인 인명 피해는? 그의 아내와 아이들? 지나가던 행인?

윌리엄스버그 다리를 지나가고 있는데, 전화가 울렸다.

"프레드."

"헤이, 아멜리아. 들어봐. 몇 가지 알아냈어. 베네수엘라 쪽 시진트(SIGINT)를 살펴봤는데, 한 달 전 모레노의 목소리를 도청한 자료가 있더군. 관련이 있을지도 몰라. 모레노는 이렇게 말했어. '그래, 5월 24일, 맞아. …공기가 희박한 곳으로 사라지는 거지. 그 뒤에는 천국일 거야.'"

24일은 2주일도 남지 않았다. 빈라덴처럼 무슨 공격을 계획하고 사라지려는 것이었을까?

"뭘까요?"

색스는 물었다.

"몰라. 하지만 계속 찾는 중이야."

색스는 모레노의 마지막 뉴욕 체류와 그라운드 제로 근처에서의 수수께끼 같은 만남에 대해 프레드에게 알려주었다. 프레드가 말했다.

"그럴듯하군. 그래, 그래, 뭔가 고약한 일을 계획하고 잠적하려 했다. 일리가 있어. 내 이야기를 들으면 더 그럴 거야."

"계속하세요."

색스는 수첩을 무릎 위에 놓고 필기 자세를 취했다.

"음성 통신 기록이 하나 더 있어. 죽기 열흘 전이야. 모레노는 이렇게 말했어. '터뜨릴 사람을 찾을 수 있을까?'"

가슴에 돌덩이가 내려앉는 것 같았다.

델레이는 말을 이었다.

"기술팀 사람들은 5월 13일, 멕시코를 의미하는 거래."

이틀 전이다. 별다른 사건이 기억나지는 않았지만, 멕시코는 워낙 마약 관련 공격이나 살해가 버젓이 일어나는 전시 상황 같은 곳이라 미국 텔레비전 뉴스에 잘 언급되지도 않았다.

"그때 무슨 일이 있었는지 확인 중이야. 자, 마지막으로 몇 가지 더 있어. 세 가지. 모레노의 여행 기록을 확보했어. 준비됐나?"

"말씀하세요."

"5월 2일. 모레노는 폭탄 테러 계획을 위해서였는지, 뉴욕에서 멕시코시티로 날아갔어. 그다음 날은 니카라과. 그다음 날은 코스타리카 산호세. 거기서 며칠 머무르다가 7일에 바하마로 갔고, 이틀 뒤 돈 브루스에게 당한 거야. 멕시코시티와 코스타리카에서는 그에 대해 일상적인 감시를 했는데, 미국 대사관 밖에서 목격된 적이 있어. 하지만 그가 위협적으로 보인다는 정보가 없어서 구금당하지는 않았어."

"고마워요, 프레드. 도움이 됐어요."

"계속 조사할게, 아멜리아. 하지만 솔직히 나도 시간은 별로 없다고."

"뭐 큰 건이라도 있어요?"

"그래. 이름을 바꾸고 캐나다로 가야 해. 기마경찰대와 협력해야 한다고."

딸깍.

색스는 웃지 않았다. 델레이의 말이 너무나 가슴에 와 닿았다. 이번 사건은 불안정한 폭발물 같았다.

30분 뒤 파라디는 자기 집 드라이브웨이에 차를 세웠다. 두 사람은 차에서 내렸다. 그가 오해할 여지 없는 몸짓을 취했다.

"얼마나 드리면 되죠?"

"음, 보통은 차를 차고에서 뺀 다음 차고에 도로 넣은 시간을 계산합니다만, 이번 경우는 차가 여기 있었으니까, 우리가 출발한 시간부터 도착한 시간을 계산하면."

그는 시계를 들여다보았다.

"4시 12분에 출발해서 7시 38분에 도착했습니다."

정확하시군.

"특별히 깎아드리죠. 4시 15분부터 7시 30분까지. 세 시간 15분입니다."

계산도 아주 빠르고.

"시간당 요금은요?"

"90달러입니다."

"한 시간에?"

불쑥 물었지만, 조금 전 질문을 할 때 시간당 요금이라고 한 것이 떠올랐다. 파라디는 미소를 지었다.

"382달러 50센트입니다."

젠장. 그 4분의 1 정도 액수만 예상했었다. 다시는 리무진 따윈 타지 말아야겠다. 파라디가 덧붙였다.

"게다가 약속은…."

"두 배로 드리겠다고 했죠."

"그러면 765달러입니다."

한숨.

"한 번 더 태워주시겠어요?"

"음, 시간이 많이 안 걸린다면."

그는 집 쪽을 턱으로 가리켰다.
"저녁 식사 시간이라서요."
"가장 가까운 현금인출기까지요."
"아, 네. 네. …그건 따로 요금 청구 안 하겠습니다!"

20

미 행

단순한 상상일까, 아닐까?
아니다.
토리노 코브라를 몰고 맨해튼으로 돌아오면서, 색스는 미행당하고 있다고 확신했다.
미드타운 터널을 빠져나오며 백미러를 흘끗 보니, 제조사와 모델을 확인할 수 없는 연한 색 차가 따라오고 있었다. 특징 없는 차였다. 회색, 흰색, 은색 종류. 여기서 그리고 파라다의 집을 떠날 때 거리에서도 봤다.
한데 어떻게? 감독관은 NIOS, 메츠거, 저격수가 수사에 대해서는 절대 모른다고 장담했다.
알아냈다 해도 색스의 개인 차량을 어떻게 확인하고 위치까지 찾아냈을까?
그러나 색스는 몇 년 전 라임과 함께 수사한 사건을 통해 기본적인 데이터마이닝 시스템을 가지고 있으면 원하는 사람의 위치를 상당히 쉽게 파악할 수 있다는 것을 배운 바 있다. 전자 추적 장치 비디오 영상, 안면 인식, 통화 기록, 신용카드, GPS, 이지패스 트랜스폰더, RFID 칩—NIOS는 분명 기본적인 장비 훨씬 이상의 것을 갖추고 있을 것이다. 조심했지만, 어쩌면 충분히 조심하지 않았는지도 모른다.

이 정도는 쉽게 만회할 수 있지.

색스는 미소를 지으며 복잡하게, 빠르게, 매우 흥겹게 핸들을 연달아 꺾었다. 타이어에 연기가 나고, 이단 기어에서 시속 96킬로미터를 돌파했다.

마지막 핸들을 꺾고 멋진 코브라를 진정시키며 방금 아슬아슬하게 추월한 시크교도 운전사에게 달콤한 사과의 미소를 보냈을 때쯤, 색스는 미행을 따돌렸다고 확신했다.

어쨌든 데이터마이닝이 다시 추적해올 때까지는.

설사 이것이 감시 활동이라 해도, 미행하는 사람이 과연 위협적인 존재일까?

NIOS가 색스에 대한 정보를 얻어내 수사를 방해하거나 속도를 늦추게 하려고 할 수는 있겠지만, 정부 기관이 뉴욕시경 경찰한테 물리적 해를 입힐 의도라고는 상상할 수 없었다.

물론 정부 자체가 아니라 정부를 '위해서' 일하는 분노에 가득 찬 정신병자라면, 자신의 지위를 이용해 충분히 애국적이지 못해 보이는 사람들을 모조리 처단하겠다는 망상을 품고 있는 사람이라면 문제가 다르겠지만.

그렇다면 이 위협은 모레노와 아무런 관계가 없다. 아멜리아 색스는 많은 사람들을 감옥에 집어넣었고, 기분 좋게 교도소에 들어간 사람은 아무도 없을 터였다.

등골에 으스스한 소름이 끼쳤다.

색스는 센트럴 파크 웨스트의 한 교차로에 차를 세우고 뉴욕시경 명찰을 대시보드에 던져놓았다. 차에서 내리며 글록 권총 손잡이를 손으로 확인해 정확한 위치를 확인했다. 근처의 모든 차량이 연한 색이고 특징도 없었다. 으슥한 차 안에 앉은 운전사들이 모두 이쪽을 바라보는 것 같았다. 어퍼웨스트사이드 인근 모든 건물의 안테나, 급수탑, 파이프 위에 저격수가 앉아서 자신의 등에 망원 조준기를 들이대고 있는 기분이었다.

빠르게 타운하우스로 걸어간 색스는 안으로 들어섰다. 낸스 로렐이 몇 시간 전과 정확히 똑같은 자세로 여전히 타이핑을 치고 있는 객실을 지나 라임이 운동을 하고 있는 재활실로 향했다. 그곳은 1층 침실 중 하나였다.

톰이 감시원처럼 옆에서 지켜보는 가운데 라임은 기능적 운동 자극 기구인 복잡한 고정 자전거에 몸을 묶고 앉아 있었다. 전선을 통해 뇌파와 유사한 전기 자극을 근육으로 보내 페달을 밟게 하는 기구였다. 라임은 투르 드 프랑스에 참가한 사람처럼 열심히 페달을 밟고 있었다.

색스는 미소를 짓고 키스했다. 라임이 말했다.

"땀 많이 났어."

라임은 땀투성이였다.

색스는 다시, 이번에는 좀 더 길게 키스했다.

기능적 운동 자극 시스템은 사지마비 상태를 치료해주는 도구는 아니지만, 근육과 혈관계를 정상으로 유지시키고 피부 상태를 향상시킨다. 중증 장애 환자에게 흔한 욕창을 예방하는 데 중요하다. 라임이 종종 말하듯 사람들을 놀라게 하기 위한 용도이기도 했다. '불구도 앉아서 시간을 많이 보낸다고.'

이 운동은 신경 활동도 향상시켰다.

이런 효능은 유산소 운동의 일부였다. 목과 어깨의 근육을 단련하려는 목적도 있었다. 지금 오른손과 팔의 움직임을 통제하는 것은 대부분 이 근육의 역할이었다. 몇 주 뒤 수술이 잘되면 왼쪽 손과 팔도 도움을 받을 것이다.

마지막 생각은 하지 않았더라면….

"뭐 좀 알아냈나?"

라임이 숨을 몰아쉬며 물었다.

색스는 운전사와 다녔던 경로에 대해 설명하고, 모레노의 어린 시절 가까운 친구가 미국의 파나마 침략전에서 목숨을 잃었다는 이야기도 해주었다.

"원한이 깊이 사무칠 수 있지."

하지만 라임은 인간 심리의 미로에 대해서는 관심이 없었다. 좀 더 흥미로운 것은 리디아에 대한 이야기, 은행 계좌 폐쇄, 수수께끼의 만남, 모레노가 계획한 자발적 망명―'잠적'한다는 이야기―과 5월 13일의 멕시코시티 폭발 사건이 어느 정도 관련이 있을 수도 있다는 이야기였다.

"프레드가 계속 찾아본다고 했어요. 바하마 쪽은 잘 풀렸나요?"

"풀리긴."

라임은 헐떡거리며 내뱉었다.

"무능 때문인지 정치 때문인지―둘 다겠지―세 번이나 전화했는데 끊을 때까지 계속 대기하라는 말뿐이야. 오늘만 일곱 번. 기다리라는 소리 지긋지긋해. 그곳 대사관이나 영사관에 연락해서 개입하라고 할까 했는데, 낸스가 좋은 생각이 아니라고 하는군."

"왜요? NIOS에 이야기가 들어갈까봐?"

"음. 반대할 수 없었어. 그들이 알아내는 순간, 확실한 증거물이 사라지기 시작할 테니까. 문제는…."

라임은 깊이 숨을 들이쉬고 통제할 수 있는 오른손으로 자전거의 속도를 조금 더 높였다.

"…문제는 빌어먹을 증거가 없다는 거야."

톰이 말했다.

"좀 낮추세요."

"뭘? 독설 수위? 운동 속도? 시적인 표현인데? 안 그래?"

"링컨."

라임은 반항하듯 30초 더 달리다가 속도를 늦췄다.

"5킬로미터. 점점 올라가고 있어."

색스는 수건을 가져다 그의 관자놀이에서 흘러내리는 땀을 닦았다.

"누가 수사에 대해 이미 알아챈 것 같아요."

라임은 레이더 같은 검은 눈을 색스 쪽으로 돌렸다.

색스는 미행하는 것 같던 차량에 대해 말해주었다.

"그럼 저격수가 이미 우리에 대해 알아낸 건가? 신원은?"

"몰라요. 그쪽 솜씨가 좋은 거든지, 내 상상이 지나친 거겠죠."

"이번 건으로 너무 피해망상에 사로잡히지 마, 색스. 거실에 있는 친구한테도 전해. 성자 모레노가 그렇게 성자 같지는 않더라는 말도 했나?"

"아직."

색스는 라임이 묘한 표정으로 쳐다보고 있는 것을 깨달았다.

"왜 그렇게 봐요?"

"왜 로렐 검사를 싫어하지?"

"물과 기름이죠, 뭐."

라임은 빙그레 웃었다.

"공수증(hydrophobia) 괴담! 물과 기름은 잘 섞여, 색스. 물에서 기체만 제거하면 기름과 아주 잘 섞인다고."

"과학자 앞에서 상투적인 비유는 삼가야 했는데."

"특히 그 비유가 질문에 대한 해답이 아닐 경우에는."

무거운 5초가 흐르고, 색스는 대답했다.

"왜 싫은지 모르겠어요. 우선 난 세세하게 감독받는 걸 잘 못 견뎌요. 당신은 혼자 내버려두잖아요. 어쩌면 여자 사이의 문제일 수도 있겠고."

"그 주제에 대해선 난 아무 의견도 없어."

색스는 두피를 긁으며 한숨을 쉬었다.

"지금 가서 이야기할게요."

색스는 문으로 걸어가다 걸음을 멈추고 라임이 자전거 위에서 열심히 운동하는 것을 돌아보았다. 색스는 다가올 수술 계획에 대해 심경이 복잡했다. 모험적인 수술이었다. 무엇보다 사지마비 환자의 생리 기능이 많이 떨어진 상태다. 정상인이라면 아무 문제 없을 수술도 심각한 합병증을 초래할 수 있다. 물론 색스는 파트너가 자기 몸에 대해 더 좋은 기분을 느끼길 당연히 원했다. 하지만 라임 역시 다른 사람들과 마찬가지로 진실은 육신보다 이성과 감성이라는 걸 모르는 게 아닐까? 인간의 육신은 누구에게나 늘 이래저래 불만이라는 걸? 물론 라임이 거리를 다니면 사람들이 쳐다본다. 하지만 그만 그런 것이 아니다. 색스 역시 거리를 다니면 주목을 받고, 보통 그런 사람들은 라임을 관찰하는 이들보다 더 징그럽다.

색스는 패션모델로 일할 때, 예쁜 용모와 키 그리고 풍성한 빨강머리 때문에 자신이 하찮은 존재가 된 것 같은 느낌을 받았다. 한낱 값비싼 소장품으로 취급받으며 분노하고 상처 입던 시절. 색스는 어머니의 반대에도 불구하고 모델 일을 그만두고 아버지 뒤를 따라 뉴욕시경에 들어갔다.

내가 믿는 것, 내가 아는 것, 내가 하는 선택, 내가 지키는 고집…. 이런 것들이 경찰로서 나를 규정하는 것들이다. 내 외모가 아니라.

물론 링컨 라임은 중증 장애인이다. 그런 사람 중 더 나은 상태를, 양손으로 물건을 쥐고 걸을 수 있기를 바라지 않는 사람이 누가 있겠는가? 하지만 때로 색스는 라임이 자기 자신을 위해서가 아니라 그녀를 위해서 위험한 수술을 감행하려 하는 게 아닌가 하는 생각이 들 때도 있었다. 거의 입에 올리지 않는 화제였지만, 어쩌다 이야기가 나오면 두 사람의 대화는 평평한 돌에 부딪힌 총알처럼 비껴가곤 했다. 그러나 다가오는 의미는 분명했다. 도대체 자네는 왜 장애인하고 어울리고 있지, 색스? 나보다 더 나은 사람을 얼마든지 만날 수 있는데.

우선 '더 나은 사람'이라는 말은 시장에서 '완벽한 사람'을 고른다는 뜻인데, 색스에게는 해당 사항이 없었다. 과거에도 전혀 그런 적이 없었다. 단 한 번 진지하게 연애를 해본 적이 있었지만—동료 경찰하고—그 관계는 비극으로 끝났다. (닉은 이제 출소했다.) 시간을 메우기 위해 데이트도 해보았지만, 결국 누군가와 함께 있어서 따분한 것이

혼자 따분한 것보다 훨씬 괴롭다는 걸 깨달았다.
　색스는 자신의 독립적인 생활에 만족했다. 라임이 없고, 다른 사람이 생기지 않는다 해도 편안할 수 있었다. 영원히.
　당신이 원하는 대로 해. 색스는 생각했다. 수술을 받든 안 받든. 하지만 당신을 위해서 해. 어떤 결정을 내리든 나는 당신 옆에 있을 테니까.
　색스는 희미한 미소를 띤 채 잠시 그를 바라보았다. 그러다 미소를 지우고 감독관을 만나 소식을 전하기 위해 거실로 나갔다.
　성자 모레노는 그렇게 성자가 아닐지도 몰라….

로카르의 법칙

색스가 타쉬 파라다와 시내를 돌아다니면서 알아낸 정보를 화이트보드에 적자, 낸스 로렐은 의자를 돌려 그녀를 바라보았다.

로렐은 색스의 이야기를 곰곰 생각하고 있었다.

"접대부? 확실해요?"

"아뇨. 하지만 가능성은 있어요. 론한테 연락했어요. 지금쯤 마이어스의 부하들이 리디아를 찾고 있을 거예요."

"콜걸이라…."

로렐은 당혹스러운 것 같았다.

색스는 검사가 이보다 더 낙심할 거라고 생각했었다. 기혼인 피해자가 뉴욕에서 창녀와 돌아다녔다면 배심원의 공감을 살 수 없다. 색스는 로렐이 곧장 이렇게 말하는 것을 듣고 더 놀랐다.

"음, 남자들은 밖으로 나돌기 마련이지. 그 정도는 처리할 수 있어요."

모레노의 부정에 덜 비판적일 남성 중심으로 배심원단을 구성하겠다는 뜻일 수도 있다.

이길 수 있겠다고 생각하는 사건만 맡느냐고 물으신다면, 색스 형사, 대답은 '그렇다'입니다.

색스는 말을 이었다.

"어쨌든 우리한테는 잘됐어요. 두 사람은 내내 침대에만 있지 않았을 수도 있어요. 친구를 만날 때 동행했든지, 여자가 NIOS에서 누군가가 자기들을 미행하는 걸 봤을 수도 있고. 프로라면, 말을 시키기가 더 수월할 거예요. 자기 일상을 지나치게 공개하고 싶진 않을 테니까."

그리고 덧붙였다.

"여자가 접대부가 아니라 다른 일에, 뭔가 범죄에 관련된 사람일 수도 있고요."

"돈 때문에."

로렐은 화이트보드 쪽을 턱짓으로 가리켰다.

"맞아요. 테러 단체에 연루되어 있을 수도 있다는 생각이 들었어요."

"모레노는 테러리스트가 아니었어요. 우리가 그 점은 확인하지 않았습니까?"

색스는 생각했다. 당신 혼자 확인했지. 사실 관계로 확인한 건 아니야.

"그래도…."

색스는 보드 쪽으로 턱짓을 했다.

"미국에 돌아오지 않겠다, 은행 거래, 잠잠한다… 멕시코시티에서 뭔가를 '터뜨려버린다'는 언급."

"그건 여러 가지를 의미할 수 있어요. 지역자율운동 소속 회사의 건설 현장, 발파 작업 같은 것일 수도 있고."

그래도 이 정보가 암시할 수 있는 가능성에는 신경이 쓰이는 것 같았다. 로렐이 물었다.

"운전사가 미행이 눈에 띄었다고 하던가요?"

색스는 모레노가 불안한 눈치로 계속 주위를 둘러보았다는 파라다의 말을 전했다.

"모레노가 뭔가 특정한 것을 보았다는 말은 안 했고요?"

"네."

낸스 로렐은 의자를 앞으로 끌고 나와 증거물 보드를 응시했다. 라임이 차트 앞에 스톰 애로를 세울 때와 묘하게 비슷한 자세였다.

"모레노의 자선 사업이나, 뭔가 긍정적으로 보일 만한 활동 내용은 없었나요?"

"운전사 말로는 신사라고 했어요. 팁도 잘 줬다고 했고."

로렐이 원하던 정보는 아니었다.

"알겠습니다."

로렐은 시계를 보았다. 오후 11시가 가까워지고 있었다. 몇 시간쯤 더 이르다고 생각했는지 로렐은 얼굴을 찌푸렸다. 순간, 혹시 여기서 밤이라도 새우려는 것 아닌가 하는 생각이 들었다. 하지만 검사는 탁자 위에 파일을 정리하기 시작했다.

"이제 집에 가봐야겠네요."

그러곤 색스에게 눈길을 주었다.

"늦은 건 알지만, 조사해온 내용과 프레드 델레이가 찾아낸 걸 문서로 작성한 뒤…."

"보안 서버로 보내달라고요?"

"괜찮으시다면."

라임은 별 내용 없는 화이트보드 앞에 앉아 앞뒤로 의자를 굴렸다. 아멜리아 색스가 끊임없이 컴퓨터 키보드를 두드리는 스타카토 소리.

색스는 즐거워 보이지 않았다.

링컨 라임은 분명 즐겁지 않았다. 그는 보드를 다시 살펴보았다. 빌어먹을 보드….

사건은 모호한 추측에 불과한, 전해 들은 말들뿐이었다.

무르다.

수집하고, 분석하고, 추론으로 발전시킬 단단한 증거가 단 하나도 없었다. 라임은 답답해서 한숨을 쉬었다.

100년 전 프랑스 범죄학자 에드몽 로카르는 모든 현장에서는 범인과 현장, 혹은 범인과 피해자 사이의 물질 교환이 일어난다는 법칙을 제창했다. 사실상 눈으로 보는 것이 불가능하다 해도, 분명 어딘가에 있다…. 보는 방법을 알고, 성실하고 끈기 있게 찾기만 한다면.

모레노 살인 사건만큼 로카르의 법칙이 더 절박하게 다가오는 사건도 없었다. 총격에는 언제나 어마어마한 단서가 남는다. 실탄, 사용한 탄피, 지문, 화약 잔여물, 발자국, 저격 지점에 남은 미량증거물….

그는 단서가 존재한다는 것을 알고 있었다. 하지만 손이 닿지 않는 곳에 있다. 짜증이 치밀었다. 하루하루, 아니, 시시각각 증거는 파손되고, 오염되고, 혹은 도난당해서 가치를 잃어간다.

라임은 현장에서 회수한 증거물 자체를 자기 손으로 분석할 수 있기를 기대하고 있었다. 들여다보고, 탐구하고, 만져볼 수 있기를. 오랜 세월 동안 거부당한 강렬한 쾌감.

그러나 바하마에서 소식이 들려오지 않는 상태로 시간이 흐르면서, 그 가능성은 차차 희박해졌다.

정보서비스팀 경찰 한 사람이 전화를 걸어서 '돈 브런스', 혹은 '도널드 브런스'라는 항목은 데이터베이스에 많이 나왔지만 관계 분석 알고리즘(Obscure Relationship Algorithm, ORA) 시스템에서 유의미한 판정을 받은 항목은 없었다고 알려주었다. ORA는 이름, 주소, 단체와 활동 내역 등의 이질적인 정보를 슈퍼컴퓨터로 분석해 전통적인 수사 기법으로는 발견하기 힘든 연관성을 찾아내는 시스템이었다. 라임은 부정적인 결과에 크게 낙심하지 않았다. 어차피 큰 기대도 없었다. 그 정도 수준의 정부 요원이라면—특히 저격수라면—분명 자주 신원을 바꿀 것이다. 물건을 살 때는 현금을 쓰고, 최대한 전자 거래를 피할 것이다.

그는 수첩에 집중한 채 로렐에게 보낼 서류를 작성하고 있는 색스 쪽으로 시선을 던졌다. 색스는 빠르고 정확했다. 엉덩이와 무릎이 어떤 상태일지라도 손가락에는 아무런 영향을 끼치지 않았다. 백스페이스를 눌러 수정하는 경우도 전혀 없었다. 오래전 자신이 경찰 일을 시작하던 시절, 여자 경찰들은 사무 조수로 취급당할까봐 타이프를

칠 줄 안다는 것을 절대 말하지 않던 기억이 났다. 이제 시대는 변했다. 키보드를 빨리 치는 사람은 정보를 빨리 얻을 수 있고, 따라서 좀 더 효율적인 수사관이 될 수 있다.

그러나 색스의 표정은 이용당하는 비서 같았다.

톰의 목소리.

"뭘 좀 드릴…."

"됐어."

라임은 퉁명스럽게 내질렀다.

"아멜리아한테 했던 질문이니까, 직접 대답을 들어보시는 게 어떨까요?"

조수가 대꾸했다.

"먹을 거나 마실 거 좀 드릴까요?"

"아니, 됐어요, 톰."

이 대답에 라임은 쩨쩨한 만족감을 느꼈다. 그도 톰의 제안을 거절했다. 그리고 다시 사색으로 돌아갔다.

색스가 전화를 받았다. 전화기에서 음악 소리가 흘러나오는 것을 들으니 누구인지 알 것 같았다. 색스가 스피커를 눌렀다.

"뭐가 나왔어, 로드니?"

라임이 물었다.

"링컨, 안녕. 진도는 느리지만, 내부 고발자의 이메일 전송 경로를 루마니아에서 스웨덴까지 추적했어요."

라임은 시간을 보았다. 스톡홀름은 새벽. 컴퓨터광의 생체 시계는 따로 있는 모양이다.

사이버범죄과 경찰이 말했다.

"프록시 서비스를 운영하는 사람을 알아요. 1년 전쯤 〈용 문신을 새긴 소녀〉에 대해 논쟁을 벌이기도 하고, 한동안 서로 해킹을 하기도 했죠. 솜씨가 좋아요. 나보다 좋지는 않지만. 어쨌든 그 친구가 법정에서 증언만 시키지 않는다면 도와주겠다고 했어요."

기분이 좋지 않은 상태였지만, 라임은 웃지 않을 수 없었다.

"네트워크가 잘 돌아가고 있군. 말 그대로 네트워크야."

자넥도 웃는 것 같았지만, 단어 사이를 채우고 있는 음악 때문에 정확히 알 수는 없었다.

"확실히 뉴욕 지역에서 전송한 이메일인데, 정부 서버로 접속한 건 아니랍니다. 상업적인 와이파이를 통해 보낸 거예요. 내부 고발자는 다른 사람의 계정을 도용했거나 어느 커피숍, 혹은 호텔에서 공짜 와이파이를 썼을 거예요."

색스가 물었다.

"위치는 얼마나 돼요?"

"뉴욕 지역에는 비보호 계정이 700만 개 정도 돼요. 대충."

"으."

"아, 하지만 가능성 없는 계정이 딱 하나 있어요."

"겨우 하나? 뭐죠?"

"제 계정."

자넥은 자기 농담에 자기가 웃었다.

"하지만 걱정 마세요. 범위는 빠른 시일 내에 좁힐 수 있어요. 암호를 뚫어야 하는데, 컬럼비아에 슈퍼컴퓨터 사용 허락을 받았어요. 뭔가 발견하면 즉시 연락드리죠."

두 사람은 그에게 고마움을 표했다. 자넥은 끔찍한 음악과 사랑하는 상자로 되돌아갔다. 그리고 색스는 성난 키보드질로, 라임은 빈혈증을 앓는 화이트보드로 돌아갔다.

그때 라임의 휴대폰이 울렸다. 그는 전화기를 들었다. 지역번호가 242였다.

음, 흥미롭군. 그는 전화를 받았다.

사건의 핵심

"여보세요, 경사?"

"네, 경감님. 네."

로열바하마의 경찰 마이클 포이티어가 대답했다. 희미한 웃음.

"제 목소리를 들어서 놀라신 모양이군요. 다시 전화 안 할 거라고 생각하셨습니까?"

"네, 그랬습니다."

"늦은 시간이군요. 곤란한 시간에 전화했나요?"

"아닙니다. 전화 주셔서 반갑습니다."

멀리서 전화벨 소리가 울렸다. 포이티어는 어디서 전화를 거는 걸까? 늦은 시각이었지만 사람들이, 아주 많은 사람들이 웅성거리는 소리가 들렸다.

"아까 통화할 때는 옆에 사람이 있었습니다. 제 말이 좀 이상하게 들리셨을 겁니다."

"안 그래도 그렇지 않나 생각했습니다."

"아마 비협조적이라는 눈치는 채셨을 텐데요."

포이티어는 '비협조적'이라는 단어가 있는지 없는지 생각하는 듯 잠시 사이를 두었다.

"그런 눈치도 챘습니다."

전형적인 서커스 멜로디 같은 음악 소리가 커다랗게 울려 퍼졌다. 포이티어가 말을 이었다.

"저처럼 살인 사건 경험도 없는 젊은 경찰이 왜 중요한 사건을 맡게 되었는지 궁금하셨을 겁니다."

"젊어요?"

"스물여섯입니다."

어떤 상황에서는 젊다고 할 수 있고, 어떤 상황에서는 아니지. 하지만 살인 사건이라면, 맞다. 신참이었다.

금속 부딪히는 요란한 소리가 포이티어 주변에서 울려 퍼졌.

경사가 말을 이었다.

"여긴 사무실이 아닙니다."

라임은 웃었다.

"그것도 알겠습니다. 거리입니까?"

"아뇨, 아뇨. 저녁에 업무가 있습니다. 파라다이스 섬 리조트 카지노 경비죠. 유명한 아틀란티스 근처. 아십니까?"

몰랐다. 라임은 평생 바닷가 리조트에 가본 적이 없었다. 포이티어가 물었다.

"미국 경찰도 부업을 하나요?"

"네. 어떤 경우는. 경찰 일로 풍족하게 살기는 힘듭니다."

"네, 네. 맞습니다. 저는 일하러 나오고 싶지 않았는데… 실종된 학생 사건에 더 몰두하고 싶었지만, 돈이 필요해서요. …아니, 시간이 별로 없습니다. 10분짜리 전화 카드를 샀어요. 모레노 사건과 제가 그 사건을 맡게 된 경위를 설명드리죠. 저는 한동안 중앙형사과로 이동할 대기자 명단에 있었습니다. 형사가 되는 게 늘 제 목표였거든요. 한데 지난주에 상관이 제가 형사과 하급직에 뽑혔다고 했습니다. 게다가 놀랍게도 수사 지휘를 맡게 되었다는 겁니다. 모레노 살인 사건. 형사과에 들어가는 것만 해도 1년 정도 걸릴 거라고 생각했거든요.

한데 수사 지휘라뇨? 상상할 수도 없는 일이었습니다. 하지만 어쨌든 기뻤죠. 그런데 그 사건은 이 시점에서 그냥 행정 업무이기 때문에 제가 맡게 된 거라는 이야기를 들었습니다. 말씀드렸다시피, 배후에 카르텔이 있다는 겁니다. 아마 세뇨르 모레노의 모국 베네수엘라 카르텔인 것 같다, 저격수는 이미 국내를 떠나 카라카스로 돌아갔다, 너는 증거물을 수집하고 세뇨르 모레노가 죽은 여관에서 증언을 따고 수사 기록을 베네수엘라 경찰한테 보내기만 하면 된다, 그쪽에서 추가 수사를 위해 나소로 경찰을 보내겠다고 하면 연락관 역할만 해라. 그리고 다른 형사가 지휘하는, 아까 말씀드린 다른 살인 사건을 보조해라."

유명한 변호사.

금속성의 소리. 고함 소리. 뭐지? 슬롯머신 잭팟이라도 터졌나?

잠시 말이 끊기더니, 포이티어가 가까이 있는 누군가에게 소리쳤다.

"아니, 아니. 술 취한 거야. 지켜보기만 해. 난 바빠. 이 통화를 끝내야 해. 행패를 부리면 밖으로 데려가. 빅 사무엘한테 연락해."

목소리가 다시 라임에게 돌아왔다.

"상부에서 뭔가 모레노 수사를 무산시키려는 어두운 음모가 있다고 생각하시죠? 어떤 면에서는 맞습니다. 첫째, 카르텔이 모레노를 왜 죽이려 했을까, 의문을 가져봐야 하지 않겠습니까? 세뇨르 모레노는 라틴아메리카에서 사랑을 많이 받았습니다. 카르텔은 무엇보다 사업체죠. 인기 있는 활동가를 죽여서 노동자와 노새로 사용할 사람들을 등 돌리게 만들 이유가 없습니다. 제가 조사를 통해 받은 인상은 카르텔과 모레노는 서로 용인하는 관계였다는 겁니다."

라임은 그에게 말했다.

"말씀드렸다시피 나도 같은 생각입니다."

"세뇨르 모레노는 공공연하게 반미주의를 외쳤습니다. 반미 성향인 지역자율운동도 인기를 얻고 있었습니다. 아십니까?"

"네, 알고 있습니다."

"그는 테러 성향을 가진 조직들과 관계가 있었습니다. 놀랄 일은 아니지만요."

"그것도 알고 있습니다."

"그래서 저는 이런 생각이 들었습니다. 혹시…."

그의 목소리가 낮아졌다.

"…미국 정부에서 그를 죽이려 한 게 아닐까."

라임은 자신이 경사를 얕보았다는 것을 깨달았다.

"그러니 저희 상관들이―아니, 사실은 국가안보국 전체와 의회죠―처한 입장을 짐작하실 겁니다."

거의 속삭이는 듯한 음성.

"수사에서 그게 사실로 드러나면 어쩌지? CIA나 국방부가 저격수를 보내 세뇨르 모레노를 쏜 거라면? 경찰 수사에서 저격수가 밝혀지고, 소속 집단이 드러난다면? 어마어마한 결과를 초래할 수 있지요. 민망한 폭로에 대한 보복으로 미국 측에서 바하마 이민 정책을 바꾸는 결정을 할 수도 있습니다. 관세 정책이라든지. 국가 입장이 아주 힘들어질 겁니다. 여기 경제 상황은 그리 좋지 않아요. 우리는 미국인이 필요합니다. 가족이 아이들을 데리고 와서 돌고래와 놀고, 노인들이 풀장에서 에어로빅을 하고, 로맨틱한 방에 들어가서 몇 달 만에 사랑을 나누는 부부가 와줘야 합니다. 관광객을 잃을 수는 없어요. 절대로. 그러니 워싱턴의 심기를 거스르고 싶지 않은 겁니다."

"수사를 좀 더 공격적으로 진행하면 보복이 있을 거라고 생각하십니까?"

"모레노 사건을 담당한 책임 수사관이―저 말입니다―고작 2주 전까진 새 건물에 비상구가 설치되어 있는지 확인하고 제트스키 대여 회사가 제때 요금을 지불하는지 확인하고 다니던 사람이라는 불가사의한 사실에 대한 이성적인 해답이 바로 그것 아니겠습니까?"

포이티어의 목소리가 높아졌다. 단호한 기색이 감돌았다.

"하지만 분명하게 말씀드릴 수 있는 건 경감님, 비록 사업장 감독 및 면허과에 있었지만, 제가 있는 동안 제때, 완벽하게, 정직하게 완료하지 않은 감사나 면허는 단 한 건도 없었습니다."

"그럴 거라고 믿습니다, 경사."

"이 건을 맡게 되었으면서도 사실상 책임은 없었던 건 제게도 찜찜한 일이었습니다. 제 말뜻을 이해하시겠지요?"

침묵. 슬롯머신 돌아가는 소리가 요란하게 라임의 귓가에 울렸다.

소음이 멈추자 마이클 포이티어가 속삭였다.

"모레노 사건은 여기서는 끝난 건입니다, 경감님. 하지만 그쪽에서는 끈질기게 추적하시는 것 같군요."

"맞습니다."

"그럼 아마 공모죄를 생각하고 계시겠군요."

이번에도 그를 얕보았다.

"맞습니다."

"그 이름을 찾아보았습니다. 돈 브런스. 가명이라고 하셨지요?"

"네."

"이곳 기록에는 그런 이름이 전혀 없었습니다. 세관, 여권 기록, 호텔 숙박계. 하지만 눈에 띄지 않게 섬으로 건너오는 건 쉬웠을 겁니다. 어렵지 않아요. 한데 어쩌면 도움이 될 만한 게 두 가지 있습니다. 제가 수사를 완전히 포기한 건 아니었어요. 말씀드렸듯이 목격자를 만나봤습니다. 사우스코브인의 안내 직원 말로는, 로버트 모레노가 도착하기 이틀 전 누군가가 프런트로 전화를 걸어서 예약을 확인했답니다. 남자, 미국 억양. 한데 모레노의 보디가드가 그보다 한 시간 전쯤 전화로 예약을 확인했기 때문에, 직원은 이상하다고 생각했답니다. 두 번째 전화를 건 사람은—미국인이거나 미국에 있는 사람—누굴까. 그는 모레노가 도착하는 시각에 왜 그렇게 관심을 가졌을까."

"그 전화번호를 확보했습니까?"

"미국 지역 번호라는 것만 들었습니다. 하지만 전화번호는 알아내지 못했습니다. 아니, 솔직히 말씀드리면 더 이상 파고들지 말라는 지시를 받았습니다. 그리고 두 번째는 살인 전날 누군가가 와서 질문을 했답니다. 객실 청소부에게 세뇨르 모레노가 묵는 스위트룸에 대해 묻고, 관리인은 정기적으로 밖에 나오느냐, 스위트룸에 커튼이 있느냐, 보디가드는 어디서 머무느냐, 이런 시시콜콜한 질문을 했답니다. 앞서 전화했던 사람과 동일인인 걸로 추측하지만, 정확히는 모르겠습니다."

"인상착의는?"

"남자, 백인. 서른 살 정도, 연갈색 짧은 머리, 역시 미국 억양. 날씬하지만 근육질이었답니다. 군인 출신 같다는 말도 했습니다."

"그자군. 첫째, 모레노가 확실히 그날 오는지 확인하려고 전화했다. 둘째, 살해 전날 목표를 살펴보기 위해 나타났다. 차는? 다른 특이 사항은?"

"아뇨. 없습니다."

삑.

전화선 너머에서 무슨 소리가 들렸다. 라임은 생각했다. 빌어먹을, NIOS가 도청 중이군.

하지만 포이티어가 말했다.

"몇 분밖에 남지 않았습니다. 이 소리는 카드 사용 시간이 다 끝나간다는 신호입니다."

"내가 다시 전화를 걸…."

"어쨌든 저는 이제 끊어야 합니다. 도움이 되었…."

라임은 급하게 말했다.

"잠깐, 범죄 현장에 대해 알려주십시오. 아까 총알에 대해 물었는데."

그게 사건의 핵심….

잠시 침묵.

"저격수는 아주 원거리, 1.6킬로미터 이상 떨어진 지점에서 세 번 발사했습니다. 두 발은 빗나갔는데, 그 총알은 객실 밖 콘크리트 벽에 박혀 있었습니다. 모레노를 죽인 한 발은 거의 손상되지 않은 상태로 회수했습니다."

라임은 의아했다.

"겨우 한 발? 다른 피해자들은?"

"아, 그 사람들은 총에 맞아 죽은 게 아닙니다. 사격이 아주 강했어요. 창문이 깨지고 방 안에 있던 사람들에게 유리 파편이 쏟아졌습니다. 보디가드와 모레노를 인터뷰하던 기자는 파편에 심하게 다쳐서 병원에 도착하기 전 과다 출혈로 사망했습니다."

100만 달러짜리 총알.

"탄피는?"

"현장감식팀에게 저격수가 총을 쏜 지점으로 가서 수색하라고 했는데…."

그의 목소리가 기어들었다.

"제가 워낙 신참이고, 그 사람들이 그럴 필요까지 없다고 했습니다."

"필요가 없다니?"

"워낙 험한 지형이고, 돌투성이 해안이라 수색하기가 힘들다고 했습니다. 저는 항의했지만, 그때는 이미 수사를 중단하자는 결정이 내려진 뒤였습니다."

"직접 수색해볼 수도 있습니다, 경사. 그자가 총을 쏜 지점을 찾는 법을 제가 알려드리죠."

"음, 말씀드렸듯이 수사는 중단되었습니다."

삐.

"간단한 것만 찾으면 됩니다. 저격수는 아무리 조심해도 미량증거물을 많이 남깁니다. 시간도 많이 걸리지 않아요."

삐삐….

"그럴 수가 없습니다, 경감님. 실종된 학생을 아직 발견하지 못해서…."

라임은 말을 끊었다.

"좋아요, 경사. 하지만 최소한 보고서, 사진, 검시 보고서라도 보내주십시오. 피해자의 옷도 확보하면 좋을 텐데. 특히 신발. 그리고… 총알. 총알은 정말 필요합니다. 증거물 인도 내역은 엄밀하게 작성할 겁니다."

침묵.

"아, 경감님. 저, 죄송합니다. 가봐야 합니다."

뻑,뻑,뻑….

전화가 끊기기 전에 라임이 마지막으로 들은 것은 슬롯머신 터지는 소리, 고주망태가 된 관광객이 이렇게 말하는 목소리였다.

"아, 재수 옴 붙었네. 고작 39달러 따자고 200달러나 처넣었나."

23

송골매

 그날 밤 라임과 색스는 완전히 눕힌 라임의 선텍(SunTec) 침대에 같이 누워 있었다.
 색스는 말할 수 없이 편안하다고 거듭 말했다. 푹신한 베개밖에 자각할 수 없는 라임 입장에서는 그 말을 믿지 않을 수 없었다. 베개는 사실 아주 편안했다.
 "저길 봐요."
 색스는 속삭였다.
 라임의 2층 침실 창문 바로 밖 창틀 위에서 뭔가가 파닥거렸다. 어둑어둑해서 알아보기는 힘들었다.
 그때 깃털 하나가 솟구치더니 시야 밖으로 사라졌다. 하나 더.
 저녁 식사 시간이다.
 라임이 이 집에 살기 시작한 이후 줄곧 이 창틀, 혹은 타운하우스 밖 건물 난간 어딘가에 송골매가 살고 있었다. 라임은 송골매가 자기 집을 둥지로 선택해준 게 몹시 흡족했다. 과학자로서 초자연적인 징조나 조짐은 절대 믿지 않지만, 상징은 나쁘지 않다고 생각했다. 그는 새를 형이상학적인 시각으로 바라보았고, 특히 대다수 사람들이 송골매에 대해 모르는 사실에 주목했다. 공격할 때 매는 기본적으로 움직이지 않는 상태를 유지한다. 다리는 밖으로 고정시키고 날개를 접은 채 유선형 근육 덩어리가 아래로 떨어진다. 채거나 물지 않고, 시속 320킬로미터로 낙하하는 충격으로 사냥감을 죽인다.

움직이지 않는 상태. 하지만 사냥을 한다.

두 마리 송골매가 식사를 향해 고개를 숙이는 순간, 다른 깃털 하나가 훌쩍 날아갔다. 오늘의 메인 요리는 통통하고 조심성 없는 비둘기였다. 송골매는 보통 주행성이고 해지기 전에 사냥을 하지만, 도시에서는 종종 야행성이다.

"냠냠."

색스가 말했다. 라임은 웃었다.

색스는 그에게 좀 더 몸을 붙였다. 라임은 머리카락의 진한 향을 맡았다. 샴푸, 꽃향기. 아멜리아 색스는 향수를 뿌리지 않았다. 그는 오른팔을 올려 색스의 머리를 좀 더 가까이 당겨 안았다.

"계속 연락할 거예요? 포이티어?"

"해봐야지. 더 이상 돕지 않겠다는 뜻이 강해 보였어. 그래도 수사를 더 이상 진행하지 못한 게 답답할 거야."

"정말 대단한 사건이에요."

라임은 속삭였다.

"한데 분자 순위의 선수로 강등된 건 어떤 기분이지? 활동의 당위성을 숙고해봤나?"

색스는 웃음을 터뜨렸다.

"도대체 그 사람이 일한다는 조직은 뭐죠? 빌 마이어스. 특수업무부?"

"경찰은 당신이잖아. 당신이 알아야지."

"들어본 적도 없어요."

침묵이 깔렸다. 정상인처럼 라임은 어깨로 색스의 몸이 굳는 것을 느꼈다.

"말해봐."

"라임, 난 이 사건에 대해 계속 기분이 좋지 않아요."

"아까 한 이야기? 낸스한테? 메츠거와 저격수가 과연 우리가 추적해야 할 범법자인지 확신이 들지 않는다는 말?"

"맞아요."

라임은 고개를 끄덕였다.

"부정할 수는 없어, 색스. 난 오랜 세월 동안 한 번도 수사에 의문을 제기해본 적이 없어. 회색이었던 적이 없으니까. 하지만 이번 건은 정말 회색이야."

그는 말을 이었다.

"하지만 한 가지 명심해. 우리에 대해서."

"우린 자원봉사를 하는 것이다."

"맞아. 원하면 언제든지 손 뗄 수 있어. 마이어스와 로렐은 다른 사람을 찾으라지."

색스는 침묵하며 꼼짝도 하지 않았다―라임이 움직임을 느낄 수 있는 부위는.

"사건 자체가 마음에 들지 않는군."

"마음에 들지 않아요. 마음 한편으로는 그만두고 싶어요. 관련자에 대해, 그들이 무슨 생각을 하고 있는지, 동기가 무엇인지, 우리가 모르는 게 너무 많아요."

"당신한테는 역시 동기가 가장 중요하지."

"내가 말하는 관련자는 메츠거나 이름이 뭔지는 모르겠지만, 하여간 그 브랜스도 그렇고, 낸스 로렐과 빌 마이어스 말이에요."

잠시 후 색스는 말을 이었다.

"이번 건은 예감이 안 좋아요, 라임. 당신이 믿지 않는 건 알아요. 평생 현장감식을 했잖아요. 난 거리를 누볐어요. 육감이란 게 있다고요."

두 사람은 1~2분가량 말없이 이 말을 곱씹었다. 수컷 송골매가 고개를 들고 날개를 펼쳤다. 큰 생물은 아니었지만, 이렇게 가까이에서 보면 깃털이 제왕처럼 당당했다. 방 안을 잠시 주시하는 강렬한 시선도 마찬가지였다. 송골매의 시력은 어마어마하다. 1.6킬로미터 떨어진 먹이도 포착할 수 있다.

상징….

"당신은 계속 하고 싶죠?"

"무슨 말인지 알아, 색스. 하지만 나한테 이건 풀어야 할 매듭이야. 그냥 손을 놓을 수는 없어. 당신은 안 해도 돼."

색스는 망설이지 않고 속삭였다.

"아니, 난 당신과 같이할 거예요, 라임. 당신과 나. 당신과 내가 하는 거예요."

"좋아. 나는…."

하지만 색스의 입술이 그의 입술을 덮는 바람에 갑자기 말이 끊겼다. 색스는 담요를 걷어내고 굶주린 사람처럼 거의 필사적으로 키스를 했다. 라임의 몸 위에 올라가 그의 머리를 움켜잡았다. 뒤통수와 귀, 뺨에서 색스의 손가락이 느껴졌다. 강하게 움켜쥐던 손가락이 부드러워지는가 싶더니 다시 힘이 들어갔다. 뺨을 쓰다듬고, 관자놀이를 어루만졌다. 라임의 입술이 색스의 입술에서 머리카락으로 옮겨갔다. 그리고 귀 뒤로, 턱으로, 다시 입술로 움직였다.

라임은 새로 기능을 되찾은 팔을 바슈롬(baush lomb) 비교현미경 조종간과 전화, 컴퓨터, 원심분리기를 다룰 때 사용하고 있었다. 하지만 이런 용도로는 사용해본 적이 없었다. 그는 색스를 가까이 끌어당기고 실크 파자마 윗도리를 움켜잡은 다음 머리 위로 부드럽게 끌어올렸다.

마음만 먹으면 단추를 능숙하게 풀 수도 있겠지만, 상황이 다급해 그럴 수가 없었다.

5월 16일 화요일

3부
카멜레온

녹색 아놀도마뱀. 미국 카멜레온이야.

24

화이트 보드

라임은 타운하우스 객실에서 휠체어를 굴려 바로 옆 대리석 현관 복도로 나갔다.

척수 손상 전문가 빅 배링턴 박사가 그를 따라 나섰고, 톰도 방문을 닫고 합류했다. 의사가 집으로 찾아오는 것은 옛날 풍습이겠지만, 장애 상태에 따라 사람이 산을 찾는 것보다 산이 사람을 찾는 게 편할 경우 아직 많은 의사들이 그렇게 하고 있다.

하지만 배링턴은 여러 면에서 전통적인 사람은 아니었다. 검은 가방은 나이키 배낭이었고, 병원에서 자전거를 타고 왔다.

"이른 시각에 와주셔서 감사합니다."

라임이 말했다. 새벽 6시 30분이었다.

의사가 마음에 들었기 때문에 도대체 어제는 무슨 '응급' 상황이기에 약속을 미뤘는지 묻는 것은 참기로 했다. 언제든지 다른 의사를 괴롭혀주면 된다.

배링턴은 5월 26일로 예정된 수술을 앞두고 최종 검사를 막 마친 참이었다.

"혈액 검사 결과가 나오는 대로 봐야겠지만, 지난 한 주 동안 변한 부분은 없습니다. 혈압은 아주 좋아요."

혈압은 중증 척수 장애 환자의 천적이다. 자율신경 반사부전 발작이 일어나면 혈압이 몇 분 사이에 훌쩍 뛰어서 뇌졸중으로 이어지고, 의사나 간호사가 즉각 대응하지 않으면 사망할 수도 있다.

"폐활량은 볼 때마다 좋아집니다. 저보다 더 튼튼하신 것 같아요."

배링턴은 허튼 덕담을 할 줄 모르는 사람이었다. 라임은 다음 질문에도 정직한 대답을 들을 수 있다는 것을 알고 있었다.

"확률은 얼마나 됩니까?"

"왼팔과 왼손을 다시 움직일 수 있는 확률? 100퍼센트에 가깝습니다. 힘줄 이식과 전극은 분명…."

"아니, 그 뜻이 아닙니다. 수술에서 살아남거나 결정적인 상태 악화를 겪게 되지 않을 확률 말입니다."

"아, 그건 좀 다릅니다. 저는 90퍼센트 정도로 봅니다."

라임은 생각해보았다. 수술로도 다리는 어떻게 할 수가 없다. 앞으로 5년, 10년 안에 다리를 고칠 방법도 없었다. 그러나 그는 장애인에게 팔과 손의 기능이야말로 정상적인 생활의 핵심이라고 믿었다. 휠체어를 타고 있더라도 나이프와 포크를 집어 들고 악수를 할 수 있다면 아무도 신경 쓰지 않는다. 옆에서 밥을 먹여줘야 하거나 턱을 닦아줘야 한다면, 주위 분위기가 진흙탕이라도 튄 것처럼 불편해진다.

외면하지 않는 사람은 빌어먹을 동정 어린 시선을 보낸다. 불쌍한 사람, 불쌍한 사람.

90퍼센트…. 생활의 주요 부분을 되찾을 수 있다면 해볼 만한 확률이다.

"합시다."

라임이 말했다.

"혈액 검사 결과에서 걱정되는 부분이 생기면 연락드리겠지만, 그럴 것 같지는 않습니다. 5월 26일로 잡죠. 일주일 뒤에 재활을 시작할 수 있습니다."

라임은 의사와 악수를 나누었다. 그가 현관으로 돌아섰을 때, 라임이 물었다.

"아, 한 가지. 수술 전날 술 한두 잔 마셔도 될까요?"

"링컨."

톰이 말했다.

"최대한 좋은 상태를 유지해야 합니다."

"최대한 좋은 기분도 유지하고 싶다고."

라임은 내뱉었다. 의사는 생각해보는 것 같았다.

"이런 수술을 하기 직전 48시간 동안 알코올을 권장하지는 않습니다만… 수술 당일 자정 이후에 위장을 비우는 게 표준 원칙입니다. 그 전에 마시는 건 크게 걱정되지 않는군요."

"고맙습니다, 박사님."

의사가 떠난 뒤, 라임은 휠체어를 끌고 연구실로 들어가 화이트보드를 바라보았다. 색스는 마이클 포이티어가 간밤에 말한 내용을 이제 막 다 적은 참이었다. 색스는 좀 더 두꺼운 마커로 최신 정보를 표시하고 있었다.

라임은 잠시 보드를 응시하다 소리쳤.

"톰!"

"여기 있습니다."

"부엌에 있는 줄 알았지."

"아뇨, 여기 있습니다. 뭘 원하십니까?"

"전화를 걸어줘야겠어."

"기꺼이 걸어드리죠. 하지만 직접 거는 걸 더 좋아하시는 줄 알았는데요?"

톰은 라임의 쓸 수 있는 팔을 흘끗 보았다.

"전화 거는 건 좋아해. 대기 상태로 기다리는 게 싫을 뿐이지. 그렇게 될 거라는 예감이 들어."

톰이 덧붙였.

"그럼 저더러 대리 대기자가 되라는 거군요."

라임은 잠깐 생각해보았다.

"좋은 표현이야. 그리 적확하지는 않지만."

로버트 모레노 살인 사건 _볼드체는 업데이트한 정보

범죄 현장 1
- 바하마 뉴프로비던스 섬. 사우스코브인 스위트룸 1200호('킬 룸')
- 5월 9일
- 피해자 1: 로버트 모레노
  - 사인: **가슴에 총상 하나**
  - 부가 정보: 모레노, 38세. 미국 시민권자. 해외 이주. 베네수엘라 거주. 극렬 반미 분자. 별명 '진실의 메신저'. 5월 24일 '잠적' 계획. 5월 13일 멕시코에서 발생한 테러 사건에서 '터뜨려버릴' 사람을 찾고 있었다고 알려짐
  - 4월 30일~5월 2일. 뉴욕에서 사흘간 체류. 목적?
- # 5월 1일, 엘리트 리무진 이용
- # 운전사 타쉬 파라다(자주 이용하던 운전사 블라드 니콜로프는 몸이 아팠음. 찾는 중)
- # 미국 인디펜던트 은행 및 신탁 계좌 폐쇄. 다른 은행 계좌도 폐쇄했을 것으로 추정
- # 렉싱턴 애버뉴와 52번가 교차점에서 리디아라는 여자를 태움. 하루 종일 동반. 창녀? 돈을 지불? 신원을 찾기 위해 탐문 중
- # 반미 감정의 원인: 1989년 파나마 침공 당시 친한 친구가 미군에게 살해당함
- # 모레노의 마지막 미국 여행. 돌아오지 않을 예정
- # 월스트리트에서의 만남. 목적? 위치?
- 피해자 2: 에두아르도 드라루아
  - 사인: **과다 출혈. 총격 이후 유리 파편에 열상**
  - 부가 정보: 기자. 모레노를 인터뷰 중이었음. 푸에르토리코 출생. 아르헨티나 거주
- 피해자 3: 시몬 플로레스
  - 사인: **과다 출혈. 총격 이후 유리 파편에 열상**
  - 부가 정보: 모레노의 보디가드. 브라질 국적. 베네수엘라 거주
- 용의자 1: 슈리브 메츠거
  - 국가정보활동국 국장
  - 정신적으로 불안정? 분노 조절 문제
  - 특수 임무 명령서를 승인받기 위해 불법적으로 증거를 조작?
  - 이혼. 예일 대학. 법학 학위
- 용의자 2: 저격수
  - 암호명: 돈 브런스
  - 정보서비스팀에서 브런스를 데이터마이닝하는 중. **성과 없음**
  - 5월 8일, 사우스코브인에 나타난 사람일 가능성. 백인. 남성. 삼십대 중반. 짧게 깎은 연갈색 머리. 미국 억양. 날씬하지만 근육질. 군인 출신 '같음'. 모레노에 대해 물었음
  - 5월 7일, 모레노의 도착을 확인하기 위해 사우스코브인에 전화한 미국 억양의 사람일 가능성. 지역 번호는 미국이었음
  - 성문 확보
  - 현장감식 보고서, 검시 보고서, 기타 정보는 추후에
  - 살인 배후에 마약 카르텔이 있다는 루머. 가능성은 적어 보임

범죄 현장 2

- 돈 브런스의 저격 지점, 바하마 뉴프로비던스 섬의 킬 룸에서 2000미터 떨어진 곳
- 5월 9일
- 현장감식 보고서는 추후에

부가 수사
- 내부 고발자의 신원을 찾을 것
  - 특수 임무 명령서를 유출한 신원 미상의 인물
  - 익명의 이메일로 전송
  - **타이완에서 루마니아, 스웨덴까지 추적. 뉴욕 지역에서 공용 와이파이로 전송. 정부 서버는 사용하지 않음**
  - 오래된 컴퓨터 사용. 10년 된 아이북일 가능성. 두 가지 밝은색(녹색 혹은 오렌지색 같음)의 클램셸 모델, 혹은 검정색 고전적 모델. 그러나 요즘의 랩톱보다 훨씬 두꺼움
- 연한 색 세단으로 색스 형사를 미행한 사람
  - 제조사와 모델은 밝혀지지 않음

25

NIOS

 슈리브 메츠거는 NIOS 빌딩 지하의 소속 기술 부서—염탐팀—에 있다가 꼭대기 층으로 돌아왔다.
 직원 몇몇이 그의 시선을 피하면서 갑자기 별로 급하지도 않은 화장실로 꺾어 들어가는 것을 눈치채며 복도를 걷는 동안, 그는 정교한 기법을 사용해 정보를 취합하는 부하들이 수사를 통해 알아낸 내용을 곱씹고 있었다. 공식적으로 존재하지 않는 기법이기 때문에 더욱 인상적인 솜씨였다. (NIOS는 미국 내에서 도청이나 이메일 감시, 컴퓨터 해킹을 할 권한이 없다. 그러나 메츠거는 이런 일들을 한 단어로 해내고 있었다. 요컨대 뒷문.)
 더 많은 직원들이 슬슬 피해 다니는 것을 확인하면서 생각은 엉뚱한 곳으로 흘렀다. 머릿속에서 목소리가 들렸다—아니, 그런 종류의 목소리가 아니라, 기억 혹은 기억의 파편 같은 것.
 분노를 시각화합시다. 상징. 은유 같은 걸로.
 그러죠, 박사님. 무엇을 추천하십니까?
 제가 알려드리는 게 아닙니다, 슈리브. 당신이 고르세요. 어떤 사람은 동물을 고르기도 하고, 텔레비전 드라마에 나오는 나쁜 놈, 뜨거운 석탄을 떠올리는 사람도 있습니다.

석탄? 그는 생각했다. 그게 좋겠군. 그는 속에 있는 분노의 짐승을 시각적으로 불러냈다. 살을 빼기 전, 업스테이트 뉴욕에서 지내던 청소년기의 사건이 떠올랐다. 그는 중학교 교정에 피운 가을 모닥불 앞에 서서 옆에 있는 여학생을 수줍게 의식하고 있었다. 연기가 주위를 맴돌았다. 아름다운 밤. 그는 매운 연기를 피하는 척 소녀에게 가까이 다가갔다. 미소를 지으며 인사를 건넸다. 소녀가 말했다. "불에 가까이 다가가지 마. 넌 뚱뚱하니까 불이 붙을 거야." 그리고 소녀는 멀어졌다.

정신과 의사를 위해 만들어낸 이야기. 피셔 박사는 좋아했다. 살해 명령을 내릴 때 분노가 사라진다는 이야기를 했을 때보다 훨씬 더.

그러면 '연기'군요. 스모크…. 잘 선택했어요.

사무실로 다가갔다. 그때 루스가 자기 사무실 안으로 들어가 책상 앞에 서 있는 모습이 보였다. 평소라면 누가 허락 없이 자신의 개인 공간을 침범한 게 불쾌했을 것이다. 그러나 루스는 대체로 출입이 허용되었다. NIOS에서 일하는 대부분 직원들의 경우와 달리, 루스에게는 단 한 번도 성질이 치민 적이 없었다. 다른 사람들에게는 잔소리를 하고, 소리를 지르기도 하고, 물론 대체로 상대를 겨냥하지는 않았지만 가끔 보고서나 주소록을 던지기조차 했다. 그러나 루스한테는 그런 일이 없었다. 아마 워낙 가깝게 일하는 사이이기 때문일 것이다. 아니, 생각해보니 그렇지도 않았다. 루신다, 케이티, 세스도 가까웠다. 하지만 아내와 아이들에게도 평정을 잃은 적이 아주 많았다. 이혼 결정과 겁먹은 눈빛, 눈물에 대한 기억이 그 증거였다.

어쩌면 루스에게 화가 안 나는 것은 그녀가 나를 화나게 하는 일을 안 해서일까.

아니, 이것 역시 사실이 아니다. 메츠거는 상대가 자신을 거스르는 상상을 하거나 그럴 수도 있겠다는 생각만 들어도 격분이 치미는 사람이었다. 머릿속에 아직도 말들이 맴돌고 있었다. 일요일 밤 케이티의 축구 시합이 끝나고 사무실로 돌아오던 길에 경찰이 만약 차를 세우면 해주려고 준비했던 연설이.

빌어먹을 블루칼라 공무원 같으니…. 이건 연방 공무원 신분증이다. 넌 국가 안보를 지키는 업무를 방해하고 있어. 잘릴 줄 알아.

루스는 방금 책상 위에 올려놓은 듯한 파일을 향해 고갯짓을 했다.

"워싱턴에서 온 문서예요. 혼자만 보시라고."

당연히 모레노에 대한, 어쩌다 실패했는지에 대한 질문일 것이다. 빌어먹을, 그 재수 없는 자식들은 정말 빨라. 상어 같은 관료들. 차갑고 으슥한 워싱턴 사무실에 들어앉아 머릿속으로 생각하고 이래라저래라 훈계만 하면 일이 얼마나 수월할까.

마법사와 그 일당들은 일선에 서서 싸우는 게 뭔지 모른다.

호흡.

분노가 천천히, 천천히 가셨다.

"고마워."

그는 붉은 줄 하나로 묶은 서류를 집어 들었다. 매사추세츠 캠프장으로 가는 비행기에 세스를 태울 때 준비했던 보호자 미동승 미성년자 서류를 넣은 봉투와 비슷했다. "집이 그립지는 않을 거야." 메츠거는 불안한 눈으로 주위를 둘러보는 열 살 난 아들에게 말했다. 하지만 알고 보니 그의 걱정과 반대로, 아이가 그렇게 침울해 보였던 것은 아버지와 함께 있었기 때문이었다. 아버지에게서 풀려나 승무원의 손에 들어가자마자 아이는 생기가 나고 행복해 보였다.

부모라는 시한폭탄에서 떨어질 수 있다면 뭐든지 좋다.

메츠거는 봉투를 찢고 가슴주머니에서 안경을 꺼냈다.

그는 웃었다. 오해였다. 그냥 앞으로 진행할 STO 업무에 대한 정보 분석 자료였다. 이 역시 스모크의 짓이다. 넘겨짚게 만든다.

그는 페이지를 훑어보고, 모레노 다음 우선순위인 알바라니 라시드 임무에 대한 정보에 만족했다.

라시드는 꼭 잡아야 한다. 꼭 잡고 싶었다.

그는 보고서를 내려놓고 루스를 바라보았다.

"오늘 오후 약속 있지?"

"네."

"잘될 거야."

"네, 잘될 거예요."

루스는 가족사진들로 장식한 자기 책상에 앉았다. 십대 딸 둘과 두 번째 남편이었다. 첫 남편은 1차 걸프전 때 전사했다. 지금 남편도 군인 출신으로, 부상을 입고 몇 달 동안 칙칙한 재향군인병원에 입원해 있던 사람이었다.

조국을 위해 희생하는 이들을 알아주는 사람이 왜 이렇게 없는지….

마법사도 루스와 이야기해봐야 한다. 루스가 미국을 위해 무엇을 바쳤는지 알아야 한다. 첫 남편의 목숨과 두 번째 남편의 건강.

메츠거는 자리에 앉아 정보를 읽었지만 집중할 수가 없었다. 모레노 건이 머릿속에서 부글거렸다.

전화 몇 통 했어. 돈 브런스도 물론 상황을 알고 있고. 다른 몇몇 사람들도. 상황에… 대처하는 중이야….

물론 불법적인 활동이지만, 잘 진행되고 있었다. 스모크가 조금 흩어졌다. 그는 루스에게 스펜서 보스턴을 불러달라고 지시했다. 이어 수사 방해를 위한 조치에 대해 보고한, 암호화된 텍스트를 읽었다.

보스턴은 몇 분 뒤에 도착했다. 늘 그렇듯 슈트와 타이 차림이었다. 마치 정보계에 드레스 코드가 있던 구시대 사람 같은 모습. 그는 본능적으로 문을 꼭 닫았다. 묵직한 참나무 문이 쿵하고 닫히기 전에 루시의 시선이 잠시 사무실 안을 살피는 게 메츠거의 눈에 띄었다.

"어떻게 됐나?"

메츠거가 물었다.

스펜서 보스턴은 자리에 앉아 바지에서 보푸라기를 떼어냈다. 알고 보니 천의 실오라기였다. 그는 바지가 망가지기 전에 손을 뗐다. 잠을 별로 못 잤는지, 육십대 남자는 초췌해 보였다. 나는 어떻게 보일까? 메츠거는 자기가 면도를 했는지 갑자기 궁금해서 턱을 쓰다듬었다. 면도는 했다.

메츠거의 악명에도 불구하고 보스턴은 좋지 않은 소식을 전할 때 망설이지 않았다. 중앙아메리카에 자산이 많으면 젊고 성질 더러운 관료한테도 기죽지 않는 자신감이 생긴다. 그는 평정하게 말했다.

"없어요, 슈리브. 아무것도. 암살 명령서 파일에 접근한 기록을 모두 확인했습니다. 외부로 나간 이메일과 FTP, 업로드 서버도 보안팀을 시켜 모조리 점검하게 했어요. 홈스테드의 보안팀도. 명단에 기록된 사람 외에는 전혀 다운로드 흔적이 없습니다. 누군가가 여기나 워싱턴, 플로리다의 사무실 책상에서 슬쩍 빼내 집 또는 일반 복사점에서 복사했거나 스캔했다는 이야기입니다."

NIOS와 연계 조직 내에서는 모든 문서에 대한 접근과 복사 내역이 자동으로 기록된다.

"복사점. 맙소사."

행정 담당관은 말을 이었다.

"사상 검증 자료도 훑어봤습니다. 아무도 STO 업무에 대해 문제를 느꼈던 흔적은 없어요. 어차피 대부분 우리가 무슨 일을 하는지 알고 들어오지 않습니까."

NIOS는 9.11 이후 '표적 해결'이라는 미묘한 정책과 납치, 뇌물, 기타 지저분한 수법을 사용하는 작전 활동을 수행하기 위한 목적으로 창설되었다. 소속 전문가 대부분은 군 경력이 있었고, NIOS에 들어오기 전 사람을 죽인 경험도 있었다. 이들 중 누구라도 신념이 바뀌어 조직을 무너뜨리려 한다는 것은 상상하기 힘들었다. 다른 직원들에 대해서도 보스턴의 말이 맞다. 대다수 지원자는 NIOS에 들어오기 전부터 조직이 무슨 일을 하는지 알고 있다.

물론 바로 그런 이유 때문에 잠입한 자가 있을 수도 있다. 첩자. 비열한 놈.

메츠거가 말했다.

"계속 감시해야겠어. 빌어먹을, 추가 유출이 있으면 안 되는데. 이미 너무 많이 알고 있어."

마법사 같다.

보스턴의 흰 눈썹에 주름이 졌다. 그가 속삭였다.

"혹시… 이것 때문에 조직이 쓰러지는 건 아니겠지요?"

전화 한 통 이후 아무런 연락도 없으니, 메츠거는 워싱턴에서 무슨 생각을 하는지 알 길이 없다는 사실을 뼈저리게 실감했다.

무슨 정보위원회 예산 문제가 불거져서 말이야. 갑자기. 이유를 모르겠어.

"슈리브, 그럴 수는 없어요. 우리는 이런 업무에 최적화한 조직입니다."

사실이다. 하지만 이런 업무의 비밀을 유지하는 데는 최적화하지 않은 게 분명하다.

메츠거는 이 말을 입 밖에 내지는 않았다.

보스턴이 물었다.

"수사에 대해서는 얼마나 알고 있습니까? 경찰 말입니다."

메츠거는 조심스럽게 말했다.

"별로. 아직 주변을 맴도는 중이야. 안전을 위해서."

그는 마법의 빨간 전화를 쳐다보았다. 전화기 안에는 산을 함유한 캡슐이 들어 있어 여차하면 몇 초 안에 드라이브를 녹여버릴 수 있다. 스크린에는 아무런 메시지도 뜨지 않았다.

그는 숨을 내쉬었다.

"아주 빠르게 진행되고 있지는 않은 것 같아. 수사관 이름을 확보했고, 어떤 사람인지 확인했어. 눈에 띄지 않으려고 일반 뉴욕시경이 아닌 외부 인력을 쓰고 있더군. 조용히 진행하려는 거지. 검사 낸스 로렐과 경찰 둘 그리고 몇몇 지원 인력뿐이야. 책임 경찰은 아멜리아 색스라는 형사, 다른 한 사람은 링컨 라임이라는 자문가. 오래전에 경찰에서 은퇴한 인물이야. 어퍼웨스트사이드의 그 자문가 집이 수사

거점이야. 경찰 본부가 아니라 개인 자택."

"라임. 잠깐, 들어본 적이 있습니다."

보스턴은 미간을 찌푸렸다.

"유명한 사람이에요. 무슨 프로그램을 봤습니다. 미국 최고의 법과학자예요."

메츠거도 물론 알고 있었다. 어제 정보 보고서에서 자신을 노리는 '다른' 수사관이 바로 링컨 라임이라는 것을 확인했다.

"알고 있어. 하지만 전신 마비 환자야."

"그게 무슨 상관입니까?"

"스펜서. 범죄 현장이 어디 있나?"

"아, 그렇지. 바하마죠."

"그 사람이 어쩔 거야? 모래사장을 뒹굴면서 탄피와 타이어 자국을 찾을 건가?"

26

카리브 해

"야, 이게 카리브 해군."

빨간 사과색 휠체어의 조이스틱에 손을 얹고, 라임은 나소의 린덴 핀들링 공항 문을 나섰다. 오랫동안 마셔본 그 어떤 공기보다 뜨겁고 습했다.

"숨을 못 쉬겠어. 하지만 마음에 들어."

"천천히 가세요, 링컨."

톰이 말했다.

하지만 라임은 귀를 기울이지 않았다. 크리스마스 선물을 받은 소년으로 돌아간 기분이었다. 그는 몇 년 만에 처음으로 외국에 나와 있었다. 여행 자체도 설렜지만, 그 여행길에서 얻을 수 있는 것들, 즉 모레노 사건에 대한 물리적 증거물을 생각하면 더욱 두근거렸다. 그가 직접 오기로 한 것은 스스로 인정하기 부끄러운 이유, 아멜리아 색스가 언제나 들먹이는 헛소리, 바로 직감 때문이었다. 100만 달러짜리 총알과 다른 증거물을 얻을 수 있는 유일한 방법은 마이클 포이티어 경사의 코앞까지 휠체어를 몰고 가서 내놓으라고 하는 것뿐이라는 예감이 들었던 것이다. 직접.

라임은 경사가 로버트 모레노의 죽음에 대해 상관들이 사건을 무마하려고 체스판의 말처럼 자신을 이용한다는 사실 때문에 진심으로 고민한다는 것을 알고 있었다.
 제가 있는 동안 제때, 완벽하게, 정직하게 완료하지 않은 감사나 면허는 단 한 건도 없었습니다….
 도와달라고 경사를 설득하는 건 어렵지 않을 것이다.
 그렇게 해서 톰은 항공사와 호텔에 전화를 걸어 대기 중에 흘러나오는 고약한 음악을 참으며 라임의 몸 상태 때문에 한층 까다롭기 그지없는 항공 여행과 모텔을 예약해야 했다.
 생각보다 그렇게 복잡하지는 않았다.
 물론 사지마비 환자가 여행을 하려면 해결해야 할 문제가 있었다. 좌석에 부착한 특별 휠체어, 특수 베개, 스톰 애로를 수화물로 운반하는 걱정, 비행 중 똥오줌을 처리하는 실질적인 문제 등.
 하지만 끝내놓고 보니 여행은 나쁘지 않았다. 교통안전청 입장에서 볼 때 어차피 모든 인간은 장애인이자 움직이지 않는 물건, 마음대로 구겨 넣을 수 있는 수화물이다. 라임은 독립적으로 움직이는 데 익숙한 다른 여행객들보다 오히려 훨씬 편안한 여행을 즐겼다.
 공항 1층 수화물 찾는 곳 밖으로 나온 라임은 자동차와 택시, 미니밴을 찾는 관광객과 주민으로 가득 찬 보도 가장자리로 휠체어를 몰고 갔다. 작은 화단에서 자라는 식물 중에는 라임이 한 번도 본 적 없는 종도 있었다. 조경 미학에는 관심이 없었지만, 식물 종은 현장감식에서 대단히 중요하다.
 바하마의 럼이 특별히 좋다는 소문도 들었다.
 톰이 서서 통화를 하고 있는 곳으로 돌아온 라임은 색스에게 전화를 걸어 메시지를 남겼다.
 '잘 도착했어. 나는….'
 등 뒤에서 날카로운 소리가 들리는 바람에 라임은 획 돌아보았다.
 "맙소사, 깜짝 놀랐어. 앵무새가 있군. 말을 해!"
 현지 관광청에서 설치한 새장이었다. 안내문에는 '아바코 바하마

앵무새'라고 적혀 있었다. 꼬리에 녹색 깃털이 난 시끄러운 회색 앵무새는 이렇게 말하고 있었다. "안녕하세요! 헬로! 홀라!" 라임은 색스를 위해 환영 인사를 녹음했다.

독한 냄새를 품은 습하고 소금기 머금은 공기가 스쳤다. 연기였다. 뭐가 타는 걸까? 아무도 놀라는 것 같지 않았다.

"짐을 찾았습니다."

등 뒤에서 목소리가 말했다.

뉴욕시경의 론 풀라스키—젊고, 금발에 날씬했다—경관이 카트에 짐 가방을 싣고 다가왔다. 여기 오래 있을 예정은 아니었지만, 라임의 상태가 이렇다 보니 준비할 물건이 많았다. 아주 많았다. 약, 카테터, 튜브, 소독약, 감염으로 이어질 수도 있는 욕창을 방지하는 공기베개.

"그게 뭐지?"

라임은 톰이 가방에서 작은 배낭을 꺼내 휠체어 등받이에 걸치는 것을 보고 물었다.

"휴대용 호흡기입니다."

풀라스키가 대답했다. 톰이 덧붙였다.

"배터리로 작동하는 겁니다. 산소 탱크 두 개. 두 시간 사용 가능합니다."

"그건 뭐 하러 가져왔어?"

톰은 당연하다는 듯 대꾸했다.

"고도 2130미터로 운항. 스트레스. 하나쯤 가지고 다녀도 나쁠 것 없는 이유가 수없이 많습니다."

"내가 스트레스를 받은 것 같아?"

라임은 퉁명스럽게 물었다. 스스로 숨을 쉬기 위해 오래전 벤틸레이터를 뗀 것이 사지마비 환자로서 그의 가장 자랑스러운 성취 중 하나였다. 그러나 톰은 그 성취를 잊은—혹은 무시하는—것 같았다.

"난 그거 필요 없어."

"필요 없기를 바라야죠. 하지만 나쁠 건 없잖습니까?"

대답할 말이 없었다. 라임은 풀라스키를 쳐다보았다.

"그건 그렇고 이건 호흡기가 아니야. 호흡은 산소와 이산화탄소의 교환이지. 환기(ventilation)는 기체를 허파에 집어넣는 거고. 따라서 이건 벤틸레이터(ventilator)야."

풀라스키는 한숨을 쉬었다.

"알겠습니다, 링컨."

신참은 이제야 겨우 링컨을 '선생님', 혹은 '경감님'이라고 부르는 짜증스러운 버릇을 버린 상태였다. 젊은 경관이 물었다.

"그게 중요합니까?"

"당연히 중요하지. 정확성이야말로 모든 일의 핵심이야. 밴은 어디 있지?"

톰의 임무 중에는 바하마에서 장애인 전용 차량을 섭외하는 일도 있었다. 그는 통화를 계속하며 라임을 돌아보고 얼굴을 찡그렸다.

"다시 대기 중입니다."

간호사는 마침내 누군가와 통화를 했고, 몇 분 뒤 밴 한 대가 리조트 미니밴 대기 장소 가까이에 정차했다. 흰색 포드는 낡고, 찌든 담배 냄새가 풍겼다. 창문에는 기름때가 끼어 있었다. 풀라스키가 짐을 뒤에 싣고, 톰은 서류에 서명한 뒤 차를 몰고 온 검은 피부의 마른 남자에게 건네주었다. 신용카드와 현금이 오갔고, 운전사는 걸어서 사라졌다. 훔쳐온 밴이 아닐까 하는 생각이 들었다. 하지만 다음 순간, 라임은 불공정한 선입견이라고 생각했다.

여기는 맨해튼이 아닌 다른 세계다. 열린 마음을 갖자.

톰이 운전을 했다. 그들은 나소로 향하는 2차선 주도로를 달렸다. 도로 상태는 좋았다. 공항에서 빠져나오는 교통은 혼잡했다. 주로 낡은 미국 차량이나 일본 수입차, 우그러진 트럭, 미니밴이었다. SUV는 거의 보이지 않았다. 기름 값이 비싸고 얼음이나 눈, 산이 없는 나라인지라 놀랄 일은 아니었다. 재미있게도 도로는 좌측통행인데—바하마는 한때 영국 식민지였다—대부분의 차는 미국식으로 왼쪽에 운전석이 있었다.

동쪽으로 향하는 길가에는 무슨 물건과 서비스를 거래하는지 간판을 달지 않은 작은 가게, 지저분한 공터, 자동차 뒤칸에서 과일과 채소를 파는 상인이 눈에 띄었다. 사람들은 물건을 파는 데 관심이 없는 것 같았다. 정문 뒤에 자리 잡은 넓은 저택도 지나쳤다. 주로 옛날 건물이었다. 사람이 살지 않는 것 같은 작은 집과 움막도 많았다. 허리케인 때문일 거라고 라임은 추측했다.

거의 모든 지역 주민들은 피부색이 검었다. 남자들은 티셔츠나 짧은 소매 셔츠 자락을 밖으로 내어 입었고, 청바지나 슬랙스 또는 반바지 차림이었다. 여자들도 비슷한 차림이었지만, 꽃무늬 드레스나 밝은 원색 옷을 입은 사람도 많았다.

"엇!"

톰이 급히 외치며 브레이크를 세게 밟았다. 겨우 염소를 피할 수 있었다. 자동차 안의 물건도 뒤집히지 않았다.

"저걸 봐요."

풀라스키가 휴대폰으로 염소 사진을 찍었다.

톰은 GPS 구세주를 착실히 따랐다. 나소 시내로 들어가기 전에 혼잡한 교통을 피하기 위해 주도로를 벗어났다. 그들은 낡은 성채의 석회암 벽을 지나쳤다. 5분 뒤 톰은 고약한 서스펜션을 덜컹거리며 수수하지만 잘 관리한 모텔 주차장에 차를 세웠다. 그러곤 풀라스키와 함께 직원에게 짐을 건넸다. 톰은 프런트로 가서 투숙 절차를 밟은 다음 휠체어가 드나들기 편한지 입구를 확인했다. 그리고 돌아와서 쓸 만하다고 알렸다.

"샬럿 요새의 일부군요."

풀라스키가 모텔에서 성채로 이어지는 길 옆 안내판을 읽었다.

"뭐?"

라임이 물었다.

"샬럿 요새. 이 성채를 건설한 뒤로 아무도 바하마를 공격한 적이 없답니다. 아니, 뉴프로비던스 섬을요. 우리가 있는 곳이 그 섬입니다."

"아."

라임은 무관심하게 대꾸했다.

"이걸 보세요."

풀라스키는 현관 옆 벽에 붙어 움직이지 않는 도마뱀을 가리켰다.

라임이 말했다.

"녹색 아놀도마뱀. 미국 카멜레온이야. 임신했어."

"뭐라고요?"

"임신했다고. 빤하잖아."

"임신을 했다고요?"

"기술적인 정의는 '알로 인해 팽창했다'야. 즉, 임신한 거지."

풀라스키는 웃었다.

"농담이시죠?"

라임은 퉁명스럽게 대꾸했다.

"농담? 임신한 도마뱀이 뭐가 우습다는 거야?"

"아뇨. 제 말은…. 어떻게 아셨습니까?"

"익숙하지 않은 지역에 왔으니까. 내 법과학 책 1장에 뭐가 있지, 신참?"

"현장감식을 할 때는 지리를 알아야 한다는 법칙."

"여기서 도움이 될 수도 있는 지질, 식물, 동물상에 대한 기본 지식이 필요했어. 샬럿 요새를 건설한 이후 아무도 침공하지 않았다는 사실은 나한테 아무 쓸모가 없기 때문에, 그건 공부하지 않았어. 도마뱀, 앵무새, 칼릭 맥주, 맹그로브 같은 것은 쓸모가 있을 수 있지. 그래서 비행 중에 읽었어. 자네는 뭘 읽었나?"

"음. 〈피플〉요."

라임은 코웃음을 쳤다.

도마뱀은 눈을 깜빡이고 고개를 돌렸지만, 몸은 꿈쩍도 하지 않았다. 라임은 셔츠 주머니에서 휴대폰을 꺼냈다. 예전의 오른팔과 손 수술은 상당히 성공적이었다. 장애가 없는 팔에 비해 움직임은 약간 어색했지만, 옆에서 언뜻 보는 사람이 자연스럽지 않다는 것을 눈치채지 못할 정도로 부드러웠다. 휴대폰은 아이폰이었다. 라임은 스크린을 쓸어서 프로그램을 불러내는 기술을 몇 시간 동안 연습했다. 몸 상태 덕분에 음성 인식 장치는 질리도록 썼기 때문에 시리(Siri: 애플의 음성 인식 서비스-옮긴이)는 그만두었다. 요즘은 원 터치로 전화를 거는 기능을 사용하고 있었다. 억양이 심한 여자 목소리가 흘러나왔다.

"경찰입니다. 긴급 상황이십니까?"

"아니, 긴급 상황은 아닙니다. 포이티어 경사와 통화하고 싶은데요."

"잠깐만 기다리세요."

고맙게도 대기 시간은 짧았다.

"포이티어입니다."

"경사?"

"그렇습니다. 누구십니까?"

"링컨 라임입니다."

한동안 침묵이 흘렀다.

"네."

짧은 단어에는 불편함과 불안감이 잔뜩 실려 있었다. 그에게는 카지노가 사무실보다 훨씬 더 대화하기 안전한 장소였다.

라임은 말을 이었다.

"제 신용카드라도 드리고 싶었습니다. 이쪽에서 전화를 다시 걸든지."

"저는 더 이상 이야기할 수 없습니다. 그리고 지금은 바쁩니다."

"실종된 학생?"

"네."

강한 억양의 바리톤.

"단서는 있습니까?"

잠시 침묵.

"아직은. 스물네 시간이 넘었습니다. 학교에서도, 파트타임 직장에서도 소식이 없어요. 벨기에서 온 남자를 사귀었다는 게 가장 최신 정보입니다. 남자는 아주 심란한 것 같지만….”

그는 말끝을 흐렸다. 그러다 덧붙였다.

"그 사건에 대해서는 도와드릴 수가 없습니다."

"경사, 만나고 싶습니다."

아주 긴 침묵이 다시 흘렀다.

"저를?"

"네."

"음, 어떻게요?"

"저는 나소에 있습니다. 경찰 본부 말고 다른 곳에서 만나죠. 원하는 곳이라면 어디든 좋습니다."

"하지만… 어… 여기 계신다고요?"

"사무실에서 떨어진 곳이 좋겠지요?"

"아뇨. 안 됩니다. 만날 수는 없어요."

"정말 이야기를 해야 합니다."

"아뇨. 저는 이만 끊어야 합니다, 경감님."

목소리에 필사적인 기색이 스쳤다.

라임은 사무적으로 말했다.

"그럼 우리가 당신 사무실로 가겠습니다."

"정말 여기 계신다고요?"

"맞습니다. 이번 사건은 중요합니다. 우리는 아주 진지하게 생각하고 있어요."

로열바하마 경찰이 진지하지 않다는 것을 상기시키는 노골적인 표현이라는 것은 알고 있었다. 그러나 라임은 강하게 나가면 포이티어가 도움을 줄 거라고 확신했다.

"말씀드렸다시피 저는 아주 바쁩니다."

"만나시겠습니까?"

"안 됩니다."

딸깍 소리와 함께 경사는 전화를 끊었다.

라임은 도마뱀을 흘끗 보고 톰을 향해 웃었다.

"아름다운 바다로 둘러싸인 카리브 해에 왔으니 파도를 좀 일으켜 보자고."

27

이메일

묘했다. 그저 묘했다.

검은색 청바지, 군청색 실크 탱크톱, 부츠 차림의 아멜리아 색스는 실험실로 들어서며 이번 사건이 얼마나 유별난 것인지 새삼 실감했다.

살인 사건 수사가 일주일째 접어들면, 어떤 경우라도 연구실은 엉망진창이 되게 마련이다. 멜 쿠퍼·풀라스키·라임과 색스가 증거물을 분석하고, 화이트보드에 사실과 결론과 추측을 적고 지웠다가 쓰기를 거듭한다.

이번 사건 역시 다급한 분위기는 여느 때 못지않았지만—눈앞에 붙은 암살 명령서는 라시드와 수십 명의 다른 사람들이 곧 죽을 거라는 사실을 상기시키고 있었다—방은 묘지처럼 고요했다.

묘지. 재수 없는 표현이군.

하지만 정확했다. 낸스 로렐은 아직 도착하지 않았고, 라임은 사고 이후 첫 해외 여행 중이었다. 색스는 미소를 지었다. 현장 수색을 위해 그 정도 수고를 무릅쓰는 법과학자는 많지 않을 것이다. 여러 가지 이유로 색스는 라임이 그런 결정을 내린 게 반가웠다.

그러나 라임이 여기 없으니 혼란스러웠다.

묘해….

이런 기분이, 서늘한 공허함이 싫었다.
이번 건은 예감이 안 좋아요, 라임….

색스는 수술 도구와 공구 선반이 놓인 기다란 증거물 관찰대 앞을 지났다. 많은 물건이 확보하지도 못한 증거 분석용으로 무균 포장지에 싸여 있었다.

색스는 임시로 만든 개인 작업대에 앉아 일을 시작했다. 로버트 모레노의 엘리트 리무진 단골 운전사 블라디미르 니콜로프에게 전화를 걸었다. 접대부일 수도 있고, 테러리스트일 수도 있는 수수께끼 같은 리디아에 대해 그 사람이 뭔가 알지도 모른다. 그러나 회사에 따르면, 운전사는 급한 가족 용무로 뉴욕을 떠났다. 색스는 엘리트 회사와 니콜로프의 개인 음성사서함에 메시지를 남겼다.

연락이 안 오면 나중에 다시 전화해볼 생각이었다.

색스는 모레노와 리디아가 5월 1일 파라다의 리무진에서 내린 곳 인근에 사는 테러리스트 용의자와 범죄에 연루된 사람들을 주 및 연방 사법 기관 통합 데이터베이스에서 검색해보았다. 인근 몇몇 건물에 수색영장이 발부되어 있었다. 하지만 그 지역을 생각해보면 놀랄 것도 없이 주로 내부자 거래와 은행 및 브로커 투자 사기 관련 용의자였다. 모두 오래된 사건이었고, 로버트 모레노와의 관련성은 찾을 수 없었다.

그러다 마침내 돌파구가 나타났다.

전화가 울렸다. 색스는 발신자 번호를 확인하고 얼른 받았다.

"로드니?"

내부 고발자를 추적하고 있는 사이버 범죄 전문가였다.

충카, 충카, 충카, 충카….

배경에 록이 흐르고 있었다. 늘 음악을 듣나? 재즈나 쇼 음악이면 안 되나?

볼륨이 줄어들었다. 약간.

자넥이 말했다.

"아멜리아, 명심하세요. 슈퍼컴퓨터는 우리의 친구예요."

"명심하죠. 뭘 알아냈어요?"

색스의 시선이 텅 빈 현관에 머물렀다. 아침 햇빛을 받은 먼지가 둥둥 떠다녔다. 그 모습이 마치 뜨거운 공기를 채운 열기구를 몇 킬로미터 떨어져서 보는 것 같았다. 라임이 없다는 게 뼈저리게 허전했다.

"이메일을 보낸 위치를 찾았어요. 노드(node)니 네트워크니 하는 소리는 지루할 테니 접어두고 요점만 말하면, 내부 고발자가 이메일과 첨부 파일을 보낸 곳은 모트 스트리트와 헤스터 스트리트 근처의 자바 헛이에요. 생각해보세요. 리틀 이탈리아 한복판의 포틀랜드 주 오리건 커피 체인점. 대부는 뭐라고 할까요?"

색스는 보드에 붙여놓은 내부 고발자의 메시지 맨 위쪽을 흘끗 보았다.

"이메일 날짜는 정확해요? 위조했을 가능성은 없어요?"

"아뇨. 보낸 시각은 맞아요. 이메일에 날짜를 멋대로 적을 수는 있지만, 라우터는 거짓말을 안 하죠."

그렇다면 내부 고발자는 5월 11일 오후 1시 2분 커피숍에 있었다.

사이버범죄과 형사가 말을 이었다.

"내가 확인했어요. 거기서는 개인 인증 없이 와이파이에 접속할 수 있어요. 세 페이지짜리 약관에 동의만 하면 돼요. 아무도 그런 거 안 읽고 그냥 동의하죠."

색스는 감사 인사를 하고 전화를 끊었다. 그리고 커피숍에 전화를 걸어 5월 11일 와이파이로 중요한 서류를 보낸 사람을 찾으려 한다, 가서 이야기를 나눌 수 있겠느냐고 매니저에게 물었다. 그리고 덧붙였다.

"보안 카메라가 있나요?"

"네, 있습니다. 자바 프랜차이즈에는 다 있어요. 강도가 들 때를 대비해서요."

색스는 별다른 기대 없이 물었다.

"얼마나 자주 회전하나요?"

보통 몇 시간마다 예전 영상에 새 영상을 겹쳐 녹화한다.

"아, 5테라바이트 드라이브입니다. 3주 분량이 들어 있어요. 화질은 별로고 흑백입니다. 그래도 필요할 때 얼굴은 알아볼 수 있습니다."

한줄기 흥분이 솟았다.

"30분 뒤에 가죠."

색스는 짙은 색 청재킷을 입고 머리를 고무 밴드로 묶었다. 캐비닛에서 글록 총집을 꺼내 평소 습관대로 확인한 다음 청바지 벨트에 찼다. 탄창 두 개가 든 총집은 왼쪽 엉덩이 위에 걸쳤다. 커다란 가방을 어깨에 메는데, 휴대폰이 울렸다. 라임이 아닐까 하는 생각이 들었다. 바하마에 안전하게 도착했다는 것은 알고 있지만, 혹시 여행길에 무리는 하지 않았는지 걱정스러웠다.

하지만 전화를 건 사람은 론 셀리토였다.

"안녕."

"아멜리아, 특수부 탐문팀이 모레노와 운전사가 리디아를 태운 건물 절반을 돌았어. 리디아는 많은데—누가 이렇게 많을 줄 알았나—아무도 그 리디아는 아니야. 도대체 애 이름을 티아라나 에스탄자로 지으면 안 되나? 그러면 정말 추적하기가 쉬울 텐데."

색스는 커피숍에 대해 말하고, 지금 그리로 출발한다고 알렸다.

"좋아. 보안 카메라라…. 좋아. 이봐, 링컨은 정말 카리브 해에 간 건가?"

"네. 안전하게 도착했어요. 어떤 대접을 받을지 모르겠네요. 주제넘게 간섭하는 모양새인데."

"링컨이 잘 처리할 거야."

침묵이 흘렀다.

뭔가 있었다. 론 셀리토는 뭔가 마음에 걸리는 게 있으면 늘 이렇게 티를 낸다.

"뭐예요?"

"좋아. 자네는 못 들은 걸로 해."

"말씀하세요."

"빌이 내 사무실에 왔어."

"빌 마이어스, 그 경감?"

한데 분자 순위의 선수로 강등된 건 어떤 기분일까?

"그래."

"그래서요?"

"자네에 대해 물었어. 자네가 괜찮은지 궁금해하더군. 신체적으로."

젠장.

"다리를 절어서요?"

"아마. 모르겠어. 어쨌든 그렇게 물었어. 이봐, 나 같은 늙은이는 날이 궂으면 얼마든지 절뚝거리며 다녀도 돼. 하지만 자네는 젊잖아, 아멜리아. 말랐어. 자네 보고서랑 불만 내역을 확인했다고 하더군. 작전에 자주 자원하고, 최전방에서 돌파한 기록도 본 모양이야. 자네가 현장에서 무슨 문제가 있었는지, 체포나 구출 작전 때 자네한테 불편함을 느낀 사람은 없었는지 물었어. 난 절대 없다고 했어. 자넨 최고라고."

색스는 속삭였다.

"고마워요, 론. 그가 신체검사 지시를 내릴까요?"

"그 이야기는 나오지 않았어. 하지만 아니라고 단정할 수는 없지."

뉴욕시경 경찰이 되려면 지원자는 신체검사를 받아야 한다. 하지만 일단 경찰이 되고 나면—소방관이나 응급 의료진과 달리—상급자가 특별한 경우 따로 지시하거나 진급 승점을 따기 위해서가 아니라면 다시 받을 필요가 없다. 오래전 첫 신체검사를 받은 것을 제외하면, 색스도 뉴욕시경 내에서 검사를 받은 적이 없었다. 관절염에 대한 유일한 기록은 개인 정형외과 의사만 가지고 있었다. 마이어스가 그 파일을 확인할 수는 없겠지만, 신체검사 지시를 내린다면 몸 상태가 확연히 드러날 것이다.

그건 재앙이다.

"고마워요, 론."

전화를 끊은 색스는 잠시 꼼짝도 않고 그대로 서 있었다. 도대체 왜 이번 사건은 범인을 잡는 걱정이 고작 수사의 일부분처럼 느껴지는 걸까? 이번 사건은 아군을 경계하는 게 범인을 잡는 것 못지않게 중요한 것 같았다.

색스는 무기를 한 번 더 확인한 다음, 절뚝거리고 싶은 압도적인 충동을 단호하게 거부하며 문을 향해 걷기 시작했다.

28

도청

 제이컵 스완은 아멜리아 색스가 3G 휴대폰을 가지고 있다는 사실을 알아냈다.
 좋은 소식이었다. GPRS—일반 패킷 무선 서비스, 혹은 2G—전화보다 암호를 뚫고 도청하는 게 힘들기는 하지만 어쨌든 3G는 구식 A5/1 음성 암호화 기술을 쓰기 때문에 가능하기는 하다.
 물론 조직의 기술팀에게 도청 권한이 있는 건 아니다.
 한데 누군가가 실수한 게 틀림없었다. 기술서비스지원팀 팀장한테 무심코—당연히 이론적인 차원에서—그 이야기를 흘린 지 10분 만에 스완은 전파를 타고 흘러나오는 색스의 나직하고 섹시한 목소리를 들을 수 있었다.
 이미 흥미로운 사실을 많이 알아냈다. 모레노 사건에 대한 구체적인 사실. 좀 더 일반적이지만 그래도 유용한 사실. 예를 들면 아멜리아 색스 형사에게 어떤 신체적인 문제가 있다는 사실. 그는 언젠가 써먹기 위해 이 사실도 머릿속에 저장해두었다.
 신경 쓰이는 정보도 있었다. 다른 수사관, 링컨 라임이 바하마에 있다는 사실이었다. 이건 잠재적으로 진짜 문제가 될 수 있다. 그 소식을 듣자마자 스완은 즉시 현지 연락책—부두에서 샌즈와 칼릭을 마시는 사람들—과 통화해 조치를 취했다.

그러나 지금은 거기에 집중할 수 없었다. 다른 업무 중이었다. 그는 불쾌한 냄새가 풍기는 골목에 쭈그리고 앉아 스타벅스를 모방한 어느 커피숍 뒷문 자물쇠를 따고 있었다. 자바 헛. 그는 얇은 라텍스 장갑을 끼고 있었다. 살색이라 언뜻 보면 맨손 같았다.

아침은 따뜻했고, 장갑과 몸을 가린 윈드브레이커 차림이라 한층 더웠다. 땀이 흐르고 있었다. 바하마의 아넷만큼은 아니겠지만. 그래도….

빌어먹을 악취. 뉴욕의 골목. 누가 가끔 표백제라도 뿌리면 안 되나?

마침내 자물쇠가 열렸다. 스완은 문을 살그머니 열고 안을 들여다보았다. 빈 사무실. 마른 라틴계 한 사람이 접시를 닦고 있는 주방. 그리고 그 너머로 식당이 보였다. 손님이 많지 않았다. 관광 구역이라—그나마 아직까지 명맥을 유지하고 있는 리틀 이탈리아였다—주로 주말에 손님이 많을 것이다.

스완은 안으로 슬쩍 들어가 문을 가만히 닫았다. 그리고 사무실로 들어간 다음 재킷을 벗고 품 속의 칼을 확인했다.

아, 컴퓨터 모니터가 있었다. 화면에는 식당에 있는 보안 카메라의 영상이 떠 있었다. 카메라가 천천히 앞뒤로 주변을 살피며 최면 같은 흑백 영상을 내보냈다. STO 암살 명령서가 검찰에 도착한 5월 11일자를 돌려보면, 내부 고발자의 얼굴을 확인할 수 있을 것이다.

그때 모니터 옆 스위치가 눈에 띄었다. 1-2-3-4.

그는 마지막 스위치를 눌렀다. 화면이 4분할로 나뉘었다.

아, 젠장. 가게에는 카메라가 네 대 있었다. 그중 한 대는 기계 앞에 웅크리고 있는 스완 자신을 녹화했다. 등만 보였지만 그래도 자신이 찍힌다는 것 자체가 무척 신경 쓰였다.

얼른 컴퓨터를 확인했지만, 원래 계획대로 분해해서 하드 드라이브를 떼어내는 것은 불가능했다. 커다란 컴퓨터는 쇠줄과 볼트로 바닥에 고정되어 있었다.

누가 윈도 XP나 돌리는 5년 된 고물을 훔칠 거라고. 빵 반죽기와 신선한 파스타 메이커가 달린 600달러짜리 키친에이드를 쓰는 스완에게 이 기계는 플라스틱 시어스 핸드 믹서 같았다.

그때 스완은 얼어붙었다. 목소리가 들렸다. 들뜬 젊은 여자 목소리와 라틴계 남자 목소리. 그는 카이 슾 쪽으로 손을 뻗었다.

목소리는 잦아들고, 복도는 조용해졌다. 그는 다시 임무로 돌아갔다. 볼트와 쇠줄을 확인했다. 꿈쩍도 하지 않았다. 지금은 분해할 공구도 없었다. 물론 그의 탓은 아니다. 기본적인 공구 세트는 가지고 있었지만, 이걸 떼려면 전기톱이 필요했다.

한숨. 차선책은 경찰도 드라이브를 가져가지 못하게 하는 것이다. 최선책이 아니라는 게 아쉬웠지만, 선택의 여지가 없었다.

식당 앞쪽에서 다시 목소리가 들렸다. 여자 목소리.

"제리라는 사람을 찾는데요."

설마? 맞다. 귀에 익은 목소리였다.

구식 A5/1 음성 암호화 기술….

"제가 제리입니다. 전화 주셨던 형사님인가요?"

"네. 아멜리아 색스입니다."

예상보다 일찍 도착했다.

카메라에 지금 하는 일이 찍히지 않도록 웅크린 채 스완은 배낭으로 손을 뻗어 즉석 폭발물을 꺼냈다. 대인 살상용 폭탄으로, 컴퓨터를 파괴할 뿐 아니라 날카로운 파편 수백 개를 커피숍 안쪽 절반에 뿌릴 수 있는 모델이었다. 그는 잠시 고민했다. 타이머를 1분으로 맞출 수도 있다. 하지만 스완은 기폭 장치를 좀 더 긴 시간으로 맞추는 게 최선이라는 결론을 내렸다. 색스 형사가 사무실에 들어와 테이프를 돌리기 시작할 때까지 기다렸다가 폭파되도록.

스완은 장탄 버튼을 누르고 이어 폭파 버튼을 누른 뒤 상자를 컴퓨터 뒤에 밀어 넣었다. 그런 다음 천천히 일어나 카메라에 얼굴이 비치지 않도록 조심스럽게 뒷걸음질 쳐서 사무실을 빠져나갔다.

보안 카메라

자바 헛의 공기는 10여 가지 향으로 가득 차 있었다—바닐라, 초콜릿, 계피, 베리, 캐모마일, 육두구… 심지어 커피 향까지.

매니저 제리는 키가 껑충한 젊은 남자였다. 전국 규모의 프랜차이즈 커피숍 매니저로는 지나칠 정도로 팔에 문신이 많았다. 아무리 포틀랜드에 본점이 있는 프랜차이즈라도. 그는 힘차게 악수를 하며 색스의 엉덩이 쪽을 흘끗 보았다. 남자들은 종종 그랬다. 몸을 훑어보는 게 아니라 총을 슬쩍 구경하고 싶은 것이다.

10여 명의 손님들은 타이프를 치거나 전자 장비를 보느라 모두 바빴다. 몇몇 사람은 신문을 읽고 있었다. 나이 지긋한 여자 한 명만 조용히 앉아 창밖을 내다보며 커피 한 잔을 즐겼다.

제리가 물었다.

"뭘 좀 드릴까요? 공짜로 드리죠."

색스는 거절했다. 이번 사건의 돌파구가 보이는 유일한 단서를 빨리 확인하고 싶었다.

"보안 카메라만 확인하고 싶어요."

"그러죠."

매니저는 색스의 권총을 다시 흘끗 보았다. 재킷 단추를 잠그고 온

게 다행이었다. 최근 총을 사용해본 적이 있느냐고 묻고 싶은 게 뻔하다. 구경(口徑) 이야기도 나올 테고.

남자들이란…. 섹스 아니면 총.

"음, 저기 카메라 한 대가 있습니다."

매니저는 계산대 위를 가리켰다.

"가게 안에 들어오는 사람은 모두 한 번씩 상당히 가까운 위치에서 찍힙니다. 그 사람이 뭘 업로드했다고요? 내부자 정보 같은 건가요?"

"그런 거예요, 네."

"은행가들이란. 정말 지긋지긋하지 않습니까? 저기도 두 대 더 있습니다."

매니저가 손으로 가리켰다.

한 대는 측면 벽에 붙어서 정원 스프링클러처럼 천천히 앞뒤를 살피고 있었다. 식탁은 카메라와 직각으로 배치했다. 고객들의 얼굴을 정면으로 볼 수는 없어도, 옆모습은 뚜렷이 볼 수 있다는 뜻이다.

잘됐다.

나머지 카메라는 현관 왼쪽 움푹 들어간 구석에 있었다. 구석에는 탁자가 네 개밖에 없었다. 역시 손님들의 옆모습을 잘 잡을 수 있고, 메인 홀의 카메라보다 탁자 가까운 위치에 설치되어 있었다.

"비디오를 보죠."

"사무실에 있습니다. 먼저 가시죠."

매니저가 알록달록한 색깔로 중국어 한자 수백 개를 새긴 팔을 뻗었다.

저런 아픔을 감당할 정도라면 도대체 무슨 뜻이기에? 색스는 생각했다. 손자 손녀들에게 어떻게 설명할지도 궁금했다.

30

폭발

 젠장, 더운 오후의 골목이라니.

 역겹다.

 어떻게 보면 뉴욕의 골목은 나름의 매력을 지니고 있다. 박물관이 그렇듯 고스란히 현재로 옮겨온 역사랄까. 아파트와—이곳 리틀 이탈리아의—가게 정면은 세대가 바뀔 때마다 변하지만, 골목은 1세기 전과 다를 게 없다. 빛바랜 금속 장식과 배달 안내 및 경고문이 적힌 나무 간판. '수레바퀴에 굄목을 대시오!' 벽. 벽돌과 돌은 칠을 하지 않고, 물로 씻어내지도 않았다. 지저분했다. 임시변통으로 수리해서 아귀가 맞지 않는 문, 화물용 입구, 어디에도 이어져 있지 않은 파이프, 감히 건드리고 싶지도 않은 전선.

 게다가 악취까지 풍긴다.

 이렇게 더운 날이면, 주방 일꾼은 옆 식당 두어 곳과 같이 쓰는 덤프스터에 쓰레기 넣는 일이 싫게 마련이다. 바로 옆 스시 가게에서 간밤에 쓰레기를 버리기 때문이다. 이런 오후의 공기에 무슨 냄새가 풍길지는 뻔했다.

 생선.

 그래도 골목에서 한 가지 마음에 드는 점은 있었다. 바로 자바 헛

위쪽 건물이었다. 유명한 사람이 살던 집 같았다. 웨이터 산체스는 미국 작가의 집이었다고 했다. 마크 트윈이던가. 주방 일꾼은 영어를 그럭저럭 읽었다. 산체스에게는 트윈이라는 작가의 책을 읽겠다고 했지만, 정작 찾아보지는 않았다.

그는 숨을 참은 채 쓰레기를 덤프스터에 떨어뜨리고 델리를 향해 돌아섰다. 자바 헛 근처 골목에 차 한 대가 서 있었다. 붉은색 포드 토리노 코브라였다.

멋지다.

하지만 견인되겠지.

일꾼은 아직 숨을 참고 있었다. 그는 숨을 내쉰 뒤 코에 주름을 잡으며 들이쉬었다. 냄새가 코를 찔렀다.

오래된 생선, 뜨끈한 생선.

구역질이 날 것 같았다. 하지만 차를 확인하러 다가갔다. 그는 자동차를 좋아했다. 매형이 아주 멋진 신형 BMW M3를 훔쳤다가 체포되기도 했다. 혼다 어코드는 누구나 훔칠 수 있다. 하지만 M3는 배짱 있는 사람만이 훔칠 수 있다. 물론 지능이 필요한 일은 아니다. 라몬은 정확히 두 시간 20분 만에 체포됐다. 하지만 배짱은 인정해주어야 한다.

어, 저게 뭐지! 대시보드에 뉴욕시경 명찰이 놓여 있었다. 무슨 경찰이 이런 차를 몰아? 혹시….

순간 자바 헛 뒷문에서 화염과 연기가 솟구쳤고, 일꾼의 몸은 뒤로 날아갔다. 헤어 살롱 밖에 쌓인 마분지 상자 더미 위로 굴러 떨어진 그는 멍한 기분으로 기름때 묻은 축축한 길바닥에 누워 있었다.

맙소사….

커피숍에서 연기와 불길이 흘러나오고 있었다.

일꾼은 휴대폰을 꺼내며 애써 눈물을 참았다.

눈을 가늘게 뜨고 키패드를 알아보려고 애썼다. 하지만 다음 순간, 익명으로라도 자신이 신고한다면 무슨 일이 벌어질지 깨달았다.

성함과 주소, 전화번호가 어떻게 되십니까? 운전면허증이나 여권 가지고 계신가요? 출생증명서는? 그린카드는? 휴대폰 번호가 여기 떴는데….

그는 전화를 집어넣었다.

상관없다. 다른 사람들이 지금쯤 신고했을 것이다. 게다가 폭발이 워낙 강했다. 안에 살아남은 사람은 없을 것이다. 마크 트웨인의 타운하우스는 몇 분 안에 연기를 피우는 돌무더기로 변할 것이다.

31

뜻밖의 방문

밴은 베이 스트리트를 따라가다 다운타운 나소를 통과했다. 연한 분홍색과 노란색, 녹색으로 칠한 목재 가게와 주거용 건물. 라임이 어린 시절 크리스마스 때 받았던 민트 캔디를 떠올리게 하는 색깔들.

도시는 대체로 평평했다. 스카이라인을 지배하는 것은 부두에 정박해 있거나 왼쪽을 향해 물을 가르는 여객선이었다. 라임은 한 번도 여객선을 가까이에서 본 적이 없었다. 거대한 배는 수십 미터 높이로 솟아 있었다. 도심은 공항 인근 지역보다 훨씬 깨끗하고 질서가 있었다. 뉴욕과 달리 온통 나무 천지였다. 꽃이 흐드러지게 피었다. 나무뿌리가 보도와 도로의 콘크리트를 밀어내고 있었다. 이 지역은 진지한 비즈니스—변호사와 회계사, 보험 에이전트—와 크루즈 여객선을 타고 온 관광객들에게서 돈을 짜낼 수 있는 온갖 물건을 다 파는 가게가 섞여 있었다.

해적 용품이 그중 인기가 있었다. 보도의 아이들 절반은 플라스틱 장검을 들고, 두개골과 뼈가 그려진 검은색 모자를 쓰고 있었다.

밴은 정부 청사 앞을 지나쳤다. 의회 광장이었다. 의회 앞에는 빅토리아 여왕이 왕좌에 앉아 홀을 든 채 좀 더 중요한 혹은 좀 더 골치 아픈 식민지를 고민하는 분위기로 먼 곳을 바라보는 조각이 있었다.

그들이 탄 장애인 전용 밴은 도시에 잘 어울렸다. 전동식 경사로가 없는 것만 빼면 비슷한 차량과 미니버스도 많았다. 아까처럼 교통은 느릿느릿하고 짜증스러웠다. 라임은 게으른 운전 탓이 아니라는 결론을 내렸다. 도로는 너무 적고, 차는 너무 많았다.

스쿠터도 많았다. 온통 스쿠터였다.

"이게 최선의 경로야?"

라임이 투덜거렸다. 톰은 오른쪽으로 꺾어 이스트 스트리트로 접어들며 대답했다.

"네."

"생각보다 더 오래 걸리는군."

톰은 대답하지 않았다. 남쪽으로 갈수록 동네는 지저분해졌다. 허리케인의 흔적이 늘어났고 움막과 염소, 닭이 많이 보였다.

간판 하나가 차창 밖으로 스쳤다.

물건을 보호하자!
항상 콘돔을 쓰자.

라임은 마이클 포이티어가 정확히 어디 있는지 경사 본인에게 묻지 않고 따로 확인하기 위해 전화를 여러 통 걸어야 했다. 나소에는 중앙형사과와 경찰 본부가 따로 떨어져 있었다. 포이티어는 중앙형사과에서 일한다고 암시했지만, 안내원 말로는 소속은 맞지만 다른 곳에서 근무한다고 했다. 사무실이 어디인지는 정확히 몰랐다.

마침내 그는 경찰 대표번호로 문의해서 포이티어가 이스트 스트리트의 로열바하마 경찰 본부에 있다는 것을 알아냈다.

라임은 밴의 지저분한 창문을 통해 경찰 본부 건물을 훑어보았다. 어울리지 않는 건물들이 한데 모여 있었는데, 주 건물은 연한 색의 현대적인 십자 모양이었다. 부속 건물은 경내에 이리저리 흩어져 있었다. 하나는 구치소 같았다. (근처 좁은 길의 이름이 프리즌 레인이었다.) 경내에는 잔디가 있고—잘 깎인 곳도 있고, 웃자란 곳도 있었다—주차장에는 돌멩이와 모래가 흩어져 있었다.

실용적인 사법 기관.

그들은 밴에서 내렸다. 다시 독한 연기 냄새가 풍겼다. 아, 그렇군. 근처 가정집 뒷마당을 흘끗 보고, 라임은 냄새의 출처를 깨달았다. 쓰레기 태우는 냄새였다. 시내 전역에서 태우는 것 같았다.

"링컨, 우리도 저게 필요해요."

풀라스키가 주 건물 정면을 가리켰다. 라임은 쏘아붙였다.

"뭐? 건물, 무선 안테나, 문고리, 구치소?"

"문장 말입니다."

로열바하마 경찰 건물에는 섬의 시민들에게 용기와 진실, 충성을 약속하는 인상적인 로고가 붙어 있었다. 작은 그림 안에 저 셋을 모두 집어넣을 수 있는 디자인을 어디서 찾을 수 있을까?

"기념품으로 티셔츠 하나 사주지, 신참."

라임은 휠체어를 몰고 보도를 올라가 자신만만하게 로비로 들어섰다. 긁힌 자국이 많고 우중충한, 평범한 공간이었다. 개미가 기어 다니고, 파리가 윙윙거렸다. 사복 경찰은 없는 것 같았다. 모두 정복 차림이었다. 대체로 흰색 재킷과 검은색 바지. 옆면에 칙칙한 빨간 선이 그려져 있는 제복이었다. 여자 경찰 몇몇은 같은 재킷에 줄무늬 치마를 입고 있었다. 대부분의 직원—모두 흑인이었다—은 모자를 쓰고 있었다. 전통적인 경찰 모자 혹은 흰색 햇빛가리개 헬멧이었다.

콜로니얼풍.

10여 명의 주민과 관광객이 범죄 신고를 하려는지 의자에서, 혹은 줄을 서서 상담을 기다리고 있었다. 충격으로 멍한 표정보다는 화난 표정이 많았다. 아마 대부분의 사건이 소매치기, 여권 분실, 성추행, 카메라나 자동차 도난 같은 범죄일 것 같았다.

라임은 자신과 일행이 받는 시선을 의식했다. 중년 부부—미국인 혹은 캐나다인 같았다—가 그들 앞에 줄을 서 있었다.

"먼저 하세요."

아내가 다섯 살 꼬마 대하듯 라임에게 말했다.

라임은 그들의 동정이 싫었다. 톰은 라임의 기색을 눈치채고 장광설을 예감했는지 딱딱하게 굳었다. 하지만 라임은 미소 짓고 고맙다는 인사를 했다. 그가 일으킬 파문은 바하마 경찰 자체를 향해 아껴두어야 한다.

줄 맨 앞에 서 있는 키 큰 남자는 빛나는 검은 피부였다. 티셔츠 자락을 청바지 밖으로 빼내 입고 있었다. 남자는 매력적이고 싹싹한 사무 경찰에게 염소를 도둑맞았다고 불평했다.

"그냥 도망갔을 수도 있지 않을까요?"

여경이 말했다.

"아뇨, 아뇨. 줄이 끊겨 있었습니다. 사진을 찍었어요. 보시겠습니까? 칼로 잘랐습니다. 사진이 있어요! 이웃이 한 짓입니다. 이웃집에서 한 게 분명해요."

공구흔을 검사하면 줄의 잘린 단면을 통해 이웃집 칼을 추적할 수 있다. 삼 섬유는 특히 점착성이 있다. 증거물 교환도 일어났을 것이다. 최근 비가 내렸다. 발자국도 분명 아직 남아 있을 것이다.

쉬운 사건이군. 라임은 미소를 지으며 생각했다. 색스가 여기 있어 함께 이야기를 나눌 수 있으면 얼마나 좋을까.

염소….

남자는 좀 더 찾아보라는 권고를 받았다.

그리고 라임의 차례가 되었다. 사무 경찰은 약간 일어서서 그를 내려다보았다. 라임은 마이클 포이티어를 찾았다.

"네, 전화하죠. 누구시라고 전할까요?"

"링컨 라임."

여경이 전화를 걸었다.

"경사님, 민원실의 베델 경관입니다. 링컨 라임이라는 분과 일행이 찾아오셨는데요."

베이지색 구식 전화를 내려다보며 귀를 기울이는 경찰의 표정이 굳었다.
"네, 경사님. 말씀드린 대로 여기 계십니다. …음, 제 바로 앞에 계세요."
포이티어가 외출 중인 척해달라고 했을까?
라임이 말했다.
"바쁘면 기꺼이 기다리겠다고 전해주십시오. 오래 걸려도 괜찮습니다."
여경의 자신 없는 시선이 라임의 눈과 마주쳤다. 여경은 전화에 대고 말했다.
"말씀하시기를…."
하지만 포이티어도 들은 모양이었다.
"네, 경사님."
여경이 수화기를 내려놓았다.
"곧 오신답니다."
"감사합니다."
그들은 돌아서서 사람 없는 쪽으로 자리를 옮겼다.
"주님의 축복이 있기를."
불쌍한 장애인을 위해 순서를 양보한 여자가 말했다.
라임은 톰의 손이 어깨에 와 닿는 것을 느꼈지만, 이번에도 그저 미소만 지었다.
톰과 풀라스키는 라임 옆 벤치에 앉았다. 벤치 위에는 역대 로열바하마 경찰청장과 지휘관의 초상화 및 사진이 수십 점 걸려 있었다. 그는 초상을 훑어보았다. 여느 경찰서와 비슷한 풍경이었다. 표정 없는 얼굴, 광장의 빅토리아 여왕과 마찬가지로 화가나 카메라를 똑바로 바라보지 않고 먼 곳을 응시하는 시선. 감정은 드러나지 않았지만, 수백 년 대를 이어 경찰로 일해오면서 저 눈들은 무엇을 목격했을까.
포이티어가 얼마나 오래 시간을 끌까 생각하고 있는데, 젊은 경찰이 복도에 나타나더니 데스크로 다가갔다. 다른 경찰들과 같은 붉은 줄무늬 검정색 바지, 목깃을 열어젖힌 청색 반팔 셔츠 차림이었다. 맨 위 단추에 달린 체인이 왼쪽 가슴주머니 안으로 이어져 있었다. 호루라기일까? 반자동 권총을 소지했고, 모자를 쓰지 않았다. 짧은 머리에 숱이 많았다. 둥근 얼굴은 기분이 좋아 보이지 않았다.

베델 경관이 라임을 가리켰다. 돌아선 젊은 남자가 깜짝 놀라는 표정으로 눈을 깜빡였다. 내색하지 않으려고 했지만 시선이 곧장 휠체어와 라임의 다리로 향했다. 그러곤 다시 눈을 깜빡였다. 불편한 기색이 역력했다.

라임은 자신이 여기까지 왔다는 사실 말고도 그 불편한 기색에 다른 이유가 있다는 것을 알고 있었다.

살인이건 국제 정치건…. 장애인을 상대해야 하는 거야?

포이티어는 상대가 자신을 봤을까, 생각하는 듯 잠시 머뭇거렸다. 지금이라도 도망갈 수 있을까? 그러다 평정을 회복하고 마지못해 데스크에서 떨어져 이쪽으로 다가왔다.

"라임 경감님."

자연스럽고 쾌활하기까지 한 목소리였다. 방금 전의 여자 관광객 말투와 똑같았다. 악수를 하고 싶지 않지만 청하지 않는 것도 예의는 아니라고 생각했는지 손을 반쯤 뻗었다. 라임이 손을 들자 경찰은 얼른, 아주 얼른 잡았다가 놓았다.

사지마비는 전염병이 아니야. 라임은 삐딱하게 생각했다.

"경사, 이쪽은 뉴욕시경 풀라스키 경관. 이쪽은 내 간병인 톰 레스턴."

일동은 좀 더 자연스럽게 악수를 나누었다. 하지만 포이티어는 톰을 아래위로 훑어보았다. 간병인이라는 직업이 새로운 모양이었다.

경사는 주위를 둘러보더니 동료 경찰들이 '무궁화꽃이 피었습니다' 놀이를 하는 아이들처럼 갖가지 자세로 이쪽을 쳐다보고 있는 것을 알아차렸다.

마이클 포이티어의 시선이 다시금 휠체어와 라임의 무감각한 다리로 향했다. 하지만 느릿하게 움직이는 오른쪽 팔이 가장 주의를 끄는 모양이었다. 마침내 포이티어가 젖 먹던 힘을 짜내 라임의 눈을 바라보았다.

처음에는 이런 반응에 짜증이 일었지만 다음 순간, 라임은 오랫동안 느껴보지 못한 감정을 느꼈다. 수치스러웠다. 자신의 상태가 부끄러웠다. 이 감정이 분노로 바뀌길 바랐지만, 그렇지 않았다. 위축되고, 나약해지는 기분이었다.

포이티어의 경악한 표정이 가슴을 파고들었다.

수치스럽다….

라임은 화끈거리는 기분을 밀어내려고 애쓰며 평정하게 말했다.

"사건 이야기를 하고 싶습니다, 경사."

포이티어는 주위를 다시 둘러보았다.

"곤란하다고 말씀드렸잖습니까."

"증거물 보고서를 보고 싶습니다. 현장도 직접 보고 싶고요."

"그건 불가능합니다. 현장은 폐쇄된 상태입니다."

"일반인들 출입을 금지하는 것이지 수사진은 들어갈 수 있지 않습니까."

"하지만 당신은….”

망설임. 포이티어는 그의 다리를 보지 않으려고 애썼다.

"여기 경찰이 아니잖습니까, 라임 경감님. 여기서는 민간인입니다. 유감입니다만."

풀라스키가 말했다.

"저희가 수사를 돕게 해주십시오."

"전 아주 바쁩니다."

경사는 풀라스키 쪽을 보게 되어 기쁜 것 같았다. 두 발로 땅을 딛고 있는 사람. 일반인.

"바빠요."

포이티어는 되풀이 말하고 전단지를 핀으로 꽂아둔 안내판 쪽을 돌아보았다. 제목은 '실종'이었다. 냉혹한 단어 아래에는 페이스북에서 다운로드받았는지 미소 짓는 금발 아가씨의 사진이 붙어 있었다.

라임이 말했다.

"말씀하신 학생이군요."

"맞습니다. 당신은…."

경사는 이렇게 덧붙이려던 것 같았다—신경 쓰지 않겠지만. 라임은 확신했다. 말을 참은 것이다.

상대는 배려의 대상이니까. 약한 사람이니까. 신랄한 말은 상대의 마음을 다치게 할 수 있으니까.

라임의 얼굴이 달아올랐다.

풀라스키가 말했다.

"경사님, 증거물 보고서와 검시 보고서 사본만이라도 볼 수 있겠습니까? 여기서 봐도 됩니다. 갖고 나가지 않겠습니다."

좋은 접근이라고 라임은 생각했다.

"유감이지만 안 됩니다, 풀라스키 경관."

그는 다시 라임을 흘끗 보았다.

"그럼 현장만이라도 잠깐 보게 해주십시오."

포이티어는 헛기침을 했다.

"베네수엘라 당국에서 연락이 올 때까지 그대로 보존해야 합니다."

라임도 맞장구를 쳤다.

"그쪽 수사진을 위해 전혀 오염되지 않은 상태로 보존하겠습니다."

"죄송합니다."

"우리 쪽에서 바라보는 모레노 사건에 대한 시각은 여기 입장과 다릅니다. 저번에 말씀드렸듯이. 그래도 우리 역시 법과학적 증거는 필요합니다."

그렇지 않으면 당신이 그날 밤 위험을 무릅쓰고 카지노에서 내게 전화한 것도 아무런 의미가 없다. 라임의 말에는 이런 뜻이 내포되어 있었다.

미국 정보 당국이나 저격수 이야기는 일부러 피했다. 바하마에 베네수엘라 마약상이 필요하다면, 라임은 간섭할 생각이 없었다. 하지만 빌어먹을 증거는 필요했다.
 라임은 실종 학생의 포스터를 돌아보았다. 순진하고 밝은 미소. 상당히 매력적이었다. 소식을 아는 사람에게 걸린 포상금은 겨우 500달러였다. 그는 포이티어에게 나직이 말했다.
 "탄도분석팀이 있지요? 웹사이트에서 봤습니다. 최소한 탄도 보고서라도 보여주시겠습니까?"
 "그 팀은 아직 수사를 시작하지 않았습니다."
 "베네수엘라 당국을 기다리고 있습니까?"
 "맞습니다."
 라임은 평정을 유지하기 위해 심호흡을 했다.
 "부디…."
 "포이티어 경사!"
 로비에서 어떤 목소리가 말을 끊었다.
 카키색 제복 차림의 남자가 어둑어둑한 복도로 이어진 열린 문간에 서 있었다. 어두운 얼굴—피부색도 그랬고 표정도 그랬다—로 사진이 걸린 벽면 옆에 선 네 사람을 바라보고 있었다.
 "포이티어 경사!"
 남자가 엄격한 목소리로 되풀이했다.
 경사가 돌아서며 눈을 깜빡였다.
 "네."
 잠시 침묵.
 "거기 일을 마치면 내 사무실로 오게."
 라임은 추측했다. 로열바하마 경찰계의 빌 마이어스 같은 사람이군.
 "알겠습니다."
 젊은 경찰은 겁먹은 얼굴로 돌아섰다.
 "부서장 맥퍼슨입니다. 뉴프로비던스 전체를 책임지는 분입니다.

이제 그만 가주셔야겠습니다. 제가 차까지 바래다드리죠."

일행을 밖으로 안내하면서 포이티어는 라임을 위해 어색하게 문을 잡아주었다. 이번에도 움직이지 않는 남자의 불편한 모습을 외면하려고 애썼다.

라임은 휠체어를 끌고 밖으로 나갔다. 톰과 풀라스키가 뒤따랐다. 그들은 밴으로 향했다.

포이티어가 속삭였다.

"경감님, 제가 정보를 드린 것만도 큰 모험이었습니다. 전화에 대해서, 사우스코브인의 남자에 대해서. 저는 그쪽이 미국 내에서 수사를 진행하셨으면 했습니다. 여기가 아니라."

"그 점은 감사합니다. 하지만 그걸로는 충분하지 않아요. 증거가 필요합니다."

"안 됩니다. 오지 마시라고 부탁드렸잖습니까. 죄송합니다. 도와드릴 수가 없어요."

날씬한 젊은 경찰은 상관을 의식하는 듯 로비 현관문을 돌아보았다. 포이티어는 화가 나 있었다. 라임은 알 수 있었다. 라임도 분노를 터뜨리고 싶었다. 하지만 되돌아오는 반응이라고는 머리를 쓰다듬는 손길뿐이었다.

주님의 축복이 있기를….

"여기서 얻어가실 건 없습니다. 하루 이틀 식당에서 즐기다 가십시오. 외출하실 수 있을지…."

경사는 얼른 입을 다물었다. 그리고 말을 바꿨다.

"바빠서 즐길 시간이나 있으실지 모르겠습니다. 부둣가에 좋은 식당이 있습니다. 관광객용으로."

크루즈 여객선을 타는 노인 승객들을 배려해서 장애인 출입이 가능한 시설을 말하는 것이었다.

라임은 고집했다.

"다른 곳에서 만나자고 말씀드렸는데, 경사가 거절하지 않았습니까."

"정말 오시리라고는 생각 못했습니다."

라임은 톰과 풀라스키에게 말했다.

"경사하고 둘만 이야기하고 싶어."

두 사람은 밴 쪽으로 멀어졌다.

포이티어의 시선이 라임의 다리와 몸을 한 번 더 훑었다.

"저는…."

"경사."

라임은 내뱉었다.

"나한테 장난치지 마."

치욕이 드디어 얼음 같은 분노로 튀어나왔다.

충격을 받은 경사가 눈을 깜빡였다.

"자넨 법과학적 증거로 뒷받침하지 않으면 아무런 의미가 없는 단서 두어 개만 나한테 던져줬어. 그건 무용지물이야. 이따위로 나올 거면 차라리 전화카드 비용이라도 아끼지 그랬나."

"저는 도움을 드리려고 했을 뿐입니다."

경사는 차분히 대답했다.

"자넨 죄책감을 떨쳐내려고 했을 뿐이야."

"저는…."

"자네는 수사를 도우려고 전화한 게 아니야. 경찰로서 시시하게 수사한 것에 대한 마음의 짐을 덜려고 나한테 연락한 거지. 쓸데없는 몇 마디 던져주고, 다시 지시대로 안전하게 '베네수엘라 당국'을 기다리러 돌아가고 싶어서."

"이해를 못하시는군요."

포이티어의 분노도 표면으로 드러났다. 얼굴에는 땀이 맺혀 있었지만, 라임에게 집중한 시선은 강렬했다.

"당신은 미국에서 우리 열 배의 급료를 받지 않습니까. 그리고 싫으면 얼마든지 다른 직업을 택해서 그만큼 벌수 있어요. 우리한테는 그런 선택의 여지가 없습니다, 경감님. 난 이미 너무 많은 모험을 했어요. 경감님을 믿고 몇 가지 말씀드렸는데…."
 그는 씩씩거리고 있었다.
 "…그런데 여기로 오다니. 이제 부서장도 알게 됐어요! 내겐 먹여 살릴 아내와 두 아이가 있습니다. 난 내 가족을 정말 사랑합니다. 당신이 무슨 권리로 내 직업을 위태롭게 하려는 겁니까?"
 라임이 내뱉었다.
 "자네 직업? 자네 직업은 5월 9일 사우스코브인에서 무슨 일이 있었는지, 누가 그 총을 쐈는지, 자네 관할 구역에서 누가 사람의 생명을 빼앗았는지 알아내는 거야. 상관 헛소리 뒤에 숨는 게 아니라. 그게 자네 일이야."
 "이해를 못하시는군요! 저는…."
 "경찰이 되고 싶다는 말이 진심이라면 경찰 노릇을 하라고. 아니면 사업장 감독 및 면허과로 돌아가, 경사."
 라임은 휠체어를 휙 돌려 밴으로 향했다. 풀라스키와 톰이 불안하고 혼란스러운 얼굴로 이쪽을 쳐다보고 있었다. 가까운 창문에서 이쪽을 바라보고 있는 남자도 눈에 띄었다. 분명 부서장일 것이다.

32

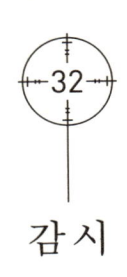

감시

 로열바하마 경찰 본부를 떠난 뒤, 톰은 좁고 포장이 부실한 나소의 도로를 따라 북쪽으로, 이어서 서쪽을 향해 달렸다.
 "좋아, 신참. 자네가 할 일이 있어. 사우스코브인에 가서 탐문을 해."
 "떠나는 게 아니고요?"
 "당연히 안 떠나지. 자네 임무를 들어볼 거야, 아니면 계속 말을 끊을 거야?"
 라임은 대답을 기다리지 않고 포이티어 경사가 전화로 뉴욕에 알려준 정보를 상기시켰다. 모레노의 예약에 대해 문의 전화를 한 미국인, 살인 사건 전날 호텔 객실 관리인에게 모레노에 대해 물어본 남자—돈 브런스, 재능 있는 저격수.
 "삼십대, 미국인, 운동선수 같은 몸매, 작은 체구, 짧은 갈색 머리."
 풀라스키는 보드에 적혀 있던 내용을 기억했다.
 "좋아. 일단, 내가 직접 갈 수는 없어. 너무 눈에 띌 거야. 우리는 주차장에 차를 세워놓고 기다리지. 데스크로 걸어가서 배지를 보여주고, 미국에서 전화한 사람의 전화번호, 모레노에 대해 물어본 남자에 관해 뭐든 알아내. 너무 많이 설명하지는 마. 그냥 사건 수사 중인 경찰이라고 해."

"그냥 로옐바하마 경찰 본부에서 나왔다고 해야겠군요."

"음. 그게 좋겠군. 적절하게 권위 있는 태도를 취하되 모호하게. 자네가 전화번호를 얻으면, 로드니 자넥한테 연락해서 무선통신사나 일반 전화 회사에 알아보라고 할게. 무슨 말인지 알겠나?"

"당근이죠, 링컨."

"당근은 무슨 뜻이야?"

"그렇게 하겠습니다."

"그따위 표현은 쓰지 마."

라임은 포이티어의 배신에 아직도 속이 쓰리고 화가 났다. 단순히 도움을 거절했다는 것은 그가 느끼는 배신감의 일부에 지나지 않았다.

나소 거리를 덜컹거리며 달리는 동안, 라임은 한 가지 생각이 떠올랐다.

"사우스코브인에 가면 혹시 에두아르도 드라루아, 그 죽은 기자가 남긴 물건이 있는지도 알아봐. 짐이나 수첩, 컴퓨터. 무슨 수를 써서라도 그 물건을 확보해."

"어떻게요?"

"모르겠어. 그건 자네가 알아서 해. 드라루아의 기록이나 녹음, 뭐든지 좋아. 이쪽 경찰은 그리 꼼꼼하게 증거를 확보하지 않았어. 어쩌면 아직 모텔에 있을지도 몰라."

"누군가가 자기를 미행한다는 모레노의 말을 녹음했을 수도 있겠군요."

라임은 거칠게 내뱉었다.

"그것도 그렇고. 누가 감시한다는 말도 그렇고."

풀라스키는 한숨을 쉬었고, 톰은 미소를 지었다.

젊은 경찰은 잠시 생각에 잠겼다.

"드라루아는 기자였습니다. 카메라는 어떨까요? 총격이 일어나기 전에 객실이나 경내에서 사진을 찍었을지도 모릅니다."

"그 생각은 미처 못했군. 좋아. 그래, 감시자의 사진을 찍었을지도

217

몰라."

그러다 라임은 다시 분통을 터뜨렸다.

"베네수엘라 당국이라니. 헛소리."

그때 라임의 휴대폰이 울렸다. 발신자를 확인했다.

음, 이게 뭐지?

통화 버튼을 눌렀다.

"경사?"

포이티어가 해고당했나? 도울 방법은 없지만 어쨌든 화낸 건 미안하다고 사과하려고 전화했나?

경사의 목소리는 분노에 찬 속삭임이었다.

"저는 매일 점심을 늦게 먹습니다."

"뭐라고?"

포이티어는 거칠게 중얼거렸다.

"교대 시간 때문에 오후 3시에 점심을 먹습니다. 어디서 먹는지 궁금하십니까?"

"내가….."

경사가 소리를 질렀다.

"간단한 질문 아닙니까, 라임 경감님! 내가 매일 어디서 점심을 먹는지 알고 싶지 않냐고요!"

"궁금해."

어리둥절한 라임이 생각해낼 수 있는 말은 이것뿐이었다.

"저는 바이유힐 로드의 허리케인에서 점심을 먹습니다. 웨스트 스트리트 근처. 거기서 점심을 먹는다고요!"

전화가 끊겼다. 작은 딸깍 소리밖에 나지 않았지만, 경사가 엄지손가락으로 종료 버튼을 격하게 두드리는 광경이 머릿속에 펼쳐졌다.

라임은 일행에게 통화 내용을 알려주었다.

"도움을 주고 싶은 생각이 난 모양이야."

풀라스키가 말했다.

"우릴 체포하려는 속셈일 수도 있지요."

라임은 반박하려고 했지만, 풀라스키의 말도 일리가 있었다.

"자네 말이 맞을 경우를 대비해서 신참, 계획을 바꾼다. 톰과 나는 점심을 먹거나, 체포당하러 간다. 둘 다일 수도 있겠지. 자네는 사우스코브인으로 가서 탐문을 해. 우리가 차를 빌리지. 톰, 렌터카 사무실을 지나치지 않았나?"

"에이비스. 그리로 갈까요?"

"당연하지. 내가 그냥 호기심으로 물은 줄 알아?"

"늘 그렇게 기분이 좋은 것도 따분하지 않으십니까, 링컨?"

"렌터카. 가자고. 빨리."

휴대폰에 론 셀리토에게서 전화가 온 기록이 있었다. 포이티어와 '토론'을 벌일 때 걸었던 모양이다. 메시지는 없었다. 라임은 그에게 전화를 걸었지만 음성사서함이 응답했다. 다시 걸라는 메시지를 남기고 전화를 집어넣었다.

톰은 GPS로 에이비스 사무실을 찾아내 그쪽으로 차를 몰았다. 몇 분 뒤 톰이 미심쩍은 목소리로 말했다.

"링컨."

"뭐야?"

"누가 따라옵니다. 확실해요."

"돌아보지 마, 신참!"

라임은 당연한 이유로 더 이상 현장에 출동하는 일이 없었지만, 한창 활동하던 당시만 해도 '뜨거운' 범죄 현장에서—어떤 경찰이 수사 중인지, 어떤 단서를 확보했는지 확인하고 때로는 경찰을 죽이기 위해 범인이 배회하고 있을지도 모르는 현장을 말한다—자주 일했다. 그런 현장을 수색하면서 갈고닦은 육감은 아직 살아 있었다. 이쪽이 눈치챘다는 것을 알리지 않는 게 최우선 법칙이다.

톰이 말을 이었다.

"차 한 대가 반대 차선에서 다가오더니 우리가 지나치자마자 유턴을 했어요. 처음에는 별다른 생각을 하지 않았는데, 상당히 구불구불 돌았는데도 여전히 따라오고 있습니다."

"어떤 차야?"

"골드 머큐리. 검은색 비닐 루프. 10년 이상 된 것 같습니다."

이곳의 많은 차들이 그랬다.

톰은 거울을 다시 보았다.

"안에는 2명, 아니, 3명이 있습니다. 흑인 남성. 이십대 후반 아니면 삼십대. 티셔츠, 하나는 회색, 하나는 녹색 반팔, 하나는 소매 없는 노란색. 얼굴은 알아볼 수가 없어요."

"자네 말투도 제법 경찰 같군, 톰."

라임은 어깨를 으쓱했다.

"경찰이 우리를 감시하는 거야. 아무래도 부서장 맥퍼슨이 탐탁지 않은 모양이군. 낯선 사람들이 자기 동네를 찾아온 게 말이야."

톰은 백미러를 다시 흘긋 보았다.

"경찰은 아닌 것 같은데요, 링컨."

"왜?"

"운전사는 귀걸이를 하고 있고, 옆에 앉은 사람은 땋은 머리를 하고 있습니다."

"언더커버지."

"마리화나를 나눠 피고 있어요."

"흠, 아닐 수도 있겠군."

사제 폭탄

사제 플라스틱 폭탄이 폭발한 뒤 발생하는 화학 약품 연기만큼 역겨운 것도 없다.

아멜리아 색스는 그 냄새와 맛을 느낄 수 있었다. 코를 찌르는 독한 냄새에 몸을 떨었다.

귀가 윙윙거렸다.

색스는 자바 헛의 잔해 앞에 서서 폭발물처리반이 일을 끝내기를 초조하게 기다리고 있었다. 현장감식은 자신이 직접 하면 되지만, 우선 그리니치빌리지 6번 지구대의 폭발물 전문가들이 구조대를 겨냥한 2차 지연 폭발 장치가 없는지 확인해야 했다. 폭탄을 정치적 주장의 수단으로 이용하는 국가에서는 흔한 기법이었다. 돈 브런스는 해외에서 기술을 배웠을지도 모른다.

색스는 귓가에 대고 손가락을 퉁겨보았다. 귀가 울렸다. 청각이 멀쩡한 게 다행이었다.

색스와 커피숍 고객들의 목숨을 살린 것. 그것을 처음 봤을 때는 웃음이 나왔다.

색스와 자바 헛의 문신투성이 매니저 제리는 컴퓨터가 놓인 작고 어둑어둑한 사무실로 들어갔다. 제리는 의자를 끌어낸 다음 허리를 굽혀 구식 윈도즈 시스템에 패스워드를 입력했다.

"이건 보안 비디오 프로그램입니다."

제리는 프로그램을 실행하고 .mpg 파일을 보는 명령어와 앞뒤로 빨리 감는 법, 캡처하는 법, 클립을 파일로 나누어서 플래시 드라이브에 업로드하거나 복사하는 법을 알려주었다.

"알겠어요. 고맙습니다."

색스는 앞으로 몸을 숙이고 스크린을 좀 더 가까이 들여다보았다. 화면은 4분할이었다. 각각 카메라 한 대에 해당했다. 두 대는 가게 영업 공간, 한 대는 계산대, 한 대는 사무실을 비추고 있었다.

오늘 날짜에서 5월 11일까지 곧장 빠르게 돌리려는데, 문득 한 남자가 지금 그들이 있는 사무실에서 앞으로 걸어오는 장면이 눈에 띄었다.

잠깐. 이상한데. 색스는 멈춤 버튼을 눌렀다.

이게 뭐지?

아, 그거였군. 색스는 웃었다. 뒤로 돌리고 있기 때문에 다른 장면들은 사람이 모두 뒤로 움직이고 있었다. 한데 이 사무실을 비추는 비디오에서 남자는 앞으로 움직이고 있었다. 실제로 뒷걸음질을 치고 있었다는 뜻이다.

왜 그런 짓을 하지?

색스는 매니저에게 화면을 가리켰다. 하지만 매니저는 웃지 않았다.

"시간을 보세요. 겨우 10분 전인데요? 누군지 모르겠습니다. 여기서 일하는 사람은 아니에요."

남자는 날씬했다. 야구 모자 밑은 짧은 머리인 것 같았다. 윈드브레이커 스타일 재킷을 입고, 작은 배낭을 들고 있었다.

제리는 일어나서 뒷문으로 향했다. 그리고 문을 열어보았다.

"열려 있어요. 젠장, 도둑이 들었어!"

색스는 화면을 좀 더 앞으로 돌린 다음 재생 버튼을 눌렀다. 남자가 사무실에 들어와 몇 번 컴퓨터에 로그인을 시도하더니 기계를 들어 올리려 했다. 하지만 컴퓨터가 바닥에 고정되어 있어 움직일 수 없는 것 같았다. 남자는 문득 모니터를 흘끗 보더니 자기 모습이 찍히는 것을 알아차렸다. 그러곤 돌아서서 보안 카메라를 쳐다보지 않은 채 뒷걸음질로 사무실을 나갔다.

색스는 그가 저격수라는 것을 직감했다.

그 역시 내부 고발자에 대한 정보를 입수하고 그 신원을 알아내기 위해 여기 온 것이다. 색스와 제리가 다가오는 목소리를 들은 게 분명했다. 색스는 테이프를 다시 돌려보았다. 떠나기 전에 남자가 컴퓨터 뒤에 작은 물건을 넣는 게 눈에 들어왔다. 이건….

이런, 맙소사!

사제 폭탄. 남자가 컴퓨터 뒤에 설치한 게 분명했다. 훔칠 수 없으니 파괴하려 한 것이다. 제거해야 하나? 아니, 언제라도 폭발시킬 수 있도록 설정해두었을 것이다.

색스는 외쳤다.

"나가요! 모두 나가! 폭탄. 폭탄이 있어요! 사람들을 내보내요! 전부 다!"

"하지만…."

색스는 제리의 문신투성이 팔을 붙들고 식당으로 끌고 나온 다음 바리스타, 주방 잡일꾼, 고객들에게 도망치라고 외쳤다. 그러곤 배지를 들어 보였다.

"뉴욕시경입니다. 당장 대피하세요! 가스가 유출됐습니다!"

폭탄에 대해 설명하기는 너무 복잡했다.

마지막으로 아직 리필을 받지 못했다고 투덜거리는 젊은 손님을 문밖으로 내모는 순간, 폭탄이 터졌다.

가슴과 귀, 바닥으로 전해지는 진동을 발로 느끼는 순간, 색스는 아직 실내에 있었다. 이중 유리창이 산산조각 나고, 인테리어 대부분이 사방으로 튀었다. 순식간에 가게는 독한 기름 연기로 가득 찼다. 콘크리트에 몸을 날리면—스릴러 영화의 전형적인 장면처럼—무릎이 버티지 못할 것 같아 색스는 선 자세를 유지한 채 문밖으로 뛰쳐나왔다.

이윽고 폭발물처리반 경찰들이 문밖으로 나왔다.

"깨끗합니다."

목소리는 들렸지만, 마스크를 쓰고 말하는 것처럼 들렸다. 폭발은 상당히 요란했다. 플라스틱 폭탄은 초당 7620미터의 속도로 폭발한다.

"뭐였죠?"

경위가 미소 짓는 것을 보고, 색스는 자신이 고함을 질렀다는 것을 깨달았다.

"FBI와 주류·담배·화기·폭발물단속국에 자세한 내용을 보내기 전에는 확실하게 단정할 수는 없습니다. 하지만 개인적인 추측이라면… 군용이에요. 위장 파편을 발견했습니다. 주로 대인 살상용이에요. 하지만 근처에 있는 것을 죄다 날려버리는 효과도 있죠."

"컴퓨터 같은 것도요."

"네?"

경찰이 물었다.

자기 청력을 믿을 수가 없어 이번에는 너무 작게 말한 것 같았다.

"컴퓨터요."

"컴퓨터에는 아주 효과적이죠. 하드 드라이브는 산산조각 났고 대부분 녹았습니다. 아무 것도 없어요."

색스는 경찰에게 고맙다고 인사했다. 퀸스의 현장감식팀이 증거물 수집 장비로 가득 찬 밴을 타고 나타났다. 아시아계 여성과 조지아 출신의 동글동글한 젊은 남자는 안면이 있는 사람이었다. 남자가 손을 흔들어 인사했다. 그들이 지원했지만, 색스는 링컨 라임의 법칙에 따라 혼자 수색을 시작했다.

색스는 엉덩이에 손을 얹고 연기 자욱한 자바 헛의 잔해를 둘러보았다.

맙소사….

사제 폭탄 냄새만큼 독특한 것도 없지만, 현장을 이보다 더 오염시킬 수 있는 도구도 없다.

색스는 타이벡 슈트를 입었다—수색자로 인해 현장이 오염되는 것을 막을 뿐 아니라 착용자를 위험 물질로부터 보호해주는 에비던트 디럭스 버전이었다. 연기 때문에 고글과 필터 마스크도 썼다.

처음 드는 생각은 이랬다—링컨 라임이 마스크를 통해서 내 목소리를 들을 수 있을까?

하지만 이번에는 평소처럼 라임과 무선통신이나 영상을 주고받을 수 없다는 것을 깨달았다. 색스는 혼자였다.

예전에 느꼈던 오싹한 기분, 공허한 기분이 밀려왔다.

잊어버려. 색스는 스스로를 꾸짖었다. 일을 시작하자.

색스는 증거물 수집 봉투와 장비를 한 손에 들고 현장 수색을 시작했다.

무너져내린 폐허 사이를 돌아다니며 폭탄 자체의 잔해를 찾는 데 집중했지만, 폭발물처리반 경찰의 말대로 남은 것은 별로 없었다. 용의자가 단순한 파괴용 폭탄이 아닌 살상용 무기를 썼다는 게 특히 경악스러웠다.

색스는 용의자의 접근/탈출 경로였던 뒷문 쪽, 브런스가 들어오기 전에 머물렀을 지점과 폭발로 인한 손상이 크지 않은 지점을 집중적으로 수색했다. 수십 개의 샘플을 확보했다. 이 일대에 흔한 물질의 프로파일을 작성할 수 있도록 골목과 문설주의 미량증거물도 충분히 수집했다. 뭔가 독특한 것이 나온다면, 용의자가 남긴 증거로서 그의 집과 사무실을 찾아내는 단서가 될 것이다.

얼마나 유용할지 확신할 수는 없었다. 뉴욕의 여느 골목과 마찬가지로 미량증거물이 너무나 많기 때문에 수사에 단서가 될 만한 것이 무엇인지 단정 짓기 어려울 것이다. 증거가 지나치게 많아도 너무 적을 때 못지않게 문제가 되는 경우들이 흔하다.

현장 수색을 끝낸 뒤, 색스는 작업복을 얼른 벗었다—오염을 걱정해서가 아니라, 원래 폐쇄공포증이 있어 비닐 안에 갇혀 있으면 불안했기 때문이다.

　심호흡을 하고 잠시 눈을 감은 채 불안감을 진정시켰다.

　내부 고발자…. 보안 카메라 영상이 사라졌으니 이제 어떻게 찾지?

　가망이 없는 것 같았다. 자신의 흔적을 숨기기 위해 복잡한 이메일 프록시 시스템을 쓸 줄 아는 사람이라면, 문서를 업로드할 장소를 찾을 때도 머리를 영리하게 썼을 것이다. 여기 단골도 아닐 것이고, 신용카드를 썼을 리도 없다. 하지만 한 가지 생각이 떠올랐다. 다른 고객들은? 5월 11일 오후 1시경 여기 있던 사람들을 추적해볼 수 있지 않을까? 어쩌면 내부 고발자의 독특한 컴퓨터 아이북을 주목했을지도 모른다. 혹시 서로 휴대폰 사진을 찍어주는 관광객들 사진 속에 우연히 내부 고발자의 모습이 들어가 있을 수도 있다.

　색스는 충격을 받아 멍한 표정을 하고 있는 매니저 제리에게 다가가 신용카드 기록에 대해 물었다. 애석한 눈길로 가게를 쳐다보던 그는 느릿느릿 정신을 차린 다음 자바 헛 본사에 전화를 걸었다. 10분 뒤, 색스는 해당 시각 가게에 있었던 고객 10여 명의 이름을 확보했다. 색스는 매니저에게 고마움을 표하고 파일을 론 셀리토에게 전송한 다음 전화를 걸었다.

　색스는 빌 마이어스의 특수팀 경찰들에게 명단에 있는 고객을 찾아 해당 날짜에 자바 헛에서 사진을 찍은 사람이 있는지, 묘하게 생긴 오래된 컴퓨터를 본 기억이 나는지 물어봤으면 좋겠다고 했다.

　셀리토가 대답했다.

　"아, 그래, 아멜리아. 그렇게 지시하지."

　셀리토가 투덜거렸다.

　"사건이 완전히 다른 차원으로 넘어가는군. 사제 폭탄? 자네는 그게 브런스라고 생각하나?"

　"틀림없을 거예요. 영상에서는 잘 보이지 않지만, 사우스코브인의 객실 관리인이 말한 인상착의에 들어맞아요. 분명 뒤처리를 하고 있었을 거예요. 메츠거의 지시를 받았겠죠."

색스는 씁쓸한 미소를 지었다.

"자바 헛은 아주 깨끗해요."

"맙소사. 메츠거와 브런스는 정신이 나간 게 분명해. 무고한 사람을 죽여서라도 그 암살 명령을 집행하는 게 그렇게 중요한 걸까."

"들어봐요, 론. 이번 일은 비밀을 지키는 게 좋겠어요."

셀리토는 코웃음을 쳤다.

"하, 맨해튼에 사제 폭탄이 터졌는데?"

"가스 유출로 수사 중이라고 이야기를 맞출 수 있을까요? 며칠 동안만이라도?"

"방법을 찾아보지. 하지만 자네도 언론을 알잖아."

"제가 원하는 건 하루 이틀이에요."

그는 중얼거렸다.

"어디 해보자고."

"고마워요."

"어쨌든, 마침 전화해서 잘됐군. 마이어스의 탐문팀이 5월 1일 모레노와 함께 차를 타고 돌아다녔던 여자 리디아를 찾았어. 몇 분 뒤 주소와 전화번호가 날아올 거야."

"그 창녀?"

그는 킬킬 웃었다.

"그 여자하고 이야기할 때는 그런 말 쓰지 말라고."

34

저격수

오른손이 천천히 입으로 올라갔다. 링컨 라임은 소라 튀김—겉은 바삭바삭하고 안은 부드러웠다—을 가게에서 직접 만든 핫 소스에 찍어 먹고 있었다. 다음으로 칼릭 맥주 캔을 들어 한 모금 마셨다.

나소 다운타운의 잡초 우거진 골목에 자리 잡은 허리케인 식당—이 지역 기후를 생각하면 묘한 이름이었다—은 소박했다. 밝은 파란색과 빨간색 벽, 흰 나무 바닥, 벽에 걸린 인근 해변 사진 몇 장은 인도나 뉴저지 풍경이라고 해도 믿을 것 같았다. 알 길이 없었다. 천장에서 팬이 천천히 돌고 있었지만, 열기를 식히는 데는 도움이 되지 않았다. 파리를 쫓는 것이 유일한 효과였다.

하지만 음식만은 라임이 지금껏 먹어본 최상의 요리에 속했다.

물론 포크로 찍어 먹을 수 있고 남이 떠먹여주지 않아도 되는 음식이라면, 라임 기준으로는 무엇이든 아주 좋은 음식에 속한다.

"소라. 단각연체동물은 수사 증거로 사용해본 적이 없어. 굴 껍질은 한 번 있었지. 아주 맛있군. 집에서도 요리할 수 있을까?"

맞은편에 앉아 있던 톰이 일어나서 주방장에게 요리법을 물었다. 마르크스주의 혁명가처럼 보이는 붉은 두건을 쓴 덩치 큰 여인이 레시피를 적어주며 신선한 소라를 써야 한다고 주의를 주었다.

"통조림은 안 돼요, 절대."

3시가 다가오고 있었다. 라임은 정말 경사가 풀라스키의 말처럼 체포팀을 꾸리는 동안 시간을 벌려고 그럴듯한 초대장을 내민 게 아닌가 하는 의심스러운 생각이 들기 시작했다.

전 거기서 점심을 먹습니다!

라임은 걱정하지 않기로 하고 소라와 맥주를 더 먹었다.

발치로 검은색 털과 회색 털이 섞인 개가 다가왔다. 라임은 근육질의 작은 짐승을 무시했지만, 톰은 개에게 튀김 껍질과 빵 조각을 주었다. 키는 60센티미터 정도. 귀가 펄럭이고, 얼굴은 길었다.

라임이 중얼거렸다.

"지금부터 계속 괴롭힐 거야. 알잖아."

"귀엽잖아요."

날씬하고 젊은 것만 빼면 주방장과 비슷한, 어쩌면 주방장의 딸 같은 인상의 웨이트리스가 말했다.

"팟케이크라고 해요. 여기 바하마 섬에서만 살죠. 집 없는 개들에게 주는 먹이에서 따온 이름이에요. 쌀과 완두콩, 팟케이크."

"식당에서도 어슬렁거립니까?"

라임은 삐딱하게 물었다.

"아, 네. 손님들이 좋아해요."

라임은 입속으로 툴툴거리며 문간을 지켜보았다. 마이클 포이티어나 체포 영장을 소지한 무장 정복 경찰이 언제라도 들이닥칠 것 같았다.

휴대폰이 울렸다. 그는 전화를 받았다.

"신참, 어떻게 됐나?"

"사우스코브인입니다. 얻어냈어요. 모레노의 예약을 확인한 남자의 전화번호. 맨해튼에서 건 휴대폰입니다."

"잘했어. 자, 아마 추적 불가능한 선불제 요금일 거야. 하지만 로드 니라면 지역을 상당히 좁힐 수 있어. 사무실이나 체육관, 저격수가 커피를 즐기는 스타벅스. 오래 걸리지 않…."

"하지만…."

"아니, 쉬워. 무선통신 기지국부터 시작해 인근 통신탑에서 받은 데이터 신호를 보정하면 돼. 저격수는 지금쯤 전화를 버렸겠지만, 통화 기록은….'

"링컨."

"뭐야?"

"선불제 요금도 아니고, 번호도 아직 살아 있습니다."

라임은 잠시 말이 없었다. 믿기지 않을 정도의 행운이었다.

"계속 들어보시겠습니까?"

"신참! 요점부터 말해!"

"돈 브런스라는 이름으로 등록한 번호입니다."

"저격수군."

"맞습니다. 번호 등록을 할 때 사회보장번호를 사용했고, 주소도 남겼습니다."

"어디지?"

"브루클린의 사서함입니다. 델라웨어의 유령 회사가 만든 겁니다. 사회보장번호는 가짜였고요."

"하지만 전화는 확보했잖아. 로드니에게 사용 내역과 위치를 찾으라고 해. 지금 상태로 도청 허가를 받을 수는 없겠지. 하지만 론이든 누구든 지방판사 하나 구워삶아서 성문 확보를 위해 5초 정도 청취 허가를 받으라고 해."

이렇게 하면 내부 고발자가 보낸 .wav 파일의 음성 패턴과 비교해 현재 그 전화를 사용하는 사람이 저격수인지 확인할 수 있다.

"그리고 프레드 델레이한테 그 유령 회사 배후를 알아보라고 해."

"알겠습니다. 그리고 다른 게 두 가지 있는데요."

다른 것 두 가지…. 하지만 라임은 꾹 참았다. 오늘 하루 충분히 들들 볶았다.

"기자 말입니다. 드라루아. 모텔에는 아무것도 안 남겼습니다. 배낭인지 서류 가방인지를 들고 인터뷰를 하러왔는데, 경찰이 시체와 함께 가져갔을 거라고 합니다."

포이터어가 과연 협조적인 태도로 나타나서 그 물건들을 살펴보게 해줄까.

"지금은 사건 전날 여기 왔던 미국인에 대해 물어보기 위해 객실 관리인을 기다리는 중입니다. 30분 뒤에 도착한답니다."

"잘했어, 풀라스키. 조심하고 있지? 마약쟁이 감시자를 태운 머큐리는 안 보였나?"

"아뇨. 살펴보고 있습니다. 그쪽은 어떤지… 아, 잠깐. 저한테 물어보셨으니, 그쪽은 미행을 따돌렸다는 말씀이군요."

라임은 미소를 지었다. 신참은 배우고 있었다.

35

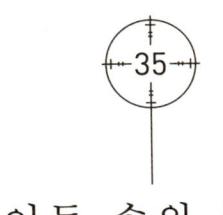

어둠 속의 존재

"그렇다면 리디아는 창녀가 아니군요."

아멜리아 색스가 말했다.

론 셀리토가 대답했다.

"아니야. 통역사야."

"콜걸 신분을 숨기려는 위장은 아니고요? 확실해요?"

"확실해. 진짜 통역사야. 10년 동안 전문 통역사로 대기업과 법률 회사에서 일했어. 시, 주, FBI, NCIC, 다 확인해봤는데 전과도 없어. 모레노는 전에도 그 여자하고 일한 적이 있는 것 같아."

색스는 냉소적으로 픽 웃었다.

"제가 넘겨짚었네요. 에스코트 서비스, 테러리스트. 진짜 통역사라면 모레노가 불법적인 회의에 데려가지는 않았겠지만, 그래도 뭔가 유용한 걸 알고 있을 수 있어요. 모레노에 대한 정보를 많이 갖고 있을지도 몰라요."

"내 생각도 그래."

셀리토는 동의했다.

한데 리디아는 정확히 무엇을 알고 있을까? 제이컵 스완은 미드타운에 주차한 닛산 앞자리에 앉아 아멜리아 색스의 3G를 도청해 실시간으로 이 대화를 듣고 있었다. 여경찰이 자바 헛에서 폭발물에 산산조각 나지 않은 게 다행이었다. 금쪽같은 단서다.

"무슨 언어죠?"

색스가 물었다. 스완은 다른 통화자의 휴대폰 식별 번호를 알고 있었다. 론 셀리토. 기술서비스팀 정보로는 뉴욕시경 경찰이었다.

"러시아어, 독일어, 아랍어, 스페인어, 포르투갈어."

흥미롭군. 스완은 이제 정말 여자의 이름과 주소가 궁금했다. 부디 말씀하시길.

"지금 만나보러 갈게요."

흠. 그렇다면 특히 수월하다. 색스 형사와 증인이 개인 아파트에서 만난다. 제이컵 스완과 카이 슌도 함께.

"펜 있나?"

"준비됐어요."

나도 준비됐어. 제이컵 스완은 생각했다.

셀리토가 말했다.

"이름은 리디아…."

"잠깐!"

색스가 외쳤다.

스완은 볼륨 때문에 얼굴을 찌푸리고 휴대폰을 귀에서 뗐다.

"왜?"

"뭔가 이상해요, 론. 방금 떠올랐어요. 용의자가 어떻게 자바 헛을 알았을까요?"

"무슨 뜻이야?"

"나를 미행해서 온 게 아니었어요. 나보다 먼저 왔다고요. 그자가 그 장소를 어떻게 알았을까요?"

"젠장. 자네 전화를 도청하고 있을까?"

"그럴 수도 있어요."

이런. 스완은 한숨을 쉬었다.

233

색스는 말을 이었다.

"다른 전화를 찾을게요. 일반 전화로. 경찰 본부 대표번호를 통해 연락할게요."

"알았어."

"휴대폰은 안 써요. 그쪽도 그렇게 하세요."

전화가 끊기고 정적이 흘렀다.

36

통역사

처음에는 전화기에서 배터리만 빼는 정도로 만족했다.

하지만 회반죽 마감이 엉망인 색스의 타운하우스 지하에 찬 물처럼 피해망상이 서서히 들어찼다. 색스는 연기가 피어오르는 자바 헛 바깥 시궁창에 전화기를 던져버렸다.

색스는 순찰 경관에게 부탁해 가지고 있던 가장 작은 지폐 10달러 짜리를 잔돈 4달러와 바꾼 다음, 근처 공중전화에서 경찰 본부로 전화를 걸었다. 교환이 셀리토를 연결해주었다.

"셀리토입니다."

"론."

"정말 그자가 듣고 있다고 생각하나?"

"혹시라도 모르잖아요."

"좋아. 그렇게 하지. 하지만 정말 열 받는군. 새 안드로이드 폰인데. 잡놈. 자, 이제 준비됐나?"

색스는 손에 펜을 쥐고 전화기 밑 선반에 수첩을 걸쳤다.

"말씀하세요."

"통역사의 이름은 리디아 포스터."

그는 3번 애버뉴의 주소와 전화번호를 알려주었다.

"탐문팀이 어떻게 알아냈어요?"

"발로 뛰었지. 모레노가 여자를 태운 건물 꼭대기 층부터 차례로 29층을 훑었어. 3층으로 내려올 때까지 성과가 없어서 오래 걸렸지. 여자는 프리랜서로 은행 통역 일을 하고 있었어."

"지금 전화해야겠어요. …도대체 어떻게 우리 전화를 도청했을까요, 론? 아무나 할 수 있는 일이 아닌데."

셀리토는 중얼거렸다.

"연줄이 많은 놈이야."

"당신 번호도 이제 알고 있을 거예요. 등 뒤 조심하세요."

그는 걸걸하게 웃었다.

"링컨이라면 정말 싫어할 비유군."

셀리토의 말에 불쑥 라임이 더욱 그리워졌다.

"뭔가 알아내면 연락드리죠."

몇 분 뒤 색스는 리디아 포스터에게 전화로 용무를 설명했다.

"아, 모레노 씨. 맞아요. 소식 듣고 정말 슬펐어요. 작년에 세 번 통역을 해드렸거든요."

"전부 뉴욕에서?"

"네. 그분이 만난 사람들은 영어를 잘하는 편이었지만, 모레노 씨는 굳이 저를 통해 상대의 모국어로 이야기하고 싶다고 했어요. 그래야 더 잘 이해할 수 있다고 생각하셨죠. 상대의 말 외에도 태도가 어떤지, 그런 것까지 말씀드렸어요."

"5월 1일 당신과 모레노 씨를 태우고 뉴욕을 돌아다닌 운전사하고 이야기를 했는데, 당신이 모레노 씨와 일상적인 대화를 많이 나눴다고 하더군요."

"맞아요. 아주 사교적인 분이었어요."

심장이 좀 더 빨리 뛰기 시작했다. 리디아가 많은 정보를 줄 수 있을지도 모른다.

"가장 최근 여행에서는 몇 명이나 만났나요?"

"4명. 러시아인이 운영하는 비영리 조직 사람, 두바이에서 온 사람, 브라질 영사관 사람. 모레노 씨 혼자 만난 사람도 있었어요. 영어와 스페인어를 쓰는 사람이었죠. 제가 필요 없다고 해서 사무실 건물 스타벅스에서 기다렸어요."

회의 내용을 들려주고 싶지 않아서였을 수도 있다.

"제가 직접 가서 이야기를 했으면 좋겠는데요?"

"그러세요. 도움이 된다면 뭐든지. 오늘은 집에 있어요. 통역 내용을 전부 찾아 정리해놓을게요."

"내용을 일일이 보관하시나요?"

"단어 하나까지. 제가 보낸 내용을 고객들이 잃어버리거나 백업해놓지 않는 경우가 얼마나 많은지 모르실 거예요."

더 잘됐다.

그때 전화로 긴급 표시가 붙은 메시지가 들어왔다.

"잠깐만 기다리세요."

색스는 리디아 포스터에게 말한 뒤 메시지를 읽었다.

브런스의 전화기는 사용 중. 성문 확인―그자가 맞음. 실시간으로 추적 중. 그는 현재 맨해튼에 있음. 로드니 자넥과 통화할 것. 론.

"포스터 씨, 한 가지 일만 처리하고 곧바로 가겠습니다."

37

수사 보고서

 라임이 허리케인 식당에서 칼릭 맥주를 비우고 있는데, 뒤에서 목소리가 들렸다.
 "안녕하십니까?"
 마이클 포이티어였다.
 경사의 파란색 셔츠는 땀범벅이었다. 당당한 빨간 줄무늬의 검은색 바지는 모래와 진흙투성이였다. 손에는 배낭을 들고 있었다. 경사가 웨이트리스에게 손짓하자 그녀가 미소를 지었다. 하지만 포이티어가 미국에서 온 장애인과 같은 식탁에 앉자 놀란 표정을 지었다. 웨이트리스는 메뉴를 묻지도 않고 주문을 넣은 다음 코코넛 소프트드링크를 가져다주었다.
 "유감스럽지만, 학생을 찾는 바람에 늦었습니다. 수영하다가 익사했습니다. 잠시만 기다리세요. 보고서를 업로드해야 합니다."
 경사는 가방에서 낡은 가죽 케이스에 든 아이패드를 꺼내 전원을 켰다. 몇 자 타이프한 뒤 전송 버튼을 눌렀다.
 "이제 시간을 좀 벌겠군요. 실종자와 관련한 몇 가지 다른 문제를 확인한 다음 들어간다고 했습니다."
 그러곤 아이패드를 턱으로 가리켰다.

"불행한 일입니다."

포이티어의 얼굴은 심각했다. 첫 보직이 교통과였고 이어서 사업장 감독 및 면허과에서 일했다면 아마 인간을 근본적으로 바꾸어놓는— 인간을 단련하기도 하고 나약하게 만들기도 하는—비극적인 사건을 직접적으로 경험할 기회가 많지 않았을 거라는 생각이 들었다.

"보통은 위험하지 않은 지역에서 물에 빠졌는데, 취해 있었던 것 같습니다. 차에서 럼과 콜라를 발견했어요. 아, 학생들이란…. 자기들이 불사신인 줄 알죠."

"볼 수 있겠나?"

라임이 물었다.

포이티어가 아이패드를 돌려놓자 라임은 슬라이드 쇼를 천천히 관찰했다. 피해자의 시체는 혈액 손실로 창백하고 물에 불어 쭈글쭈글했다. 물고기나 다른 짐승이 얼굴과 목 상당 부분을 파먹은 상태였다. 나이는 짐작하기 힘들었다. 포스터에 씌어 있던 나이도 기억나지 않았다. 라임이 희생자의 나이를 묻자 경사가 대답했다.

"스물세 살입니다."

"뭘 공부하고 있었지?"

"나소 칼리지에서 이번 학기 라틴아메리카 문학을 공부했습니다. 파트타임으로 일했죠. 물론 파티도 하고."

그는 한숨을 쉬었다.

"지나치게 열심히 즐긴 거죠. 미국에 있는 가족에게 전화했습니다. 시신을 찾으러 올 겁니다."

목소리가 잦아들었다.

"그런 전화를 걸어본 적이 없어서 아주 힘들었습니다."

학생은 날씬하고 탄탄해 보였다. 어깨에 별 모양의 작은 문신이 있었다. 금으로 된 장신구를 좋아한 것 같지만 살점이 벗겨진 목에는 작은 나뭇잎 모양의 은제 목걸이가 걸려 있었다.

"상어?"

239

"아뇨. 창꼬치일 겁니다. 여기는 상어가 거의 나타나지 않습니다. 죽은 뒤 창꼬치가 시체를 먹은 겁니다. 수영하는 사람을 가끔 물어뜯는데, 상처는 크지 않아요. 아마 이안류(離岸流)에 쓸려 익사했을 겁니다. 그 뒤에 물고기가 달려든 거죠."

최악의 손상은 목 부위였다. 너덜너덜한 살점 사이로 뭉툭한 경동맥이 보였다. 두개골 상당 부분이 노출되어 있었다. 라임은 포크로 소라를 찍어 먹은 다음 아이패드를 돌려주며 말했다.

"경사, 우릴 체포하러 온 건 아닌 것 같군."

포이티어는 웃었다.

"그 생각도 했습니다. 화가 많이 났으니까요. 하지만 아뇨, 이번에도 도우러 왔습니다."

"고마워, 경사. 공정을 기하기 위해 이쪽도 내가 아는 모든 걸 공개하지."

라임은 NIOS와 메츠거, 저격수에 대해 설명했다.

"킬 룸. 냉혹한 표현이군요."

이제야 포이티어가 우리 편이라는 것을 확인했군. 라임은 풀라스키가 사우스코브인에 가서 모레노 살해 전날 저격수의 현장 답사에 대해 좀 더 알아내기 위해 객실 관리인을 기다리고 있다는 이야기도 털어놓았다.

포이티어는 얼굴을 찡그렸다.

"뉴욕에서 온 경찰이 제 일을 대신하고 있다니. 정치 때문에 이게 무슨 상황인지."

웨이트리스가 음식을 가져왔다. 뜨거운 채소 스튜와 얇게 저민 고기였다. 닭고기나 염소고기 같았다. 튀긴 빵도 있었다. 포이티어는 빵한 조각을 찢어서 팻케이크 개한테 주었다. 그런 다음 접시를 앞으로 당기고 가슴주머니에 넣은 셔츠 체인과 목깃 단추가 연결된 지점에 냅킨을 끼웠다. 그러곤 아이패드를 두드린 뒤 고개를 들었다.

"식사 좀 하겠습니다. 먹는 동안 톰한테 바하마의 역사와 문화에 대해 이야기를 할까 하는데요, 괜찮으시다면."

"괜찮아."

포이티어는 라임에게 아이패드를 내밀었다.

"경감님은 바하마의 아름다운 경치 사진을 보고 싶으실 겁니다."

그러곤 톰을 향해 돌아앉았다. 두 사람은 이윽고 이야기를 시작했다. 라임은 포토 갤러리를 스크롤했다.

해변에서 찍은, 포이티어의 가족으로 보이는 사진이었다. 사랑스러운 아내, 웃는 아이들. 10여 명의 다른 사람들과 바비큐 파티를 하는 장면도 있었다.

석양.

초등학교 음악 발표회.

로버트 모레노 살인 사건 수사 보고서 첫 페이지.

포이티어는 스파이처럼 아이패드 카메라로 사진을 찍어놓았다.

라임은 그를 올려다보았다. 하지만 경사는 그를 외면한 채 톰에게 식민지의 역사를 이야기하며 팟케이크 개에게 점심을 나눠주고 있었다.

먼저, 경사가 짜 맞춘 모레노의 마지막 날 일정표가 있었다. 모레노와 보디가드 시몬 플로레스는 5월 7일(일요일) 늦게 나소에 도착했다. 월요일은 회의가 있었는지 숙소 밖에서 보냈다. 모레노는 돌고래 수영이나 제트스키를 즐기는 사람 같지는 않았다. 다음 날 9시부터 손님이 여럿 있었다. 손님이 떠난 직후 10시 30분쯤 에두아르도 드라루아 기자가 도착했다. 총격은 11시 15분경 일어났다.

포이티어는 모레노의 다른 손님들 신원도 알아내고 만나보았다. 농업과 운송 회사를 운영하는 지역 사업가들이었다. 모레노는 지역 자율운동 바하마 사무실을 열면서 그들과 합작 사업을 계획하고 있었다. 모두 합법적인 사업가로서 오랫동안 나소상공회 회원으로 존경받는 사람들이었다.

모레노가 도착하기 전 걸려온 전화와 갈색 머리 미국인을 제외하고, 모레노를 감시하는 사람이나 그에게 유별난 관심을 보인 사람이 있었다고 증언한 사람은 없었다.

이어서 라임은 현장 자체를 설명한 페이지로 넘어갔다. 실망스러웠다. 바하마 현장감식팀은 피해자의 지문 외에 47개의 지문을 발견했다. 하지만 그중 절반만 분석했다. 신원이 밝혀진 것은 모두 호텔 직원의 지문이었다. 나머지 지문은 분실했다는 보고가 딸려 있었다.

시신에서 미량증거물을 수집하려는 노력은 거의 없었다. 물론 일반적인 저격 살해의 경우 먼 곳에서 쏘기 때문에 피해자가 총에 맞은 지점에서의 미량증거물 수집은 별다른 도움이 되지 않는다. 하지만 이번 경우 저격수는 하루 전 호텔 안에 있었다. 심지어 킬 룸에 잠입해 시야나 각도를 확인했을지도 모른다. 지문은 남기지 않았더라도, 미량증거물은 쉽게 남길 수 있다. 그러나 객실에서 수집한 미량증거물은 사실상 전혀 없었다. 보디가드의 시체 근처 재떨이에 있던 사탕 포장지와 담배꽁초뿐이었다.

그러나 다음 페이지에 있는 킬 룸 사진은 훌륭했다. 모레노는 스위트룸 거실에서 총에 맞았다. 방 안의 모든 사람과 모든 물건에 유리 조각이 덮여 있었다. 모레노는 얼굴을 위로 하고 입을 벌린 채 소파에 누웠고, 피투성이 셔츠 한가운데에는 총알이 들어간 검고 커다란 구멍이 있었다. 등 뒤의 소파 커버가 검은 피와 살점으로 뒤덮여 있는 것을 보건대 총알이 나온 구멍이 어마어마한 것 같았다.

다른 피해자는 소파 근처에 누워 있었다. 한 사람은 덩치 큰 라틴계. 사진에 보디가드 시몬 플로레스라고 적혀 있었다. 다른 한 사람은 말쑥하고 턱수염을 기른 오십대 대머리 남자. 드라루아 기자였다. 깨진 유리와 피로 뒤덮인 피부는 수십 군데가 찢기고 베여져 있었다.

총알 사진도 보였다. 바닥에 놓인 총알 옆에 '14번'이라고 적힌 작은 마분지 카드가 있었다. 증거물의 위치를 적는 카드였다. 총알은 소파 몇 미터 뒤 양탄자에 박혀 있었다.

라임은 더 있을 거라 생각하고 페이지를 넘겼다.

하지만 다음 사진은 다시 경사와 아내가 해변 의자에 앉아 있는 모습이었다.

포이티어가 라임 쪽을 바라보지도 않고 말했다.

"그게 전부입니다."

"부검은?"

"했습니다. 보고서를 갖고 있진 않지만요."

"피해자의 옷은?"

포이티어는 그제야 라임을 보았다.

"시체안치소에 있습니다."

"사우스코브인에 내 부하를 보내서 드라루아의 카메라와 녹음기, 기타 소지품을 최대한 확보하라고 했는데, 모두 시체안치소로 보냈다고 하더군. 직접 보고 싶네."

포이티어가 회의적인 표정으로 웃었다.

"저도 보고 싶었습니다만."

"무슨 뜻이지?"

"네. 제가 유류품을 보겠다고 신청했을 때는 이미 피해자의 값비싼 개인 소지품까지 모두 분실된 상태였습니다."

라임은 시체 사진에서 보디가드가 롤렉스 시계를 차고 있는 것을 보았다. 기자 옆에는 금제 펜이 놓여 있었다. 오클리 선글라스도 보디가드의 가슴주머니에서 튀어나와 있었다.

포이티어가 덧붙였다.

"경감님이 직접 현장 수색을 하실 때는 증거를 더 빨리 보존하시겠지요. 저도 배우고 있습니다. 제가 말씀드린 그 변호사 말입니다."

"'유명한' 변호사."

"네. 그가 죽고 형사들이 현장에 도착했을 때는 사무실 절반이 약탈당한 상태였습니다."

"그래도 총알은 확보했겠지?"

"네. 증거물보관소에. 하지만 경감님이 본부를 떠난 뒤, 제가 맥퍼슨 부서장한테 불려가지 않았습니까? 모레노 사건의 모든 증거를 가져오라고 지시하더군요. 부서장님이 증거물 보관함을 잠갔습니다. 아무도 확인할 수 없습니다. 아, 경감님과 절대 접촉하지 말라는 지시도 있었습니다."

라임은 한숨을 쉬었다.

"정말 이 사건을 더 이상 진척시키고 싶어 하지 않는군. 그렇지?"

포이티어는 그 어느 때보다 씁쓸한 목소리로 말했다.

"아, 진척된 측면도 있습니다. 수사가 종결됐거든요. 카르텔이 모종의 보복으로 피해자를 살해했다는 결론이 났습니다. 종잡을 수 없는 카르텔을 누가 알겠습니까."

그는 얼굴을 찡그렸다. 그리고 목소리를 낮췄다.

"라임 경감님, 원하셨던 물리적 증거는 가져다드리지 못했지만, 대신 관광 가이드 역할은 해드릴 수 있습니다."

"관광 가이드?"

"네. 뉴프로비던스 섬 남서쪽 해안에 멋진 관광지가 있습니다. 0.6킬로미터 길이의 길쭉한 바닷가 땅인데, 허리케인으로 폐허가 되었죠. 주로 돌밭이고, 해변에는 지저분한 모래가 깔린 곳입니다. 환경 오염의 주범으로 종종 지적받는 금속 가공 공장과 재생용 타이어를 분쇄하는 회사가 있는 쓰레기장이 가장 볼 만하지요."

"멋있겠는데요?"

톰이 말했다.

"상당히 인기 있는 곳입니다. 미국 관광객 한 사람한테는 특히. 그는 5월 9일 거기에 들렀습니다. 오전 11시 15분경. 그가 가장 즐긴 절경은 사우스코브인이었습니다. 정확히 2110미터 떨어진 위치에서 탁 트인 전망을 확보할 수 있지요. 관광객으로서 경감님도 경치를 감상하면 좋으실 것 같습니다만. 제 말이 맞습니까?"

"그렇고말고, 경사."

"그럼 가시죠. 관광 가이드 일은 오래 못할 것 같습니다."

38

추적

 다운타운을 가로지르며, 아멜리아 색스는 사이버범죄과의 로드니 자넥과 통화를 끝냈다. 개인 비용으로, 당연히 현금으로 구입한 선불제 휴대폰을 사용했다. 색스는 지금 추적 중인 남자한테 도청당하지 않았을 거라고 확신했다.
 자넥은 NIOS 저격수가 현재 월스트리트 근처를 걸어가면서 통화 중이라고 알려주었다. 대략의 위치도 설명했다. 색스는 지금 그리로 가는 길이었다. 도착한 뒤 다시 전화를 걸면 로드니가 좀 더 정확한 좌표를 알려주기로 했다.
 색스는 토리노 코브라의 클러치를 바닥까지 꾹 밟고 기어를 내리며 레브매치를 한 다음, 콘크리트에 고무 탄 자국 두 줄을 남기며 속도를 올렸다.
 자동차 사이를 이리저리 빠져나가는데, 전방에 도로가 막혀 있었다.
 "제발, 제발."
 색스는 동쪽으로 우회한 뒤 유턴을 하려 했으나 갑자기 나타난 무단 횡단자를 피하기 위해 Q자 모양으로 돌았다. 그리고 다시 좁은 사잇길을 지나 다운타운을 향해 남동쪽 방향으로 달렸다.
 "젠장."

다시 교통 체증이었다. 색스는 비교적 잘 뚫리는 편이지만 이쪽에서는 진입 금지된 가장 가까운 일방통행로를 이용하기로 결정했다. 반대편에서 달려오던 운전자들이 대경실색해서 경적을 울려대는 소리가 교향곡처럼 울려 퍼졌다. 가운뎃손가락을 내미는 사람도 있었다. 색스는 놀라서 급히 보도로 방향을 꺾는 노란 택시를 지나쳐 브로드웨이로 나온 다음 남쪽으로 달렸다. 빨간불은 대부분 지켰다.

무선통신 회사가 경찰에 전화 사용 내역과 위치 정보를 공개하는 데는 논란이 많다. 일반적으로 긴급 상황일 때는 영장 없이도 대체로 협력한다. 그런 경우가 아니면 법원 영장을 요구한다. 로드니 자넥은 일을 빨리 진행하기 위해 바하마의 폴라스키에게 저격수의 전화번호를 알아내자마자 판사한테 연락해서 성문 확보와 위치 추적을 하는 데 필요한 5초 청취 허가를 얻어냈다.

자넥은 기본적인 삼각측량법을 이용해 브로드웨이와 워런 스트리트 교차로 근처에서 전화를 사용하고 있다는 것을 알아냈다. 그는 현재 근처 네트워크 안테나에서 데이터 신호를 보정하고 있었다. 도시에는 시골보다 송신탑이 많기 때문에 수색하기가 훨씬 쉽다. 물론 단점도 있다. 일대에 워낙 사람이 많기 때문에 농촌에서보다 특정 용의자를 지목하는 게 힘들다는 것이다.

자넥은 몇 미터 오차 수준으로 저격수의 위치를 알려줄 수 있는 핵심 GPS 데이터를 확보하기 위해 노력하고 있었다.

마침내 자넥이 말한 위치에 도착한 색스는 버스와 핫도그 가판을 아슬아슬하게 피하며 시속 64킬로미터로 모퉁이를 돈 뒤 브로드웨이 옆길에 차를 세웠다. 타이어 타는 냄새가 정겨운 향수를 불러일으켰다.

색스는 수백 명의 행인을 둘러보았다. 10퍼센트 정도가 휴대폰 통화를 하고 있었다. 지금 보이는 사람들 중에 저격수가 있을까? 카키색 바지와 작업용 셔츠 차림의 날씬한 상고머리 젊은 남자? 그도 군인 같았다. 아니면 몸에 잘 맞지 않는 슈트 차림으로 선글라스를 낀 채 주위를 수상하게 둘러보는 저 음울한 남자? 청부살인범 같은 인상이었지만 물론 회계사일 수도 있다.
　브런스는 얼마나 통화를 계속할까? 전화를 끊는다 해도 배터리를 빼지 않는 이상 추적은 계속할 수 있다. 그러나 전화를 실제 사용하고 있는 사람을 찾아내는 게 물론 더 쉽다.
　그때 문득 생각이 떠올랐다. 이것도 함정일 수 있다. 아직 자바 헛의 폭발이 기억에 생생했다. 저격수는 수사에 대해 알고 있다. 색스에 대해서도 분명 알고 있었다. 그는 색스의 전화를 도청해서 자바 헛에 관한 정보를 얻었다. 다시 두려움이 전류처럼 등골을 타고 흘렀다.
　휴대폰이 울렸다.
　"색스입니다."
　"GPS로 찾았어요."
　로드니 자넥은 십대 소년처럼 흥분해서 말했다.[언젠가 그는 경찰 일이 그랜드 데프트 오토(Grand Theft Auto) 게임만큼 재미있다고 말한 적이 있다.]
　"전화국 서버에 실시간으로 잡혔어요. 현재 브로드웨이 서쪽, 비지 스트리트 앞에 있어요."
　"지금 가요."
　색스는 그가 말한 방향으로 걷기 시작했다. 왼쪽 엉덩이가 욱신거렸다. 무릎만으로도 충분히 고문인데. 스위치블레이드가 꽂힌 뒷주머니에 손을 넣어 애드빌 포장을 꺼냈다. 그것을 이로 찢고 입에 털어 넣은 뒤 포장을 길에 던졌다.
　색스는 최대한 빨리 목표를 향해 다가갔다.
　자넥이 말했다.
　"멈췄어요. 신호등인가봐요."
　아까 자동차 사이를 누빈 것처럼 행인들을 이리저리 피해가며, 색스는 빨간 신호등이 남쪽 방향의 차량과 보행자를 막고 있는 교차로로 접근했다.
　"아직 거기 있어요."

자넥이 말했다. 지금 그의 사무실에서는 쿵쿵거리는 록 음악이 들리지 않았다.
12미터 전방에서 빨간불이 녹색으로 변했다. 길가에서 기다리고 있던 사람들이 도로로 쏟아졌다.
"움직여요."
한 블록을 지난 다음, 자넥이 침착하게 말했다.
"끊었어요."
젠장.
색스는 전화기를 주머니에 꽂는 사람을 찾아 주위를 돌아보았다. 아무도 없었다. 어쩌면 상대 역시 추적당한 전화로 마지막 통화를 했을지도 모른다. 저격수도 프로다. 분명 휴대폰에 무슨 문제가 있다는 걸 알고 있을 것이다. 어쩌면 색스를 알아보고 그녀와 마찬가지로 휴대폰을 하수구에 던질 참인지도 모른다.
데이 스트리트에서 신호등이 빨간색으로 변했다. 색스는 20명 정도 되는 사람들과 섞여 기다려야 했다. 사업가, 여자, 건설 인부, 학생, 여행자. 인종도 물론 다양했다. 백인, 아시아인, 라틴 사람, 흑인, 온갖 혼혈.
"아멜리아?"
로드니 자넥의 목소리가 돌아왔다.
"말해요."
"그에게 전화가 걸려왔어요. 지금 울리고 있을 거예요."
바로 그때 색스 오른쪽으로 몇 센티미터 떨어진 남자의 주머니에서 전화가 울리기 시작했다.
두 사람은 문자 그대로 어깨를 맞대고 있었다.
바하마 경찰 마이클 포이티어가 말한, 사우스코브인에 나타난 남자의 인상과 대충 비슷했다. 백인 남성. 운동선수 같은 탄탄한 몸매. 바지와 셔츠, 윈드브레이커 차림이었다. 야구 모자도 쓰고 있었다. 갈색 머리인지는 알 수 없었다. 짙은 금발 같았지만, 목격자가 갈색으로 혼동할 수도 있는 색이다. 머리는 저격수와 마찬가지로 짧았다. 끈으로 묶은 신발은 잘 닦아 윤기가 났다.

군인 출신.

색스는 전화에 대고 유쾌하게 말했다.

"알았어. 흥미로운데."

자넥이 물었다.

"옆에 있어요?"

"맞아."

지나친 연기는 금물이라고 색스는 자신에게 말했다.

신호등이 바뀌었다. 색스는 옆에 선 남자가 먼저 출발하도록 내버려두었다.

신원을 알아낼 방법이 없을까. 색스와 라임은 몇 년 전 젊은 여자 마술사의 도움을 받아 사건을 해결한 적이 있었다. 마술사의 기술 중에는 소매치기도 있었다—물론 공연용 기술이에요. 마술사는 웃으며 말했다. 지금 그녀가 있으면 좋을 텐데. 저 남자의 재킷 주머니에 손을 넣어 지갑이나 영수증을 꺼낼 방법이 있을까?

불가능하다고 색스는 결론 내렸다. 그런 기술이 있다 해도, 남자는 주위를 자주 둘러보며 긴장을 늦추지 않고 있었다.

그들은 길을 건너 리버티 스트리트를 뒤로하고 브로드웨이를 따라 내려갔다. 그때 저격수가 갑자기 오른쪽으로 돌더니 사람 없는 주코티 공원을 가로질렀다.

자넥이 말했다.

"주코티 공원을 서쪽으로 가로지르고 있어요."

"맞아."

목표물이 들을 수 없는 거리였지만, 색스는 연극을 계속했다.

색스는 공원을 대각선으로 가로질러 따라갔다. 그는 서쪽 끝에서 트리니티 플레이스를 따라 남쪽으로 향했다.

자넥이 물었다.

"어떻게 할 거예요, 아멜리아? 지원 인력을 출동시킬까요?"

색스는 갈등했다. 체포할 수는 없다. 그럴만한 증거가 충분하지 않다.

"최대한 오래 따라가면서 좀 더 살펴볼게요."

색스는 연극을 그만두고 자넥에게 말했다. 저격수는 이제 절대 들리지 않는 거리에 있었다.

"저자가 차에 타서 번호판을 읽을 수 있다면 좋을 텐데. 운이 나쁘다면 파 로커웨이까지 전철을 타고 뒤쫓아야 할지도 모르죠. 다시 전화할게요."

색스는 통화를 계속하는 척하며 속도를 내 저격수를 지나친 뒤 다음 빨간불에서 멈췄다. 그리고 통화에 몰두하듯 폰카메라 렌즈를 그쪽으로 돌리고 셔터를 연거푸 대여섯 번 눌렀다. 신호가 바뀌자 저격수를 먼저 건너게 했다. 그도 한창 통화 중이라 색스를 눈치채지 못한 것 같았다.

색스는 미행을 계속하며 자넥에게 전화를 걸었다. 자넥이 말했다.

"네. 이제 전화를 끊었어요."

색스는 남자가 주머니에 전화를 넣는 것을 보았다. 그는 음침한 계곡 같은 렉터 스트리트의 10층, 혹은 12층 건물로 향하고 있었다. 하지만 건물 현관으로 들어가지 않고 옆 골목으로 향했다. 좁은 길을 절반쯤 가더니 돌아서서 신분증 목걸이를 목에서 꺼낸 뒤 게이트를 지나 철조망을 잔뜩 두른 주차장 같은 공터로 들어갔다.

색스는 어둑어둑한 그늘에 서서 자넥에게 셀리토를 연결해달라고 부탁했다. 그리고 셀리토에게 저격수를 찾았으니 감시팀이 필요하다고 알렸다.

"좋아, 아멜리아. 특수업무부에서 곧바로 사람을 보내지."

"그자의 사진을 보낼게요. 자넥한테 연락하라고 하세요. 전화를 추적할 수 있으니 다시 이동하면 곧장 알 수 있을 거예요. 난 감시팀이 올 때까지 여기서 기다리고 있을 거예요. 그런 뒤 리디아 포스터를 만나러 갈게요."

"정확히 어디 있지?"

셀리토가 물었다.

"렉터 스트리트 85번지. 건물 옆 대문으로 들어갔어요. 주차장 같아요. 그냥 마당일 수도 있고. 아주 가까이는 접근하지 않는 게 좋을 것 같아요."

"좋아. 건물은?"

색스는 픽 웃음을 터뜨렸다. 방금 작은 표지판이 눈에 띄었던 것이다.

국가정보활동국.

색스는 셀리토에게 말했다.

"그의 사무실이네요."

39

끔찍한 소식

끔찍한 소식이다. 그 사람 좋은 모레노 씨가 죽다니.
3번 애버뉴의 자기 아파트에서, 리디아는 수백 가지 캡슐 커피 중 헤이즐넛을 골라 큐리그 커피를 만든 다음 경찰이 언제 도착할까 생각하며 거실로 돌아왔다.
리디아는 그를 꽤 좋아했다. 영리하고 점잖은 사람이었다. 신사이기도 했다. 리디아는 자신이 몸매가 좋고 매력적으로 보인다는 것을 알고 있었지만, 통역사로서 만나는 다른 남자들과 달리 모레노는 단 한 번도 추파를 보낸 적이 없었다. 몇 달 전 첫 통역 업무 때, 그는 아이들 사진을—얼마나 귀여웠는지!—보여주었다. 때로 여자에게 수작을 걸 때 첫 단계로 남자들이 하는 짓이다. 아무리 혼자 아이를 키우는 아버지라 해도 리디아가 볼 때 그런 수법은 싸구려였다. 하지만 모레노 씨는 아이들 사진 뒤에 있는 아내 사진을 보여주면서 결혼기념일을 고대하고 있다고 했다.
그 좋은 분이…. 운전사가 있는데도 직접 문을 열어줄 정도로 신사적이었다. 매력적이고 사교적이었다. 재미있는 대화도 나누었다. 둘 다 언어에 매력을 느꼈다. 모레노는 블로그와 잡지에 글을 쓰고 라디오 진행자로도 활동했다. 그리고 리디아는 직업적으로 타인의 언어를 통역하는 사람이었다. 그들은 언어의 유사점과 기술적인 측면에 대해서까지 이야기를 나누었다—주격, 여격, 소유격, 동사 활용. 그는 모국어인 영어를 극도로 싫어한다고 했다. 리디아는 그 점이 흥미로웠다. 어떤 언어의 음색이 거칠어서 싫다는 사람도 있고—예를 들어 독일어나 코사어(Xhosa)—일본어처럼 유창해지기 힘들어서 절망하는 사람도 있지만, 특정 언어 전체가 싫다는 경우는 처음이었다.

그는 영어가 무작위적이고 게으르다고 했다(불규칙적인 문법). 혼란스럽고 품위가 없다고도 했다. 알고 보니 진짜 반감은 다른 곳에 있었다.

"온 세상 사람들이 좋든 싫든 영어를 억지로 입에 쑤셔 넣고 있습니다. 타국을 미국에 종속하게끔 만드는 전략이죠."

그러나 모레노 씨는 다른 여러 가지 문제에 대해서도 자기 주관이 강했다. 한 번 정치에 대해 설교를 시작하면 말을 끊을 수가 없었다. 리디아는 자신도 모르게 그런 주제를 피했다.

모레노 씨가 자신의 안전에 대해 걱정하는 것 같았다는 이야기를 형사에게 해야겠다. 그는 차로 시내를 달리거나 회의 장소로 걸어갈 때 내내 주위를 두리번거렸다. 한 번은 회의 장소를 나서서 다음 장소로 가는 도중, 모레노 씨가 갑자기 우뚝 선 적이 있었다.

"저 남자? 전에 다른 사무실 앞에서 보지 않았습니까? 우릴 미행하는 걸까요?"

그가 가리킨 남자는 잡지를 읽고 있는 젊고 음울한 인상의 백인이었다. 리디아가 볼 때는 잡지를 읽고 있다는 것 자체가 이상했다. 마치 탐정이 길거리에서 용의자를 관찰하는 동안 신문을 읽는 척하는 구식 추리영화 같았다. 뉴욕 시내에서 누가 읽을거리를 들고 시간을 보내겠는가. 다들 아이폰이나 블랙베리를 확인하고 있지.

리디아는 그 일에 대해 형사한테 꼭 이야기할 생각이었다. 어쩌면 모레노 씨의 죽음과 관련이 있을 수도 있다.

리디아는 레드웰드 폴더를 뒤적이며 지난 몇 달 동안 모레노 씨를 위해 일한 업무 내역을 정리했다. 리디아는 모든 것을 보관했다. 통역사로서 가끔 경찰이나 사법 기관과 일한 적도 있고, 모든 자료를 아주 양심적으로 보관하는 습관이 있었다. 혹시 형사의 질문이나 용의자의 대답을 잘못 번역했다가 무고한 사람이 유죄 판결을 받거나 죄 지은 사람이 풀려날 수도 있기 때문이다. 이런 성실함은 상업적인 일반 통역 업무에도 이어졌다.

경찰한테 넘길 모레노 씨에 관한 통역 자료는 거의 1000페이지에 달했다.

인터콤이 울렸다.

"네?"

"포스터 씨. 뉴욕시경에서 나왔습니다."

남자 목소리였다.

"아까 색스 형사와 통화하셨지요? 다른 일 때문에 제가 대신 로버트 모레노에 대한 질문을 하게 됐습니다."

"아, 올라오세요. 12층 B호입니다."

"고맙습니다."

몇 분 뒤, 노크 소리가 들렸다. 문구멍으로 내다보니 호감 가는 인상의 삼십대 남자가 슈트 차림으로 서 있었다. 그가 금배지가 든 가죽 지갑을 들어 올렸다.

"들어오세요."

리디아는 빗장을 열고 체인을 풀었다.

남자는 고개를 끄덕여 인사하고 안으로 들어왔다.

문을 닫자마자 경찰의 손에서 뭔가 이상한 점이 눈에 띄었다. 손이 쭈글쭈글했다. 아니, 살색 장갑이었다.

리디아는 미간을 찡그렸다.

"아니…."

소리칠 사이도 없이, 반듯하게 편 손이 날아와 목을 세게 쳤다.

리디아는 목구멍에서 숨 막히는 소리를 내며 바닥에 쓰러졌다.

40

실수

제이컵 스완은 때로 사람이 궁금했다.

양심적일까, 아닐까. 구리 밑판 스테인리스스틸 소테 팬에 눌은 때를 모조리 닦아내는 사람일까, 아닐까. 수플레를 작은 종지에서 10센티미터 높이로 부풀어 오르도록 공들여 만드는 사람일까, 엉터리 스칸디나비아 이름을 달고 있지만 실은 미국산인 하겐다즈로 디저트를 때우는 사람일까.

그는 쓰러진 채 헐떡이는 리디아 포스터 옆에 서서 아멜리아 색스를 생각했다.

휴대폰을 버린 것은 영리했다. (기술팀 사람들은 단순히 배터리를 뺀 게 아니라 망가졌다고 한다.) 하지만 경찰은 자바 헛에서 겨우 7.6미터 떨어진 공중전화에서 론 셀리토에게 다시 전화를 거는 실수를 저질렀다. 색스가 전화를 걸 때쯤에는 이미 본부의 전문가들이 그 전화와 인근 몇 대의 공중전화를 도청하고 있었다. (물론 공식적으로 그런 기술은 없다고 주장하며, 알고 있더라도 절대 부인할 것이다.)

때로 밀레 오븐이 갑자기 고장 나면—하필 양고기 로스트를 막 집어넣으려는 순간에—즉흥적으로 요리를 해야 하는 법이다.

물론 색스는 론 셀리토한테—자신도 모르게 제이컵 스완한테—리디아 포스터의 신상 정보를 이야기했다.

그는 조용히 아파트를 돌아다니며 안에 아무도 없다는 것을 확인했다. 시간은 많지 않을 것이다. 색스는 늦는다고 했다. 하지만 전화를 할지도 모르고, 조만간 도착할 것이다. 형사를 기다릴까? 그 점도 생각해봐야 한다. 물론 혼자 나타나지는 않을 것이다. 그 점도 그렇고, 그 역시 권총을 가지고 있기는 하지만 총을 쏘는 것은 문제를 해결하는 가장 엉성한 (그리고 재미없는) 방식이다.

하지만 색스 혼자라면? 몇 가지 선택지가 있었다.

칼을 품에 넣은 그는 다시 통역사에게 돌아가 머리카락과 블라우스 목깃을 잡고 묵직한 주방 의자에 앉혔다. 여자를 램프 전선으로 의자에 묶은 다음 카이 슌이 아닌 싸구려 만능 칼로 전선을 잘라냈다. 가장 좋아하는 요리인 비프 룰라드를 만들면서도, 고깃덩어리를 묶은 실을 자를 때도 사용하지 않던 칼이다.

여자의 얼굴에 눈물이 흘러내렸다. 리디아 포스터는 숨을 헐떡이며 몸을 떨고 발버둥을 쳤다.

가슴주머니에 손을 넣은 제이컵 스완은 다시 나무 칼집에서 카이 슌을 빼 들었다. 여자의 반응, 즉 공포는 깊어지지 않았다. 뜻밖의 일에나 절망하는 법. 아마 여자도 예상하고 있었을 것이다.

내 작은 푸줏간 소년….

그는 알아들을 수 없는 소리를 내며 미친 듯이 떨고 있는 리디아 옆에 쭈그리고 앉았다.

"조용히 해."

여자의 귀에 대고 속삭였다.

어제의 바하마, 은색 야자수와 플라타너스에 둘러싸인 해변 옆 공터에서 오렌지색 새삼 줄기에 목이 졸려 죽어가며 "엄, 엄, 엄" 비명을 지르던 아넷이 떠올랐다.

통역사는 협조적이지 않았지만, 어느 정도 조용해졌다.

"몇 가지 질문할 게 있어. 로버트 모레노와 함께한 업무에 대한 자료가 모두 필요해. 무슨 이야기를 했는지. 누구를 만났는지. 하지만 우선, 로버트 모레노에 대해 경찰 몇 사람한테 이야기했지?"

아멜리아 색스와 통화한 뒤 다른 경찰과 혹시 통화했을까봐 걱정이었다.

리디아는 고개를 저었다.

제이컵 스완은 단단히 묶인 리디아의 등에 왼손을 얹었다.

"그건 숫자가 아니잖아. 몇 명?"

리디아는 더욱 기묘한 소리를 냈다. 그가 그녀의 손가락에 칼을 슥 긋자 속삭이는 대답이 나왔다.

"아무도 없어요."

리디아는 문 쪽을 흘끗 보았다. 경찰이 도착할 때까지 시간을 끌면 살 수 있을 거라고 생각하는 듯했다.

제이컵 스완은 왼손 손가락을 구부리고 움푹 팬 제련 자국이 있는 카이 슌 날 옆면을 주먹에 얹었다. 면도날 같은 칼이 리디아의 중지와 약지로 향했다. 진지한 요리사들은 음식을 자를 때 칼을 이렇게 쓴다. 자를 곳을 따라가는 손가락 끝을 아래쪽으로 말아 붙여 위험한 칼날로부터 보호하는 것이다. 그도 여러 번 손가락을 베었다. 아픔은 어마어마했다. 손가락에는 신체 어느 부위보다 신경 말단이 많이 분포하고 있다.

그는 속삭였다.

"한 번 더 묻겠어."

── 41 ──

위기일발

 사우스코브인 인근 저격 지점까지 차로 가는 데는 평소보다 시간이 상당히 오래 걸렸다.
 마이클 포이티어는 톰에게 주도로 대신 목적지인 SW 로드까지 복잡한 경로를 따라가라고 말했다. 금색 머큐리가 미행하는지 확인하기 위해서였다. 포이티어는 그 차가 바하마 경찰 소속 감시팀이 아니라고 했다. 미행은 모레노와 관계가 있거나 전혀 다른 조직일 것이다. 휠체어를 타고 잘 차려입은 미국인이라면 도둑의 관심을 끌 수도 있다.
 라임은 아직 모텔에 있는 풀라스키에게 연락해서 행선지를 알렸다. 풀라스키는 살해 전날 저격수의 정보 수집에 대해 더 많은 정보를 알려줄 수도 있는 객실 관리인을 계속 기다리기로 했다.
 공항을 지나자 교통은 한산해졌고, 톰은 속도를 올려 SW 로드를 달렸다. 해변을 따라 완만한 곡선을 그리는 도로변으로 철문을 단 단정한 마을, 빨랫줄에 세탁물을 널어놓고 염소를 우리에 가둔 움막들, 늪과 끝없는 숲과 녹지가 차례로 펼쳐졌다. 클리프턴 헤리티지 공원이었다.
 "여기, 여기서 꺾으세요."
 포이티어가 말했다.

그들은 비포장도로로 접어들었다. 오른쪽으로, 열려 있는 넓고 녹슨 철문을 지났다. 도로는 클리프턴 베이로 1.6킬로미터가량 뻗어 있는 좁고 긴 땅 위로 계속 이어졌다. 곶은 해수면에서 몇 미터 높이였고 여기저기 나무와 수풀, 지저분한 맨땅이 섞여 있었다. 해변은 어떤 곳은 돌, 일부는 모래였다. 해변을 따라 '수영 금지' 간판이 연이어 붙어 있었다. 이유는 적혀 있지 않았지만, 물이 지저분하고 비위 상하는 녹색이어서 들어가고 싶은 마음도 들지 않았다.

자동차는 곶의 북쪽 끝을 돌아 포이티어가 아까 식당에서 말한 상업 시설을 지나쳤다. 처음 지나간 곳은 이름 없는 좁은 길과 SW 로드의 교차점에 있는 공공 쓰레기장이었다. 몇 군데 모닥불이 보였다. 10여 명의 사람들이 쓸 만한 물건을 찾아 어슬렁거리고 있었다. 다음은 타이어 재생 시설, 그다음은 허리케인은커녕 부드러운 산들바람에도 날아가버릴 듯 납작하고 허름한 움막 몇 채로 이루어진 금속 가공 공장이었다. 업체 이름이 안내판에 페인트로 적혀 있었다. 울타리 위에는 가시철사가 얽혀 있고, 성질 더러워 보이는 개들이 경내를 어슬렁거렸다. 가슴이 넓고 땅딸막한 체구의 개들은 아까 점심을 같이 먹은 팻케이크와는 아주 달랐다.

누리끼리한 회색 연기구름이 산들바람에는 물러가지 못하겠다는 듯 반항적으로 맴돌고 있었다.

톰이 울퉁불퉁한 길을 따라가는 동안 도로 오른쪽 시야가 갑자기 트이더니, 아름다운 파란 하늘과 솜사탕처럼 푹신한 흰 구름 아래 푸른 바다가 모습을 드러냈다. 몇 킬로미터 저편 나지막한 베이지색 육지와 건물이 바로 사우스코브인과 주변 대지를 둘러싼 경내였다. 저격수는 여기부터 이 곶의 북쪽 끝, 100미터 정도 떨어진 곳 사이 어딘가에 둥지를 꾸렸을 것이다.

"여기 어디라도 되겠군."

라임이 말했다. 톰은 잠시 차를 더 몰다가 길가에 세웠다. 시동을 끄자 두 가지 소리가 밴을 가득 채웠다—금속 공장에서 규칙적으로 들려오는, 쿵쿵 두들기는 소리 그리고 해안을 따라 울퉁불퉁 펼쳐진 돌을 때리는 희미한 파도 소리.

"우선 한 가지."

포이티어는 배낭에 손을 넣어 뭔가를 꺼내더니 라임에게 건넸다.

"이게 필요하십니까?"

권총이었다. 글록. 아멜리아 색스의 권총과 매우 비슷했다. 포이티어는 실탄을 확인하고 슬라이드를 당겨 약실에 탄을 장전했다. 글록에는 안전장치가 없다. 방아쇠만 당기면 발사된다.

라임은 권총을 바라보았다. 그러곤 톰을 흘끗 보더니 오른손으로 권총을 들었다. 그는 원래 총기를 좋아하지 않았다. 사용할 기회도 거의 없었지만—어쨌든 그의 전문 분야인 법과학에서는—혹시 총을 빼서 사용해야 할 일이 생길까봐 늘 걱정스러웠다. 공격하려는 자를 죽이는 게 두려워서가 아니라 단 한 발이라도 범죄 현장을 오염시키기 때문이었다. 연기, 폭발 압력, 화약 잔여물, 증기….

여기서도 그 점은 마찬가지였지만 손에 권총을 들자 사고 이후 그의 인생을 둘러싸고 있던 절대적인 무력감과 대비되는 힘 같은 게 전해져오는 것 같았다.

"좋아."

손가락으로 느낄 수는 없었지만, 글록의 열기가 피부 속을 뚫고 들어와 새로운 팔의 일부가 된 것 같았다. 그는 사격 훈련 시절을 떠올리며 조심스럽게 창밖의 물을 겨냥해보았다—모든 무기는 장전 발사 준비가 완료된 것으로 간주하라. 총알을 날릴 준비가 되지 않은 대상을 절대 겨냥하지 말라. 목표물 뒤에 무엇이 있는지 정확히 확인하기 전에는 발사하지 말라. 발사 준비가 끝날 때까지는 방아쇠에 손을 얹지 말라.

과학자 라임은 총알을 원하는 목표물에 도달시키는 경로를 물리학적으로 계산하기 때문에 명중률이 높은 편이었다.

"좋아."

그는 다시 말하고 재킷 안주머니에 총을 집어넣었다.

그들은 밴에서 내려 주위를 둘러보았다. 파이프와 하수도가 바다까지 뻗어 있고, 거대한 개미 언덕 같은 쓰레기더미가 10여 군데 쌓여 있었다. 콘크리트 덩어리, 자동차 부품, 가전제품, 녹슨 산업용 기계가 땅에 흩어져 있었다.

수영 금지….

당연하지.

톰이 말했다.

"안개가 심하고 모텔은 너무 멉니다. 목표물을 정확히 겨냥할 수 있을 정도로 시야를 확보했을까요?"

포이티어가 말했다.

"특수 망원경을 썼을 겁니다. 적응-제어광학, 레이저."

라임은 흥미로웠다. 분명 경사는 보기보다 사건에 대해 훨씬 많은 연구를 한 것 같았다. 맥퍼슨 부서장이 안다면 탐탁하게 생각하지 않을 것이다.

"그날은 날이 좀 더 맑았을 수도 있어."

"여기는 좀처럼 맑지 않습니다."

포이티어는 타이어 공장 위로 솟아 있는 낮은 굴뚝 쪽으로 팔을 휘둘렀다. 굴뚝에서는 독한 녹색과 베이지색 연기가 흘러나오고 있었다. 썩은 달걀 같은 역겨운 냄새와 오염된 대기의 뜨거운 고무 냄새에 둘러싸인 채 그들은 해변 가까이 좀 더 다가갔다. 라임은 저격수의 근거지로 최적인 지점은 어디일지 땅을 살폈다. 몸을 은폐할 수 있고 라이플을 안정적으로 받칠 수 있는 움푹 파인 곳. 대여섯 지점이 눈에 띄었다.

아무도 수색을 방해하지 않았다. 주변에는 사람도 없었다. 트럭 한 대가 천천히 다가오더니 바로 길 건너편에 섰다. 땀투성이 회색 셔츠 차림의 운전사가 휴대폰으로 통화하면서 트럭 짐칸으로 가서 쓰레기 봉투를 길 옆 웅덩이에 던지기 시작했다. 쓰레기를 버리는 게 범죄라는 인식은 바하마에 없는 것 같았다. 금속 가공 공장을 둘러싼 울타리 반대편에서 웃음소리와 고함 소리가 들려왔지만, 그 밖에는 인기척이 없었다.

톰과 포이티어는 저격 근거지를 찾아 잡초와 흙, 모래가 섞인 땅을 걸었다—라임은 휠체어를 끌고 다녔다. 스톰 애로는 울퉁불퉁한 땅에서 그럭저럭 중심을 잘 잡았다. 포이티어와 톰은 바닷가까지 나갈 수 있기 때문에 라임은 그들에게 풀이 누운 자리, 움푹 팬 자리, 평평한 지대로 이어진 발자국이나 부츠 자국을 찾아보라고 지시했다.

"모래땅도 찾아봐."

탄피도 독특한 자국을 남긴다.

"프로일 거야. 총을 지지할 때 삼각대나 샌드백을 사용할 수도 있었겠지만, 돌을 이용했을 수도 있어. 따로 떨어져 있는 돌을 찾아봐. 다른 돌 위에 겹쳐놓은 돌이나. 이 거리라면 라이플을 단단히 고정시켰을 거야."

라임은 눈을 가늘게 떴다. 오염된 공기와 바람이 눈을 찔렀다.

"탄피가 나왔으면 좋겠는데."

하지만 저격수가 탄피를 남겼을 것 같지는 않았다. 탄피는 총기와 저격수에 대해 어마어마하게 많은 것을 알려주기 때문에 프로는 항상 탄피를 챙긴다. 그래도 혹시 탄피가 물속으로 튀지는 않았을까 생각하며 바다를 내려다보았다. 바다는 검었다. 아주 깊어 보였다.

"다이버가 있으면 좋겠는데."

포이티어가 유감스러운 듯 대답했다.

"경찰 소속 다이버는 안 됩니다, 경감님. 이건 수사가 아니니까요."

"그냥 섬 관광이지."

"맞습니다."

라임은 휠체어를 끌고 바다 가까이 다가가서 아래를 내려다보았다.

"조심하세요."

톰이 외쳤다. 포이티어가 말했다.

"하지만 제가 다이빙을 할 줄 압니다. 제가 다시 와서 뭐가 있는지 찾아보죠. 해양지구대에서 수중 전등만 빌리면 됩니다."

"그래 주겠나, 경사?"

경사도 물을 내려다보았다.

"네. 내일….'

순식간에 벌어진 일이었다.

눈 깜짝할 사이.

서스펜션 덜컹거리는 소리, 심한 엔진 소리가 들렸다. 라임과 톰, 포이티어는 아까 운전해 들어온 도로 쪽을 돌아보았다. 지금은 안에 2명만 탄 금색 머큐리가 이쪽을 향해 똑바로 돌진하고 있었다.

라임은 뭔가를 직감하고 뒤를 돌아보았다. 회색 티셔츠 차림의 남자, 트럭에서 쓰레기를 버리던 남자가 좁은 길을 가로질러 달려오더니 총을 빼 드는 포이티어를 덮쳤다. 무기가 날아갔다. 남자는 벌떡 일어나 헐떡거리는 경사의 옆구리와 머리를 발로 세게 걷어찼다.

"안 돼!"

라임은 소리쳤다.

머큐리가 끽, 소리를 내며 멈췄다. 아까 미행하던 남자 둘이 뛰어내렸다. 한 사람은 소매 없는 노란색 셔츠에 땋은 머리, 한 사람은 녹색 셔츠 차림의 키가 작은 남자였다. 녹색 셔츠 남자가 톰의 손에서 휴대폰을 빼앗고 배를 걷어찼다. 톰이 몸을 앞으로 굽혔다.

"안 돼!"

자기도 모르게 튀어나온, 의미 없는 외침.

회색 티셔츠 차림의 남자가 동료에게 말했다.

"좋아. 다른 사람은 못 봤지?"

"없어."

물론이다. 그래서 아까 통화를 했던 것이다. 남자는 쓰레기를 버리러 나온 게 아니었다. 그들을 미행하다가 목표물이 죽을 자리에 도착하자 동료들에게 연락한 것이다.

포이티어는 옆구리를 움켜잡고 숨을 헐떡였다.

라임은 단호하게 말했다.

"우리는 미국 경찰이다. FBI에서 일한다. 상황을 더 악화시켜야 좋을 게 없으니까 가봐."

놈들은 듣는 척도 하지 않았다.

회색 옷 남자가 3미터쯤 떨어진 흙바닥에 있는 포이티어의 권총 쪽으로 다가갔다.

"멈춰!"

라임이 명령했다.

남자가 멈췄다. 그리고 라임을 향해 눈을 깜빡였다. 다른 2명도 그 자리에 얼어붙었다. 그들은 라임이 손에 쥔 글록을 바라보고 있었다. 권총은 불안하게 흔들렸지만, 이 정도 거리에서는 쉽게 상대의 가슴에 총알을 박아 넣을 수 있다.

남자는 두 손을 약간 들고 일어섰다. 시선은 권총에 고정한 채. 그가 다시 라임을 보았다.

"네, 네, 알겠어요. 쏘지 마세요."

"셋 다. 물러서서 땅에 엎드려. 얼굴 아래로 하고."

차를 타고 온 남자 둘이 회색 옷의 남자 쪽을 돌아보았다.

아무도 움직이지 않았다.

"마지막 경고다."

손에 어느 정도의 반동이 올까. 힘줄에 손상을 입을지도 모른다. 하지만 총을 쏜 뒤 권총을 계속 쥐고만 있으면 된다. 두목이 죽으면 나머지는 도망갈 것이다.

라임은 특수 임무 명령서를 떠올렸다. 적법 절차도, 재판도 없다. 정당방위. 적이 나를 죽이기 전에 내가 먼저 죽인다.

"정말 쏠 거요?"

남자가 갑자기 도전적인 태도로 라임을 훑어보았다.

라임은 적을 직접 상대할 기회가 드물었다. 적을 대면하는 것은 보통 현장에서 아주 먼 곳, 검찰 측 전문가로 법정에 증언하러 나갈 때였다. 그래도 지금 회색 옷차림의 남자를 응시하는 데는 아무런 지장이 없었다.

멋진 근육을 가진 노란색 옷이 앞으로 나섰지만, 라임이 총구를 그쪽으로 향하자 얼른 멈췄다.

"알았어요, 거 참. 알았다고요."

두 손이 올라갔다.

라임은 다시 두목에게 총을 겨누었다. 그는 총을 뚫어지게 쳐다보며 두 손을 들고 미소를 지었다.

"쏠 거요? 날 쏠 겁니까? 못 쏠 것 같은데."

몇 발짝 앞으로 나섰다. 그러곤 멈췄다가 다시 라임을 향해 곧바로 다가왔다.

더 이상 할 말은 없었다.

라임은 총의 반동으로 섬세한 수술의 결과가 훼손되지 않기를, 총을 손에 계속 쥐고 있을 수 있기만을 바라며 긴장했다. 그리고 검지에 힘을 주라는 명령을 내렸다.

한데 아무 일도 일어나지 않았다.

글록—믿을 만한 오스트리아제 권총—은 겨우 몇백 그램의 압력만 가해도 방아쇠가 당겨진다.

하지만 그 힘조차도, 자신의 간병인과 직업을 걸고 그를 도운 경찰의 목숨을 구하기 위한 힘조차도 낼 수 없었다.

라임이 필사적으로 방아쇠를 당기려 하는 동안, 회색 옷의 남자는 총을 쏠 용기가 없다고 생각했는지 계속 다가왔다. 더욱 모욕적인 것은 옆에서 다가오지 않고 자신을 겨냥한 방아쇠를 향해 똑바로 걸어오고 있다는 사실이었다.

근육질의 손이 총을 붙잡더니 쉽게 라임의 손에서 빼앗았다.

"병신 같은 놈."

그러곤 라임의 가슴 한복판에 발을 들이대더니 세게 밀었다.

스톰 애로가 60센티미터가량 뒤로 굴러가다 돌출성이 언덕 가장자리를 넘어갔다. 라임과 스톰 애로는 물을 사방으로 튀기며 굴러 떨어졌다. 라임은 숨을 크게 들이쉬고 물 밑에 잠겼다.

생각보다 그리 깊지는 않았다. 캄캄한 것은 오염 물질, 화학 약품, 쓰레기 때문이었다. 스톰 애로는 3미터 정도 가라앉다가 바닥에 닿았다.

숨이 모자라자 머리가 욱신거리고 허파가 타는 듯했다. 라임은 최대한 머리를 틀고 입으로 의자 등받이에 걸린 가방 끈을 물었다. 끈을 앞으로 잡아채자 가방이 손 닿는 곳에 떴다. 그는 팔로 힘겹게 가방을 감싸고 이로 지퍼를 연 다음 고개를 숙이고 휴대용 벤틸레이터 마우스피스를 찾았다. 마우스피스를 움켜쥐고 입술 사이로 가져갔다.

오염 물질 때문에 눈이 불타는 것 같았다. 겨우 눈을 가늘게 뜬 채 벤틸레이터 스위치를 찾았다.

그래, 이거야.

그는 스위치를 켰다.

불이 들어왔다. 기계가 윙윙거렸다. 그는 달콤한 산소를 들이마셨다.

한 모금 더.

그러나 세 번째는 나오지 않았다. 물이 외장을 뚫고 들어가 회로가 합선된 것 같았다.

벤틸레이터가 꺼졌다. 공기도 멈췄다.

그 순간, 라임은 물을 뚫고 희미하게 그러나 또렷하게 전해지는 소리를 들었다. 두 번.

총성.

친구들의 죽음. 영원처럼 오랜 세월 동안 알아왔던 사람과 지난 몇 시간 동안 가까워진 사람.

숨을 들이마시는 순간, 물이 들어왔다.

그는 아멜리아 색스를 생각했다. 몸에서 힘이 빠졌다.

42

현장 수색

안 돼.

아, 안 돼.

오후 5시가 다 되어가는 시각, 아멜리아 색스는 3번 애버뉴에 있는 리디아 포스터의 아파트 건물 앞에 차를 세웠다.

가까이 다가갈 수가 없었다. 경찰차와 앰뷸런스가 도로를 막고 있었다.

통역사가 죽어서 경찰이 와 있는 것이라고는 도저히 논리적으로 생각할 수 없었다. 색스는 지난 한 시간 반 동안 저격수를 뒤쫓았다. 그리고 그자는 아직 다운타운 사무실에 있다. 색스는 마이어스의 특수업무부 감시팀이 도착한 뒤에야 출발했다. 게다가 저격수가 통역사의 이름과 주소를 어떻게 알았을까? 일반 전화와 선불 휴대폰을 사용했는데.

논리적으로는 그랬다.

하지만 직감적으로는 리디아가 죽었다는 것을, 그건 자신의 잘못이란 것을 알 수 있었다. 그제야 진실을 깨달았기 때문이다. 범인은 둘이었다. 하나는 뉴욕의 다운타운 거리에서 추적한 사람—성문이 일치했으니 분명 저격수다—다른 한 사람은 리디아 포스터 살해범,

신원이 밝혀지지 않은 용의자였다. 완전히 다른 인물이었다. 어쩌면 저격수의 파트너, 많은 저격수가 활용하는 정탐꾼일지도 모른다. 혹은 슈리브 메츠거가 암살 뒤처리를 위해 따로 고용한 전문가일 수도 있다.

색스는 얼른 차를 세웠다. 그리고 뉴욕시경 명찰을 대시보드에 던진 뒤 차에서 내려 평범하게 생긴 건물로 급히 다가갔다. 흰색 건물 정면 벽에는 에어컨 유닛이 눈물이라도 흘린 듯 누런 자국이 얼룩져 있었다.

출입금지 선을 들어 올리고 안으로 들어간 색스는 탐문팀을 꾸리는 형사에게 다가갔다. 날씬한 흑인 형사는 색스를 알아보았다. 하지만 색스는 모르는 사람이었다. 형사가 인사 대신 고개를 끄덕이고 말했다.

"형사님."

"리디아 포스터인가요?"

굳이 물어볼 필요가 있을까?

"맞습니다. 수사 중인 사건이었습니까?"

"네. 론 셀리토가 수사 책임, 빌 마이어스가 감독관입니다. 내가 현장 실무를 맡고 있어요."

"그럼 들어가십시오."

"어떻게 된 거죠?"

형사는 몹시 동요한 기색으로 펜을 손 안에서 굴리며 시선을 피했다. 그러곤 침을 삼키고 말했다.

"아주 참혹합니다. 고문을 당했어요. 그리고 칼로 찔렀습니다. 이런 광경은 처음이에요."

"고문?"

색스는 속삭이듯 물었다.

"손가락 피부를 벗겼습니다. 천천히."

맙소사….

"범인이 어떻게 들어갔죠?"

"무슨 이유인지 피해자가 문을 열어주었습니다. 억지로 들어간 흔적은 없어요."

색스는 깨달았다. 용의자는 일반 전화를, 아마 색스가 자바 헛 근처에서 사용한 전화를 도청해서 통역사에 대해 알아냈을 것이다. 경찰인 척 엉터리 배지를 내보이며 색스와 같이 일한다고 했을 것이다. 이젠 색스의 이름도 알고 있을 테니.

색스와 셀리토가 한 그 대화야말로 리디아 포스터에 대한 특수 임무 명령서였다.

살인자에 대한 숨 막히는 분노가 치밀어 올랐다. 그가 리디아에게 한 짓은—고통은—불필요한 일이었다. 민간인에게 정보를 얻고 싶으면 협박만 해도 된다. 육체적인 고문은 무슨 이유에서든 의미가 없다.

고문 자체를 즐기는 것만 아니라면.

칼을 꺼내 정확히, 솜씨 좋게 자르는 데서 기쁨을 느끼는 것만 아니라면.

"어떻게 신고가 들어갔나요?"

"그 새끼가 상처를 너무 많이 내서 피가 아랫집 천장까지 뱄습니다. 벽에서 핏자국을 본 아래층 사람이 911로 신고했습니다."

형사는 말을 이었다.

"아파트 전체를 뒤졌어요. 뭘 찾았는지는 모르지만 전부 뒤진 것 같습니다. 서랍 하나 내버려둔 게 없어요. 컴퓨터와 휴대폰도 없었습니다. 전부 다 가져갔어요."

모레노 통역 업무 파일. 아마 이미 폐기되었거나 불탔을 것이다.

"현장감식반은 오고 있나요?"

"퀸스에 호출했습니다. 곧 올 겁니다."

토리노 트렁크 안에 기본적인 현장감식 장비가 있었다. 색스는 차로 돌아가서 연청색 작업복과 부츠, 샤워캡을 착용했다. 지금 당장 시작해야 한다. 시시각각 증거물은 오염될 것이다.

그리고 이 짓을 저지른 괴물은 시시각각 더 멀리 도망가고 있을 것이다.

현장 수색.
외과 의사 같은 복장을 갖춘 아멜리아 색스는 리디아 포스터의 아파트를 전통적인 현장 관찰 방식으로 수색하기 시작했다. 한쪽 벽에서 반대쪽 벽까지 한 번에 한 발씩 갔다가 돌아서서 옆으로 약간 움직여 다시 왔던 방향으로 돌아가는 방식이었다. 그 방향이 모두 끝나면, 같은 공간에서 직각 방향으로 다시 한 번 수색한다.
이것은 가장 시간이 많이 걸리는 현장 관찰 방식이지만, 가장 철저한 방식이기도 했다. 라임이 늘 현장을 수색하던 방식이기도 했고, 그가 부하들에게 늘 고집하는 방식이기도 했다.
현장 수색이야말로 아마도 범죄 수사에서 가장 중요한 부분일 것이다. 사진, 비디오, 스케치도 중요하다. 범인의 출입 경로, 탄피 위치, 지문, 정액 자국, 혈흔. 그러나 결정적인 미량증거물을 찾는 것이야말로 현장감식의 핵심이다. 고마워요, 로카르 박사. 현장 수색을 할 때는 그 장소를 향해 온몸을 열고, 냄새 맡고, 귀를 기울이고, 만지고, 물론 보아야 한다. 철저하게 훑어야 한다.
아멜리아 색스는 지금 그 일을 하고 있었다.
색스는 자신이 법과학 분석에 타고난 재능이 있다고 생각하지 않았다. 색스는 과학자가 아니었다. 색스의 지성은 라임처럼 빠르게 숨 가쁜 추론을 해내지 못했다. 그러나 한 가지 장점이 있다면 공감 능력이었다.
처음 같이 일을 시작했을 때, 라임은 색스에게서 자신에게 없는 기술을 발견했다. 바로 범인의 마음으로 들어갈 수 있는 능력이었다. 현장 수색을 할 때 실제로 색스는 정신적으로 살인자나 강간범, 납치범, 도둑이 될 수 있었다. 이는 괴롭고 사람을 기진맥진하게 만드는 작업이었다. 그러나 이 과정이 잘될 때 일반적인 수사관이 미처 생각하지 못하는 공간, 은신처나 기발한 출입 경로, 감시 위치를 생각해낼 수 있었다.

색스가 영원히 숨겨져 있을 수도 있는 증거물을 찾아내는 곳은 바로 그런 지점이었다.

퀸스의 현장감식반이 도착했다. 하지만 예전처럼 색스는 혼자 초동 수색을 진행했다. 더 많은 사람을 투입하면 수색이 잘될 것 같지만, 사실 그건 총기 난사 같은 넓은 현장에나 해당하는 말이었다. 일반적인 상황에서는 단 한 사람의 수색자만 들어가는 것이 덜 산만하다. 자기가 놓치면 아무도 찾을 사람이 없다는 책임감 때문에 집중력도 높아진다.

또한 현장 수색의 진리는 이것이었다. 즉 결정적인 단서를 찾을 기회는 단 한 번뿐이다. 돌아가서 다시 시도할 수 없다.

고개를 뒤로 젖힌 피투성이 시체가 의자에 묶여 있는 아파트를 수색하면서 색스는 무엇이 보이는지, 무슨 냄새가 나는지, 무슨 생각이 드는지 라임에게 말하고 싶은 충동을 느꼈다. 자바 헛을 수색할 때와 마찬가지로, 이번에도 그 목소리를 들을 수 없다는 상실감에 가슴이 서늘했다. 라임은 고작 1600킬로미터 떨어져 있었지만, 색스에게는 마치 더 이상 존재하지 않는 사람처럼 느껴졌다.

이달 말로 예정된 수술이 다시 떠올랐다. 생각하고 싶지 않았지만, 어쩔 수가 없었다.

그가 살아남지 못한다면?

색스와 라임 둘 다 위기 속에서 사는 사람들이었다. 속도와 위험을 좋아하는 색스의 생활 습관, 라임의 육체적 상태. 어쩌면 아마도 이 위험이라는 요소가 그들의 삶을 더욱 강렬한 유대감으로 이끌고 있을 것이다. 색스는 대체로 이 사실을 인정했다. 하지만 그가 멀리 떨어져 있고 자신 혼자 힘든 현장 수색을 진행하고 있자니, 총성 한 방이면 눈 깜박할 사이에 영원히 혼자가 될 수도 있다는 생각을 하지 않을 수 없었다.

잊자. 색스는 냉혹하게 생각했다. 말이 되어 입 밖으로 나왔을지도 모른다. 일하자.

하지만 이번 현장에서는 공감 능력이 치고 올라오지 않았다. 방을 돌아다니는 동안, 어딘가 꽉 막힌 기분이었다. 자신의 뮤즈를 소환할 수 없는 작가나 예술가가 이런 기분일 것이다. 생각이 떠오르지 않았다. 첫째, 색스는 범인이 누구인지 몰랐다. 최신 정보는 혼란스러웠다. 이 짓을 저지른 자는 저격수가 아니라, 아마도 메츠거의 다른 전문가일 것이다. 하지만 누구일까?

현장과 공감할 수 없는 또 다른 이유는 용의자의 동기를 이해할 수 없었기 때문이다. 단순히 목격자를 제거하고 수사를 방해하고 싶었다면, 왜 정교한 칼질로 끔찍한 고문까지 했을까? 왜 여유롭게 피부를 발라냈을까? 색스는 리디아가 묶인 의자 밑바닥에 떨어진 살점을 내려다보며 멍하니 생각에 잠겼다. 피.

그는 무엇을 원했을까?

라임이 무전기나 비디오를 통해 현장에 동행하며 귀에 속삭여주고 있다면 다를지도 몰랐다. 직감이 솟아날지도 모른다.

그러나 그는 없고, 살인자의 심리는 종잡을 수 없었다.

수색은 오래 걸리지 않았다. 동기가 무엇이든 리디아 포스터의 살인범은 조심스러웠다—고무장갑을 꼈다. 그가 피부를 발라내며 시체를 만진 지점에 묻은 핏자국에 주름이 남은 것으로 보아 알 수 있었다. 핏자국을 밟지 않도록 조심했기 때문에 신발 자국도 남지 않았다. 양탄자가 깔리지 않은 맨바닥을 정전기 프린터로 훑어보았지만 지문 하나 보이지 않았다. 색스는 욕실 문에 걸린 청바지 주머니에서 미량 증거물과 영수증 몇 개, 포스트잇을 수집했다. 그러나 색스가 찾아낸 것은 이게 다였다. 색스는 끔찍한 상처를 확인하며 시체를 수색했다. 여자의 손가락 피부를 발라낸 자국은 작지만 정확했다. 가슴에는 단 한 번 칼로 찌른 치명적인 상처가 있었다. 뼈를 피해서 정확히 심장을 찌를 수 있는 위치를 찾기 위해 손으로 만져보았는지, 칼이 들어간 지점 주위에 멍이 들어 있는 것 같았다.

왜 그랬을까?

색스는 동료에게 위층으로 올라와 비디오와 사진을 찍어도 좋다고 무전으로 알렸다.

문간에서 다시 멈춘 색스는 마지막으로 리디아 포스터의 시체를 돌아보았다.

미안해요, 리디아. 미처 생각을 못했어요.

그가 자바 헛 근처의 일반 전화를 도청할 거라고 생각했어야 하는데. 2명의 용의자가 있다고 짐작했어야 하는데.

한 가지 생각이 더 들었다. 리디아가 알려주겠다던 정보를 더 빨리 들으러 오지 않은 게 후회스러웠다. 통역사가 알았던 내용과 기록은 분명 결정적이었을 것이다. 아니면 왜 고문했겠는가?

색스는 이렇게 이기적인 생각을 해서 미안하다고, 리디아 포스터에게 두 번째로 사과했다.

밖으로 나온 색스는 작업복을 벗고 폐기물 봉투에 넣었다. 작업복은 리디아의 피로 얼룩져 있었다. 색스는 비누로 손을 씻었다. 글록을 확인했다. 위협이 될 만한 것이 없는지 주변을 둘러보았다. 눈에 보이는 것은 100여 개의 검은 창문, 어둑어둑한 막다른 골목, 주차된 차량뿐이었다. 모두가 용의자 입장에서 색스를 노릴 수 있는 완벽한 감시 위치였다.

색스는 휴대폰 케이스를 제자리에 꽂으려다가 문득 멈췄다. 라임과 정말 통화하고 싶었다.

색스는 가장 최근 선불제로 구입한 휴대폰 단축 번호를 눌렀다. 라임의 번호였다. 하지만 곧장 음성사서함으로 넘어갔다. 색스는 메시지를 남길까 하다가 그냥 끊었다. 무슨 말을 하고 싶은지 알 수가 없었다.

아마도 그냥 그립다는 말일 것이다.

43

구사일생

링컨 라임은 눈을 깜빡였다. 눈이 지독하게 따끔거렸고, 입안에는 기름의 단맛과 화학 약품의 쓴맛이 섞여 있었다.

이제 막 의식을 찾았지만, 놀랍게도 생각했던 것만큼 기침이 많이 나지는 않았다. 산소마스크가 입과 코를 덮고 있었다. 심호흡을 했다. 목구멍이 아픈 것을 보니, 의식을 잃은 동안 기침을 많이 한 모양이었다.

주위를 둘러보니, 후텁지근한 구급차 뒷자리에 누워 있었다. 구급차는 그가 공격을 당했던 곳에 세워져 있었다. 저 멀리 파도치는 청록색 만 너머로 사우스코브인이 보였다. 땅딸막한 구급요원이 앞으로 몸을 숙이고 손전등으로 그의 눈을 관찰했다. 그리고 산소마스크를 치운 다음 입과 코를 살폈다.

남자의 새까만 얼굴에는 아무 표정도 없었다. 마침내 그가 영국 억양이 아닌, 미국 억양으로 말했다.

"그 물. 아주 안 좋습니다. 하수. 화학 약품. 온갖 게 다 있어서. 하지만 심해 보이지는 않는군요. 염증이 좀 있고. 아픕니까?"

"따가워요. 아주 많이. 네."

톡톡 끊는 말투가 전염된 듯했다.

라임은 숨을 깊이 들이쉬었다.

"한데, 말씀해주십시오. 나와 같이 있던 두 사람은? 어떻게…."

"폐 기능은 어때요?"

톰 레스턴의 목소리였다. 그가 구급차 뒤쪽으로 다가오고 있었다. 간병인은 한 번, 두 번 심하게 기침을 했다.

라임도 기침을 억누르고 놀라서 중얼거렸다.

"자네… 자네 괜찮나?"

톰은 자기 눈을 가리켰다. 붉게 충혈되어 있었다.

"심각한 건 아닙니다. 고약한 물이 많이 들어갔어요."

아주 안 좋습니다. 하수….

톰의 옷이 젖어 있는 것을 보니 몇 가지 의문이 풀렸다. 첫째, 그의 목숨을 구한 건 조수였다. 둘째, 물속에서 들은 두 발의 총성은 마이클 포이티어를 향한 것이었다.

내겐 먹여 살릴 아내와 두 아이가 있습니다.

포이티어의 죽음에 가슴이 아팠다. 경사가 살해당하고 미행자들이 도망간 뒤, 톰이 물로 뛰어들어 그를 구했을 것이다.

구급요원은 가슴에 다시 청진기를 갖다 댔다.

"놀랍군요. 좋아요. 폐는. 상처가 있고, 벤틸레이터. 하지만 오래된 상처군요. 잘하고 있어요. 운동을 많이 하시는군요. 그리고 오른팔. 인공 기관. 읽은 적이 있어요. 훌륭합니다."

마이클 포이티어를 살릴 정도로 훌륭하지는 못했다.

구급요원이 일어나며 말했다.

"눈과 입을 씻겠습니다. 물로. 다른 건 필요 없어요. 생수로. 하루 서너 번. 그리고 의사를 만나보세요. 돌아가면. 잠깐만 기다리세요."

요원이 돌아섰다. 모래와 자갈 밟는 소리가 멀어졌다.

라임이 말했다.

"고마워, 톰. 고마워. 자네가 또 내 목숨을 구했군. 이번에는 클로니딘도 없이."

클로니딘은 자율신경 반사부전 발작이 발생했을 때 혈압을 내리는 약물이다.

"내가 벤틸레이터를 썼어."

"알고 있습니다. 목에 걸려 있더군요. 제가 떼어냈어요. 아멜리아의 만능 칼이 있었더라면."

라임은 한숨을 쉬었다.

"하지만 마이클은. 정말 끔찍한…."

톰이 구급차 선반에서 혈압계를 들어 올렸다. 그리고 라임의 혈압을 측정하곤 어깨를 으쓱했다.

"그렇게 심각하지 않아요."

"혈압?"

"아니, 포이티어 말입니다. 조용하군. 맥을 들어야 하는데."

라임은 잘못 들은 줄 알았다. 귀에 아직 물이 차서 먹먹했다.

"하지만…."

"쉬."

톰이 청진기를 라임의 팔에 갖다 댔다.

"자네 말은…."

"조용히 하세요!"

잠시 후 톰이 고개를 끄덕였다.

"혈압은 정상."

그러곤 구급요원이 사라진 방향으로 시선을 옮겼다.

"그 사람을 못 믿겠다는 게 아니라 저는 확실한 걸…."

"심각하지 않다니 무슨 소리야? 마이클 말이야."

"음, 보셨잖습니까. 옆구리를 차이고 머리를 얻어맞았어요. 하지만 심한 건 아닙니다."

"총에 맞았잖아!"

"총? 아뇨. 안 맞았습니다."

"총성 두 방을 들었어."

"아, 그거요."

라임은 쏘아붙였다.

"아, 그거라니. 무슨 뜻이야?"

"링컨을 물에 처넣은 놈. 회색 셔츠 말입니다. 그놈이 론한테 총을 쐈어요."

"풀라스키? 맙소사, 그는 괜찮나?"

"괜찮습니다."

"도대체… 젠장, 어떻게 된 거야?"

라임은 버럭 내뱉었다.

톰이 웃었다.

"기분이 나아지신 것 같으니 다행입니다."

"무슨, 일이냐고."

"론이 사우스코브인 일을 마치고 여기로 왔어요. 우리가 여기 있을 거라고 했잖습니까. 물에 빠진 직후 렌터카로 도착했습니다. 론이 상황을 보고 곧장 총 든 놈한테 전속력으로 차를 몰았어요. 그자가 두 번 총을 쐈지만, 론 말고도 경찰이 더 들이닥칠 거라고 생각했는지 머큐리와 트럭을 타고 도망쳤습니다."

"마이클은 괜찮아?"

"괜찮다고 말씀드렸잖습니까."

깊은 안도감. 라임은 잠시 아무 말 없이 일렁이는 바다로 시선을 옮겼다. 서쪽으로 지는 햇살이 둥글게 부서지고 있었다.

"휠체어는?"

톰이 고개를 저었다.

"그건 안 괜찮습니다."

"개새끼들."

라임은 중얼거렸다. 업무적으로나 개인적으로나 하드웨어에 대해 감상적인 애착은 없었지만, 스톰 애로는 워낙 정교한 기계이고 작동법을 익히느라 무던히 애썼기 때문에 정이 들었다. 휠체어를 움직이는 건 진정한 기술이다. 깡패들에 대한 분노가 치밀었다.

톰이 말을 이었다.

"저 사람들이 가진 걸 빌리기로 했습니다. 비전동식. 제가 직접 몰아야 하는 겁니다."

그때 다른 사람이 나타났다.

"이야, 신참이 한 건 했군."

풀라스키가 말했다.

"괜찮아 보이시는데요? 온통 젖었군요. 이렇게 홀딱 젖은 모습은 처음입니다, 링컨."

"모텔에서는 뭘 찾았나?"

"별로. 객실 관리인 이야기는 포이티어 경사가 한 말 그대로였습니다. 거칠어 보이는 미국인이 모레노와 스위트룸 1200호에 대해 물었대요. 친구인데, 파티를 열어주고 싶다고 했답니다. 누구와 같이 오는지, 일정은 어떻게 되는지, 친구가 누구인지 물었답니다. 아마 보디가드를 말했던 것 같습니다."

"파티라…."

라임은 내뱉고 구급차를 돌아보았다. 구급요원이 덩치 큰 조수들과 함께 돌아왔다. 그중 한 사람은 낡은 휠체어를 밀고 있었다. 라임이 물었다.

"브랜디 같은 것 있습니까?"

"브랜디?"

"약용 브랜디."

"약용 브랜디?"

남자의 커다란 얼굴에 주름이 잡혔다.

"글쎄요. 여기 의사들은 그런 처방을 하기도 합니다. 제3세계 섬이니까요. 유감이지만 제가 메릴랜드 대학에서 응급의료 학위를 받을 때는 그런 과목이 없었습니다."

어이쿠.

하지만 의사는 기분이 상했다기보다 재미있다는 표정으로 자기 조수를 가리켰다. 조수가 라임을 휠체어에 앉혔다. 배터리와 전동 장치 없는 휠체어에 타본 게 언제인지 기억조차 나지 않았다. 무력감이 싫었다. 사고 직후의 기억이 되살아났다.

"마이클을 보고 싶습니다."

라임은 습관적으로 휠체어 컨트롤러 쪽으로 손을 뻗다가 조종간이 없다는 것을 깨달았다. 굳이 직접 앞으로 나아가기 위해 휠체어 바퀴의 손잡이를 잡지는 않았다. 빌어먹을 권총 방아쇠 하나 당길 수 없다면, 깨진 아스팔트와 모래 위에서 내 몸무게가 실린 휠체어를 한 손으로 굴리는 일이 가능할 리 없지.

톰이 10미터 정도 휠체어를 몰고 갔다. 포이티어는 크레오소트(목재 보존재로 사용하는, 콜타르로 만든 진한 갈색 액체-옮긴이)를 흠뻑 칠한 가로세로 2.5미터짜리 구조물 위에 앉아 있었다. 옆에는 긴급 신고를 받고 출동한 바하마 경찰 둘이 보였다.

포이티어가 일어섰다.

"아, 경감님. 무사하셨다고 들었습니다. 잘됐습니다. 다행이에요. 상한 데는 없어 보이는군요."

"홀딱 젖었어요."

풀라스키가 되풀이했다. 톰은 미소를 지었고, 라임은 그쪽을 노려보았다.

"경사는?"

"괜찮습니다. 약간 멍하네요. 진통제를 복용했습니다. 경찰에 들어온 지 5년 만의 첫 격투였는데, 서툴렀습니다. 기습을 당했어요."

"차량 번호를 본 사람 없나?"

라임이 물었다.

"없었습니다. 번호판이 없었어요. 금색과 검정색 머큐리나 흰색 트럭을 수배해도 도움은 안 될 겁니다. 분명 도난 차량일 겁니다. 경찰서에 돌아가서 범죄자 등록 사진을 찾아보겠지만, 그것도 별 소용없을 겁니다. 그래도 할 수 있는 데까지는 해봐야죠."

그때 갑자기 SW 로드 쪽에서 뭉게뭉게 먼지가 일었다. 차 한 대, 아니 두 대가 빠른 속도로 다가오고 있었다.

옆에 서 있던 바하마 경찰이 불편하게 몸을 굳혔다.

물리적인 위협을 감지해서가 아니었다. 극적으로 번쩍이는 개인용 포드의 붉은 전조등이 보였다. 라임은 뒷좌석에 부서장 맥퍼슨이 앉아 있는 것을 보고 놀라지 않았다. 뒤따라오는 두 번째 차량에는 바하마 경찰 마크가 붙어 있었다.

차량 두 대가 구급차 근처에 끽 멈췄다. 맥퍼슨이 화난 기세로 차에서 내리더니 문을 쿵 닫았다. 그러곤 포이티어에게 성큼성큼 다가오며 말했다.

"여기서 무슨 일이 있었나?"

라임은 모든 책임은 자신에게 있다고 설명했다.

부서장은 라임을 노려보다가 경사를 향해 돌아서서 나직하게 으르렁대기 시작했다.

"이런 불복종은 참을 수가 없어. 나한테 보고했어야지."

라임은 젊은 경사가 순순히 굴복할 거라고 생각했다. 하지만 그는 상관의 눈을 똑바로 쳐다보았다.

"부서장님, 무엇이 어떻게 되었건 저는 모레노 살인 사건 수사 책임을 맡았습니다."

"적절한 절차를 밟아 처리해야지. 외부에서 개입한 사람을 현장에 데려오는 건 자네 권한이 아니야."

"이곳이 단서였습니다. 저격수는 여기 있었어요. 지난주에 제가 수색해야 했습니다."

"도대체 어떤 근거로…."

포이티어가 말을 끊었다.

"베네수엘라 당국이 대답해야겠지요."

"말 끊지 마, 경사. 그런 태도도 곤란해."

"네, 부서장님. 죄송합니다."

라임이 말했다.

"이건 양국에 영향을 줄 수 있는 중요한 사건입니다, 부서장님."

"그리고 당신. 라임 경감, 당신. 당신 때문에 내 수하 경찰이 죽을 뻔했다는 걸 알고 있소?"

라임은 입을 다물었다.

부서장은 감정 없는 목소리로 덧붙였다.

"당신도 죽을 뻔했습니다. 바하마에서 미국인이 더 죽어나가면 곤란합니다. 지금까지만으로 충분해요."

그러곤 차갑게 옆을 보았다.

"자넨 정직이야, 경사. 위원회 회의에서 해직 여부를 결정하도록 하겠네. 최상의 경우라도 자넨 교통과로 돌아갈 거야."

포이티어의 얼굴이 절망으로 가득 찼다.

"하지만…."

"그리고 당신. 라임 경감, 당신은 즉시 바하마를 떠나시오. 여기 있는 경찰들이 일행을 공항까지 바래다줄 겁니다. 소지품은 모텔에서 챙겨 공항에서 전달하겠습니다. 이미 항공사에 전화했습니다. 두 시간 후 떠나는 항공편을 예약했습니다. 그때까지는 우리가 옆에 있겠습니다. 그리고 경사, 권총과 신분증을 본부에 반납해."

"알겠습니다."

그때 갑자기 풀라스키가 나섰다. 자기보다 몸무게가 두 배는 더 나가고 몇 센티미터나 더 큰 부서장 앞에 우뚝 섰다.

"그건 안 됩니다."

"뭐라고요?"

젊은 경찰은 단호하게 말했다.

"우리는 오늘 밤 모텔에서 지내겠습니다. 아침에 떠날 겁니다."

"뭐요?"

맥퍼슨은 눈을 깜빡였다.

"우린 오늘 밤 안 떠날 겁니다."

"그건 받아들일 수 없소, 풀라스키 경관."

"링컨은 죽을 뻔했습니다. 휴식을 취할 때까지 비행기를 탈 수 있는 상태가 아닙니다."

"당신은 범죄를 저질렀…."

풀라스키가 전화를 꺼냈다.

"대사관에 전화를 걸어서 상의할까요? 물론 그렇게 되면 우리가 여기서 뭘 했는지, 무슨 사건 수사를 했는지 자세히 알려야 할 겁니다."

들리는 것은 등 뒤 수수께끼 같은 기계 공장의 쳇소리와 철썩이는 파도 소리뿐이었다. 침묵이 흘렀다.

경찰 간부가 얼굴을 잔뜩 일그러뜨렸다.

"좋아. 하지만 아침 첫 비행기로 떠나시오. 모텔까지 우리가 호위하고, 아침까지 객실에 구금하겠소."

라임이 말했다.

"고맙습니다, 부서장님. 감사합니다. 우리가 바하마 경찰에 끼친 불편이 있다면 사과하겠습니다. 수사에 행운을 빕니다. 미국 학생의 살인 사건 수사 말입니다."

그러곤 포이티어를 돌아보았다.

"그리고 자네한테도 미안하네, 경사."

5분 뒤 라임과 톰, 풀라스키는 포드 밴에 올라 곳을 떠났다. 경찰차가 그들이 모텔까지 가는지, 다른 데로 새지는 않는지 확인하기 위해 뒤따랐다. 경찰차에 탄 덩치 큰 경찰 둘은 무뚝뚝하게 경계 태세를 취했다. 사실 라임은 그들의 존재는 신경도 쓰지 않았다. 어차피 금색 머큐리를 탔던 세 남자도 어딘가에 도사리고 있을 것이다.

"끝내주게 잘했어, 신참."

"유능했죠?"

"그 이상이었어."

젊은 경찰이 웃었다.

"시간을 벌 필요가 있을 거라는 직감이 들었습니다."

"맞아. 특히 대사관 부분이 좋았어."

"즉석에서 둘러댔죠. 이제 뭘 할까요?"

"빵이 노릇노릇해질 때까지 기다려야지."

라임은 수수께끼처럼 말했다.

"소문 자자한 바하마 럼을 어디서 좀 훔쳐올 수 없는지 알아봐야겠어."

44

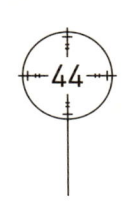

가스크로마토그래피

아멜리아 색스는 리디아 포스터 사건 현장에서 수집한 증거물이 든 우유 상자를 들고 타운하우스 현관을 지나 실험실로 들어섰다.

"링컨이 전화했어요?"

색스는 흥미로운 눈으로 우유 상자를 둘러보는 멜 쿠퍼에게 물었다.

"아뇨, 전혀."

실험실 전문가 멜 쿠퍼도 론 셀리토와 마이어스 경감에게서 '라임 지구대'에 배치한다는 연락을 받고 이제 공식적으로 수사에 합류했다. 뉴욕시경 형사 쿠퍼는 머리가 벗겨지고 몸집이 작았다. 그리고 늘 있어야 할 곳에 정확히 머물지 않는다는 느낌이 드는 두꺼운 해리 포터 안경을 쓰고 있었다. 일과 후 시간에는 수학 퍼즐이나 풀고 〈사이언티픽 아메리칸〉이나 읽을 것 같은 사람이지만, 여가 시간에는 주로 볼룸댄스 경연에 참가하거나 컬럼비아 대학 수학 교수인 멋진 스칸디나비아계 여자 친구와 보냈다.

낸스 로렐은 자기 책상에 앉아 있었다. 증거물을 무심하게 흘끗 보더니 색스에게 시선을 옮겼다. 인사의 뜻인지, 말하기 전에 뜸을 들이는 습관인지 알 수 없었다.

색스는 어둡게 말했다.

"내가 실수했어요. 용의자는 2명이에요."

그러곤 자신의 잘못된 가정에 대해 설명했다.

"나는 저격수를 뒤쫓고 있었어요. 리디아 포스터를 살해한 건 다른 사람이에요."

"누구라고 생각해요?"

쿠퍼가 물었다.

"브런스의 파트너겠죠."

"메츠거가 뒤처리를 위해 고용한 전문가일 수도 있어요."

로렐이 말했다. 마치 이 소식에 목소리가 밝아진 것 같았다. 핵심 용의자가 부하한테 그렇게 비정한 짓을 지시했다면 수사에 좋은 소식, 배심원에게 유리한 소식이다. 피해자에 대한 동정의 말, 걱정하는 표정은 전혀 없었다.

그 순간, 색스는 이 여자가 정말 미웠다.

색스는 일부러 로렐을 외면하고 멜 쿠퍼를 향해 말했다.

"론이 당분간 범행 동기 미상의 사건으로 처리한다고 해줬어요. 자바 헛의 사제 폭탄은 아직 공식적으로는 가스 누출 폭발 사건이에요. 메츠거에게 수사 진행 상황을 알리지 않는 게 좋을 것 같아서요."

로렐이 고개를 끄덕였다.

"좋아요."

색스는 화이트보드를 바라보다가 지금까지 알아낸 사실을 고쳐 적기 시작했다.

"리디아 포스터 살인범은 용의자 516으로 적죠. 오늘 날짜를 따서."

로렐이 물었다.

"저격수의 신원. 당신이 NIOS까지 따라간 남자의 신원에 대해 알아낸 건?"

"없어요. 론이 그에게 감시팀을 붙였어요. 신원을 확보하면 연락이 올 거예요."

다시 침묵. 로렐이 말했다.

"궁금해서 그러는데, 그의 지문을 확보할 생각은 해봤나요?"

"그의…."

"다운타운에서 저격수를 미행할 때. 이런 걸 묻는 이유는, 예전에 수사할 때 언더커버 형사가 두툼한 잡지를 떨어뜨렸어요. 용의자가 그걸 집어줬죠. 덕분에 지문을 확보했어요."

색스는 억양 없는 말투로 대꾸했다.

"음, 안 했어요."

그렇게 했으면 지금쯤 신원을 알고 있겠지. 모른다고 했잖아.

로렐의 불가사의한 끄덕임.

궁금해서 그러는데….

'괜찮으시다면' 못지않게 짜증스러웠다.

색스는 돌아서서 얼굴을 살짝 찌푸리며 리디아 포스터 현장에서 가져온 증거물을 멜 쿠퍼에게 넘겼다. 그 역시 색스와 마찬가지로 암울한 얼굴로 몇 안 되는 증거를 훑어보았다.

"이게 다예요?"

"유감스럽지만. 용의자 516은 일을 할 줄 아는 사람이에요."

색스는 퀸스 감식팀에게서 다운로드받아 출력 중인 리디아 포스터의 피투성이 시체 사진을 바라보았다. 그리고 입술을 꾹 다문 채 화이트보드로 다가가 사진을 붙였다.

"고문했군요."

로렐이 나직하게 말했지만, 별다른 반응은 보이지 않았다.

"리디아가 모레노와 함께 일했던 자료도 모두 가져갔어요."

"그녀가 뭘 알고 있었을까?"

로렐이 중얼거렸다.

"사업상 통역사로 동행했다면, 분명 범죄인들을 만나게 하지는 않았을 텐데. 모레노가 테러리스트가 아니라는 사실을 증언해줄 훌륭한 목격자인데."

그러곤 덧붙였다.

"아니, 목격자였는데."

색스는 리디아 포스터의 죽음보다 슈리브 메츠거의 유죄를 입증할 벽돌 한 장을 놓친 걸 더 아까워하는 검사의 반응에 분노가 치밀어 올랐다. 그러다 문득 자신이 시체를 보는 순간 그렇게 절망했던 이유 중에도 통역사에게서 확실한 정보를 얻어낼 기회를 너무 늦게 도착해서 잃어버렸다는 자책이 있었다는 걸 떠올렸다.

색스가 말했다.

"죽기 전에 리디아와 잠시 통화했어요. 러시아와 아랍 자선사업가, 브라질 영사관 사람과 회의를 했다고 했어요. 그게 다예요."

더 이상 알아낼 기회가 없었어. 아직 자신에 대한 화가 풀리지 않았다. 라임이 여기 있었다면, 분명 용의자가 둘일 수 있다는 생각을 했을 텐데. 젠장.

잊자. 색스는 단호하게 생각했다. 수사를 계속하자.

색스는 쿠퍼를 보며 말했다.

"뭔가 연관성을 찾아낼 수 있는지 보죠. 사제 폭탄을 설치한 게 브런스인지, 용의자 516인지 알고 싶어요. 자바 헛 현장에서 뭘 좀 찾았어요, 멜?"

쿠퍼는 단서가 거의 없지만 몇 가지는 찾았다고 설명했다. 폭발물 해체반은 사제 폭탄이 체코제 셈텍스 기성품으로 인명 살상용 폭발물이라는 사실을 알려주었다.

"연줄만 있으면 무기 시장에서 비교적 쉽게 구할 수 있는 물건입니다. 대부분의 구매자는 정부나 용병 같은 군 관련자들이에요."

쿠퍼는 색스가 커피숍에서 발견한 잠재지문을 떠서 IAFIS에 보냈다. 그러나 FBI 자동지문검색시스템에서도 일치하는 지문이 나오지 않았다. 쿠퍼가 말했다.

"커피숍에서 좋은 샘플은 많았지만, 용의자가 흘렸다고 추론할 수 있는 미량증거물이 별로 없었어요. 한데 두 가지 독특한 점이 있었는데, 이게 아마 폭발물을 설치한 사람이 남긴 흔적일지도 모릅니다. 침

식된 석회암, 산호, 아주 작은 껍질 조각. 즉 모래. 열대 지방 모래입니다. 유기 갑각류 분비물도 나왔어요."

"그게 뭐죠?"

로렐이 물었다. 색스가 대답했다.

"게 똥요."

"맞습니다. 하지만 정확히 말하면 로브스터인지, 가재인지, 새우인지, 크릴인지, 따개비인지는 모릅니다. 갑각류에는 6만 5000종 이상이 있어요. 분명한 것은 카리브 해안의 전형적인 특성이라는 겁니다. 미량증거물엔 증발한 해수 성분과 동일한 잔여물도 있었습니다."

색스는 미간을 찌푸렸다.

"그러면 모레노에게 총을 쏘기 전 사우스코브인에 갔던 사람일 수도 있겠군요. 모래가 일주일씩 달라붙어 있나요?"

"미세한 알갱입니다. 가능해요. 점착성이 아주 높죠."

"또 알아낸 건 없나요, 멜?"

"범죄 현장에서 절대 나오지 않는 것도 있었어요. 1,5-디카페오일퀴닉산."

"그건?"

"시나린."

쿠퍼는 화학 물질 컴퓨터 데이터베이스를 읽었다.

"가장 흔하게 볼 수 있는 경우는 아티초크입니다. 단맛이 나는 성분이죠."

"범인이 그 성분을 남겼나요?"

"확실하지는 않지만 자바 헛 문간과 문손잡이, 사제 폭탄 조각에서 찾아냈어요."

색스는 고개를 끄덕였다. 아티초크. 묘했다. 하지만 현장감식 일이 원래 그렇다. 수많은 퍼즐 조각 같은 것.

"다른 건 없습니다."

"자바 헛에서는 그게 다라고요?"

"네."

"그럼 폭탄을 누가 설치했는지는 아직 모르는 거군요."

이어 색스와 쿠퍼는 리디아 포스터 현장으로 넘어갔다.

쿠퍼는 시체 사진을 향해 고개를 끄덕였다.

"우선 칼자국. 아주 좁고 독특합니다. 하지만 대조할 만한 데이터베이스가 없어요."

전국라이플협회가 있는 나라인 미국은 전 세계 총상의 수도다. 칼로 인한 사망은 총기 규제가 엄격한 영국이나 다른 나라에서는 흔하지만, 미국은 총이 널려 있어 칼은 비교적 드문 살인 무기다. 그렇기 때문에 색스와 라임이 아는 한 어떤 수사 기관에도 칼로 인한 상처 영상 데이터베이스는 없었다.

용의자가 장갑을 끼고 있었다는 것은 확신했지만, 색스는 그래도 리디아 포스터의 시체와 그 주위에서 지문을 떴다. 범인이 잠깐이라도 장갑을 벗었을 수 있다. 그러나 자바 헛과 마찬가지로 지문 검색 데이터베이스에 일치하는 지문은 없었다.

"별다른 기대는 없었는데. 하지만 다른 것과 일치하지 않는 머리카락은 하나 찾았어요. 여기, 봉투에."

색스는 쿠퍼에게 봉투를 건넸다.

"갈색, 짧은 머리. 용의자일 수도 있어요. 포이티어 경사 말로는 살인 전날 모레노의 스위트룸을 기웃거렸던 남자가 짧은 갈색 머리였어요. 아, 모근이 붙어 있어요."

"좋습니다. CODIS에 검색하죠."

전미 DNA 데이터베이스는 기하급수적인 속도로 확대되고 있었다. 머리카락의 주인이 누구든 데이터베이스에는 들어 있을 것이다. 그렇다면 신원을 알아낼 수 있고, 어쩌면 곧 소재도 알아낼 수 있을 것이다.

색스는 나머지 증거를 검토하기 시작했다. 범인은 로버트 모레노에 대해 언급한 모든 서류, 컴퓨터, 저장 장치를 모조리 가져간 것 같지만 한 가지 관련 있을 만한 게 있었다. 스타벅스 영수증이었다. 영수증 맨 위에는 5월 1일 오후 시각이 찍혀 있었다. 모레노가 리디아를 동반하지 않고 사적인 회의를 마친 게 아마 이 시각쯤이었을 것이다. 어쩌면 그가 갔던 사무실을 확인할 수 있을지도 모른다.

내일은 그곳에 가봐야겠다. 체임버스 스트리트에 있는 빌딩.

색스와 쿠퍼는 리디아의 아파트에서 나온 미량증거물 나머지를 모조리 검토했지만, 별다른 소득은 없었다. 쿠퍼가 가스크로마토그래피에 샘플을 넣더니 색스를 올려다보았다.

"여기 뭐가 있군요. 식물. 글리시리자 글라브라. 콩 비슷한 식물. 그러니까, 감초예요."

색스가 말했다.

"아니스, 혹은 펜넬?"

"아뇨. 맛은 비슷하지만 그것과는 관계없습니다."

낸스 로렐은 신기하다는 얼굴이었다.

"방금 아무것도 안 찾아보셨잖아요. 글리시리자…. 어떻게 그걸 다 아세요?"

쿠퍼는 콧등으로 검은 안경을 밀어 올리더니 빤한 질문을 한다는 듯 대꾸했다.

"난 링컨 라임 밑에서 일하잖습니까."

45

돌파구

마침내 돌파구를 찾았다. 그들은 저격수의 본명을 알아냈다.

마이어스 경감의 특수업무부 감시팀이 저격수를 NIOS 본부에서 자택까지 미행했다. 그는 캐럴 가든스에서 내려 배리와 마거릿 셰일즈가 소유한 집으로 걸어갔다. 차량 검색 결과 셰일즈의 사진이 나왔다. 분명 색스가 오늘 오후 미행 때 휴대폰으로 사진을 찍은 남자와 동일인이었다.

배리 셰일즈는 서른아홉 살이었다. 전직 군인. 공군 대위로 전역했고, 훈장도 여러 번 받았다. 현재 민간인 '정보 전문가'로 NIOS에서 일하고 있었다. 아내는 교사. 초등학교에 다니는 아들 둘. 셰일즈는 장로교회 활동을 열심히 했고, 아이들 학교에도 독서 교사로 자원봉사를 하고 있었다.

이 약력을 읽자 색스는 마음이 복잡했다. 색스와 라임이 쫓는 대부분의 범인은 냉혹한 범죄자나 연쇄살인범, 조직범죄 보스, 정신병자, 테러리스트였다. 하지만 이번 사건은 달랐다. 셰일즈는 헌신적인 공무원, 아마도 헌신적인 남편이나 아버지일 것이고, 하필 냉혹한 테러리스트를 쏘는 자신의 책무를 다했을 뿐이었다. 체포되어 유죄 판결을 받으면, 가족은 박살날 것이다. 메츠거는 국가를 지킨다는 망상에 사로잡혀 NIOS를 이용했고 그 뒤처리에 전문가를 투입했다. 하지만 셰일즈는? 그저 명령을 따랐을 뿐일 수도 있다.

그래도, 설령 리디아 포스터를 고문하고 살해한 사람이 아니라 해도 그는 그런 짓을 저지른 조직의 일원이다.

색스는 론 셀리토에게 전화해서 이 사실을 알렸다. 그런 다음 정보서비스팀에 전화를 걸어 배리 셰일즈에 대해 알아낼 수 있는 모든 자료를 요청했다―무엇보다 살해 당일인 5월 9일 그가 어디에서 무엇을 했는지.

그때 연구실 전화가 울렸다. 색스는 발신인을 확인한 뒤 스피커를 눌렀다.

"프레드."

용의자 516이 이 전화를 도청하고 있지는 않을 것이다. 로드니 자넥이 도청을 감지할 수 있는 '탭-트랩'이라는 디바이스를 보내주었기 때문이다. 모니터에 통화 안전 메시지가 떴다.

"아멜리아? 내가 들은 풍문이 사실이야? 자네 친구이자 내 친구가 카리브 해에서 선탠을 즐기고 있다고?"

놀랐다는 듯 과장하는 말투가 우스워서 색스는 미소 짓지 않을 수 없었다. 쿠퍼도 웃었다. 낸스 로렐은 웃지 않았다.

"사실이에요, 프레드."

"저런, 아, 저런, 나는 업무상 사우스브롱크스나 뉴어크 같은 최고급 휴양지에만 들락거리는데, 왜 링컨 라임은 뉴욕 비용으로 바닷가에 가 있을까? 정의는 없는 걸까? 그 친구, 지금쯤 우산이랑 플라스틱 해마를 꽂은 계집애 같은 칵테일이나 홀짝거리고 있겠지?"

"아마 그건 사비로 낼 거예요, 프레드. 한데 거기 술집에서 플라스틱 해마를 꽂아준다는 건 어떻게 알아요?"

"들켰군. 코코넛 맛. 내가 제일 좋아하는 맛이지. 한데, 수사는 어떻게 돼가? 3번 애버뉴 살인 사건. 그것도 관련 있나? 리디아 포스터."

"유감이지만 맞아요. 메츠거가 지시한 뒤처리 작전으로 보여요."

델레이가 내뱉었다.

"빌어먹을. 제대로 막 나가는데."

"맞아요."

색스는 용의자가 두 사람 있다는 것도 알렸다.

"아직 둘 중 누가 커피숍에 폭탄을 설치했는지는 몰라요."

"음, 관심 있을 만한 정보가 몇 가지 있어."

"말씀하세요. 뭐든지."

"첫째, 저격수가 사용한 휴대폰. 돈 브런스라는 암호명으로 등록된 전화 말이야. 엉터리 사회보장번호와 델라웨어 업체. 회사 정보는 아주 꽁꽁 숨겨져 있었는데, NIOS가 과거에 사용했던 유령 회사라는 건 알아냈어. 아마 그래서 전화가 아직 살아 있겠지. 정부는 자기들이 너무 영리해서, 혹은 덩치가 크니까 아무도 못 알아차릴 거라고 생각할 때가 많단 말이야. 하지만 나한테서 들은 건 아닌 걸로 해."

"좋아요. 고마워요, 프레드."

"자네 친구 위대한 모레노 씨는 대형 폭발 사건을 일으키고 굴에 숨어들 계획이 아니었다는 것도 밝혀졌어."

델레이는 로버트 모레노의 수수께끼 같은 메시지 '5월 24일에 잠적한다'는 표현을 언급했다.

"그게 왜요?"

"말장난이었던 것 같아. 베네수엘라에 있는 내 정보원에 따르면, 모레노와 그의 가족은 24일 새집으로 이사할 계획이었어."

그는 자세하게 설명했다. 로버트 모레노는 베네수엘라의 비교적 상류층 도시인 산크리스토발에 침실 네 개짜리 집을 샀다. 집은 산꼭대기에 있었다.

공기가 희박한 곳으로 사라진다….

로렐은 마음에 드는지 고개를 끄덕였다. 그렇다면 모레노는 서구판 빈라덴 같은 존재가 아니었을 수도 있다.

배심원은 좋아하겠군. 색스는 냉소적으로 생각했다.

요원이 말을 이었다.

"아, 그리고 5월 13일 멕시코시티의 사제 폭탄 공격 말인데, 이건 웃길 지경이야. 그날 멕시코시티에서 모레노와 관련 있는 일은 단 하나. 그가 후원하는 자선 단체가 큰 기금 모금 행사를 열었어. 아메리카를 위한 교실. '풍선의 날'이라고. 다들 10달러에 풍선을 사는 거야. 터뜨리면 안에 선물이 들어 있어. 풍선은 1000개가 넘었어. 이봐, 그 풍선을 다 불리면 내 허파로는 감당이 안 된다고."

색스는 눈을 감으며 어깨를 늘어뜨렸다. 맙소사.

터뜨려버릴 사람을 찾을 수 있을까?

"고마워요, 프레드."

색스는 전화를 끊었다.

이 소식을 들은 로렐이 말했다.

"첫인상이 이렇게 다를 수 있다니, 재미있군. 그렇지 않아요?"

흡족해하는 말투는 아닌 것 같았지만, 알 수 없었다.

괜찮으시다면….

궁금해서 그러는데….

색스는 전화를 꺼내 링컨 라임에게 걸었다.

그의 목소리가 흘러나왔다

"카멜레온을 길러볼까 생각 중이야."

'안녕' 혹은 '색스'가 아니었다.

"도마뱀?"

"상당히 흥미로워. 아직 색깔이 변하는 건 한 번도 못 봤어. 카멜레온의 색이 어떻게 변하는지 알고 있나, 색스? 그걸 변색성이라고 해. 피부의 색소체에 변화를 유발하는 신호를 보내는 호르몬 세포가 있어. 정말 흥미롭다고. 그래, 그쪽은 어떻게 돼가지?"

색스는 진전 상황을 전달했다. 라임은 생각에 잠겼다.

"말이 되는군. 서로 다른 용의자 2명이라…. 메츠거는 뉴욕 내 뒤처리에 정예 저격수를 쓰고 싶지 않았던 거지. 그 생각을 했어야 하는데."

 나도 했어야 해요. 색스는 리디아 포스터의 시체를 떠올리며 서글프게 생각했다.
 "셰일즈의 사진을 올려줘. 자동차등록국이나 군 시절 사진."
 "그러죠. 전화 끊고 보낼게요."
 색스는 어두운 목소리로 통역사의 죽음에 대해 자세히 알렸다.
 "고문?"
 색스는 칼질에 대해 설명했다.
 "독특한 기술이군. 단서가 될 수도 있어."
 칼, 혹은 곤봉 같은 기타 공구를 사용했으니 다른 피해자가 생겼을 때 비슷한 상처를 통해 범인의 신원을 파악하는 데 유리하다는 얘기였다. 이 냉정하고 객관적인 분석이 끔찍한 사건에 대한 라임의 유일한 반응이었다.
 그러나 링컨 라임은 원래 이런 사람이다. 색스도 알고 있었다. 받아들였다. 한데 왜 낸스 로렐의 똑같은 태도는 이렇게도 불편할까.
 색스는 물었다.
 "따뜻한 카리브 해는 어떻게 돼가요?"
 "별로 진척이 없어, 색스. 우린 가택 연금 중이야."
 "뭐라고요?"
 "어쨌든 내일 풀려날 거야."
 라임은 더 이상 설명할 생각이 없는 것 같았다. 어쩌면 도청을 염려하는 것 같기도 했다.
 "끊어야겠어. 톰이 저녁을 만들고 있어. 다 된 것 같아. 언제 다크 럼 한 번 마셔봐. 꽤 좋은데. 설탕으로 만든 거야."
 "럼은 됐어요. 별로 안 좋은 추억이 있어서. 아니, 기억이 안 나면 추억이라고 할 수도 없는 건가."
 "사건에 대해 지금은 어떻게 생각하지, 색스? 아직 정책과 정치 문제로 고민하는 중인가? 의회에 맡기자?"

"아뇨. 더 이상 아니에요. 리디아 포스터의 현장을 보고 나서 결심했어요. 정말 나쁜 놈들이 이 사건에 얽혀 있어요. 꼭 잡을 거예요. 아, 라임, 그건 그렇고, 혹시 여기서 사제 폭탄 소식이 들려도 걱정 말아요. 난 괜찮으니까."

색스는 커피숍의 컴퓨터를 폭파시킨 폭탄에 대해 설명했다. 아슬아슬하게 피했다는 이야기는 하지 않았다.

라임은 말했다.

"여긴 쾌적해, 색스. 언제 비공식적으로 한 번 놀러오자고."

"휴가. 좋죠, 라임. 그러자고요."

"차는 빨리 몰 수 없어. 교통이 지옥이야."

"제트스키를 한 번 타보고 싶었는데. 당신은 해변에 가면 되잖아요."

"물에는 벌써 들어갔다 나왔어."

"정말이에요?"

"그래. 나중에 이야기할게."

"보고 싶어요."

색스는 그가 똑같은 말을 하기 전에 전화를 끊었다.

아니, 똑같은 말을 하지 않을까봐.

낸스 로렐의 휴대폰으로 전화가 걸려왔다. 색스는 로렐이 발신자 이름을 보고 뻣뻣하게 반응하는 것을 눈치챘다. 검사의 목소리를 들으니, 사건과 관계없는 사적인 대화라는 것을 알 수 있었다.

"아, 안녕…. 어때?"

검사는 색스와 쿠퍼에게 등을 돌리고 멀리 떨어져 섰다. 그러나 대화는 들렸다.

"필요해? 그런 줄 몰랐어. 내가 쌀게."

묘했다. 검사에게 개인 생활이 있을 거라는 생각은 해본 적이 없었다. 결혼반지도, 약혼반지도 끼지 않았고 장신구도 거의 없었다. 어머니나 형제와 휴가 가는 모습은 상상할 수 있었다. 하지만 아내나 연인으로서 낸스 로렐은 상상하기 힘들었다.

부드러운 목소리로 계속 통화하던 로렐이 전화에 대고 말했다.

"아니, 아니. 내가 어디 있는지 알아."

저 말투 뭐지?

색스는 깨달았다—나약한 상태, 무방비 상태다. 지금 통화하는 상대는 로렐에게 개인적인 권력을 행사하는 사람이다. 아직 완전히 헤어지지 않은 삐걱거리는 연인? 그럴 수도.

로렐은 전화를 끊고 생각을 정리하듯 잠시 앉아 있었다. 그러다 일어서서 가방을 집어 들었다.

"할 일이 좀 있어요."

저렇게 동요하는 모습을 보니 이상했다.

색스는 물었다.

"내가 해줄 일이라도 있어요?"

"아뇨. 아침에 봐요. 난… 아침에 돌아올게요."

로렐은 서류 가방을 움켜쥐고 현관을 나섰다. 어질러진 그대로 내버려둔 검사의 작업대가 눈에 띄었다. 서류가 온통 펼쳐진 상태로 어질러져 있었다. 지난밤 정리해두었던 모습과는 정반대였다.

테이블을 바라보는데, 종이 한 장이 시선을 끌었다. 색스는 다가가서 종이를 집어 들고 읽었다.

발신: 지방검사 낸스 로렐
수신: 지방검사장 프랭클린 리바인(맨해튼 카운티)
용건: 메츠거 사건, 5월 16일 화요일 최신 정보

사건 단서를 수사하던 중 나는 5월 1일 로버트 모레노를 태우고 뉴욕 시내를 돌아다닌 엘리트 리무진 운전사를 알아냈다. 이름은 타쉬 파라다. 이번 사건과 관련해 생각해볼 만한 점이 몇 가지 있다.

1. 로버트 모레노는 접대부, 혹은 창녀로 추정되는 삼십대 여성

297

과 함께 돌아다녔다. 모레노는 여자에게 '상당한' 현금을 지불했을 수 있다. 여자의 이름은 '리디아'.

2. 그와 리디아는 다운타운의 특정 지점에서 운전사를 몇 시간 기다리게 했다. 파라다는 모레노가 자신이 어디로 가는지 알리고 싶지 않은 것 같았다고 말했다.

3. 운전사는 모레노의 반미 감정에 대한 동기를 알려주었다. 친한 친구가 1989년 12월 파나마 침공 당시 미군에게 살해당했다.

색스는 아연실색했다. 보고서는 자신이 로렐에게 보낸 이메일과 거의 동일했다. 몇 군데가 약간 바뀌었을 뿐이다.

발신: 아멜리아 색스 형사, 뉴욕시경
수신: 지방검사 낸스 로렐
용건: 모레노 살인 사건, 5월 16일 화요일

사건 단서를 수사하던 중 나는 5월 1일 로버트 모레노를 태우고 뉴욕 시내를 돌아다닌 엘리트 리무진의 운전사(타쉬 파라다)를 알아냈다. 그와 이야기를 나눈 결과 수사에 중요한 몇 가지 사실이 드러났다.

1. 로버트 모레노는 접대부, 혹은 창녀로 추정되는 삼십대 여성과 함께 돌아다녔다. 나는 여자가 테러리스트, 혹은 기타 조직원인지 생각해보았다. 모레노는 여자에게 '상당한' 현금을 지불했을 수 있다. 여자의 이름은 '리디아'.

2. 그와 리디아는 다운타운의 특정 지점에서 운전사를 한동안 기다리게 했다. 운전사는 모레노가 자신이 어디로 가는지 알리고 싶지 않은 것 같았다고 말했다.

3. 운전사는 모레노의 반미 활동 동기를 제시했다. 친한 친구가 파나마 침공 당시 살해당했다.

로렐이 내 성과를 가로챘어.

가로채기만 한 게 아니라 편집까지 했다.

색스는 로렐이 꼬박꼬박 작성해서 검사장에게 보낸 대여섯 장의 다른 보고서도 훑어보았다.

괜찮으시다면….

흠, 괜찮지 않았다. 로렐 자신이 수사를 다 한 것처럼 표현했기 때문이다. 색스의 이름은 단 한 장의 보고서에도 나오지 않았다. 라임의 이름은 눈에 띄게 적혀 있었지만, 색스는 사실상 수사에서 완전히 배제되어 있었다.

빌어먹을. 이게 뭐야?

해답을 찾기 위해 색스는 선반을 뒤졌다. 대부분의 서류는 판사 의견서와 법률 문서였다.

맨 밑의 서류 하나만은 달랐다.

그 서류가 많은 것을 설명해주었다.

색스는 현미경 위로 고개를 숙이고 있는 멜 쿠퍼를 흘끗 보았다. 색스가 로렐의 서류를 뒤지는 걸 못 본 것 같았다. 색스는 방금 발견한 서류를 꺼내 복사한 다음 가방 안에 집어넣었다. 원본은 로렐의 작업대로 가져가 아주 조심스럽게 원래 자리에 놓아두었다. 어질러진 공간이었지만 검사라면 떠나기 전에 모든 종이—클립까지도—의 위치를 외웠다 해도 놀라지 않을 것 같았다.

색스는 검사가 자신의 속셈이 탄로 났다는 사실을 절대 모르게 하고 싶었다.

5월 17일 수요일

4부
푸줏간 소년

"이것 봐. 정말 잘했네. 넌 내 작은 푸줏간 소년이야."
작은 푸줏간 소년은 배가 고팠다.

46

거 래

"라임 경감, 괜찮으십니까?"
적절한 침묵.
"괜찮습니다."
라임은 로열바하마 경찰 부서장 맥퍼슨에게 말했다.
"고맙습니다. 짐은 다 쌌고, 곧 공항으로 출발할 예정입니다."
라임의 휴대폰은 스피커가 켜져 있었다.
아침 8시였다. 라임은 덥고 습기 많은 모텔 스위트룸 거실에 있었다. 톰과 풀라스키는 베란다에 앉아 카멜레온 두 마리와 함께 커피를 마시고 있었다.
잠시 침묵.
"한 가지 물어봐도 될까요, 라임 경감?"
"그러시지요."
피곤한 목소리였다. 포로로 잡힌 목소리.
"말씀하신 것 중 한 가지가 궁금합니다."
"뭡니까?"
"미국 학생의 살인 사건 수사에 행운을 빈다고 하셨습니다."
"그런데요?"

"하지만 그 젊은 여자는 사고로 죽었습니다. 술을 마시고 수영하다가."

라임은 무슨 소리인지 모르겠다는 듯 몇 초간 침묵을 지켰다.

"아, 그 말이 맞는다면 정말 의외겠군요."

"무슨 뜻이죠, 경감?"

"그 이야기를 할 시간은 없습니다, 부서장님. 우리는 빨리 공항에 가야 합니다. 수사는 부서장님이 알아서…."

"잠깐… 정말 학생이 살해당했다고 생각하십니까?"

"확신합니다. 네."

학생이 살해당했다는 결론은 허리케인 카페에서 소라 튀김을 즐기며 끔찍한 현장 사진을 보고 있을 때 든 생각이었다. 하지만 그때는 포이티어 경사에게 그런 이야기는 하지 않는 게 좋겠다고 생각했다.

부서장이 말했다.

"계속 말씀하십시오."

"계속?"

라임은 어리둥절한 목소리로 물었다.

"네, 어떤 생각인지 말씀해주십시오. 흥미롭습니다."

빵이 노릇노릇해질 때까지 기다려야지….

"하지만 저는 공항에 가야 합니다. 행운을 빕니다, 부서장님."

"잠깐! 부탁입니다! 라임 경감, 어제는 제가 좀 서둘렀나봅니다. 클리프턴 베이 일은 불행한 사건이었습니다. 포이티어 경사도 불복을 저질렀고요."

"솔직히 부서장님, 제 경험상 우리 일에서 최상의 결과는 가장 말 안 듣는 사람들이 가져오는 경우가 많더군요."

"네, 어쩌면 맞을 겁니다. 한데 그 사건에 대해 어떤 생각을 하시는지 부디…."

라임은 얼른 말했다.

"도울 수도 있겠지만…."

말꼬리를 흐렸다.

"네?"

"대신 포이티어 경사를 복직시켜주십시오."

"아직 정직된 상태는 아닙니다. 서류는 제 책상 위에 있습니다만. 아직 아무것도 서명하지 않았습니다."

"좋습니다. 그리고 저는 사우스코브인의 로버트 모레노 살해 현장과 부검 보고서, 세 피해자의 옷가지를 보고 싶습니다. 거기서 확보한 관련 자료도 모두. 특히 총알. 총알을 봐야 합니다."

스피커폰을 희미하게 두드리는 소리가 났다. 부서장은 협상에 익숙하지 않은 듯했다.

라임은 찬란하게 이글거리는 햇빛을 받고 있는 일행을 바라보았다. 풀라스키가 격려하듯 씩 웃었다.

잠시 침묵이 흐른 뒤, 부서장이 말했다.

"좋습니다, 경감. 지금 제 사무실로 와서 논의할 수 있겠습니까?"

"제 동료도 온다면."

"동료?"

"포이티어 경사."

"좋습니다. 그렇게 하지요."

47

의도적 살인

로열바하마 경찰서 부서장의 사무실은 업무용이라기보다 주거용 같은 분위기였다. 화려하지만 초라했다.

방이 풍기는 콜로니얼풍 분위기에 라임은 고향에 돌아온 기분이었다. 거실을 개조한 라임의 작업실 역시 빅토리아 여왕 시절로 되돌아간 분위기였다. 바하마 경찰 건물은 현대식이었지만, 맥퍼슨의 사무실에는 친츠 소파, 세면대와 물주전자, 커다란 참나무 장식장, 노란 갓을 씌운 전등 같은 것들이 있었다. 벽에는 역대 총독 비슷한 사람들의 초상화가 줄줄이 걸렸다. 옛날 제복―하나는 티끌 한 점 없는 흰색, 하나는 군청색이었다―도 뻣뻣하게 옷걸이에 걸려 있었다.

물론 현대적인 느낌도 몇 군데 섞여 있었다. 낡은 회색 파일함, 실용적인 베이지색 책상 위에 놓인 휴대폰 세 개, 컴퓨터 두 대. 한쪽 벽에는 뉴프로비던스 섬의 상세 지도가 커다랗게 걸렸다.

공기는 훈훈하고―에어컨이 덜덜거리고 있었다―습도는 엄청났다. 라임은 맥퍼슨이 오늘 아침 손님을 맞이하기 위해 일부러 방을 시원하게 해놨을 뿐 평소에는 대체로 창문을 열어둔 채 지낼 것이라고 추론했다. 이를 뒷받침해주는 증거가 하나 있었다―방 안 창틀에 카멜레온 한 마리가 붙어 있었다.

다림질한 카키색 제복 차림의 덩치 큰 남자가 일어서서 조심스럽게 라임의 손을 잡았다.
"괜찮으십니까, 라임 경감?"
"네. 조금 쉬니 좋아졌습니다."
"다행입니다."
그는 풀라스키와 톰하고도 악수를 나누었다. 잠시 후 마이클 포이티어가 불안한 표정으로 방에 들어왔다. 사람들은 모두 인사를 나누었다.
자리에 앉은 부서장이 곧장 업무적인 태도를 취하며 가늘게 뜬 시선을 라임에게 집중했다.
"자, 학생 문제. 말씀해보십시오. 살인이라고 하셨는데."
라임은 말했다.
"의도적인 살인이 확실합니다. 사전에 계획한 범죄였습니다. 죽기 전에 폭행을 당한 것으로 보입니다."
"폭행?"
포이티어는 고개를 갸우뚱했다.
"단서는 장신구. 현장 사진을 보니 팔찌와 시계, 반지와 발가락 반지가 모두 금이더군요. 하지만 목걸이는 은제 잎 모양이었습니다. 그 두 가지가 섞여 있는 게 어울리지 않아 보였죠."
"그게 무슨…."
부서장은 뭐라 말을 꺼내다가 입을 다물었다. 라임이 눈살을 찌푸렸기 때문이다.
"범인은 여자를 심하게 때렸고, 그 사실을 감추고 싶었던 것 같습니다. 일을 마친 뒤, 여자를 물에 빠뜨려 죽이고 목걸이를 걸었습니다. 시체를 먹는 물고기가 반짝이는 물건을 보고 몰려든다는 것을 알고 있었던 겁니다—여기 오는 길에 비행기에서 읽었습니다. 가이드북에 있었던 것 같은데. 반짝이는 물건을 지니고 물에 들어가지 말라. 은은 비늘을 닮았기 때문에 금보다 특히 물고기를 많이 끕니다. 물고기가 얼굴 살점 대부분을 뜯어 먹어서 폭행 흔적이 남지 않은 겁니다. 은 목걸이를 준비한 것을 보면, 범인이 살인을 계획했다는 사실을 알 수 있습니다."

포이티어가 물었다.

"왜 그랬을까요? 성폭행 흔적은 없었습니다."

"어쩌면 복수. 하지만 더 깊이 알아볼 방법이 몇 가지 더 있습니다. 법의관과 이야기를 해봐야 합니다. 사후 혈액 검사 결과도 궁금합니다."

부서장이 바라만 보고 있자 라임은 말했다.

"지금 당장 알아보는 게 도움이 될 겁니다."

"아, 물론이지요."

부서장은 책상 위의 수화기를 들고 전화를 걸었다. 잠시 비서나 서기 같은 사람과 통화를 하는 것 같았다. 그러다 수화기에 대고 소리쳤다.

"부검 중이건 뭐건 상관없어. 어쨌든 잠깐 통화를 해도 시체는 시체일 거 아니야. 당장 바꿔."

잠시 침묵을 지킨 뒤, 맥퍼슨은 대화를 계속했다. 그러곤 귀에서 수화기를 잠시 떼고 라임을 바라보았다.

"결과가 나왔습니다. 법의관이 검시 보고서를 가져왔답니다."

라임이 물었다.

"혈중 알코올 농도는?"

부서장은 전화에 대고 질문을 반복했다.

"0.07."

폴라스키가 말했다.

"법적으로 만취 상태는 아니지만, 가깝군요."

라임은 빠르게 물었다.

"마신 게 뭡니까?"

포이티어가 대답했다.

"자동차에서 80도짜리 바카르디 럼, 코카콜라가 나왔습니다. 둘 다

개봉된 상태였습니다."

"다이어트? 일반? 콜라 말이네."

"일반 콜라입니다."

라임은 맥퍼슨에게 말했다.

"법의관에게 사후 포도당 수치를 물어보세요. 혈중 농도는 필요 없습니다. 믿을 수 없어요. 해당 작용은 사후에도 지속됩니다. 유리체 농도가 필요합니다. 거기는 당분해 효소가 없으니까요."

맥퍼슨은 멍한 눈으로 라임을 응시했다. 사실, 방 안의 모든 사람이 마찬가지였다.

라임은 답답하다는 듯 설명을 계속했다.

"안구 유리체의 포도당 수치가 필요하다는 겁니다. 그게 정석입니다. 분명 검사했을 겁니다."

부서장은 질문을 던졌다. 답은 데시리터당 4.2밀리그램이었다. 라임은 미소를 지었다.

"낮지만 정상 범위군. 그럴 줄 알았어. 학생은 유흥으로 술을 마신 게 아닙니다. 콜라와 럼을 섞어 마셨다면 수치가 더 높았을 겁니다. 살인범이 억지로 럼을 스트레이트로 마시게 하고, 마치 섞어 마신 것처럼 보이게 하려고 콜라 병을 열어둔 겁니다."

라임은 부서장을 돌아보았다.

"약물 검사는?"

다시 전화로 질문.

"음성이었습니다."

"좋아요."

라임은 열성적으로 말했다.

"이제 슬슬 결론이 보이는군. 이제 직업을 살펴봅시다."

포이티어가 말했다.

"나소에서 파트타임 판매원으로 일했습니다."

"아니, 그 직업 말고. 매춘업."

"네? 어떻게 아십니까?"

"사진."

라임은 포이티어를 보고 말을 이었다.

"자네가 아이패드로 보여준 사진. 팔에 주사 자국이 여러 군데 있었어. 마약이나 기타 약물에 음성이었다면, 왜 그런 자국이 있었을까? 인슐린일 리는 없어. 당뇨 환자는 거기다 정맥 주사를 놓지 않아. 아니, 아마도―어디까지나 가정이야. 정확하지는 않아―성관계로 감염되는 질환을 검사하기 위해 정기적으로 혈액 검사를 받았을 거야."

"창녀…."

부서장은 흡족한 것 같았다. 그의 관할에서 죽은 미국인은 순진한 학생이 아니었다.

"이제 끊어도 좋습니다."

라임은 움직이지 않는 추처럼 매달려 있는 수화기를 눈으로 가리켰다. 부서장은 법의관에게 작별 인사를 하고 끊었다.

포이티어가 물었다.

"그럼 이제 어떻게 할까요?"

"여자가 일하면서 남자를 물색한 곳을 찾아야죠."

풀라스키가 대답했다. 라임이 고개를 끄덕였다.

"맞아. 아마 거기서 살인범을 만났을 거야. 금 장신구는 비싸고 취향이 좋았어. 몸도 보기 좋고 건강했지. 얼굴은 예뻤어. 거리에서 남자를 물색하는 창녀는 아니었을 거야. 지갑에서 신용카드 영수증을 찾아봐. 칵테일을 어디서 샀는지 알 수 있을 거야."

부서장이 마이클 포이티어에게 고개를 끄덕였다. 포이티어가 전화를 걸었다. 형사과 증거물보관소 같았다.

젊은 경찰은 한참 통화를 하다가 전화를 끊었다.

"흥미롭군요. 바에서 계산한 영수증 두 개가 있는데 바로…."

포이티어의 말투를 듣는 순간, 라임의 뇌리에 뭔가가 스쳤다. 그는 외쳤다.

"사우스코브인!"

"맞습니다, 경감님. 어떻게 아셨습니까?"

라임은 대답하지 않았다. 그는 거의 1분 동안 창밖을 내다보았다. 온갖 생각이 떠올랐다.

"여자 이름이 뭐지?"

"아넷. 아넷 보델."

"음, 양쪽 다한테 반가운 소식이군요, 맥퍼슨 부서장님. 그쪽 입장에서 볼 때, 보델을 살해한 사람은 바하마 사람이 아니라 미국인이니까요. 국가적 관계로 볼 때 바하마의 승리라고 할 수 있겠죠. 제 입장에서는 모레노 사건의 연결 고리를 찾았고요. 한 가지 추측을 잘못했는데, 여자는 고문당했습니다. 하지만 아마 주먹이 아니라 칼로 뺨이나 코, 혀를 베어냈을 겁니다."

"어떻게 아십니까?"

맥퍼슨이 물었다.

"아직 확실한 건 아닙니다. 하지만 그럴 가능성이 높아요. 뉴욕의 동료가 이번 사건의 증인을 제거하고 있는 자가 칼을 전문적으로 사용한다고 알려줬습니다. 이자는 아마 저격수의 파트너, 곧 정탐꾼일 것이고, 5월 8일 모텔에 가서 스위트룸 1200호, 모레노와 보디가드에 대해 수소문한 미국인일 겁니다. 아넷을 바에서 만나 정보를 얻고, 암살 뒤에 저격수와 함께 바하마를 떴겠죠. 하지만 수사 소식을 듣고 이틀 뒤인 월요일에 돌아와서 아넷이 자기에 대해 누구에게 무슨 말을 했는지 확인하려고 고문한 다음 죽였을 겁니다."

풀라스키가 말했다.

"시체를 발견한 해안을 다시 수색해야 합니다. 이번에는 범죄 현장으로."

부서장은 포이티어를 바라보았다. 하지만 포이티어는 고개를 저었다.

"영리한 놈입니다. 썰물 때 죽였어요. 지금은 1미터 깊이의 물 아래

가라앉아 있습니다."

"영리하군."

라임의 시선이 부서장을 똑바로 향했다.

"지금까지 확보한 증거를 보면, 로버트 모레노가 미국 정부의 저격수에게 살해당했고 그의 파트너, 혹은 같은 조직에 있는 사람이 나소에서 아넷 보델을 살해하는 등 뒤처리를 했다는 데 의심의 여지가 별로 없습니다. 곧 공개수사가 이뤄질 겁니다. 베네수엘라 카르텔이 배후라는 둥하면서 미국이 관련되어 있다는 것을 계속 부정한다면, 당신들도 사건 은폐에 가담한 것처럼 보일 겁니다. 우릴 도와서 저격수와 파트너를 찾는 게 좋을 겁니다."

풀라스키가 끼어들었다.

"부서장님, 살인을 지시한 사람은 주어진 권한 밖에서 월권 행위를 한 것으로 보입니다. 범인을 찾는 우릴 돕는다 해도 생각보다 워싱턴을 자극하지는 않을 겁니다."

훌륭한 구실이라고 라임은 생각했다.

"그럼 감식팀한테 그 곳을 수색해서 저격 지점을 찾아내라고 지시하지요."

맥퍼슨은 둥근 얼굴을 마이클 포이티어 쪽으로 향했다.

"경사, 자네는 라임 경감과 일행을 사우스코브인에 모시고 가서 한 번 더 모레노 현장을 수색해. 가능한 한 최대로 협조하도록. 알겠나?"

"알겠습니다."

그러곤 라임을 돌아보았다.

"현장감식 보고서와 검시 보고서 전체를 준비하지요. 증거물도. 그것도 필요하겠죠, 경감?"

"증거물. 네, 아주 좋습니다."

라임은 '이제 좀 알아듣는군'이라고 덧붙이고 싶은 걸 겨우 참았다.

48

사우스코브인

SW 로드를 다시 달렸다.

포이티어와 풀라스키, 라임은 톰이 모는 장애인용 밴을 타고 어제 몰래 클리프턴 베이 곶으로 갔다가 봉변을 당했던 똑같은 도로를 달려 사우스코브인으로 향하고 있었다.

이른 시각임에도 높이 떠오른 태양이 등 뒤에 있고 식물은 녹색과 빨간색, 풍성한 노란색으로 빛났다. 색스가 보면 좋아할 하얀 꽃 몇 송이가 보였다.

보고 싶어요….

색스는 그가 똑같은 말을 하려고 숨을 들이쉬는 순간 끊어버렸다. 라임은 그 타이밍에 미소를 지었다.

그들은 로열바하마 경찰 현장감식과 건물에 잠깐 들러 기본적인 증거물 수집 장비를 챙겼다. 장비 질은 좋았다. 라임은 풀라스키와 포이티어가 킬 룸에서 배리 셰일즈를 반론의 여지 없이 총격 현장과 연결시켜줄 수 있는, 용의자 516의 정체를 알려줄 단서를 찾을 거라고 확신했다.

곧이어 그들은 모텔에 도착해 정문 앞에 차를 세웠다. 멋있지만 과하지 않은 건축 스타일은 '누보' 콜로니얼 같았다. 톰은 라임의 수동 휠체어를 끌고 아름답게 가꾼 정원으로 둘러싸인 진입로를 지났다.

그들은 로비로 들어갔다. 마이클 포이티어가 유쾌한 안내 직원과 인사를 나누었다. 최근 워낙 경찰이 자주 드나들었는지, 직원은 경찰보다 휠체어를 탄 남자에게 더 호기심이 많은 것 같았다. 모텔은 일층이라 장애인도 드나들 수 있을 것 같았지만, 이 리조트—주로 해변 클럽과 골프 코스 중심이었다—에 장애인 고객은 그다지 찾아오지 않는 듯했다.

지배인은 지금 바쁜 모양이었다. 하지만 안내 직원은 망설이지 않고 스위트룸 1200호 카드 열쇠를 건네주었다.

어제 그녀를 만난 풀라스키가 고개를 끄덕여 인사를 나누고, 색스가 이메일로 보낸 배리 셰일즈의 사진을 보여주었다. 직원도, 다른 사람도 셰일즈를 본 적이 없었다.

그 점이 라임의 생각을 확인해주었다—5월 8일 모텔에 들른 것은 셰일즈의 파트너인 용의자 516이었다.

일행은 직원이 알려준 복도를 지났다. 풀라스키와 포이티어는 수집 장비를 들고 걸었다.

몇 분 걸은 뒤—모텔은 꽤 넓었다—톰이 간판을 향해 턱짓을 했다.

스위트룸 1200-1208 →

"거의 다 왔어요."

그들은 모퉁이를 돌았다. 그리고 우뚝 섰다. 포이티어가 중얼거렸다. "잠깐. 이게 뭐지?"

라임은 스위트룸 1200호, 킬 룸의 양쪽 여닫이문을 바라보았다—범죄 현장에는 경찰 테이프를 두르고 접근을 금지한다는 경고문이 붙어 있어야 했다.

하지만 없었다.

문은 활짝 열려 있었고, 얼룩이 묻은 흰 작업복 차림의 인부가 페인트 롤러를 들고 방 한가운데 서서 벽난로 위 벽에 마지막 덧칠을 하고 있었다. 맨 나무 바닥. 양탄자도 치워져 있었다. 다른 모든 것—피 묻은 소파, 유리 조각—도 흔적조차 없었다.

49

여형사

제이컵 스완은 어퍼웨스트사이드 센트럴 파크 웨스트 근처의 한 식당에서 아주 잘 만든 오믈렛을 먹고 있었다. 청바지와 윈드브레이커(오늘은 검정색), 운동화, 흰색 티셔츠 차림이었다. 배낭은 옆에 놓여 있었다. 슈트와 타이가 필요 없고 출퇴근 시간이 일반적이지 않은 직장에 다니는 사람들이 많은 동네였다—공연예술, 박물관, 미술관. 요리 계통도 마찬가지다. 스완은 전혀 어색하지 않게 잘 어울렸다.

지금 마시고 있는 커피는 뜨겁고 쓰지 않았다. 두터운 토스트는 열을 가하기 전에 버터를 발랐다—이것이 정석이다. 오믈렛은? 잘 만들었다는 말로도 부족했다. 끝내줬다.

달걀은 재료 중 가장 까다롭다. 요리를 완성할 수도 있고, 부주의하거나 몸 상태가 안 좋을 경우 질겨지거나 분리되거나 거품이 무너져 재앙으로 둔갑하기도 한다. 머랭을 만들 때 흰자에 노른자가 약간만 섞여도 베이크드 알래스카는 끝장이다. 완벽한 타원형 안에 불쾌한 박테리아가 번식하고 있을 가능성도 언제나 있다. (껍질이란 어차피 숙성을 위한 도구이니까.)

하지만 이 달걀은 적정하게 거품을 내서—가볍게, 물기가 조금도 없게—고온에 익힌 뒤, 너무 이르지 않은 적정한 순간 다진 신선한

타라곤과 차이브, 딜을 뿌렸다. 메찰루나 모양의 완성된 음식은 겉이 노란색과 갈색, 흰색으로 바삭바삭했고 응고된 속은 부드러웠다.

하지만 이런 음식에도 불구하고 스완은 아멜리아 색스에 대해 점점 참을성을 잃어가고 있었다.

색스는 몇 시간째 링컨 라임의 타운하우스 안에 있었다. 몇 시간마다 선불제 휴대폰을 바꿔가며 통화 문제도 완전히 해결한 것 같고—현재 수사팀 전원이 그 방법을 사용하고 있었다—집 안의 일반 전화에는 도청 경고 디바이스를 장착했다. 물리적으로 중앙 스위치에 접근하지 않는 이상 깨뜨릴 방법이 없었다.

그러나 담당 수사관인 이상, 언젠가 나오지 않을 수 없을 것이다.

그는 색스의 파트너 라임에 대해 생각했다. 그쪽이야말로 진짜 차질이었다. 라임과 남자 간호사, 다른 경찰 하나를 제거하기 위해 조직의 돈을 2000달러 가까이 썼다. 그러나 부두에서 수배한 그쪽 연락책이 일을 망쳤다. 그들은 다시 시도할지 여부를 물었지만, 스완은 당장 섬을 떠나라고 지시했다. 그들을 통해 스완이나 그의 보스까지 추적하기는 아주 어렵겠지만, 그래도 가능성은 있다.

그는 라임을 제거할 기회가 다시 있을 것이라고 확신했다. 어차피 카이 슌을 피할 정도로 빠르게 움직일 수 있는 사람도 아니다. 스완은 라임의 상태를 조사해서 사지마비라는 것, 신체 대부분에 감각이 없다는 것을 알아냈다. 그냥 가만히 앉아서 아무 고통 없이 누군가가 자기 피부를 벗기는 모습을 바라보며 서서히 출혈로 죽어가는 상상만 해도 흥미진진했다.

얼마나 재미있나. 생물을 산 채로 토막 낸다는 것.

흥미롭다. 꼭 한 번….

아, 여기 아름다운 아멜리아가 나왔군.

색스는 예상했던 방향—포드 토리노를 주차한 지점 근처, 타운하우스 뒤쪽 L자 모양의 막다른 배달용 골목—에서 나오지 않았다. 센트럴 파크 웨스트와 면한 정문을 통해 나온 것 같았다. 지금은 식당

건너편 가로 방향의 보도를 따라 서쪽으로 걷고 있었다.

막다른 골목으로 몰아넣을 수 있다면 좋을 텐데. 길에는 행인들, 시간에 늦어 급히 출근하는 직장인들이 너무 많았다. 그러나 색스가 혼자 남는 것은 시간문제다.

스완은 자연스럽게 식기와 커피 잔을 닦아 지문을 제거했다. 계산대까지 가지 않고, 접시 밑에 10달러짜리 한 장, 5달러짜리 한 장을 넣어두는 것으로 계산을 마무리했다. 지폐는 도시 반대편 호텔 안내원에게서 교환한 잔돈이었다. 현금인출기에서 뽑은 돈은 무서울 정도로 추적하기 쉽다. 그래서 넉넉하지만 지나치지 않은 팁을 통해 일종의 소규모 돈세탁을 한 것이다.

문을 나선 그는 닛산에 올라탔다.

그리고 윈드쉴드를 통해 색스를 관찰했다. 색스는 긴장을 늦추지 않고 주위를 둘러보았지만 이쪽을 보지는 않았다. 누군가가 갑자기 공격할 수 있는 곳들만 바라보았다. 흥미로웠다. 고개를 들어 위쪽도 쳐다보았다.

걱정 마. 스완은 생각했다. 그쪽에서는 총알이 날아오지 않을걸.

자동차 열쇠를 뒤지는 순간, 재킷 자락이 엉덩이에서 미끄러지며 글록 권총이 드러났다.

그는 소리를 들키지 않기 위해 색스가 시동을 거는 순간 같이 시동을 걸었다.

그리고 색스의 토리노가 출발하는 순간, 그도 뒤를 따랐다.

유일한 유감은 색스의 운명이 방금 그가 생각한 총알이라는 점이었다. 오늘 레시피에는 저 매끄러운 피부에 카이 슌을 사용하는 요리법이 들어 있지 않았다.

50

총 알

마이클 포이티어는 사우스코브인 지배인과 이야기를 나누고 있었다.
"하지만 경관님, 아시는 줄 알았는데요."
멋진 베이지색 슈트 차림의 키 큰 곱슬머리 남자가 말했다. 장미색으로 잘 그을린 이마에는 주름이 깊게 패어 있었다. 억양은 약간 영국식이었다.
"뭘 알아요?"
포이티어가 내뱉었다.
"객실을 다시 열고 청소해도 된다고 하셨잖습니까. 수리하라고요."
"내가? 난 그런 말을 한 적이 없습니다."
"아니, 아니. 경관님 말고. 경찰서 사람요. 저한테 전화해서 출입 금지를 해제해도 된다고 했습니다. 이름은 기억나지 않아요."
라임이 물었다.
"전화를 했다고요? 직접 오지 않고?"
"네. 전화였습니다."
라임은 한숨을 쉬었다.
"언제였습니까?"
"월요일."

319

포이티어는 낙심한 표정으로 라임을 돌아보았다.

"저는 아주 엄격하게 현장을 봉쇄하라는 명령을 내렸습니다. 도대체 경찰서에서 누가…."

"경찰서 사람이 아니야. 용의자가 전화를 건 거야."

물론 살인이 저질러진 흔적을 완전히 지우고 싶은 지배인의 맹렬한 욕구가 공범이었겠지. 복도에 범죄 현장이라는 안내판이 걸려 있으면 손님들 보기에 좋지 않다.

"죄송합니다, 경사님."

지배인은 방어적으로 말했다. 라임이 물었다.

"양탄자, 소파, 깨진 유리 조각은 어디 있습니까? 다른 가구들은?"

"어디 쓰레기장에 있겠지요. 모르겠습니다. 청소업체를 계약했습니다. 핏자국 때문에 양탄자와 소파는 태워야겠다고 하더군요."

쓰레기 태우는 모닥불….

풀라스키가 말했다.

"아넷을 죽인 직후 전화 한 통으로 짠, 하고 범죄 현장을 날려버렸군요. 생각해보니 영리한데요. 간단해요."

그랬다. 라임은 티끌 하나 없는 방을 둘러보았다. 범죄의 흔적은 뚫린 유리창뿐이었다. 창에는 비닐이 테이프로 붙어 있었다.

"제가 할 수 있는 일이 있다면 뭐든지…."

지배인이 말했다. 아무도 대답하지 않자 그는 물러갔다.

톰은 라임의 휠체어를 끌고 스위트룸으로 들어갔다. 킬 룸은 휠체어 출입용이 아니었기 때문에 포이티어와 풀라스키의 도움을 받아 낮은 계단 두 개를 지나야 했다.

방은 연한 청색과 녹색이었고—벽의 페인트는 아직 축축했다—넓이는 6×9미터 정도, 오른쪽 문 두 개는 침실 같았다. 침실 역시 텅 비었고, 페인트칠을 하기에 앞서 미리 초벌 칠을 해놓았다. 왼쪽에는 주방이 있었다.

라임은 남아 있는 창문 중 하나를 바라보았다. 객실 밖은 단정한 정원이고, 키가 12미터 정도 되는 매끄러운 나무 한 그루가 서 있었다. 낮은 쪽 가지는 모두 깔끔하게 잘려나갔다. 땅에서 6~9미터 높이부터 잎이 자랐다. 잎사귀 아래로 정원을 바라보니 배리 셰일즈가 총을 쏜 곳, 일행이 죽을 뻔한 장소가 바로 눈에 들어왔다.

라임은 나무를 올려다보았다. 흠, 어쨌든 범죄 현장 하나는 확보한 것 같군.

"신참!"

라임이 불렀다.

"네, 링컨."

풀라스키가 다가왔다. 마이클 포이티어도 왔다.

"이 현장에서 이상한 점 느낀 것 없나?"

"어마어마한 사격이군요. 너무 멉니다. 게다가 오염된 공기를 뚫고 총을 쏘다니."

라임은 퉁명스럽게 대꾸했다.

"어제 바다 반대편에서 봤을 때도 같은 상황이었어. 변한 게 없잖아. 내가 묻는 건 그게 아니야. 정원수에 이상한 점이 없느냔 말이야."

젊은 경찰은 잠시 풍경을 살폈다.

"도움을 받았군요. 나뭇가지."

"맞아."

라임은 포이티어에게 설명했다.

"저격수가 표적을 또렷이 겨냥할 수 있도록 누군가가 아래쪽 가지를 잘라냈어. 정원을 수색해야 해."

하지만 경사는 고개를 저었다.

"경감님, 좋은 이론이지만, 아닙니다. 저 나무요? 포이즌우드입니다. 아십니까?"

"아니."

"옻나무처럼. 이름대로입니다. 예를 들어 불에 태우면 최루탄 같은 연기가 납니다. 잎을 건드리면 발진 때문에 병원에 입원해야 하고요.

꽃이 피고 아름답기 때문에 이곳 리조트에서는 베어내지 않고 사람들이 건드릴 수 있는 아래쪽 가지만 잘라냅니다."

"아, 그렇군. 아쉬운데."

라임은 중얼거렸다. 그는 견고한 추론이 무산될 때가 싫었다. 그와 함께 수색할 현장에 대한 희망도 사라졌다. 그는 풀라스키에게 말했다.

"사진을 찍고, 문 바로 바깥 양탄자, 리조트 앞쪽 보도 주위의 화단 흙 샘플을 채취해. 문고리에서 지문도 채취하고. 아마 쓸모없겠지만, 여기 왔으니…."

라임은 풀라스키가 증거물을 채취해 비닐 봉투에 넣고 채취한 장소를 기록하는 것을 지켜보았다. 젊은 경찰은 현장 사진도 100장 정도 찍었다. 잠재지문도 세 개 채취했다. 풀라스키는 일을 마치고 커다란 종이봉투에 증거물을 집어넣었다.

"다른 건 없습니까, 링컨?"

"없어."

라임은 투덜거렸다.

킬 룸과 모텔 수색은 법과학 분석 역사상 가장 신속하게 끝났다.

다른 제복 경찰이 문간에 나타났다. 마호가니 같은 피부에 둥근 얼굴이었다. 그가 존경 같은 눈빛으로 라임을 바라보았다. 아마 마이클 포이티어가 읽었다는 라임의 범죄 감식 교본이 로열바하마 경찰 내에 돌고 있는 모양이었다. 어쩌면 단순한 추론 몇 가지를 통해 실종 학생 사건을 순식간에 살인 사건으로 둔갑시켰다는 신기한 미국 경찰과 같은 방에 있게 된 게 영광스러웠는지도 몰랐다.

"경사님."

젊은 경찰이 포이티어를 향해 공손하게 고개를 숙이며 말했다. 손에는 두꺼운 폴더와 커다란 쇼핑 봉투를 들고 있었다.

"맥퍼슨 부서장님이 보내셨습니다. 현장감식 보고서, 부검 사진, 부검 보고서입니다."

폴더를 받아든 포이티어는 고맙다고 말한 다음 봉투를 턱으로 가리켰다.

"피해자의 옷은?"

"네, 신발도 있습니다. 총격 직후 이 방에서 수집한 증거도. 하지만 증거물보관소 담당 경찰 말로는 분실된 게 많다고 하더군요. 이유는 모르겠답니다."

"이유를 모른다…."

포이티어는 코웃음을 쳤다.

라임은 시체를 이 객실에서 시체안치소로 옮기는 동안 시계와 기타 귀중품, 에두아르도 드라루아의 카메라와 녹음기가 사라졌다는 사실을 떠올렸다.

"유감입니다, 경사님."

"탄피 이야기는 없었나?"

포이티어는 창밖의 만 건너 땅을 흘끗 보며 물었다. 금속탐지기를 지닌 다이버와 경찰들이 한 시간째 수색 중이었다.

"없었습니다. 저격수가 가져간 것 같습니다. 저격 위치도 아직 모르고요."

포이티어는 어깨를 으쓱했다.

"배리 셰일즈라는 이름은?"

여기까지 차를 타고 오는 동안 포이티어는 정보 담당자에게 연락해서 세관이나 여권관리국에 저격수가 바하마로 들어온 기록이 있는지 확인하라고 지시했다.

"없습니다. 전혀."

"좋아. 고마워, 경관."

남자는 경례를 하고 라임에게도 조심스럽게 고갯짓을 한 뒤 돌아서서 위풍당당한 자세로 방을 나섰다.

라임은 톰에게 포이티어 옆으로 휠체어를 밀어달라고 한 뒤 쇼핑봉투 안을 들여다보았다. 비닐로 싼 꾸러미 세 개가 있었다. 모두 단단하게 봉한 상태였고, 빈틈없이 작성한 증거물 관리 카드가 붙어 있었다. 라임은 손을 집어넣어 맨 위의 작은 봉투를 꺼냈다. 안에는 총알이 들어 있었다. 저격수가 가장 흔히 사용하는 .338 라푸아 탄보다 약간 커 보였다. 아마 요즘 인기를 끄는 .416구경일 것이다. 라임은 변형된 구리와 납 조각을 관찰했다. 아무리 대구경일지라도—실탄이 모두 그렇지만—인간의 몸에 그렇게 끔찍한 상처를 내고 눈 깜박할 사이에 생명을 빼앗을 수 있는 물건치고는 놀랄 정도로 작아 보였다.

라임은 총알을 집어넣었다.

"신참, 자네가 관리해. 지금 바로 카드를 작성하고."

"그러죠."

풀라스키는 자기 이름을 적었다.

"우리가 잘 관리하지, 경사."

"아, 네. 우리에게는 도움이 될 것 같지 않습니다. 셰일즈와 그 파트너, 신원 미상의 용의자를 체포해도 미국 법정에서 우리 법정으로 보내지는 않겠지요."

"그래도 증거니까. 오염되지 않은 상태로 돌려보내겠네."

포이티어는 깨끗한 객실을 둘러보았다.

"현장 보존이 안 돼서 유감입니다, 경감님."

라임은 미간에 주름을 잡았다.

"아, 다른 현장이 있어. 그쪽에도 무슨 일이 일어나기 전에 최대한 빨리 가보는 게 좋을 것 같군. 밀어줘, 톰. 가자고."

― 51 ―

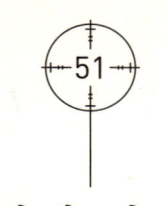

파란색 제트기

두꺼비를 닮은 사람이었다.
헨리 크로스는 땅딸막하고 피부가 검었다. 아멜리아 색스가 볼 때 쉽게 제거할 수 있을 것 같은 사마귀가 대여섯 개 눈에 띄었다. 검은색 머리카락은 숱이 많았고, 머리가 컸다. 입술은 두꺼웠다. 손은 두텁고 손톱이 거칠었다. 말할 때는 가끔 통통한 시가를 들어 올려 입에 물고 불을 붙이지 않은 채 열심히 씹었다. 역겨웠다.
크로스는 고개를 한 번 저으며 말했다.
"로베르토가 죽다니, 정말 안됐어요. 정말 안됐어."
목소리에는 희미한 억양이 있었다. 스페인 억양 같았다. 그도 모레노처럼 스페인어와 영어를 완벽하게 하더라는 리디아의 말이 떠올랐다.
그는 교회와 협력해서 라틴아메리카 빈곤 지역에 학교를 짓고 선생을 고용하는 '아메리카를 위한 교실 재단' 국장이었다. 색스는 모레노가 이 일에 참여했다는 것을 떠올렸다.
풍선을 터뜨릴 사람.
"로베르토와 '지역자율운동'은 우리의 가장 큰 후원자였죠."
크로스는 긁힌 벽에 걸린 사진들을 뭉툭한 손가락으로 가리켰다. 카라카스와 리우, 니카라과 마나구아 지역 사무실 풍경이었다. 모레노가 한 건설 현장에서 거무스름한 얼굴로 미소 짓는 남자의 어깨에 팔을 두르고 서 있었다. 둘 다 헬멧을 썼다. 지역 주민들이 모여서 박수를 치고 있는 것 같았다.

"그는 내 친구였습니다."

"오래 알고 지내셨나요?"

"한 5년."

"유감입니다."

경찰 아카데미 강사가 실제로 가르치는 문구였다. 하지만 아멜리아 색스가 이 문구를 말할 때는 진심이었다.

"고맙습니다."

그는 한숨을 쉬었다.

작고 어두운 사무실은 로어맨해튼에 있는 체임버스 스트리트의 한 건물에 있었다. 재단은 모레노가 뉴욕 여행 당시 들렀던 곳 중 색스가 알아낸 유일한 장소였다. 리디아 포스터의 아파트에서 발견한 스타벅스 영수증 덕분이었다. 색스는 커피숍이 입주한 건물 출입자 명단을 확인하고, 5월 1일 모레노가 '아메리카를 위한 교실 재단'을 찾았다는 사실을 알아냈다.

"로베르토는 우리가 자선 단체가 아니라는 점을 좋아했습니다. 우린 스스로 자원 분배자라고 불러요. 이 조직은 가난한 사람에게 그냥 돈을 주지 않습니다. 학교에 기금을 지원해서 사람들이 스스로 일해 빈곤을 탈출할 수 있도록 기술을 가르치지요. 손만 벌리고 있는 사람은 참을 수가 없어요. 정말 짜증나는 건…."

그는 말을 멈추고 한 손을 들더니 웃었다.

"로베르토처럼 저도 걸핏하면 설교를 하곤 하지요. 죄송합니다. 하지만 이건 경험에서 나온 말입니다. 손에 지저분한 것을 묻혀가며 일하고, 구덩이에서 산다는 게 어떤 것인지 알아서 하는 말이에요. 저는 조선소에서 일했는데, 거기서 배운 게 있다면 사람들은 대부분 열심히 일하고 싶어 한다는 점입니다. 자기 자신을 개발하고 싶어 해요.

하지만 좋은 교육이 없다면 그럴 수가 없고, 그쪽 학교는 대체로, 실례지만, 똥 같습니다. 전 그걸 바꾸고 싶었어요. 그 과정에서 로베르토를 만났습니다. 우리는 멕시코에 사무실을 차렸고, 그는 농부들을 위해 연설을 했습니다. 우린 마음이 통했어요."

커다란 입술에 힘없는 미소가 떠올랐다.

"사람들에게 힘을… 나쁘지 않잖습니까. 로베르토는 소규모 사업을 통해, 나는 교육을 통해 뜻을 이루고 싶었어요."

그래도 그는 재단 국장이라기보다 패션 지구의 단추 공장 사장이나 상해 사건 전문 변호사 같았다.

"그를 죽인 마약상 놈들을 잡으러 오셨다고요."

그는 거칠게 내뱉었다. 그러곤 한동안 시가를 질근질근 씹더니 단풍잎 모양의 유리 재떨이에 내려놓았다.

"지금 시점에서는 그냥 정보를 수집하는 중입니다."

색스는 애매하게 대답했다.

"모레노 씨가 뉴욕에 체류하는 동안, 당신을 만났을 당시의 소재를 파악하고 있어요. 여기 말고 뉴욕 어디에 갔었는지 혹시 아시는 데가 있습니까?"

"다른 비영리 단체 서너 곳이라고 했습니다. 어떤 곳은 통역사가 필요했다고 알고 있어요."

"어느 곳이라고 말했나요?"

"아뇨. 그냥 수표를 건네주러 잠시 들러서 함께 계획 중인 새 프로젝트에 대해 물어봤습니다. 자기 이름을 붙여달라고 했어요. 교실에. 학교 전체 말고. 그게 로베르토였습니다. 현실적이었어요. 자신이 어마어마한 액수가 아니라 얼마만큼 기부했다는 걸 잘 알고, 학교 전체에 자기 이름을 붙일 수 없다는 걸 알았습니다. 교실 하나로 만족했어요. 겸손한 사람이었죠. 무슨 뜻인지 아시겠습니까? 그래도 사람들이 알아주기를 바랐습니다."

"안전에 대해 걱정하는 것 같지는 않던가요?"

"그럼요. 늘 그랬습니다. 아시잖습니까. 늘 의견이 뚜렷했으니까요."
서글픈 미소.
"이 정치가가 싫다, 저 CEO가 싫다…. 방송이나 블로그에서 말하는 것을 두려워하지 않았습니다. 자신을 메신저, 양심의 목소리라고 불렀어요. 적을 많이 만들었습니다. 그 빌어먹을 마약상놈들. 죄송합니다. 전기의자나 독극물 신세를 졌으면 좋겠어요."
"카르텔이나 갱단이 위협한다는 말도 했나요?"
크로스는 뒤로 몸을 기대고 잠시 생각했다.
"음, 이름은 말하지 않았는데. 미행을 당하고 있다는 말을 했습니다."
"자세히 말씀해주세요."
크로스는 목에 한데 뭉쳐 난 사마귀를 손가락으로 쓸었다.
"늘 보였다 사라졌다 하는 남자가 있다고 했습니다. 무슨 말인지 아시겠습니까? 길에서 따라온다고."
"인상착의는?"
"백인, 남자. 거칠어 보인다고. 그뿐입니다."
곧장 배리 셰일즈와 용의자 516이 생각났다.
"하지만 한 가지 더 있었습니다. 비행기. 그는 비행기를 제일 무서워했어요."
"비행기?"
"로베르토는 여행을 많이 다녔습니다. 서로 다른 도시에서 똑같은 개인 제트기를 서너 번 본 적이 있다고 했어요. 작은 공항이 있는 도시, 개인 제트기가 눈에 띄는 곳 말입니다. 버뮤다, 바하마, 카라카스, 그가 사는 곳. 멕시코의 어느 마을. 그가 도착하기 전에 항상 그 비행기가 먼저 와 있는 게 이상하다고 했어요. 마치 누군가가 그의 여행 계획을 알고 있기라도 한 듯이."
도청을 해서? 메츠거와 셰일즈, 용의자 516이 가장 좋아하는 스포츠다.
크로스는 시가를 집어 들어 씹었다.

"비행기가 눈에 띈 이유는 대부분의 개인 제트기는 흰색인데, 그 비행기는 파란색이었다고 했습니다."

"특별한 무늬나 명칭이나 숫자 같은 건?"

그는 어깨를 으쓱했다.

"아뇨. 그런 말은 안 했습니다. 하지만 누가 제트기를 타고 따라다니나, 이런 생각이 들었습니다. 도대체 뭐지? 누굴까? 돈이 많이 들지 않겠습니까."

"기억나는 다른 건 없나요?"

"유감입니다."

색스는 일어나서 악수를 나누었다. 리무진 운전사부터 시작해서 우여곡절이 많았지만, 마침내 단서가 나왔다. 수수께끼 같긴 했지만.

파란색 제트기….

크로스는 한숨을 쉬고 모레노와 같이 정글에서 찍은 다른 사진을 바라보았다. 쾌활한 노동자들이 두 사람을 둘러싸고 있었다. 이번에도 삽, 헬멧, 진흙.

"형사님, 우리는 좋은 친구였지만, 전 그 사람을 잘 알 수 없었어요. 늘 미국에 대해 부정적이고, 정말 미워했습니다. 입을 다물지 않았어요. 한 번은 제가 이렇게 말한 적도 있습니다. '그러지 마, 로베르토. 그런 말을 하고도 으슥한 골목에서 총을 맞아 죽거나 한밤중에 비밀 감옥에 끌려가지 않는 유일한 나라를 왜 그렇게 욕하나? 좀 자제해.'"

두툼하고 축축한 입술 사이에서 쓸쓸한 웃음이 새어나왔다.

"한데 도무지 듣지를 않았죠."

52

목소리

링컨 라임의 타운하우스 근처, 제이컵 스완은 아멜리아 색스 뒤로 반 블록 정도 떨어져 차를 세웠다.

그는 체임버스 스트리트에서 누군가를 만나는 색스를 다운타운까지 미행하면서 총을 쏠 기회를 노렸다. 하지만 거기는 사람이 너무 많았다. 맨해튼은 이게 늘 문제다. 이제 색스는 어퍼웨스트사이드로 돌아와서 막다른 골목 근처 주차 금지 구역인 도로변에 난폭하게 차를 세웠다.

그는 그늘진 도로를 아래위로 훑어보았다. 마침내 사람이 없었다. 그래, 지금 여기다. 스완은 라텍스 장갑을 낀 손으로 시그사우어를 움켜쥐고, 얼른 뽑아 들 수 있도록 고쳐 잡았다.

죽이지는 않을 것이다. 그랬다가는 일이 너무 커진다. 경찰이 잔뜩 동원되고, 어마어마한 수색 작전이 벌어지고, 언론도 집중 보도할 것이다. 대신 등이나 다리를 쏘기로 했다.

색스가 차에서 내리면 나도 주차하고 차에서 내려 총을 쏜 다음 차를 타고 달리다가 몇 블록 떨어져서 번호판을 갈아야겠다.

색스는 손을 엉덩이께에 갖다 댄 채 조심스럽게 주위를 살피며 토리노에서 내렸다. 예리한 시선을 피하기 위해, 스완은 닛산 운전석에서 고개를 얼른 숙였다. 색스가 걷기 시작했다. 그는 차 문을 열다가 우뚝 멈췄다. 색스는 타운하우스로 이어지는 막다른 골목이나 센트럴 파크 웨스트로 향하지 않고, 길을 건너 중국 식당으로 들어갔다.

그는 안에 들어간 색스가 웃으며 계산대 여자와 이야기를 나누는 것을 지켜보았다. 색스는 메뉴를 살펴보았다. 포장 주문을 했다. 한 번 고개를 들고 테이블을 치우는 사람에게 손을 흔들었다. 상대도 미소를 지었다.

스완은 차 몇 대 떨어진 곳에 있는 빈 공간을 발견하고 닛산을 앞으로 움직였다. 주차를 하고 시동을 껐다. 손을 재킷 안으로 넣어 권총 위치를 다시 한 번 확인했다. 안전장치와 슬라이드 캐치 때문에 글록보다 몸통이 거추장스럽지만, 대신 묵직해서 첫 사격이 정확하다면 연사의 정확성도 보증하는 총이었다. 가벼운 총은 묵직한 총보다 재조준이 더 많이 필요하다.

그는 지저분한 유리창을 통해 색스를 관찰했다.

매력적인 여자였다.

빨강 머리.

큰 키.

날씬했다. 아주. 먹는 걸 좋아하지 않나? 요리할 유형으로는 보이지 않았다. 이 점 때문에 그 여자가 싫었다. 이런 장소에서, 소금과 오래된 기름에 전 음식을 사다 먹다니. 안됐군, 아멜리아. 앞으로 몸이 회복되는 몇 달 동안은 집에 틀어박혀 젤로(과일의 맛과 빛깔과 향을 낸 디저트용 젤리 상표명-옮긴이)와 푸딩만 먹어야겠군.

10분 뒤 색스는 한 손에 음식 봉투를 들고 문을 나섰다. 좋은 표적이 되어준 것이다. 색스는 막다른 골목으로 곧장 걸어갔다.

색스는 골목 입구에서 잠시 멈추더니, 추가 주문한 밥이나 포춘 쿠키, 젓가락 같은 것이 다 들어 있는지 확인하려는 듯 봉투를 들여다보았다. 그렇게 계속 봉투 안을 뒤적이며 라임의 집으로 향했다.

스완은 다시 도로로 차를 뺐지만, 자전거 한 대가 전방으로 들어왔다가 모퉁이를 돌까 센트럴 파크로 직진할까 고민하는지 멈추는 바람에 얼른 브레이크를 밟아야 했다. 화가 났지만 경적을 눌러서 이목을 끌고 싶지는 않았다. 그는 얼굴을 붉힌 채 기다렸다.

자전거는 봄날 공원의 아름다운 녹음을 선택했는지 직진했고, 스완은 빨리 막다른 골목까지 가려고 액셀을 밟았다. 그러나 지체하는 바람에 기회를 놓쳤다. 색스는 L자 골목 끝까지 가서 왼쪽으로 꺾어 타운하우스 뒷문 쪽으로 사라졌다.

별 문제는 아니다. 아니, 오히려 잘됐다. 주차를 하고 따라가서 뒷문으로 다가가는 색스를 쏘면 된다. 막다른 골목의 지형이 총성을 흡수해 사방으로 퍼뜨릴 것이다. 누가 들어도 정확히 어느 방향인지 가늠하기 어렵다.

그는 주위를 둘러보았다. 경찰은 없었다. 차도 없었다. 무심한 행인 몇몇이 자기 세계에 빠져 걷고 있었다.

스완은 차를 막다른 골목 입구에 대고 기어를 주차로 놓은 뒤 차에서 내렸다. 빼어 든 총을 윈드브레이커 자락 안에 숨긴 채 코블스톤을 걷기 시작했다.

그는 스스로에게 지시했다. 두 발. 허리 한 발, 무릎 한 발. 칼을 훨씬 좋아하기는 했지만, 그도 좋은 사격수였다. 두 발이면….

그때 등 뒤에서 여자 목소리가 들렸다.

"실례합니다. 좀 도와주시겠어요?"

영국 억양.

삼십대 초반. 조깅을 하던 날씬하고 매력적인 여자였다. 여자는 그와 열린 운전석 문 사이로 2.5미터 정도 떨어져 서 있었다.

"전 여기 사람이 아닌데, 센트럴 파크 저수지를 찾고 있어요. 조깅하는 길이 있다는데…."

순간, 여자는 보았다.

윈드브레이커 자락이 펄럭였다. 총.

"아, 맙소사. 절 해치지 마세요. 아무것도 못 봤어요! 아무것도."

여자가 돌아서려 했지만 스완이 더 빨랐다. 그는 즉시 여자 앞을 막아섰다. 여자는 비명을 지르려고 숨을 들이마셨지만, 그의 펼친 손이 목을 가격했다. 여자는 콘크리트 위에 쓰러지며, 길 건너에서 뭐라 다투고 있는 커플의 시야 밖으로 사라졌다.

스완은 근처 건물로 둘러싸인 어둑어둑한 계곡 같은 도로를 바라보았다. 색스는 지금쯤 안에 들어갔을까?

아닐 수도 있었다. 그는 막다른 골목의 L자 길이 라임의 집 뒤쪽으로 얼마나 뻗어 있는지 몰랐다.

하지만 결정할 시간은 몇 초뿐이었다. 그는 바하마에서 아넷이 그랬듯, 여기서 리디아 포스터가 그랬듯 헐떡이는 여자를 흘끗 보았다.

엄, 엄, 엄. 목에 손을 대고, 커다랗게 부릅뜬 눈. 벌린 입.

할까, 말까? 그는 갈등했다.

지금 결정하자.

그는 결정했다. 하자.

53

용의자 516

 아멜리아 색스는 타운하우스 뒤 막다른 골목에 서서 글록을 빼 든 채 어둑한 골목이 오른쪽으로 굽어져 도로로 이어지는 지점을 노려보았다. 중국 음식을 코블스톤 위에 던져놓고 전투 사격 자세를 취했다. 두 발을 평행으로 벌려 단단히 딛고, 발가락은 적 방향으로 향했다. 권총을 꼭 쥐고 몸을 앞으로 살짝 기울였다. 다른 한 손은 방아쇠 울을 받쳐 총을 안정시키고, 총을 켠 팔에 힘을 주었다―근육이 긴장해 있지 않으면, 탄피가 배출될 때 반동으로 인해 다음 탄이 장전되지 않을 수 있다. 약실이 막히면 죽음이다. 나와 내 총은 동반자다.
 어서 와. 색스는 적에 대해 생각했다. 어서, 나타나! 이건 분명 용의자 516이다. 색스는 그가 배리 셰일즈, 곧 저격수가 아니라는 것을 알고 있었다. 그는 아직 론 셀리토 팀이 감시하고 있다.
 오늘 색스는 몇 번이나 연한 색 세단을 목격했다―처음에는 체임버스 스트리트에 있는 헨리 크로스의 사무실 건물 근처, 다음은 여기로 오는 길 그리고 15분 전 다시. 분명히 보지는 못했지만, 퀸스에 있는 타쉬 파라다의 집에서 미행하던 것과 동일한 차 같았다.
 차가 블록 끝 주차 공간에 들어가는 것을 보고, 색스는 어떻게 할지 고민했다. 경찰 무선통신망에 연락하거나 거리에서 혼자 놈에게 접근했다가는 총격전이 벌어질 수도 있다. 인구 밀도가 높은 도심에서는 좋은 생각이 아니다.

그래서 막다른 골목에서 놈을 처리하기로 결정했다. 상대에게 이쪽을 관찰할 기회를 주기 위해 중국 음식을 샀다. 가게를 나서기 전, 봉투에 총을 집어넣었다. 그런 다음 정확한 과녁이 되지 않도록 조심하면서 길을 건넌 뒤, 상대가 언제 움직이기 시작하는지 음식을 쳐다보는 척 주변을 탐지하면서 막다른 골목으로 들어섰다.

차가 따라오다가 멈추는 것을 의식하며 색스는 막다른 골목에서 서둘러 모퉁이를 돌았다. 모퉁이를 도는 즉시, 음식을 던지고 총을 움켜잡았다.

이제 색스는 목표가 나타나기만을 기다리고 있었다.

차를 몰고 더 들어올까? 아닐 것이다. 입구에 배달 차나 트럭이 나타날 경우 도주로가 막히기 쉽다.

차에서 내려 빠른 속도로 따라올까?

손바닥이 바싹 말랐다. 두 눈을 부릅떴다. 사격할 때 눈을 가늘게 떠서는 안 된다. 두 가지에만 집중해야 한다. 목표물 그리고 총기 전방. 뒤쪽에 있는 가늠자는 잊어버려라. 모든 것을 따질 수는 없다.

빨리 와! 규칙적으로 호흡했다.

어디 있지? 앞으로 조심스럽게 다가오다 모퉁이를 돌아 곧장 사격 자세를 취할까?

혹시 이쪽이 공격할 것을 예측했다면? 행인을 붙잡고 방해하기 위해 골목으로 밀어 넣을 수도 있다. 혹은 색스가 반응해서 무고한 사람을 쏘도록 인간 방패로 삼을 수도 있다.

들이마시고, 내쉬고, 들이마시고….

이건 목소리? 나지막한 비명?

뭐지? 색스는 천천히 앞으로 전진해 L자 모퉁이로 접근했다. 벽에 딱 붙어 정지했다.

도대체 어디 있지? 혹시 이쪽이 한 발 딛는 순간 나타날 지점을 정확히 겨냥하고 있는 건 아닐까?

좋아, 가자. 몸을 낮추고, 사격 준비를 취하자. 목표물의 뒤편을 조심하자.

하나… 둘…. 간다!

색스는 총을 든 채 모퉁이를 휙 돈 다음 그 자리에 웅크렸다.

그때 왼쪽 무릎이 완전히 꺾였다.

용의자가 기다리고 있는 지점을 분명히 확인하기도 전에 코블스톤 위에 옆으로 나뒹굴었다. 실수로 한두 발 발사하기 전에 간신히 방아쇠에서 손을 뗐다. 아멜리아 색스는 한 번 더 구른 다음 멍하니 누워 있었다. 적의 사격에 완전히 노출된 상태였다.

시야조차 잃었다. 통증 때문에 눈물이 흘러내렸다.

하지만 애써 아픔을 무시하고 얼른 엎드려쏘기 자세를 취한 뒤 용의자 516이 공격해올 골목 끝을 겨냥했다. 이쪽을 겨냥하고 있겠지. 할로포인트 탄을 쏘겠지.

한데 그렇지 않았다.

색스는 눈을 깜빡여 눈물을 털어내고 소매로 격하게 눈을 닦았다.

텅 비어 있었다. 골목은 텅 빈 상태였다. 516은 사라졌다.

색스는 간신히 몸을 일으키며 총을 집어넣고 무릎을 주물렀다. 절뚝거리며 거리로 나가 보도에 있는 사람들을 붙잡고 탐문했다. 하지만 연한 색 차량을 본 사람도, 갈색 머리의 건장한 군인 같은 남자가 이상한 행동을 하는 것을 본 사람도, 무기를 본 사람도 없었다.

두 손을 엉덩이에 얹고 선 채 서쪽을, 다시 동쪽을 바라보았다. 모든 게 평화로운 일상이었다. 어퍼웨스트사이드의 전형적인 풍경.

색스는 절뚝거리지 않으려고 애쓰며 골목으로 돌아갔다. 아팠다. 중국 음식을 챙겨 쓰레기통에 던져 넣었다.

뉴욕 골목에서는 떨어뜨린 음식을 5초 안에 집어 들면 오염되지 않는다는 법칙이 적용되지 않는다.

54

또 다른 현장

"맞습니다, 경감님."

마이클 포이티어가 나소에 있는 아넷 보델의 2층 아파트 밖 포치에서 소리쳤다.

"옆쪽 창문을 따고 들어간 흔적이 있어요. 배리 셰일즈나 신원 불명의 용의자가 여자를 죽이기 전, 혹은 죽인 뒤 여기로 들어왔을 겁니다."

라임은 고개를 들어 눈을 가늘게 뜨고 눈부신 하늘을 올려다보았다. 창녀-학생 아넷이 살던 건물 지붕 근처에서 나른하게 흔들리는 야자나무의 윤곽만 보일 뿐 경사는 보이지 않았다.

라임이 말했던 다른 현장이란 이곳이었다. 혹시 아넷이 자신에 대해, 자신이 지난주 사우스코브인에 들렀던 일에 대한 정보를 갖고 있을까봐 살인범이 여기 들렀을 거라는 것을 라임은 알고 있었다. 포이티어와 그의 부하들도 여기에 온 적이 있지만―실종 신고가 들어왔을 때―그때는 아넷이나 그녀의 시체가 있는지 확인하기 위해서였다. 문의 자물쇠는 멀쩡했고, 경찰은 더 이상 수사하지 않았다.

"아마 죽인 뒤겠지."

라임이 말했다. 범인은 아넷을 고문하면서 아마 자기 이름이 들어 있는 주소록이나 컴퓨터 파일이 있는지 물어보았을 것이다. 물론 일기장도. 그 모든 것은 사라졌지만, 그래도 용의자가 남긴 미량증거물이라도 있기를 바라는 마음이었다.

지역 주민 몇몇이 근처에 모여 일행을 구경하고 있었다. 그을린 얼굴, 검은 얼굴. 라임은 좀 더 은밀하게 대화를 나누고 싶었지만, 포이티어는 수직으로 7.5미터 떨어진 높이에 있었기 때문에 소리치지 않을 수 없었다.

"안으로 들어가지 마, 경사. 론이 처리할 거야."

그러곤 돌아서며 말했다.

"신참, 어떻게 됐어?"

"거의 준비됐습니다, 링컨."

풀라스키는 바하마 경찰 감식반 작업복을 차려입고 기본적인 감식 장비를 정리하고 있었다.

직접 현장을 수색하는 것은 엄두도 나지 않았지만, 아까는 그런 유혹이 들었다. 건물에는 엘리베이터가 없었다. 좁고 삐걱거리는 계단으로 휠체어를 들어 올리는 것은 불가능에 가까울 것이다. 게다가 풀라스키도 솜씨가 좋았다. 거의 아멜리아 색스 못지않다.

풀라스키는 작전 설명을 기대하듯 라임 앞에 멈췄다. 그러나 라임은 짧게 말했다.

"자네 현장이야. 할 일은 알고 있겠지?"

젊은이는 고개를 끄덕이고 빠른 걸음으로 계단을 올라갔다.

수색은 한 시간이 걸렸다.

풀라스키는 대여섯 개의 증거물 봉투를 들고 나와 라임과 포이티어에게 지금 확인하겠느냐고 물었다. 라임은 갈등했지만, 결국 전부 뉴욕으로 가져가 거기서 분석하기로 결정했다.

멜 쿠퍼와 일하는 것이 익숙해서이기도 했고, 색스가 그리워서이기도 했다. 색스를 제외한 다른 사람에게는 절대 털어놓지 않는 감정이었다.

"돌아가는 비행기는 어떻게 되지?"

라임은 톰에게 물었다. 톰은 전화로 확인했다.

"30분 안에 공항에 도착하면, 다음 비행기를 탈 수 있습니다."

라임은 경사를 바라보았다. 포이티어가 말했다.

"오래 걸려도 20분이면 갑니다."

"악명 높은 바하마 교통지옥에 갇혀도?"

라임이 짓궂게 물었다.

"저한테 경광등이 있습니다."

풀라스키는 작업복과 부츠, 샤워캡 차림 그대로 밴으로 향했다.

"평상복으로 갈아입어, 신참. 그렇게 입으면 승객들이 놀랄 거야."

"아, 그렇군요."

경광등 덕분에 그들은 곧 터미널에 도착했다. 일행은 밴에서 내렸다. 풀라스키가 화물을 접수하고 톰이 차량을 반납하는 동안, 라임은 포이티어 곁에 있었다. 공항은 관광객과 주민들로 번잡했고, 공기는 먼지투성이였다. 공사장의 끝없는 쿵쿵 소리 그리고 끊임없는 냄새, 쓰레기 태우는 연기.

라임은 입을 열려 했지만 할 말이 떠오르지 않았다. 억지로 문장을 만들었다.

"저격 지점에서 있었던 일은 미안해, 경사. 부서장 말이 맞았어. 나 때문에 자네가 죽을 뻔했지."

포이티어는 웃었다.

"우리 일은 사서나 치과 의사와는 다르지 않습니까, 경감님. 모든 경찰이 매일 밤 집에 들어가는 건 아닙니다."

"그래도, 내가 충분히 능숙하게 처리하지 못했어."

속이 쓰렸다.

"공격을 예측했어야 했는데."

"제가 진짜 경찰이 된 건 얼마 안 됐지만 말입니다, 경감님. 이 직업에서 앞으로 일어날 모든 일을 예측한다는 것은 불가능하지 않겠습니까. 이건 말도 안 되는 직업이에요. 보수는 적고, 위험하고, 꼭대기에서는 정치, 거리는 혼돈."

"자네는 형사로서 잘할 거야, 경사."

"그랬으면 좋겠습니다. 사업장 감독 및 면허과보다는 확실히 여기가 좋아요."

경광등이 시선을 사로잡았다. 사이렌 소리가 들렸다. 경찰차가 빠르게 도로를 누비며 공항으로 들어오고 있었다. 포이티어가 말했다.

"아, 마지막 증거물이군. 제때 안 올까봐 걱정했는데."

무슨 증거? 라임은 생각했다. 모레노 저격수 사격 지점에 있던 증거는 모두 가져왔고, 아넷 보델의 아파트 역시 마찬가진데. 다이버는 배리 셰일즈의 탄피 수색을 포기했다.

경사가 차를 향해 손을 흔들었다.

사우스코브인에서 만났던 젊은 경찰이 운전석에 앉아 있었다. 그는 증거물 봉투를 들고 내린 뒤, 두 사람 중간쯤을 향해 경례를 붙였다.

라임은 마주 경례하고 싶은 우스꽝스러운 충동을 억눌렀다.

포이티어는 봉투를 받고 고맙다고 말했다. 경찰은 다시 뻣뻣한 손가락을 이마에 갖다 대더니 차로 돌아갔다. 그러곤 임무가 다 끝났는데도 다시 경광등과 사이렌을 켰다.

"그게 뭐지?"

"모르시겠습니까? 현장을 수색할 때 부하들한테 항상 공기 냄새를 맡으라고 지시한다는 내용을 경감님 책에서 읽은 기억이 나서요."

라임은 미간을 찡그리고 고개를 숙여 냄새를 맡았다.

구수한 소라 튀김 냄새가 봉투에서 올라왔다.

특별 요리

슥, 슥, 슥….

제이컵 스완은 부엌에서 가볍고 기분 좋은 이탈리아 와인 베르멘티노를 한 모금 마셨다. 리구리아산이었다. 그는 다시 카이 슌을 갈기 시작했다. 썰기용 칼은 아니었다. 이번에는 커다란 고깃덩어리를 깨끗하게 떼어내거나 다질 때 쓰는 21.6센티미터짜리 데바 모델이었다.

슥, 슥, 슥….

아칸소 숫돌에 대고 끝에서 끝까지 문지르기. 그가 선호하는 방식이었다. 절대 원을 그리지 않는다.

오후 8시, 턴테이블에서 재즈가 흘러나오고 있었다. 기타리스트 래리 코리엘. 스탠더드와 스스로 작곡한 곡, 심지어 클래식 연주까지 훌륭했다. 〈죽은 왕녀를 위한 파반느〉 해석은 필적할 사람이 없었다.

스완은 앞치마를 두르고 아일랜드 작업대 앞에 섰다. 본부에서 색스에 대한 공격을 연기한 것은 옳은 판단이었다고 칭찬하는 텍스트가 방금 날아왔다. 슈리브 메츠거는 다른 정보도 전달했지만, 지금 당장은 할 일이 없었다. 오늘 저녁은 이대로 휴식. 그는 이 휴식을 최대한 즐기고 있었다.

조명은 은은했다. 덧문을 닫고 커튼도 드리웠다.

어떤 면에서는 낭만적인 분위기조차 감돌았다. 스완은 가까이 앉은 여자를 바라보았다. 머리카락이 흘러내렸고, 그의 티셔츠와 검은색 격자무늬 복서 팬티를 입고 있었다. 꽃향기가 나는 것 같았다. 냄새와 맛은 불가분하게 연결되어 있다. 스완은 감기에 들거나 비염이 있을 때는 절대 중요한 요리를 하지 않았다. 왜 쓸데없는 노력을 하나? 그런 때 먹는 음식은 단순한 연료다.

죄악이다.

캐럴 피오리라는 이름—영국인치고는 특이한 성이다—의 여자가 뒤를 돌아보았다. 나직하게 울고 있었다.

가끔 엄, 엄, 엄, 소리를 내기도 했다. 캐럴은 아까 골목에서 그에게 다가오는 바람에 아멜리아 색스를 무장 해제시킬 기회를 날려버린 여자였다. 목에 한 방 날리고 쥐도 새도 모르게 트렁크에 집어넣었다. 그는 얼른 차에 올라 집으로 돌아왔다. 형사는 다음에 처리할 것이다.

브루클린으로 돌아온 그는 캐럴을 끌고 집으로 들어왔다. 처음에는 '친구들'과 함께 여행 중이라고 했지만, 캐럴은 사실 혼자 한 달째 미국을 여행하면서 자신의 모험담을 기사로 쓸 계획을 갖고 있었다.

혼자….

그는 이 전리품을 어떻게 할지 고민하고 있었다.

이제 결정했다.

할까, 말까?

하자.

이제 여자는 애원하는 눈빛으로 바라보며 속삭이는 것을 멈추고 그가 슥, 슥 갈고 있는 데바를 축축한 눈으로 바라보고 있었다. 이따금 고개를 흔들었다. 손목과 다리는 아주 편안하고 좋은 미션 스타일 의자에 리디아 포스터처럼 묶여 있었다.

"제발."

여자는 칼을 바라보며 입술을 달싹거렸다. 애원을 포기한 것은 아니었다.

그는 칼을 관찰하며 검지로 조심스럽게 날을 시험해보았다. 적절한 저항감, 완벽한 예리함이었다. 그는 와인을 더 마시고 냉장고에서 재료를 꺼내기 시작했다.

제이컵 스완이 식사의 가치를 인식하게 된 것은 소년 시절이었다. 대학에 들어가기 오래전, 군에 들어가기 오래전, 군 이후 경력을 시작하기 오래전 일이다. 어머니 아버지와 함께 지낸 순간들은 늘 저녁 준비나 식사와 관련이 있었다.

덩치 큰 앤드루 스완은 엄하거나 폭력적인 아버지는 아니었지만, 애틀랜틱시티의 도박 세계에 얽힌 자기 직업과 관련 계획 및 임무 그리고 다른 생각에 골몰해서 늘 서먹서먹했다. 어린 제이컵은 아버지가 하는 일이 정확히 무엇인지 몰랐다. 자신의 현재 직업을 생각해볼 때, 아버지도 아마 집행 관련 일을 했을 것이다. 유전자란 것이 그렇지 않나. 하지만 제이컵과 어머니가 아버지에 대해 확실하게 알고 있었던 것 한 가지는 먹는 걸 좋아한다는 사실, 음식으로 주의를 끌고 곁에 붙잡아놓을 수 있다는 사실이었다.

메리앤은 타고난 요리사도 아니었고, 아마 요리를 싫어했을 것이다. 어머니는 아버지와 데이트를 시작하면서부터 요리 기술을 연마하기 시작했다. 제이컵은 어머니가 어느 여자 친구에게 자신이 남편한테 대접한 최초의 음식에 대해 이야기하는 것을 엿들은 적이 있었다.

"이게 뭐지?"

앤드루는 물었다.

"햄버거 헬퍼, 리마콩 그리고…."

"요리할 줄 안다고 했잖아."

"했잖아요."

어머니는 프라이팬을 가리켰다.

앤드루는 냅킨을 집어던지고 식탁을 떴다. 그리고 카지노로 향했다.

다음 날 어머니는 베티 크로커 요리책을 사서 연구하기 시작했다. 공공 분양 주택에서 어린 제이컵은 오후마다 어머니가 맹렬하게 닭고기 프리카세나 대구 튀김 만드는 모습을 구경하곤 했다. 어머니는 음식과 싸우고 씨름했다. 어머니는 요리의 최우선 원칙과 규칙을 배우지 못했다. (어차피 모두 화학이나 물리학과 관련 있는 내용이다.) 대신 스테이크나 가자미, 차가운 밀가루 한 번 본 적 없는 사람처럼 모든 요리법을 공략했다. 소스는 뭉글거리고 괴상한 양념이 들어 있었으며 늘 소금을 너무 많이 넣었다. 앤드루의 입맛에는 잘 맞았으니, 어쩌면 그게 정상이었는지도 모른다.

아들과 달리 메리앤은 요리를 준비할 때마다 스트레스를 많이 받아 항상 와인을 한 잔 이상 마셔야 했다. 위스키도. 찬장에 있는 술이면 뭐든지.

그러나 어머니는 열심히 노력했고, 아버지를 한 시간가량 붙잡아놓을 수 있을 정도로 실용적인 요리를 그럭저럭 만들어냈다. 하지만 접시에 디저트 포크를 쨍그랑 내려놓는 소리, 마지막 커피 들이켜는 소리와 함께 앤드루는 어김없이 일어나 비밀 사업 계획을 짜기 위해 지하실로, 동네 술집으로, 카지노로 사라지곤 했다. 아니면 이웃과 붙어먹었겠지. 붙어먹는다는 개념을 배웠을 때 스완은 그렇게 추측했다.

방과 후 혹은 주말에 상대를 매트에 메다꽂거나 학교 라이플팀에서 경쟁하지 않는 날이면, 제이컵은 우유 방울과 토마토소스, 양귀비씨 파편, 허브와 밀가루, 녹말, 내장으로 주방을 폐허로 만들고 있는 어머니 옆에 앉아 요리책을 넘기곤 했다. 이따금 피도 뚝뚝 떨어졌.

가끔 일에 압도당할 때는 아들에게 연골을 제거하거나 뼈에서 고기를 바르거나 송아지 고기 써는 일을 부탁하기도 했다. 메리앤은 남자아이라면 거품기보다는 칼 쓰는 데 더 관심을 가질 거라고 생각한 것 같았다.

"이걸 봐. 정말 잘했네. 넌 내 작은 푸줏간 소년이야."

그는 점점 더 요리를 떠맡아 본능적으로 스튜 맛을 살려내고, 좀 더 잘게 다지고, 음식이 흘러넘치기 전 적절한 시점에 불을 낮출 수 있었다. 어머니는 그의 뺨을 토닥이며 와인을 더 따랐다.

스완은 의자에 묶인 여자를 바라보았다.

그는 오늘 오후 여자가 자신의 계획을 망친 것에 아직 화가 나 있었다.

여자는 계속 울고 있었다.

그는 오늘 밤 먹을 3코스짜리 저녁을 다시 준비하기 시작했다. 전채는 물과 베르무트를 섞어 찌고 생 월계수 잎, 세이지 한 자밤(엄지와 검지 두 손가락 끝으로 한 번 집을 만한 분량-옮긴이)을 넣은 아스파라거스. 마쉬 샐러드 위에는 스피어민트를 올리고 집에서 만든 홀랜다이즈 소스를 점점이 뿌릴 것이다—'점점이' 라는 표현이 핵심이다. 노른자가 버터를 만날 때는 뭐든 과하기 쉽기 때문이다. 아스파라거스의 까다로운 점은 물론 타이밍이다. 로마 관용어로 아스파라거스를 익히는 동안 어떤 일을 한다는 표현은 '빨리 한다'는 뜻이다.

스완은 와인을 마시고 아스파라거스를 찔 물을 준비했다. 그리고 창틀에 놓인 상자에서 허브를 잘라냈다.

어머니가 떠났을 때—와인 그리고 안전벨트를 매지 않은 채 시속 130킬로미터로 과속한 탓이었다—열여섯 살의 제이컵은 요리를 맡게 되었다.

이제 두 사람뿐이었다. 아버지와 아들.

십대 아들은 어머니가 하던 대로 아버지를 음식으로 붙잡았다. 유일한 차이점은 그가 어머니보다 요리를 즐기고 훨씬 잘한다는 점이었다. 그는 아버지와 함께하는 시간을 연장하기 위해 코스 요리—요리사의 시식 메뉴처럼—도 만들기 시작했다. 또 다른 차이점도 생겨났다. 요리를 소비하는 한 시간보다 요리하는 시간이 더 즐겁다는 점이었다. 자신이 아버지를 별로 좋아하지 않는다는 사실도 깨달았다. 아버지는 제이컵이 하는 일에 대해 이야기하고 싶어 하지 않았다. 비디오 게임, 킥복싱, 레슬링, 사냥, 총, 맨손 복싱. 앤드루는 자신에 대한 이야기 외에는 별로 좋아하지 않았다.

제이컵이 열여덟 살 되던 해, 아버지는 아름다운, 정말 아름다운 금발 머리 여자와 함께 집에 돌아왔다. 그는 여자에게 '내 아들'이 얼마나 훌륭한 요리사인지 이야기했다. 마치 싸구려 반지 자랑하듯이. 그는 제이컵에게 말했다. "여기 있는 신디한테 맛있는 걸 만들어줘라. 알겠지? 예쁜 숙녀를 위해 좋은 걸 만들어봐."

제이컵은 당시 대장균에 대해 잘 알고 있었다. 스물네 살 난 신디가 구역질하다 죽는 꼴을, 최소한 구역질이라도 하는 꼴을 보고 싶었지만 도저히 의도적으로 음식을 망칠 수는 없었다. 그는 두드린 닭 가슴살 대신 저민 닭고기로 그뤼에르 치즈와 파르마산 프로슈토를 감싼 코르동 블뢰로 칭찬을 받았다.

푸줏간 소년….

얼마 지나지 않아 테러가 나라를 흔들었다. 군에 입대할 때, 제이컵은 적성과 취미에 대한 질문을 받았다. 그는 혹시 4년 동안 취사병 노릇을 하게 될까봐 자신이 요리를 잘한다고 말하지 않았다. 한 번에 병사 1000명분의 음식을 쪄내는 것은 전혀 재미없는 일이다. 그는 사람을 죽이고 싶었다. 혹은 비명을 지르게 하고 싶었다. 혹은 둘 다. 그는 인간을 도살하는 것과 짐승을 도살하는 것 사이에 별다른 차이를 느끼지 못했다. 사실, 생각해보면 인간은 무고한 소와 양을 아무런 양심의 가책 없이 토막 내지 않나. 반면 인간은 누구나 이런저런 죄를 저지르지만, 총이나 칼로 인간을 처단한다고 하면 눈살을 찌푸린다.

어떤 인간들은….

그는 캐럴을 다시 보았다. 여자는 근육질에 창백했다. 대체로 실내에서 운동하고, 달릴 때는 자외선 차단제를 바르겠지. 그는 여자에게 와인을 권했다. 여자는 고개를 저었다. 물을 권하자 그가 들고 있는 병을 절반이나 비웠다.

오늘 저녁의 두 번째 코스는 안나 포테이토를 응용한 것이었다. 껍질을 벗겨 얇게 저민 붉은 감자를 나선형으로 쌓아 천일염과 후추를 듬뿍 뿌리고 버터와 올리브유로 익힌다. 한가운데는 신선한 메이플 시럽을 약간, 아주 약간 넣고 거품을 낸 생크림을 한 덩이 올린다. 마지막으로 검은 트러플 한 조각. 이 요리는 작은 무쇠 냄비에서 만들었다. 우선 불에 감자를 익힌 뒤 그릴에서 표면을 바삭하게 구울 것이다.

감자와 메이플 그리고 트러플. 누가 생각이나 했겠는가?

아, 이제 슬슬 배가 고프군.

제이컵이 이십대 초반일 때, 아버지는 소화 기관 문제로 죽었다. 위궤양이나 종양은 아니었다. 복부에 9밀리 탄 네 발이 박혔다.

젊은 군인은 복수를 맹세했지만, 실행에 옮기지는 않았다. 아버지를 죽일 만한 사람은 너무나 많았다. 알고 보니 앤드루는 남의 등을 치는 온갖 행동을 저질렀고, 애틀랜틱시티에서 이는 현명한 짓이 아니었다. 범인을 찾으려면 평생이 걸릴 것 같았다. 게다가 제이컵은 그다지 분하지도 않았다. 사실 장례식 후 조촐한 식사 자리를 마련했을 때 참석한 사업 동료 중에 살인범이 있었을 수도 있다. 그는 음식에 미묘한 복수를 가미했다. 주 요리의 이름은 펜네 알라 푸타네스카, 이탈리아어로 '창녀 스타일로'를 뜻하는 매콤한 토마토 요리였다. 신디는 아니었지만, 어차피 비슷한 존재인 아버지의 현재 여자 친구를 기리는 뜻에서 만든 요리였다.

오늘 밤 제이컵 스완의 세 번째 요리, 메인 코스는 특별했다. 모레노 임무는 어려웠고, 그는 한껏 즐기고 싶었다.

주 요리는 베로니크 스타일. 둥글게 저민 포도와 역시 저민 샬롯. 포도가 있으니 와인을 약간 적게(그는 절대 식초를 쓰지 않았다) 첨가한 뵈르블랑 소스.

고기는 거의 투명한 타원형으로 저며서 프랑스 밀가루 45타입을 묻힌 뒤 올리브유와 버터에 재빨리 볶아낸다. (항상 둘을 섞어 써야 한다. 버터만 쓰면 뒤집힌 유조선보다 더 빨리 타버린다.)

그는 캐럴에게 물을 더 권했다. 여자는 관심이 없었다. 포기한 것 같았다.

"긴장 풀어."

그는 속삭였다.

347

아스파라거스 찜기에서 액체가 끓고, 감자는 그릴에서 갈색으로 잘 익고 있었다. 오일과 버터가 고소한 향을 풍겼다.

스완은 주 요리에 쓸 고기를 잘랐던 도마를 닦아냈다.

하지만 일을 시작하기 전에, 와인부터. 그는 뉴질랜드 소비뇽 블랑, 지구 최고의 와인 중 하나인 클라우디 베이를 개봉해서 한 잔 따랐다. 같은 포도원의 스파클링 와인 펠로러스를 딸까 잠시 고민했지만, 혼자 한 병을 다 마실 수는 없었다. 스파클링 와인은 한번 개봉하면 보관할 수 없다.

5월 18일 목요일

5부
100만 달러짜리 총알

"그걸 100만 달러짜리 총알이라고 하죠. 저격수의 최고 기록은 2500미터 정도예요.
누군지 몰라도 기술이 대단하네요."

56

레시피

"탔군."

셀리토가 말했다.

"안 탔어."

"탔어. 자외선 차단제를 바르지 그랬나, 링컨."

"안 탔다니까."

라임은 내뱉었다. 톰이 끼어들었다.

"타셨습니다."

거의 오전 8시였다. 톰과 풀라스키, 라임은 어젯밤 늦게 11시가 다 되어 라가디아 공항에 도착했다. 톰은 라임이 즉시 수면을 취해야 한 다고 고집했다. 수사는 아침에 해도 된다는 것이었다.

반론의 여지가 없었다. 라임은 녹초가 되어 있었다. 물에 빠졌던 게 결정적이었다. 사실 여행 전체가 그에게는 피곤한 일이었다. 하지만 라 임은 6시 30분에 눈을 뜨자마자 침대 옆 소환 버튼을 눌렀다. (톰은 이 버튼을 〈다운튼 애비(downton Abbey: 귀족 집안 식구와 하인들의 일상을 그 린 영국 드라마-옮긴이)〉라고 불렀지만, 라임은 이 비유를 알아듣지 못했다.)

지금 거실은 셀리토와 쿠퍼, 색스가 있어서 분주했다. 론 풀라스키 도(그는 정말 탄 것 같았다) 이제 막 들어오고 있었다. 낸스 로렐은 다른 사건 때문에 법정에 출두해서 나중에 올 계획이었다.
　라임은 새로운 휠체어 메리츠 비전 실렉트에 앉아 있었다. 회색에 타이어 덮개는 빨간색이었다. 어제 바하마에서 돌아오기 전 미리 배달해서 조립한 물건이었다. 톰이 나소에서 보험 회사에 전화를 걸어 신속하게 구매 협상을 마무리했다. ("무슨 말을 해야 할지 모르더군요." 톰이 보고했다. "손상 이유를 '수심 3미터 물에 입수'라고 표현했더니.")
　라임이 이 모델을 선택한 이유는 오프로드 통행 기능으로 유명하기 때문이었다. 공공장소에 나가기를 꺼려하던 그의 성향은 어느새 사라졌다. 대체로 바하마 여행 덕분이었다. 그는 여행을 더 많이 하고, 다시 직접 현장을 수색하고 싶었다. 그러려면 가능한 한 많은 장소에 데려다줄 수 있는 휠체어가 필요했다.
　메리츠는 라임의 신체 상태에 맞춰 특별히 개조했다―움직이지 않는 왼쪽 팔을 묶는 끈, 움직이는 왼쪽 약지 밑의 터치패드 그리고 위스키 텀블러와 커피 잔이 들어갈 수 있을 만큼 큼직한 컵 홀더. 라임은 지금 굵은 빨대로 커피를 즐기고 있었다. 그는 셀리토와 색스, 풀라스키를 바라본 다음, 자기가 없는 동안 색스가 수사 진행 상황을 정리해둔 화이트보드로 시선을 옮겼다.
　"시간이 흘러가고 있어."
　라임은 암살 명령서를 턱으로 가리켰다.
　"우리가 조처를 취하지 못하면, 라시드는 하루 이틀 내에 하느님을 만나러 가게 돼. 단서를 살펴보자고."
　그러곤 색스가 자바 헛 폭발 현장과 리디아 포스터의 아파트에서 수집한 증거 분석 내역을 적은 화이트보드 앞에서 휠체어를 앞뒤로 굴렸다.
　"파란색 비행기?"
　색스는 헨리 크로스의 말을 들려주었다. 미국 각지나 중남미 지역을 여행할 때 늘 모레노를 따라다니는 것처럼 보였다는 개인 제트기.
　"마이어스 경감의 특수업무부 경찰이 알아봤는데, 별다른 성과가 없어요. 비행기를 색깔로 검색하는 데이터베이스는 없으니까요. 하지만 혹시 최근 매매했다면, 브로커들이 사진 딸린 매매 기록을 가지고 있을지도 몰라요. 아직 알아보는 중이에요."

"좋아. 그럼 바하마에서 발견한 걸 보지. 첫째, 킬 룸."

라임은 색스와 쿠퍼에게 용의자 516, 혹은 배리 셰일즈가 모텔 현장을 망쳤다는 이야기를 들려주었다. 하지만 그래도 현지 경찰이 수행한 초동 수사 보고서와 사진은 확보했다. 색스는 별도의 화이트보드에 바하마 경찰이 처음 준비한 현장감식 보고서와 사진을 붙였다.

다음 30분 동안, 색스와 쿠퍼는 5월 9일 아침 스위트룸 1200호에 있었던 세 피해자의 신발과 옷가지를 풀어서 분석했다. 넓은 전지 위에 비닐 봉투 안의 내용물을 풀어놓고, 옷과 신발 하나하나에서 일일이 미량증거물을 수집했다.

모레노와 보디가드, 드라루아의 신발에서는 호텔 양탄자와 동일한 섬유, 모텔 앞 보도와 흙에서 채취한 샘플과 일치하는 흙이 나왔다. 옷에서도 비슷한 미량증거물과 살해 직전 먹은 음식 성분, 특히 아침 식사 성분이 나왔다. 점심 전에 살해당한 것이다. 쿠퍼는 모레노와 보디가드에게서 페이스트리 부스러기와 잼, 베이컨 조각을 찾았다. 기자의 재킷에서는 올스파이스와 종류를 짐작할 수 없는 후추 소스 같은 것이 나왔다. 모레노와 보디가드의 신발, 소매, 커프스에서는 원유가 나왔다. 아마 모텔 밖에서 있었다는 월요일 회의 때 묻어온 것 같았다. 뉴프로비던스에는 정유 회사가 별로 없으니, 혹시 항구에서 저녁을 먹었을 수도 있다. 보디가드의 셔츠에는 담뱃재가 미량 묻어 있었다.

이 정보도 보드에 적혀 있었다. 하지만 라임은 별로 깊이 생각하지 않았다. 어쨌거나 범인은 1.6킬로미터 떨어진 곳에서 총을 쏘았다. 용의자 516은 호텔에 있었지만, 그가 킬 룸에 숨어들었다 해도 미량증거물은 남기지 않았다.

"좋아. 이제 부검 보고서."

여기에도 의외의 사실은 없었다. 모레노는 가슴 총상으로 사망했고, 다른 사람들은 주로 폭 3~4밀리미터, 길이 2~3센티미터인 다양한 크기의 유리 파편에 다수의 열상을 입고 과다 출혈로 사망했다.

쿠퍼는 포이티어의 최초 수사 당시 감식반이 킬 룸에서 발견한 담배꽁초와 사탕 포장지를 분석했지만, 거기서도 별다른 정보는 얻을 수 없었다. 꽁초는 보디가드의 시체에서 나온 말보로 갑과 같은 브랜드였다. 사탕은 모레노가 도착할 때 모텔에서 준비한 바구니에 들어 있던 종류였다. 풀라스키가 뜬 지문은 어떤 데이터베이스에도 등록되어 있지 않았다.

"이제 창녀의 아파트로 넘어가지. 아넷 보델."

풀라스키는 살인범이 수색했을 만한 위치에서 미량증거물을 다량 채취하고 일반 대조 샘플도 확보했다. 쿠퍼는 샘플을 가스크로마토그래피/질량분석기로 분석했다. 이윽고 그가 말했다.

"첫째, 2행정 연료가 나왔습니다."

스노모빌이나 전기톱 같은 데 붙은 소형 2행정 엔진은 윤활유와 가솔린을 직접 섞어 쓴다.

라임이 말했다.

"제트스키일 수도 있어. 피해자는 다이브 숍에서 파트타임으로 일했지. 범인에게서 온 것이 아닐 수도 있지만, 일단 염두에 두자고."

"그리고 모래. 해수 잔여물이 묻어 있습니다."

쿠퍼는 잔여물의 화학적 구성 성분을 이전 두 현장에서 발견한 미량증거물과 대조했다.

"네. 아멜리아가 자바 헛에서 발견한 성분과 사실상 동일하군요."

라임은 한쪽 눈썹을 치켜 올렸다.

"아, 드디어 용의자 516과 바하마를 연결시키는 결정적 고리가 나왔군. 우리는 그가 아넷의 아파트에 있었다는 걸 알고 있고, 나는 5월 8일 사우스코브인에 갔던 사람이 그라는 걸 99퍼센트 확신해. 리디아 포스터와 그의 연결 고리는 없나?"

풀라스키가 지적했다.

"갈색 머리카락. 포이티어 경사가 모레노 살인 사건 전에 사우스코브인에 갔던 사람은 갈색 머리라고 했습니다."

"정황상 그렇다는 거지, 증거는 되지 않아. 계속해, 멜."

쿠퍼는 현미경을 들여다보았다.

"이상한 게 있군요. 세포막 같은 겁니다. 오렌지색. 가스크로마토그래피/질량분석기에 넣어보겠습니다."

몇 분 뒤 결과가 나왔다. 쿠퍼가 읽었다.

"DHA, C22:6n-3. 도코사헥사엔산."

"생선 기름."

라임은 현미경 영상이 뜬 스크린을 바라보며 말했다.

"저 세포막 보이나? 오른쪽 위 구석. 생선 알이군. 곤이. 혹은 캐비어."

"$C_8H_8O_3$도 있습니다."

"모르겠어."

라임은 투덜거렸다. 검색은 30초 걸렸다.

"바닐린."

"바닐라 추출물?"

"맞습니다."

"톰! 톰, 이리 와봐. 도대체 어디 있는 거야?"

톰의 목소리가 어디선가 흘러왔다.

"뭐가 필요하십니까?"

"자네가 필요해. 나타나. 여기. 방 안에."

톰은 소매를 말아 내리며 다가왔다.

"그렇게 공손하게 소환하시는 데 제가 나타나지 않고 배기겠습니까?"

색스는 웃었다. 라임은 미간을 찌푸렸다.

"차트를 봐, 톰. 자네 요리 지식을 총동원하라고. 이 항목을 보고 뭐가 떠오르는지 말해봐. 도코사헥사엔산과 $C_8H_8O_3$은 각각 캐비어와 바닐라야."

톰은 잠시 차트를 바라보며 서 있었다. 얼굴에 미소가 떠올랐다.

"어디서 본 것 같은데…. 잠깐 기다리세요."

톰은 가까운 컴퓨터로 다가가서 〈뉴욕 타임스〉에 접속했다. 그리고 잠시 이리저리 찾아보았다. 라임은 그가 정확히 무엇을 찾고 있는지 볼 수 없었다.

"음, 재미있네요."

"하, 재미있는 부분이 뭔지 설명해주시지 않겠나?"

"다른 두 현장―리디아 포스터의 아파트와 자바 헛―에서는 아티초크와 감초가 나왔지요?"

"맞습니다."

쿠퍼가 확인했다. 톰은 스크린을 일동 쪽으로 돌렸다.

"음, 이 재료를 캐비어랑 바닐라와 섞으면, 패치워크 구스에서 파는 정말 비싼 요리가 됩니다. 얼마 전 '음식' 섹션에 기사가 실렸어요."

"패치워크…. 그건 또 뭐야?"

셀리토가 투덜거렸다. 색스가 설명했다.

"뉴욕에서 가장 고급 식당 중 하나예요. 네 시간 동안 와인과 함께 7~8가지 코스가 나오죠. 거기서는 액체 질소와 부탄 토치를 이용해 요리를 하기도 하고, 신기한 요리법이 많아요. 물론 난 가본 적 없지만."

"맞습니다."

톰은 스크린을 향해 고갯짓을 했다. 레시피 같았다.

"이게 거기서 만드는 요리 중 하납니다. 감초 육수로 익힌 아티초크를 곁들이고 곤이 바닐라 마요네즈로 장식한 송어 요리. 범인이 이런 미량증거물을 남겼다고요?"

"맞아요."

색스가 대답했다. 셀리토가 물었다.

"그럼 식당에서 일하는 놈일까?"

톰은 고개를 저었다.

"아뇨, 그렇진 않을 겁니다. 그런 식당은 보통 일주일에 6일, 열두 시간 근무로 돌아가죠. 그런 일을 하면서 전문 청부살인범 노릇을 할 시간은 없을 겁니다. 식당 손님도 아닐 것 같아요. 옷에 묻은 식재료가 몇 시간 이상 가지는 않을 테니까. 집에서 직접 요리를 했다고 봐야죠. 이 레시피를 가지고."

"좋아, 좋아."

라임은 나직하게 말했다.

"그럼 용의자 516은 5월 15일 바하마에 가서 아넷 보델을 죽이고, 자바 헛에 사제 폭탄을 설치하고, 리디아 포스터를 죽였어. 아마 그가 모레노 살해 직전 사우스코브인에 갔던 남자일 거야. 배리 셰일즈가 살인 준비를 하는 것을 도왔고."

색스가 덧붙였다.

"그가 요리를 좋아한다는 것도 알아냈군요. 전직 요리사일 수도 있고. 이게 도움이 될 수도 있겠네요."

쿠퍼가 전화를 받았다. 신호음이 들리지 않는 것을 보니 진동으로 해놓았는지, 바다에 빠졌을 때 귀에 물이 들어가서 잘 들리지 않는 건지 알 수 없었다. 맙소사, 눈이 아직도 쓰렸다.

현장감식 기술자는 전화 건 사람에게 감사 인사를 한 뒤 말했다.

"아멜리아가 리디아 포스터의 아파트에서 발견한 갈색 머리의 모근을 분석했습니다. 이건 CODIS 분석 결과예요. 없습니다. 용의자가 누군지는 몰라도, 범죄자 DNA 데이터베이스에 들어 있지 않은 인물이에요."

색스가 최신 수사 결과를 화이트보드에 적는 동안, 라임이 말했다.

"이제 좀 진도가 나가는군. 하지만 메츠거를 잡는 핵심 열쇠는 저격수의 라이플이고, 라이플을 찾는 핵심 열쇠는 총알이야. 이제 그쪽을 살펴보자고."

탄도학

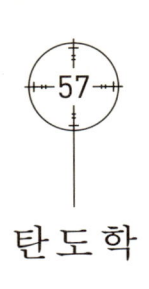

인간은 1000년 이상 총기로 서로를 죽여왔지만, 총기와 탄에 대한 법과학 분석은 비교적 새로운 과학 분야에 속한다.

총기 분석에 과학을 최초로 적용한 것은 아마 19세기 중반 영국 수사관들이 총알과 그 총알을 만든 금형을 알아내고 이를 바탕으로 범인에게서 자백을 이끌어낸 사례일 것이다. 1902년에는 용의자의 총으로 실험 발사한 총알과 살인에 사용한 총알을 대조한 전문가의 증언(바로 올리버 웬델 홈스)이 검사가 용의자의 유죄 판결을 이끌어내는 데 큰 도움을 주었다. 그러나 이 학문의 진정한 시작은 의학 박사이자 법과학자였던 캘빈 고다드가 1925년 《법과학 탄도학》을 출간했을 때이다. 고다드는 지금까지도 탄도학의 아버지로 알려져 있다.

라임은 고다드가 90년 전 주창한 법칙을 적용해 세 가지 목표를 세웠다. 첫째, 총알의 종류를 알아낼 것. 둘째, 그 정보를 통해 그 총알을 쏘았을 가능성이 있는 총기의 종류를 알아낼 것. 셋째, 이 특정한 총을 쏜 사람—이 경우 배리 셰일즈—을 추적하는 단서가 되는 특정한 총기와의 연결 고리를 찾을 것.

수사팀은 이제 첫 번째 질문으로 들어갔다. 총알 자체.

색스는 장갑과 마스크를 끼고 총알이 든 비닐 봉투를 열었다. 탄은 길쭉하게 우그러진 구리와 납덩어리였다. 색스는 총알을 관찰했다.

"묘한 탄이에요. 흔히 볼 수 없는. 첫째, 커요. 300그레인."

총에서 발사한 탄의 무게는 그레인으로 측정한다. 300그레인은 4분의 3온스에 해당한다. 대부분의 사냥용과 전투용 그리고 심지어 저격용 라이플은 180그레인 정도 되는 훨씬 작은 탄을 쓴다.

색스는 평평한 쇠판에 다양한 크기의 구멍을 뚫어놓은 구경측정기로 탄을 재어보았다.

"드문 구경. 커요. 420."

라임은 미간을 찌푸렸다.

"416이 아니고?"

킬 룸에서 처음 봤을 때 추측했던 것이다. .416구경은 유명한 배럿 암스가 디자인한 최신 라이플 탄이다. 전 세계 저격수가 사용하는 .50구경의 변형이었다. 어떤 국가와 미국의 몇몇 주는 .50구경의 민간인 사용을 금지하고 있지만, .416구경은 대부분의 지역에서 합법적으로 사용되고 있다.

"아뇨. 확실히 더 커요."

색스는 저배율 현미경으로 탄을 관찰했다.

"세련된 디자인이에요. 끝에 플라스틱이 달린 할로포인트 탄. 변형된 스피처예요."

무기 제조사가 탄의 디자인에 공기역학을 반영하기 시작한 것은 당연하겠지만, 비행기가 개발되던 시기였다. 스피처 탄—독일어로 '뾰족한 탄'—은 원거리 라이플 사격용으로 개발되었다. 유선형이라 정확성이 아주 높다. 단점은 목표물을 맞힌 뒤 모양이 변형되지 않기 때문에 살 속에서 버섯처럼 퍼지는 뭉툭한 할로포인트 탄보다 살상력이 적다는 점이다.

한데 어떤 제작사가 할로포인트 탄 끝에 날카로운 플라스틱을 붙이는 아이디어를 개발했다. 이 탄은 스피처 탄의 유선형을 보존하면서도 목표물을 맞혔을 때 플라스틱이 부서지기 때문에 탄이 퍼지게 된다.

배리 셰일즈가 로버트 모레노를 살해할 때 사용한 것은 바로 이 탄이었다.

유선형 디자인에 더해 후미는 보트테일이었다—레이싱 요트처럼 뒤로 갈수록 좁아지기 때문에 공기를 가를 때 저항을 줄인다.

색스가 요약했다.

"크고, 무겁고, 아주 정확한 탄이에요."

그러곤 모레노가 등 뒤로 피와 살점을 사방으로 흐트러뜨린 채 킬룸 소파에 쓰러져 있는 현장 사진을 가리켰다.

"아주 치명적이죠."

색스는 탄을 긁어 발사 잔여물—화약이 발화할 때 생기는 기체와 입자—을 분석했다.

"최고 중의 최고예요. 프라이머는 페더럴 210 대회급, 화약은 호지든 익스트림 익스트루디드, 최고의 내구성을 자랑하죠. 총알계의 페라리예요."

"제작사는?"

이것이 중요한 질문이었다.

그러나 인터넷 검색에서는 별다른 것이 나오지 않았다. 윈체스터, 레밍턴, 페더럴 같은 대형 제작사에서 생산하고 있지만 일반 소매상은 구비하지 않는 제품이었다. 그러나 색스는 작은 사격 포럼에서 이 수수께끼 탄의 존재에 대해 언급한 내용을 읽고, 뉴저지의 워커 디펜스 시스템즈라는 무기 회사가 제작했을 가능성이 있다는 것을 알아냈다. 회사 웹사이트를 찾아보니, 워커는 라이플을 만들지는 않지만 끝이 플라스틱으로 된 스피처 .420구경 보트테일 탄을 제작하고 있었다.

색스는 라임을 보았다.

"군과 경찰 그리고 연방 정부에만 판매하고 있어요."

첫 번째 목표는 달성했다. 총알의 종류. 이제 수사팀은 그 총알을 쏜 총기를 찾는 데 돌입했다.

라임이 물었다.

"첫째, 발사 방식은? 볼트 액션? 반자동? 3점사? 완전 자동? 색스, 어떻게 생각해?"

"저격수는 완전 자동이나 점사 방식을 쓰지 않아요. 원거리에서는 반복되는 반동을 보정하기가 힘들거든요. 볼트 액션이라면, 3점사로 쏘지 않았을 거예요. 첫 발이 빗나가면 상대는 숨을 것이고 조준을 변경해야 하니까. 나는 반자동에 걸게요."

셀리토가 말했다.

"찾는 게 그렇게 어렵지는 않을 거야. 이런 탄을 사용할 수 있는 총은 세상에 한두 종밖에 없을걸. 상당히 독특하다고."

"상당히 독특하다…. 임신 비슷하다는 표현 같군."

라임은 냉담하게 비꼬듯 중얼거렸다. 셀리토는 유쾌하게 대꾸했다.

"링컨, 자네 혹시 초등학교 선생 해볼 생각 없나? 애들이 좋아하겠어."

하지만 실질적으로는 셀리토의 말이 맞다. 라임도 알고 있었다. 총알이 희귀할수록 그 총알을 쏠 수 있는 총기 종류도 드물다. 그러니 소총의 종류를 알아내고 배리 셰일즈와의 연결 고리를 추적하는 것이 더 쉬워진다.

탄과 그 탄을 쏜 총기를 연결해주는 두 가지 특징은 이미 알아낸 구경, 나머지 하나는 강선흔(rifling mark)이다.

현대의 모든 총기는 총알을 회전하게 해서 목표물을 정확하게 맞힐 수 있도록 총열 내부에 나선형 홈이 패어 있다. 이것을 강선이라고 한다. (권총에도 역시 적용된다.) 총기 제조사는 총의 종류와 그 총이 사용하는 탄, 사용 목적에 따라 이 홈의 튀어나온 부분과 패인 부분을 다양한 형태로 제작한다. 꼬임(twist)에 따라 탄이 시계 방향, 혹은 반시계 방향으로 돌기도 하고, 탄이 총열 안에서 몇 번 회전하느냐에 따라 빠르게, 혹은 느리게 돌기도 한다.

총알을 보니 배리 셰일즈의 총은 탄을 시계 반대 방향으로 25센티미터마다 한 번 회전시켰다는 것을 알 수 있었다.

흔치 않은 사양이다. 라임은 알고 있었다. 보통 총열 안의 나선은 1 대 7, 1 대 8 정도로 더 빽빽하다.

"총열이 긴 총이라는 뜻이겠지?"

라임은 쿠퍼에게 물었다.

"네. 아주 길어요. 특이합니다."

구경과 강선이 드물면, 일반적으로 그런 특징을 지닌 반자동 소총 브랜드를 알아내기가 쉽다. 탄도 데이터베이스가 이 모든 정보를 종합해서 단순한 컴퓨터 검색 한 번으로 몇 초 만에 결과를 알려준다.

그러나 이번 사건에는 일반적인 점이라고는 단 하나도 없었다.

색스가 컴퓨터에서 고개를 들고 보고했다.

"단 하나도 없어요. 이런 소총을 만드는 상업적인 무기 제조사 기록은 없어요."

"총에 대해 알아낼 수 있는 다른 정보는 없나? 현장감식 사진, 모레노의 시체를 잘 봐. 뭔가 다른 게 있는지."

쿠퍼는 안경을 높이 밀어올리고 몸을 앞뒤로 움직이며 참혹한 사진을 바라보았다. 사진에서 뭔가 찾아낼 수 있는 사람이 있다면, 그것은 멜 쿠퍼였다. 그는 100년 가까운 역사를 지닌 국제신원확인협회에서 활발하게 활동했고, 협회에서 인증하는 모든 분야에 대해 최고 수준의 자격을 보유하고 있었다—법과학 기술, 신발 및 타이어흔 분석, 법과학 사진/영상, 열 손가락 지문, 잠재지문. 게다가 쿠퍼와 라임의 공통 관심사인 혈흔 패턴 분석까지.

그는 의사가 엑스레이를 읽듯 현장 사진을 읽을 수 있는 사람이었다.

"아, 저걸 보세요. 혈흔이 퍼진 모양."

쿠퍼는 사진 한 장을 건드리며 소파와 그 뒤 바닥에 퍼진 피와 살점 조각, 뼛조각을 가리켰다.

"2000미터 밖에서 쐈다고 했죠?"

"그 정도."

"아멜리아, 그렇게 큰 탄의 전형적인 속도는 얼마나 될까요?"

색스는 어깨를 흔들었다.

"총구에서 최대 초속 820미터로 발사. 명중 순간의 속도는? 초속 550미터 정도겠네요."

쿠퍼는 고개를 저었다.

"이 탄은 모레노를 맞히는 순간 초속 900미터 이상이었어요."

색스가 말했다.

"정말인가요?"

"확실해요."

"빠르군. 아주 빨라요. 총열이 특별히 길었다는 것도 확실히 알 수 있고, 탄에 화약이 많이 들어 있었다는 뜻이기도 해요. 일반적으로 저 크기 총알에는 발사약이 40, 혹은 42그레인 정도 들어 있어요. 하지만 그 속도라면 아마 그 두 배는 됐을 거고, 그렇다면 리시버를 특수 강화한 총이라는 뜻이에요."

리시버란 라이플에서 탄이 발사를 위해 대기하는 부분을 뜻한다. 리시버는 방아쇠를 당기는 순간 총이 폭발하지 않도록 팽창하는 기체의 최초 압력을 감당해야 하기 때문에 총열보다 두껍다.

"결론은?"

색스가 대답했다.

"배리 셰일즈, 혹은 NIOS의 누군가가 직접 만든 총이라는 뜻이에요."

라임은 얼굴을 찡그렸다.

"그럼 NIOS나 셰일즈에게 라이플을 판매한 기록으로 일련번호를 알아낼 길이 없는 거군. 젠장."

세 번째 목표, 총알과 총기를 알아내고 이를 통해 셰일즈를 추적하는 일은 훨씬 어려워졌다.

색스가 말했다.

"아직 정보서비스팀의 데이터마이닝 결과를 기다리는 중이에요. 셰일즈가 총의 부품이나 공구를 구입한 기록을 찾아낼지도 몰라요."

라임은 어깨를 으쓱했다.

"음, 탄에서 알아낼 수 있는 다른 정보를 보자고. 멜, 지문은?"

지문은 총알이 공기를 뚫고 날아가는 과정에서도, 시체 안에서도, 심지어 벽을 통과한 뒤에도 남아 있을 수 있다.

배리 셰일즈가 맨손으로 탄을 만졌을 경우에 가능한 일이다. 그러나 그렇지 않았다. 색스는 고글을 쓰고 가변광원으로 탄을 비췄다.

"없어요."

"미량증거물은?"

쿠퍼가 탄을 관찰했다

"유리창에서 묻은 유리 가루."

그는 집게로 미세한 조각들을 떼어냈다. 그리고 현미경으로 자세히 관찰했다.

"식물."

라임은 모니터를 바라보며 추론했다.

"맞습니다."

쿠퍼는 화학 분석을 했다.

"우루시올. 피부에 발진을 일으키는 알레르기 항원이죠."

그러곤 고개를 들었다.

"포이즌 아이비? 옻?"

"아, 포이즌우드 나무. 킬 룸 창밖에 있었어. 총알이 모레노를 맞히기 전에 나뭇잎을 스쳤을 거야."

쿠퍼는 모레노의 셔츠와 동일한 섬유와 혈흔도 찾아냈다. 혈액형은 모레노와 동일했다. 쿠퍼가 말했다.

"이것 말고는 총알에서 더 이상 알아낼 수 있는 게 없습니다."

라임은 새 휠체어를 증거물 보드 쪽으로 돌렸다.

"론, 자네가 가톨릭 학교에서 다듬은 멋진 필체로 우리 작품을 갱신해주지? 큰 그림을 조망해야겠어."

라임은 부재중인 수사 책임자 빌 마이어스 경감에게 어울리는 속어 한마디를 덧붙이고 싶은 충동을 이길 수가 없었다.

58

퍼즐

로버트 모레노 살인 사건 _볼드체는 업데이트한 정보

범죄 현장 1
- 바하마 뉴프로비던스 섬. 사우스 코브인 스위트룸 1200호('킬 룸')
- 5월 9일
- 피해자 1: 로버트 모레노
  - 사인: 가슴에 총상 하나
  - 부가 정보: 모레노, 38세, 미국 시민권자. 해외 이주. 베네수엘라 거주. 극렬 반미 분자. 별명 '진실의 메신저'. **'공기가 희박한 곳으로 사라지다'라는 표현과 '터뜨릴 사람'이라는 표현은 테러리즘과 관련 없는 것으로 밝혀짐**
  - 신발에서 호텔 복도 양탄자와 동일한 섬유, 호텔 입구의 흙, 원유 채취
  - 옷에서 아침 식사 미량증거물 발견: 페이스트리 부스러기, 잼과 베이컨, 역시 원유
  - 4월 30일~5월 2일, 뉴욕에서 사흘간 체류. 목적은?

5월 1일, 엘리트 리무진 이용
운전사 타쉬 파라다(자주 이용하던 운전사 블라드 니콜로프가 아팠음. 찾는 중)
미국 인디펜던트 은행 및 신탁 계좌를 폐쇄. 다른 은행 계좌도 폐쇄했을 것으로 추정
통역사 리디아 포스터(용의자 516에게 살해당함)와 차를 타고 뉴욕 시내를 돌아다님
반미 감정의 원인: 1989년 파나마 침공 당시 친한 친구가 미군에게 살해당함
모레노의 마지막 미국 여행. 돌아오지 않을 예정
월스트리트에서의 만남. 목적? 위치?
  해당 지역에서 테러리스트 수사 기록은 없음
러시아, UAE(두바이) 자선사업가, 브라질 영사관에서 나온 신원 미상의 인물을 만남
'아메리카를 위한 교실' 국장 헨리 크로스를 만남. 모레노가 다른 자선사업가를 만났다고 증언했지

만, 구체적으로 누구인지는 모름. 모레노를 미행하던 사람은 '거칠어 보이는' 백인. 모레노를 추적하던 개인 제트기? 파란색. 확인 중
- 피해자 2: 에두아르도 드라루아
  - 사인: 과다 출혈. 총격 이후 유리 파편에 열상. 파편 크기는 폭 3~4밀리미터, 길이 2~3센티미터
  - 부가 정보: 기자. 모레노를 인터뷰 중이었음. 푸에르토리코 출생. 아르헨티나 거주
  - **카메라, 테이프 녹음기, 금 펜, 수첩 분실**
  - **신발에서 호텔 복도 양탄자와 동일한 섬유, 호텔 입구의 흙 채취**
  - **옷에서 아침 식사 미량증거물 발견: 올스파이스와 후추 소스**
- 피해자 3: 시몬 플로레스
  - 사인: 과다 출혈. 총격 이후 유리 파편에 열상. 파편 크기는 폭 3~4밀리미터, 길이 2~3센티미터.
  - 부가 정보: 모레노의 보디가드. 브라질 국적. 베네수엘라 거주
  - **롤렉스 시계, 오클리 선글라스 분실**
  - **신발에서 호텔 복도 양탄자와 동일한 섬유, 호텔 입구의 흙, 원유 채취**
  - **옷에서 아침 식사 미량증거물 발견: 페이스트리 부스러기, 잼과 베이컨, 역시 원유, 담뱃재**
- 바하마에서 모레노의 행적
  - 5월 7일, 플로레스(보디가드)와 함께 나소 도착
  - 5월 8일, 하루 종일 호텔 밖에서 회의
  - 5월 9일 오전 9시, 바하마 '지역자율운동' 조직과 관련해 두 남자를 만남. 오전 10시, 드라루아 도착. 오전 11시 15분, 총격
- 용의자 1: 슈리브 메츠거
  - 국가정보활동국 국장
  - 정신적으로 불안정? 분노 조절 문제
  - 특수 임무 명령서를 승인받기 위해 불법적으로 증거를 조작?
  - 이혼. 예일 대학. 법학 학위
- 용의자 2: **신원 미상 용의자 516**
  - **저격수가 아닌 것으로 밝혀짐**
  - 5월 8일, 사우스코브인에 나타난 사람일 가능성. 백인. 남성. 삼십대 중반. 짧게 깎은 연갈색 머리. 미국 억양. 날씬하지만 근육질. 군인 출신 '같음'. 모레노에 대해 물었음
  - **저격수의 파트너, 혹은 메츠거가 뒤처리와 수사 방해를 위해 독립적으로 고용한 인물일 가능성**
  - **리디아 포스터와 아넷 보델 살인 사건, 자바 헛 폭탄 공격 범인으로 밝혀짐**
  - **아마추어 혹은 전문 요리사, 혹은 요리를 잘하는 사람**
- 용의자 3: 배리 셰일즈
  - 저격수로 밝혀짐. 암호명: 돈 브런스
  - 39세. 공군 출신. 훈장
  - NIOS 정보 전문가. 아내는 교사. 아들 둘
  - 5월 7일, 모레노의 도착을 확인하기 위해 사우스코브인에 전화한 사람으로 밝혀짐. NIOS의 유령 회사를 통해 돈 브런스 앞으로 등록한 전화
  - 정보서비스팀에서 셰일즈를 데이터마이팅하는 중
  - 성문 확보
- 현장감식 보고서, 검시 보고서, 기타 정보
  - 범죄 현장은 용의자 516에 의해 청소 및 오염되어 대체로 소용없었음
  - 일반적 특징: 총알은 바닥에서 창문까지 이어진 유리창을 부수고 들어옴 바깥은 정원. 바닥에서 7.5미터 높이까지 잎을 제거한 포이즌우

드 나무. 저격 지점의 전망은 안개
와 오염 물질로 좋지 않음
- 지문 47점: 절반은 분석. 단서가 될
  만한 지문 없음. 나머지는 분실
- 사탕 포장지 발견
- 담뱃재 발견
- 총알은 모레노의 시체가 있던 소파
  뒤에 박혀 있었음
치명적인 총상
.420구경. 뉴저지 워커 디펜스 시스
  템즈 제작
스피처 보트테일 탄
대단히 고성능
속도와 추진력이 매우 높음
드문 형태
무기: 사제
총알에 남은 미량증거물: 모레노의
  셔츠 섬유와 포이즌우드 나뭇잎

범죄 현장 2
• 배리 셰일즈의 저격 지점. 바하마 뉴
  프로비던스 섬의 킬 룸에서 2000미
  터 떨어진 위치
• 5월 9일
• 저격 지점에서 탄피나 기타 증거물을
  찾을 수 없었음

범죄 현장 2A
• 바하마 나소 오거스타 스트리트 182
  번지 아파트 3C
• 5월 15일
• 피해자: 아넷 보델
• 사인: 미결. 교살로 인한 질식일 가능
  성
• 용의자: 용의자 516으로 밝혀짐
• 피해자는 고문당했을 가능성
• 미량증거물
  - 자바 헛에서 발견된 모래와 동일한
    모래
  - 도코사헥사엔산: 생선 기름. 캐비
    어나 곤이일 가능성. 뉴욕 식당에
    서 만드는 요리 재료

- 2행정 엔진 연료
- C8H8O3, 바닐린. 뉴욕 식당에서
  만드는 요리 재료.

범죄 현장 3
• 자바 헛, 모트 스트리트와 헤스터 스
  트리트
• 5월 16일
• 사제 폭탄 폭발. 내부 고발자의 증거
  를 파괴하기 위한 것
• 피해자: 사망자 없음. 경상자 소수
• 용의자: 용의자 516으로 밝혀짐
• 군용 장비. 대인용. 파편. 셈텍스 폭
  탄. 무기 시장에서 거래 가능
• 내부 고발자가 있었던 가게 고객을
  찾아서 정보와 사진 탐문 중
• 미량증거물
  - 열대 지방의 모래

범죄 현장 4
• 3번 애버뉴 1187번지 아파트 239호
• 5월 16일
• 피해자: 리디아 포스터
• 사인: 혈액 손실. 칼로 인한 상처로
  쇼크사
• 용의자: 용의자 516으로 밝혀짐
• 갈색 짧은 머리(용의자 516의 머리카
  락). CODIS로 보내 분석 중
• 미량증거물
  - 글리시리자 글라브라: 감초. 뉴욕
    식당의 요리 재료
  - 시나린: 아티초크의 화학 성분. 뉴
    욕 식당의 요리 재료
• 고문 흔적
• 5월 1일 모레노 관련 통역 업무 기록
  이 모두 사라짐
• 휴대폰, 혹은 컴퓨터 없음
• 5월 1일 모레노의 개인적인 회의 동
  안 리디아가 기다렸던 스타벅스 영수
  증
• 살인 배후에 마약 카르텔이 있다는
  루머. 가능성은 적어 보임

367

부가 수사
- 내부 고발자의 신원을 찾을 것
  - 특수 임무 명령서를 유출한 신원 미상의 인물
  - 익명의 이메일로 전송
  - 타이완에서 루마니아, 스웨덴까지 추적. 뉴욕 지역에서 공용 와이파이로 전송. 정부 서버는 사용하지 않음
  - 오래된 컴퓨터 사용. 10년 된 아이북일 가능성. 두 가지 밝은색(녹색 혹은 오렌지색 같음)의 클램셸 모델, 혹은 검정색 고전적 모델. 그러나 요즘의 랩톱보다 훨씬 두꺼움
- 연한 색 세단으로 색스 형사를 미행한 사람
  - 제조사와 모델은 밝혀지지 않음

"수수께끼가 있군."

라임은 화이트보드를 바라보며 사실 관계에 푹 빠진 채 중얼거렸다. 속삭이는 듯한 음성.

"자네, 미스터리 좋아하나, 신참?"

"그럼요, 링컨."

"아, 그렇군. 왜?"

"안주하게 하지 않으니까요. 늘 궁금하게 하고, 궁금할 때 발견하게 되지 않습니까."

미소.

"자, 우리가 가진 게 뭐가 있지? 뭘까? 첫째, 용의자 516. 그가 범인이라는 증거는 아주 많아—바하마의 아넷 살인 사건, 자바 헛 폭발 사건, 리디아 포스터 살인 사건. 그자의 신원을 얻기만 하면—'얼을 때'로 바꾸지—폭발과 살인에 대해 유죄 판결을 받아낼 근거는 충분히 만들 수 있어. 다음. 셰일즈와 메츠거의 공모죄. 연결 고리는 있고—둘 다 NIOS에서 일하지—셰일즈의 암호명, 돈 브런스도 암살 명령서에 적혀 있어. 우리에게 필요한 건 마지막 퍼즐 조각이야. 배리 셰일즈가 5월 9일 바하마에 있었다는 증거. 이것만 확보하면 둘 다 공모죄로 기소할 수 있어."

그러곤 보드를 바라보며 혼자 속삭이듯 말했다.

"한데 그자가 거기 있었다는 물리적인 증거가 전혀 없어. 용의자 516이 총격 전날 사우스코브인에 있었다는 것은 증명할 수 있지만,

셰일즈는 아니야."

라임은 색스를 돌아보았다.

"데이터마이닝은 어떻게 돼가지? 셰일즈의 여행 기록에 대한 게 있나?"

"정보서비스팀에 연락해보죠."

색스는 휴대폰을 집어 들었다.

많은 게 필요하지는 않은데. 라임은 생각했다. 연결 고리는 배심원이 추론할 수 있다—정황 증거란 원래 그게 다이다. 그러나 타당한 추론의 근거가 될 사실들이 있어야 한다. 뺑소니를 하고 달아난 음주 운전자가 다음 날 술이 깨어 혐의를 부정한다 해도, 그가 사고 한 시간 전 맥주 열 병을 마시는 것을 목격한 바텐더가 있다면 배심원은 그 증언을 신뢰할 수 있는 것으로 판단해 유죄 판결을 내릴 수 있다.

차량 이지패스 트랜스폰더, 신용카드, 직원 배지의 무선 인식 칩, 지하철 메트로카드, 정부 보안 항공 기록, 세관 통과 서류, 교통 카메라, 가게의 보안 카메라—용의자가 현장에 있었다는 것을 증명하는 정보원은 대단히 많다.

라임은 색스가 전화 통화를 하며 빠르게 뭔가 적는 것을 보았다. 좋아. 찾았군. 그는 직감했다.

5월 9일, 배리 셰일즈가 바하마에 있었다는 것을 증명해줄 만한 뭔가를.

셀리토가 차트를 바라보며 라임의 생각과 비슷한 말을 했다.

"뭔가 있을 거야. 셰일즈가 총을 쏜 건 확실해."

아멜리아 색스는 전화를 끊더니 그녀답지 않은 어리둥절한 목소리로 말했다.

"그런데 론, 아니에요. 그가 총을 쏜 게 아니에요."

59

대 안

 30분 뒤 낸스 로렐이 라임의 타운하우스에 도착했다.
 "그럴 리가 없어요."
 로렐이 중얼거렸다. 색스가 말했다.
 "그는 저격수가 아니에요. 직접 보세요."
 그러곤 이런 상황에서 불필요할 정도로 약간 거친 손짓으로 로렐 앞 탁자에 서류를 탁 던졌다. 물론 이 두 여자가 절대 친구가 될 수 없는 사이라는 건 분명했다. 폭풍 추적대가 녹색 구름을 바라보고 '토네이도가 발달하고 있군'이라고 생각하듯 라임은 벌써부터 대판 싸움을 예상하고 있었다.
 뉴욕시경 정보서비스팀에서 밝혀낸 것은 모레노가 살해당한 날 배리 셰일즈는 바하마에 있지 않았다는 사실이었다. 그는 하루 종일 뉴욕에 있었다―사실 몇 달 동안 미국 밖으로 나가지도 않았다.
 "10여 가지 검색을 하고 전부 다 교차 대조했어요. 이중 확인해보라고 했는데, 그쪽은 삼중으로 확인했더군요. 무선주파수 신분증 칩 기록을 보면, 그는 9시에 NIOS 사무실로 들어갔다가 점심때, 아마 2시쯤 나왔어요. 베니건스에 갔다가 신용카드로 결제하고, 자기 필적으로 서명하고, 현금인출기로 갔어요. 인출기 카메라에도 신원이 확인

됐어요. 60군데 안면 인식 기술로. 3시에 사무실로 돌아갔다가 6시에 퇴근했어요."

"5월 9일. 확실해요?"

"확실해요."

뱀이 쉭쉭거리는 듯한 묘한 소리가 났다. 낸스 로렐의 입에서 나오는 숨소리였다.

"그럼 이제 남은 건 뭐죠?"

색스가 물었다. 풀라스키가 대꾸했다.

"신원 미상의 용의자 516."

셀리토가 덧붙였다.

"그가 저격수라는 근거는 전혀 없어. 그자는 백업이나 뒤처리에 가까워 보여. 하지만 어쨌든 기소할 근거는 있잖나."

라임이 말했다.

"대안은 있지. 모레노 살인 사건은 잊는 거야. 메츠거가 용의자 516에게 리디아 포스터를 죽이고 폭탄을 설치하라고 지시했다는 사실을 증명하면 돼. 최소한 공모죄는 성립되지. 메츠거는 2급 살인죄를 받을 수 있어."

하지만 로렐은 미심쩍은 것 같았다.

"그건 내가 원하는 소송이 아니에요."

"당신이 원하는?"

색스는 검사가 버릇없는 어린애 같은 소리를 한다는 듯 되물었다.

"네. 메츠거와 그의 저격수가 불법적인 표적 암살을 공모했다는 사실을 밝혀내는 게 내 사건이에요."

검사의 목소리가 올라갔다. 라임이 처음 듣는 날카로운 목소리였다.

"암살 명령서가 그 근거예요."

로렐은 암살 명령서가 자신을 배신하기라도 했다는 듯 화이트보드에 붙어 있는 서류를 응시했다.

색스는 답답하다는 듯 대꾸했다.

"메츠거는 어쨌든 잡아넣을 수 있어요. 그게 뭐가 중요하다는 거죠?"

검사는 색스를 무시하고 연구실 앞 창가로 걸어가 센트럴 파크를 내다보았다.

색스는 검사의 등을 응시했다. 라임은 색스가 무슨 생각을 하는지 정확히 알 수 있었다.

내가 원하는….

내 사건….

라임의 시선이 로렐에게 향했다. 검사가 바라보는 나무는 떡갈나무, 즉 쿠에르쿠스 비콜로르였다. 맨해튼에서 잘 자라는 굵고 키가 크지 않은 나무였다. 식물에 대한 개인적 관심보다는 언젠가 헬스키친의 깡패인 레지 '섬프' 켈러허의 차에서 그 나뭇잎의 미세한 조각을 발견한 적이 있기 때문에 알고 있었다. 이 조각과 소량의 석회질 흙이 켈러허가 자메이카 마약왕의 머리 없는 시체를 발견한 프로스펙트 파크의 한 공터에 있었다는 단서가 되었다.

나무를 바라보고 있는데, 문득 한 가지 생각이 떠올랐다.

라임은 얼른 증거물 차트로 시선을 돌리고 한참 바라보았다. 사람들이 자신에게 뭐라 말하고 있다는 걸 희미하게 의식했다. 그는 주의를 기울이지 않고 혼잣말만 계속했다.

그러다 문득 어깨 너머로 소리쳤다.

"색스! 색스! 빨리! 어디 좀 갔다 와야겠어!"

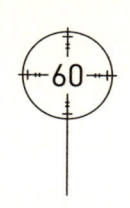

워커 디펜스 시스템즈

전 세계적으로 군수 사업 경기가 하락세에 접어들면서 워커 디펜스 시스템즈의 뉴저지 본부 건물 시설 몇 군데는 문이 닫혀 있었다.

그러나 대량—혹은 개인적—학살 무기 시장은 어딘가 남아 있는 모양이었다. 주차장에는 고급 메르세데스, 아우디, BMW 수십 대가 서 있었다.

애스턴 마틴도.

아, 저 뱅퀴시 한 번 몰아보면 소원이 없겠군. 색스는 회사 전용 도로에서 뱅퀴시를 한껏 밟아보는 환상에 젖었다.

1950년대풍 건물 안으로 들어간 색스는 접수처에 기록을 남기고 대기실로 안내를 받았다.

'무균'이라는 단어가 가장 먼저 떠올랐다. 두 가지 의미에서였다. 몇 점의 회색과 검정색 회화, 용도를 짐작할 수 없는 몇 가지 상품 광고가 붙은 실내 장식은 미니멀하고 엄격했다. 또 다른 이유가 있었다. 마치 연구원들이 자신을 신뢰할 수 없어 정보를 좀 더 알아내는 동안 격리해야 하는 바이러스라도 된 기분이 들었다.

색스는 대기실에 구비된 지난주 〈피플〉이나 〈월스트리트 저널〉 대신 회사 부서를 소개하는 반들거리는 소책자를 골랐다. 미사일 유도,

자이로스코프 항행, 방호복, 탄약 등 온갖 항목이 다 있었다.

비록 회사 규모를 축소하는 것 같기는 했지만 책자에는 본부 외에도 플로리다, 텍사스, 캘리포니아 등 각지의 멋진 시설을 소개하고 있었다. 해외에도 아부다비, 상파울루, 싱가포르, 뮌헨, 뭄바이 등 각지에 사무실이 있었다. 색스는 창가로 걸어가 광활한 경내를 둘러보았다.

곧 슈트 차림의 삼십대 남자가 로비로 들어오더니 색스를 맞았다. 이렇게 멋진 뉴욕시경 형사가 찾아온 것을 보고 분명 놀란 것 같았다. 미로 같은 복도를 지나 CEO 사무실로 향하는 동안 몇 마디 치근거리지 않고는 못 배기겠다는 듯 싹싹하게 색스의 업무에 대해 물었다. 뉴욕에서 경찰로 일하는 것은 어떤지, 가장 흥미로운 사건은 무엇이었는지, 〈CSI〉나 〈멘탈리스트〉 같은 드라마를 보는지, 무슨 총을 갖고 있는지.

자바 헛의 문신투성이 매니저가 떠올랐다.

남자들이란….

대화가 잘 이어지지 않자 남자는 회사의 성과에 대해 이야기하기 시작했다. 색스는 예의 바르게 고개를 끄덕이며 그가 읊는 모든 내용을 듣는 즉시 잊어버렸다. 그는 미간을 찡그리며 색스의 다리를 보았다. 색스는 자신이 다리를 절고 있었다는 걸 깨닫고 즉시 제대로 걸으려고 노력했다.

얼마나 그렇게 걸었을까. 그들은 1층 건물 모퉁이 사무실에 도착했다. 워커 씨의 사무실이었다. 뉴욕시경에서 사장을 찾아왔다는 게 신경 쓰였는지, 갈색 머리를 스프레이로 고정시킨 비서가 멋진 책상 뒤에서 방어적으로 올려다보았다. 선반에는 온통 플라스틱과 납으로 만든 군인 인형 수집품이 늘어서 있었다. 아예 군대라고 해도 좋을 정도였다. 처음 드는 생각은 이런 것이었다. 먼지를 털려면 죽어나겠군.

여기까지 데려와준 남자는 데이트 신청을 할 구실을 찾는 것 같았지만, 아무 말도 생각나지 않는 모양이었다. 그는 돌아서서 나갔다.

"바로 들어오시랍니다."

비서가 말했다.

해리 워커의 사무실로 들어서는 순간, 색스는 미소 짓지 않을 수 없었다.

무기 제조상이라고 하면 사디스틱하다고까지는 못해도 웃음기 없고 수상스러운 길쭉한 얼굴이 떠오른다. 러시아에 탄약을 팔면서 한편으로는 체첸 분리주의자들에게 무기를 실어 나르는 음모를 꾸미는 사람들. 그러나 워커 디펜스 사장은 통통하고 천사 같은 얼굴을 한 65세의 남자였다. 그는 바닥에 다리를 꼬고 앉아 분홍색 세발자전거를 조립하고 있었다.

갈색 드레스 바지 위로 흰색 셔츠가 배 부분에서 볼록 튀어나와 있었다. 타이는 빨간색과 파란색 줄무늬였다. 그는 자연스러운 미소를 지으며 약간 힘들게 일어났다. 한 손에는 스크루드라이버, 한 손에는 조립 설명서를 들고 있었다.

"색스 형사, 아만다?"

"아멜리아입니다."

"난 해리요."

색스는 고개를 끄덕였다.

"손녀한테 줄 거요."

그는 자전거에 시선을 주었다.

"난 MIT에서 학위를 받았소. 첨단 무기 시스템 관련 특허가 200개 있지. 한데 헬로 키티 자전거 조립이라니? 이건 상당히 어렵군."

포스트잇을 붙인 모든 부속이 꼼꼼하게 바닥에 널려 있었다.

색스가 말했다.

"저는 자동차 수리를 하죠. 늘 볼트나 너트, 버팀대가 하나씩 남아요. 그래도 문제없이 잘 달리더군요."

그는 공구와 설명서를 책상 위에 놓고 건너편에 앉았다. 색스는 그가 가리킨 의자에 앉았다.

"자, 그래, 뭘 도와드릴까요?"

그는 아직도 미소를 짓고 있었다. 로비에서 안내한 중간 관리인과 비슷했지만, 그의 미소는 치근거리는 의미가 아니었다. 호기심과 신중함을 숨긴 웃음이었다.

"워커 디펜스는 실탄과 무기 시스템 제조로 미국에서 가장 역사가 깊은 회사 중 하나로 알고 있습니다만."

"음, 위키피디아에 그렇게 쓰여 있지. 부정할 수 있겠소?"

색스는 편안한 베이지색 가죽 의자 등받이에 몸을 기댔다. 벽에 걸린 사진에 시선을 주었다. 제1차 세계대전 즈음 사격장에 있는 남자들의 모습이었다.

그가 색스에게 말했다.

"이 회사를 설립한 것은 내 증조부였소. 대단한 분이었지. 이렇게 말하면 꼭 내가 그분을 잘 아는 것 같지만, 사실 내가 태어나기도 전에 돌아가셨소. 반동식 자동 화기 장전 시스템을 발명했어. 물론 몇몇 사람이 같은 발명을 해서 특허는 받지 못하셨지. 그래도 그분이 만든 것이 최고였고, 가장 효율적인 모델이었소."

워커 시니어의 업적은 금시초문이었지만, 그래도 인상적이었다. 연속으로 총을 발사하는 방식에는 여러 가지가 있지만, 반동식이 결국 가장 인기를 얻었다. 재능 있는 사격수라 해도 볼트 액션 라이플로는 몇 초에 한 번밖에 발사할 수 없다. 그러나 현대 자동 화기는 1분에 900발, 한창 개발 중인 것들은 그 이상 갈길 수 있다.

"총기에 대해 잘 아시오?"

"사격이 취미입니다."

그는 색스를 찬찬히 바라보았다.

"수정헌법 제2조에 대해 어떻게 생각하시오?"

단순한 호기심의 가면을 쓴 도발적인 질문이었다. 색스는 망설이지 않았다.

"해석의 여지가 있지요. 민병대냐, 개인의 권리냐."

수정헌법 제2조는 민병대가 무기를 소유하고 휴대할 수 있는 권리를 인정한다. 그러나 모든 시민이 그런 권리를 가진다고 명시하지는 않았다.

색스는 말을 이었다.

"조지 메이슨의 기록을 읽은 적이 있는데, 개인적으로 저는 그가 민병대만을 지칭한 것이라고 생각합니다."

워커가 뭐라 말하려 하자, 색스는 한 손을 들었다.

"하지만 이렇게 덧붙였죠. '민병대란 무엇인가? 현재 민병대는 몇몇 경찰을 제외한 모든 시민으로 구성되어 있다.' 즉, 모든 사람에게 같은 권리가 적용된다는 뜻이지요. 당시 모든 시민은 잠재적인 민병대였습니다."

워커는 활짝 웃었다.

"내 생각도 같아! 거의 정확한 인용이군. 그러니 우리의 권리를 짓밟지 마시오."

그는 고개를 끄덕였다. 색스는 덧붙였다.

"성급한 결론은 내리지 마세요. 아직 끝나지 않았습니다."

"그런가?"

"헌법은 시민에게 많은 권리를 부여하지만, 의회에도 시민을 제약할 수많은 방법을 열어놓았습니다. 차를 몰거나, 비행기를 조종하거나, 술을 팔려면 면허가 필요하죠. 열여덟 살이 될 때까지는 투표를 할 수 없습니다. 총기를 소유하고 발사하는 면허가 있어서는 안 될 이유가 무엇일까요? 난 그 부분에 전혀 이의가 없습니다. 수정헌법 제2조와도 전혀 모순되지 않아요."

워커는 논의를 즐기며 기분 좋게 답했다.

"아, 하지만 면허를 따면, 워싱턴에서 총이 어디 있는지 알고 한밤중에 찾아와 빼앗아가지 않겠소. 그런 짓을 못하도록 무기가 필요하지 않을까?"

색스는 반박했다.

"워싱턴에는 핵이 있어요. 총을 빼앗고 싶으면 얼마든지 빼앗아가겠죠."

워커는 고개를 끄덕였다.

"그건 그렇지. 옆길로 샜군. 뭘 도와드리면 좋겠소?"

"범죄 현장에서 총알 하나를 발견했어요."

"우리 총알이겠군."

"여기가 420구경 스피처 보트테일 탄을 생산하는 유일한 회사더군요."

"아, 신형 저격탄. 아주 좋은 탄이오. 416보다 좋지. 빠르고. 악마처럼 빠르다오."

그는 혼란스러운 듯 미간을 찌푸렸다.

"한데 그게 범죄에 사용되었단 말이오?"

"네."

"일반에 판매하는 탄이 아니오. 정부, 군, 경찰 SWAT 팀에만 판매하지. 범죄자가 그 조직에 속한 사람이 아니라면, 어떻게 손에 넣었는지 모르겠군. 현장은 정확히 어디요?"

"지금은 말씀드릴 수 없습니다."

"그렇군. 정확히 알고 싶은 게 뭐요?"

"정보를 얻고 싶어요. 이 탄을 발사한 라이플을 찾고 있는데, 아직 단서가 없습니다. 사제 총으로 추정하고 있어요."

"맞을 거요. 일반 상업용 라이플을 개조해서 쏘기에는 너무 크지. 대부분의 사격수는 무기를 만들어주는 사람을 따로 두고 있소. 직접 만들기도 하고."

"그런 일을 해주는 사람을 알고 있나요?"

그는 은근히 웃었다.

"지금은 말씀드릴 수가 없소."

색스는 웃었다

"회사에서 총알을 판매한 구매자 정보도 마찬가지인가요?"

워커는 좀 더 진지해졌다.

"누가 우리 창고에 잠입했고⋯."

그러곤 창문 밖의 건물을 턱으로 가리켰다.

"그 탄이 범죄에 사용됐다면, 나도 기꺼이 수사를 돕겠소. 하지만 구매자 정보는 알려드릴 수가 없군. 모든 계약에 비밀 엄수 조항이 들어 있고, 대부분 부가적으로 국가 안보와 관련한 의무 조항도 들어가 있소. 그런 정보를 제공하는 건 범죄 행위가 되지."

그의 표정이 복잡해졌다.

"한데 무슨 일인지 조금이라도 알려주실 수 없겠소? 살인 사건인가?"

색스는 갈등했다.

"네."

워커의 얼굴이 굳었다.

"유감이군. 정말 유감이오. 누군가가 우리 제품을 잘못 사용해서 비극적인 일이 발생하는 건 우리에게도 좋을 일이 없지."

그러나 돕겠다는 말은 아니었다. 워커는 일어나서 손을 내밀었다. 색스도 일어섰다

"시간을 내주셔서 감사합니다."

워커는 설명서와 스크루드라이버를 들고 자전거로 돌아갔다.

그러더니 문득 웃으며 볼트를 집어 들었다.

"할리-데이비드슨을 사면 조립이 다 돼서 나오는데."

"행운을 빌게요, 워커 씨. 뭔가 생각나면 전화 주십시오."

색스는 그에게 명함을 건네주었다. 분명 내가 로비까지 절반도 가기 전에 쓰레기통에 버리겠지.

상관없었다.

필요한 정보는 다 얻었다.

61

추 론

가스크로마토그래피에서 산화한 미량증거물 냄새가 풍기는 라임의 어두운 거실. 색스는 재킷을 벗고 워커 디펜스에서 가져온 브로슈어를 꺼냈다.

론 풀라스키가 화이트보드에 브로슈어를 붙였다. 번들거리는 브로슈어가 암살 명령서 옆에 나란히 붙었다.

라임이 물었다.

"그래, 어떻게 보였지?"

"짧은 편이고 두 건물 사이에 숨겨져 있었는데, 워커의 사무실에서 보였어요. 한쪽 끝에는 풍향기가 있고, 반대쪽 끝에는 작은 격납고 같은 게 있었어요."

색스의 임무는 고객 정보라든지 원거리 라이플을 개조할 수 있는 사람 이름을 얻기 위한 것이 아니었다. 라임은 워커가 어차피 그런 정보는 내놓지 않으리라는 것을 알고 있었다. 색스의 임무는 회사의 생산품에 대해 깔끔하고 모호하게 단장한 웹사이트에서 제공하는 내용 이상의 것을 최대한 자세히 알아보는 것이었다. 무엇보다도—가장 중요한 것은—비행장으로 사용할 수 있는 긴 아스팔트나 콘크리트 활주로 비슷한 것이 있는지. 구글 어스는 이런 면에서 도움이 되지 않았다.

"훌륭하군."

라임이 말했다.

다른 생산 품목 중에는 라임이 기대하던 물품도 있었다. 실탄 외에도 유도 및 항행, 제어 관련 장비.

"자이로스코프, GPS 조준 시스템, 합성 개구 레이더(synthetic aperture radar), 이런 거요."

색스가 설명했다.

라임은 브로슈어를 읽으며 천천히 말했다.

"좋아. 해답을 얻었어. 다시 수사로 돌아가지. 배리 셰일즈는 로버트 모레노를 죽였어. 단지 목표물과 2000미터보다 훨씬 더 멀리 떨어져 있었을 뿐이지. 아니, 방아쇠를 당길 때 그는 뉴욕에 있었어."

셀리토가 고개를 저었다.

"진작 생각했어야 했는데. 셰일즈는 보병이나 특수 부대 출신이 아니었잖아. 공군이었어."

색스의 현장 수사로 뒷받침된 라임의 이론은 배리 셰일즈가 드론(drone: 소형 무인 정찰기-옮긴이) 파일럿이라는 추정이었다.

"암호명 돈 브런스. 브런스는 모레노를 죽인 사람이야. 데이터상 그는 모레노가 죽던 날 뉴욕 다운타운의 NIOS 사무실에 있었어. 거기 있는 시설에서 드론을 조종한 거지."

라임은 미간을 찌푸리며 말을 이었다.

"하, 그래. 그게 암살 명령서에서 가리키는 '킬 룸'이었군. 킬 룸은 모레노가 죽은 호텔 스위트룸이 아니야. 조종사가 앉아 있는 드론 조종석이었어."

색스는 브로슈어를 향해 고개를 끄덕였다.

"워커가 그 총알을 생산하죠. 사격 조준, 안정화 시스템, 항행 시스템, 전부 다 생산해요. 거기서 분명 라이플을 무기로 사용하는 특수 드론을 만들었을 거예요."

라임은 내뱉었다.

"암살 명령서를 봐. '킬 룸' 다음에 마침표가 있어. 쉼표가 아니라! 스위트룸 1200호를 수식하는 게 아니야. 서로 다른 장소지."

그는 말을 이었다.

"좋아. 이제 모두 앞뒤가 맞아들어가는군. 드론 공격의 문제점이 뭐지?"

색스가 대답했다.

"부수적인 인명 피해."

"바로 그거야. 미사일 한 방이면 테러리스트를 제거할 수 있지만, 무고한 사람도 목숨을 잃지. 미국의 이미지에 아주 안 좋아. NIOS는 워커 디펜스와 계약해서 부수적인 인명 피해를 최소화할 수 있는 드론을 개발했어. 정확한 라이플과 아주 큰 총알."

셀리토가 말했다.

"한데 작전을 망쳤군. 부수적인 인명 피해가 생겼잖아."

"모레노 암살은 실패였어. 부서진 유리가 치명적일 거라고 누가 짐작했겠나?"

셀리토가 픽 웃었다.

"아멜리아, 자네 말이 맞았군그래. 진짜 100만 달러짜리 총알이었어. 문자 그대로. 아니, 드론 비용까지 하면 아마 1000만 달러짜리 총알 아니겠나."

"그걸 어떻게 추측했죠?"

낸스 로렐이 물었다.

"추측이라뇨?"

색스가 신랄하게 되물었다.

하지만 라임에겐 어떤 방어도 필요하지 않았다. 그는 자신의 추론에 푹 빠져 기꺼이 설명했다.

"나무. 나는 나무를 생각했습니다. 총알에는 포이즌우드 나뭇잎 미량증거물이 묻어 있었죠. 거기서 스위트룸 창문 밖의 나무도 봤습니다. 손님들이 잎을 건드릴까봐 호텔 측에서 가지를 7.5미터 위쪽만 남기고 다 잘라버렸더군요. 이건 모레노를 죽인 총알이 급격한 경사각을 그리며 날아왔다는 이야깁니다. 45도 정도로. 그 먼 곳에서 저격수가 중력을 감안해 높이 겨냥했다 해도 지나친 예각이에요. 총알이 공중에서 날아왔다는 뜻입니다. 셰일즈가 나뭇잎을 뚫고 총을 쐈다는 건 나뭇잎이 있어도 모레노를 볼 수 있는 적외선이나 레이더 조준 시스템을 사용했다는 뜻이죠. 총알에 오염 물질이 묻어 있지 않은 것도 신기했어요. 그렇게 연기가 많고 공기가 더러웠는데 말입니다. 뜨거운 총알에는 상당한 미량증거물이 묻었을 겁니다. 하지만 그렇지 않았죠."

풀라스키가 말했다.

"한데 링컨, 정확한 표현은 무인비행기입니다. 조종사가 탑승하지 않는 비행 물체."

"고마워. 정확성이야말로 생명이지. 자넨 지식의 보고군."

"디스커버리 채널에서 봤습니다."

라임은 웃으며 말을 이었다.

"마이클 포이티어의 다이버가 탄피를 찾을 수 없었던 것도 당연하지. 탄피는 먼 바다에 있을 거야. 드론이 탄피를 보관할 수도 있고. 좋아, 좋아. 이제 진전이 있어."

쿠퍼가 말했다.

"2000미터보다 훨씬 가까웠을 겁니다. 그래서 총알이 그렇게 빠른 속도로 날아온 거죠."

라임이 대답했다.

"그렇게 정확히 맞힐 정도였다면, 내 짐작에 무인비행기는 200 혹은 300미터 이상 떨어져 있지 않았을 거야. 땅에서 눈에 띄지도 않았을 거고. 위장도 있었겠지. 카멜레온처럼. 엔진은 작았을 거야. 2행정 엔진. 명심해. 소음기가 있었다면 엔진 소리도 들리지 않았겠지."

"뉴저지에 있는 워커 디펜스의 활주로에서 이륙했을까요?"

풀라스키가 물었다. 라임은 고개를 저었다.

"그 활주로는 드론 시험 비행용일 거야. NIOS가 바하마에서 최대한 가까운 군 기지에서 이륙시켰겠지."

로렐은 메모를 뒤졌다.

"마이애미 근처에 NIOS 사무실이 있어요."

그러곤 고개를 들며 말을 이었다.

"홈스테드 공군 예비군 기지 근처."

색스는 브로슈어를 두드렸다.

"워커 디펜스도 그 근처에 사무실이 있어요. 아마 서비스지원팀이겠죠."

로렐이 낭랑한 목소리로 덧붙였다. 방 안의 모든 사람을 향해서 하는 말이었다.

"링컨이 아까 말했던 것 기억나요?"

"물론이지."

셀리토가 말했다. 그는 설탕을 반 덩어리밖에 안 넣은 커피를 열심히 저으면 더 달아질 거라고 생각하는지 강박적으로 휘저었다.

"이제 공모죄도 필요 없겠군. 배리 셰일즈는 방아쇠를 당길 때 뉴욕 시내에 있었어. 이제 2급 살인이야. 메츠거는 종범이고."

"훌륭해요, 형사. 정확해요."

로렐은 5학년 학생을 칭찬하는 선생님처럼 말했다.

62

특수 명령

슈리브 메츠거는 마법의 전화에 찍힌 글이 안경 렌즈 아랫부분에 초점이 더 잘 맞도록 고개를 뒤로 젖혔다.

예산 회의 신속하게 진행 중. 찬반양론 팽팽.
결정은 내일. 대세가 어느 쪽인지 알 수 없음.

도대체 이따위 정보도 아닌 정보를 가지고 나더러 뭘 어떻게 하란 말이야? 메츠거는 마법사에게 속으로 투덜거렸다. 이력서라도 준비하란 말이야, 뭐야? 이곳 직원들한테 지상에서 가장 위대한 국가를 파괴하려는 악의 세력에 단호하게 반대 의사를 밝힌 애국심에 대한 벌을 받게 됐다고 말하란 말이야, 말란 말이야?

때로 스모크는 가볍고 짜증스러웠다. 때로 스모크는 비행기 사고나 화학 약품 공장 폭발 사고에서 솟아오르는 연기와 비슷한 잉크 같은 구름덩어리였다.

그는 디지털 메시지를 파기한 뒤 아래층 커피숍으로 내려가 자신이 마실 라테와 루스에게 줄 두유 모카치노를 샀다. 다시 돌아온 그는 루스의 책상 위, 군인 남편 1과 군인 남편 2 사진 사이에 커피를 놓았다.

"고마워요."

루스가 새파란 눈동자로 그를 바라보았다. 미소 때문에 눈가에 주름이 잡혔다. 더 이상 젊지는 않지만, 루스는 넓은 뜻에서 볼 때 매력적인 여자였다. 메츠거는 영혼이나 정신세계를 믿지 않았다. 하지만 혹시 믿게 된다면 아마도 루스의 영향이 클 것이다.

어쩌면 마음이 아름다운 사람이라고 부를 수도 있을 것이다.

그런 여자가 나 같은 사람을 위해서 일하고 있다….

그는 스모크의 냄새를 밀어냈다.

"약속은 잘됐어요."

루스가 말했다. 메츠거는 대답했다.

"확신했다니까. 잘될 줄 알았어. 스펜서를 불러주겠나?"

사무실로 들어간 그는 의자에 털썩 앉아 마분지 컵을 통해 전해지는 지나친 열기에 분노를 느끼며 커피를 마셨다. 이 열기는 다른 사건을 연상시켰다—가판에서 커피를 팔던 무례한 상인. 그 남자의 가판을 찾아서 차로 뭉개놓는 환상이 일었다. 3년 전의 일이었다.

대세가 어느 쪽인지 알 수 없음.

그는 커피를 후후 불었다. *스모크가 불고 있군.*

떨쳐내자.

그는 암호화라는 토끼 구멍에서 추출한 이메일을 확인하기 시작했다. 신경 쓰이는 메일이 하나 있었다. 모레노 수사에 대한 불안한 소식. 커다란 차질. 묘하게도 이번에는 화가 나지 않고 그냥 피곤했다.

문고리에서 노크 소리가 들렸다. 스펜서 보스턴이 들어와 자리에 앉았다.

"내부 고발자에 대해 뭘 좀 알아냈나?"

메츠거는 인사 없이 물었다.

"일차 거짓말탐지기 결과는 아무것도 없었습니다. 이번에는 암살 명령서에 서명하거나 검토한 사람들을 대상으로 했습니다. 사무실에 몰래 숨어 들어가 사본을 훔쳐냈을 가능성이 있는 직원 수백 명이 아직 남아 있습니다."

"그럼 명령 체계에 있는 상급자들은 다 깨끗하단 말이지?"

"네, 여기, 지부, 전부 다."

NIOS에는 무인비행기 지휘 본부가 세 곳 있었다. 캘리포니아의 펜들턴, 텍사스의 포트후드, 플로리다의 홈스테드. 작전을 실행한 곳은 홈스테드였지만, 그들 모두 모레노 암살 명령서 사본을 받았을 것이다.

"아, 그건 그렇고 저도 통과했습니다."

보스턴이 말했다. 메츠거는 미소를 지었다.

"미처 그 생각을 못했군."

사실이었다.

"자산을 위해 좋은 일은 요원을 위해서도 좋습니다."

"워싱턴은?"

수도에서도 최소한 10여 명의 사람들이 암살 명령서에 대해 알고 있었다. 물론 백악관 핵심 인물들을 포함해서.

"그건 어렵습니다. 거부하고 있어요. 수사는 어디까지 왔습니까? 경찰."

스모크가 다시 일었다.

"라임이 바하마까지 간 모양이야."

그는 이메일이 들어왔던 전화를 턱으로 가리켰다.

"빌어먹을 모래(sand)로도 단념을 못 시켰어."

"네?"

보통 축 늘어진 눈꺼풀 안에 숨어 있던 보스턴의 눈이 커다래졌다. 메츠거는 신중하게 대답했다.

"사고가 있었던 것 같아. 한데 그걸로도 막지 못했어."

"사고?"

보스턴은 메츠거를 주의 깊게 쳐다보았다.

"맞아, 스펜서. 사고. 멀쩡하게 돌아와서 수사를 지휘하고 있어. 여자도."

"여자? 검사 말입니까?"

"검사, 아, 그 여자도 그렇고. 하지만 내 말은 색스 형사. 도무지 막을 수가 없어."

"맙소사."

하지만 지금 생각하고 있는 계획대로라면 상당히 효율적으로 제지할 수 있을 것이다.

로렐도.

아, 그 여자도….

보스턴은 근심이 역력한 표정이었다. 그 표정을 보자 메츠거는 더욱 화가 치밀었다. 그는 대수롭지 않게 말했다.

"라임이 뭔가를 찾을 리는 없어. 현장은 일주일이나 지났고, 바하마 경찰이 유능하면 얼마나 유능하겠나."

커피 가판 상인에 대한 기억이 즉각, 생생하게 되돌아왔다. 가판을 밀어버리는 대신, 뜨거운 커피를 자기 몸에 붓고 경찰에 신고해서 상인의 짓이라고 체포하게끔 하는 환상이 떠올랐다.

스모크는 사람을 비이성적으로 만든다.

보스턴이 기억에 끼어들었다.

"누군가한테 미리 경계하라고 귀띔해야 할까요?"

경계하라고 귀띔. 메츠거는 이 표현이 싫었다. 생각해보면 그저 뭔가 엄청난 일에 휩쓸려서 납작해지기 전에 하늘을 우러러보고 기도나 하라는 의미밖에 없다. 차라리 '앞을 똑바로 보라'는 게 낫지.

"지금은 아냐."

올려다보니, 루스가 문간에 서 있었다.

도대체 보스턴은 왜 문을 닫지 않았지?

"왜 그러나?"

"슈리브, 작전부예요."

메츠거의 전화에서 붉은 LED가 깜빡이고 있었다.

미처 못 봤다.

이번에는 뭐지?

그는 스펜서 보스턴에게 검지를 들어 보이고 전화를 받았다.

"메츠거요."

"국장님, 라시드를 확보했습니다."

작전부장은 메츠거보다 젊고 목소리도 어리게 들렸다.

갑자기 스모크가 사라졌다. 낸스 로렐도, 링컨 라임도, 그의 인생의 모든 오점도 사라졌다. 라시드는 특수 임무 명령서 열에서 모레노 다음 사람이었다. 메츠거는 오랫동안 그를 추적해왔다.

"어디지?"

"멕시코에 있습니다."

"그럼 그게 그의 계획이겠군. 생각보다 더 가까이 왔어."

"약삭빠르죠. 네. 그는 임시 숙소에 있습니다. 레이노사의 마타모로스 카르텔 안전 가옥. 작전 기회는 짧습니다. GCS와 텍사스 센터에 작전 내용을 보낼까요?"

"좋아."

"혹시 워싱턴에서 특수 임무 명령서를 수정한 걸 알고 계십니까?"

"어떤 점을?"

"원래 명령은 부가적인 인명 피해를 최소화하라고 되어 있지만 금지하지는 않았습니다. 한데 금지로 바뀌었어요. 현장에서 사상자, 부상자라도 나온다면 승인을 철회하게 되었습니다."

철회….

라시드와 함께 살해당하는 사람이 있다면, 그게 설사 막 핵폭탄 발사 버튼을 누르려는 알카에다의 2인자라 해도, 나는 권한 밖의 활동을 하는 셈이다.

망했다.

쓰레기 같은 놈이 죽고 수천 명의 무고한 사람을 살리는 일이라고 해도 마찬가지다.

어쩌면 이것도 그 '예산' 회의의 결정인지 모른다.

"국장님?"

"알아들었어."

그는 전화를 끊고 보스턴에게 소식을 알렸다.

"라시드? 그 개자식은 공격을 시작할 때까지 산살바도르에 숨어 있을 줄 알았는데. 그자는 마라 살바트루차 갱단, 일명 MS 13을 매수해서 보호를 받았습니다. 소야판고 인근 제6지구에 안가가 있었습니다. 길 잃기 딱 좋은 곳이죠."

스펜서 보스턴만큼 중앙아메리카에 대해 잘 아는 사람은 없었다.

컴퓨터 스크린에서 깃발이 올랐다. 그는 암호화 이메일을 열고 새로운 STO를 읽었다. 알바라니 라시드에 대한 살해 영장. 약간 수정된 내용이었다. 그는 다시 읽고 전자 서명과 개인 식별 번호를 입력한 뒤 작전을 승인했다.

라시드도 모레노와 마찬가지로 미국에서 태어난 시민권자였는데, 몇 달 전까지 북아프리카와 걸프 국가에서 거주했다. 몇 년 동안 감시 대상 명단에 들어 있었지만 실질적인 위험인물로 분류된 적은 없어서 일상적인 감시만 이루어지고 있었다. 증명할 수 있는 공공연한 활동을 한 적도 전혀 없었다. 하지만 그는 모레노와 마찬가지로 열혈 반미주의자였다. 그 역시 테러리스트 활동에 적극적으로 협력하는 조직과 어울리는 게 목격된 적도 있었다.

메츠거는 개정된 STO에 딸려온 정보 분석 보고를 읽으며, 보스턴에게 설명했다. 라시드는 텍사스-멕시코 국경 근처 레이노사라는 작은 마을에 있다. NIOS가 현지에서 이용하는 정보원은 그가 멕시코 북동부에서 가장 큰 카르텔 고위 조직원과 만나기로 했다고 믿는다. 테러리스트가 카르텔과 밀접한 관계를 맺는 이유는 두 가지다. 첫째, 미국으로 들어가는 마약 밀매가 활성화되면 서구 사회와 체제를 잠식한다는 대의에 도움이 되고 둘째, 카르텔은 놀라울 정도로 장비가 많다.

"그에게 맡깁니까?"

"물론이지."

그. 브루스. 셰일즈. 그는 최고다. 메츠거는 그에게 텍스트를 보내 킬 룸에 보고하라고 지시했다.

메츠거는 컴퓨터를 돌려 보스턴과 함께 현지 감시 장비와 위성 영상을 동시에 관찰했다. 레이노사의 안가는 낡은 1층 목장풍에 널찍했다. 갈색과 밝은 녹색 페인트는 벗겨져가고 있었다. 집은 1에이커의 모래투성이 공터 한가운데 자리 잡고 있었다. 모든 창문에는 창살이 있고, 차양이 내려져 있었다. 자동차가 있다면, 차고 안에 넣어둔 것 같았다.

메츠거는 상황을 판단했다.

"미사일로 공격한다. LRR를 사용할 시각 정보 없음."

저격용 소총을 장착한 특수 드론을 사용하는 원거리 라이플(LRR) 프로그램은 메츠거의 두뇌에서 태어난 자식이었다. LRR이야말로 NIOS의 핵심이었다. 두 가지 목적에 적합했다. 미사일로—언제든지 발생할 수 있는—무고한 사람이 죽을 확률을 최소화하고, 그 덕분에 메츠거는 더 많은 적을 없앨 기회를 얻을 수 있었다. 미사일을 발사할 때는 신중해야 한다. 일이 벌어진 뒤 미사일이 어디서 날아왔는지 의심할 여지는 거의 없다. 미군, CIA, 아니면 기타 정보기관. 하지만 라이플 저격이라면? 저격수는 누구라도 가능하다. 저격수가 상대 당, 테러리스트 조직, 남미 카르텔, 현지 정부 당국을 위해 일한다는 몇 가지 단서만 심어놓으면 언론은 관심을 갖지 않는다. 심지어 질투심 많은 배우자가 쐈다는 의심도 가능하다.

그러나 메츠거는 LRR 드론을 늘 사용할 수 없는 것을 초기부터 알고 있었다. 목표가 눈에 보이지 않는 라시드 건의 유일한 선택지는 10킬로그램짜리 탄두를 실은 고성능 미사일이었다.

보스턴은 창밖을 내다보고 있었다. 손가락으로 흰머리를 멍하니 쓸며 커프 단추에서 풀려나온 실을 만지고 있었다. 메츠거는 그가 사무실에서 왜 늘 재킷을 입을까 궁금했다.

"뭐지, 스펜서?"

"추가 STO 작전을 벌여도 되는 시기일까요? 모레노 건이 실패한 상황인데?"

"이 정보는 확실해. 라시드는 확실한 테러리스트야. 랭글리와 모사드, SIS의 정보도 있어."

"특수 작전 명령이 얼마나 유출되었는지 모르는 상황이라는 걸 지적한 것뿐입니다. 모레노 건만 흘러나갔을 수도 있고, 라시드까지 더 유출되었을 수도 있어요. 그가 다음 타깃 아니었습니까? 그의 죽음은 뉴스에 나올 겁니다. 어쩌면 그 빌어먹을 검사가 이번 건까지 물고 늘어질 수도 있어요. 조심스러운 상황입니다."

모두 타당한 생각이었지만, 메츠거는 자신을 위해 이 작전이 필요했다. 스모크가 사라지고 없었다.

이런 위안, 이런 안도감, 자유롭다는 기분을 잃고 싶지 않았다.

"제거하지 않으면, 라시드가 텍사스나 오클라호마에 무슨 짓을 저지를지 몰라."

"랭글리에 연락해서 송환하게 할 수도 있지요."

"납치하라고? 그래서 어쩌게? 우리는 그에게서 정보가 필요하지 않아, 스펜서. 라시드에게서 필요한 건 제발 없어져주는 것뿐이라고."

보스턴은 물러났다.

"좋습니다. 하지만 부수적인 인명 피해가 발생할 위험은? 시야가 확보되지 않은 민가에 헬파이어를 발사하는데요?"

메츠거는 정보 보고서를 아래로 내리다 감시 현황을 발견했다. 10분 전 상황이었다.

"안가에는 라시드 외에 아무도 없다. 미 마약단속국과 멕시코 연방 경찰이 일주일 전부터 마약 운반책을 감시하고 있다. 오늘 아침 라시드 말고는 아무도 안에 들어가지 않았다. 정보에 따르면, 그는 지금부터 언제라도 카르텔 조직원을 만나겠지. 조직원이 떠나면, 집을 날려버리는 거야."

63

멕시코

알바라니 라시드는 어깨 너머를 몇 번이나 돌아보았다.

비유적인 의미에서 그리고 문자 그대로.

키 크고 머리가 벗겨진, 깔끔한 염소수염을 기른 라시드는 자신이 위험하다는 것을 알고 있었다. 모사드, CIA, 뉴욕에 기반을 둔 정보기관 NIOS. 아마 중국에도 노리는 사람이 있을 것이다.

몇몇 동료 무슬림도 빼놓을 수 없었다. 그는 21세기에 지속 불가능한 중세 철학을 맹신하는 이슬람 근본주의자의 지적인 오류를 비판한 기록도 있었다. (그는 자신들이 오해받고 있으며 이슬람은 근본적으로 성서만 다를 뿐 장로교회의 일파라고 주장하는 이슬람 중도파의 비겁함에 대해서도 공적으로 비난을 퍼부은 적이 있었다. 그러나 그들은 블로그에서나 반론했다. 율법적인 정죄를 받을 일은 없었다.)

그는 새로운 질서를, 신앙과 사회의 철저한 재구성을 원했다. 그에게 모델이 있다면, 그것은 알 자와히리나 빈라덴이 아니었다. 그의 모델은 카를 마르크스와 유너바머, 즉 테드 카진스키의 혼합 정도라고 할 수 있었다. 유너바머는 하필 그가 나온 대학, 미시건 대학 출신이었다.

인기는 없었지만, 라시드는 자신이 옳다고 믿었다. 암을 떼어내면,

세상은 저절로 좋아질 것이다.

물론 전이된 암세포는 미국이었다. 서브프라임 사태부터 이라크, 해외 원조라는 모욕적인 당근, 크리스천 목사와 정치가들의 인종차별적 독설, 소비 상품의 신격화에 이르기까지 미국은 문명의 전진을 가로막는 장애물이었다. 그는 정치학 석사 학위를 딴 뒤 미국을 떠나 다시는 돌아가지 않았다.

정치적 견해 때문에 수많은 적들이 늑대처럼 도사리고 있었다. 미국을 싫어하는 나라일지라도, 미국이 필요했다.

그러나 멕시코 레이노사의 넓은 목장풍 안가에서 동맹이 도착하길 기다리고 있노라니 왠지 안전하게 느껴졌다.

물론 '친구'라고 말할 수는 없었다. 마타모로스 카르텔의 교활한 사람들과는 공생관계였지만 양측의 동기는 상당히 달랐다. 라시드의 전쟁은 이데올로기 전쟁, 미국 자본주의와 사회에 대한(또한 말할 것도 없이 이스라엘 지원에 대한) 전쟁이었다. 그러나 카르텔의 동기는 어떤 면에서 반대, 바로 그 미국 사회에서 어마어마한 돈을 벌어들이는 것이었다. 그러나 양측의 목표는 기본적으로 같았다. 최대한 많은 마약을 미국 안으로 반입한다. 그리고 그 일을 막는 자들을 죽인다.

진한 차를 마시며, 라시드는 시계를 들여다보았다. 카르텔 보스가 한 시간 내에 폭탄 제조 전문가를 보내기로 했다. 이틀 뒤 텍사스 브라운스빌 마약단속국 지국장과 그의 가족, 소풍 나온 주변 사람들 모두를 죽이기 위해 특별히 영리한 폭발물을 만드는 데 필요한 것들을 제공해줄 사람이다.

라시드는 커피 탁자에 앉아 노란 종이 위에 몸을 숙이고 제도 연필을 움켜쥔 채 사제 폭탄 설계도를 그리고 있었다.

쓰러져가는 작은 공장으로 가득 찬 회갈색의 먼지투성이 도시 레이노사는 아주 쾌적한 곳은 아니지만, 이 집은 넓고 상당히 깔끔했다. 카르텔은 상당한 돈을 들여 이 집을 유지하고 있었다. 에어컨 성능도 괜찮고 음식과 차, 생수도 많았다. 의자도 편안하고, 모든 창문에는 두툼한 차양이 내려져 있었다. 절대 나쁜 집이 아니었다.

하지만 가끔 시끄러웠다.

그는 뒤쪽 침실로 다가가서 노크를 한 뒤 문을 열었다. 노르자가라이라는 이름의 덩치 크고 웃음기 없는 카르텔 조직원이 고개를 끄덕였다.

라시드는 카르텔의 인질들을 둘러보았다. 남편과 아내는 둘 다 다부진 멕시코인이었고, 십대 아들과 어린 소녀는 바닥에 앉아 텔레비전을 보고 있었다. 부모의 손은 줄에 묶여 있었지만 느슨해서 물과 음식을 먹을 수는 있었다. 물론 납치한 사람들을 공격할 수 있을 정도로 느슨하지는 않았다.

라시드가 볼 때, 아내 쪽을 좀 더 세게 묶어야 했다. 위험한 것은 그쪽이었다. 여자는 분노하고 있었다. 깡마른 검은색 곱슬머리의 딸을 달래는 모습에서 그런 감정이 역력하게 드러났다. 남편과 소년은 그저 겁만 먹고 있었다.

라시드는 카르텔 연줄로부터 집을 사용해도 좋지만 8~9일 전에 들어온 인질들과 같이 써야 한다는 말을 들었다. 지금 남편이 운영하던 작은 업체는 마약왕이 요구한 200만 달러를 긁어모으느라 고군분투하고 있었다. 카르텔에 반항했기 때문이다.

라시드는 노르자가라이에게 말했다.

"볼륨 좀 줄여주겠나?"

그러곤 만화가 흘러나오는 텔레비전을 가리켰다.

조직원은 그 말에 따랐다.

"고맙네."

그는 다시 한 번 가족을 훑어보았다. 그들의 공포가 유쾌하지는 않았다. 이것은 이윤을 위한 범죄였다―그는 동의하지 않았다. 그는 십대 아들과 구석에 있는 축구공을 바라보았다. 멕시코시티 프로축구팀인 클럽 아메리카의 색깔이었다.

"축구 좋아하니?"

"네."

"포지션은?"

"미드필드."

"나도 네 나이 때 미드필드로 뛰었어."

라시드는 미소 짓지 않았다. 그는 절대 웃지 않는 사람이었다. 하지만 목소리는 부드러웠다. 그는 잠시 더 인질들을 바라보았다. 그들은 아직 모르고 있지만, 라시드는 알고 있었다―협상이 거의 끝나 가족이 내일 풀려난다는 것을. 흡족했다. 이 사람들은 적이 아니다. 아버지는 사람들을 착취하는 부도덕한 미국 회사를 위해 일하지 않는다. 그저 카르텔의 기분을 거스른 소규모 사업가일 뿐이다. 살아남을 수 있을 거라고 격려하고 싶었다. 하지만 그가 신경 쓸 문제는 아니었다.

문을 닫고 작업 중이던 설계도로 돌아왔다. 그는 한참 바라보다 마침내 결론을 내렸다. 첫째, 이 장치 옆에 있는 사람은 아무도 살아남을 수 없다. 둘째―그는 스스로에게 약간의 자만심을 허락했다―이 도면은 모로코 미술의 초석인 젤리지 테라코타 타일처럼 우아했다.

64

내부 고발자

링컨 라임은 말했다.

"총격 당시 뉴욕에 있었기 때문에 셰일즈의 무죄를 입증한다고 생각했던 증거가 이제 유죄를 입증하는 근거가 될 수 있어. 모레노가 투숙하는 시간을 확인하기 위해 휴대폰으로 사우스코브인에 전화한 기록, 사망 시각 뉴욕 NIOS 본부에 있었다는 메타데이터. 하지만 증거가 더 필요할 거야. 그가 드론의 조이스틱을 붙잡고 있었다는 것을 입증해야 해. 미안해, 신참. 무인비행기. 어떻게 입증하지?"

"플로리다와 바하마의 관제탑."

색스가 말했다.

"좋아."

색스는 FBI의 프레드 델레이에게 전화해서 요청 사항을 알리고 한참 이야기를 나누었다. 전화를 끊은 색스가 말했다.

"프레드가 미국 연방항공청과 나소 민간항공부에 연락하기로 했어요. 한데 그가 한 가지 아이디어를 줬어요."

색스는 컴퓨터를 두드리고 있었다.

라임의 눈에는 잘 보이지 않았다. 지도를 검색하는 것 같았다.

"흠."

"뭐지?"

라임이 물었다.

"프레드가 킬 룸을 직접 보는 게 어떠냐고 했어요."

셀리토가 소리를 질렀다.

"뭐? 어떻게?"

물론 구글이었다.

색스는 미소를 지으며 NIOS 본부가 있는 다운타운 맨해튼의 위성 이미지를 불러냈다. 건물 뒤 도로와 떨어진 곳에 주차장이 있고, 어마어마한 보안 철조망과 경비소가 있었다. 구석에는 커다란 사각 구조물이 있었다. 트레일러 뒤칸에 볼트로 고정해 고속도로로 운반하는 화물 수송용 컨테이너 같은 모양이었다. 옆에는 3미터 길이의 안테나가 하늘을 향해 서 있었다.

"프레드 말로는 이게 지상관제 기지래요. GCS. 대부분의 무인비행기는 이런 이동 가능한 시설에서 조종한다는군요."

"킬 룸이군."

쿠퍼가 말했다.

로렐이 사무적으로 색스에게 말했다.

"완벽해요. 괜찮으시다면 그걸 프린트해주세요."

라임은 색스가 순간 발끈하며 망설이다가 손가락으로 키보드를 세차게 두드리는 것을 보았다. 손톱 밑에는 피가 말라붙어 있었다. 프린터에서 종이가 나오기 시작했다.

문서가 다 나오자 로렐은 프린터에서 그걸 뽑아 서류 파일에 넣었다.

그때 색스의 전화가 울렸다.

"프레드예요."

색스는 스피커 버튼을 눌렀다.

라임이 말했다.

"프레드, 아무도 욕하지 마."

"들린다고. 음, 음, 대단한 사건이 얽어 걸렸는데? 행운을 빌어. 이봐, 창밖에 웃기게 생긴 비행기 안 날아다니나? 블라인드 내리는 것도 생각해보는 게 좋을걸."

100만 달러짜리 총알을 발사하는 배리 셰일즈의 기술을 생각해볼 때, 이 농담은 델레이의 의도만큼 웃기게 들리지 않았다.

"좋아, 레이더 상황. 스크린 샷을 보냈어. 종합하자면, 5월 9일 아침 트랜스폰더 없는 작은 비행기가 마이애미 남쪽 대서양 상공에서 동쪽으로 날아가는 게 포착됐어."

"홈스테드 공군 기지가 있는 곳이군."

셀리토가 말했다.

"바로 그렇지. 이 비행기는 비행 계획서 없이 시계 비행으로 날아갔어. 속도는 아주 느렸어. 시속 177킬로미터. 전형적인 드론 속도지. 다들 알아듣고 있나?"

"알아들었어, 프레드. 계속해."

"마이애미에서 나소까지는 290킬로미터 거리야. 정확히 한 시간 52분 뒤, 나소 관제탑에서 트랜스폰더 없는 작은 항공기가 레이더망으로 상승하는 것을 포착했어. 고도 180미터."

델레이는 잠시 쉬었다가 말을 이었다.

"그리고 멈췄어."

"멈춰?"

"그쪽은 실속(失速)이라고 생각했어. 하지만 레이더에서 사라지지 않았지."

"선회하고 있었군."

"내 추측도 그래. 그쪽에서는 트랜스폰더가 없으니 그냥 초경량 비행기라고 생각했어. 집에서 만든 장난감 있잖아? 맞바람을 받으면 가끔 그냥 새처럼 가만히 있는. 관제 공역이 아니라서 더 이상 신경을 쓰지 않았대. 그때 시각이 오전 11시 4분이야."

"모레노는 11시 15분 총에 맞았어요."

색스가 말했다.

"11시 18분에 비행기는 방향을 돌려서 레이더 밖으로 하강했어. 두 시간 5분 뒤, 트랜스폰더 없는 작은 비행기가 미국 영공으로 들어와서 마이애미 남쪽으로 향했지."

"그거군. 고마워, 프레드."

"행운을 빌어. 나랑 모르는 사이라는 것도 잊지 마."

딸깍.

결정적 단서는 아니었지만, 이번 사건이 모두 그렇듯 용의자의 유죄를 입증하는 벽에 쌓아 올린 단단한 벽돌 한 장 같은 정보였다.

낸스 로렐이 전화를 받았다. 다른 사람이었다면 고개를 끄덕이든지 표정으로 대화 내용을 짐작했을 것이다. 하지만 로렐은 아무런 표정 없이 듣고만 있었다. 파우더를 바른 얼굴은 가면 같았다. 로렐이 전화를 끊었다.

"내가 맡은 다른 사건에 문제가 생겼어요. 구치소에 수감 중인 사람을 만나봐야 해요. 오래 걸리지 않을 거예요. 계속 있고 싶은데, 이건 처리해야 해서."

검사는 가방을 챙기고 문으로 향했다.

색스도 전화를 받았다. 귀를 기울이며 메모를 했다.

라임은 고개를 돌려 다시 한 번 차트를 검토하며 투덜거렸다.

"더 필요해. 셰일즈가 드론 조종간을 쥐고 있었다는 것을 증명할 단서."

"구하라, 그러면 얻을 것이니."

아멜리아 색스가 말했다.

라임은 한쪽 눈썹을 치켜 올렸다.

"내부 고발자에 대한 단서가 나왔어요. 5월 9일 배리 셰일즈가 킬룸에 있었다는 것을 증명할 누군가가 있다면, 그건 바로 이 사람일 거예요."

색스는 마이어스 경감의 경찰들이 내부 고발자가 STO를 업로드했던 자바 헛 손님들을 탐문하다가 목격자를 찾았다는 소식에 기쁨을 감추지 못했다.

컴퓨터에서 소리가 났다. 색스는 스크린을 바라보았다.

"전송 중이에요."

색스는 첨부 파일을 열었다.

"요즘 사람들은 가격이 3~4달러밖에 안 돼도 신용카드나 현금카드를 많이 쓰죠. 한데 그게 도움이 되네요. 11일 오후 1시쯤 계산을 했던 사람들을 모조리 탐문했어요. 대부분 별다른 정보가 없었지만, 그중 한 사람이 사진을 찍었군요."

색스는 사진 파일을 출력했다. 아주 형편없지는 않군. 그래도 고해상도 증명사진이라고는 할 수 없었다.

"이게 내부 고발자가 틀림없어요."

색스는 경찰의 메모를 읽었다.

"사진을 찍은 사람은 오하이오에서 온 관광객. 맞은편에 앉아 있던 아내의 사진을 찍었는데, 배경에 남자가 보임. 얼굴을 가리려고 손을 들면서 고개를 얼른 돌려 희미하게 번져 나왔음. 혹시 이 사람을 잘 본 사람이 있는지 관광객들에게 물어봤지만, 기억하는 사람은 없었음. 다른 손님과 바리스타도 관심을 두지 않았음."

라임은 사진을 보았다. 미소 짓는 여자 뒤로 두 테이블 건너에 내부 고발자로 추정되는 사람이 있었다. 백인. 단단한 덩치. 파란색 슈트. 군청색이라고는 할 수 없는 묘한 색감이었다. 야구 모자—사업가 같은 복장을 생각하면 수상했다—속의 머리카락은 연한 색 같았다. 앞에는 커다란 랩톱이 펼쳐져 있었다.

"그 사람이에요. 아이북을 갖고 있어요."

색스는 아이북 모델을 모두 다운로드해놓았다.

"슈트가 몸에 잘 맞지 않는군. 싸구려야. 탁자 위 커피 젓개 옆에 인공 설탕 있지? 그게 내부 고발자라는 증거야."

셀리토가 물었다.

"왜? 나도 인공 설탕 먹는데."

"인공 설탕 말고, 그게 탁자 위에 놓여 있다는 것 자체가. 대부분의 사람들은 우유 섞는 탁자에서 설탕이나 감미료를 섞은 뒤 빈 봉투와 커피 젓개를 버리지. 그래야 자기 탁자가 어질러지지 않잖아. 그런데 이 사람은 자기가 만진 물건을 가지고 다녔어. 지문을 남기지 않으려는 거야."

음식이 나오는 곳이면 기름기가 많기 때문에 대부분의 물체, 심지어 종이에도 아주 좋은 지문이 남는다.

풀라스키가 물었다.

"다른 건 없습니까?"

"자네가 말해봐, 신참."

"오른손을 들고 있는 모양을 보세요. 손바닥을 오목하게 위로 하고 있죠? 약을 먹으려는 겁니다. 두통이나 요통. 잠깐, 저기, 상자 보이죠? 맞죠? 탁자 가장자리에."

그런 것 같았다. 파란색과 금색이 섞여 있었다.

라임이 말했다.

"좋아. 자네 말이 맞는 것 같군. 커피숍에서 차를 마시는 것도 그렇고. 냅킨 안에 있는 차 주머니 보이지? 연해 보이는군. 허브차일 거야. 아주 드문 건 아니지만, 위장에 문제가 있을 수 있어. 두 가지 색 상자로 포장한 제산제, 위산역류, 소화불량 관련 약을 찾아봐."

잠시 후 쿠퍼가 말했다.

"잔탁일 수도 있겠군요. 고용량. 확실히는 모르겠습니다."

"모든 질문에 확실한 대답을 얻을 필요는 없어. 방향만 있으면 돼. 좋아, 위장병이 있을 수 있다."

"정부 기밀문서를 유출하다가 스트레스를 받아서 그런가 보군요."

멜 쿠퍼가 대꾸했다.

"나이는?"

풀라스키가 대답했다.

"모르겠는데요. 어떻게 압니까?"

"퀴즈 놀이 하자는 게 아니야, 신참. 다부진 체격, 위장병. 머리카락은 금발일 수도 있지만 희끗희끗한 것일 수도 있어. 보수적인 복장. 중년 이상이라고 보는 게 논리적이겠지."

"그렇군요. 알겠습니다."

"그리고 자세. 젊지 않은데도 완벽한 자세야. 군 경력이 있을 거야. 혹은 아직 군인이든가. 사복 차림을 한."

그들은 사진을 바라보았다. 색스의 머릿속에 의문이 떠올랐다. 암살 명령서를 왜 유출했을까? 당신한텐 그게 무엇이었지?

양심을 지닌 사람….

당신은 애국자일까, 반역자일까?

도대체 어디 있는 거야?

셀리토가 전화를 받았다. 색스는 그의 의아해하던 얼굴이 어두워지는 것을 눈치챘다. 그는 방 안의 다른 사람들을 흘끗 보고 돌아섰다. 소곤거리는 음성.

"뭐야? …그건 안 돼. 무슨 소리야? 자세히 말해봐."

모두가 그를 응시하고 있었다.

"누구? 누군지 알아야겠어. 좋아. 찾아서 알려줘."

셀리토는 전화를 끊고 색스 쪽을 바라보았다. 하지만 똑바로 쳐다보지는 않고 색스에 대한 전화였다고만 말했다.

"뭐죠, 론?"

"밖으로 잠깐 나와봐."

셀리토가 복도 쪽을 턱으로 가리켰다.

색스는 라임을 흘끗 보고 말했다.

"아뇨, 여기서 말씀하세요. 뭐죠? 누구 전화예요?"

그는 망설였다. 색스는 단호하게 말했다.

"론, 말씀하세요."

"좋아, 아멜리아. 유감인데, 자넨 사건에서 손을 떼게 됐어."

403

"뭐요?"

"사실, 아예 의무 휴직 조처가 내려졌어. 보고는…."

"무슨 일이야?"

라임이 말을 잘랐다.

"모르겠어. 내 비서가 전화했는데, 형사과장실에서 온 지시라는군. 공식 명령서가 오고 있을 거야. 누가 꾸민 일인지 모르겠어."

"아, 난 알겠어요."

색스는 가방을 거칠게 열고 지난밤 낸스 로렐의 책상에서 찾은 서류 사본이 있는지 안을 확인했다. 그때는 이 문서를 무기로 휘두른다는 게 찜찜하다는 생각도 들었다.

하지만 이제는 아니었다.

65

갈등

슈리브 메츠거는 한 손으로 짧은 머리를 쓸어내리며 제대 첫날을 회상했다.

버펄로의 거리에서 누군가가—민간인이—그를 스킨헤드라고 불렀다. 살인자라고도 불렀다. 남자는 술에 취해 있었다. 반전 감정. 나쁜 놈.

스모크가 메츠거를 빠르게 채웠지만, 당시 그는 그것을 스모크라고 부르지 않았다. 아무 이름도 없었다. 그 남자의 뼈를 최소한 네 개 부러뜨린 뒤에야 안도감이 몸에 쫙 퍼졌다. 안도감 이상이었다. 거의 성적인 쾌감이었다.

때로 머리를 만질 때면 지금처럼 이 기억이 되돌아오곤 했다. 그 이상은 아니었다. 그 남자가, 초점은 흐리고 약간 사시인 그의 눈빛이 떠올랐다. 피. 퉁퉁 부풀어 오른 턱.

그리고 커피 가판대. 아니, 가판을 뭉개버리고, 뜨거운 커피를 뿌려주고, 죽이자. 그 뒤는 잊자. 황홀한 만족감일 것이다.

도와줘, 피셔 박사.

그러나 지금은 스모크가 없었다. 그는 황홀경에 빠져 있었다. 정보 감시 전문가가 그에게 라시드 작전에 대한 정보를 계속 보내고 있었다.

열의 다음 임무. 테러리스트는 현재 마타모로스 카르텔의 폭탄 공급자를 만나고 있었다. 그자까지 STO에 포함시킬 수 있다면 무슨 짓이든 할 수 있을 것 같았다. 하지만 멕시코 시민이기 때문에 그를 날려버리는 허가를 받으려면 멕시코시티와 워싱턴의 고위층과 복잡한 대화를 나눠야 한다. 그 사람들을 상대할 때는 정말 조심해야 한다.

예산 회의 신속하게 진행 중. 찬반양론 팽팽. 결정은 내일. 대세가 어느 쪽인지 알 수 없음.

메츠거의 창밖에 있는 기상관제기지에서 배리 세일즈가 조종하는 무인비행기 상황에 대한 연락도 왔다. 비행기는 모레노 작전 때처럼 홈스테드에서 이륙하지 않고, 텍사스의 포트후드 인근 NIOS 시설에서 이륙했다. 멕시코 영공으로 들어갔지만, 바하마의 모레노 건과 달리 그쪽 정부의 양해를 받은 덕분에 화창한 날씨에 목표물을 향해 날아가는 중이었다.

전화가 다시 울렸다. 발신자 이름을 확인한 그는 약간 굳은 채 열린 문간으로 시선을 던졌다. 바깥 비서실에 있는 루스의 손이 문틈으로 잠시 스쳤다. 타이핑을 하는 중이었다. 루스의 방에도 작은 창문이 있어 수수한 약혼반지와 멋진 결혼반지에 햇살이 밝게 비치고 있었다.

그는 일어서서 문을 닫고 전화를 받았다.

"네."

"여자를 발견했습니다."

남자 목소리.

이름이나 암호명도 없었다….

여자를.

낸스 로렐.

"어디서?"

"구치소. 용의자를 심문하는 중입니다. 이 사건 말고 다른 사건. 그 여자라는 것을 확인했습니다. 지금 혼자 있습니다. 할까요?"

동사는 없었다.

메츠거는 긍정적인 측면과 부정적인 측면을 계산하며 갈등했다.
"좋아."
그러곤 전화를 끊었다.
어쩌면, 어쩌면 이 모든 게 사라질지도 모른다.
이제 곧 국가의 적이 죽게 될 멕시코로 다시 주의를 돌리자 슈리브 메츠거의 가슴은 기쁨으로 부풀어 올랐다.

66

뉴욕 구치소

"낸스 로렐은 어디 있죠?"

색스는 뉴욕 구치소 5층에서 통통한 흑인 여성에게 물었다.

교정국 직원은 뻣뻣하게 몸을 굳히더니 색스의 배지를 무시하는 시선으로 바라보았다. 약간 공격적인 목소리에 인사도 무례했다는 생각이 들었다. 의도적인 것은 아니었다. 낸스 로렐이 날 이렇게 만든 거야.

"5번 방. 무기는 여기다 놓으세요."

직원은 다시 〈피플〉을 들여다보았다. 삼류 연예인 사이에 무슨 스캔들이 터진 모양이었다. 아니, 일류 연예인인지도 모른다. 들어본 적이 없는 사람들이었다.

퉁명스러웠던 말투를 사과하고 싶었지만, 말을 어떻게 꺼내야 할지 알 수 없었다. 그때 로렐에 대한 분노가 되살아났다. 색스는 글록을 라커에 넣고 문을 쾅 닫았다. 직원은 못마땅한 듯 숨을 한 번 들이마셨다. 삐 소리와 함께 문이 열렸다. 색스는 음산한 복도로 들어섰다. 지금은 사람이 없었다. 여기는 중범죄를 저지른 사람들이 변호사와 상담하고 검사와 협상을 하는 구역이었다.

이곳의 향수는 소독약, 페인트, 오줌이었다.

색스는 빈방 대여섯 개를 지나쳤다. 5번 접견실에서 얼룩진 유리창을 들여다보니, 수갑을 찬 오렌지색 죄수복 차림의 남자가 바닥에 볼트로 고정한 탁자를 사이에 두고 로렐 맞은편에 앉아 있었다. 구석에는 교정국 경비가 서 있었다. 빡빡 밀어버린 머리가 땀에 번들거리는 덩치 큰 남자였다. 경비는 팔짱을 낀 채 마치 유독하지만 죽은 벌레 표본을 관찰하는 생물학자 같은 눈빛으로 수감자를 바라보고 있었다.

문은 저절로 잠기게 되어 있어—어느 한쪽에서 열쇠가 필요했다—색스는 손바닥으로 문을 두드렸다. 이번에도 너무 공격적이었는지, 방 안에 있던 모든 사람이 깜짝 놀라며 이쪽을 돌아보았다. 경비는 총이 없었지만, 벨트에 찬 호신용 스프레이 쪽으로 손이 내려갔다. 하지만 색스를 보더니 경찰이라는 것을 알아보고 긴장을 풀었다. 수감자는 눈을 가늘게 뜨고 색스를 쳐다보았다. 놀란 눈빛이 굶주린 표정으로 변했다.

성범죄자군. 색스는 생각했다.

로렐의 입술이 약간 굳었다.

로렐이 일어섰다. 경비는 문을 열고 검사를 내보낸 뒤, 다시 문을 잠그고 원래의 감시 태세로 돌아갔다.

두 여자는 문에서 멀어져 복도 끝으로 향했다. 로렐이 물었다.

"메츠거나 셰일즈에 대해 말할 게 있나요?"

"왜 나한테 물으시죠? 난 어차피 당신 계획에 들어 있지도 않은데."

로렐은 침착하게 대답했다.

"형사, 무슨 이야기를 하는 거예요?"

색스는 정직 이야기부터 시작하지 않았다. 시간 순서대로 말하기 시작했다.

"보고서, 이메일. 내 이름을 전부 뺐더군요. 내 이름 대신 당신 이름을 넣고."

"나는…."

"선거에서 이길 수 있는 일이라면 뭐든 하고 싶겠죠, 로렐 주의원님."

색스는 로렐의 비밀 파일에서 복사한 서류를 꺼내 내밀었다. 그것은 로렐을 지역구 하원의원 후보로 선정하자는 청원서였다.

로렐의 시선이 아래로 향했다.

"아."

걸렸지.

그러나 잠시 후 로렐은 다시 차갑게 색스의 얼굴을 응시했다. 색스는 말을 이었다.

"당신은 혼자 공을 다 차지하려고 수사 보고서에서 내 이름을 뺐어요. 이번 사건은 결국 그런 건가요, 낸스? 어차피 '당신' 사건이었죠. '우리' 사건이나 그냥 사건이 아니라. 당신은 거물급 피고를 잡아넣어 이름값을 높이고 싶었던 거예요. 용의자 516에게 고문당한 무고한 여자 같은 건 관심도 없었어요. 당신한테 516 따위는 필요 없으니까. 최대한 높은 정부 거물급 인사가 필요했던 거겠죠. 그 목표를 이루기 위해, 난 시내 각지를 돌아다니면서 모레노 사건과 관련해 최대한 좋은 단서를 찾아내려고 노력했어요. 한데 당신은 사건에 단서가 될 만한 건 뭐든지 빼앗아 자기 이름을 올렸어요."

하지만 검사는 조금도 흔들리지 않는 것 같았다.

"내 출마 신청서를 봤나요?"

"아뇨. 그럴 필요가 있나요? 이게 있는데. 서명이 든 청원서."

색스는 사본을 들어 보였다. 로렐이 말했다.

"그건 출마 신청에 따른 보충 자료예요. 출마하려면 직접 신청서를 내야 해요."

범죄 현장에서 뭔가 놓쳤을지도 모른다는, 뭔가 핵심적인 것을 놓쳤을지도 모른다는, 때로 마음을 괴롭히는 찜찜함이 엄습했다. 색스는 입을 다물었다.

"나는 출마하지 않았어요."

"청원서는…."

"청원서는 등록됐죠. 하지만 마음을 바꿨어요. 신청서를 내진 않았어요."

다시 침묵.

로렐은 말을 이었다.

"네, 민주당 예비 선거에 출마하고 싶었는데, 당에서 내가 너무 강성이라고 평가했어요. 독립 후보로 출마하려고 청원서를 등록했죠. 하지만 시간이 흐르면서 난 출마하지 않기로 결정했어요."

묘하게도, 로렐은 시선을 피했다. 색스가 아니라, 로렐이 더 불편한 것 같았다. 늘 꼿꼿하던 어깨가 약간 무너졌다.

"지난겨울 난 아주 힘든 실연을 겪었어요. 남자는… 아니, 나는 우리가 결혼할 줄 알았죠. 그런 일이 항상 뜻대로 되는 건 아니더군요. 그건 괜찮았어요. 한데 기억이 사라지지 않아요. 아픔이."

로렐의 턱이 굳었다. 얇은 입술이 떨리고 있었다.

"아주 피곤했어요."

며칠 전, 로렐이 타운하우스에서 전화를 받을 때의 모습이 떠올랐다. *나약한 상태, 무방비 상태다…*.

"뭔가 다른 걸 해봐야겠다고 생각했어요. 공직에 출마하자, 정치를 해보자. 늘 그러고 싶었으니까. 나는 원래 국가와 정부의 역할에 대해 아주 강한 주관을 갖고 있어요. 고등학교, 대학에서 회장을 맡기도 했죠. 나한테는 행복했던 기억이어서 그때를 되살리고 싶었던 것 같아요. 하지만 나는 정치가보다 검사로서 더 유능하겠다는 결론을 내렸어요. 이게 내가 있을 자리예요."

로렐은 접견실 쪽을 턱으로 가리켰다.

"저기 용의자? 성폭행 전력이 있어요. 고등학생 3명을 주물러서 여기 들어왔죠. 원래 검사는 이 사건에 쏟을 시간이 없어서 완력을 사용한 신체 접촉으로 기소하려고 했어요. 경범죄죠. 아무 관심이 없었어요. 하지만 난 저런 사람을 알아요. 다음에는 열한 살 난 아이를 강간하고 살해할 거예요. 내가 대신 사건을 맡았고, 1급 성추행으로 기소하기로 했어요."

"B급 중범죄."

"맞아요. 받아내고야 말 거예요. 내 재능은 이런 사건을 수사하는 데 있지, 정치는 아니에요. 강간범들, 정부 뒤에 숨어서 헌법을 무시하고 자기가 하고 싶은 일을 마음대로 저지르는 슈리브 메츠거 같은 놈을 잡아넣는 것."

험한 말이 나왔다. 로렐은 화가 나 있었다. 단추를 끝까지 잠근 슈트와 스프레이로 고정한 머리, '괜찮으시다면' 같은 깍듯한 말투 속에 숨어서 거의 보이지 않던 이런 모습이 낸스 로렐의 참모습인 것 같았다.

"아멜리아, 네, 보고서와 이메일에서 당신 이름을 뺐어요. 하지만 그건 당신과 당신 경력을 위해서였어요. 당신이 남의 인정을 바랄지도 모른다는 생각은 들지도 않았어요. 뭐하러?"

로렐은 어깨를 으쓱했다.

"이 사건이 얼마나 위험한지 아세요? 조금이라도 삐끗하면 경력을 망가뜨릴 수 있는 사건이에요. 워싱턴은 메츠거와 배리 셰일즈를 풀어줄지도 몰라요. 대신 나를 쓰러뜨리려고 할 수도 있어요. 그들이 그렇게 나오고 면책 특권 문제에서 내가 지게 되면, 난 끝장이에요. 연방에서 올버니에 압력을 넣어 날 내쫓으라고 할 거고, 검찰총장은 그렇게 할 거예요. 조금도 망설이지 않고. 이 사건에 연루된 모든 사람이 그렇게 될 거예요, 아멜리아."

내 사건….

"난 당신과 다른 사람들을 최대한 보호하고 싶었어요. 론 셀리토의 이름도 보고서에는 전혀 쓰지 않았어요. 론 풀라스키도 마찬가지고."

"하지만 우리 중 누군가가 법정에서 전문가로 증언해야 하잖아요."

문득 색스는 깨달았다.

"링컨."

"그는 자문이니까요. 해고당할 위험이 없잖아요."

"난 모르고 있었어요."

색스는 무턱대고 화를 낸 것에 대해 사과했다.

"아뇨, 아뇨. 내가 처음부터 설명해야 했어요."

그때 색스의 전화가 진동했다. 액정을 보았다. 론 셀리토가 보낸 문자였다.

방금 알아냈어. 정직 지시는 다운타운에서 온 거야. 마이어스 경감. 자네 건강 문제가 업무에 적절하지 않다고 생각했어. 자네 개인 의사한테서 진료 기록을 얻어냈더군. 내가 일주일 유예를 얻었어. 하지만 5월 28일까지 종합 검진 기록을 제출해야 해.

그렇게 된 거군. 로렐은 자신이 밀려난 일과 아무 관련이 없었다. 아까 이 이야기부터 대뜸 하지 않은 게 얼마나 다행인지. 하지만 마이어스는 도대체 개인 검진 기록을 어떻게 얻어냈을까? 부서를 통해서 보험 처리도 하지 않았는데. 이런 걱정 때문에 정형외과 의사에게 치료비를 다 냈다. 빅 빌딩에서 눈치채지 못하도록.

"괜찮아요?"

로렐이 전화기를 가리키며 물었다.

"네, 괜찮아요."

그때 복도 끝에서 징, 하는 소리가 들렸다. 문이 활짝 열리더니, 어두운색 슈트 차림의 건장한 삼십대 남자가 안으로 들어왔다. 그는 복도 끝에 여자 둘이 있는 것을 보고 놀라 눈을 깜빡였다. 그리고 다음 순간 복도의 빈방을 둘러보며 다가왔다.

색스는 여기를 자주 드나들었다. 경찰과 경비도 많이 알고 있었다. 형사들도. 하지만 이 남자는 본 적이 없었다.

어쩌면 성범죄자의 변호사인지도 모른다. 하지만 로렐의 얼굴 표정을 보니 본 적이 없는 사람 같았다.

색스는 로렐에게 돌아섰다.

"새로운 소식이 있어요. 내부 고발자의 신원을 알아낼 수 있는 단서가 나왔어요."

"그래요?"

로렐은 한쪽 눈썹을 치켜 올렸다.

색스는 관광객이 찍은 사진에 대해 설명했다. 차를 마시는 사람, 인공 감미료를 좋아하고 위장병이 있는 사람. 수수하고 색깔이 특이한 슈트, 군 경력이 있을지도 모른다는 사실.

로렐이 뭐라고 질문을 던졌지만, 그때 색스의 직감이 번득 고개를 들었다. 색스는 귀를 기울이지 않았다.

복도로 들어온 남자는 접견실을 무시했다. 뭔가 목적이 있는 듯. 하지만 어딘가 긴장한 채 이쪽을 향해 다가오고 있었다.

"저 남자 알아요?"

색스는 속삭였다.

"아뇨."

로렐은 색스의 기색에 긴장하는 것 같았다.

직감으로 다져진 시나리오가 뇌리에 펼쳐졌다. 이자는 배리 셰일즈가 아니다. 그의 사진은 봤다. 혹시 용의자 516일까? 휴대폰은 조심하고 있지만, NIOS가 또 무슨 짓을 할지 누가 알겠는가? 색스를 미행해서 여기까지 왔을 수도 있고, 로렐을 따라왔을 수도 있다. 어쩌면 입구의 경비를 죽이고 직접 문을 열고 들어왔는지도 모른다.

색스는 대책 방안을 생각했다. 스위치블레이드가 있었지만, 이자가 516이라면 무기를 갖고 있을 것이다. 리디아 포스터의 시체에 있던 끔찍한 칼자국이 생생하게 떠올랐다. 게다가 총도 얼마든지 가지고 있을 수 있다. 칼을 꺼내기 전에 최대한 가까이 접근시켜야 한다.

그러나 칼이 닿을 만한 거리로 접근하기 전에 남자는 속도를 늦추더니 멈췄다. 상대가 총을 쏘기 전에 칼을 꺼내 공격할 방법이 없었다. 남자의 매끄러운 얼굴과 조심스러운 눈빛. 남자가 두 여자를 차례로 살폈다.

"낸스 로렐?"

"전데요. 누구시죠?"

남자는 대답에는 관심이 없는 것 같았다.

그는 색스를 얼른 가늠하듯 훑어보더니 재킷 안으로 손을 집어넣었다.

색스는 근육을 긴장시키고 주먹을 꽉 쥔 채 그에게 몸을 날릴 태세를 갖추었다.

총을 꺼내 쏘기 전에 달려들어서 놈의 손을 잡고 칼을 꺼내 펼칠 수 있을까? 몸을 수그리는데, 욱신거리는 통증이 일었다. 아랑곳하지 않고 돌격 자세를 취했다.

아까 골목에서처럼 다시 무릎이 나가는 아픔에 몸서리치며 복도에 나뒹군다면, 상대는 총을 쏘든 칼을 휘두르든 얼마든지 그들 둘을 죽일 시간을 벌 터였다.

67

수사 중단

한데 몸을 날리려는 순간, 색스는 남자가 글록이나 칼이 아닌 봉투를 꺼내는 것을 보았다.

남자는 미간에 주름을 잡으며 색스의 괴상한 자세를 보더니, 다가와서 로렐에게 봉투를 건넸다.

"누구시죠?"

로렐은 한 번 더 물었다. 하지만 대답은 없었다. 남자는 대신 말했다.

"이걸 드리라는 지시를 받았습니다. 더 나갈 것 없이 보면 아실 겁니다."

"더 나가요?"

남자는 더 이상 설명하지 않고 봉투 쪽으로 턱짓만 해 보였다.

검사는 종이 한 장을 꺼냈다. 천천히 시선이 움직이는 것으로 볼 때 한 자 한 자 또박또박 읽는 것 같았다. 이를 악무는 것 같았다.

로렐이 남자를 올려다보았다.

"국무부에서 나왔나요?"

색스가 볼 때는—남자는 말이 없었지만—그런 것 같았다. 이게 무슨 상황이지?

로렐은 다시 서류에 시선을 준 뒤, 국무부 직원을 찬찬히 바라보았다.

"진본 맞아요?"

"저는 지방검사 낸스 로렐에게 서류를 전달하라는 지시를 받았습니다. 내용에는 관심도 없고 알지도 못합니다."

전치사를 잘 사용하는군. 색스는 냉소적으로 생각했다. 링컨 라임이 좋아하겠어.

"슈리브 메츠거가 시킨 짓이군. 그렇죠? 위조한 것 아닌가요? 대답해요. 진짜인가요?"

관심도 없고 알지도 못한다….

남자는 더 이상 말하지 않았다. 그는 두 사람이 더 이상 존재하지 않는다는 듯 돌아서서 걷기 시작했다. 복도 끝에서 잠시 멈췄다가 징, 하고 문이 열리자 나갔다.

"뭐죠?"

색스는 물었다.

"프레드 델레이의 정보 중 모레노가 총에 맞기 전 미국 대사관이나 영사관 내부, 혹은 주변에서 목격되었다는 보고가 있지 않았나요?"

"맞아요. 멕시코시티와 코스타리카. 5월 2일 뉴욕을 떠난 뒤."

복도 끝 문밖에서 경비의 둥글고 검은 얼굴이 아무 걱정 없다는 듯 태평하게 이쪽을 들여다보고 있는 모습을 보자 마음이 한결 진정되었다. 경비는 연예인의 최신 소식이 기다리고 있는 자기 자리로 돌아갔다.

로렐은 한숨을 쉬며 말했다.

"모레노가 대사관을 공격할 거라고 생각한 사람이 있다면, 그건 오해였어요."

그러곤 손에 든 편지를 가리켰다.

"대사관을 찾아다닌 건 맞는데, 미국 시민권 포기 절차를 신속하게 마무리할 곳을 찾기 위해서였어요. 5월 4일 코스타리카 산호세에서 수속을 밟았군요. 시민권 포기는 즉각 효력을 발휘하지만, 오늘 아침에야 국무부 데이터베이스에 서류가 들어왔어요."

로렐은 한숨을 쉬었다.

"사망 당시 로버트 모레노는 미국 시민이 아니라 베네수엘라 시민이었어요."

"뉴욕에서 리무진 운전사한테 다시는 미국에 돌아오지 않을 거라고 말한 건 그 때문이었군요. 테러 모의가 아니라, 더 이상 미국 시민이 아닐 테니까 외국 여권으로는 입국을 거부당할 거라는 걸 알고."

로렐은 전화기를 꺼내 들고 내려다보았다. 얼굴이 이렇게 힘없어 보이는 것은 처음이었다. 왜 저렇게 화장을 할까? 색스는 다시 생각했다. 로렐은 단축 번호를 눌렀다. 몇 번인지 보이지는 않았지만, 물론 그게 그렇게 중요한 건 아니다. 9번이든 1번이든 편하기만 하면 그만이니까.

로렐은 옆으로 물러나서 통화를 했다. 그리고 통화를 끝낸 다음에는 전화기를 집어넣고 등을 돌린 채 거의 1분가량 서 있었다. 전화가 울렸다. 다시, 이번에는 좀 더 짤막한 통화.

전화를 끊은 뒤, 로렐은 색스에게 다가왔다.

"검사장님이 방금 올버니의 검찰총장과 통화했대요. 슈리브 메츠거와 저격수가 권한을 얼마나 남용했든, 피해자가 미국 시민이 아니라면 그를 기소하는 건 의미가 없죠. 수사를 중단하라는 명령을 받았어요."

그러곤 바닥을 내려다보았다.

"그러니, 이걸로 끝이에요."

"유감이에요."

색스는 말했다. 진심이었다.

68

라시드

멕시코 레이노사의 시원하고 어둑한 안가에서, 알바라니 라시드는 폭탄 부품 목록을 완성한 후 '팻맨' 앞으로 밀어놓았다.

30분 전 카르텔의 사제 폭탄 전문가가 지저분한 머리로 먼지를 뒤집어쓴 채 뒤뚱거리며 집 안으로 들어오는 것을 보는 순간, 대뜸 떠오른 것이 그 표현이었다. 라시드는 무시하듯, 하지만 정확하게 자기소개를 했다―상대는 정말 뚱뚱했다. 하지만 다음 순간, 그는 상대의 몸집과 겉모습에 대해 못마땅한 생각을 한 것을 후회했다. 카르텔 조직원은 협조적이었을 뿐 아니라 재능이 대단히 뛰어난 사람이었다. 알고 보니 그는 서방에서 지난 몇 년 동안 테러에 사용된 복잡한 폭파 장비 중 몇 가지를 만들어낸 인물이었다.

조직원은 라시드와 합의한 목록을 주머니에 집어넣고는 저녁에 부속과 공구를 가지고 돌아오겠다고 스페인어로 말했다.

이 폭탄이라면 마약단속국 지부장 바버라 서머스와 교회 소풍지에서 반경 10미터 안에 있는 사람들을 모조리 죽이는 임무를 매우 효율적으로 완수할 수 있을 거라는 생각에 만족스러웠다. 얼마나 많은 사람이 아이스크림 가판 앞에 줄을 서 있을지, 폭탄을 어디에 설치할지에 따라 그 수는 다를 것이다.

라시드는 멕시코 인질들이 갇혀 있는 방문을 턱으로 가리켰다.

"그의 회사에서 몸값을 갖고 옵니까?"

"네, 네. 확정됐습니다. 가족에게 이야기했어요. 잔금이 다 들어오는 즉시 오늘 밤 풀려날 겁니다."

그는 라시드를 똑바로 쳐다보았다.

"이건 그냥 사업일 뿐입니다."

"그냥 사업."

라시드는 생각했다. 아니, 그렇지 않아.

팻맨은 부엌으로 걸어가 냉장고 문을 열더니, 놀랍게도 맥주가 아닌 그리스 요구르트 두 개를 꺼냈다. 그러곤 라시드를 바라보며 뚜껑을 둘 다 열고는 방 한가운데 서서 플라스틱 스푼으로 하나씩 차례로 떠먹었다. 종이 타월로 입을 닦고 빈 요구르트 병을 쓰레기통에 버린 뒤 물을 한 모금 마셨다.

"세뇨르, 나중에 봅시다."

두 사람은 악수를 했다. 팻맨은 뒷굽이 닳은 신발을 끌고 뒤뚱뒤뚱 밖으로 나갔다.

문이 닫힌 뒤, 라시드는 창가로 가서 밖을 내다보았다. 팻맨이 메르세데스에 오르자 왼쪽이 푹 꺼졌다. 디젤 엔진이 부르릉거리기 시작했다. 검은색 차는 이윽고 먼지구름을 남기며 길을 따라 멀어졌다.

라시드는 10분 동안 창가에 서 있었다. 감시자의 흔적도, 집을 지나치며 수상하게 흘끗거리는 행인도 보이지 않았다. 얼른 커튼을 내리는 창문도 없었다. 개들은 경계하는 기색 없이 서 있었다. 근처 눈에 띄지 않는 곳에 누군가가 침입했다는 것을 알려주는 개 짖는 소리도 들리지 않았다.

침실에서 목소리가 들렸다. 처음에는 무슨 소리인지 알 수 없었지만, 작은 소리가 점점 커졌다가 다시 낮아졌다. 소리는 차츰 규칙적으로 들려왔다. 라시드는 아이가 우는 소리라는 것을 깨달았다. 어린 여자아이였다. 집에 간다는 말을 들었을 테지만, 아이는 가고 싶지 않은 모양이었다. 지금은 봉제인형과 침대, 담요가 있는 여기에 있고 싶은 듯했다.

라시드는 가자에서 학교 친구 둘과 함께 살해당한 누이를 생각했다. 누이는… 저 아이보다 그리 나이가 많지도 않았다. 누이는 울 여유조차 없었다.

라시드는 차를 더 마시고 도면을 살펴보았다. 마치 이 먼지투성이 무덤에 영원히 갇힌 유령처럼 아이의 울음소리가 벽으로 가로막혀 한층 더 애간장을 녹이는 것 같았다.

69

킬 룸

'킬 룸'이라는 표현은 공상과학 소설이나 텔레비전 드라마 〈24〉에 나오는 작전 통제 센터에 어울릴 이름이다.

그러나 NIOS 지상관제 기지는 중형 보험 회사, 혹은 광고 회사 창고로나 쓸 법한 우중충한 공간이었다. 전체 공간은 4.5×12미터 넓이의 트레일러에 방 두 개로 나뉘어져 있었다. NIOS 주차장을 통해 들어가면 바로 사무 공간이 나왔다. 벽에는 수수께끼 같은 제목이 적힌 마분지 상자가 늘어서 있었다. 빈 상자도 있고, 서류나 종이컵·청소 도구가 들어 있는 상자도 있었다. 통신 센터에는 지금 사람이 없었다. 컴퓨터뿐이었다. 한쪽 구석에는 우그러진 회색 책상과 갈색 의자가 있고, 비서도 서랍을 찾는 게 지겨웠는지 그냥 포기해버린 듯 분류하지 않은 오래된 서류가 널려 있었다. 바닥에는 빗자루, 빈 비타민워터 병, 깨진 전등이 놓여 있었다. 신문. 전구. 컴퓨터 회로판. 전선. 〈러너스 월드〉. 실내 장식은 카리브 해, 멕시코, 캐나다, 중앙아메리카, 이라크 지도. 등을 굽힌 채 무거운 물건을 들지 말라, 더운 날에는 물을 충분히 마시라는 보건국 홍보 포스터도 붙어 있었다.

어둑어둑했다. 전등은 거의 켜지 않았다. 이런 곳이라야 비밀을 지킬 수 있다는 듯.

그러나 트레일러 반대편 절반을 보면, 사무실의 허름함은 눈에 들어오지도 않았다. 두꺼운 유리벽 너머에 있는 무인비행기 운항실.

조종사, 센서 기술자, 배리 셰일즈 같은 남녀는 흔히 운항실을 조종석이라고 불렀다. '드론'이라는 말은 피하는 경향이 있었다. 어쩌면 '무인비행기'라는 표현이 훨씬 세련되고 가치 중립적으로 들리기 때문일 것이다. 대민 홍보 차원에서 볼 때도 직접 무인비행기를 운항하는 사람들이 즐겨 쓰는 FFA, 즉 '머리 위의 쌍놈(Fuckers From Above)'이라는 표현보다야 이 단어가 분명 나았다.

정장 바지와 짧은 파란색 격자무늬 셔츠 차림에 타이를 매지 않은 배리 셰일즈는 제트기 조종석보다 〈스타 트렉〉의 커크 선장석과 비슷해 보이는 편안하고 푹신한 가죽 의자에 앉아 있었다. 앞에는 온갖 손잡이와 버튼, 스위치, 계기반과 조이스틱 두 개가 붙은 가로 90센티미터, 세로 46센티미터 크기의 제어반이 있었다. 지금 그는 계기반에 손을 대지 않고 있었다. 무인비행기 N-397호는 자동 운항 중이었다.

드론이 목표물 인근으로 날아갈 때까지는 컴퓨터가 STO 작전을 통제하는 것이 표준 절차였다. 지금은 셰일즈도 부조종사로 물러나 있는 게 좋았다. 오늘은 집중하는 데 계속 어려움을 겪었다. 그는 이전 임무를 생각하고 있었다.

NIOS의 너무나도 큰 실수.

그는 모레노가 사제 폭탄을 만들기 위해 화학 약품을 들여와 마이애미의 정유 회사 본부를 폐허로 만들어버릴 계획이라는 정보를 떠올렸다. 미국 시민을 잔혹하게 학살하려는 악랄한 공격에 대한 정보. 멕시코와 코스타리카 대사관을 날려버리기 위해 염탐 중이라는 정보.

그들은 정말 확신했다….

하지만 너무나 큰 실수였다.

부수적인 인명 피해를 피하는 것도 실패했다. 드라루아와 보디가드. NIOS의 원거리 라이플 프로그램의 핵심은 부수적인 인명 피해를 최소화하는, 이상적으로는 제거하는 것이었다. 미사일을 쏠 때는 그

것이 불가능하다.

한데 이 프로그램을 실제 임무에 처음 사용했을 때 무슨 일이 벌어졌던가?

무고한 사람들이 죽었다.

셰일즈는 바하마의 클리프턴 베이 상공에서 완벽하게 선회하고 있다가 적외선과 레이더 영상으로 스위트룸 밖의 나뭇잎 너머 모레노를 또렷이 포착한 뒤 그의 신원을 이중으로 확인했다. 그리고 바람과 고도를 보정하고, 목표물이 창가에 혼자 서 있다는 것을 확인한 다음 총을 쏘았다.

죽는 것은 모레노 하나뿐이라고 확신했다.

그러나 아주 작은 조건 하나를 미처 생각하지 못했다. 아무도. 바로 유리창.

유리 조각이 그렇게 치명적일 거라고 누가 생각했겠는가?

그의 잘못은 아니었다…. 하지만 정말 그렇게 확신한다면, 자신이 무고한 사람에게 아무런 죄도 저지르지 않았다고 확신한다면, 어젯밤 화장실에서 구역질은 왜 했을까?

감기 기운인가봐, 여보…. 아냐, 아냐, 괜찮아.

왜 요즘은 잠도 잘 오지 않는가?

왜 점점 더 생각이 많아지고, 불안하고, 마음이 아픈가?

모든 전투 부대원 중에서 육체적으로는 드론 조종사들이 아마도 가장 안전하겠지만, 군 및 국가 안보 조직 내에서 우울증과 외상 후 스트레스 장애를 겪는 비율이 가장 높은 집단 중 하나가 바로 그들이다. 콜로라도나 뉴욕의 비디오 콘솔 앞에 앉아 1만 킬로미터 떨어진 곳에 있는 누군가를 죽인 뒤, 체육관이나 축구장에서 아이들을 데려와 저녁을 먹고 교외의 거실에 앉아 〈스타와 함께 춤을〉을 보는 것은 믿기지 않을 정도로 혼란스러운 일이다.

특히 동료 군인들이 사막의 벙커에 쭈그리고 있거나 사제 폭탄으로 산산조각 나고 있을 때는.

됐어, 병사. 그는 최근 여러 번 되뇌었던 말을 다시 중얼거렸다. 집중하자. 임무 수행 중이다. STO 임무.

그는 다섯 대의 컴퓨터 모니터를 확인했다. 바로 앞, 검은색 바탕에 녹색 줄과 박스·활자가 가득 차 있는 모니터는 전형적인 비행기 조종 화면이었다—가상의 지평선, 대기 속도, 대지 속도, 비행 방향, 항법-통신, GPS, 연료와 엔진 현황. 그 위에는 랜드 맥널리(미국 최대의 지도 제작사-옮긴이)에서 나온 것 같은 전통적인 지도가 있었다. 정보 모니터—날씨, 메시지, 기타 통신 내용—는 왼쪽 위에 있었다.

아래에는 실개구 레이더(real aperture radar)에서 합성 개구 레이더로 전환할 수 있는 화면이 있었다. 오른쪽 눈높이에는 드론의 카메라가 보는 화면을 그대로 볼 수 있는 고해상도 비디오 뷰가 있었다. 지금은 낮이지만, 물론 야간 투시도 가능했다.

현재 비디오 뷰는 아래로 지나치는 회갈색 사막이었다.

느렸다. 드론은 F16이 아니다.

모니터 아래 따로 부착된 금속 패널은 무기 조종간이었다. 멋진 스크린은 없지만 검고, 실용적이고, 긁힌 자국이 많았다.

세계 각지, 특히 전투 지역에서 드론 임무를 수행할 때, 승무원은 조종사와 센서 기술자로 구성된다. 그러나 NIOS 무인비행기는 단독으로 운항했다. 이것은 메츠거의 아이디어였다. 정확히 무슨 이유에서인지 아는 사람은 없었다. STO 프로그램에 대해 아는 사람의 수를 제한함으로써 정보 누설 위험을 최소화하기 위해서라고 생각하는 사람도 있었다.

그러나 셰일즈가 생각하는 이유는 이랬다—NIOS 국장은 이 임무에 따르는 감정적 부담을 잘 알기 때문에 STO 암살이라는 짐을 최대한 소수의 인력에게 지우고 싶은 것이다. 직원 중에는 심리적으로 폭발한 경우도 있었다. 이런 경우 당사자와 가족 그리고 물론 프로그램 자체에도 심대한 영향을 끼친다.

배리 셰일즈는 화면을 읽었다. 버튼을 눌러 대여섯 군데에 불이 들어오는 것을 확인했다.

그는 마이크에 대고 말했다.

"여기는 무인기 397, 텍사스 센터."

즉각 대답이 흘러나왔다.

"말하라, 397."

"무기 시스템은 이상 없다."

"알겠다."

물러앉자 다른 생각이 문득 떠올랐다. 메츠거는 누군가가 모레노 임무를 '들여다보고' 있다고 했다. 자세한 내용을 물었지만, 보스는 별일 아니라는 듯 웃고 그냥 절차상의 문제라고만 했다. 모든 일을 알아서 하고 있다는 것이었다. 사람들에게 이런저런 예방책을 지시했으니 걱정할 필요 없다며. 셰일즈는 만족스럽지 않았다. 메츠거의 미소는 늘 의혹을 불러일으켰다.

셰일즈는 다들 알고 있는 국장의 고질병 비슷한 분노가 치밀어 오르는 것을 느꼈다. 누가 임무를 '들여다보고' 있을까? 경찰, 의회, FBI?

그때 뜻밖의 말. 메츠거는 셰일즈 역시 예방책을 취해야 한다고 말했다.

"어떤 예방 말입니까?"

"음, '증거'는 너무 노골적인 말이겠지만… 어쨌든 아는 사람이 적을수록 좋다는 거지. 내 말이 무슨 뜻인지 알 걸세."

셰일즈는 그 순간 돈 브룬스라는 이름으로 발급한 전화를 없애지 않기로 결정했다. 데이터―메츠거와 주고받은 이메일과 문자―는 암호화되어 있었지만, 셰일즈는 증거가 없어지지 않도록 보존하는 게 신중한 선택이라는 판단을 내렸다. 그는 몰래 문서를 복사해서 NIOS 밖으로 들고 나왔다.

보험.

이런 예방책을 써야 한다는 사실 자체가 다른 생각을 불러일으켰다. 하, 이제 정말 이 미친 짓을 그만둬야 할 때 아닌가. 셰일즈는 서른아홉 살이었다. 공군 아카데미 학위가 있고, 공학과 정치학 대학원도 다녔다. 어디든지 갈 수 있었다.

과연 그럴까?

이런 경력으로?

게다가 자신이 나라를 위해 일한다는 생각도 견디기 힘들 지경이었다.

불쾌하지만 무고한 떠버리를 암살하는 작전을 수행하다가 유명한 기자와 열심히 일하는 보디가드를 우연히 죽이는 것이 어떻게 나라를 위한 길인가? 만약….

"여기는 텍사스 센터. 무인기 397."

스위치를 올리듯 배리 셰일즈는 즉시 작전 태세에 돌입했다.

"397."

"목표물은 10분 남았다."

포트후드의 작전 지휘 본부는 그의 드론이 정확히 어디 있는지 알고 있었다.

"알겠다."

"시계 상황은?"

오른쪽 모니터를 확인했다.

"안개가 약간 있지만 양호하다."

"참고하라, 397. 지상감시팀이 임무는 목표 구조물 안에 혼자 있다고 알려왔다. 한 시간 전에 도착한 인물은 떠났다."

임무….

"알겠다, 텍사스 센터. 지금부터 내가 조종하겠다."

셰일즈는 자동 항법 장치를 껐다.

"루시오 블랑코 국제 공역에 접근한다."

레이노사 공항이다.

"우호국 관제탑에 항로를 알렸다."

"알겠다. 600미터로 하강한다. EAD 작동."

엔진소음저감기(engine audio deflector)는 드론 엔진의 데시벨을 10분의 1로 줄인다. 하지만 디플렉터를 사용하면 엔진이 뜨거워지고 출력이 손실되어 악천후에는 위험할 수 있기 때문에 단시간만 사용할 수 있다. 지금은 하늘이 맑고 비행에 지장을 주는 바람도 전혀 없었다.

5분 뒤, 그는 알바라니 라시드가 현재 폭탄을 계획하거나 제작하고 있을 안가로부터 0.6킬로미터 떨어진 지점에서 고도 460미터로 하강했다.

"선회 중."

조이스틱을 이리저리 돌렸다.

셰일즈는 레이저로 목표물인 안가에 칠을 했다.

"좌표 확인."

그가 보고한 위도와 경도를 NIOS 메인프레임 컴퓨터가 잡은 목표물의 좌표와 대조해야 한다. 확실하게 하기 위해서.

"텍사스 센터에서 397. 지점 확인. 목표물을 확인했다. PIN은?"

셰일즈는 10단위 개인 식별 번호를 불렀다. 그가 작전을 책임지고, 이 목표물에 이 미사일을 발사할 권한이 있는 사람이라는 사실을 확인하는 번호였다.

"ID 확인. 397. 미사일 발사 승인."

"알겠다. 397."

그는 헬파이어 미사일 장탄 버튼 위의 덮개를 열고 버튼을 눌렀다.

셰일즈는 안가의 영상을 응시했다. 아직 그는 투하 버튼을 누르지 않았다.

그는 창문과 문, 굴뚝, 보도의 먼지, 선인장을 훑었다. 인기척을 살폈다. 치명적인 짐을 발사하지 말아야 할 이유가 있는지 훑어보았다.

"397, 들리나? 미사일 발사 승인."

"알겠다, 텍사스 센터. 397."

그는 숨을 깊이 들이쉬었다.

생각했다. 모레노….

두 번째 덮개를 올리고 투하 버튼에 손을 댄 뒤 눌렀다.

아무 소리도 나지 않았다. 스크린이 희미하게 흔들리면서, 50킬로그램짜리 미사일이 무인기에서 발사되었다. 녹색 불이 확인해주었다. 다른 불이 점화를 알렸다.

"미사일 발사, 텍사스 센터. 397."

"알겠다."

단조로운 대답.

이제 화염과 연기 속에서 안가가 사라지는 것을 지켜보는 것 외에 셰일즈가 할 일은 아무것도 없었다.

그때 집 뒷문이 열리더니 두 사람이 집과 차고 사이의 뜰로 나오는 것이 보였다. 라시드는 그중 한 사람이었다. 다른 한 명은 십대 소년이었다. 그들은 잠시 이야기를 나누더니 축구공을 차기 시작했다.

70

헬파이어

배리 셰일즈는 한 대 얻어맞은 것 같은 충격을 느꼈다.

그는 무기 조종간 한가운데 붙은 빨간색 '멈춤' 버튼을 엄지손톱이 뭉개지도록 눌렀다.

이 버튼은 헬파이어 탄두를 해제하는 신호를 발산했다. 그래도 미사일은 시속 1450킬로미터로 건물을 향해 날아가는, 쇳덩어리와 추진체가 결합된 치명적인 질량 덩어리다. 폭발하지 않더라도 안에 있는 사람 모두가 죽을 수 있다.

셰일즈는 드론 자체의 자동 항법 버튼을 누르고 미사일 자동 유도 장치를 해제한 뒤, 무기 조종간에 붙은 작은 트랙볼로 헬파이어의 유도를 직접 맡았다.

미사일 앞부분, 폭약이 들어 있는 부위에서 멀지 않은 지점에 카메라가 붙어 있었지만 지금 속도와 렌즈의 미미한 해상도라면 미사일의 항로를 정확하게 조종할 수 없다. 드론의 레이더와 멕시코 관제탑에서 들어오는 정보에만 의존해 치명적인 미사일을 안가에서 멀어지도록 해야 한다.

그는 오른쪽 모니터, 드론의 카메라를 보았다. 카메라는 아직도 축구를 하는 사람들을 향하고 있었다. 라시드가 멈춰 서더니 하늘을 올려다보았다. 눈을 가늘게 떴다. 무슨 소리를 들었던지, 뭔가 반짝이는 것을 보았을 것이다.

십대 소년은 먼지투성이 공을 차려다 같이 멈추고는 아랍인을 조심스럽게 쳐다보았다.

그 뒤로, 배리 셰일즈는 작은 소녀가 안가의 문간에 나타나는 것을 볼 수 있었다. 소녀는 미소를 짓고 있었다.

"여기는 텍사스 센터, 397. 미사일 경로 이탈. 보고하라."

셰일즈는 통신을 무시하고 항공기보다 두 배는 빠른 속도로 날아가는 헬파이어를 목표 지점 인근의 인구 밀집 지역에서 멀리 유도하는 데 집중했다. 쉽지 않았다. 레이노사의 이 일대는 동쪽만큼 인구 밀도가 높지는 않지만 그래도 집과 가게, 자동차가 많았다. 근처를 날아가는 항공기는 레이더에 잡혀서 피할 수 있지만 계기는 땅 위에 무엇이 있는지 알려주지 않았다. 그곳 어딘가에 미사일을 내리꽂아야 한다. 빨리. 추진체가 소모되면, 유도 능력을 상실한다.

"397? 듣고 있나?"

그때 미사일이 구름 속으로 들어가면서, 미사일 정면에 붙은 카메라 스크린의 영상이 차츰 흐려졌다. 그는 시계 제로 상태에서 미사일을 조종하고 있었다.

"하나님 아버지."

일요일마다 아내와 어린 아들들과 함께 교회에 나가는 배리 셰일즈의 이 말은 단순한 감탄사가 아니었다.

"397. 텍사스 센터다. 응답하라."

그는 속으로 분통을 터뜨렸다—엿이나 먹어.

구름이 잠시 갈라졌다. 미사일은 오른쪽 주거 개발지로 향하고 있었다.

안 돼, 안 돼….

트랙볼을 비틀자 경로가 좀 더 서쪽으로 옮겨갔다.

다시 구름이 덮였다.

레이더를 보았다. 지형이 떠 있었지만 위성 영상이 아닌 일반적인 지도여서 헬파이어 정면의 지대에 무엇이 있는지 알 길이 없었다.

추진체가 다 소모되고 미사일이 땅에 떨어질 때까지 몇 초밖에 남지 않았다. 하지만 어디로? 어린아이 침실? 병원? 사람들이 들어찬 사무실 건물?

그때 한 가지 아이디어가 떠올랐다. 그는 미사일 트랙볼을 잠시 놓고 컴퓨터 키보드를 빠르게 쳤다.

왼쪽 위 정보 모니터에 파이어폭스(Firefox)가 떴다. 이것은 절차를 한참 위반하는 일이었다. 관제기지에서 드론을 운용하고 있을 때는 상업용 브라우저로 온라인에 접속할 수 없다. 하지만 다른 방법이 생각나지 않았다. 그는 즉시 구글 맵을 불러 위성 영상을 클릭했다. 레이노사 인근의 사진 영상이 떴다. 집, 나무, 길, 가게.

레이더 패널과 지도를 번갈아보며 도로와 기타 중요 지형지물을 대조하면서 헬파이어의 위치를 추정했다.

맙소사! 미사일은 레이노사 북서쪽의 다른 주거 지역 상공에 있었다. 하지만 구글에 따르면 서쪽에 베이지색과 노란색의 넓은 공터가 있었다.

"무인기 3…."

셰일즈는 헤드세트를 벗어 던졌다.

오른손이 트랙볼로 돌아갔다.

부드럽게, 부드럽게…. 이건 조금만 움직여도 멀리 나간다.

레이더와 구글을 대조해보니, 헬파이어의 경로는 주택들을 벗어나고 있었다. 미사일은 곧 정서쪽, 위성 지도에 공터로 표기된 지점으로 기수를 향했다. 미사일 카메라에는 아직 구름밖에 보이지 않았다.

그때 고도와 속도가 급격히 떨어지기 시작했다. 추진체가 완전히 바닥난 것이다. 더 이상 셰일즈가 할 수 있는 일은 없었다. 그는 미사일 조종 능력을 상실했다. 물러앉아 바지에 손을 닦았다. 헬파이어의 카메라 영상이 뜨는 스크린만 응시했다. 아직 구름밖에 보이지 않았다.

고도계는 460미터를 가리키고 있었다.

200미터.

180미터.

헬파이어가 땅에 가까워지면 무엇이 보일까? 텅 빈 공터? 여행을 떠나는 스쿨버스? 자기들을 향해 날아오는 괴물체를 바라보는 농부들?

그때 구름이 갈라지고, 미사일의 전방이 뚜렷이 보였다.

2900킬로미터 멀리 떨어진 곳에서 미사일이 아무리 요란하고 화려하게 떨어진들 NIOS 킬 룸에서는 조용하고 단순한 영상 변화밖에 감지할 수 없다. 척박한 흙과 잡목이 흩어진 황야가 비치던 화면은 한순간 폭풍에 케이블이 끊어진 텔레비전처럼 깜빡이는 흑백으로 가득 찼다.

셰일즈는 드론 조종간을 향해 돌아앉아 자동 항법 장치를 해제했다. 여전히 안가 뜰을 비추고 있는 카메라 모니터를 응시했다. 아이들은 아직 거기 있었다. 소년이 소녀에게 공을 가볍게 찼다. 소녀는 사냥개처럼 공을 쫓았다. 웃음기 없는 여자가 문간에 서서 아이들을 바라보고 있었다.

"하나님 아버지."

셰일즈는 그들이 누구인지, '완전무결'하다는 정보 계통에 따르면 테러리스트 한 사람밖에 없다던 안가에 어떻게 그들이 있는지 궁금하지도 않고 관심도 없었다.

그는 카메라를 줌아웃했다.

차고 문은 열려 있었다. 라시드는 없었다. 당연하다. 아까의 경계하던 눈빛으로 보아 테러리스트는 무슨 일이 벌어지고 있는지 짐작했을 것이다.

그는 헤드세트를 집어 들고 머리에 썼다. 잭을 다시 꽂았다.

"…하라. 397."

"여기는 397. 텍사스 센터. 조종사의 판단으로 임무 중단. 기지로 돌아간다."

433

71

작별

"스카치 드릴까요?"
라임은 거실 한복판 비교현미경 옆에서 물었다.
"좀 드셔야 할 것 같은데."
구석 책상에서 파일을 챙기던 낸스 로렐이 고개를 들더니 돌아서서 두꺼운 화장을 한 얼굴에 주름을 잡으며 미간을 찡그렸다. 수사 중술을 마시는 것은 프로답지 못하다는 설교가 이어질 것 같았다.
로렐이 물었다.
"무슨 위스키죠?"
"글렌모렌지, 12년, 아니면 18년산."
"피트 향이 더 강한 건 없나요?"
이 말에 라임은 놀랐다. 색스 역시 라임의 얼굴에 떠오른 희미한 미소를 보고 놀랍기도 하고 흥미롭기도 했다.
"아뇨. 마셔보세요. 마음에 들 겁니다."
"좋아요. 18년산. 당연히. 물 조금만 타고."
라임은 병을 쥐고 서툴게 따랐다. 물은 로렐 본인이 섞었다. 라임은 인공 팔을 섬세하게 움직이지 못했다. 라임이 물었다.
"색스?"

"됐어요. 난 할 일이 있어요."

비록 수사가 무산된 사건이었지만, 색스는 목록을 세심하게 작성해서 보관해야 하는 증거물 봉투와 상자를 정리하고 있었다.

"톰, 멜?"

쿠퍼는 커피면 됐다고 사양했다. 톰도 거절했다. 그는 요즘 버번 맨해튼에 빠져 있었지만, 술은 업무가 끼어들 염려 없는 주말에만 즐긴다고 라임에게 말한 적이 있었다.

톰은 혈액과 조직 샘플을 종종 보관하는 냉장고에서 프랑스산 샤르도네 병을 꺼냈다. 그러곤 색스를 향해 병을 들어 보였다.

"내 마음을 읽었네요."

톰이 병을 열고 따랐다.

라임은 향기로운 위스키를 한 모금 마셨다.

"좋지요?"

"좋네요."

로렐도 동의했다.

라임은 모레노의 미국 시민권 포기에 관한 서류를 다시 읽었다. 그도 이 행정 절차 때문에 수사가 무산된 데 대해 로렐 못지않게 화가 났다.

"시민권을 포기할 정도로 미국이 싫었을까요?"

풀라스키가 물었다. 로렐이 대답했다.

"그랬나보죠."

"이봐요, 여러분."

라임이 끼어들었다. 그는 위스키를 한 모금 더 마셨다.

"1라운드는 저들이 이겼어. 1회는. 무슨 진부한 비유를 써도 좋아. 하지만 범인은 아직 있어. 용의자 516. 커피숍 폭발 사건과 리디아 살인 사건을 저지른 사람. 이건 특수 범죄야. 론 셀리토가 수사를 계속하도록 조치할 거야."

낸스 로렐이 말했다.

"하지만 내 사건은 아니에요. 난 평소 처리하던 사건으로 돌아가라는 명령을 받았어요."

"정말 고약하군요."

풀라스키가 라임이 놀랄 정도로 격하게 내뱉었다.

"총을 맞은 모레노도 똑같은 사람입니다. 무고한 피해자예요. 미국 시민이 아니면 어떻습니까?"

"고약한 건 사실이에요, 론."

로렐의 목소리는 이제 분노보다 체념에 가까웠다.

"고약하죠."

그러곤 위스키를 비우고 라임에게 다가갔다. 두 사람은 악수를 나누었다.

"같이 일해서 영광이었습니다."

"언젠가 다시 기회가 있을 겁니다."

희미한 미소. 그러나 로렐의 서글픈 표정 어딘가에는 검사로서 경력이 끝났다는 체념이 비쳤다. 색스가 말했다.

"언제 저녁이나 같이 먹을까요? 정부 욕이나 하죠."

색스는 라임에게도 들리도록 나직하게 덧붙였다.

"남자 욕도 하고."

"좋네요. 그렇게 해요."

그들은 전화번호를 교환했다. 색스는 자신의 새 번호를 확인해야 했다. 지난 며칠 동안 선불제 전화를 몇 개나 갈아치웠던 것이다.

검사는 종이 클립과 포스트잇으로 분류한 파일을 꼼꼼하게 모았다.

"516 사건 관련 서류는 사본을 보낼게요."

로렐은 한 손에 서류 가방을 들고 다른 손에 소송 가방을 들었다. 그리고 마지막으로 방 안을 둘러본 뒤 아무 말 없이 나갔다. 딱딱한 구두 굽이 나무 바닥에, 이어 복도 대리석에 부딪히는 소리. 그리고 로렐은 사라졌다.

72

그 림 자

스완은 낸스 로렐을 죽이기 전 강간할 수 없다는 게 원통했다.

음, 할 수도 있다. 마음 한구석에서는 하고 싶었다. 하지만 현명한 짓이 아니다—사실은 그 때문이었다. 성폭행은 증거가 너무 많이 남는다. 어떤 살인이든 증거를 최소화하는 것은 힘들다. 땀, 눈물, 타액, 머리카락과 매일같이 떨어져나가는 수십만 개의 피부 세포를 부지런한 현장감식 기술자들에게 들키지 않는다는 것은.

라텍스 장갑 안쪽과 피부에 묻는 지문도 물론이다.

다른 선택지가 필요했다.

스완은 지금 브루클린에 있는 검사의 4층 아파트 길 건너 헨리 스트리트의 식당에 있었다. 그는 아주 쓰고 달콤한 쿠바 커피를 마시며 로렐의 집을 쳐다보았다. 도어맨이 없는 건물이었다. 좋다.

살인 사건을 덮을 수 있는 범죄가 필요하다는 게 스완의 판단이었다. 사악한 반역자를 처단하는 애국적인 미국인을 기소한 것 외에도 로렐은 강간범을 여럿 감옥에 보냈다. 그는 로렐의 재판 내력을 찾아보고—대단히 인상적이었다—그녀가 잡아넣은 사람 중 연쇄강간범과 추행범이 수십 명이라는 것을 알아냈다. 그중 한 사람이 출소한 후 복수극을 벌이겠다고 결심하는 건 충분히 있을 수 있는 일이다. 범죄자의 친척이 나설 수도 있다.

검사의 과거가 발목을 잡는 것이다.

물론 본부에서는 모레노 살인 사건 수사가 끝났다고 알려왔다. 그러나 언제든 다시 수면으로 떠오르지 않는다는 보장은 없다. 로렐은 검찰을 떠나더라도 그간 무슨 일이 있었는지 NIOS에 대해서, STO 암살 프로그램에 대해서 신문이나 온라인에 편지나 글을 쓰고도 남을 사람이었다.

그냥 조용히 사라지는 게 좋다. 게다가 스완은 리틀 이탈리아에 폭탄을 설치했고, 통역사를 칼로 찔렀으며, 리무진 운전사 한 명을 죽였다. 로렐이 그 사건 수사를 도울 수도 있다. 그러니 로렐은 죽고 모든 자료가 사라져야 했다.

그는 레시피를 들여다보듯 가짜 사고를 꾸며내는 상상을 해보았다. 계획을 짜고, 준비를 하고, 실행에 옮기는 광경을. 아파트에 침입한다. 머리를 가격한다. (목은 안 된다―리디아 포스터와 유사한 점이 발견될 테니까.) 옷을 벗긴다. 젖가슴과 사타구니에 심한 혈상을 입힌다. (충동은 있지만 물어서는 안 된다―DNA가 남는다.) 그런 다음 때려죽이고, 질에 물건을 삽입한다.

비디오 부스가 달린 성인용 서점이나 포르노 극장에 가서 시체에 묻힐 다른 사람의 DNA를 채취할 시간은 없었다. 그러나 멀지 않은 공동 주택 뒤 쓰레기통에서 찢어지고 얼룩진 십대 사이즈 속옷을 훔쳐냈다. 이 옷의 섬유를 손톱 밑에 묻혀놓을 것이다. 운이 좋다면 지난 며칠 사이 속옷 주인이 자위를 했을 것이다. 그럴 가능성이 높다.

그 정도면 증거로 충분하다.

그는 커피에 혀를 살짝 댔다. 강렬한 감각이 입안 가득 퍼졌다. 서로 다른 맛을 감지하는 혀의 부위가 나뉘어져 있다는 것은 통설에 불과하다. 짠맛, 신맛, 단맛, 쓴맛. 다시 한 모금. 스완은 가끔 커피로 요리를 했다―돼지고기 요리를 할 때 쓰는 멕시코 몰레 소스를 80퍼센트 카카오와 에스프레소로 만든 적도 있었다. 요리 대회에 출전할까 생각도 해보았지만, 공적인 자리에 얼굴을 드러내는 것은 좋은 생각 같지 않았다.

낸스 로렐 제거 계획을 다시 머릿속으로 훑고 있는데, 그녀가 눈에 띄었다. 검사는 길 건너 모퉁이를 돌아 나타났다. 군청색 슈트와 흰색 블라우스 차림이었다. 작고 통통한 손에는 낡은 구식 갈색 서류 가방과 커다란 소송 가방을 들고 있었다. 양쪽 다 변호사였던 어머니나 아버지에게서 선물받았을까. 로렐의 부모님은 수임료가 싼 동네에서 일했다. 어머니는 국선 변호사, 아버지는 빈곤한 사람들을 법률적으로 도왔다.

좋은 일을 하고 사회를 돕는 사람들. 스완은 생각했다. 저 작달막한 여자처럼.

로렐은 아래로 시선을 내리깐 채 무거운 소송 가방의 무게를 지탱하고 있었다. 비록 속을 알 수 없는 가면 같은 얼굴이었지만, 지금은 우울한 기색을 조금 내비치고 있었다. 수프에 넣은 이탈리아 파슬리가 튀지 않고 은은한 향만 내듯이. 과감한 고수와는 다르다.

우울한 기색은 분명 모레노 사건이 수포로 돌아갔기 때문이리라. 스완은 안쓰러운 심정마저 들었다. 이번 수사야말로 보물 같은 경력이 되었을 텐데 다시 호세, 샤리크, 빌리, 로이 같은 군상들을 마약, 강간, 총기 소지로 집어넣는 업무로 돌아가야 하다니.

내가 한 짓이 아니에요, 절대로. 몰라요, 저는. 어디서 났는지 정말 모르겠어요….

하지만 이제는 그런 사건들을 맡지 않아도 된다.

오늘 밤 이후로는 아무 일도 하지 않아도 된다. 소 엉덩잇살처럼 싸늘하게, 딱딱하게 식을 테니까.

낸스 로렐은 열쇠를 찾아 현관문을 열고 안으로 들어갔다.

스완은 10분, 15분 정도 기다렸다. 이제 경계를 풀 시간이다.

그는 작고 두꺼운 컵을 코에 대고 향을 들이마신 뒤, 한 번 더 따뜻한 액체에 혀를 갖다 댔다.

73

방향 전환

"마지막 남은 열 꼬마 인디언은 어떻게 됐지?"

라임은 멍하니 중얼거렸다.

모레노 시민권 문제로 낸스 로렐은 좌절했지만, 라임의 사냥 본능은 오히려 더 불타고 있었다.

"나는 올버니에서 원하는 건 신경 안 써, 색스. 나는 범인을 원할 뿐이야. 516은 그대로 돌아다니게 내버려두기엔 너무 위험해. 우리가 아는 게 뭐가 있지?"

그는 증거물 화이트보드를 바라보았다.

"좋아. 516은 총격을 전후해서 바하마에 있었어. 학생-창녀였던 아넷 보델을 죽였어. 내부 고발자를 알아낼 단서를 없애기 위해 폭탄을 설치했어. 리디아 포스터를 죽였어. 색스를 미행했어. 이런 사실들로 무엇을 알아낼 수 있을까? …색스!"

"네?"

"다른 운전사, 모레노가 평소 이용하던 운전사 말이야. 그 사람하고는 연락이 됐나?"

"아뇨. 전화를 주지 않았어요."

경찰이 전화를 해서 연락을 달라고 하면 흔히 일어나는 일이다.

보통은 복잡한 일에 연루되기 싫어서다.

하지만 때로는 다른 이유도 있다.

운전사에게 다시 전화를 건 색스가 고개를 저었다. 다른 곳에 전화를 걸었다—엘리트 리무진일 거라고 라임은 추측했다. 색스는 직원에게서 소식이 왔느냐고 물었다. 잠시 대화가 오가더니 전화를 끊었다.

"아픈 친척을 만나러 간다고 한 뒤에 소식이 없대요."

"믿을 수 없어. 516의 세 번째 피해자일 수도 있어. 그가 어디 사는지 알아봐, 풀라스키. 그의 집에서 가장 가까운 지구대에 연락해서 방문해보라고 해."

젊은 경찰은 휴대폰을 꺼내 연락을 취했다.

라임은 차트 앞에서 앞뒤로 휠체어를 굴렸다. 이렇게 증거가 드물고 파편적인 사건은 한 번도 없었던 것 같았다.

이런저런 조각, 관찰, 180도 방향 전환.

그 외에는 아무것도 없다….

젠장.

라임은 위스키 병이 놓인 선반으로 향했다. 글렌모렌지를 들어 어색하게 한 잔 더 따른 뒤 텀블러에 뚜껑을 덮고 빨대로 마셨다.

"뭐하시는 겁니까?"

톰이 문간에 나타났다.

"내가 뭐하냐고? 뭐하냐고? 희한한 질문이군. 보통 질문자가 상황을 전혀 추론할 수 없는 문장에서 의문사 '무엇'이 맨 앞에 나오는 데 말이야."

라임은 넉넉히 한 모금 더 마셨다.

"자넨 완벽한 문장을 낭비했어, 톰. 내가 뭘 하는지는 분명하잖아."

"이미 너무 많이 마셨습니다."

"그건 서술문이고, 훨씬 말이 되는군. 타당해. 동의는 하지 않지만, 논리적으로 타당해."

"링컨!"

톰이 앞으로 다가왔다. 라임은 톰을 노려보았다.

"꿈도 꾸지…."

"잠깐."

색스가 말했다.

라임은 색스가 알코올 문제에서 톰의 편을 드는 거라고 생각했지만, 휠체어를 돌리자 색스의 시선은 그나 톰이 아닌 화이트보드에 집중되어 있었다. 색스는 그쪽으로 걸어갔다. 얼굴을 찌푸리거나 절뚝거리지 않았다. 잽싸고 균형 잡힌 걸음이었다. 색스의 눈이 가늘어졌다. 포식자의 눈빛이었다. 이 눈빛을 할 때 색스는 무서웠고, 라임에게는 매력적이었다.

라임은 위스키를 내려놓았다. 그러곤 시선을 보드로 옮겨 레이더처럼 살폈다. 내가 놓친 사실이 있었나? 내가 놓친 추론이 있었나?

"516에 대해 뭔가를 찾았나?"

"아뇨, 라임."

색스가 속삭였다.

"다른 거예요. 완전히 다른 거."

74

정의의 기계

　낸시앤 올리비아 로렐은 브루클린 하이츠 아파트 소파에 앉아 있었다. 아주 오랫동안 가족과 친지들이 앉아 매끄럽게 닳아버린 파란색 소파 위에는 JC페니에서 산 갈색 덮개가 깔려 있었다.
　헌것들. 아파트에는 그런 물건이 많았다. 기억이 떠올랐다. 아버지가 손님의 주머니에서 떨어진 동전을 소파 틈새에서 몰래 꺼내던 모습. 로렐이 여덟 살 때쯤이었다. 딸이 갑자기 방에 들어오자 아버지는 장난이라고, 게임이라고 둘러댔다.
　하지만 게임이 아니었다. 로렐은 알고 있었다. 아이들도 부모가 부끄러울 수 있다.
　매캐한 스카치 맛이 아직 입안에 감돌고 있었다. 주위를 둘러보았다. 나의 집. 나만의 집. 사색할 수 있는 공간. 온통 재활용한 낡은 물건들이었지만, 그럼에도 불구하고 아니, 오히려 그 때문에, 오늘처럼 맥 빠지는 날에도 이 집에 들어오면 편안함이 몸을 감쌌다. 열심히 꾸민 공간이었다. 올라오기 위해 열심히 일했다. 테디 루스벨트 시절로 거슬러 올라가는 크림색 벽에는 페인트가 몇 겹이나 칠해져 있었다. 벽에는 첼시 공예 장터에서 산 실크 꽃 장식, 유니언 스퀘어 파머스 마켓에서 산 가을 화환, 그림이 걸려 있었다. 몇 점은 원본, 몇 점은

443

복사본인 회화와 스케치는 모두 로렐의 성격을 반영하는 풍경이었다. 말, 농장, 계곡, 정물. 왜 이런 것에 끌리는지는 알 수 없었다. 그래도 보는 순간 끌렸고, 쓸 수 있는 돈이 있으면 샀다. 알록달록한 사각무늬가 그려진 알파카 뜨개질 벽걸이. 로렐은 몇 년 전 뜨개질을 배웠지만, 친구들의 조카한테 선물할 스카프 하나 뜰 시간도 없었고 내키지도 않았다.

이제 뭘 하지? 로렐은 생각했다.

이제 뭘….

주전자가 삐 소리를 내면서 끓고 있었다. 아까부터. 시끄러웠다. 그제야 문득 깨달았다. 로렐은 작은 공간으로 들어가 머그잔에 로즈힙 백을 넣었다. 밖은 군청색, 안은 흰색, 옷과 잘 어울리는 컵. 로렐은 문득 깨달았다. 옷을 갈아입어야 한다.

나중에.

로렐은 1분 동안 주전자를 응시했다. 불을 껐지만 끓는 물을 붓지는 않았다. 로렐은 소파로 돌아왔다.

이제 뭘 하지?

가능한 결과 중 최악의 결과였다. 메츠거와 배리 셰일즈의 유죄 판결을 얻어냈다면, 세상에 부러울 게 없었을 텐데. 인생이 새로 태어났을 텐데. 이 사건이 자신의 인생에 얼마나 중요했는지는 뭐라 표현할 길이 없었다. 법대 시절 미국 법조계의 위인들 이야기를 읽으며 황홀했던 기억이 떠올랐다. 변호사, 검사, 판사. 클레런스 대로, 윌리엄 O. 더글러스, 펠릭스 프랭크퍼터, 벤저민 카도조, 얼 워렌…. 그 밖에 수많은 사람들. 루이스 D. 브랜다이스. 로렐은 그를 자주 생각했다.

연방 헌법은 아마도 인간의 가장 위대한 실험일 것이다….

정의의 기계만큼 놀라운 것은 없었고, 로렐은 간절히 그 일부가 되고 싶었다. 미국 법조계에 자신의 자취를 남기고 싶었다.

가장 자랑스러웠던 날은 법대 졸업식이었다. 객석을 둘러보던 기억이 났다. 아버지는 혼자 와 있었다. 어머니는 살인 혐의로 유죄 선고를 받은 노숙자의 판결을 뒤집기 위해 올버니 상고법원에서 재판 중이었다.

어머니가 그날 참석할 수 없다는 게 얼마나 영광스러웠던지.

모레노 사건은 그런 희생이 의미 있었음을 입증하는 로렐만의 방식이었다. 물론 이름을 높이고 싶은 마음도 있었다. 정치 경력에 대한 야심을 꼬집은 아멜리아의 말은 정곡을 찔렀다. 선거에 이름을 올리지는 않게 되었을지라도 야심은 그대로 남아 있었다.

설사 메츠거 재판에서 진다 하더라도 어떤 측면에서는 성공으로 볼 수 있을 것이다. NIOS의 킬 룸을 까발리는 것만으로도 암살 프로그램을 영원히 폐기시키는 데 충분하다. 굶주린 미디어와 더욱 굶주린 의원들이 파리 떼처럼 NIOS에 달려들 테니.

자신이 희생당하겠지만—법조계 경력은 끝날 것이다—최소한 메츠거의 범죄에 대한 진실이 드러나는 데 일조할 수 있었을 것이다.

하지만 지금 이건? 상관이 사건을 덮는다고? 아니, 이렇게 해서는 단 하나도 잘된 게 없었다.

이제 내부 고발자는 사라졌고, 암살 명령서의 다른 피해자들도 확인하지 못할 것이다. 미안해요, 라시드 씨.

내 미래는 어떻게 될까? 로렐은 생각해놓고 웃음을 터뜨렸다. 부엌으로 돌아가서 차를 우렸다. 로즈힙은 쓰기 때문에 설탕을 두 개 넣었다. 미래는 무슨. 실직 상태로 〈사인펠드〉 재방송을 보면서 냉동 음식이나 먹지 뭐. 켄달 잭슨 잔뜩 마시고, 컴퓨터 체스, 그런 다음 면접. 월스트리트 대형 로펌에 취직.

가슴이 무거워졌다.

로렐은 데이비드에 대해 생각했다. 늘 그랬다.

"문제는 말이야, 낸스. 당신은 해답을 얻고 싶어서 사람을 몰아붙여. 좋아, 말해주지. 당신은 학교 선생 같아. 무슨 뜻인지 알아? 난 따라갈 수가 없어. 모든 게 완벽해야 하고, 모든 게 옳아야 해. 매사에 잘못을 지적하고. 미안해. 노골적으로 말하고 싶지는 않았어. 당신이 이렇게 만든 거라고."

잊자.

할 일이 있잖아.

지금은 없지만.

법률 책 절반, 소설 책 절반, 요리책 한 권이 꽂힌 책장에 로렐과 데이비드의 사진이 놓여 있었다. 둘 다 미소를 짓고 있는 사진.

그 맡에는 체스 세트 상자가 있었다. 플라스틱제가 아니라 나무였다.

버리자.

나중에.

지금 말고.

좋아. 이 정도면 충분해. 타락한 변태 성범죄자하고 살인범이나 자기 연민을 갖는 법, 내 영혼에 그런 감정이 스며드는 것은 허락할 수 없어. 아직 해결할 사건이 있다. 일을 하자. 그리고….

복도에서 소리가 들렸다.

두드리는 소리. 딸각. 희미한 쿵 소리.

그리고 정적.

파슨스 부인이 쇼핑백을 떨어뜨렸나. 레프코위츠 씨가 장난감 푸들과 지팡이를 들고 비틀거렸나.

로렐은 텔레비전을 보다가 전자레인지로 시선을 돌렸다. 그리고 다시 침실로.

빌어먹을 곤잘레스 사건 서류나 꺼내서 정리하자.

그때 초인종이 울려서 로렐은 깜짝 놀랐다.

로렐은 문간으로 걸어갔다.

"누구세요?"

"뉴욕시경의 플래허티 형사입니다."

들어본 적은 없지만, 맨해튼의 경찰만도 수천 명은 된다. 로렐은 문구멍으로 내다보았다. 백인, 삼십대, 날씬한 몸매, 정장. 남자는 신분증을 들어 보였지만, 보이는 것은 불빛을 반사하는 배지뿐이었다.

"어떻게 들어오셨어요?"

"누가 나가더군요. 1층에서 버저를 눌렀는데, 대답이 없었습니다. 쪽지를 남길까 하다가 한 번 올라가보자 싶어서요."

또 초인종이 고장 났군.

"네, 잠깐만 기다리세요."

로렐은 체인을 벗기고 빗장을 푼 뒤 문을 열었다.

남자가 안으로 들어오는 순간에야 신분증을 읽어볼 수 있도록 문 밑으로 넣어달라고 했어야 하지 않았나 하는 생각이 스쳤다.

하지만 무슨 걱정인가? 사건은 끝났다. 난 더 이상 위협적인 존재가 아니야.

75

체포

배리 셰일즈는 덩치 큰 사람이 아니었다. 그를 표현할 때는 대체로 '탄탄하다'가 어울렸다. 늘 평면 스크린 앞에 컴퓨터 키보드를 놓고 앉아서 무인비행기 조이스틱을 만지작거리는 게 그의 일이었다.

하지만 운동을 좋아했기 때문에 종종 웨이트를 했다.

달리는 걸 좋아해서 조깅도 했다.

전직 공군 대위는 운동을 좋아하면 할수록 근육도 잘 반응한다는 근거 없는 확신을 갖고 있었다.

그래서 경비견 같은 비서 루스를 밀치고 슈리브 메츠거의 사무실에 들어간 뒤 팔을 휘둘러 보스를 한 대 치자 깡마른 남자는 비틀거리다 바닥에 넘어졌다.

NIOS 국장은 한쪽 무릎을 땅에 짚고 중심을 잡으려고 팔을 휘두르다 책상 위의 파일을 건드렸다. 바닥에 서류가 쏟아졌다.

셰일즈는 성큼성큼 다가가서 다시 때릴 준비를 하다가 망설였다. 분자 단위로 박살을 내라는 명령을 받은 목표물과 십대 소년이 지저분한 멕시코 근교의 안가 뜰에서 축구하는 모습을 본 뒤로 점점 부풀어 올랐던 분노를 해소하는 데는 주먹 한 방으로도 족했다.

그는 주먹을 내리고 물러섰다. 하지만 메츠거를 일으켜 세우고 싶은 생각은 들지 않았다. 놀란 국장이 뺨에 한 손을 대고 비틀비틀 일어서서 땅에 떨어진 파일을 주섬주섬 챙기는 모습을 팔짱을 낀 채 차갑게 쳐다보고만 있었다. 보안 등급이 어마어마한 그조차 처음 보는 극비 문서 인장이 찍힌 마닐라 폴더 몇 개가 눈에 띄었다.

이런 상황에서 메츠거가 가장 먼저 챙기는 게 자기 몸이 아니라 극비 파일이라는 것도 눈에 띄었다.

"배리… 배리."

국장이 셰일즈의 등 뒤를 바라보고 고개를 저었다. 충격을 받은 루스가 문간에서 드론처럼 맴돌고 있었다. 메츠거는 루스를 향해 미소를 짓고 문을 가리켰다. 비서는 망설이다가 밖으로 나가 문을 닫았다.

국장의 미소가 사라졌다.

셰일즈는 창가로 걸어가서 심호흡을 했다. 그는 NIOS 주차장에 있는 엉터리 마에르스크(Maersk: 덴마크의 해운 화물 운송 전문 업체-옮긴이) 컨테이너를 내려다보았다. 몇 분 전 최소한 3명의 무고한 민간인을 죽일 뻔했던 지상관제 기지를 바라보니 분노가 다시 끓어올랐다.

그는 메츠거에게 돌아섰다. 하지만 국장은 고개를 숙이거나 빌지 않았다. 뺨을 만지는 것 외에 육체적으로도, 언어적으로도 아무런 반응이 없었다. 국장이 손가락에 묻은 빨간 피를 들여다보았다.

"알고 있었어요?"

셰일즈는 물었다.

"레이노사의 부수적인 인명 피해? 몰랐어. 당연히 몰랐지."

"발사했어요, 슈리브! 헬파이어가 날아갔단 말입니다! 어떻게 생각해요? 10초만 빗나갔어도 어린 소년과 소녀, 어머니로 보이는 여자를 살해할 뻔했어요. 안에 누가 더 있었을지 어떻게 압니까?"

"자네도 암살 명령서를 봤잖아. 라시드 감시 프로그램은 빈틈이 없었어. 마약단속국과 멕시코 연방감시팀이 스물네 시간 감시했어. 일주일 동안 아무도 안에 들어가지 않았네. 누가 7일이나 안에 숨어 있겠나, 배리? 들어본 적이라도 있어? 나는 못 들어봤네."

메츠거는 의자에 앉았다.
"배리, 우리는 신이 아니야. 우리는 할 수 있는 일을 할 뿐이네. 내 목줄도 달려 있어. 다른 사람이 죽으면 내 경력도 끝이라고. NIOS도 마찬가지일 거고."
셰일즈의 단단히 다문 입술이 일그러졌다. 차가운 미소가 한층 깊어졌다.
"당신 미쳤군요(mad). 안 그래요, 슈리브?"
셰일즈는 '화가 났다'는 뜻으로 한 말이었지만, 눈을 가늘게 뜨는 메츠거의 반응을 볼 때 아마 정신병으로 받아들인 것 같았다.
"미쳐?"
"내가 라시드의 차를 따라가지 않은 것 말입니다. 그것 때문에 화가 났잖아요. 차를 따라가지 않고 미사일을 유도해서."
잠시 침묵.
"라시드의 차량을 저격하는 시나리오는 승인받지 못했어."
"승인 좋아하시네. 첫 번째 헬파이어는 원래 목표 지점에 떨어지도록 내버려두고, 두 번째 미사일로 차량을 쐈어야 했다고 생각하는 거 아닙니까?"
눈빛을 보니, 맞았다. 그것이 정확히 메츠거가 바라던 상황이었다.
"배리, 이건 복잡한 업무야. 부수적인 인명 피해가 생길 수도 있고, 아군의 총에 맞을 수도 있고, 자살할 수도 있고, 온갖 실수가 생길 수도 있어. 정작 업무는 이스트 메인 스트리트 100번지에 있는데, 웨스트 메인 스트리트 100번지로 프로그램을 짰다가 사람이 죽는 일이 생길 수도 있단 말일세."
"인간치고는 흥미로운 단어 선택이군요. 업무."
"아, 왜 이러나? 관료들 말버릇을 놀리는 건 좋아. 하지만 라시드 같은 사람에게서 우리를 지켜주는 게 정부 아닌가?"
"그 대사는 의회 청문회에서 써먹으면 좋을 겁니다, 슈리브."
셰일즈는 갑자기 목소리를 높였다.

"당신은 마음에 안 드는 놈을 제거하기 위해서, 당신 기준에 충분히 애국적이지 않은 놈을 제거하기 위해서 모레노 암살 명령서에 증거를 조작했어요!"

"그건 그렇지 않아!"

메츠거는 침을 튀기며 비명을 지르듯 소리쳤다.

발작적인 반응에 놀란 셰일즈는 보스를 바라보았다. 그러다 주머니를 뒤져 끈 달린 신분증을 책상 위에 내려놓았다.

"아이들이에요, 슈리브. 오늘 난 아이 둘을 날려버릴 뻔했다고요. 그걸로 충분해요. 난 그만두겠어요."

"안 돼."

메츠거는 몸을 앞으로 내밀었다.

"그만둘 수는 없어."

"왜요?"

셰일즈는 보스가 계약이니 보안 이야기를 꺼낼 거라고 생각했다. 하지만 그는 말했다.

"자네는 최고니까, 배리. 아무도 무인기를 자네처럼 조종할 수 없잖나. 아무도 자네처럼 총을 쏘지 못해. 난 처음 착상할 때부터 STO 프로그램에는 자네가 최적이라는 걸 알고 있었어."

셰일즈는 자동차 세일즈 학교에서 이름을 부르면 고객이 경계심을 무너뜨린다는 교육이라도 받았는지 몇 번이고 반복해서 자기 이름을 부르며 씩 웃던 자동차 세일즈맨을 떠올렸다.

셰일즈는 그때 아주 사고 싶었던 차를 두고 판매장을 떠났다.

셰일즈는 소리쳤다.

"애당초 이 프로젝트는 부수적인 인명 피해를 제거하는 게 목표였어요!"

"유리창을 통해 사격하는 가상 실험을 하지 않았잖아! 그걸 했어야 했어. 하지만 아무도 그 생각을 못했다고. 자넨 그런 생각을 했나? 우리가 잘못했어. 내가 무슨 말을 더 하겠나? 내가 사과하네."

"나한테? 로버트 모레노의 아내와 아이들, 기자 드라루아의 가족들, 혹은 그의 보디가드에게 사과해야 할 겁니다. 사과를 받을 사람은 나보다 그 사람들이라고요. 안 그래요, 슈리브?"

메츠거는 신분증을 다시 셰일즈에게 밀었다.

"자네에게는 힘든 일이었을 거야. 좀 쉬라고."

셰일즈는 신분증을 건드리지 않고 돌아서서 문을 열고 사무실을 나섰다.

"놀랐으면 미안해요, 루스."

루스는 그저 멍하니 바라보았다.

5분 뒤, 셰일즈는 NIOS 현관문을 나와 북동 방향 도로로 이어지는 좁은 골목을 걷기 시작했다.

보도로 나오는 순간, 갑자기 발걸음이 가벼워지고 묘한 만족감이 가슴을 채웠다.

저녁에는 베이비시터를 부르고 마거릿과 외식이나 해야겠다. 일을 그만뒀다는 이야기도 해야지. 나중에….

그때 검은색 세단이 끽, 하며 옆에 와 섰다. 두 남자가 문을 열고 눈 깜박할 사이에 뛰어내리더니 그를 향해 다가왔다.

순간 셰일즈는 슈리브 메츠거가 전문가를 소환한 것 아닌가 생각했다—이번에는 배리 셰일즈라는 이름의 임무르 STO를 발행한 것이라고. 소중한 암살 프로그램에 대한 위협으로 간주해 그를 제거하려는 것이라고.

그러나 다가오는 남자들은 소음기를 부착한 베레타나 시그사우어를 꺼내 들지 않았다. 손바닥에는 금속이 반짝이고 있었다. 하지만 금빛이었다. 뉴욕시경 배지.

"배리 셰일즈?"

둘 중 나이 많은 쪽이 물었다.

"아… 네. 셰일즈입니다."

"나는 브릭카드 형사고, 이쪽은 새뮤얼스 형사요."

배지와 신분증이 사라졌다.

"체포하겠습니다."

셰일즈는 놀라 피식 웃었다. 실수일 것이다. 수사가 끝났다는 이야기를 못 들은 게 틀림없다.

"아니, 착오가 있는 것 같은데."

"돌아서서 두 손을 등 뒤로 하십시오."

"죄목이 뭡니까?"

"살인."

"아니, 아니. 모레노 사건은… 끝났단 말입니다."

형사들은 서로를 마주보았다. 브릭카드가 말했다.

"모레노라는 사람은 모릅니다. 자, 손을 주십시오. 빨리."

76

과실치사

"배심원을 설득시키는 건 까다로울 거야."

링컨 라임은 메츠거와 셰일즈를 기소할 수 있는 새로운 시나리오에 대해 이야기하고 있었다.

그가 아닌, 아멜리아 색스의 시나리오였다. 상당히 흡족하기도 했고, 색스가 생각해냈다는 사실이 자랑스럽기도 했다. 라임은 사람들이—어떤 사람이—자신을 앞서 갈 때 남몰래 기분이 좋았다.

색스는 윙윙거리는 휴대폰을 바라보았다.

"문자예요."

"낸스?"

"아뇨."

색스는 멜 쿠퍼와 론 풀라스키, 마지막으로 라임의 묻는 듯한 시선을 차례로 보았다.

"배리 셰일즈를 체포했어요. 저항은 없었대요."

그렇다면 이제 색스의 시나리오대로 진행할 차례다. 증거물 차트의 단순한 항목에서 착안한 생각이었다.

• 피해자 2: 에두아르도 드라루아   – 사인: 과다 출혈. 총격 이후 유리

파편에 열상. 파편 크기는 폭 3~4
밀리미터, 길이 2~3센티미터.
- 부가 정보: 기자. 모레노를 인터뷰
하는 중이었음. 푸에르토리코 출생.
아르헨티나 거주
- 카메라, 테이프 녹음기, 금 펜, 수첩

분실
- 신발에서 호텔 복도 양탄자와 동일
한 섬유, 호텔 입구의 흙 채취
- 옷에서 아침 식사 미량증거물 발
견: 올스파이스와 후추 소스

단순하기에 더욱 탁월한 생각이었다—푸에르토리코에서 태어난 사람은 모두 미국 시민이다.

그러므로 배리 셰일즈는 5월 9일 사우스코브인에서 미국인을 살해한 셈이다.

낸스의 보스, 지방검사장이 수사를 포기한 것은 모레노가 미국 시민이 아니기 때문이었다. 그러나 이번에는 드라루아가 미국 시민이다. 정황상 의도치 않았던 죽음이라 해도 살인죄를 적용할 수 있다.

색스는 말을 이었다.

"하지만 최소한 과실치사는 얻어낼 수 있을 거예요. 셰일즈는 모레노를 죽이려는 의도적인 행동의 일환으로 우연히 드라루아를 살해했어요. 총을 쏠 때 방 안에 있는 다른 사람도 치명적인 상처를 입을 수 있다는 걸 예상해야 했죠."

그때 여자 목소리가 방을 채웠다.

"좋은 분석이에요, 아멜리아. 법대 갈 생각 없어요?"

라임이 돌아보니 낸스 로렐이 서류 가방과 소송 가방을 든 채 거실 안으로 들어오고 있었다. 등 뒤에는 로렐을 데려다달라는 부탁을 받은 색스의 친구 빌 플래허티가 있었다. 라임은 로렐의 안전을 위해 호위가 필요하다고 생각했다. 모레노 사건이 되살아날 가능성이 있는 지금, 용의자 516이 아직 잡히지 않았다는 게 불안했기 때문이다.

로렐이 형사에게 고맙다는 인사를 했다. 플래허티 형사는 고개를 끄덕이고 색스와 라임에게 미소를 보낸 뒤 타운하우스를 나섰다.

라임이 검사에게 물었다.

"자, 우리 사건. 어떻게 생각하십니까? 법적으로?"

"음."

책상 앞에 앉은 검사가 파일을 다시 꺼내 정리하기 시작했다.

"배리 셰일즈는 2급 살인죄를 받아낼 수 있을 거예요. 형법 조항에 명시되어 있어요. 특정인의 사망을 의도한 행위로 제3자의 사망을 초래했을 때는 2급 살인죄에 해당한다. 그러나 아멜리아가 맞아요. 과실치사가 될 가능성도 분명 있어요. 과실치사도 부가적인 죄목으로 넣겠지만, 난 살인죄를 받아낼 자신이 있어요."

"돌아오셔서 고마워요."

색스가 말했다.

"아뇨, 우리 사건을 살려내줘서 모두 고마워요."

로렐이 방 안을 둘러보며 말했다.

우리 사건….

"아멜리아가 그 생각을 해냈소."

론 셀리토가 말했다. 라임도 덧붙였다.

"난 그 가능성을 완전히 놓쳤습니다."

셀리토는 마이어스 경감이 새로운 죄목으로 수사를 계속하는 데—탐탁치 않은 태도로—동의했다고 알려주었다. 검찰총장도 잠정적으로 승인했다.

"이제 어떻게 진행할지 생각해야 해요."

로렐은 놀랍게도 재킷 단추만 끄른 게 아니라 벗어버렸다. 로렐도 미소를 지을 수 있고, 위스키를 마실 수 있고, 긴장을 풀 수 있었다.

"첫째, 배경 설명이 필요해요. 누구죠, 이 기자는?"

론 풀라스키가 조사를 해두었다.

"에두아르도 드라루아, 56세. 기혼. 프리랜스 기자이자 블로거. 푸에르토리코 출생, 미국 여권. 그러나 지난 10년 동안 부에노스아이레스에서 살았습니다. 작년에 프레미오 알라 엑셀렌시아 엔엘 페리오디스모를 받았습니다. '탁월한 기자 정신에 대한 상'입니다."

라임이 끼어들었다.

"자네 스페인어 할 줄 알아, 신참? 늘 깜짝 깜짝 놀라게 하는군. 억양도 좋아."

"나다(아닙니다-옮긴이)."

"하."

셀리토가 픽 웃었다. 풀라스키는 말을 이었다.

"최근 드라루아는 〈디아리오 세미날 네고시오 데 아르헨티나〉에 글을 쓰고 있었습니다."

"아르헨티나 주간 저널."

라임이 넘겨짚었다.

"비슷합니다. 주간 비즈니스 저널입니다."

"그렇군."

"라틴아메리카에 진출하는 미국 기업과 은행에 대한 연재 기사를 싣고 있었습니다. 몇 달 동안 모레노에게 그 주제에 관해 인터뷰를 요청했죠―미국 회사가 라틴아메리카에 진출하는 것을 막아야 할 이유는 무엇인가? 대안적인 시각을 얻기 위해서였죠. 마침내 모레노가 인터뷰를 수락했고, 드라루아는 나소로 날아갔습니다. 그렇게 일이 벌어진 겁니다."

색스는 로렐에게 말했다.

"셰일즈를 체포했어요."

"좋아요. 자, 증거물은 어떻게 됐나요?"

"아, 증거물."

라임은 생각에 잠겨 읊었다.

"증거물이라…. 우리는 총알이 유리를 깨뜨려 사방에 뿌렸다, 유리 조각이 기자의 사인이었다는 점만 입증하면 됩니다. 거의 다 왔어요. 총알과 드라루아의 옷에 유리 조각 미량증거물이 묻어 있습니다. 단, 실제로 열상과 출혈을 초래한 유리 조각이 있으면 좋을 텐데."

그러곤 로렐을 보았다.

"배심원은 무기를 좋아하죠. 안 그렇습니까?"

457

"그럼요, 링컨."

색스가 물었다.

"바하마의 시체안치소는? 법의관이 아직 유리를 갖고 있을지도 몰라요."

"그랬으면 좋을 텐데. 사람들이 롤렉스와 오클리를 훔쳤지만, 그 탐욕스러운 손도 유리 조각은 집어가지 않았을 거야. 마이클한테 전화해서 알아봐달라고 하지. 유리 조각을 시체에서 회수했다, 이것이 사인이었다는 진술서와 함께 유리 조각을 보내달라고 하면 돼. 아, 뭐, 직접 증언하러 와달라고 할 수도 있고."

톰이 말했다.

"좋은 생각입니다. 온 김에 한동안 이 집에 머물면서 어울리면 좋겠죠."

라임은 답답한 듯 숨을 들이쉬었다.

"아, 그래. 친목 도모할 시간이 남아돌아서 말이야. 내가 뉴욕 투어를 시켜주면 되겠지. 알다시피 내가 자유의 여신상에 가본 지가 어언… 한 번도 없군. 한동안 이 상태로 지내고 싶은데."

톰이 웃자 라임은 더 짜증이 났다. 그는 검시 사진을 불러와 이리저리 스크롤을 움직였다.

"경정맥과 경동맥, 혹은 대퇴부 동맥에서 유리 조각이 나왔다면 최선인데. 그쪽이 치명적이니까."

하지만 당장은 에두아르도 드라루아의 창백한 시신에서 튀어나와 있는 유리 조각은 눈에 띄지 않았다.

"아침에 마이클한테 전화해보지. 지금은 늦었어. 야간 부업을 망치고 싶지는 않아."

지금 전화할 수도 있었지만 라임은 사적으로 경사와 통화하고 싶었다. 사실 그도 포이티어를 조만간 뉴욕에 초청하면 어떨까 생각하고 있었다. 이번 일이 좋은 기회였다.

게다가 사실이었다. 자신이 직접 포이티어를 데리고 시내 구경을 시켜주고 싶었다. 하지만 자유의 여신상은 여행 루트에 들어가지 않을 것이다.

77

추가 임무

제이컵 스완은 무슨 일이 생겼는지 어리둥절했다.
낸스 로렐에 대한 계획은 경찰 표식 없는 자동차가 브루클린 아파트 앞에 멈추면서 차질을 빚었다. 막 일어나서 복수극을 벌이기 위해 검사를 찾아가려던 순간이었다.
사복 경찰은 검사를 재빨리 데리고 나왔다―뭔가 중요한 일이 벌어지고 있는 기색이었다. 더 이상 수사를 진행할 수 없게 된 모레노 사건과 관련한 일일까? 아니면 다른 일일까?
그는 지금 닛산을 몰고 집으로 돌아가는 중이었다. 수수께끼의 해답은 본부에서 문자로 날아왔다. 젠장. 슈리브 메츠거는 수사가 묘하게 방향을 틀어 재개되었다고 알려주었다. 그리고 배리 셰일즈가 체포되었다고 했다. 로버트 모레노가 아닌, 당시 모레노를 인터뷰하던 중 총알에 산산조각 난 호텔 유리창에 맞아 죽은 기자 에두아르도 드라루아 살해 혐의로.
드라루아는 미국 시민이기 때문에―홀라, 푸에르토리코!―낸스 로렐이 사건을 다시 맡게 되었다고도 했다.
메츠거는 체포되지 않았지만 최소 한두 가지 중죄목으로 곧 기소될 가능성이 있었다. 드론 조종사 셰일즈를 체포한 것도 물론 상관에 대해 정보를 내놓도록 압력을 가하기 위함일 것이다.

구치소에 있는 사람을 죽이는 건 과연 수월할까? 스완은 궁금했다. 그렇게 쉽지는 않겠지. 최소한 내부자 도움 없이는. 내부자를 매수하는 데도 돈이 아주 많이 들 것이다.

스완은 추가 임무가 있을 거라는 말을 들었다. 지시를 기다리라고 했다. 내일은 바쁜 하루가 되겠지만, 오늘은 시간이 늦었으니 다시 외출할 일은 없을 것이다.

잘됐다.

작은 푸줏간 소년은 배가 고팠다. 와인을 마시고 싶었다. 스페인산 알바리뇨 한두 잔과 간밤에 잘 싸서 냉장고에 넣어둔 베로니크가 생각났다. 사람들이 있는 데서 뭐라고 떠들든 남은 음식을 좋아하지 않는 셰프는—아무리 자기 식당이 미슐랭 별 세 개를 뽐낸다 해도—세상에 단 한 사람도 없을 것이다.

5월 19일 금요일

6부
스모크

처리할 수 있어. 그건 네 일부가 아니야. 원하면 언제든지 흘어버릴 수 있어. 하지만 우선 내가 '원해야' 한다.

78

접견

"셰일즈 대위…."

"난 제대했습니다. 이제 민간인이에요."

금요일 아침, 이른 시각이었다. 낸스 로렐과 드론 조종사는 구치소 접견실에 앉아 있었다. 하필 아까 국무부 심부름꾼이 모레노 살인 사건을 성공적으로 중단시켰을 때 아멜리아 색스와 이야기를 나누었던 바로 그 층이었다.

"좋습니다, 셰일즈 씨. 피의자의 권리는 들으셨지요?"

로렐은 그들 앞의 지저분한 테이블에 테이프 녹음기를 올려놓았다. 이 낡은 사각형 전자제품은 그간 얼마나 많은 욕설과 거짓말, 변명, 애원을 들었던가. 셀 수조차 없었다.

그는 감정 없이 녹음기를 바라보았다.

"네."

로렐은 그를 어떻게 읽어야 할지 알 수 없었다. 피의자를 읽는 것은 로렐의 일에서 아주 중요한 부분이었다. 상대가 굴복할까, 묵비권을 행사할까, 유용한 정보를 조금 흘릴까, 의자에서 벌떡 일어나 그녀의 목을 조를 기회만 노릴까?

이 모두가 예전에 경험해본 상황이었다.

"언제든지 이 대화를 중지할 수 있다는 것도 아십니까?"

"네."

하지만 그는 중단하지도 않았고, 변호사를 불러달라고 흐느끼지도 않았다. 로렐은 그의 마음속 작은 한 부분은 모든 것을 말하고 싶어 한다는 것을, 고백하고 싶어 한다는 것을 감지했다. 하지만 아주 두터운 벽이 그 부분을 두껍게 둘러싸고 있었다.

뭔가 다른 것도 있었다. 그렇다. 셰일즈는 훈련받은 살인자이다. 프랭크 칼슨이 자신의 주류 유통 구역을 잠식했다는 이유로 그의 머리에 총알을 박아 넣은 지미 보니톨로와 이론상으로 전혀 다를 게 없는 사람이다. 그러나 실질적으로는 분명 차이점이 있는 것 같았다. 보니톨로와 달리 셰일즈의 파란 눈동자에는 후회의 빛이 있었다. 체포당해서 후회하는 게 아니라—물론 그런 감정도 깔려 있었지만—로버트 모레노의 죽음이 잘못된 일이었다는 것을 이해하고 있기 때문에 후회스러운 감정이었다.

"내가 왜 이곳에 왔는지 설명하고 싶습니다."

로렐은 침착하게 말했다.

"나는… 수사가 중단된 줄 알았습니다."

"로버트 모레노 살인 사건은 중단됐어요. 우리는 에두아르도 드라 루아의 죽음을 수사하는 중입니다."

"기자."

"네."

그의 고개가 올라갔다가 천천히 다시 떨어졌다. 아무 말도 하지 않았다.

"당신은 NIOS가 발행한 특수 임무 명령서의 일환으로 로버트 모레노를 죽이라는 슈리브 메츠거의 지시를 받았습니다."

"그 질문에는 대답하지 않겠습니다."

나는 질문하지 않았어. 로렐은 생각하며 말을 이었다.

"당신은 모레노를 죽일 의도가 있었고 그를 죽였기 때문에, 그 행위로 인해 발생한 모든 죽음은—당신이 피하고 싶었다 하더라도—살인입니다."

그의 고개가 옆으로 돌아갔다. 벽의 긁힌 자국을 살펴보는 것 같았다. 로렐이 볼 때는 마치 번개 문양 같았다.

그때 로렐은 깨달았다. 맙소사, 데이비드하고 닮았어! 링컨 라임의 조수 톰을 처음 보았을 때도 비슷한 생각이 들었다. 하지만 방금 셰일즈의 시선은 마치 전기 충격 같았다. 조종사는 외모와 얼굴 표정이 훨씬 비슷했다.

학교 선생….

감정이 한창 격해 있을 때 나온 말이었다.

그래도….

데이비드, 유일했던 진짜 남자 친구. 평생.

로렐은 깊이 숨을 들이쉬고 진정한 뒤 말을 이었다.

"로버트 모레노가 실은 마이애미의 미국 정유 회사 건물을 공격할 계획에 가담하지 않았다는 걸 아십니까? 그가 바하마로 들여간 화학약품은 지역자율운동을 돕기 위한 합법적인 농업 및 상업적 용도였다는 것도?"

"그 질문에도 대답하지 않겠습니다."

"우리는 당신의 전화를 데이터마이닝해서 소재를 파악했고, 관제탑에서 드론 관련 정보를 입수했고, NIOS 주차장의 지상관제 기지 사진을 확보…."

"나는….."

목소리가 목에 탁 걸렸다.

"그 질문에는 대답하지 않겠습니다."

그는 시선을 마주치려 하지 않았다.

데이비드처럼.

미안해. 노골적으로 말하고 싶지는 않았어. 당신이 이렇게 만든 거라고.

467

직감적으로 일단 물러나야 한다는 생각이 들었다. 지금. 좀 더 부드러운 목소리.

"난 당신과 협조하고 싶어요, 셰일즈 씨. 배리라고 불러도 될까요?"

"그러시죠."

"난 낸스예요. 난 협력을 원합니다. 우린 당신도 피해자라고 믿어요. STO가 발행됐을 때 당신이 로버트 모레노에 대해 받아야 할 모든 정보를 받지 못했다고 생각합니다."

눈에 빛이 켜지는 것 같았다.

데이비드와 같은 파란 눈동자였다.

"사실 모레노를 암살해야 할 당위성을 확보하기 위해 정보의 일부를 의도적으로 조작했을 가능성도 있습니다. 어떻게 생각하십니까?"

"정보는 분석하기 어려운 겁니다. 까다로운 일이에요."

아, 더 이상 이름도, 직급도, 일련번호도 없다. 의심의 여지가 없었다—셰일즈는 메츠거가 정보를 조작했다는 것을 알고 있고, 그 사실이 그를 괴롭히고 있다.

"그렇겠죠. 하지만 조작하기도 쉬울 겁니다. 이번 사건이 그런 경우 아닐까요?"

"그럴 수 있을 겁니다."

셰일즈의 얼굴이 붉게 달아올랐다. 아까보다 턱과 관자놀이의 핏줄이 더 불거진 것 같았다.

훌륭해.

공포는 설득의 좋은 도구다.

희망은 더 좋고.

"우리가 서로 협력할 수 있는지 봅시다."

하지만 셰일즈는 어깨를 약간 치켜세웠다. 낸스는 저항의 정도를 가늠했다. 아직 상당히 높았다.

로렐은 데이비드와 체스를 하곤 했다. 일요일마다 아침을 먹고 하던 일 중 하나였다. 음, 아침을 먹고 당연히 하던 일을 한 뒤에 즐기던 취미.

로렐은 체스를 좋아했다. 데이비드는 로렐보다 약간 더 잘 뒀다. 그래서 더욱 흥미진진했다.

자, 지금이다.

"배리, 상당히 많은 것이 걸려 있어요. 바하마에서 죽은 사람들 문제는 별개입니다. 하지만 커피숍 폭발 사건과 리디아 포스터 살인 사건까지 합하면…."

"뭐요?"

"폭탄, 목격자 살해."

셰일즈는 어리둥절한 표정이었다.

"잠깐. 무슨 말을 하는 겁니까?"

로렐은 잠시 말을 끊었다가 그의 얼굴을 찬찬히 관찰하며 말을 이었다.

"수사를 중단시키려던 인물, 전문가. 그렇게 부르지요? 그는 바하마에서 증인을 살해했고, 여기 뉴욕에서도 한 사람을 살해했습니다. 증거가 들어 있는 컴퓨터를 파괴하기 위해 사제 폭탄을 터뜨려 뉴욕 시경 형사를 포함한 여러 사람을 죽일 뻔했습니다. 모르십니까?"

"아뇨…."

비숍을 3번 칸 나이트로. 체크.

로렐은 중얼거렸다.

"아, 네. 네."

셰일즈는 시선을 피하며 속삭였다.

"최소한의 단계를…."

무슨 말인지 알 수 없었다.

하지만 이것이 연기가 아니라는 것은 알 수 있었다. 분홍색 피부에 시릴 정도로 파란 눈동자를 지닌 셰일즈는 용의자 516에 대해 아무것도 알지 못했다. 단 하나도. 슈리브 메츠거가 그를 완전히 속인 것이다.

해보자….

"배리, 우리는 드론이 공격하던 시점을 전후해서 이 남자가 바하마에 있었다는 증거를 가지고 있어요. 우리는 그가 당신 파트너라고 생각했습니다."

"아니, 난 혼자 일합니다. NIOS는 때로 정보를 얻기 위해 지상 자산을 활용하지만…."

목소리가 잦아들었다.

로렐이 말했다.

"자산이라면, 슈리브 메츠거가 보낸 사람?"

의심의 여지가 없었다.

"때로는."

"그러면 그가 애당초 정보를 조작한 사람이겠군요. 수사를 방해하려고 한 사람."

"이름을 아십니까?"

셰일즈가 물었다.

"아뇨, 지금으로서는 신원 미상의 용의자입니다."

셰일즈는 속삭이듯 말했다.

"말씀하신… 리디아 포스터는 누구입니까?"

"뉴욕에서 모레노와 같이 일한 통역사입니다. 용의자는 그 여자를 죽였어요. 목격자를 제거하기 위해서."

"폭탄은… 며칠 전에 일어난 가스 폭발 사고를 말씀하시는 겁니까?"

"네, 언론에는 그렇게 알렸습니다. 하지만 폭탄이었어요. 수사관을 죽이고 증거를 파괴하려는 작전이었습니다."

조종사는 시선을 피했다.

"두 사람이 죽었다고요?"

"네, 죽기 전에 고문을 당했습니다."

그는 아무 말도 하지 않았다. 시선을 탁자 위 동전 크기만 한 홈으로 옮겼다.

"배리, 당신은 모레노 작전 이틀 전 사우스코브인에 전화를 걸었습니다. 돈 브런스라는 이름으로 등록한 전화로 걸었더군요."

놀랐는지 알 수는 없지만 그는 아무런 반응도 보이지 않았다. 로렐은 부드럽게 말했다.

"왜 전화를 걸었는지 압니다. 모레노의 예약을 확인하기 위한 게 아니었지요. 그거라면 CIA나 NIOS의 현지 자산이 얼마든지 확인할 수 있으니까. 당신은 그가 혼자 간다는 걸 확인하고 싶었던 거예요. 아내나 아이들이 같이 가지 않는지. 당신은 확신하고 싶었던 겁니다. 부수적인 인명 피해가 없다는 걸."

순간 조종사의 입술이 떨렸다.

로렐은 속삭였다.

"그 점을 보면 당신은 처음부터 임무에 의혹을 갖고 있었다는 걸 알 수 있어요. 일이 그렇게 되는 걸 바라지 않았던 겁니다."

로렐은 그의 눈을 바라보았다.

"협조해주세요, 배리."

체스에는 놀랄 정도로 명료한 순간이 있다, 데이비드는 언젠가 말했다. 자신만만하게 진행했던 전략이 완전히 잘못되었다는 것을 깨닫는 순간, 상대는 완전히 다른 게임을 하고 있었다는 것과 내 전략을 넘어서는 탁월하고 통찰력 있는 게임을 하고 있었다는 것을 깨닫는 순간. 한 수 뒤가 될지, 열 수 뒤가 될지는 몰라도 패배는 피할 수 없다는 것을 깨닫는 순간.

데이비드의 설명은 이랬다.

"상대는 그걸 내 눈에서 눈치채는 거야. 뭔가 변하지. 내가 졌다는 걸 깨달으면, 상대는 눈빛으로 내가 깨달았다는 걸 알게 돼."

로렐이 지금 배리 셰일즈에게서 보고 있는 것이 바로 그 눈빛이었다.

굴복할 것이다. 슈리브 메츠거를 나에게 내줄 것이다! 국가 정보를 이용해 자기가 죽이고 싶은 사람들을 마구 죽이는 살인범.

체크메이트….

셰일즈의 호흡이 가빠졌다.

"좋습니다. 어떻게… 어떻게 하면 되는지 알려주십시오."

"우리 계획은…."

그때 문을 두드리는 소리가 들렸다.

로렐은 깜짝 놀랐다.

몸에 맞는 회색 슈트 차림의 남자가 창가에서 냉정한 얼굴로 낸스와 셰일즈를 차례로 바라보았다.

안 돼.

로렐이 아는 사람이었다. 뉴욕에서 가장 끈질긴—가장 인정사정없는—변호사였다. 최고 중 한 사람이었다. 하지만 그는 주로 뉴욕 연방 법정에 드나들면서 워싱턴 D.C. 소재 법률 회사를 대리하는 사람이었다. 뉴욕 주의 대법원이라 부르는 주 법정에서 난투를 벌이며 잔뼈가 굵은 변호사가 아니라. 그런 그가 왜 여기 나타났는지 궁금했다.

경비가 문을 열었다.

"안녕하십니까, 로렐 검사님."

변호사는 유쾌하게 말했다. 로렐은 그의 명성을 들어 알고 있었다. 그런데 날 어떻게 알았을까?

뭔가 잘못되어가고 있다.

"누구…."

셰일즈가 입을 열었다.

"나는 아티 로스스타인입니다. 당신을 변호하라는 의뢰를 받았습니다."

"슈리브가?"

"더 이상 말하지 마세요, 배리. 변호사를 선임할 권리, 묵비권을 행사할 권리를 고지받았습니까?"

"어… 네. 하지만 난…."

"말하지 마세요, 배리. 지금은 아무것도 결정해서는 안 됩니다."

"하지만 난 방금 슈리브가…."

"배리."

로스스타인은 낮은 목소리로 말했다.

"입을 다물라고 권고드립니다. 아주 중요한 일이에요."

그러곤 잠시 기다리다가 덧붙였다.

"우리는 당신과 당신의 가족에게 최고의 법률 자문을 제공하려고 합니다."

"내 가족?"

하, 이게 저쪽의 게임이군. 로렐은 단호하게 말했다.

"당신 가족에게는 아무 혐의가 없습니다, 배리. 그쪽은 관심도 없어요."

로스스타인이 로렐을 향해 돌아섰다. 둥글고 주름진 얼굴에 당혹스러운 표정이 떠올랐다.

"우린 상황을 아직 조금도 파악하지 못했습니다, 낸스."

그러곤 셰일즈를 돌아보며 말했다.

"기소가 어떤 방향으로 흘러갈지는 아무도 모릅니다. 내 전략은 모든 가능성을 검토하자는 겁니다. 당신과 이 기소에 연루된 모든 사람을…."

목소리에 분개하는 기색이 실렸다.

"…이 잘못된 기소에 연루된 모든 사람을 보호하는 것이 내 일입니다. 배리?"

조종사의 턱이 떨렸다. 그는 재빨리 로렐을 바라보더니, 얼른 눈을 내리깔고 고개를 끄덕였다.

로스스타인이 말했다.

"접견은 끝났습니다."

79

유리 파편

아침 햇살이 라임의 타운하우스를 가득 채웠다. 창문은 동쪽으로 나 있고, 나뭇잎 사이를 통과한 햇빛이 반짝이는 강물처럼 거실에 흘러 들어왔다.

수사팀이 모여 있었다. 쿠퍼, 셀리토, 풀라스키, 색스. 방금 구치소에서 돌아온 로렐도 있었다. 로렐은 셰일즈가 막 고백하려는 순간, NIOS 혹은 워싱턴의 누군가가 고용한 변호사가 나타나 겁을 주는 바람에 입을 다물었다는 실망스러운 소식을 전해주었다.

하지만 로렐은 덧붙였다.

"그래도 방법은 있을 거예요. 이번에는 그 무엇도 날 막을 수 없어요."

라임이 마침 전화를 응시하고 있는데, 벨이 울렸다. 반가웠다. 그는 전화를 받았다.

"경사, 어떻게 지내나?"

포이티어의 목소리가 대답했다.

"좋습니다, 경감님. 잘 지냅니다. 오늘 아침 전갈을 받고 기뻤습니다. 경감님이 와서 정신없었던 때가 그립군요. 다시 오셔야 합니다. 휴가 때 오세요. 초대도 감사합니다. 저도 기꺼이 뉴욕에 가고 싶습니다만, 휴가 때라야 가능할 겁니다. 한데 유감스럽게도 증거는 없습니다. 시체안치소에 물어봤는데, 성과가 없었습니다. 직접 가져갈 물건이 없군요."

"드라루아의 시체에서 나온 유리 조각은 없었나?"

"네. 부검을 집행한 의사한테 물어봤지만, 시체가 도착했을 때 드라루아의 몸에도, 보디가드의 몸에도 유리 조각은 없었답니다. 아마 살려보려고 응급조치를 취한 의료진들이 제거했을 겁니다."

하지만 라임은 현장감식 사진을 떠올렸다. 상처는 수없이 많았고, 출혈은 어마어마했다. 어딘가 유리 조각이 남아 있을 것이다. 그는 화이트보드로 다가가 피해자의 검시 사진을 바라보았다. 거친 절개, 톱질 뒤에 도로 닫은 정수리, 가슴의 Y자 절개.

뭔가 이상했다.

라임은 방을 향해 돌아서서 누구를 향해서랄 것도 없이 소리쳤다.

"검시 보고서. 드라루아의 검시 보고서 가져와. 빨리!"

라임은 동시에 전화와 컴퓨터를 다룰 수 없었다.

멜 쿠퍼가 파일을 불러냈다. 잠시 후 스캔한 서류가 라임 옆 평면 모니터에 떴다.

피해자의 가슴과 복부, 팔, 얼굴과 넓적다리, 주로 몸 앞면에 범죄 현장에서 총에 맞아 깨진 유리 조각에 의한 것으로 보이는 약 35군데의 열상이 있었다. 크기는 다양하지만 대부분 폭 3~4밀리미터, 길이 2~3센티미터였다. 열상 중 여섯 군데가 경동맥과 경정맥, 넓적다리 동맥에 손상을 입혀 극심한 출혈이 발생했다.

전화 반대편에서 희미한 숨소리가 들려오고 있었다.

"라임 경감님, 괜찮으십니까?"

"끊어야겠어."

"제가 해드릴 일이 있습니까?"

라임은 시선을 낸스 로렐에게 돌렸다. 로렐은 궁금한 눈으로 검시 보고서와 사진 그리고 라임을 차례로 바라보았다. 라임은 포이티어에게 말했다.

"아니, 고마워, 경사. 다시 전화하지."

라임은 전화를 끊고 스크린 가까이 다가가 상처를 좀 더 자세히 관찰했다. 그리고 화이트보드를 바라보았다.

"뭐죠, 라임?"

색스가 물었다.

라임은 한숨을 쉬고, 휠체어를 돌려 로렐을 바라보았다.

"미안합니다. 내가 틀렸군요."

"무슨 뜻인가, 링컨?"

셀리토가 물었다.

"드라루아는 부수적인 인명 피해가 아니었어. 그가 목표였어."

로렐이 말했다.

"하지만 링컨, 셰일즈는 분명 모레노를 쏠 의도였어요. 드라루아를 죽인 건 셰일즈가 쏜 총알 때문에 생긴 유리 파편이었잖아요."

"바로 그게 요점입니다."

라임은 나직하게 말했다.

"아뇨, 그게 아닙니다."

80

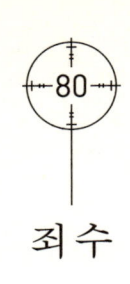

죄수

"무인기 892, 플로리다 센터. 목표물을 확인하고 시야를 확보했다. 적외선과 SAR."

"알겠다, 892. …LRR 사용을 허가한다."

"알겠다, 892."

그리고 6초 뒤 로버트 모레노는 더 이상 세상에 없었다.

배리 셰일즈는 감방에 홀로 웅크리고 앉아 손을 맞잡고 있었다. 의자는 딱딱하고, 공기는 탁했다. 시큼한 사람 냄새도 났다.

모레노 임무가 자꾸 떠올랐다. 특히 플로리다 센터에서 날아온 무감각한 목소리. 만나본 적도 없는 사람들의 목소리.

자신이 임무에 사용한 무인기를 직접 본 적도, F16처럼 동체 한 번 손으로 쓸어본 적도 없었다. 그는 직접 무인기를 본 적이 한 번도 없었다.

원격.

발사 준비.

조준.

원격.

원격.

"방 안에 둘, 아니, 세 사람이 있는 것 같다."

"모레노를 알아볼 수 있나?"

"…반사광이 좀 있다. 아니, 이제 좀 더 잘 보인다. 그렇다. 목표물을 인식했다. 보인다."

셰일즈의 상념은 요동쳤다. 회전하며 추락하는 비행기처럼. 자신이 무고한 사람 3명을 죽였다는 사실을 알았을 때의 놀라움, 그중 한 사람에 대한 살인 혐의로 체포되었다는 현실. 슈리브 메츠거가 작전 이후 전문가를 고용해 목격자를 죽이고 폭탄을 설치했다는 사실을 알게 된 충격.

이 모든 게 NIOS를 위해 자신이 한 일이 근본적으로 잘못된 것이었다는 사실을 새삼 실감하게끔 해주었다.

배리 셰일즈는 이라크에서 전투기를 조종했다. 폭탄을 떨어뜨리고, 미사일을 발사하고, 지상 작전을 지원할 때 사람도 죽였다. 실전 상황에서는—미군 작전이 대부분 그렇듯—아무리 유리한 싸움이라 해도 언제든 격추당할 위험이 도사리고 있다. 스팅어든, AK-47 소총이든. 쿠르드족의 전장식 소총(muzzle-loader) 한 발로도 그럴 수 있다.

그것이 전투였다. 그런 것이 전쟁이었다.

그것은 공정했다. 적을 아니까. 식별하기 쉬우니까. 지금 당장 나를 죽이려는 자들이니까.

하지만 정확한지 아닌지(혹은 조작되었는지) 모르는 여러 겹의 정보로 둘러싸인 채 몇천 킬로미터 떨어진 킬 룸에 앉아 있는 것은 달랐다. 적이라는 자들이 정말 적이라는 것을 어떻게 알겠는가? 도대체 어떻게 알 수 있는가?

작전이 끝나고 40분 뒤에는 집에 돌아가 내가 순식간에 죽였던 사람들과 마찬가지로 무고한 사람들에 둘러싸인다.

아, 여보, 아이들 약 좀 갖고 와. 새미가 코를 훌쩍거려. 사오는 걸 잊어버렸네.

셰일즈는 눈을 질끈 감고 의자에 앉은 채 몸을 앞뒤로 흔들었다.

그는 슈리브 메츠거에게 어딘가 이상한 점이 있다는 것을 알고 있었다. 그 성질, 통제력을 잃어버리던 순간, 도무지 옳아 보이지 않던 정보 보고서, 미국의 안보에 대한 강의. 하, 미국을 찬양하는 장광설을 늘어놓던 그는 로버트 모레노와 정말 비슷했다.

단지 아무도 NIOS 국장에게 .420구경 총탄을 쏘지 않을 뿐.

전문가를 시켜 뒤처리를 시키고, 사제 폭탄을 설치하고, 증인을 죽이다니….

고문….

오줌 냄새와 소독약 냄새가 떠도는 우중충한 공간에 앉아 있노라니, 갑자기 압도당하는 기분이 엄습했다. 오랫동안 숨겼던 죄의식이 그를 빠뜨릴 기세로 흘러나왔다. 악명 높은 STO에 들어 있던 남녀, 그가 죽인 사람들이 잉크 같은 핏물 속으로 그를 끌고 들어가려고 헤엄치며 다가오고 있었다. 다른 사람의 이름으로 살던 오랜 세월. 돈 브런스, 새뮤얼 맥코이, 빌리 도드…. 가게에서 혹은 극장 로비에서, 마지가 그의 본명을 부를 때면 누구를 부르는지 헷갈려서 주춤거릴 때도 있었다.

메츠거를 넘겨주자. 셰일즈는 자신에게 말했다. 국장이 증거를 조작하고 전문가를 고용해 목격자를 제거하려 한 것이 사실이라면, 돈 브런스 전화에는 그를 오랫동안 멀리 보낼 수 있는 정보가 충분하다. 로렐에게 암호화 코드와 백업 키파일, 따로 보관한 다른 전화와 서류를 넘기면 된다.

변호사에 대한 기억이 되살아났다. 그는 변호사가 조금도 마음에 들지 않았다. 로스스타인은 워싱턴의 어느 법률 회사를 위해 일하는 모양인데, 어느 회사라고는 말하지 않았다. 로렐이 떠난 뒤 다시 만나자, 변호사는 갑자기 주의가 흐트러진 듯 셰일즈에게 사건을 어떻게 진행할 것인지 설명하면서 문자 메시지만 주고받았다. 태도가 변한 것 같았다. 마치 무슨 말을 하든, 무슨 짓을 하든 셰일즈는 이미 망했다는 식이었다.

슈리브 메츠거에 대해 잘 모르는 사람이 NIOS에 대해 아주 잘 알고 있는 것이 이상했다. 로스스타인은 여기보다 워싱턴에 더 오래 있는 것 같았다. 이 시점에서 그의 조언은 단순했다. 아무에게도, 아무 말도 하지 말 것. 그들은 당신을 굴복시키려 할 겁니다. 낸스 로렐은 사기를 잘 칩니다. 무슨 말인지 아세요? 배리, 그 여자가 하는 말은 하나도 믿지 마세요.

셰일즈는 메츠거가 사건을 덮으려고 나쁜 짓을 했을지도 모른다고 설명했다.

"그가 누군가를 죽였을지도 모른다고 생각합니다."

"그건 우리 문제가 아닙니다."

"우리 문제죠. 정확히 우리 문젭니다."

변호사에게 다시 문자가 날아왔다. 그는 액정을 한참 바라보았다. 가야 한다고 말했다. 곧 연락하겠다며.

로스스타인은 그렇게 떠났다.

그리고 배리 셰일즈는 여기로 끌려와 어둡고 냄새나는 방에 혼자 남겨졌다.

순간들이 흐른 뒤에, 수많은 심장 박동이 영원처럼 흐른 뒤에 그는 문득 복도 끝 문이 열리는 소리를 들었다. 발소리가 다가왔다.

그를 다른 접견 자리에 데려가려는 경비일 것이다. 누굴까? 로스스타인? 아니면 낸스 로렐이 유죄 인정 거래를 하려는 걸까?

슈리브 메츠거를 넘기는 대가로.

모든 것이 그렇게 하라고 권하고 있었다. 그의 두뇌가, 심장이, 양심이. 이런 식으로 고문처럼 사는 것을 생각해보라. 마지와 아이들을 더러운 유리벽 너머로 봐야겠지. 아이들이 스포츠를 배우는 모습도 볼 수 없을 것이다. 휴일 아침에도 아이들을 다시는 볼 수 없을 것이다. 아이들은 아버지가 감옥에 있다는 고통과 놀림을 견디며 자랄 것이다.

절망적인 상황이 그를 내리누르고, 포위하고, 목을 조르는 것 같았다. 비명을 지르고 싶었다. 그러나 결국은 그의 잘못이었다. NIOS에 들어온 것, 세상 반대편에 있는 사람들을 죽이는 버튼을 누른 것은 그의 선택이었다.

하지만 마지막 결론은 이것이었다—동료 군인을 배신해서는 안 된다. 옳든 그르든. 배리 셰일즈는 한숨을 쉬었다. 메츠거는 안전할 것이다. 최소한 나로부터는. 앞으로 20년, 혹은 30년 동안 이런 감옥이 내 집이 될 것이다.

낸스 로렐에게 그녀가 듣고 싶어 하지 않을 소식을 알리겠다고 결심한 순간, 밖에서 발걸음 소리가 멈추더니 문이 덜컹 열렸다.

셰일즈는 메마른 웃음을 뱉었다. 그를 데리러 온 것이 아니었다. 근육질의 흑인 경비가 다른 죄수를 데리고 들어왔다. 경비보다 덩치가 큰 거대한 남자. 지저분하고, 머리는 기름을 발라 뒤로 쓸어 넘겼다. 방 건너편까지 남자의 체취가 잔잔한 연못의 파문처럼 밀려왔다.

남자는 가늘게 뜬 눈으로 셰일즈를 바라보다가 경비 쪽으로 돌아섰다. 경비는 두 사람을 확인한 뒤 감방 문을 닫고 복도를 따라 멀어졌다. 새 재소자는 가래를 모아 바닥에 뱉었다.

드론 조종사는 일어서서 감방 반대편 구석으로 자리를 옮겼다.

다른 재소자는 그대로 앉아 고개를 돌렸다. 하지만 셰일즈는 그가 자신의 손과 발의 모든 움직임, 자세를 바꾸는 모든 동작, 숨 쉬는 호흡 하나하나를 다 의식하고 있다는 기분이 들었다.

나의 새집….

81

검시 보고서

"확실해요?"

로렐이 물었다. 라임은 대답했다.

"네. 배리 셰일즈는 결백해요. 그와 메츠거는 드라루아의 죽음에 책임이 없습니다."

로렐이 눈살을 찌푸렸다. 라임은 말을 이었다.

"내가… 내가 미처 못 본 게 있어요."

"라임, 뭐예요?"

색스가 물었다.

라임은 낸스 로렐의 얼굴이 다시 굳는 것을 보았다. 고통에 대응하는 로렐의 방식이었다. 소중한 사건이 다시 눈앞에서 날아간 것이다.

이번에는 그 무엇도 날 막을 수 없어요.

셀리토가 말했다.

"말해봐, 링컨. 대체 무슨 일이냐고."

멜 쿠퍼도 말없이 호기심 어린 얼굴로 쳐다보고 있었다.

라임은 설명했다.

"상처를 봐."

라임은 검시 보고서를 확대해 기자의 목과 얼굴에 난 상처에 집중했다.

그리고 옆에 다른 사진을 나란히 가져왔다. 현장에서 찍은 사진이었다. 드라루아는 등을 바닥에 대고 누워 있었다. 똑같은 상처에서 피가 흘렀다. 몸은 유리 조각으로 덮여 있었다. 그러나 그중 어떤 유리 조각도 상처에 박혀 있지 않았다.

"내가 왜 이걸 미처 생각 못했을까?"

라임은 중얼거렸다.

"검시 보고서에 기록된 상처 크기를 봐. 보라고! 상처는 폭이 겨우 몇 밀리미터야. 한데 유리 조각은 그것보다 훨씬 두꺼워. 게다가 도대체 어떻게 전부 상처 크기가 비슷할까? 눈으로 보고서도, 못 본 거야."

"칼로 찔러 죽였군."

셀리토가 고개를 끄덕였다. 라임이 말했다.

"틀림없어. 칼날은 폭 1~3밀리미터, 깊이는 2~3센티미터."

색스가 말했다.

"그런 뒤에 범인이 우발적으로 발생한 부수적인 인명 피해로 보이도록 드라루아의 몸에 유리 조각을 던졌군요."

셀리토는 달콤한 커피를 마시며 중얼거렸다.

"빌어먹게 영리하군. 똑같은 방식으로 보디가드도 죽였어. 목격자니까. 한데 누구였을까?"

라임이 말했다.

"당연히 용의자 516이지. 드론 공격을 전후해서 스위트룸 1200호 근처에 있었잖아. 그가 즐겨 쓰는 무기가 칼이라는 것도 잊지 마."

색스가 말했다.

"한 가지 더 있어요. 516은 전문가예요. 재미로 이런 짓을 하지는 않았겠죠. 누군가를 위해서 일한 거예요. 기자가 죽기를 바라는 사람."

"맞아. 우리는 그의 보스를 잡아야 해."

라임의 시선이 다시 차트로 향했다.

"하지만 누굴까?"

"메츠거겠죠."

풀라스키가 말했다. 라임은 천천히 대답했다.

"그럴 수도 있지."

로렐이 말했다.

"그게 누구든 모레노가 바하마에 있고 STO가 발행됐다는 걸 아는 사람이에요. 공격 시간도."

"신참. 범행 동기 말인데, 자네가 아르헨티나 기자 전문가잖아. 그가 죽기를 바라는 사람이 누구였을까?"

풀라스키가 물었다.

"그가 작성한 기사를 찾아볼까요? 논쟁의 여지가 많은 걸로?"

"음, 그래. 알아봐. 그가 비위를 거스른 사람이 누군지. 하지만 개인 생활도 궁금해. 알고 지낸 사람, 투자 내역, 가족. 즐겨 다닌 휴가지, 소유한 부동산."

"전부 다요? 누구랑 잤는지도(who he was sleeping with)?"

라임은 투덜거렸다.

"문장 마지막에 전치사 쓰는 건 참아주겠는데, 대명사를 엉터리로 쓰는 건 허락할 수가 없어."

"죄송합니다. '같이 잔 사람(with who him was sleeping)'이라고 말했어야 하는데."

풀라스키가 톡 쏘았다. 거실에 웃음이 일었다.

"좋아, 론. 그건 내가 당해도 싸군. 그래, 알아볼 수 있는 건 다 알아봐."

한 시간, 두 시간. 풀라스키는 색스의 도움으로 기자의 사생활과 경력을 알아보고, 찾아낼 수 있는 기사와 블로그를 모조리 다운받았다.

그들은 모든 것을 출력해서 라임의 책상으로 가져왔다.

젊은 경찰이 종이를 죽 펼치자 라임은 영어로 된 것부터 읽기 시작했다. 그러다 다시 풀라스키를 불렀다.

"론, 자네가 벌리츠가 좀 되어줘야겠어."

"누구요?"

"이 제목을 번역해줘."

라임은 드라루아가 스페인어로 쓴 기사를 가리켰다.

다시 한 시간 동안 그들은 기사를 훑었다. 라임이 질문을 던지면, 풀라스키가 얼른 정확하게 번역해주었다.

마침내 라임은 화이트보드를 올려다보았다.

로버트 모레노 살인 사건 _볼드체는 업데이트한 정보

범죄 현장 1
- 바하마 뉴프로비던스 섬. 사우스코브 인 스위트룸 1200호('킬 룸')
- 5월 9일
- 피해자 1: 로버트 모레노
  - 사인: 가슴에 총상 하나
  - 부가 정보: 모레노, 38세. 미국 시민권자. 해외 이주. 베네수엘라 거주. 극렬 반미 분자. 별명 '진실의 메신저'. '공기가 희박한 곳으로 사라지다'라는 표현과 '터뜨릴 사람'이라는 표현은 테러리즘과 관련 없는 것으로 밝혀짐.
  - 신발에서 호텔 복도 양탄자와 동일한 섬유, 호텔 입구의 흙, 원유 채취
  - 옷에서 아침 식사 미량증거물 발견: 페이스트리 부스러기, 잼과 베이컨. 역시 원유
  - 4월 30일~5월 2일, 뉴욕에서 사흘간 체류. 목적은?
5월 1일, 엘리트 리무진 이용
운전사 타쉬 파라다(자주 이용하던 운전사 블라드 니콜로프가 아팠음. 찾는 중. **아마도 살인일 가능성**)
미국 인디펜던트 은행 및 신탁 계좌를 폐쇄. 다른 은행 계좌도 폐쇄했을 것으로 추정
통역사 리디아 포스터(용의자 516에게 살해당함)와 차를 타고 뉴욕 시내를 돌아다님
반미 감정의 원인: 1989년 파나마 침공 당시 친한 친구가 미군에게 살해당함
모레노의 마지막 미국 여행. 돌아오지 않을 예정
월스트리트에서의 만남. 목적? 위치? 해당 지역에서 테러리스트 수사 기록은 없음
러시아, UAE(두바이) 자선사업가, 브라질 영사관에서 나온 신원 미상의 인물을 만남
'아메리카를 위한 교실' 국장 헨리 크로스를 만남. 모레노가 다른 자선사업가를 만났다고 증언했지만, 구체적으로 누구인지는 모름. 모레노를 미행하던 사람은 '거칠어 보이는' 백인. 모레노를 추적하던 개인 제트기? 파란색. 확인 중. 단서 없음
- 피해자 2: 에두아르도 드라루아
  - 사인: 과다 출혈. **칼에 찔린 상처**
  - 부가 정보: 기자. 모레노를 인터뷰 중이었음. 푸에르토리코 출생. 아르헨티나 거주
  - 카메라, 테이프 녹음기, 금 펜, 수첩 분실
  - 신발에서 호텔 복도 양탄자와 동일한 섬유, 호텔 입구의 흙 채취
  - 옷에서 아침 식사 미량증거물 발견: 올스파이스와 후추 소스
- 피해자 3: 시몬 플로레스

- 사인: 과다 출혈. **칼에 찔린 상처**
- 부가 정보: 모레노의 보디가드. 브라질 국적. 베네수엘라 거주
- 롤렉스 시계, 오클리 선글라스 분실.
- 신발에서 호텔 복도 양탄자와 동일한 섬유, 호텔 입구의 흙, 원유 채취
- 옷에서 아침 식사 미량증거물 발견: 페이스트리 부스러기, 잼과 베이컨, 역시 원유, 담뱃재
• 바하마에서 모레노의 행적
- 5월 7일, 플로레스(보디가드)와 함께 나소 도착
- 5월 8일, 하루 종일 호텔 밖에서 회의
- 5월 9일 오전 9시, 바하마 지역자율운동 조직과 관련 두 남자를 만남. 오전 10시. 드라우아 도착. 오전 11시 15분. 총격
• 용의자 1: 슈리브 메츠거
- 국가정보활동국 국장
- 정신적으로 불안정? 분노 조절 문제
- 특수 임무 명령서를 승인받기 위해 불법적으로 증거를 조작?
- 이혼. 예일 대학. 법학 학위
• 용의자 2: 신원 미상 용의자 516
- 저격수가 아닌 것으로 밝혀짐
- 5월 8일, 사우스코브인에 나타난 사람일 가능성. 백인. 남성. 삼십대 중반. 짧게 깎은 연갈색 머리. 미국 억양. 날씬하지만 근육질. 군인 출신 '같음'. 모레노에 대해 물었음
- 저격수의 파트너, 혹은 메츠거가 뒤처리와 수사 방해를 위해 독립적으로 고용한 인물일 가능성. **혹은 카르텔을 위해 일할 가능성**
- 리디아 포스터와 아넷 보델 살인 사건, 자바 헛 폭탄 공격 범인으로 밝혀짐
- 아마추어 혹은 전문 요리사, 혹은 요리를 잘하는 사람
• 용의자 3: 배리 셰일즈
- 저격수로 밝혀짐. 암호명: 돈 브런스
- 39세. 공군 출신. 훈장
- NIOS 정보 전문가. 아내는 교사. 아들 둘
- 5월 7일, 모레노의 도착을 확인하기 위해 사우스코브인에 전화한 사람으로 밝혀짐. NIOS의 유령 회사를 통해 돈 브런스 앞으로 등록한 전화
- 정보서비스팀에서 셰일즈를 데이터마이팅하는 중
- 성문 확보
- **모레노를 죽인 총을 쏜 드론 조종사**
- **FAA와 바하마 관제탑: 드론의 항적과 바하마에 있었다는 증거**
• 현장감식 보고서, 검시 보고서, 기타 정보
- 범죄 현장은 용의자 516에 의해 청소 및 오염되어 대체로 소용없었음
- 일반적 특징: 총알은 바닥에서 창문까지 이어진 유리창을 부수고 들어옴. 바깥은 정원. 바닥에서 7.5미터 높이까지 잎을 제거한 포이즌우드 나무. 저격 지점의 전망은 안개와 오염 물질로 좋지 않음
- 지문 47점: 절반은 분석. 단서가 될 만한 지문 없음. 나머지는 분실.
- 사탕 포장지 발견
- 담뱃재 발견
- 총알은 모레노의 시체가 있던 소파 뒤에 박혀 있었음. **드론에서 발사**
치명적인 총상
.420구경. 뉴저지 워커 디펜스 시스템즈 제작
스피처 보트테일 탄
대단히 고성능
속도와 추진력이 매우 높음
드문 형타

무기: 사제
총알에 남은 미량증거물: 모레노의 셔츠 섬유와 포이즌우드 나뭇잎

범죄 현장 2
- **저격수의 은신처는 없음. 총알은 드론에서 발사. '킬 룸'은 드론 지상관제 기지**

범죄 현장 2A
- 바하마 나소 오거스타 스트리트 182번지 아파트 3C
- 5월 15일
- 피해자: 아넷 보델
- 사인: 미결. 교살로 인한 질식일 가능성
- 용의자: 용의자 516으로 밝혀짐
- 피해자는 고문당했을 가능성
- 미량증거물
  - 자바 헛에서 발견된 모래와 동일한 모래
  - 도코사헥사엔산: 생선 기름. 캐비어나 곤이일 가능성. 뉴욕 식당에서 만드는 요리 재료
  - 2행정 엔진 연료
  - $C_8H_8O_3$, 바닐린. 뉴욕 식당에서 만드는 요리 재료

범죄 현장 3
- 자바 헛, 모트 스트리트와 헤스터 스트리트
- 5월 16일
- 사제 폭탄 폭발. 내부 고발자의 증거를 파괴하기 위한 것
- 피해자: 사망자 없음. 경상자 소수
- 용의자: 용의자 516으로 밝혀짐
- 군용 장비. 대인용. 파편. 셈텍스 폭탄. 무기 시장에서 거래 가능
- 내부 고발자가 있었던 가게 고객을 찾아 정보와 사진 탐문 중
- 미량증거물
  - 열대 지방의 모래

범죄 현장 4
- 3번 애버뉴 1187번지 아파트 239호
- 5월 16일
- 피해자: 리디아 포스터
- 사인: 혈액 손실. 칼로 인한 상처로 쇼크사
- 용의자: 용의자 516으로 밝혀짐
- 갈색 짧은 머리(용의자 516의 머리카락). CODIS로 보내 분석 중
- 미량증거물
  - 글리시리자 글라브라: 감초. 뉴욕 식당의 요리 재료
  - 시나린: 아티초크의 화학 성분. 뉴욕 식당의 요리 재료
- 고문 흔적
- 5월 1일 모레노 관련 통역 업무 기록이 모두 사라짐
- 휴대폰, 혹은 컴퓨터 없음
- 5월 1일 모레노의 개인적인 회의 동안 리디아가 기다렸던 스타벅스 영수증
- 살인 배후에 마약 카르텔이 있다는 루머. 가능성은 적어 보임

부가 수사
- 내부 고발자의 신원을 찾을 것
  - 특수 임무 명령서를 유출한 신원 미상의 인물
  - 익명의 이메일로 전송
  - 타이완에서 루마니아, 스웨덴까지 추적. 뉴욕 지역에서 공용 와이파이로 전송. 정부 서버는 사용하지 않음
  - 오래된 컴퓨터 사용. 10년 된 아이북일 가능성. 두 가지 밝은색(녹색 혹은 오렌지색 같음)의 클램셀 모델, 혹은 검정색 고전적 모델. 그러나 요즘의 랩톱보다 훨씬 두꺼움
  - 프로파일
중년 남성일 가능성이 높음
인공 설탕 사용
군 경력?

값싼 슈트. 특이한 파란 색감
아이북 사용
위장병을 앓고 있으며, 잔탁을 복용할 가능성

• 연한 색 세단으로 색스 형사를 미행한 사람
 – 제조사와 모델은 밝혀지지 않음

그렇지. 그렇지….
"알아낸 것 같아. 마이클 포이티어와 다시 통화해야겠어. 그리고 톰, 밴을 대기시켜."
"무슨…."
"밴! 드라이브하러 가자고. 색스, 자네도 같이 가. 총은 있지? 아, 그리고 누가 구치소에 연락해서 배리 셰일즈를 풀어주라고 해. 지금까지만 겪은 것만 해도 고생 많이 했어."

82

교도관

깡마른 50세 남자는 교정국에서 종신으로 살고 있었다.

그러나 그는 재소자가 아니라 경비였다. 평생 여기서 일했다. 그는 사람들을 이끌고 '무덤'을 돌아다니는 이 일을 좋아했다.

구치소 별명만 들으면—정식 명칭은 맨해튼 구치 시설—현실보다 훨씬 비참한 곳 같은 느낌이다. 무덤이라는 표현은 1800년대에 이집트 영묘(靈廟)를 본 따 지은 그때 감옥에 어울리는 별명이었다. 맨해튼 파이브포인츠 지구의 늪을 대충 메워 지은 감옥은 악취와 질병이 만연했고, 당시 '지구상에서 가장 위험한 곳'으로 악명 높았다.

사실 요즘 이 무덤은 평범한 유치장에 지나지 않는다. 아주 크긴 하지만.

인터콤으로 문을 열라는 암구호를 말한 뒤, 경비는 복도를 따라 특별 재소자용으로 분리 운영하는 감방 쪽으로 향했다.

지금 보러 가는 사람, 배리 셰일즈 같은 사람을 위한 곳.

28년 이상 경비로 일하면서, 그는 재소자에 대해 개인적 의견을 갖지 않도록 훈련되어 있었다. 아동 살인범부터 횡령당해 마땅한 사람들에게서 돈을 횡령한 화이트칼라 범죄자에 이르기까지 그에게는 다른 점이 없었다. 그의 임무는 질서를 지키고 시스템이 원활하게 돌아가도록 관리하는 일이었다. 또한 그 사람들이 겪고 있는 힘든 시기를 조금이나마 편하게 해주는 일이었다.

어쨌든 이곳은 교도소가 아니라 보석으로 풀려나거나 라이커스(뉴욕에 있는 감옥-옮긴이)로 옮겨갈 때까지, 드문 경우 자유의 몸이 될 때까지 일시적으로 거치는 구치소일 뿐이다. 모두가 결백하다고 가정해야 한다. 이 나라는 그렇게 돌아간다.

그러나 지금 찾아가는 감방에 있는 재소자는 달랐다. 경비는 그에 대해 개인적 의견을 갖고 있었다. 그가 여기 투옥된 것은 절대적인 비극이었다.

배리 셰일즈의 배경에 대해서는 잘 몰랐지만, 그가 이라크 전에서 싸운 전직 공군 비행사라는 것은 알고 있었다. 현재 정부를 위해, 연방 정부를 위해 일하고 있다는 것도.

한데 살인 혐의로 체포되다니. 그것도 아내나 아내의 정부 같은 사람을 살해한 것도 아니고, 무슨 테러리스트 개자식 놈을 살해했다고.

군인인데, 영웅인데, 체포를 당하다니.

경비는 그가 왜 여기 있는지 알고 있었다. 정치 때문이었다. 권력을 갖지 못한 당이 권력을 가진 당을 엿 먹이는 데 이 불쌍한 사람을 이용하고 있는 것이다.

경비는 감방에 도착해서 창문을 들여다보았다.

이상했다.

감방에는 다른 재소자가 하나 더 있었다. 경비가 모르는 사람이었다. 그가 여기 있는 게 이해되지 않았다. 빈방이 하나 더 있었다. 새로운 재소자는 옆으로 비껴 앉은 채 앞을 멍하니 바라보고 있었다. 그 시선이 왠지 불안했다. 쓸데없는 허튼 소리보다 눈빛이 여기 있는 사람들에 대한 모든 것을 다 알려준다.

셰일즈는? 그는 등을 보인 채 의자에 모로 누워 있었다. 움직이지도 않았다.

경비는 번호를 눌렀다. 문이 징, 하고 열렸다.

"이봐, 셰일즈?"

움직이지 않았다.

두 번째 죄수는 벽을 응시하고 있었다. 으스스한 놈이라고 경비는 생각했다. 그는 이런 말을 가볍게 쓰는 사람이 아니었다.

"셰일즈?"

경비는 가까이 다가갔다.

그때 갑자기 조종사가 몸을 뒤척이더니 일어나 앉아 천천히 뒤를 돌아보았다. 경비는 셰일즈가 손으로 눈을 누르고 있는 것을 보았다. 그는 울고 있었다.

부끄러울 것 없다. 여기서는 늘 있는 일이다.

셰일즈는 얼굴을 닦았다.

"일어나, 셰일즈. 좋아할 만한 소식이 있다."

83

사이렌

책상 앞에 앉은 슈리브 메츠거는 사이렌 소리를 들었지만 별다른 생각이 들지 않았다.

여기는 맨해튼이다. 늘 사이렌 소리가 난다. 고함 소리, 경적 소리, 가끔 비명 소리, 갈매기 우는 소리, 엔진 소리….

도시의 배경에 깔린 태피스트리일 뿐.

그는 거의 의식조차 하지 않고 들불처럼 번져버린 로버트 모레노 작전이라는 큰 불을 어떻게든 꺼보려고 애썼다.

혼란이, 토네이도 같은 화염이 주위를 휘감고 있었다. 배리 셰일즈, 빌어먹을 내부 고발자, 빌어먹을 검사년, STO 프로그램을 만든 정부 안팎의 사람들.

곧 불쏘시개 하나가 더 던져질 것이다. 언론.

그리고 물론 그 모든 것 위에 마법사가 떠돌고 있다.

그는 '예산 회의'가 지금 현재 어떤 결정을 내리고 있는지 궁금했다.

메츠거는 사이렌 소리가 그쳤다는 것을 깨달았다.

바로 그의 사무실 앞에서 멈췄다.

그는 일어서서 아래를 내려다보았다. 주차장 안에 지상관제 기지가 있었다.

다 끝났어….

분명하다.

파랗게 번쩍이는 경광등을 단 일반 차량 한 대, 뉴욕시경 차량 한 대, 밴 한 대—아마 SWAT이겠지. 차문은 열려 있었다. 경찰은 보이지 않았다.

슈리브 메츠거는 그들이 어디 있는지 알 수 있었다. 의심의 여지가 없었다.

잠시 후 아래층 출입구 경비가 보안 회선으로 전화를 걸어 미심쩍게 물었다.

"국장님?"

그는 헛기침을 하고 말을 이었다.

"경찰들이 만나 뵙고 싶다는데요."

84

보디가드

 링컨 라임은 자신을 아래위로 훑어보는 슈리브 메츠거가 놀랐다는 것을 짐작할 수 있었다. 어쩌면 휠체어를 타고 있다는 것 자체가 충격이었을 수도 있다. 그러나 메츠거도 알고 있었을 것이다. 이 정보의 대가가 모레노 수사에 참여한 모든 사람에 대한 뒷조사를 하지 않았을 리 없다.
 어쩌면 반대로 NIOS 국장이 생각했던 것보다 라임의 상태가 더 좋아서 놀란 것일 수도 있다. 메츠거는 의외로 온화한 인상이었다. 숱이 적은 머리, 깡마른 몸매, 베이지색 안경 테, 양쪽 다 얼룩이 묻은 두꺼운 렌즈. 라임은 직업적으로 가끔 사람을 죽이는 남자라면 좀 더 거칠고 사악한 인상일 거라고 생각했다. 메츠거는 라임의 근육질 몸, 숱 많은 머리카락, 각진 얼굴을 살펴보았다. 그는 낸스 로렐을 연상케 하는 수수께끼 같은 표정으로 눈만 깜빡였다.
 책상에 앉은 남자는 색스와 셀리토 쪽으로 시선을 돌렸다—이번에는 놀란 눈빛이 아니었다. 출동한 것은 세 사람이었다. 로렐은 오지 않았다. 이것은 검찰이 아니라 경찰 수사 문제라고 라임이 설명했기 때문이다. 게다가 약간이나마 위험할 가능성도 있었다.
 라임은 주위를 둘러보았다. 사무실은 밋밋했다. 장식은 거의 없었다. 읽은 것 같지 않은 책 몇 권—책등에 갈라진 흔적이 없었다—이 어수선한 선반에 꽂혀 있었다. 몇몇 파일함에는 아주 큰 번호식 자물쇠와 홍채 스캐너가 달려 있었다. 실용적이고 서로 어울리지 않는 가구들. 천장에서는 빨간 불이 조용히 깜빡이고 있었다. 라임은 그 불빛이 보안 등급 없는 손님이 경내에 들어왔으니 모든 기밀문서를 치우거나 뒤집어놓으라는 뜻이라는 걸 알고 있었다.

역시 메츠거도 그렇게 해놓았다.

NIOS 국장은 부드럽고 절제된 목소리로 말했다.

"내가 아무것도 말씀드릴 수 없다는 건 아시겠지요."

론 셀리토—수사 책임자—가 대답하려 했지만, 라임이 뻐딱하게 끼어들었다.

"우리 때문에 최고법 조항을 발동했군요. 그렇지요?"

"난 대답할 의무가 없습니다."

벌써 침묵 서약을 깨뜨렸다.

그때 갑자기 메츠거의 손이 떨리기 시작했다. 눈이 가늘어지고 호흡이 빨라지는 것 같았다. 순간적인 일이었다. 놀랄 정도의 변화였다. 고요하게 있다가 갑자기 튀어 올라 쥐에게 이빨을 박아 넣는 뱀처럼 빠르고 확연했다.

"당신들이 감히 여기 들어와서…."

그는 말을 멈춰야 했다—턱이 너무 단단하게 굳어 있었다.

감정적 문제가 있어요. 주로 분노 조절 문제….

셀리토가 말했다.

"이봐요, 좀 진정합시다. 당신을 체포하러 왔으면 벌써 했을 거요, 메츠거. 말을 좀 들어봐요, 맙소사."

라임은 셀리토와 파트너로 일했던 시절을 정겹게 떠올렸다. 그들은 좋은 경찰/나쁜 경찰 짝이 아니라, 매끄러운 경찰/거친 경찰 짝이라서 잘 어울렸다.

메츠거는 진정했다.

"그럼 왜…."

그러면서 서랍으로 손을 뻗었다.

라임은 색스가 약간 긴장하며 무기 쪽으로 손을 내리는 것을 눈치챘다. 하지만 NIOS 국장이 꺼낸 것은 손톱깎이였다. 그러나 그는 손톱을 깎지 않고 내려놓았다.

셀리토는 말하라는 듯 라임에게 고갯짓을 했다.

"자, 우리가… 해결해야 할 문제가 있습니다. 당신 조직은 특수 임무 명령서, STO를 발행했습니다."

"무슨 말인지 모르겠소."

"그러지 마시고."

라임은 답답한 듯 손을 들었다.

"결백해 보이는 남자에 대한 STO였습니다. 하지만 그건 당신과 당신의 양심 그리고 아마도 상당히 까다로울 의회 청문회가 알아서 해결해야 할 문제겠지요. 우리가 상관할 바는 아닙니다. 우리가 여기에 온 건 모레노 사건과 관련해 증인을 죽이고 다닌 사람을 찾아야 하기 때문입니다. 그리고…."

"혹시 당신이 말하려는 게 NIOS에서…."

"전문가를 소환했다?"

색스가 물었다. 메츠거의 눈에 다시 불꽃이 일었다. 궁금한 것 같았다. 저 용어를 어떻게 알았을까? 그 부분을 도대체 어떻게 알고 있을까? 그는 더듬거렸다.

"나는 그 일을 하라고 누구에게도 지시한 적이 없소."

관료적인 완곡어법.

그 일을 하라고….

셀리토가 거칠게 말했다.

"당신 손목을 봐요, 메츠거. 보라고. 우리가 수갑을 채웠소? 안 보이는데. 수갑 보여?"

라임이 말을 이었다.

"우리도 다른 사람의 짓이라는 걸 알고 있습니다. 그래서 여기에 온 겁니다. 우리가 그를 찾는 데 협조하십시오."

"당신들에게 협조하라고?"

메츠거는 순간 미소를 지었다.

"정부의 중요한 부서를 무너뜨리려는 사람들을 내가 도대체 왜 도와야 하지? 적으로부터 시민의 안전을 보장하는 중대한 임무를 수행하는 부서를 말이오."

라임은 냉소적인 시선을 보냈다. NIOS 국장조차 자신의 말이 지나치게 감상적이었다는 것을 깨닫는 것 같았다.

라임이 말했다.

"왜 협조해야 하느냐고요? 두 가지 이유가 떠오르는군요. 첫째, 수사 방해 혐의로 체포되는 걸 피하기 위해서. 당신은 수사를 방해하기 위한 작전을 지시했습니다. 국무부 연줄을 이용해 모레노가 시민권을 포기했다는 사실을 알아냈죠. 과연 적절한 절차를 거쳤는지 알아보면 재미있을 것 같군요. 우리는 당신이 배리 셰일즈, NIOS 직원 그리고 거래하는 군수업자에게 STO 드론 프로그램의 증거 파괴를 지시했다고 확신합니다. 수사관들 뒷조사도 했지요. 도청하고, 이메일을 훔쳐내고, 랭글리와 포트미드에 있는 친구들에게서 통신 정보를 빌렸습니다."

색스가 까칠한 목소리로 끼어들었다.

"당신은 개인 의료 기록도 훔쳐냈어요."

마이어스 경감이 정형외과 의사에게서 진료 기록을 어떻게 빼냈는지에 대해 이야기를 나눈 색스와 라임은 NIOS의 누군가가 기록을 해킹해서 상관에게 보냈다는 결론을 내린 터였다.

메츠거는 고개를 숙였다. 말없는 인정이었다.

"그리고 협조해야 할 두 번째 이유? 당신과 NIOS는 누군가를 살해하려는 음모에 이용당했습니다. 그 범인을 잡는 데 도움을 줄 수 있는 건 우리뿐입니다."

497

순간 메츠거의 주의가 라임에게 집중되었다.

"무슨 말을 하는 거요?"

"당신이 자신의 직책을 이용해 비애국적이거나 반미적인 사람을 마음 내키는 대로 죽인다고 말하는 사람들도 있었습니다. 하지만 나는 그렇게 생각하지 않아요. 당신은 진심으로 므레노가 위협이라고 믿었을 겁니다―누군가가 당신이 그렇게 믿고 STO를 발행하도록 엉터리 정보를 흘렸기 때문이지요. 그 기회를 이용해 진짜 범인은 자기들이 의도한 진짜 목표를 죽인 겁니다."

메츠거는 잠시 시선을 피했다.

"그렇소! 모레노가 총에 맞고, 방 안의 다른 사람들은 놀라서 겁을 먹은 상태였소. 그때 범인이 은밀하게 들어가서 진짜 목표를 죽인 거요. 드라우아. 기자. 그는 부패 관련 폭로 기사를 쓰고 있었소. 그래서 누군가가 그를 죽이고 싶었던 거요."

"아니, 아니."

라임은 메츠거의 말을 막았지만, 이내 인정했다.

"좋아요. 나도 처음에는 그렇게 생각했습니다. 하지만 이내 틀렸다는 걸 깨달았지요."

이 말은 마치 고백처럼 들렸다. 사실 그는 모든 사실을 검토하지 않고 대뜸 기자가 목표였다고 결론 내린 자신에 대해 아직 화가 나 있었다.

"그럼 누구요?"

메츠거는 혼란스러운 얼굴로 두 손을 들었다. 아멜리아 색스가 대답했다.

"시몬 플로레스, 모레노의 보디가드. 처음부터 그가 목표였어요."

거짓말 탐지기

"드라루아는 비즈니스 전문 기자였습니다."
라임이 설명했다.
"최근 기사를 모두 다 훑어보고, 그가 무슨 글을 쓰고 있었는지 알아냈습니다. 인간적인 기사, 비즈니스 분석, 경제, 투자. 탐사 보도나 폭로 보도 같은 건 없었습니다. 논란의 여지가 될 만한 것은 없었어요."
풀라스키는 기자의 사생활에서도 누군가가 그를 제거하려 할 동기가 될 만한 내용을 발견하지 못했다. 뒤가 구린 사업이나 범죄 활동에 개입하지도 않았고, 적도 없었으며, 개인적으로 비도덕적인 행동을 하지도 않았다—같이 잔 사람도 확실했다. (23년간 결혼 생활을 한 아내.)
"동기를 찾을 수가 없어 이상했습니다. 증거물을 다시 훑어봤죠. 몇 분 뒤 뭔가 눈에 들어오더군요. 보디가드가 충격을 받은 뒤 잃어버린 시계. 롤렉스였습니다. 도난 자체는 대단할 게 없지요. 하지만 일개 보디가드가 왜 5000달러나 하는 시계를 차고 있었을까?"
메츠거는 멍한 표정을 지었다.
"그의 보스, 로버트 모레노는 부자가 아니었습니다. 사회운동가이자 언론인이었죠. 아랫사람들에게 손이 컸겠지만 롤렉스를 살 정도로 두둑한 월급을 준다? 그럴 것 같진 않았습니다. 그래서 30분 전

FBI에 보디가드의 신상을 알아봐달라고 했습니다. 플로레스는 카리브 해 연안 은행에 600만 달러에 달하는 예금이 있더군요. 매달 케이맨 제도의 익명 계좌를 통해 5만 달러가 현금으로 들어왔습니다."

메츠거의 눈이 빛났다.

"누군가를 협박하고 있었군."

날카롭지 않으면 NIOS 같은 단체의 국장 자리까지 올라갈 수 있을 리 없지만 이 추론은 특히 날카로웠다.

라임은 미소를 지으며 고개를 끄덕였다.

"나도 그랬을 거라고 생각합니다. 사우스코브인 공격 당일, 나소에서 다른 살인 사건이 있었던 게 기억났습니다. 변호사였죠. 바하마 경찰에게서 변호사의 고객 명단을 받았습니다."

메츠거가 말했다.

"보디가드가 변호사의 고객 중 하나였군. 플로레스가 뭔가 결정적인 정보를 변호사에게 맡겨놓았던 거요. 한데 협박당하던 사람이 돈을 내는 데 지쳤든지 돈이 바닥났든지 해서 청부살인범, 그 전문가를 시켜 보디가드와 변호사를 죽이고 정보를 훔쳐 파기하도록 한 거군."

"맞습니다. 변호사가 죽은 뒤 사무실을 샅샅이 뒤져서 엉망이었죠."

셀리토는 메츠거에게 삐딱한 시선을 보냈다.

"이 사람 잘 돌아가는데, 링컨. 스파이를 계속 해야 되겠어."

국장은 차갑게 형사를 바라보다가 말을 이었다.

"협박당한 사람을 찾을 방법이 있겠소?"

색스가 물었다.

"모레노 건에 대해 가짜 정보를 흘린 사람이 누구죠? 그가 미국 정유 회사를 공격하려 한다는 정보."

메츠거는 의자에 기대 앉아 천장을 훑었다.

"그건 구체적으로 말할 수 없습니다. 기밀 사항입니다. 라틴아메리카 내의 정보 자산이라는 것 외에는. 우리 조직과 다른 미국 보안 조직이 공유하는 자산입니다."

라임이 말했다.

"누군가가 그들에게 가짜 정보를 흘리고, 그쪽에서 다시 당신에게 보냈을 가능성은 없을까요?"

미심쩍은 표정이 서서히 걷혔다.

"정보계가 어떻게 돌아가는지 아는 사람이라면, 접선책이 있는 사람이라면 가능합니다."

메츠거의 턱이 다시 놀랍게 떨리기 시작했다. 순식간에 침착함에서 분노로 넘어가는 모습은 보기에도 불안할 정도였다.

"하지만 그를 어떻게 찾겠습니까?"

라임이 말했다.

"나도 생각해봤는데, 열쇠는 내부 고발자라고 생각합니다. STO를 흘린 사람."

메츠거는 얼굴을 일그러뜨렸다.

"그 반역자."

"내부 고발자를 찾기 위해 어떤 조처를 취하셨습니까?"

"밤낮으로 찾고 있습니다. 하지만 성과가 없었죠. STO에 접근할 수 있는 모든 사람을 다 수색했습니다. 내 개인 비서까지 마지막으로 거짓말탐지기 조사를 받았어요. 비서는…."

그는 망설였다.

"…비서는 정부에 불만을 가질 이유가 충분한 사람입니다. 하지만 그녀도 통과했습니다. 아직 워싱턴에 있는 몇몇 사람을 더 확인해봐야 합니다. 분명 거기서 유출됐을 겁니다. 어쩌면 군 기지에서…."

"홈스테드?"

잠시 침묵.

"말할 수 없습니다."

라임은 물었다.

"내사는 누가 담당했습니까?"

"행정 담당관, 스펜서 보스턴."

잠시 침묵. 메츠거는 라임의 찌르는 듯한 시선을 보더니 잠시 눈을 내리깔았다.

"그는 용의자가 아닙니다. 어떻게? 얻을 게 없는데. 게다가 그도 거짓말탐지기를 통과했습니다."

색스가 물었다.

"정확히 어떤 인물인가요? 배경이 어떻게 되죠?"

"스펜서는 군 출신입니다. 훈장도 받았고, 주로 중앙아메리카에서 활동한 전직 CIA입니다. '정권 교체 전문가'라는 별명이 있습니다."

셀리토는 라임을 보았다.

"로버트 모레노가 왜 반미주의로 돌아섰는지 기억하나? 미국의 파나마 침공이었어. 가장 가까운 친구가 죽었지."

라임은 대답하지 않았다. 그는 마음의 눈으로 증거물 차트를 훑어보면서 국장에게 물었다.

"그렇다면 보스턴이라는 사람은 거짓말탐지기를 속이는 훈련을 받았겠군요."

"기술적으로는 그렇겠지만…."

"그가 차를 마십니까? 인공 설탕을 씁니까? 아, 혹시 값싼 슈트를 입지 않습니까? 색감이 점잖다고 하기에는 너무 연한 파란색."

메츠거는 라임을 응시했다. 잠시 후 대답이 나왔다.

"위궤양 때문에 허브티를 마시…."

"아, 위장병."

라임은 색스를 바라보았다. 색스도 고개를 끄덕였다.

"무슨 감미료 같은 걸 넣지요. 설탕은 안 쓰고."

"슈트는?"

메츠거는 한숨을 쉬었다.

"시어스에서 쇼핑을 할 겁니다. 그리고 맞아요, 무슨 이유에선지 이상한 파란 색감을 좋아합니다. 이해할 수는 없지만."

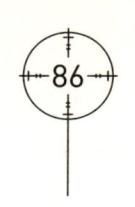

정권 교체 전문가

"좋은 집이군요."

론 폴라스키가 말했다. 색스는 다른 생각을 하며 멍하니 답했다.

"그렇군."

"여기가 거긴가요? 글렌코브?"

"아니면 오이스터 베이. 붙어 있어."

작은 공동 주택이 다닥다닥 붙어 있는 롱아일랜드 북쪽 해안은 남쪽보다 구릉이 많고 나무도 많았다. 색스는 이 일대를 잘 몰랐다. 중국 인간 밀매꾼 스네이크헤드 관련 사건으로 몇 해 전 한 번 와본 적은 있었다. 그 전에는 추격전을 벌이며 구불구불한 길을 달렸던 기억도 떠올랐다. 추격은 오래 걸리지 않았다. 열여섯 살이던 아멜리아는 가든시티 근처에서 불법 드래그 레이싱을 단속하던 나소 카운티 경찰을 쉽게 따돌렸다. (레이스에서도 다지를 큰 차이로 이겼다.)

"초조하세요?"

폴라스키가 물었다.

"그래. 작전 전에는 늘 그래. 늘."

아멜리아 색스는 이럴 때 긴장하지 않으면 어디가 이상한 거라고 여겼다.

반면 론 셀리토와 그 윗선인 마이어스 경감에게서 체포 지시가 떨어진 뒤로, 색스는 단 한 번도 두피를 긁거나 손톱 밑을 파거나—묘하게도—엉덩이나 무릎에서 욱신거리는 통증을 느끼지 않았다.

그들은 방호복과 검은색 모자를 쓴 반(半)전술복 차림이었지만, 무기는 권총만 지니고 있었다.

그들은 스펜서 보스턴의 집으로 접근했다.

한 시간 전 슈리브 메츠거와 라임은 체포 작전에 합의했다. 메츠거는 행정 담당관 보스턴에게 모레노 작전 실패로 청문회가 열릴 거라고 알렸다—개인 자택에서 NIOS 변호사를 만나고 싶다. 하루 동안 가족을 내보내고 당신 집을 빌려 쓸 수 있을까?

보스턴은 동의했고, 곧장 집으로 갔다.

커다란 콜로니얼풍 저택에 접근한 색스와 풀라스키는 깔끔한 잔디밭과 주위를 둘러싼 숲, 잘 다듬은 관목, 사랑스럽고 거의 강박적일 정도로 잘 관리한 정원을 둘러보았다.

젊은 경찰은 한층 가쁘게 숨을 쉬고 있었다.

초조하세요?

풀라스키가 이마의 흉터를 만지작거리는 것이 눈에 띄었다. 몇 년 전, 둘이 함께 일했던 첫 사건에서 범인이 남긴 흔적이었다. 머리 부상이 심각해서 경찰을 그만둘 뻔했는데, 그랬다면 개인적으로 풀라스키에게는 큰 타격이었을 것이다. 경찰 일은 그에게 영혼의 핵심이었고, 역시 경찰인 쌍둥이 형과 그를 한데 묶는 끈이었다. 하지만 링컨 라임의 격려와 본보기 덕분에 그는 길고 힘든 재활을 거쳐 경찰에 남기로 결심했다.

하지만 부상은 역시 심각했다. 색스는 외상 후 스트레스 장애가 오래 남는다는 것을 알고 있었다.

잘할 수 있을까? 긴장되는 상황에서 무너지지는 않을까?

색스는 이 두 가지 질문에 대한 정답은 '그렇다'와 '아니다'라는 것을 알고 있었다. 색스는 미소를 지었다.

"이제 나쁜 놈을 잡으러 가보자고."

"그러죠."

그들은 빠르게 문으로 접근한 뒤, 손을 무기 가까이 내린 채 양쪽으로 나눠 섰다.

색스는 고개를 끄덕였다.

풀라스키가 문을 두드렸다.

"뉴욕시경이다. 문 열어!"

안에서 무슨 소리가 들렸다. 목소리.

"뭐요? 누구요?"

젊은 경찰은 되풀이했다.

"뉴욕시경이다! 문을 열지 않으면 들어가겠다!"

안에서 다시 목소리.

"맙소사!"

잠시 침묵이 흘렀다. 보스턴이 권총을 챙기기에 충분한 시간이었다. 하지만 두 사람은 보스턴이 그러지 않을 거라고 생각했다.

빨간색 나무문이 열리고, 희끗희끗한 머리의 위엄 있는 남자가 덧문 안에서 내다보았다. 푸석푸석한 얼굴에 가장 깊이 파인 주름을 멍하니 손가락으로 쓸고 있었다.

"손을 보이세요, 보스턴 씨."

그는 한숨을 쉬며 두 손을 들었다.

"이것 때문에 슈리브가 전화했군. 회의는 없는 건가?"

색스와 풀라스키는 집 안으로 밀고 들어가 문을 닫았다.

보스턴은 풍성한 머리카락을 한 손으로 쓰다듬다가 눈에 보이는 곳에 손을 두어야 한다는 것을 기억한 모양이었다. 그는 공격 의도가 없다는 것을 분명히 하기 위해 뒤로 물러섰다.

색스가 물었다.

"혼자 있습니까? 가족은?"

"혼자요."

색스는 빠르게 집을 수색했다. 그동안 풀라스키는 내부 고발자 옆에 남았다.

색스가 돌아오자 보스턴이 말했다.

"이게 대체 다 뭐요?"

분개한 척하려는 모양이었지만 별로 설득력이 없었다. 그는 그들이 왜 왔는지 알고 있었다.

"STO를 검찰청에 흘린 혐의. 비행 기록을 확인했습니다. 5월 11일 메인으로 휴가를 갔다고 보고했지만, 당신은 아침에 뉴욕으로 돌아왔어요. 아이북을 가지고 자바 헛으로 갔죠. 암살 명령서 사본을 검찰에 보낸 뒤, 오후에 비행기를 타고 돌아갔습니다."

색스는 이메일 추적 과정과 차, 인공 설탕, 파란색 슈트에 대해 설명했다.

"왜? 왜 유출했나요?"

남자는 소파에 물러 앉았다. 그는 천천히 주머니에 손을 넣더니 제산제를 꺼내 포장을 서툴게 찢었다. 그러곤 약을 씹었다.

애드빌이 떠올랐다.

색스는 그 맞은편에 앉았다. 풀라스키는 창가로 가서 단정한 정원을 내다보았다.

보스턴은 미간을 찡그렸다.

"내가 기소된다면, 간첩 혐의겠지. 그건 연방법상의 죄요. 당신들은 주 경찰인데 왜 여기로 왔소?"

"주법과 관련한 혐의점도 있습니다."

색스는 의도적으로 모호하게 말했다

"말해보세요. 왜 STO 암살 명령서를 유출했습니까? 당신 조직이 미국 시민을 죽이고 있다는 걸 세상에 알리는 것이 윤리적으로 옳다고 생각해서?"

그는 씁쓸함이 묻어나는 웃음을 터뜨렸다.

"그런 데 누가 신경이나 쓸 것 같소? 오바마가 알아울라키를 제거하고 무슨 타격을 입었지? 다들 그게 옳은 일이라고 생각하지 않나. 당신네 검사만 빼고."

"그래서?"

그는 잠시 두 손에 얼굴을 묻었다.

"자네들은 너무 젊어. 둘 다. 이해 못할 거야."

"말해보세요."

색스가 다그쳤다. 보스턴은 타는 듯한 눈을 들었다.

"나는 처음부터 NIOS에 있었어. 조직이 출범한 날부터. 난 군 정보관이었고, CIA에서 일했지. 슈리브 메츠거가 케임브리지와 뉴헤이븐에서 맥주 파티나 벌이는 코흘리개 학생이었던 시절, 나는 자산을 굴리며 현장에서 뛰었어. 핑크 혁명, 1990년대와 2000년대 사회주의 대항 작전의 핵심이었고. 베네수엘라의 우고 차베스, 브라질의 룰라, 아르헨티나의 네스토르 키르치네르, 우루과이의 바스케스, 볼리비아의 에보 모랄레스."

그러곤 차갑게 색스를 바라보았다.

"이 사람들이 다 누군지 알기나 하나?"

하지만 대답을 기대하지 않는 것 같았다.

"중앙아메리카에서 두 번, 남미에서 한 번 정권 교체를 담당했지. 지저분한 바에서 술을 마시고, 기자들에게 뇌물을 주고, 카라카스와 부에노스아이레스의 중간급 정치 관료에게 알랑거리고. 내 자산이 뺑소니로 위장한 사고로 죽었을 때는 장례식에도 참석했어. 아무도 그들이 얼마나 대단한 영웅인지 몰랐지. 워싱턴에 자금을 애원하고 런던, 마드리드, 도쿄 애들하고 협상하고…. 한데 NIOS 국장 자리가 새로 생겼을 때 누굴 뽑았지? 슈리브 메츠거, 성질 더러운 어린애. 내가 되었어야 했어. 난 그럴 자격이 있었어! 자격이 있었다고!"

"그래서 슈리브가 모레노 건에서 실수를 저질렀다는 걸 알았을 때, 그걸 이용해서 그를 끌어내리려 했군요. 암살 명령서와 정보를 유출해서. 당신이 후임이 될 거라 생각하고."

507

보스턴은 화난 듯 내뱉었다.

"그보다 내가 백배는 더 잘 운영할 수 있어."

풀라스키가 물었다.

"거짓말탐지기는 어떻게 통과했습니까?"

"아, 그건 이 바닥의 기본이야. 무슨 뜻인지 알겠나? 이 일은 버튼 몇 개로 컴퓨터 게임이나 하는 게 아니란 말일세."

그러곤 물러앉았다.

"아, 그냥 체포하고 끝내."

87

함정

이어폰에서 목소리가 흘러나왔다.
"스캔 중. 통신 없음. 신호 없음."
속삭일 필요는 없었다. 그들은 스펜서 보스턴의 집 안에 있는 사람들에게는 어차피 들리지 않는 숲 속에 있었다.
"알겠다."
제이컵 스완은 대답했다.
통신 없음, 신호 없음. 좋은 소식이다. 보스턴 체포 작전에 다른 경찰들을 동원했다면, 분명 바틀렛의 스캐너에 주파수가 걸렸을 것이다. 용병 바틀렛은 비록 멍청하지만 장비를 잘 알았고, 납 상자 안에서도 초단파와 무선통신 주파수를 찾아낼 수 있다.
"눈에 띄는 사람은 없나?"
"아니, 둘뿐이야. 여자 형사 색스 그리고 정복 경찰."
그 둘뿐 지원팀은 없다. 말이 된다고 스완은 생각했다. 보스턴은 내부 고발자이고 어쩌면 반역자이겠지만, 체포에 적극 저항할 거라는 측면에서는 위험성이 없다. 예멘에서 헬파이어로 사람을 죽이고, 독실한 가톨릭 남미 국가에서 게이라는 소문을 퍼뜨려 정치 생명을 망가뜨릴 수는 있어도 아마 총은 가지고 있지도 않을 것이다. 뉴욕시경 경찰 둘이면 충분할 것이다.

스완은 창문을 피하려고 조심하면서 저택 옆쪽 숲을 지나 좀 더 가까이 접근했다.

그는 소음기가 달린 글록과 카고 바지 왼쪽 주머니에 든 탄창을 확인했다. 물론 벨트에는 카이 슈이 꽂혀 있었다. 그는 검은색 노멕스 전술용 안면 마스크를 끌어내렸다.

가까운 곳에서 삼림 회사가 방금 베어낸 나무를 썰고 있었다. 톱밥 제조기 소리가 요란했다. 제이컵 스완은 소음에 감사했다. 공격하는 소음이 묻힐 것이다. 그와 동료는 소음기를 가지고 있지만, 안에 있는 경찰들이 죽기 전에 총 한 발 정도는 쏠 수도 있다. 그는 무전기에 대고 말했다.

"보고하라."

"작전 지점 도착."

바틀렛이 말했다. 잠시 후 다른 팀원에게서도 같은 무전이 날아왔다. '슈'라는 이름의 어깨 넓은 아시아계였는데, 만난 이후 실질적으로 한 말은 제이컵 스완에게 자기 이름의 발음을 고쳐준 것뿐이었다.

슈.

"신발(shoe)하고 같은 발음이야."

나라면 이름을 바꾸겠다고 스완은 생각했다.

"스캔. 내부."

스완은 바틀렛에게 말했다. 잠시 후 무전이 날아왔다.

"세 사람. 모두 1층. 현관문 오른쪽 1.8~2.4미터, 앉아 있다. 현관문 오른쪽 1.2~1.5미터, 앉아 있다. 현관문 왼쪽 1.2~1.5미터, 서 있다."

전자기기 전문가는 적외선 센서와 SAR로 집 안을 스캔하고 있었다.

스완은 물었다.

"주변에 다른 것은?"

"없다."

슈가 전송했다. 보스턴의 양쪽 이웃집은 적외선 범위 밖에 있었다.

불은 꺼져 있고 차고 문도 닫혀 있었다. 교외의 오후다. 아이들은 학교, 엄마 아빠는 직장이나 쇼핑.

다시 나무 자르는 소리가 가까운 곳에서 들려왔다.

"들어간다."

스완이 지시했다.

팀원들은 알았다고 응답했다.

바틀렛과 스완은 현관문으로, 슈는 뒷문으로 들어갈 예정이었다. 돌파 진입. 보이면 사살한다. 이번에 아멜리아 색스는 링컨 라임같이 사지마비 대열에 합류하지 않고 죽을 것이다. 일찌감치 협력했다면 최소한 목숨은 건졌을 텐데.

풀숲에 배낭을 둔 채 제이컵 스완은 몸을 낮추고 잔디 위로 나섰다. 6미터쯤 떨어진 바틀렛은 저택에 좀 더 가까이 있었다. 그 역시 마스크를 썼다. 그가 고개를 끄덕였다.

집에서 15미터.

12미터.

창문을 살폈다. 하지만 공격 팀은 측면에 있기 때문에 집 안 사람들이 있는 곳에서는 보이지 않을 것이다.

9미터.

잔디와 저택을 둘러보았다.

아무도 없었다.

좋아, 좋아.

7.5미터.

그는….

그때 허리케인이 덮쳤다.

어마어마한 공기가 때리듯이 내리눌렀다.

뭐지. 뭐야?

뉴욕시경 헬기가 빠르게 접근해 정원으로 하강하더니 허공에서 멈췄다.

스완과 바틀렛은 얼어붙었다. 작은 헬기가 측면을 이쪽으로 돌리더니, 특공대원 2명이 H&K 자동소총을 겨누었다.

톱밥 제조기. 아, 이런! 경찰이 부른 것이다. 헬리콥터 소리를 위장하려고.

빌어먹을.

함정이었다. 경찰은 그들이 온다는 것을 처음부터 알고 있었다.

88

연막탄

"무기를 버려라! 바닥에 엎드려. 안 그러면 쏜다!"

헬리콥터 스피커에서 목소리가 지지직거리며 흘러나왔다. 육상 어딘지도 모른다. 알 수 없었다.

요란했다. 그리고 진심이었다. 지휘관은 정말 쏠 것이다.

스완은 바틀렛이 즉각 H&K를 버리고 두 손을 들며 땅에 몸을 던지는 것을 보았다. 그 너머 보스턴의 집 뒤쪽 저택 위층의 창문이 열려 있고, 그곳에서 저격수가 뒤뜰을 겨누고 있는 모습이 보였다. 슈를 겨냥하고 있을 것이다.

위에서 목소리가 들렸다.

"거기! 서 있는 놈. 무기를 버리고 바닥에 엎드려! 빨리!"

갈등.

스완은 집을 바라보았다.

그는 땅에 총을 던지고 엎드렸다. 톡 쏘는 잔디 냄새가 났다. 디저트—샤르트뢰즈 젤리에 굳힌 복숭아, 타이타닉 1등석의 열 번째이자 마지막 코스 메뉴—를 만들 때 사용하는 샤르트뢰즈를 연상케 하는 향이었다. 헬리콥터가 점점 하강하는 동안, 그는 들고 있던 전자 열쇠를 움켜잡았다. 왼쪽 버튼을 한 번 누르고, 오른쪽 버튼을 3초간 눌렀다. 그리고 눈을 감았다.

근처에 숨겨둔 배낭 안의 폭탄은 생각보다 강력하게 폭발했다. 이런 순간을 대비해 적의 시선을 끌기 위한, 순간적으로 주의를 흐트러뜨리기 위한 목적이었다. 숲 바로 가장자리에 있던 폭탄이 어마어마한 화염을 내며 폭발하자 헬리콥터가 몇 센티미터 기울었다. 헬기는 손상을 입지 않았고, 조종사는 곧바로 균형을 잡았다. 하지만 흔들리는 바람에 헬기에 있던 저격수는 목표를 놓쳤다.

제이컵 스완은 즉시 일어나 엎드려 있는 바틀렛을 뛰어넘은 다음 연막탄을 쥐고 집을 향해 달렸다. 폭탄 때문에 깨진 현관 유리창 안에 연막탄을 던져 넣은 뒤, 창을 넘어 안으로 들어갔다.

안으로 들어간 스완은 커피 탁자에 몸을 부딪혔다. 사탕 접시와 작은 모형, 사진 액자가 흩어졌다. 그는 바닥을 굴렀다.

보스턴과 색스, 다른 경찰은 폭발에 놀랐는지 연막탄이 집 안으로 들어오자 얼른 몸을 숨겼다. 연기를 피하려는 게 아니라 다른 폭탄이 터질 거라고 생각한 것 같았다.

인질. 스완이 시간을 벌기 위해, 협상을 하기 위해 생각할 수 있었던 것은 그뿐이었다. 격하게 기침을 하던 보스턴이 가장 먼저 그를 보았다. 보스턴이 적을 향해 몸을 날렸지만 제이컵 스완은 그의 목에 주먹을 날려 쓰러뜨렸다.

"아멜리아!"

연기를 뿜는 연막탄 반대편에서 목소리가 들렸다. 젊은 경찰이었다.

"그는 어디 있어요?"

그때 스완은 옆으로 비스듬히 쓰러진 채 기침을 하며 눈을 가늘게 뜨고 주위를 둘러보는 여자 경찰을 발견했다. 손에는 글록을 쥐고 있었다. 스완은 총을 향해 달려들었다. 밖에서 권총을 가져올 여유가 없었다. 여자가 가끔 절뚝거리며 얼굴을 찡그리던 것이, 언젠가 전화를 도청할 때 건강 이야기가 나왔던 것이 떠올랐다. 일어나서 스완을 향해 총을 겨누려는 순간, 아름다운 얼굴이 일그러졌다. 덕분에 머뭇거리는 틈을 타, 그는 앞으로 몸을 던져 상대가 총을 쏘기 전에 넘어뜨렸다.

"아멜리아!"

멀리서 다시 목소리가 들렸다.

격하게 몸싸움을 하면서―여자는 보기보다 힘이 셌다―여자가 소리쳤다.

"닥쳐, 론! 아무 말도 하지 마!"

젊은 경찰을 보호하려는 것이다. 제이컵 스완이 총을 빼앗으면 목소리가 들린 쪽을 향해 총을 쏠 테니까.

놀랄 만큼 강한 힘으로 스완의 귀에 주먹을 날린 뒤, 여자는 매캐한 연기가 섞인 침을 뱉어내고 그에게 힘껏 덤벼들었다. 스완은 여자의 옆구리를 치며 목을 잡으려 했다. 하지만 여자는 팔을 밀어내고 다시 머리 옆쪽을 주먹으로 때렸다.

"나가, 론! 도움을 요청해! 여기서는 아무것도 못해!"

"지원 병력을 데려오겠습니다!"

달리는 발소리. 나가는 소리. 뒷문이 우지끈 열렸다.

스완은 팔꿈치로 배를 겨냥했지만, 여자는 명치를 노린 무시무시한 가격을 아슬아슬하게 피했다. 여자가 신장 근처 옆구리를 주먹으로 때렸다. 이가 시릴 정도의 통증이 올라왔다. 총 손잡이를 쥔 손목을 움켜쥐고, 그는 여자의 얼굴을 왼손 주먹으로 세게 때렸다. 여자가 신음 소리를 내며 얼굴을 찡그렸다.

순간, 부상 부위를 생각해낸 그는 무릎으로 여자의 무릎을 쳤다. 숨막히는 비명 소리. 엄청난 통증인 것 같았다. 여자의 힘이 빠진 틈을 타 그는 권총으로 손을 뻗었다. 거의 다 왔다. 몇 센티미터만.

스완은 다시 여자의 관절을 걷어찼다. 여자가 높게 비명을 질렀다. 총을 쥔 여자의 손에서 힘이 빠졌다. 제이컵 스완은 총을 향해 달려들었다.

글록의 손잡이에 손이 닿는 순간, 여자가 손을 뒤로 젖히며 총을 내던졌다. 총은 연기 속에서 보이지 않는 곳으로 날아갔다.

젠장.

서로 옷을 붙들고 뒹굴며 주먹이 오갔다. 그들은 필사적으로 싸웠다. 땀 냄새, 연기 냄새, 아련한 향수 냄새. 그는 색스를 일으켜 세우려 했다. 망가진 무릎에 몸무게가 실리면 이쪽이 유리하다. 그러나 여자도 그렇게 되면 끝장이라는 걸 알았는지 계속 땅에서 구르며 옷을 붙들고 주먹을 휘둘렀다.

밖에서 나오라고 소리치는 목소리가 들렸다. 스타 형사가 안에 있는 상황에서, 특수 부대는 연기 때문에 시야를 확보하지 못한 집 안에 들어오지 않을 것이다. 게다가 이쪽이 우지나 맥-10을 숨기고 있다가 문으로 들어오는 경찰들을 냅다 쏠 가능성도 있다고 생각할지 모른다.

스완과 색스는 땀을 흘리며 녹초가 된 채 기침을 해댔다.

그는 입으로 물기라도 하려는 듯 여자를 향해 몸을 숙였다. 여자가 얼른 물러나자 방향을 바꿔 여자의 손에서 벗어났다. 그리고 바닥을 굴러 웅크린 자세로 여자를 마주보았다. 색스는 점점 더 아픔이 더해가고 힘이 빠지는 것 같았다. 무릎을 감싼 채 땅에 무릎을 꿇고 있었다. 아픔과 연기 때문에 눈에 눈물이 가득 찼다. 으스스한 몰골이었다.

스완은 총을 찾아야 했다. 지금. 어디 있지? 근처에 있을 것이다. 하지만 그가 움직이자, 여자는 살쾡이처럼 노려보더니 손톱을 세우다가 다시 주먹을 쥐었다. 그러곤 일어섰다.

여자는 꼼짝도 않고 선 채 얼굴을 찡그리며 손을 엉덩이에 갖다 댔다. 무릎처럼 거기도 아픈 것 같았다.

지금이다! 상대는 아파서 정신이 없어. 지금, 목을 노려라!

스완은 몸을 날리며 왼손을 평평하게 편 채 희고 부드러운 목의 피부를 향해 손바닥을 날렸다.

그때 휘두르던 팔에서 몇 년 동안 느껴보지 못한 아픔이 손부터 어깨까지 타고 올라왔다.

그는 얼른 팔을 거뒀다. 손가락 사이로 흘러내리는 핏줄기, 여자가 손에 쥔 번들거리는 금속, 침착한 눈을 응시했다.

어떻게 된 거지?

여자는 스위치블레이드 칼을 몸 앞에 단단히 들고 있었다. 스완은 여자가 아파서 엉덩이를 만진 게 아니라 칼을 찾아 펼쳤다는 것을 깨달았다. 여자가 찌른 것도 아니었다. 그가 여자의 목을 향해 날린 손바닥이 날카로운 칼에 가서 박힌 것이다.

내 작은 푸줏간 소년….

여자는 물러서서 몸을 낮추며 스트리트 파이터 칼싸움 자세를 취했다.

스완은 피해 정도를 가늠해보았다. 엄지와 검지 사이의 뼈가 보이도록 베였다. 정신이 나갈 정도로 아팠지만, 어쨌든 결정적인 상처는 아니었다. 힘줄은 멀쩡하다.

그는 얼른 카이 슌을 빼들고 비슷한 자세를 취했다. 그러나 이 싸움은 상대가 되지 않았다. 그가 칼로 죽인 사람만 20명이었다. 여자가 명사수인지는 몰라도, 칼은 주무기가 아니다. 스완은 고깃간에 걸린 사슴 배를 가르려는 듯 카이 슌 날을 세우고 앞으로 다가갔다.

카이 슌의 손잡이, 무게, 둔하게 반사되는 빛, 잘 제련한 날이 편안함을 주었다.

그는 배부터 가슴뼈까지 벨 생각으로 낮게 겨냥해서 재빨리 휘둘렀다….

하지만 여자는 예상했던 대로 뒤로 물러나거나 돌아서서 도망치지 않았다. 제자리를 지켰다. 여자의 무기―이탈리아제 같았다―도 날을 위로 세우고 있었다. 눈빛은 자신만만하게 칼날과 그의 눈, 온몸 각 부위의 표적을 노리고 있었다.

그는 멈춰 서서 약간 뒤로 물러난 뒤 다시 전열을 가다듬었다. 왼손에서는 핏방울이 뚝뚝 떨어졌다. 다시 한 번 빠르게 접근하며 찌르는 시늉을 했지만, 여자도 예상했는지 쉽게 카이 슘을 피하며 스위치 블레이드를 재빨리 휘둘렀다. 하마터면 뺨의 피부가 벗겨질 뻔했다. 여자도 칼싸움을 알고 있었다. 더욱 신경 쓰이는 것은 비록 아픈 기색은 역력했지만 한 치의 불안감도 없는 눈빛이었다.

다리를 움직이게 하자. 그게 약점이다.

그는 연달아 칼을 내밀었다. 찌르거나 베려는 게 아니라, 뒤로 물러서게끔 해서 자꾸 무릎에 몸무게를 싣게 하려는 것이었다.

그때 여자가 실수를 범했다. 몇 미터 물러나더니 칼을 돌려 날을 잡았다. 던지려는 것이었다.

"칼 버려!"

여자는 격하게 기침을 하며 반대편 손으로 눈물을 닦았다.

"바닥에 엎드려!"

스완은 연기 너머로 찬찬히 여자를 보며 칼을 관찰했다. 칼 던지기는 아주 어려운 기술이다. 시야가 확보되고 칼 자체가 균형 잡힌 형태여야 기술을 쓸 수 있다. 게다가 몇 백 시간을 연습해야 한다. 목표를 똑바로 맞혀봐야 얕은 상처밖에 나지 않는 수도 있다. 그런 영화는 많지만, 제이컵 스완은 던진 칼에 맞아 죽는 사람이 실제로 있을까 의심스러웠다. 칼로 사람을 죽이려면 중요한 혈관을 베야 하는데, 그때도 시간이 필요하다.

"빨리! 바닥에 엎드려!"

그래도 칼을 던지면 주의가 흐트러지고 운 좋게 맞으면 아주 아프다. 눈에 맞을 수도 있다. 여자가 거리를 가늠하는 동안, 스완은 양옆으로 계속 움직이며 과녁을 작게 만들기 위해 몸을 좀 더 낮췄다.

"마지막이다! 엎드려!"

잠시 멈춤. 눈빛이 냉정해졌다.

여자가 칼을 날렸다.

그는 눈을 가늘게 뜨고 몸을 피했다.

그러나 과녁은 한참을 빗나갔다. 칼은 스완에게서 60센티미터 떨어진 도자기장을 맞히고 작은 유리를 산산조각 냈다. 안에 있던 접시 하나가 떨어져 깨졌다. 그는 곧장 자세를 취했지만, 여자는 자세를 취하지 않았다. 이 역시 실수다.

그는 긴장을 풀고 여자를 향해 돌아섰다. 여자는 팔을 내린 채 숨을 몰아쉬며 기침을 하고 있었다.

이제 이겼다. 글록을 손에 넣고 협상을 하자. 헬기를 타고 나가게 해달라고 할 수도 있다.

그는 속삭였다.

"자, 이제 내 말 잘 들어…."

순간, 관자놀이에 권총의 총구가 닿았다. 그의 눈동자가 옆으로 향했다.

론이라는 젊은 경찰이 되돌아와 있었다. 안 돼, 안 돼…. 스완은 그제야 깨달았다. 젊은 경찰은 애당초 나간 게 아니었다. 연기를 뚫고 몰래 돌아다니며 목표물을 찾은 것이다.

색스는 스위치블레이드로 찌르려던 게 아니었다. 그저 시간을 벌고, 론에게 위치를 확인시켜주기 위해 계속 말을 건 것이다. 론에게 나가라고 지시할 생각도 없었다. 아까 말뜻은 그 반대였고, 론은 완벽하게 이해했다.

"자."

젊은 경찰은 음침하게 말했다.

"칼 버려."

스완은 그가 자신의 머리에 총알을 박아 넣을 준비가 되어 있다는 것을 알 수 있었다.

그는 카이 슌이 찍히거나 긁히지 않을 만한 자리를 찾았다. 칼을 조심스럽게 소파 위에 던졌다.

여자가 얼굴을 찡그린 채 앞으로 나서서 칼을 집어 들었다. 그러곤 칼을 감상하듯 한 번 보았다. 젊은 경찰이 스완의 손목에 수갑을 채우자 여자는 훌쩍 다가와 노멕스 마스크를 붙잡더니 홱 당겨서 벗겼다.

… 89 …

미 끼

긴급 대응 차량을 누비며 들어온 장애인 전용 밴이 스펜서 보스턴의 집 근처 길에 섰다. 그동안 링컨 라임은 몇 블록 떨어진 작전 본부에 있었다. 바하마에서 깨달았듯 무기를 휘두를 능력이 없기 때문에 전투가 벌어질 수도 있는 현장에서 멀리 떨어져 있는 게 최선이라고 생각한 것이다.

어차피 톰도 고집을 부렸을 것이다.

잔소리꾼 암탉 같으니.

몇 분 뒤, 라임은 차에서 내려 새 휠체어를 끌고 아멜리아 색스에게 다가갔다. 새 휠체어는 꽤 마음에 들었다.

라임은 관찰하듯 색스를 살폈다. 아닌 척하고 있었지만 통증이 심해 보였다―그의 눈에는 불편한 기색이 환히 보였다.

"론은?"

"집 안에서 현장 수색 중이에요."

라임은 연기가 피어오르는 나무와 회양목 덤불, 값비싼 콜로니얼 풍 저택에서 흘러나오는 매연을 바라보며 얼굴을 찡그렸다. 소방서 환풍기가 최악의 연기는 이미 밖으로 내보낸 상황이었다.

"견제용 폭약을 쓸 거라고는 예측을 못했군. 미안해, 색스."

그 생각을 하지 못한 자신에 대해 화가 치밀었다. 용의자 516이 그런 짓을 시도할 거라는 것을 짐작했어야 했다.

색스는 짧게 대답했다.

"그래도 당신 작전은 좋았어요, 라임."

"어쨌든 원하던 결과는 얻었지."

라임은 약간, 그리 많지는 않은 겸손함이 담긴 말투로 대꾸했다.

그는 스펜서 보스턴이 STO 명령서를 유출한 것 외에 다른 짓을 했을 거라고는 생각하지 않았다. 색스가 말했듯 보스턴과 모레노는 둘 다 파나마와 관련이 있었다. 그러나 보스턴이 파나마 침공에 참여했다 해도 모레노는 당시 소년이었다. 서로 알았을 리가 없다. 아니, 파나마는 그냥 우연의 일치다.

그러나 라임은 메츠거의 행정 담당관이 훌륭한 미끼가 될 거라고 생각했다. 이 음모의 배후에 있는 자—516의 보스—는 분명 내부 고발자도 죽이고 싶어 할 것이기 때문이었다.

라임이 슈리브 메츠거를 압박한 게 도움을 주었다. 지난 주말 수사에 대한 정보를 얻자마자 메츠거는 STO 드론 프로젝트와 관련 있는 모든 사람과 접촉해 증거를 없애고 묵비권을 행사하라고 지시했다. NIOS 내부인은 물론 외부 계약자, 군, 워싱턴 관료에게까지 암호화된 텍스트, 이메일, 전화가 날아갔다. 용의자 516의 보스가 사건에 대해 그토록 많은 걸 알고 있었던 이유는 그 때문이다. 메츠거는 STO 프로그램을 계속 유지하고 싶은 나머지 사실상 모든 사람에게 실시간 정보를 주었던 것이다. 보스는 이 정보를 받아 516에게 알렸다.

한데 그 사람은 정확히 누구일까?

라임의 설득에 못 이겨 메츠거는 한 시간 전 같은 사람들에게 전화를 걸어 스펜서 브라운이 내부 고발자로 밝혀졌으니 그와 관련된 모든 증거를 파기하라고 알렸다.

라임은 모레노의 보디가드를 죽일 음모를 꾸민 배후가 이번에는 516에게 글렌코브로 가서 보스턴을 제거하라는 명령을 내릴 거라고 생각했다.

이렇게 해서 행정 담당관과 색스, 풀라스키는 집 안에서 기다렸다. 뉴욕시경과 나소 카운티 전술팀이 근처에 잠복했고, 긴급대응팀 헬기도 대기했다. 헬기 소리를 은폐하기 위해 시끄러운 톱밥 제조기를 사용한 것은 론 풀라스키의 아이디어였다.

신참은 연이어 공을 세웠다.

라임은 10미터쯤 떨어져서 보스턴의 집 앞 잔디 위에 수갑을 찬 채 앉아 있는 용의자 516을 바라보았다. 손에는 붕대를 감고 있었지만 상처는 그리 심각하지 않은 것 같았다. 탄탄한 몸매의 남자는 경찰들을 평온하게 바라보다가 근처 허브 정원 쪽으로 시선을 옮겼다.

라임은 색스에게 말했다.

"놈의 보스를 찾아내려면 얼마나 걸릴지 모르겠어. 이름을 부는 데 협조적이지는 않을 것 같은데."

"그럴 필요 없어요. 내가 알고 있어요."

"알아?"

"해리 워커. 워커 디펜스 시스템즈."

라임은 웃었다.

"어떻게 알았지?"

색스는 516을 가리켰다.

"내가 활주로를 찾으러 회사로 갔을 때 기억나요? 대기실로 와서 나를 워커에게 데려간 사람이 저 남자예요. 그건 그렇고 어지간히 치근대더군요."

배후

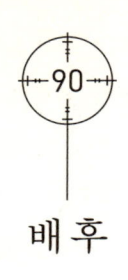

그의 이름은 제이컵 스완. 워커 디펜스 시스템즈의 보안과장이었다. 전직 군인이지만 이라크 전쟁 당시 용의자에게 지나친 취조를 해 쫓겨났다. 물고문이 아니라 몇몇 반란군의 살점을 칼로 도려냈다. 신체 다른 부위도 도려낸 기록이 있었다. 보고서에는 '전문적으로 천천히'라고 적혀 있었다.

데이터마이닝 결과 그는 브루클린에서 혼자 살고 있었다. 비싼 주방 물품을 구매하고 고급 식당에도 자주 갔다. 작년에는 두 번 응급실에 간 기록이 있었다. 한 번은 총상이었는데, 사슴 사냥을 나갔다가 보이지 않는 사냥꾼에게 맞았다고 주장했다. 두 번째는 손가락을 심하게 벴다. 이때는 요리를 하면서 비달리아 양파를 까다가 칼에 베었다고 한 듯했다.

첫 번째는 거짓말이겠지만 이제 알아낸 스완의 취미로 볼 때 두 번째는 아마 정말일지도 모른다고 라임은 생각했다.

이 재료를 캐비어랑 바닐라와 섞으면, 패치워크 구스에서 파는 정말 비싼 요리가 됩니다…

접근 금지 테이프 근처에 수리가 필요해 보이는 낡은 혼다가 다가와 멈췄다.

흰색 블라우스와 회색 슈트 비슷한 디자인의 군청색 정장을 입은 낸스 로렐이 차에서 내렸다. 뺨을 문지르고 있는 것으로 보아 방금 메이크업을 덧바른 게 아닌가 하는 생각이 들었다. 검사는 다가와서 색스에게 괜찮으냐고 물었다.

"좋아요. 몸싸움을 좀 했어요. 한데 저자가 더 당했죠."

색스는 스완 쪽을 턱으로 가리켰다.

"피의자의 권리를 읽어줬어요. 변호사를 요청하지는 않았지만, 협조적이지도 않군요."

"그건 두고 보죠. 이야기를 해봐요. 당신 도움이 필요해요, 링컨. 여기로 데려올게요."

"필요 없습니다."

그는 메리츠 휠체어를 내려다보았다.

"거친 땅에서 특히 잘 다닌다고 했으니, 어디 한 번 실험을 해보죠."

라임은 망설이지 않고 잔디를 가로질러 범인에게 다가갔다.

낸스 로렐과 색스도 뒤따랐다. 검사는 스완을 내려다보았다.

"내 이름은…."

"알고 있소."

검사 특유의 침묵.

"자, 제이컵. 우리는 해리 워커가 배후라는 걸 알고 있어요. 당신은 그의 지시를 받고 NIOS로 하여금 로버트 모레노를 암살하라는 가짜 정보를 심은 다음, 그 기회를 틈타 워커를 협박하고 있던 보디가드 시몬 플로레스를 죽였어요. 당신은 당시 사우스코브인에서 드론 공격을 기다리고 있었죠. 공격 직후 구조자들이 오기 전에 1200호로 숨어 들어가 플로레스와 에두아르도 드라루아를 죽였어요. 그런 다음 나소에 있는 플로레스의 변호사 사무실로 갔죠. 당신은 변호사를 고문하고 죽인 뒤 플로레스가 안전하게 보관해달라고 부탁한 자료를 훔쳤어요. 워커가 공개를 두려워했던 자료죠. 수사가 시작된 후, 메츠거는 워커에게 계속 수사 현황과 수사진 이름을 알렸어요. 정보를 파기하고 수사 중인 경찰을 경계하라고. 하지만 워커는 당신에게 그 이상을 지시했어요. 증인과 수사관들을 죽이라고. 당신은 아넷 보델, 리디아 포스터, 모레노의 운전사 블라드 니콜로프를 죽였어요."

검사는 색스와 라임을 돌아보았다.

"퀸스 경찰이 운전사의 집 지하실에서 시체를 발견했어요."

스완은 붕대를 감은 손을 내려다보고만 있을 뿐 말이 없었다.

검사는 말을 이었다.

"당신은 나소의 연락책에게 거기서 수사 중이던 라임 경감과 일행을 죽이라고 지시했어요. …그리고 이곳."

검사는 마치 전쟁터처럼 그을린 교외 풍경을 턱으로 가리켰다.

낸스 로렐의 입에서 깊이 있는 정보가 너무 술술 나오자 스완은 놀란 것 같았다. 하지만 그는 잠시 망설이더니 침착하게 말했다.

"우선 이 일은…."

그러곤 보스턴의 집을 가리켰다.

"무기로 말하자면, 우린 셋 다 3종 연방 총기 면허를 가지고 있고, 뉴욕 주의 총기 휴대 허가를 받았소. 워커 디펜스 일과 관련해서, 난 국가 안보 업무를 맡은 사람이오. 스펜서 보스턴이 위험한 정보를 유출했다는 정보를 듣고 여기로 왔소. 동료들과 나는 그 점을 확인하고 의논하러 온 거요. 한데 경찰 특수팀이 위협을 하다니. 뉴욕시경이라고는 했지만, 내가 그걸 어떻게 확인하지? 단 한 사람도 신분증을 보여주지 않았소."

아멜리아 색스는 웃음을 터뜨렸다.

로렐이 물었다.

"그걸 믿으라는 건가요?"

"아, 중요한 질문은 로렐 검사, 배심원이 믿느냐 하는 거요. 믿을 수도 있겠지. 당신이 말한 다른 범죄? 모두 추측일 뿐이오. 증거는 아무것도 없다는 데 내기를 걸지."

검사가 라임을 쳐다보았다. 라임은 휠체어를 밀고 다가갔다. 스완은 감각이 없는 그의 다리와 왼쪽 팔을 열심히 지켜보고 있었다. 정말 궁금한 것 같았지만 라임은 그가 무슨 생각을 하는지, 무슨 목적으로 그렇게 관찰하는지 알 수가 없었다.

라임도 용의자를 아래위로 훑어본 뒤, 오만한 범인 앞에서 늘 그러듯 미소를 지었다.

"아무것도 없다. 아무것도 없다."

그러곤 생각에 잠겨 중얼거렸다.

"아, 어쩌면 있을지도 몰라, 제이컵. 난 동기에는 별로 관심이 없는 사람인데, 이번에는 두 가지 좋은 동기가 있더군. 당신은 리디아 포스터를 죽였고, 모레노의 운전사를 죽이려 했어. 시몬 플로레스가 뉴욕 여행에 왜 동행하지 않았는지 그 이야기가 혹시 나왔을까봐. 그러면 우리도 그가 왜 오지 않았는지 궁금했겠지. 아넷 보델을 죽인 동기는 총격이 발생했을 때 당신이 바하마 현장에 있었다는 걸 그녀가 증언할 수 있으니까."

스완은 눈을 깜빡였지만 얼른 평정을 회복하고 궁금하다는 듯 고개를 갸우뚱했다.

라임은 전혀 신경 쓰지 않고 하늘을 바라보았다.

"자, 좀 더 객관적인 증거를 볼까. 우리는 리디아 포스터 살인 현장에서 짧은 갈색 머리카락을 발견했어."

그러곤 스완의 머리를 바라보았다.

"DNA 검사를 해봐야겠지만, 일치할 거라고 확신해. 아, 당신이 아넷 보델에게 사준 은제 목걸이도 분석 중이야. 고문하고 살해한 흔적을 없애기 위해 창꼬치를 끌어들이려고 선물했던 목걸이. 분명 누군가가 당신이 그걸 사는 걸 봤겠지."

이 말에 스완의 입이 약간 벌어졌다. 혀로 입술 가장자리를 핥았다.

"에두아르도 드라루아의 옷에서 올스파이스와 핫 소스도 찾았어. 처음에는 5월 9일 그가 먹은 아침 식사라고 생각했지. 한데 당신이 요리를 좋아한다는 말을 듣고 보니, 혹시 살해 전날 밤 당신이 요리를 한 게 아닐까 하는 생각이 드는군. 어쩌면 아넷을 위해 요리를 했는지도 모르고. 당신 여행 가방과 옷에서 비슷한 미량증거물이 나올지 검사해보는 것도 재미있겠지. 음식 이야기가 나왔으니 말인데, 뉴욕 두 군데에서 미량증거물을 확보했어. 그걸 합해보니 아티초크, 감초, 생선 곤이, 바닐라로 아주 흥미로운 요리를 해드셨더군. 최근 〈뉴욕타임스〉에 실린 레시피를 참고하셨나? 패치워크 구스는 상당히 멋진 식당이라지. 나한테는 음식에 대해 증언할 전문가도 있어."

라임은 톰이 이 말을 들으면 좋아할 거라는 것을 알고 있었다.

스완은 이제 아주 조용했다. 아니, 마비된 것 같았다.

"이제 우리는 당신이 자바 헛에서 사용한 특별한 종류의 군용 사제 폭탄을 구매한 기록을 찾는 중이야. 해수 성분이 묻은 모래도 커피숍과 아넷 보델의 아파트에서 동시에 발견됐어. 당신 옷과 신발을 압수해서 거기 남은 모래가 있는지 확인해야겠지. 세탁기도. 흠, 또 있나?"

색스가 말했다.

"2행정 엔진."

"아, 그렇지. 고마워, 색스. 2행정 연료 미량증거물을 현장 한 곳에 남겼더군. 워커 디펜스의 당신 사무실이나 당신이 5월 9일을 전후해서 홈스테드 공군 기지에 갔다면 거기서도 똑같은 연료가 나올 거라고 확신해. 그건 특별히 고마워. 그 연료 덕분에 NIOS가 저격수가 아닌 드론을 사용했다는 걸 알았으니까. 실례, 무인비행기. 설명이 길었군. 이제 그 흥미로운 칼 말인데…."

라임은 일본제 주방용 나이프가 든 증거물 봉투를 조금 전 확인한 터였다.

"공구흔 프로파일을 리디아 포스터와 드라루아, 플로레스, 바하마 변호사의 시체에 난 상처와 대조할 거야. 아, 그리고 리무진 운전사도. 더 알려줄까? 좋아. 우리는 당신의 신용카드, 현금인출기 사용 내역, 휴대폰 통화 내역을 데이터마이닝하고 있어."

라임은 잠시 숨을 돌렸다.

"워커 디펜스 기술팀과 지원팀을 소환해서 당신이 누구를 데이터 마이닝하고 염탐했는지도 확인해야겠지. 자, 이 정도로 공식 발표는 끝낼까요, 로렐 검사?"

검사 특유의 침묵이 이제 라임에게는 매력적으로 느껴졌다. 로렐은 잘 들으라는 듯 말했다.

"이제 수사가 어떻게 진행될지 알겠어요, 제이컵? 당신이 해리 워커에 대해 증언해야 합니다. 그렇게 하면, 협상할 수 있어요."

"그게 무슨 뜻이오? 협상이라니. 몇 년?"

"물론 확실히 장담할 수는 없지만 30년 정도로."

"그럼 나한테는 별로 좋을 게 없군. 안 그래?"

그는 검사를 차갑게 바라보았다. 검사가 대답했다.

"그게 싫다면, 바하마로 범인을 인도하는 걸 반대하지 않겠어요. 거기 교도소에서 평생을 지내든가."

이 말에 스완은 정신이 드는 것 같았다. 하지만 그는 침묵을 지켰다.

기술적으로 라임이 상관할 바는 아니었다. 하지만 뭔가 도와야 한다는 생각이 들었다. 라임은 재미있다는 듯 말했다.

"누가 알겠나, 제이컵? 어느 교도소로 가든, 혹시 로렐 검사가 그곳 주방에 한 자리 마련해줄지."

그러곤 어깨를 으쓱했다.

"그냥 한 번 생각해봤어."

"할 수 있는지 알아보죠."

로렐이 대꾸했다.

스완은 연기로 그을린 스펜서 보스턴의 집을 바라보다가 고개를 돌렸다.

"언제 이야기했으면 좋겠소?"

로렐은 대답 대신 주머니에 손을 넣어 낡은 녹음기를 꺼냈다.

── 91 ──

협 박

"사업이 예전 같지 않습니다. 무기 사업."
스완이 말했다.
"전쟁이 잠잠해지면서 워커 디펜스는 문제가 많았습니다. 안 좋은 문제."
색스가 라임에게 말했다.
"맞아요. 그곳에 갔을 때 문을 닫은 공장 시설이 많았어요."
"네. 매출의 60퍼센트가 줄었고, 회사는 적자였습니다. 워커 씨는 풍족한 생활에 익숙했어요. 전처 2명도 그랬고. 현재 처는 그보다 서른 살 어립니다. 수입이 넉넉하지 않으면, 여자도 붙어 있지 않을 가능성이 높고."
"주차장의 애스턴 마틴은 사장 차였나요?"
"네. 사장님 차 중 하나. 세 대 있습니다."
"아! 이야, 세 대나."
"하지만 그뿐만이 아니었습니다. 사장님은 회사가 국가에 좋은 일을 한다고 믿었습니다. 나도 그랬고. 드론의 라이플 시스템 같은 것. 그건 그중 하나일 뿐이죠. 중요한 일이었습니다. 우리는 사업을 계속 유지해야 했어요."

스완은 말을 이었다.

"미국에서 주문이 예전처럼 들어오지 않자 워커 씨는 다른 나라로 사업을 확대했습니다. 하지만 거기는 무기가 남아돌았어요. 별로 수요가 없었죠. 그래서 수요를 만들었습니다."

낸스 로렐이 물었다.

"라틴아메리카의 군부 실세와 국방장관에게 뇌물을 줬죠?"

"맞습니다. 아프리카와 발칸에도. 중동에도 좀 했지만, 거기는 조심해야 합니다. 미군을 죽이는 폭도들에게 무기를 파는 게 발각되면 안 되니까요. 한데 시몬 플로레스, 모레노의 보디가드는 브라질 군부에 있었습니다. 워커 씨의 라틴아메리카 사업은 상파울루에 기반을 두고 있어 플로레스도 뇌물에 대해 잘 알았죠. 제대하면서 증거를 많이 가지고 나왔습니다. 워커 씨가 평생 감옥에서 지낼 만큼. 플로레스는 사장님을 협박하기 시작했죠. 플로레스는 모레노를 만났고, 그가 하는 일을 좋아했습니다. 모레노는 그를 보디가드로 고용했죠. 아마 플로레스는 수입원으로 가장하기에 좋은 수단이라고 생각했을 겁니다. 모레노와 카리브 해를 여행하면서 부동산을 사고, 현금 투자를 하고, 케이맨의 은행에 돈을 넣고, 보디가드로 군인 놀이도 하고."

그는 라임을 바라보았다.

"네. 맞습니다. 플로레스는 5월 1일 미국으로 오는 게 영리한 짓이 아니라고 생각했어요. 그리고 워커 씨는 그 이야기가 입 밖에 나올까 봐 두려워했습니다."

색스가 물었다.

"당신이 모레노에 대한 정보를 조작했나요?"

"아뇨. 조작한 건 아닙니다. 선택적인 정보였죠. 나는 비료-폭탄 재료를 강조했습니다. NIOS가 5월 9일부로 STO를 발부했고, 나는 나소로 가서 불꽃놀이를 기다렸죠. 모든 일이 잘 끝났다고 생각했는데, 당신들이 메츠거와 배리 셰일즈를 수사한다는 정보를 들은 겁니다. 워커 씨가 수사를 막아보라고 했어요. 아, 메츠거는 내가 뭘 하는지 몰랐습니다. 네, 워커와 기타 협력 업체들에게 증거를 파기하고 이메일을 지우라고 했지만 그뿐이었어요."

"좋아요. 그 정도면 시작할 수 있겠군."

로렐은 이렇게 말하고 아멜리아 색스에게 고개를 끄덕였다.

"이제 구치소로 데려가세요."

하지만 색스는 질문할 게 남아 있었다.

"워커에서 당신이 왜 로비까지 나왔죠? 그건 모험이었어요. 미행할 때 내가 당신을 알아볼 수도 있었는데."

"위험했죠."

스완은 어깨를 으쓱했다.

"하지만 당신은 솜씨가 좋았습니다. 두 번이나 날 이겼죠. 당신을 가까이서 보고 약점을 찾고 싶었습니다."

그러곤 색스의 무릎을 턱으로 가리켰다.

"발견했죠. 당신이 보스턴의 집에 한 걸음 앞질러 가 있지만 않았어도 일은 달라졌을 거요."

색스는 뉴욕시경의 정복 경찰 둘을 불렀다. 그들은 스완을 부축해 파란색과 흰색이 섞인 차로 데려갔다. 스완이 문득 멈추더니 뒤를 돌아보았다.

"아, 한 가지. 내 집. 지하실에."

색스는 고개를 끄덕였다.

"거기 누가 있을 겁니다. 여자. 이름은 캐럴 피오리. 영국 관광객."

"뭐요?"

색스는 눈을 깜빡였다. 로렐은 말없이 듣고만 있었다.

"이야기하자면 길지만, 어쨌든 지하에 있습니다."

"그럼…. 지하에 있다고요? 죽었어요? 부상당했나요?"

"아뇨. 아뇨. 괜찮습니다. 아마 지루할 겁니다. 수갑을 차고 있어요."

"무슨 짓을 했죠? 강간했어요?"

로렐이 물었다. 스완은 모욕이라도 당한 얼굴이었다.

"아닙니다. 저녁을 대접했어요. 아스파라거스, 안나 포테이토, 내가 만든 베로니크, 목초를 먹인 송아지에 포도하고 뵈르블랑. 몬태나의 특별한 농장에서 공수한 고기입니다. 세계 최고죠. 안 먹더군요. 먹을 거라고 생각은 안 했지만. 어쨌든 권했습니다."

그러곤 어깨를 으쓱했다. 색스가 물었다.

"그 여자를 어떻게 하려고 했어요?"

"모르겠습니다. 모르겠어요."

92

적 법 절 차

슈리브 메츠거는 현장이 안전하다는 소식을 전해 들었다. 정부 관용차를 작전 본부에서 몇 블록 끌고 나온 그는 깔끔한 거리를 지나 행정 담당관의 집으로 향했다.

친구.

유다.

메츠거는 이틀 전 저녁을 먹었던 보스턴의 쾌적한 교외 저택이 푸른 잔디와 동네에 늘어선 렉서스와 메르세데스를 제외하면 이라크에서 본 전쟁터처럼 변해버린 것을 보고 깜짝 놀랐다. 나무는 그을려 있고, 창문에서는 연기가 하늘로 올라가고 있었다. 칠을 해도 몇 년 동안 벽에 냄새가 밸 것이다. 가구와 옷가지는 말할 것도 없다.

메츠거의 스모크도 가슴을 채웠다. 그날 백번이나 한 생각이 다시 들었다. 어떻게 이런 짓을 할 수가 있지, 스펜서?

자신을 불쾌하게 한 모든 사람에 대해 그렇듯—무례한 커피 가판대 주인부터 이 반역자 같은 인간까지—메츠거는 그들을 움켜잡고, 뼈를 부수고, 고함을 지르고, 피를 보고 싶다는 압도적인 충동을 느꼈다. 완전히 망가뜨리고 싶었다.

하지만 이제 예전으로 돌아갈 수 없게 된 보스턴의 인생을 생각해보니, 벌은 그걸로 충분하다는 생각이 들었다. 스모크가 차츰 옅어졌다.

좋은 징조일까, 피셔 박사?

어쩌면. 하지만 이런 평화가 오래 갈까? 그럴 수도 있겠지. 아닐 수도 있고. 왜 모든 중요한 전투는 일생을 걸고 벌어질까? 몸무게, 분노, 사랑….

그는 정복 경찰에게 신분증을 들어 보인 다음 테이프 밑으로 들어가 링컨 라임과 아멜리아 색스 쪽으로 향했다. 두 사람에게 인사한 뒤 행정 담당관이 STO를 유출한 동기를 들었다. 양심이나 이데올로기 때문에 저지른 죄가 아니라, 단순히 NIOS 국장 자리를 놓쳤기 때문이라니.

메츠거는 어안이 벙벙했다. 우선 보스턴은 고위직에 어울리는 사람이 전혀 아니었다. 반면 깡마른 체구와 단조로운 눈빛의 메츠거가 오히려 킬러였다. 마음속에 품은 스모크를 물러가게 하는 것이 무엇이든, 그것이 인간을 규정한다.

스펜서 보스턴은 근면하고 꼼꼼한 국가 안보 전문가이자 조직가, 활동가, 협상가, 마나구아나 리우의 안개 낀 거리에서 일을 성사시키는 사람이었다. 총을 지니지도 않고 쓸 줄도 모르는 사람. 그럴 배짱도 없는 사람.

도대체 NIOS 같은 조직에서, 생명을 없애는 것이 유일한 목적인 조직에서 그가 도대체 뭘 한단 말인가?

하지만 야심은 논리에서 자라지 않는다는 것을 메츠거는 알고 있었다.

그는 라임과 색스에게 미지근한 작별 인사를 했다. 스펜서 보스턴을 만나고 싶지만, 색스는 그가 아내와 아이들과 함께 라치몬트로 갔다고 했다. 그는 아직 공식적으로 체포되지 않았다. 그가 범죄를 저질렀다면 어떤 죄목일지 아직 논란의 여지가 있었다. 어쨌든 주법이 아니라 연방법에 근거할 것이기 때문에 뉴욕시경의 개입은 부차적인 것이었다.

여기서는 더 할 일이 없었다.

"스펜서, 어떻게 당신이…."

그는 갑자기 돌아서서 차로 향했다.

그러다 낸스 로렐 지방검사와 부딪힐 뻔했다.

두 사람은 몇 센티미터를 사이에 두고 얼어붙었다.

그는 아무 말도 하지 않았다. 로렐이 말했다.

"당신 이번엔 운이 좋았어요."

"그게 무슨 뜻이오?"

"모레노가 시민권을 포기한 일. 그 때문에 수사가 중단됐어요. 유일한 이유죠."

메츠거는 로렐이 모든 사람의 눈을 이렇게 똑바로 쳐다보는지 궁금했다. 아마 그럴 것이다. 연인만 빼고. 그 점에서 둘은 같았다. 도대체 왜 이런 생각이 드는지 알 수 없었다.

로렐이 말을 이었다.

"그건 어떻게 해냈나요?"

"뭐 말이오?"

"모레노가 정말 시민권을 포기했나요? 코스타리카 대사관에서 온 그 서류는 진짜예요?"

"날 수사 방해로 몰 참이오?"

"당신은 수사 방해죄를 저질렀어요. 그건 분명해요. 단지 우리가 기소를 안 하기로 했을 뿐이지. 난 그 서류가 궁금할 뿐이에요."

수사 방해죄로 기소하지 말라고 워싱턴에서 올버니로 지시가 왔다는 뜻이다. 이것이 마법사의 작별 선물일까? 아닐 것이다. 이런 사건이 터지면 모두가 안 좋게 보이는 법이다.

"그 문제에 대해서는 더 이상 할 말이 없소, 검사. 알아서 생각하시오."

"알바라니 라시드는 누구죠?"

그렇다면 STO 작전 항목을 최소한 두 개는 봤군. 모레노와 라시드.

"NIOS 작전을 당신과 논의할 수는 없소. 당신은 기밀 접근 권한이 없으니까."

"죽었나요?"

메츠거는 아무 말도 하지 않았다. 갈색 눈동자로 로렐의 시선을 태연하게 받아냈다.

로렐이 다시 물었다.

"라시드가 유죄라고 확신하세요?"

스모크가 끓어오르며 피부를 달걀껍질처럼 갈랐다. 그는 거칠게 속삭였다.

"워커가 날, NIOS를 이용한 거요."

"당신이 이용하도록 내버려둔 거죠. 모레노에 대해 듣고 싶은 말만 듣고 의문을 제기하지 않았으니까."

스모크, 무럭무럭 솟아나는 스모크.

"도대체 뭐요, 검사? 시시한 살인 사건 처리나 하게 돼서 짜증이 나시오? 청부 살인을 저지른 군수 회사 CEO나 처리하게 돼서? 연방보안국장이 감옥에 들어갔다는 소식만큼 CNN에 크게 나지는 않겠군."

로렐은 평정을 유지했다.

"라시드는? 거기엔 실수가 없다고 확신해요?"

메츠거는 배리 셰일즈를 떠올리지 않을 수 없었다. 그는 멕시코 레이노사에서 두 아이를 날려버릴 뻔했다.

부수적인 인명 피해. 승인되지 않음….

로렐을 치고 싶은 충동이 일었다. 작은 키, 펑퍼짐한 엉덩이, 지나친 화장, 부모의 파산, 실패한 연애—추측이지만 분명 정확할 것이다—에 대해 잔인한 말을 퍼부어주고 싶었다. 메츠거의 분노가 누군가에게 멍 자국이나 상처를 만들어낸 것은 대여섯 번뿐이었다. 그의 말이 훨씬 큰 아픔을 주었다. 스모크가 그렇게 했다. 스모크가 그를 비인간적으로 만들었다.

그냥 가자.

메츠거는 돌아섰다.

로렐은 평정하게 말했다.

"라시드가 저지른 범죄는? 미국에 대해 당신 마음에 안 드는 말을 해서? 사람들에게 미국의 가치와 진정성에 의문을 가지라고 설교해서? …하지만 그런 질문을 자유롭게 할 수 있다는 게 미국의 가치 아닌가요?"

메츠거는 우뚝 멈추며 돌아섰다.

"단순하기 짝이 없는, 진부한 블로거 같은 소리."

그는 로렐 앞에서 자세를 바로잡았다.

"도대체 왜 이러는 거요? 왜 우리를 그렇게 미워하는 거지?"

"당신들이 하는 짓이 올바르지 않으니까요. 미국은 법치 국가지, 인간이 다스리는 나라가 아닙니다."

"법에 의한 '통치'. 존 애덤스. 솔깃한 문구요. 하지만 분석해보면 그렇게 단순하지 않아. 법에 의한 통치. 좋아하시네. 생각해보시오. 법은 해석을 요하고, 권력의 위임을 요하지. 나 같은 사람한테, 그 법률을 어떻게 시행할지 결정을 내리는 사람한테."

로렐은 반박했다.

"적법 절차를 무시하고 자의적으로 시민을 죽이는 것은 법이 아니에요."

"내가 하는 일에 자의적인 부분은 없소."

"없어요? 당신은 범죄를 저지를 거라고 '당신이' 생각하는 사람을 죽이고 있어요."

"좋아요, 검사. 거리의 경찰관은 어떻소? 어둑한 골목에서 총 같은 물건을 들고 지나가는 사람을 본다. 그가 누군가를 쏠 것 같다. 경찰은 그를 쏠 권한이 있소. 여기서 적법 절차는 뭐지? 이성적인 수색과 압수는 어디로 갔지? 범죄자로 모는 사람에게 대항할 권리는 어디 있지?"

"아, 하지만 모레노는 총을 가지고 있지 않았어요."

"때로 골목에 있는 사람이 휴대폰을 갖고 있었을 수도 있소. 그래도 우리가 경찰에게 판단할 권리를 부여했기 때문에, 그는 총에 맞은 거요."

그는 소름끼치는 웃음을 터뜨렸다.

"검사, 당신도 같은 죄를 짓지 않았나?"

"무슨 말이에요?"

"내 적법 절차는 어디 있지? 배리 셰일즈는?"

로렐은 미간을 찡그렸다. 그는 말을 이었다.

"수사 과정에서 나를 데이터마이닝하지 않았나? 배리는? FBI에서 기밀 정보를 얻지 않았나? NSA 도청 기록은 어쩌다 우연히 손에 얻은 거요?"

어색한 망설임. 흰 마스크 안에서 얼굴을 붉혔나?

"내가 재판에서 제시하는 모든 증거는 수정헌법 4조에 따릅니다."

메츠거는 미소를 지었다.

"나는 재판을 말하는 게 아니오. 수사 과정에서 영장 없는 정보의 수집을 말하는 거요."

로렐은 눈을 깜빡일 뿐 아무 말도 하지 않았다.

그는 속삭였다.

"우린 둘 다 해석하고, 판단하고, 결정을 내리고 있소. 우린 회색의 세상에 살고 있는 거요."

"인용문 하나 들려드릴까요, 슈리브? 블랙스톤. '한 명의 무고한 사람이 고통받는 것보다 열 명의 죄인이 빠져나가는 게 낫다.' 이게 내 시스템이 하는 일이에요. 무고한 사람이 피해자가 되지 않도록 하는 것. 당신 시스템은 그렇지 않아요."

로렐은 가방에서 열쇠를 꺼냈다.

"당신을 계속 지켜보겠어요."

"그러면 나도 언젠가 법정에서 만나기를 기대하겠소, 검사."

메츠거는 돌아서서 차로 향했다. 뒤를 돌아보지 않고 운전석에 앉아 마음을 진정했다. 호흡.

내보내자.

5분 뒤, 전화벨 울리는 소리에 메츠거는 깜짝 놀랐다. 발신자 번호는 루스였다.

"안녕."

"네, 슈리브. 들었어요. 스펜서 소식 사실인가요?"

"맞아. 나중에 이야기하지. 이 선으로는 이야기하고 싶지 않아."

"좋아요. 하지만 전화를 한 건 그 때문이 아니에요. 워싱턴에서 연락이 왔어요."

마법사.

"내일 오후에 통화 일정을 잡으라는군요."

총살형 집행관은 새벽에 모이는 거 아닌가?

"좋아. 자세한 내용을 보내줘."

그는 몸을 죽 뻗었다. 관절이 우두둑거렸다.

"아, 루스?"

"네."

"목소리가 어떻게 들리던가?"

잠시 침묵.

"음… 별로 좋지 않았던 것 같아요, 슈리브."

"좋아, 루스. 고마워."

그는 전화를 끊고 스펜서 브라운의 저택 앞에서 분주하게 움직이는 현장감식반을 바라보았다. 시큼한 화학 약품 냄새가 콜로니얼풍 저택과 정원에 아직도 맴돌고 있었다.

스모크….

결국 이렇게 됐군. 모레노가 유죄건 아니건 아무 의미도 없었다. 워싱턴은 이제 NIOS를 해체할 충분한 이유가 있으니까. 메츠거는 내부고발자를 행정 담당관으로 뽑았고, 고문 살해 지시를 내린 부패한 CEO와 군수 거래를 했으니.

이제 끝이다.

메츠거는 한숨을 쉬고 시동을 걸었다. 미안해, 미국. 난 최선을 다했어.

5월 20일 토요일

7부
메시지

생명을 다루는 메시지를 전달하려면 당연히 어마어마한 집중력이 필요할 것이다.

93

타운하우스

토요일 아침 9시, 링컨 라임은 휠체어로 연구실을 이리저리 돌아다니며 워커 재판과 스완의 유죄 인정 거래를 뒷받침할 증거물 보고서를 구술하고 있었다.

커다란 모니터에 뜬 일정표가 눈에 띄었다.

수술 5월 26일 금요일. 오전 9시 병원 도착.
자정 이후 금주. 절대 금주. 한 방울도 안 됨.

그는 두 번째 줄에 미소를 지었다. 톰이 적어 넣은 내용이었다.

타운하우스는 조용했다. 톰은 부엌에 있고, 색스는 브루클린의 자기 아파트에 있었다. 지하실에 문제가 생겨 일꾼을 기다린다고 했다. 오늘 오후 낸스 로렐을 만나 함께 저녁을 먹으며 술을 마실 약속도 있었다.

남자 욕도 하고….

라임은 두 사람이 우여곡절 끝에 친구가 된 게 기뻤다. 색스에게는 친구가 많지 않았다.

초인종이 울리자 톰의 발소리가 현관으로 향했다. 잠시 후 그는 갈색 슈트에 흰색 셔츠, 정확한 색감을 형용할 길 없는 녹색 타이 차림의 키 큰 남자와 함께 들어왔다.

뉴욕시경의 마이어스 경감. 특수업무부. 무슨 일을 하는 부서인지는 몰라도.

인사가 오간 후 마이어스는 사건 해결에 대해 라임을 침이 마르도록 칭찬했다.

"이만한 수행 능력은 본 적이 없습니다." "결말에 놀랐습니다." "경감님의 '반듯한' 추론 덕분이었습니다."

'반듯한'이란 단어는 사회적으로 적절하거나 외설스럽지 않다는 뜻이다. '좋다'거나 '잘했다'는 뜻이 아니다. 그러나 속어 중독자를 바꿀 수는 없는 법. 라임은 입을 다물었다. 잠시 침묵이 흐르는 동안, 마이어스는 재미도 없는 가스크로마토그래피를 상황에 어울리지 않게 쓸데없이 열심히 바라보고 있었다.

그때 경감이 연구실을 둘러보더니 두 사람 외에 아무도 없다는 것을 확인했다.

그제야 라임은 깨달았다.

"아멜리아 때문에 오셨군요. 맞지요, 빌?"

이름을 부르지 말걸. 둘 다 이 습관에 미신 비슷한 감정을 갖고 있었다. 그들은 절대 서로를 이름으로 부르지 않았다.

"네. 론이 이야기하던가요? 건강 상태 때문에 문제가 있다는 얘기."

"들었습니다."

"좀 더 자세히 말씀드리죠. 저는 이번 수사가 끝날 때까지 유예를 준 뒤 건강 검진을 받으라고 지시할 생각이었습니다. 하지만 그게 곤란할 것 같습니다. 색스 형사와 풀라스키 경관이 제이컵 스완을 검거한 글렌코브 작전 보고서를 읽었습니다. 의료진의 보고서에 용의자가 무릎이 아픈 것을 눈치채고 발로 세게 걷어차거나 때렸는데 그때 무릎이 완전히 나갔다고 적혀 있더군요. 풀라스키 경관이 없었더라면, 색스 형사는 죽었을 겁니다. 스펜서 보스턴도. 어쩌면 작전에 투입한 다른 요원 몇몇도."

라임은 퉁명스럽게 대답했다.

"색스가 범인을 잡았습니다, 빌."

"운이 좋았죠. 보고서에는 작전이 끝난 뒤 거의 걷지도 못할 지경이었다고 쓰여 있더군요."

"지금은 괜찮습니다."

"그래요?"

아니, 그렇지 않았다. 라임은 아무 말도 하지 않았다.

"문제를 직시해야 합니다, 링컨. 아무도 말을 꺼내고 싶어 하지 않지만, 분명 문제가 있는 상황이에요. 색스는 자신과 다른 사람들을 위험으로 몰아넣고 있습니다. 그래서 일단 우리 둘만 이야기하고 싶었습니다. 모여서 회의를 해봤는데, 나는 색스를 승진시켜서 현장 밖으로 뺄 생각입니다. 특수팀 관리직으로. 직급도 경사로 승진시킬 겁니다. 하지만 색스가 반발을 할 것 같아서요."

라임은 분노가 치밀었다. 경감은 그의 색스에 대해 진부한 싸구려 문구로 이야기하고 있었다.

하지만 그는 침묵을 지켰다.

경감은 말을 이었다.

"설득해주셨으면 합니다, 링컨. 우리는 색스 형사를 잃고 싶지 않습니다. 너무나 훌륭해요. 하지만 본인이 현장에 남겠다고 고집하면 경찰이 데리고 있을 수 없습니다. 책상 업무가 유일한 대안이에요."

뉴욕시경을 떠나면 색스는 뭘 해야 할까? 나처럼 프리랜스 자문? 하지만 이건 색스의 길이 아니었다. 색스는 타고난 직감과 집요한 끈기를 지닌 탁월한 현장 수색자였다. 그처럼 연구실에 있을 사람이 아니라 현장에 있어야 했다. 법과학은 물론 색스의 유일한 특기가 아니었다. 인질을 구출하거나 강도 현장에서 범인을 잡기 위해 차를 몰고 달려갈 수 없다면 색스는 시들고 말 것이다.

"이야기를 해주시겠습니까, 링컨?"

라임은 마침내 입을 열었다.

"내가 이야기하지요."

"고맙습니다. 이건 색스 형사를 위한 길입니다. 우리는 진심으로 색스 형사가 잘되기를 빕니다. 이건 모두를 위한 360 조처입니다."

경감은 악수를 나누고 떠났다.

라임은 색스가 최근까지 모레노 작업을 위해 앉아 있던 책상을 응시했다. 색스가 좋아하는 가드니아 비누 향이 남아 있는 것 같았다. 물론 후각적 기억에 불과하겠지만.

내가 이야기하지요….

그러다 문득 휠체어를 돌려 화이트보드 앞으로 다가간 뒤 찬찬히 훑어보았다. 언제나 그랬듯 증거물의 우아함과 매력 속에서 위안을 찾으며.

… 94 …

테러리스트

34미터 길이의 일반 화물선이 디젤 엔진을 울리며 카리브 해의 거대한 청록색 물길을 지나고 있었다. 한때 해적과 고귀한 군인들의 고향이었던 바다는 이제 관광객의 고속도로이자 인구 1퍼센트를 위한 놀이터로 변모했다.

도미니카공화국 국기를 걸고 있는 화물선은 건조한 지 30년 된 배였다. 디트로이트 16-149 엔진은 단일 스크루로 13노트라는 괜찮은 속도를 내고 있었다. 홀수는 4.5미터였지만, 오늘은 화물이 가벼워 배가 조금 떠 있었다.

전방의 높은 돛대가 선루를 압도하고, 널찍한 선교는 바닥에 볼트나 접착제, 노끈으로 고정한 중고 항해 장비로 가득 차 있었다. 키는 바퀴살이 붙은 구식 링이었다.

해적….

키를 잡고 있는 사람은 땅딸막한 52세의 엔리코 크루스였다. 대부분의 사람들은 그를 뉴욕에서 몇 개의 비영리 단체―그중 가장 유명하고 규모가 큰 것은 '아메리카를 위한 교실'이었다―를 운영하는 헨리 크로스라는 가명으로 알고 있었지만, 이게 그의 본명이었다.

크루스는 오늘 갑판에 혼자 있었다. 곁에 있어야 할 사람이 바하마의 사우스코브인 1200호에서 미국 정부에 의해 살해당했기 때문이다. 가슴에 박힌 총알 한 방이 로베르토 모레노와 친구의 항해를 영영 불가능하게 만들고 말았다.

모레노의 가장 친한 친구이자 크루스의 형제였던 호세가 1989년 파나마 침공 당시 미군 헬리콥터의 총에 역시 살해당한—그래, 이 단어가 정확하다—이래, 두 사람은 몇십 년 동안 알고 지낸 사이였다.

그 후 두 남자는 분별없이 파나마로 밀고 들어온 나라에 전쟁을 선포하기 위해 함께 일했고, 그 오랜 세월 동안 지지해온 독재자가 결국은 나쁜 놈이었다는 결론을 내렸다.

미국에 대항한 전쟁에서, 두 사람은 접근 방식만 다를 뿐이었다. 모레노는 목청을 높여 공공연한 반미 활동을 벌인 반면, 크루스는 익명으로 남아 공격을 계획하고 가장 유능한 조직에 무기와 자금을 조달했다. 그러나 크루스와 모레노 두 사람은 이름 없는 전쟁의 척추 같은 존재였다.

그들은 지금껏 300명 가까운 미국인과 서구의 가치에 굽실거리는 외국인의 살해를 기획했다. 사업가, 교수, 정치인, 마약단속반, 외교관과 그의 가족.

단발적이고 소규모 공격이었기 때문에 당국은 연관성을 찾아내지 못했다. 그러나 오늘 계획은 정반대였다. 미국의 정치, 사회, 경제의 심장을 향한 대대적인 공격이었다. 모레노는 오늘의 이 계획을 위해 몇 달을 준비했다. 시민권을 포기하고, 미국과의 모든 관계를 끊고, 미국에서 케이맨 군도로 자금을 옮기고, 베네수엘라의 황야에 집을 구했다.

공격의 핵심 무기? 지금 물을 가르고 있는 배였다.

파나마 시민인 크루스는 젊은 시절 해운업에 종사했기 때문에 이 정도 규모의 배를 운항할 줄 알았다. 게다가 요즘은 조타석에 대단히 유능한 사람이 앉을 필요도 없었다. 엔진실의 유능한 선원 하나, 선교의 GPS와 오토파일럿만 있으면 충분하다. 그거면 된다. 목적지까지

가는 길은 컴퓨터가 알아서 한다. 배는 북북서를 향해 파고 1미터의 바다를 나아가고 있었다. 하늘은 눈부시게 푸르고, 바람은 꾸준하고, 물보라는 변화무쌍했다.

무명 회사를 여러 번 거쳐 구매한 선박에는 이름이 없고 등록 번호로만 알려져 있었다. 도미니카공화국에 한때 전산 기록이 남고 등록 기록도 있었다. 하지만 이후 컴퓨터에서도 지워졌고 문서에서도 삭제되었다.

배는 무명이었다.

나소에서 출항하기 전 비공식적으로 친구의 이름을 여성형으로 바꿔 로베르타라는 이름을 붙여볼까 생각도 했다. 하지만 그냥 '배'라고 부르는 게 더 낫다고 결정했다. 검정색과 회색으로 빛이 바래고 녹슨 배. 하지만 그에게는 아름다웠다.

그는 목적지를, 몇 킬로미터 떨어진 검은 점을 응시했다. GPS가 바람을 보정해 운항 시스템을 수정했다. 새로운 방향이 자동적으로 키에 입력되었다. 그는 배가 반응하는 것을 느꼈다. 이 거대한 피조물이 명령에 복종하는 게 기분 좋았다.

문이 열리고 한 남자가 나왔다. 검은 피부, 총알 형태의 머리, 반들거리게 깎은 머리, 날렵한 몸매를 지닌 남자였다. 보비 쉬발은 청바지와 조끼처럼 보이도록 소매를 잘라낸 데님 셔츠 차림이었다. 맨발이었다. 그는 수평선을 바라보았다.

"참 안됐어요. 안 그렇습니까? 이걸 못 보다니. 슬픕니다."

쉬발은 로베르토 모레노의 바하마 접선책이었다.

"보고 있을 거야."

크루스는 말했다. 스스로 믿지는 않았지만 쉬발을 안심시키려고 한 말이었다. 쉬발은 목에 말 털로 만든 십자가를 걸고 있었다. 크루스는 내세를 믿지 않았다. 그의 소중한 친구 로베르토 모레노가 미국 정부의 심장만큼이나 차갑게 굳어 있다는 것을 알고 있었다.

바하마에서 지역자율운동이 자리를 잡으면 맡아서 이끌게 될 쉬발은 오늘의 계획을 짜는 데 핵심적인 역할을 했다.

"다른 배는? 감시하는 기미는?"

크루스가 물었다.

"아니, 없습니다."

크루스는 무슨 일이 벌어질지 아무도 모른다고 확신했다. 그들은 극도로 주의를 기울였다. 이번 주 유일하게 걱정스러웠던 순간은 섹시한 빨강 머리 경찰이 체임버스 스트리트의 '아메리카를 위한 교실' 사무실로 찾아와 5월 1일 모레노의 행선지에 대해 둘었을 때였다. 처음에는 놀랐지만, 크루스는 비열한 사람들을 상대한 경험이 많아—예를 들어 알카에다 조직원, 샤이닝 패스 반란군—쉽게 당황하지 않았다. 그는 실제 로베르토를 미행한 '백인' 남자 이야기로 색스 형사를 혼란스럽게 만들었다. 물론 NIOS 정보원이었다. 그리고 즉석에서 지어낸 수수께끼의 개인 제트기 이야기로 더욱 혼선을 던졌다.

파란색 비행기를 미끼로 던졌지. 그는 생각하며 미소를 지었다. 로베르토도 좋아했을 것이다.

"보트는 준비됐나?"

크루스는 쉬발에게 물었다.

"네. 얼마나 가까이 접근할까요? 배를 버리기 전에."

"2킬로미터면 될 거야."

그 지점에서 5명의 선원은 고속 시가렛 보트에 올라타서 반대 방향으로 달릴 것이다. 그들은 배의 항적을 컴퓨터로 추적할 것이다. GPS와 오토파일럿이 고장 나도 원격으로 조종할 수 있다. 선교에는 웹캠이 달려 있고, 배가 목적지로 접근하는 모습을 지켜볼 수 있을 것이다.

그들은 그 모습을 바라볼 것이다.

마이애미 해안에서 50킬로미터 떨어진 지점에 위치한 '마이애미 로버'는 미국 석유 시추 및 정유 회사가 이 일대에서 운영하는 유일한 시추 설비였다.

몇 달 전 모레노와 크루스는 이 정유 회사를 최대의 '메시지'를 전달할 목표로 결정했다. 이 회사는 남미에서 넓은 땅을 빼앗고, 대다수 사람들이 읽을 줄도 모르는 양도 계약서에 서명을 받아내 합의금으로 푼돈을 쥐어준 후 수천 명의 사람들을 몰아냈다. 모레노는 지난 한 달 동안 미국과 기타 몇 개국에서 시위를 조직했다. 시위에는 두 가지 목적이 있었다. 첫째, 정유 회사의 범죄를 알린다. 둘째, 모레노가 말뿐이라는 인상을 심어준다. 그가 염두에 둔 것이 시위뿐이라고 생각하면 당국이 더 이상 관심을 갖지 않을 것이다.

따라서 그들이 다음에 할 일에 대해 아무도 눈치를 채지 못했다. '마이애미 로버'를 배로 들이받기. 배가 부딪히면 독한 디젤 연료와 비료, 니트로메탄 혼합액이 든 55갤런의 드럼통이 폭발하면서 굴착 시설을 파괴할 것이다.

하지만 그것만으로는 충분하지 않다고 모레노와 크루스는 생각했다. 60명 남짓 되는 노동자를 죽이고, 남동쪽 최대의 굴착 시설을 망가뜨린다? 텍사스 주 오스틴의 국세청이 입주한 건물에 개인 비행기를 들이받아 자살한 한심한 사람과 비슷한 짓이다. 그는 몇 사람을 죽였다. 얼마간의 물질적 손해를 입히고 곧 교통 정체를 일으켰다.

하지만 텍사스 주도의 비즈니스는 일상으로 돌아갔다.

오늘 일어날 일은 훨씬 더 끔찍할 것이다.

최초의 폭발이 굴착 장치를 파괴한 뒤, 배가 빠르게 가라앉는다. 선미에 있는 두 번째 폭탄은 해저 밑바닥 유정 근처까지 가라앉을 것이다. 수심 측정 기폭 장치가 두 번째 폭발을 일으켜 램과 고리 모양 폭발 방지기를 파괴할 것이다. 유출을 막을 폭발 방지기가 없다면, 하루 12만 배럴의 원유가 바다로 솟구칠 것이다. 이는 멕시코 만의 딥워터 호라이즌 사태 때 유출된 원유의 두 배 이상 되는 양이다.

해류와 바람이 기름막을 빠르게 퍼뜨려 플로리다와 조지아 동부 해안 대부분을 파괴할 것이다. 캐롤라이나까지 번질 수도 있다. 항구는 문을 닫을 것이고, 운송과 관광은 무기한 중단될 것이며, 수백만

명의 사람들이 엄청난 경제적 타격을 입을 것이다.

로베르토는 말했다.

"미국인들은 자동차와 에어컨, 자본주의 회사를 돌리기 위해 기름이 필요하잖아. 내가 주지. 우리가 배달하는 기름에 빠져 죽으라고 해!"

40분 뒤, 배는 '마이애미 로버'에서 3킬로미터 떨어진 지점에 도착했다.

엔리코 크루스는 GPS를 마지막으로 확인한 다음 선교를 떠나며 말했다.

"모두 보트로 옮겨."

크루스는 더러운 물이 철썩이는 선수로 달려가 폭탄을 확인했다. 모두 양호했다. 폭탄을 작동시켰다. 폭발 방지기를 파괴할 두 번째 폭탄에도 똑같은 조처를 취했다.

흔들리는 갑판으로 서둘러 나왔다. 선수를 돌아보았다. 좋아. 시추 설비를 향해 잘 나아가고 있었다. 그는 거대한 시추 설비 갑판을 바라보았다. 수면 위로 30미터 높이는 될 것 같았다. 노동자는 보이지 않았다. 원래 그렇다. 시추 설비에서 일하는 사람들은 뜨거운 강철 판 위에서 망망대해를 바라보며 시간을 낭비하지 않는다. 설비 내부에서, 주로 시추 조정실에서 일하거나 다음 교대 시간까지 잠들어 있을 것이다.

크루스는 급히 배 옆면으로 나와 줄사다리를 타고 쉬발과 다른 선원들이 기다리는 보트로 내려갔다.

모터에 시동이 걸렸다.

배에서 멀어지기 전, 크루스는 손바닥을 펴고 손가락에 키스했다. 그 손가락으로 녹슨 선체를 쓰다듬으며 속삭였다.

"이건 자네 거야, 로베르토."

95

여객선

뉴저지에서 온 짐은 크루즈 앞쪽 갑판에 모인 한 무리 승객들의 사진을 찍고 있었다. 클리블랜드에서 온 짐도, 런던에서 온 짐도 아니었다. (영국인 짐은 제임스라는 이름을 더 좋아했지만, 휴가를 왔으니 다른 사람과 즐겁게 어울리고 싶었다.)

여객선이 버뮤다 해밀턴을 떠난 뒤 며칠 동안 승객들은 친해졌다. 칵테일을 마시며 하는 일은 서로 어떤 공통점이 있는지, 아이는 몇 명인지, 이름은 무엇인지 이야기를 나누었다.

짐 4명, 샐리 2명.

캘리포니아 짐은 패치도 멀미약도 잘 안 듣는지 아래쪽에 있었기 때문에 사진에 찍히지 않았다.

뉴저지 짐은 사람들을 거널(gunwale: 배의 측면 위쪽-옮긴이)에 기대서게 했다. 아무도 그게 뭔지 정확히 몰랐지만—그 역시 마찬가지였다—뭔가 항해 용어처럼 들려서 재미있다고 생각했다.

"아무도 타이타닉 노래를 안 부르는군."

바는 밤늦게까지 문을 열었지만, 남자건 여자건 아무도 셀린 디온의 그 달콤한 노래를 감히 부르지 않았다.

"저게 플로리다야?"

누군가가 물었다. 샐리 중 한 사람 같았다.

수평선에 거무스름한 선이 보였지만, 그냥 구름일 수도 있었다.

"아직 아닐 텐데."

"뭐지? 건물인가?"

"아, 원유 시추 장비군. 대서양 이쪽에는 처음 설치한 거야. 뉴스 못 봤어? 1년 전쯤. 그들이 나소와 플로리다 사이에서 원유를 발견했대."

"그들이 누구야? 누구나 늘 그들이래. 사진 찍을 거야, 말 거야? 마가리타가 녹고 있어."

"미국 정유 회사. 정확히는 기억 안 나."

시카고에서 온 샐리가 중얼거렸다.

"그런 건 싫어. 멕시코 만에서 새들 봤어? 온통 기름으로 덮여 있었어. 끔찍했지. 눈물이 나더라고."

"몇 달 동안 좋은 새우도 못 먹었어."

사진사는 사람들을 다시 거널에 한 줄로 세우고 캐논 셔터를 눌렀다. 찰칵, 찰칵, 찰칵, 찰칵, 찰칵….

눈 감은 사람이 없도록 넉넉하게 찍자.

여행의 증거를 실리콘 칩에 박아 넣은 뒤, 사람들은 돌아서서 바다를 응시했다. 화제는 저녁 식사와 마이애미 쇼핑, 퐁텐블로 호텔로 이리저리 흘러갔다. 베르사체 맨션은 아직 일반에게 공개 중일까?

"8명이 들어가는 샤워도 있다고 들었어."

런던에서 온 짐이 말하자 클레어가 반박을 했다.

뉴저지에서 온 짐이 소리를 질렀다.

"말도 안 돼!"

아내가 나무랐다.

"여보!"

하지만 그는 카메라를 다시 들었다. 폭발음이 들렸을 때는 모두가 300미터 높이로 솟구치는 어마어마한 버섯구름을 응시하고 있었다.

"세상에, 시추 설비야!"

"안 돼, 안 돼!"
"하나님, 누가 어디 연락 좀 해봐."
찰칵, 찰칵, 찰칵, 찰칵….

96

스피드보트

"피해 상황은?"

청바지 차림에 흰색 긴소매 셔츠 자락을 바지에 제대로 집어넣지도 못한 메츠거는 컴퓨터 모니터 앞에 몸을 숙인 채 서서 1600킬로미터 떨어진 카리브 해 위에 맴도는 연기와 안개를 바라보고 있었다.

"완전히 사라졌습니다."

제어반 옆에 앉은 통신 전문가―아파 보일 정도로 머리를 당겨 올린 젊은 여자였다―가 말했다. 무감각한 목소리였다.

모니터 화면은 분명 기름띠와 잔해 말고는 아무것도 남지 않았다는 것을 보여주고 있었다. 연기도 뭉게뭉게 피어올랐다.

완전히 사라졌군….

링컨 라임과 아멜리아 색스, 메츠거와 통신 전문가는 로어맨해튼의 렉터 스트리트에 위치한 NIOS 지상관제 기지 트레일러 바깥 주차장 안 사무실에 있었다.

30초 전까지만 해도 로버트 모레노의 친구 헨리 크로스, 본명 엔리코 크루스가 플로리다 해안의 미국 정유 회사 시추 시설 '마이애미 로버'를 향해 조종한 34미터급 도미니카 화물선이었던 배는 지금 나무와 플라스틱 조각, 넘실대는 기름띠로 변해 있었다.

통신 전문가가 이어폰을 건드렸다.

"두 번째 폭발음이 해저에서 들렸답니다, 국장님. 240~270미터 깊이에서."

잠시 후 그들은 고해상도 모니터를 통해 수면이 약간 솟구치는 것을 볼 수 있었다. 그게 끝이었다. 라임은 시추 설비의 폭발 방지기를 파괴하기 위해 설치한 것으로 보이는 두 번째 폭탄이 아무리 크더라도 물이 그 충격을 완화해줄 거라고 짐작했다.

라임은 트레일러를 나눈 유리벽 반대편을 보았다. GCS 킬 룸. 어둑한 불빛 속에서 방금 화물선 폭격에 성공한, 시추선에 있던 사람들의 목숨을 구하고 플로리다 동부 해안을 구해낸 남자의 모습이 보였다.

배리 셰일즈는 자신을 관찰하는 시선은 안중에도 없이 드론 조종석에 앉아 있었다. 라임에게는 따로 떨어진 비행기 조종석 같았다. 셰일즈는 긴장을 푼 채 편안한 가죽 의자에서 몸을 앞으로 내밀고 앉아 다섯 개의 평면 스크린 모니터를 바라보고 있었다.

조이스틱을 붙잡은 손으로 이따금 다른 100여 개의 손잡이나 다이얼, 스위치, 컴퓨터 키를 비틀거나 두드리기도 했다.

누군가가 의자에 안전벨트를 매어놓은 것이 눈에 띄었다. 벨트는 매지 않은 채 바닥에 늘어져 있었다. 장난일 것이다.

셰일즈는 어둑한 방에 혼자 앉아 있었다. 동료의 소음이나 오늘 라임과 색스 같은 손님의 존재에 집중력이 흐트러지지 않도록 방음 장치를 해놓은 것 같았다. 생명을 다루는 메시지를 전달하려면 당연히 어마어마한 집중력이 필요할 것이다.

미국 정유 회사 시추 설비에 있는 보안팀과 실시간으로 연결된 통신 전문가도 버튼을 누르며 몇 가지 질문을 한 뒤 메츠거와 라임 그리고 색스에게 말했다.

"마이애미 로버나 폭발 방지기에는 피해가 없답니다. 몇 명 귀가 아픈 사람을 제외하면 부상자도 없습니다."

어마어마한 비료 폭탄이 0.6킬로미터 떨어진 곳에서 폭발했으니 이상할 것도 없다.

 30분 전 증거물 차트를 보던 라임은 문득 뭔가 앞뒤가 맞지 않는다고 느꼈다. 그는 몇 군데 전화를 걸어보고, 공격이 임박했을지도 모른다고 추론했다. 곧장 메츠거에게 연락을 취했다. 워싱턴과 NIOS에서 열띤 논의가 펼쳐졌다. 공군 조종사를 소환하려면 국방부에서 너무나 많은 허가를 받아야 했다. 승인을 얻는 데만 몇 시간을 낭비할 것이다.

 메츠거에게는 물론 해답이 있었다. 그는 개인 물품을 챙기러 본부로 오고 있던 배리 셰일즈에게 호소했다―조종사는 NIOS를 떠나기로 결심했다.

 공격이 성공할 경우 발생할 끔찍한 결과와 임박한 기한―몇 분이었다―을 설명하자, 셰일즈는 내키지 않는 얼굴로 승낙했다. 그는 홈스테드에서 드론을 이륙시킨 뒤 화물선 바로 위에서 선회했다. 선원들은 배를 버리고 도망가는 것 같았다. 그들은 선원들이 스피드보트를 타고 도망치는 것을 보았다. 응답하라는 무전에 화물선에서 대답이 없자 셰일즈는 헬파이어를 발사했다. 미사일은 비료 폭탄이 있을 거라고 라임이 예상한 선수에 명중했다.

 정확했다.

 셰일즈는 드론의 방향을 돌려 20분 전 배를 버린 선원들이 탄 작은 보트를 뒤쫓기 시작했다. 모니터에 기다란 검은색 스피드보트가 물살을 가르며 시추 장비와 폭발 현장에서 멀어지는 모습이 잡혔다.

 천장에 설치한 스피커에서 배리 셰일즈의 목소리가 들렸다.

 "무인기 481, 플로리다 센터. 두 번째 목표물을 조준하고 있다. 목표물과의 거리는 1800미터."

 "알겠다, 481. 거리를 1000미터로 좁혀라."

 "알겠다, 플로리다 센터. 481."

 라임은 모니터를 통해 배를 버린 헨리 크로스와 선원들이 안전한 곳을 향해 전속력으로 멀어지는 모습을 볼 수 있었다. 표정은 잡히지 않았지만, 몸짓 언어만으로도 혼란과 걱정을 읽을 수 있었다. 드론이나 미사일 소리는 못 들었을 테니 폭탄이 어딘가 잘못돼서 일찍 폭발한 게 아닌가 생각하고 있을 것이다. 어쩌면 자신들이 타고 있을 때 폭발하지 않아서 다행이라고 생각할지도 모른다.

"481, 플로리다 센터. 거리를 1000미터로 좁혔다. 두 번째 배를 조준하고 있다. 이 속도라면 배는 10분 뒤 해로게이트 섬으로 들어간다. 지시 바람."

"알겠다. 현재 일반 주파수로 무전을 보내고 있다. 아직 반응은 없다." 셰일즈는 냉정하게 답했다.

"알겠다. 481."

라임은 색스를 돌아보았다. 그와 똑같은 걱정이 얼굴에 떠올라 있었다. 여섯 사람을 약식 처형하는 광경을 봐야 할까?

물론 테러 현장에서 잡혔다. 그러나 위험은 제거했다. 게다가 그들이 모두 다 테러리스트일까? 선박이나 화물이 무엇인지 전혀 모르는 무고한 선원이 한둘이라도 있다면?

슈리브 메츠거와 낸스 로렐 사이의 갈등을 새삼 실감할 수 있었다.

"481, 여기는 플로리다 센터. 무전에 응답이 없다. 미사일 발사를 승인한다."

라임은 배리 셰일즈의 몸이 굳는 것을 보았다.

셰일즈는 잠시 꿈쩍도 않고 앉아 있다가 손을 뻗어 제어판의 버튼 위에 씌운 덮개를 열었다.

슈리브 메츠거가 책상에 놓인 마이크에 대고 말했다.

"배리, 선수에 라이플을 쏴."

셰일즈는 마이크에 대고 말했다.

"무인기 481, 플로리다 센터. 미사일 사용은 취소한다. LRR 모드로 전환한다."

"알겠다, 481."

킬 룸 안에서, 배리 셰일즈는 조이스틱을 움직이며 보트의 영상을 흘끗 확인했다. 그러곤 앞에 있는 검은색 패널을 건드렸다. 잠깐의 지연. 으스스한 정적 속에서, 보트 몇 미터 앞에 물기둥 세 개가 튀어 올랐다.

날렵한 배는 계속 앞으로 나아갔지만, 안에 탄 사람들은 모두 주위를 둘러보고 있었다. 몇몇 선원은 아주 젊어 보였다. 고작 십대로 보였다.

"플로리다 센터, 481. 목표물 속도는 변화가 없다. 미사일 발사는 아직 승인 중이다."

"알겠다. 481."

잠시 아무 일도 일어나지 않았다. 문득 스피드보트가 멈칫 하며 속도를 늦추더니 멈췄다. 선원 2명이 하늘을 가리켰지만 카메라 쪽은 아니었다. 드론이 보이지는 않지만, 적이 어디 있는지는 짐작한 것 같았다.

그들은 거의 한꺼번에 손을 들었다.

우스꽝스러운 일이 벌어졌다. 파도가 일렁거렸고, 배는 작았다. 그들은 균형을 유지하려 했다. 하지만 그러다가 팔을 내리면 적에게 죽임을 당할까봐 무서운 모양이었다. 두 사람은 넘어졌다가 허둥지둥 다시 일어나 두 팔을 위로 뻗었다. 술에 취해서 춤을 추는 것 같았다.

"플로리다 센터, 무인기 481. 항복 요청. 해군 사이클론급 순찰선 파이어브랜드가 0.6킬로미터 밖에서 30노트로 접근 중이다. 도착할 때까지 두 번째 목표물에 조준 유지할 것."

"알겠다. 481."

진실

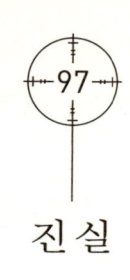

 배리 셰일즈는 킬 룸의 문을 닫고, 슈리브 메츠거를 무시한 채 라임과 색스에게 다가와 고개를 끄덕였다.
 색스는 그에게 드론 조종 솜씨가 대단하다고 말했다.
 "미안해요, 무인기 말입니다."
 "네."
 셰일즈는 파란 눈동자를 다른 쪽으로 피하며 무감각하게 말했다. 아마 자신에게 살인 혐의를 씌우려 했던 두 사람 앞이라 마음을 풀기가 어려운 듯했다. 하지만 라임이 다시 생각해보니, 아니었다. 그는 원래 말을 삼가는 사람일 뿐이었다.
 어쩌면 이런 기술을 갖고 있으면 정신적으로, 감정적으로 대부분의 시간에 다른 곳에 있게 되는지도 모른다.
 셰일즈가 라임을 돌아보았다.
 "신속하게 움직이다 보니, 어떻게 알아내셨는지 물어볼 기회도 없었습니다. 굴착 장치에 공격이 있을 거라는 걸."
 라임은 대답했다.
 "염두에 두지 않은 증거가 있었습니다."
 "아, 그렇군요. 증거물의 제왕이시죠. 누가 그러더군요."

라임은 이 간결한 비유가 마음에 들었다. 기억해야겠다.

"구체적으로 분지 파라핀, 방향족, 시클로알칸…. 아, 그리고 알켄."

셰일즈는 눈을 깜빡였다.

"좀 더 흔한 용어로 말하자면, 원유지요."

"원유?"

"맞습니다. 모레노와 보디가드의 신발과 옷에서 발견된 미량증거물. 5월 9일 공격 전 사우스코브인 밖에서 사람을 만났을 때 어딘가에서 묻었을 겁니다. 한데, 원유에 대해서는 별로 생각하지 않았어요. 바하마에는 정유 공장과 저유조가 있지요. 한데 여기에 뭔가 있다는 걸 깨달았습니다. 죽은 날 아침 모레노는 '지역자율운동'의 일환으로 운송 및 농업 관련 기업을 시작하기 위해 사업가들을 만났습니다. 한편 몇 주 전에는 지역자율운동 회사로 비료, 디젤 연료, 니트로메탄을 수송했지요. 아직 회사도 설립하지 않았는데, 왜 화학 약품을 샀을까요?"

"원유에서 폭탄을 추론하셨군요."

"5월 10일 모레노의 계획과 관련한 최초 정보를 통해 굴착 설비에 대한 이야기는 알고 있었습니다. 모레노가 미국 정유 회사에 대해 워낙 떠들었기 때문에, 어쩌면 그 회사가 정말 목표가 아니었을까 싶었지요. 단순한 시위가 아닌 진짜 공격. 나는 일요일이나 월요일에 그가 굴착 노동자를 만났을 거라고 생각합니다. 어쩌면 보안에 대한 최신 정보를 알아내려고. 아, 한 가지 더 말이 안 되는 게 있었지요. 그건 색스가 알아냈습니다."

색스가 말했다.

"모레노가 이달 초 뉴욕에 왔을 때, 통역사를 대동하지 않은 유일한 회의가 바로 헨리 크로스의 '아메리카를 위한 교실' 재단이었죠. 왜 그랬을까? 대부분의 회의는 이상한 점이 없었어요. 뭔가 불법적인 이야기를 한다면 통역사를 대동했을 리가 없지요. 한데 크로스 회의는? 정상적인 회의였다면, 통역을 할 필요가 없다고 해도 굳이 포스터를 안 데려갈 이유가 있었을까? 어쩌면 정상적인 회의가 아닐 수도 있겠다는 생각이 들더군요. 게다가 크로스는 모레노가 계속 목격했다는 수수께끼의 파란색 제트기 이야기를 했는데, 모레노와 비슷한 여행 기록을 가진 파란색 비행기는 찾을 수가 없었어요. 경찰 수사를 빗나가게 하기 위해 던진 말이었죠."

라임이 다시 말을 받았다.

"'아메리카를 위한 교실'은 니카라과에 사무실을 갖고 있습니다. 디젤 연료, 비료, 니트로메탄을 보낸 곳이죠. 우연의 일치가 너무 많았습니다. 우리는 크로스를 조사하고 본명이 크루스라는 것, 모레노와 오랫동안 인연이 있다는 것을 알아냈죠. 파나마 침공 당시 죽은 모레노의 친구는 크루스의 형이었습니다. 그 일이 그를 반미주의자로 만들었지요. 크루스의 여행 기록과 신용카드를 데이터마이닝해보니, 어제 뉴욕에서 나소로 떠났더군요. 내가 아는 바하마 경찰이 그와 모레노가 몇 달 전 화물선을 함께 빌렸다는 것을 알아냈습니다. 배는 오늘 아침 항구를 떠났지요. 경찰은 배가 정박해 있던 창고를 급습해서 폭약 화학 성분의 미량증거물을 찾았습니다. 나한테는 이걸로 충분했어요. 그래서 슈리브에게 전화했습니다. 그가 당신에게 도움을 청했고요."

"그럼 모레노는 결백하지 않았던 거군요."

셰일즈는 메츠거에게 눈길을 주며 속삭였다. 색스가 말했다.

"네. 당신이 나쁜 사람을 잡은 거예요."

셰일즈는 상관을 보았다. 파란 눈에 떠오른 표정은 복잡했다. 착잡한 것 같았다. 한편으로는 이렇게 말하고 있었다. 당신이 옳았어, 슈리브. 당신이 옳았어.

라임은 덧붙였다.

"게다가 이건 그자가 계획한 유일한 프로젝트가 아니었습니다."

라임은 두 사람에게 낸스 로렐이 월요일 첫 회의 때 읽어준 도청 내용을 들려주었다.

나는 이와 비슷한 메시지를 훨씬 더 많이 계획하고 있다….

메츠거가 말했다.

"배리, 손님들을 바래다주고 오겠네. 그런 다음 내 사무실에서 이야기를 좀 할까?"

낸스 로렐 못지않은 침묵. 마침내 셰일즈가 고개를 끄덕였다.

메츠거는 입구까지 그들과 함께 나와 주차장을 건넌 뒤 따뜻하게 고맙다는 인사를 했다.

보안대 밖으로 나온 라임은 길 건너 톰이 운전석에서 기다리고 있는 밴으로 가기 위해 보도로 나섰다. 색스는 도로로 발을 내디뎠다. 순간 라임은 색스가 아파서 얼굴을 찡그리고 숨을 훅 들이쉬는 것을 보았다.

색스는 그가 눈치챘는지 확인하려는 듯 슬쩍 이쪽을 돌아보더니 다시 얼른 앞을 바라보았다.

그 모습에 가슴이 아팠다. 마치 색스가 그에게 거짓말을 하는 것 같았다.

그 역시 거짓말을 했다. 못 본 척했다.

그들은 길을 건너 밴으로 향했다. 그러다 라임은 보도 한복판에서 메리츠 휠체어를 세웠다.

색스가 돌아서며 말했다.

"왜 그래요, 라임?"

"색스, 이야기해야 할 문제가 있어."

98

마법사

일정대로 전화가 울렸다.

무슨 수식어로 그를 부르든 마법사는 시간 엄수만큼은 철저했다.

토요일 오후 인적이 드문 NIOS 건물 안 자기 책상 앞에서, 슈리브 메츠거는 빨간색 마법의 전화에서 반짝이는 조명을 바라보며 신호음에 귀를 기울였다. 새소리 같군. 잠시 받지 말까 고민했다.

앞으로 이 사람 전화는 다시는 받지 말까.

"메츠거입니다."

"슈리브! 어떻게 지내나? 사건이 흥미진진하게 전개되었다는 소식 들었어. 롱아일랜드. 난 예전에 메도브룩 회원이었지. 알고 있나? 자네도 골프 치나?"

"아뇨."

목소리는 다시 마법사답게 낮고 쉰 소리로 변했다.

"스펜서 기소 건을 이야기했는데 말이야."

메츠거가 대답했다.

"기소는 가능합니다. …원하기만 하면."

그러곤 안경을 벗어 렌즈를 닦고 다시 썼다. 영국과 달리 이 나라에서는 기밀문서를 유출하는 것이 그 자체로 범죄는 아니다. 다른 나라를 위한 첩보 활동만 아니라면.

"그래, 음, 물론 우선순위를 결정해야겠지."

마법사가 말하는 것은 물론 여론이었다. 언론에 이야기가 새어나갈 테니 굳이 일을 만들 필요는 없다.

아, 뭐….

메츠거는 손톱깎이를 꺼냈다. 하지만 깎을 것이 없었다. 그는 손톱깎이를 책상 위에 놓고 멍하니 돌리다가 다시 서랍에 넣었다.

"플로리다 일은 잘 해결했어. 잘못된 정보가 좋은 일을 만들다니. 마술 아닌가. 데이비드 코퍼필드, 해리 후디니 부럽지 않아."

"수감 중입니다. 모두."

"기쁘군."

마법사는 할리우드 가십이라도 전하듯 말했다.

"한 가지 알려줄 게 있는데, 슈리브. 듣고 있나?"

내 사형 선고를 얼마나 유쾌하게 내릴까.

"네. 말씀하십시오."

"랭글리의 친구에게서 전화를 받았어. 최근 멕시코에 간 어떤 인물이 있는데."

'메히코.'

마법사는 되풀이 말했다.

"어떤 인물. 기억하나?"

"레이노사."

"맞아. 그가 티후아나 근처 산타로사 외곽에서 휴가를 즐기고 있어."

"정확합니까?"

"정확해. 거기서 가까운 장래에 자기 특산물을 배달할 계획을 짜고 있는 모양이야."

알바라니 라시드가 서쪽 해안으로 숨어들었다는 이야기였다.

"몇몇 동료와 함께 목격됐는데, 친구들은 아침에 떠난다고 하는군. 이 친구는 내일 하루 종일 쾌적한 농가에서 혼자 지낼 모양이야. 좋은 소식은 현지 관광 공사가 우리 방문을 환영한다고 해. 그래서 혹시 말인데, 여행 계획을 새로 짜서 승인을 받지 않겠나? 자세한 내역은 지금 보내겠네."

새로운 STO?

내가 잘리는 게 아니고?

"물론, 곧바로 시행하겠습니다. 하지만…."

"뭐?"

마법사가 물었다.

"그 회의. 예산 문제 말입니다."

잠시 침묵.

"아, 위원회는 다른 문제로 넘어갔어."

마법사는 잠시 사이를 두고 엄격하게 말했다.

"문제가 있었다면 내가 먼저 말하지 않았겠나. 안 그래?"

"네, 그랬겠지요. 물론입니다."

"물론이지."

딸깍.

5월 26일 금요일

8부
움직이고 있을 때는…

움직이고 있을 때는 잡히지 않아…

99

수술

수술 날 아침이었다.

라임은 색스와 톰을 휠체어 뒤에 이끌고 빠르게 병원 복도를 지나 환자가 칼질을 당하러 실려 가기 전에 친구와 가족을 만나는 수술 대기실로 향했다.

"난 병원이 싫어요."

색스가 말했다.

"정말? 왜?"

라임은 기분이 썩 좋은 상태였다.

"직원도 너무나 싹싹하고, 음식도 너무나 좋고. 최신 잡지. 현대 의학의 기적."

색스는 피식 웃었다.

겨우 5분쯤 기다렸을까. 의사가 대기실로 성큼성큼 들어와 일행의 손을 일일이 잡았다. 그는 특히 라임의 인공 오른팔과 손가락을 유심히 보았다.

"좋군요. 아주 좋습니다."

"최선을 다하고 있습니다."

의사는 모두가 다 알고 있는 내용을 설명했다―수술은 세 시간, 어쩌면 그보다 약간 더 오래 걸린다. 회복실에는 한 시간 정도 머물면 된다. 집도의가 수술 직후 그곳으로 가서 경과를 설명해줄 것이다.

의사는 자신감을 내뿜으며 미소를 지은 뒤 가운과 수술복을 찾으러 갔다.

강아지 무늬가 그려진 수술복 차림의 간호사—예쁜 흑인 여자—가 다가와서 활짝 웃으며 자기소개를 했다. 의식을 잃은 상태에서 몸을 열고 다시 꿰맨다는 건 무서운 일이다. 이런 공포를 이해하지 못하는 의료진도 있지만, 이 여자는 그 점을 알고 일행을 모두 편안하게 해주었다. 마침내 간호사가 말했다.

"갈까요?"

아멜리아 색스는 고개를 숙여 라임의 입에 키스했다. 그러곤 일어서서 절뚝거리며 간호사를 따라 복도로 향했다.

라임이 외쳤다.

"깨어나면 회복실에서 기다리고 있을게."

색스는 뒤를 돌아보았다.

"무슨 소리예요, 라임. 집에 가 있어요. 심심하면 사건이나 한두 건 해결하든지."

"회복실에 있을게."

라임은 되풀이 말했다. 문이 닫히고, 색스는 사라졌다

잠시 침묵이 흐른 뒤, 라임은 톰에게 말했다.

"혹시 그 미니 위스키 안 가져왔지? 나소로 가는 비행기에 있던 거."

라임은 기내에 스카치를 몰래 들고 가자고 고집했지만, 알고 보니 일등석에서는 원하는 대로 술을 마실 수 있었다. 아니, 좀 더 정확히 말하면 톰이 허락하는 만큼.

"아뇨. 있더라도 안 드릴 겁니다. 아침 9시예요."

라임은 얼굴을 찡그렸다.

그는 한 번 더 색스가 사라진 문을 바라보았다.

우리는 색스 형사를 잃고 싶지 않습니다. 너무나 훌륭해요. 하지만

본인이 현장에 남겠다고 고집한다면 경찰이 데리고 있을 수 없습니다….

그랬다. 빌 마이어스 경감의 고집대로 그는 색스와 이야기를 나누었다.

물론 경감이 원했던 것과는 약간 다른 설득이었다.

아멜리아 색스에게 뉴욕시경 사무 업무나 이른 퇴직, 보안 자문 같은 일은 선택지가 될 수 없었다. 그런 악몽을 피하는 해결책은 단 하나뿐이었다. 라임은 빅 배링턴 박사에게 연락해서 중증 관절염을 치료하는 뉴욕 최고의 전문의를 소개받았다.

의사는 자기가 도움이 될 수 있을 거라고 했다. 토요일 NIOS 본부 밖에서 라임과 색스가 나눈 대화는 몸 상태를 호전시켜 현장에 남을 수 있도록 수술을 하는 게 어떠냐는 것이었다. 마이어스의 고약한 표현대로 '책상' 업무를 하라는 게 아니라.

류머티즘성 관절염—이건 모든 관절에 영향을 미치는 면역계 질환이다—이 아니라 좀 더 흔한 퇴행성 관절염이었기 때문에 엉덩이와 무릎 수술을 하면 관절 교체 수술을 피할 수 없을 때까지 10년 이상 정상적인 생활을 할 수 있었다.

색스는 고민하다가 마침내 동의했다.

대기실에서, 라임은 10명 남짓한 사람들을 둘러보았다. 부부, 혼자 온 남녀, 가족. 어떤 사람은 움직이지 않고, 어떤 사람은 잘 알아들을 수 없는 격한 대화를 나누었다. 어떤 사람은 불안해하고, 어떤 사람은 긴장을 풀어주는 습관에 몰두했다. 커피를 젓는다. 바스락거리는 스낵 봉지를 뜯는다. 잡지를 넘긴다. 전화로 문자를 하거나 비디오 게임을 한다.

뉴욕의 거리와 달리 여기서는 단 한 사람도 라임에게 100만 분의 1초 이상 눈길을 보내는 사람이 없었다. 그는 휠체어를 타고 있었다. 이곳은 병원. 여기서 그는 정상인이었다.

톰이 물었다.

"배링턴 박사에게 수술을 취소한다고 연락하셨습니까?"

"했어."

톰은 잠시 말이 없었다. 그의 손에 들린 〈타임스〉가 약간 아래로 기울어졌다. 업무적으로 우연히 만나 불가분의 사이로, 어떤 면에서는 내밀하게 얽힌 두 사람이었다. 하지만 그들 둘은 개인적인 대화에서 절대 편해지지 않았다. 링컨 라임은 더욱 그랬다. 그렇기 때문에 그는 톰한테 편안하게 이런 말을 하는 것이 놀라웠다.

"바하마에 있을 때 어떤 생각이 들었어."

라임의 시선이 확신도 없는 다짐을 서로에게 거듭하는 중년 부부를 향했다. 누구의 운명에 대한 이야기일까? 나이 많은 아버지? 어린 자식?

하늘과 땅만큼이나 다른 경우다.

라임은 말을 이었다.

"저격수의 은신처가 있을 거라고 생각했던 곳에서 말이야."

"수영하러 들어가셨을 때요."

물에 대한 공포가 아니라 거기 빠지기까지의 상황을 되새기며, 라임은 잠시 말이 없었다.

"나로서는 쉬운 추측이었지. 금색 머큐리가 나타날 거라는 것."

"어떻게요?"

"트럭을 타고 온 남자 말이야. 근처 구덩이에 쓰레기를 버리던."

"알고 보니 우두머리였던 남자요?"

"맞아. 쓰레기를 버리러 뭐하러 그 곳 끝까지 왔겠나? 0.6킬로미터 앞, SW 로드 길가에 공공 쓰레기장이 있는데. 게다가 무거운 봉투를 나르면서 누가 휴대폰을 해? 머큐리에 있던 다른 두 놈에게 우리가 어디 있는지 알리고 있었던 거야. 아, 그리고 회색 티셔츠. 그 전에 자네가 머큐리에 탄 남자 중 한 사람이 회색 티셔츠를 입고 있다고 말했어. 한데 난 그 모든 단서를 놓쳤지. 보긴 했지만, 놓친 거야. 왜인지 알아?"

톰은 고개를 저었다.

"나한테 총이 있었기 때문이야. 마이클이 준 총. 상황을 생각해볼 필요가 없었던 거지. 머리를 쓸 필요가 없었어. 여차하면 총을 쏘면 되니까."

"한데 쏠 수가 없었죠."

"한데 쏠 수가 없었지."

얼룩이 묻은 수술복 차림의 피곤해 보이는 의사가 나오자 기다리던 눈빛들이 마치 라임의 처마에 사는 송골매가 비둘기에게 덤비듯이 일제히 그에게 달려들었다. 환자의 가족을 찾아 다가간 의사가 좋은 소식을 알린 듯했다. 라임은 말을 이었다.

"사고가 어떤 면에서는 나를 향상시키지 않았나 의문이 들 때가 종종 있었어. 더 잘, 더 분명하게 생각하도록, 더 날카로운 추론을 하도록. 그래야만 하니까. 다른 선택의 여지가 없으니까."

"이제 그 의문에 대해 그렇다고 생각하시는군요."

라임은 고개를 끄덕였다.

"그 방심 때문에 바하마에서 자네와 마이클, 나는 죽을 뻔했어. 그런 일은 다시는 없을 거야."

"그럼 수술은 이제 다 받으셨다는 거군요."

"맞아. 자네가 나한테 보여줬던 그 영화에서 뭐라고 했더라? 마음에 들었는데. 그때는 인정하고 싶지 않았지만."

"어떤 영화요?"

"무슨 경찰 영화였어. 오래전에. 주인공이 '인간은 자신의 한계를 알아야 한다' 비슷한 말을 했어."

"클린트 이스트우드."

톰은 잠시 생각에 잠겼다.

"그것도 사실이지만, 반면 이것도 사실이겠죠. '인간은 자신의 장점을 알아야 한다.'"

"자넨 빌어먹을 낙관주의자야."

575

라임은 오른손을 들고 손가락을 바라보다가 팔을 내렸다.

"이걸로 충분해."

"사실 선택의 여지는 없었어요, 링컨."

라임은 묻는 듯 한쪽 눈썹을 치켜 올렸다.

"안 그러면 제가 일자리를 잃지 않습니까. 여기만큼 일하기 까다로운 데는 어디서도 못 찾을 겁니다."

"기쁘군. 내가 눈높이를 한참 높여놔서."

라임은 중얼거렸다.

곧이어 이 주제와 어색한 농담은 뜨거운 자동차 후드 위의 눈처럼 사라졌다. 두 사람은 다시 침묵을 지켰다.

두 시간 뒤 수술실 문이 열리더니 다른 의사가 나타났다. 또다시 모든 사람의 눈이 녹색 수술복에 집중되었다. 하지만 이번엔 색스의 집도의였다. 그는 라임과 톰에게 곧장 다가왔다.

다른 사람들은 다시 자판기 커피와 잡지, 문자 메시지로 돌아갔다. 의사가 톰과 라임을 차례로 보고 말했다.

"수술은 잘 끝났습니다. 환자는 좋습니다. 깨어났어요. 두 분을 불러달랍니다."

〈끝〉

2015. 4. 4.

역자의 말

뉴욕 시 검사가 경찰 간부를 대동하고 링컨 라임의 타운하우스를 찾는다. 바하마에서 저격당한 반미주의 미국인의 암살범으로 지목되는 주체는 연방 정보기관. 검사는 국가기관이 재판 없이 자국민을 살해한다는 것은 적법절차에 어긋난다고 주장하며 정보기관의 장을 기소하고자 한다. 근거는 내부자로 추정되는 사람이 제보한 암살명령서. 라임은 증거를 확보하고자 하지만 사건 현장이 머나먼 외국이라 수사할 방법이 없다. 증거보다 범인의 심리를 먼저 생각하게 되는 색스는 검사의 수사 의욕에 의문을 품는다. 진심일까, 사심일까? 정치적인 동기는 아닐까?

명령에 따라 암살을 수행하는 정부요원은 어떤 사람인지, 구체적인 범행 이유가 무엇인지 짐작할 수 없다. 살인을 계획하고 요리처럼 즐기는 음산한 머릿속 풍경만 흘러갈 뿐, 미식을 즐기는 암살자는 입맛을 다시며 증거 은폐를 위한 목표물을 노린다. 그가 원하는 것은 책임 완수일까, 사이코패스적인 욕구 충족일까? 사건은 과연 국제정치적 음모일까? 원한에 의한 개인적 범죄일까? 색스는 머슬카를 타고 뉴욕 도심을 질주하며 증거를 추적하고, 라임은 처음으로 나들이를 시도한다.

디버는 인터뷰에서 2011년 알 아울라키 사건이 《킬 룸》을 집필하게 된 직접적인 소재였다고 밝힌 바 있다. 미국에서 태어난 알카에다 조직원 안와르 알 아울라키가 예멘에서 미국의 드론 공격으로 살해당하고 이어 그의 아들이 목표물을 착각한 오폭으로 목숨을 잃은 사건이었다. 이 사건으로 정보기관의 자국민에 대한 표적암살이 수면에 드러나고 인권과 국가안보에 얽힌 논란이 벌어졌다. 구체적으로 언급하는 것은 스포일러가 되겠으나, 이슬람 근본주의와 서방의 대결이 한층 차원을 달리해 격해지고 있는 2010년대에 시의적절한 소재다.

1997년 링컨 라임 시리즈 1편 《본 컬렉터》가 출간된 이후 17년이 흘렀다. 그동안 제프리 디버는 링컨 라임 시리즈 10여 권은 물론 캐스린 댄스 시리즈, 기타 《블루 노웨어》나 《악마의 눈물》 같은 스탠드얼론까지 한결같이 수준이 고른 장편을 쏟아냈다. 1년에 한 권 꼴로 쓰는 셈인데 기획 기간이 8개월가량, 그동안에는 집필을 전혀 하지 않고 플롯을 아주 세세하게 다듬는다고 한다. 이 시기에 '이야기를 뒤집는 것을 제외하고도 결말에만 반전을 최소한 3개 만들어 놓는다'고 하니 반전의 명수라는 말을 그냥 듣는 것이 아니다.

하지만 디버의 가장 큰 매력이라면 역시 다양한 소재다. 《본 컬렉터》에서 법과학 전문가 라임을 등장시킨 뒤 매 편 새로운 살인무기와 배경을 사용한 디버는 이번에도 역시 방대한 지식을 자랑하듯 첨단무기에 대한 정보를 쏟아놓고 있다.

개인적으로 가장 애착을 느끼는 것은 캐릭터들이다. 디버의 인물들은 개인적인 사건을 겪어 왔지만 묘하게 나이를 먹지 않고 신선함을 유지한다. 첫 편에서 손가락밖에 움직이지 못했던 링컨 라임은 차근차근 수술을 거치더니 《킬 룸》에서 오른손으로 글록을 들고 범인을 겨냥한다. 하반신을 고칠 방법은 없지만, 움직이지 못하는 나머지 왼손과 왼팔을 수술하기 위해 의사가 드나든다. 아멜리아 색스는 여전히 속도와 위험에 자신을 내맡기고 있지만, 관절염에 걸린 무릎은 이를 악물고 참을 수 없을 정도로 점점 일상을 위협한다.

그리고 늘 등장하는 수사팀은 이제 유쾌한 친구 같다. 늘 안방마님처럼 눌러앉아 사건을 떠맡기는 셀리토, 떠벌이며 큰 웃음을 주는 FBI 델레이, 등장한 지 10년이 넘었는데도 어리바리해서 욕만 얻어먹는 신참 풀라스키. 개인적으로 잔소리꾼 암탉 톰이 활약하는 모습이 많이 등장해서 만족스러웠다.

프로 이야기꾼이 어떤 것인지 실감하게 하는 디버의 링컨 라임 시리즈는 2014년 현재 11편 《스킨 컬렉터(Skin Collector)》가 출간되어 있다. 시리즈 팬이라면 쉽게 알아채겠지만 링컨 라임이 첫 등장한 《본 컬렉터》의 쌍둥이 제목이며, 라임의 당시 수사 기록을 참조하여 현장을 청소하고 인간의 피부에 문신을 새기는 범인이 등장한다. 찬조 출연은 《콜드 문》(2006)과 《버닝 와이어》(2010)에서 인상적인 활약을 펼쳤던 전설의 명(?)범인 시계공. 곧 국내 독자에게 소개할 수 있기를 바란다.

역자 유소영

킬 룸

1판 1쇄 인쇄 2014년 11월 3일
1판 1쇄 발행 2014년 11월 10일

지은이 제프리 디버
옮긴이 유소영

발행인 양원석
편집장 김지아
책임편집 이준환
해외저작권 황지현, 지소연
제작 문태일, 김수진
영업마케팅 김경만, 정재만, 곽희은, 임충진, 장현기, 김민수, 임우열,
윤기봉, 송기현, 우지연, 정미진, 윤선미, 이선미, 최경민

펴낸 곳 ㈜알에이치코리아
주소 서울시 금천구 가산디지털2로 53, 20층 (가산동, 한라시그마밸리)
편집문의 02-6443-8847 구입문의 02-6443-8838
홈페이지 http://rhk.co.kr
등록 2004년 1월 15일 제2-3726호

ISBN 978-89-255-5439-6 (03840)

※ 이 책은 ㈜알에이치코리아가 저작권자와의 계약에 따라 발행한 것이므로
  본사의 서면 허락 없이는 어떠한 형태나 수단으로도 이 책의 내용을 이용하지 못합니다.
※ 잘못된 책은 구입하신 서점에서 바꾸어 드립니다.
※ 책값은 뒤표지에 있습니다.

RHK 는 랜덤하우스코리아의 새 이름입니다.